Michael Pfrommer

Hindukusch

Michael Pfrommer

Hindukusch

VERLAG PHILIPP VON ZABERN · MAINZ AM RHEIN

489 Seiten

Umschlagabbildung: Kriegsteppich aus Afghanistan, geknüpft von Taimani um 1987
Foto: © Sammlung Hans Werner Mohm

Bibliographische Information der Deutschen Nationalbibliothek

Die Deutsche Nationalbibliothek verzeichnet diese Publikation in der Deutschen Nationalbibliographie; detaillierte bibliographische Daten sind im Internet über <*http://dnb.d-nb.de*> abrufbar.

Weitere Publikationen aus unserem Programm finden Sie unter:
www.zabern.de

ISBN: 978-3-8053-3790-8
Gestaltung: Ragnar Schön, Verlag Philipp von Zabern, Mainz
Gestaltung des Titelbildes: Max Bartholl, b3K text und gestalt GbR, Frankfurt am Main und Hamburg

Printed in Germany by Philipp von Zabern
Printed on fade resistant and archival quality paper (PH 7 neutral) · tcf

Vorwort

„Guten Tag, mein Herr."

Ich erinnere mich noch gut an diesen Gruß in deutscher Sprache an einem staubigen Tag in Kabul. Als ich mich umdrehte, stand ich vor einem alten Mann in Landestracht mit mächtigem Bart und einem Dolch im Gürtel, der mich doch einigermaßen einschüchterte. Instinktiv suchte ich nach einem anderen Sprecher, konnte mich doch dieser würdevolle Afghane unmöglich in deutscher Sprache begrüßt haben, hier mitten im Hindukusch.

Doch der alte Herr sprach tatsächlich Deutsch. Und als er erkannte, dass er tatsächlich einen Deutschen vor sich hatte, lud er mich noch am gleichen Abend zu sich nach Hause ein. In meinem Hotel mahnte man gerade noch rechtzeitig an, dass ich unbedingt irgendein kleines Geschenk mitbringen müsse und half mir sogar bei der Auswahl des Mitbringsels.

An diesem Abend in gastlicher Runde hörte ich dann zum ersten Mal von der Deutschen Schule in Kabul, ihrem Einfluss auf die afghanische Oberschicht vor dem Zweiten Weltkrieg und vor allem von einer wahrhaft erstaunlichen Verbundenheit meiner Gastgeber mit einem Deutschland, das sie nie gesehen hatten. Und ich erfuhr von einem Kapitel des Zweiten Weltkrieges, von dem ich keine Ahnung gehabt hatte.

Als ich Tage später zurückflog in meine eigene Welt, mit den Erinnerungen an diesen denkwürdigen Abend im Kopf, wurde sie geboren, Martha von Helm und ihre Geschichte am Hindukusch.

Auch bei diesem Roman gilt mein Dank all jenen, die den Druck ermöglichten, allen voran meiner Verlegerin Annette Nünnerich-Asmus und meiner Lektorin Antonia Meiners sowie dem Verlag Philipp von Zabern. Nicht versäumen möchte ich auch einen herzlichen Dank an alle Freunde, die mich dabei unterstützten, allen voran Nadine Quenouille, Rosemarie Beck und Bernd P. Kammermeier.

Eine ganz besondere Erinnerung gilt jedoch vor allem Egon Werdin. Unsere afghanischen Plaudereien werden mir stets im Gedächtnis bleiben.

Iskender

Kabul, 1. Oktober 1941
20.00 Uhr

„Allah-uh-akbar..., Allaaaah-uh-akbar..."

Mahnend hallte der Ruf des Muezzins über Kabuls Dächer – eine Warnung vor einer Welt ohne Maß und Gewissen. Die sinkende Sonne färbte den Himmel über den Bergketten des Hindukusch, die Kabul so schützend umringten.

Martha von Helm drückte sich tiefer in den Mauerspalt der Ruine, in der menschenleeren Gasse wurden die Schatten lang und länger. Das feierliche Allah-uh-akbar nahm kein Ende, doch Martha dachte jetzt nicht an Gebet oder Religion. Es verband sie auch kaum etwas mit all den Gläubigen, die überall zu den Moscheen strömten.

Die Nacht kam unerbittlich und Martha spürte ihre Nervosität, als sie ihren Schleier fester zog. Sie hatte sich seit Jahren so sehr an das blaue Stoffgitter vor ihren Augen gewöhnt, dass die Burka sie weniger behinderte als der Schweiß, der ihr jetzt in die Augen sickerte. Es war alles so wie in jener Nacht vor zwei Jahren, als sie dieser widerliche Rahman nach der Abfahrt ihrer Eltern zurück in die elterliche Wohnung gebracht hatte.

Ihre Mutter und ihr Vater waren in den ersten Tagen des Zweiten Weltkriegs über den Kaiberpass nach Indien aufgebrochen und seither spurlos verschwunden, ihre Leichen wurden nie entdeckt und so nährte Martha bis heute die vage Hoffnung auf ein glückliches Wiedersehen.

Heute wollte sie wieder diesen Rahman treffen, einen Kunsthändler. Deshalb hatte sie auch dieses kleine Figürchen eines Orientalen in der Tasche, ihren Talisman, den sie als Kind so oft gezeichnet hatte. Damals ahnte sie nicht, dass diese schwarze Statuette aus purem Gold bestand. Ihre Eltern hatten die kleine Kostbarkeit offenbar unter dicker schwarzer Farbe verborgen, nachdem sie sie kurz vor ihrem Verschwinden von Rahman erworben hatten.

Martha hatte den wahren Wert des Figürchens erst jüngst entdeckt, als sie einen Dieb dabei überraschte, wie er es vom Schreibtisch ihres Vaters stehlen wollte. Der Mann gab Fersengeld, verlor seine Beute, und als die Statuette zu Boden schlug, platzte etwas Farbe ab. Zum Vorschein kam blankes Gold. Im Grunde war es ein Geschenk des Himmels, denn nach dem Verschwinden ihrer Eltern hatte sich Marthas materielle Lage unaufhaltsam verschlechtert, so dass sie dringend Bargeld benötigte.

Der Einbruch konnte unmöglich Zufall gewesen sein, hatte sie doch die Statuette bei einem Besuch in Rahmans Laden neulich erwähnt, und kurz darauf war dieser Dieb bei ihr aufgetaucht. Sie war sich sicher, dass Rahman oder sein widerlicher Bruder dahinter standen, ja, sie begann sich mittlerweile zu fragen, ob die Statuette am Ende etwas mit dem Verschwinden ihrer Eltern zu tun haben könnte. Sie hatten oft von einem geheimnisvollen Schatz erzählt, einer Legende, die damals im Bazar die Runde machte. Martha hatte das stets als Märchen abgetan, doch die goldene Statuette änderte alles. Waren ihre Eltern verschwunden, weil sie zu viel wussten?

Natürlich leugnete Rahman, etwas von der Figur zu wissen, aber Martha wusste sich zu helfen. Ihr Vater hatte jahrelang an der Amani unterrichtet, der Deutschen Schule von Kabul, seit Jahrzehnten Kaderschmiede der afghanischen Oberschicht. Viele Schüler ihres Vaters saßen längst auf hochrangigen Posten im Militär und in der Verwaltung, Leute, die auch einem Rahman gefährlich werden konnten. Martha hatte diesen Trumpf ohne Zögern ausgespielt, und so räumte der Händler schließlich zähneknirschend ein, dass er die Figur vor einigen Jahren von einem Afghanen erworben hatte, dessen Namen er jedoch nicht preisgeben wollte. Allerdings fand er sich bereit, einen Kontakt zum Vorbesitzer herzustellen, und zwar heute Nacht. In dieser verfallenen Gasse eines Ruinenviertels, in dem Martha zuvor noch nie gewesen war.

Martha war in Kabul aufgewachsen und wusste nur allzu genau, dass dieses Treffen an einem so verlassenen Ort für eine junge Frau von zwanzig Jahren sehr gefährlich war, doch die Hoffnung, mehr über das Verschwinden ihrer Eltern zu erfahren, ließ sie jede Vorsicht vergessen.

Inzwischen war die Gebetszeit vorüber, und nun erreichte sie wieder das ferne Stimmengewirr des Bazars, das der Nachtwind zusammen mit einer Mischung aus verschiedensten Düften des Orients herübertrug.

Martha fühlte sich mittlerweile wie in Schweiß gebadet, und unter dem dicken Schleiermantel klebte ihr die Kleidung buchstäblich am Körper. Die meisten Afghaninnen erduldeten diese Vermummung klaglos, Martha aber trug ihre Burka nur, solange es ihr zum Vorteil gereichte. Ein Schleier, der ihren ganzen Körper bedeckte, war für eine Frau bei weitem die beste Methode, anonym zu bleiben. Unter dem Schleier war sie ein gesichtsloses Wesen, das niemand beachten durfte.

Doch hier in der Dunkelheit spürte sie nun, wie Angst von ihr Besitz ergriff. War sie in eine Falle geraten? Schließlich hatte sie den Brüdern nie getraut. Sie konnte doch unmöglich in diese Dunkelheit hinein…, um die Wahrheit zu sagen, sie fürchtete sich erbärmlich, und es nutzte auch nichts, dass sie ihre Hasenfüßigkeit als kühle Bedachtsamkeit deklarierte.

Sie wusste nicht, wie lange sie sich reglos gegen die Ziegel schmiegte, schließlich gab sie sich aber doch einen Ruck, zerrte ihren Schleier vom

Kopf, um im Ernstfall nicht in ihrer Bewegungsfreiheit behindert zu sein, und schlich auf Zehenspitzen hinaus in die Gasse.

Bis dahin war sie so sehr von ihrer Angst dominiert, dass sie alle anderen Eindrücke beiseite geschoben hatte. Doch jetzt, nach den ersten Schritten, da ließ sich ihre seltsame Wahrnehmung nicht länger ignorieren.

Iskender!

Martha stand wie versteinert und lauschte in die Nacht hinein. Ein Schauer lief ihr über den Rücken. Sie kannte diese Aura, diese geisterhaft fremde Gegenwart, die sie seit Jahren nicht mehr verspürt hatte. Iskender war zurück, ihr Dschinn, der unsichtbare Begleiter ihrer Kindertage. Kurz nach ihrer Ankunft in Kabul, damals vor zehn Jahren, hatte sie die Aura ihres Dschinns zum ersten Mal gespürt, und nach dem ersten Schreck hatte sie keinen Trick unversucht gelassen, um ihren geheimnisvollen Verfolger zu stellen. Doch Iskender hatte mit schlafwandlerischer Sicherheit jede Falle erraten und jede Finte durchkreuzt. Es musste sich einfach um einen Geist handeln, um einen Dschinn aus dem Märchen.

Anfangs hatte sich ihr Vater noch besorgt gezeigt. Er fürchtete wohl, es handele sich um den afghanischen Geheimdienst, und die kleine Martha erfuhr damals zum ersten Mal, was ein Geheimdienst eigentlich war, aber der Gedanke war ohnehin völlig lächerlich, alberner Erwachsenenquatsch eben. Iskender war doch kein Polizist! Allein die Vorstellung kam schon beinahe einer Beleidigung gleich! Das Interesse ihrer Eltern erlosch zum Glück, schon bald betrachteten sie den Dschinn als Traum ihrer einsamen Tochter, die hier am Hindukusch gestrandet war.

In Marthas Kinderphantasie erhielt ihr geheimnisvoller Begleiter schon bald ein reales Gesicht. Sie sah ihn ganz genau vor sich, einen jungen Mann mit heller Haut und blondem Haar, das ihm verwegen um die Stirn wehte. Auch um einen Namen war sie nicht verlegen – Iskender el-Kebir, Alexander der Große. Alexander nannte sie ihn allerdings nie, klang doch Iskender viel geheimnisvoller. Auch schien ihr ein arabischer Name weit passender für einen Dschinn. Und so wurde Iskender zu einem jungen König in schimmernder Rüstung, der irgendwann erscheinen würde, um sie auf sein riesiges, schwarzes Pferd zu heben. Eines Tages...

Sie begann ihn zu zeichnen und bedeckte unzählige Blätter mit der Gestalt eines Reiters in blitzender Rüstung. Iskender begleitete sie überall. Er war dabei, wenn die kleine Martha durch Kabuls Straßen schlich oder in den Parks vor der Stadt schwimmen lernte. Sie sprach mit ihm, wenn sie alleine war, und sie war oft allein. Iskender war Zeuge ihrer ersten Reitversuche. Natürlich kam nur ein Rappe infrage und riesengroß musste er sein, auch wenn sie anfangs unsanft aus dem Sattel stürzte.

Und nun hatte sich Iskender zurückgemeldet, doch die romantischen Kindertage lagen längst hinter ihr. Jetzt war sie sich absolut sicher, dass sie beobachtet wurde, und zwar nicht von Rahman. Aber wie hatte Iskender sie hier in der Dunkelheit aufgespürt?

Ob es sich bei Iskender gar um den großen Unbekannten handelt, den sie heute treffen sollte? Sie fröstelte vor Anspannung, doch dann straffte sie die Schultern, entschlossen, in ihrem Dschinn zumindest vorläufig einen Verbündeten zu sehen. Auf Zehenspitzen tastete sie sich die Gasse entlang, zehn Schritte, zwanzig – und stets spürte sie Iskender im Nacken.

„Halt", zischte es unvermittelt in der Dunkelheit.

Martha stand wie angewurzelt.

„Nach links", flüsterte es. Rahmans Stimme.

Mit angehaltenem Atem wandte sie sich dem Sprecher zu. Schon bald berührte sie eine raue Ziegelwand, und dann flammte urplötzlich eine Öllampe in der Finsternis. Im nächsten Augenblick erschien die höhnische Miene des Händlers im Lichtkreis.

„Haben Sie die Figur?", knurrte er und winkte sie ins Innere einer Ruine. Ein richtiger Gruß schien ihm nicht vonnöten. Marthas Unsicherheit verstärkte sich, schließlich war sie dem Mann doch ziemlich ausgeliefert.

Für einen Moment registrierte sie einen kahlen Raum und eine schattenhafte Tür im Hintergrund, dann konzentrierte sie sich schon wieder auf ihr Gegenüber. „Wo ist Ihr Kunde?" Ihre Stimme zitterte, und sie verachtete sich dafür.

„Er kommt bestimmt", knurrte der Afghane. Seine Stimme schwankte. Der Kerl fürchtete sich ebenfalls. Ein völlig neuer Aspekt. Schon öffnete sie den Mund zu einer Frage, da vernahm sie leise Schritte – mehrere Personen!

Rahman löschte blitzartig seine Lampe und stand mit einem Satz an einer kahlen Fensterhöhle. Als Martha auf Zehenspitzen hinter ihn trat, packte er sie mit jähem Griff. Irgendetwas blinkte im Mondlicht, und dann spürte sie auch schon einen Dolch an ihrer Kehle. Sie wagte keine Bewegung.

„Gehören die zu Ihnen?", zischte es an ihrem Ohr.

Martha leugnete hastig, die Fremden näherten sich unaufhaltsam. Hatten sie vorhin das Licht bemerkt? Rahman packte sie fester.

„Hast du mich verraten, deutsche Hure?"

Verraten? Draußen herrschte plötzlich Stille.

Martha fühlte ihren panischen Herzschlag bis in die Ohren. Sie musste Ruhe bewahren, auch wenn sie ständig an Iskender dachte. Sollte es sich am Ende da draußen um...?

Die Klinge grub sich tiefer in ihre Haut. Sie spürte das Zittern ihres Gegners und roch seine verschwitzte Kleidung, die er wahrscheinlich seit

Tagen nicht gewechselt hatte. Und dann knirschte es wieder in der Dunkelheit. Rahman drehte sich ruckartig zum Fenster, und das war Marthas Chance. Blitzschnell tauchte sie unter seinem Arm hindurch und sprang der Hintertür entgegen, die sie vorhin beim Eintritt bemerkt hatte.

Rahman konnte ihr nicht mehr folgen, stürmten doch gleich mehrere Gestalten in den Raum. Ein kurzes Aufbrüllen, ein gurgelnder Schrei, der abrupt versiegte, dann flammte ein Feuerzeug auf und schließlich eine Lampe.

Das Licht zuckte auch durch Marthas Fluchttür, in letzter Sekunde warf sie sich zur Seite. Wie viele waren es? Drei oder vier?

Martha wagte keine Bewegung. Sie stand wieder im Freien, und trotz der Finsternis erahnte sie die verdorrten Pflanzen eines winzigen Gartens. So sachte als möglich schob sie sich einige Zentimeter zur Seite und erspähte nun durch einen Mauerspalt vier Vermummte. Drei umklammerten Rahman, während der vierte gerade seinen Dolch zückte.

Kaum blitzte die Klinge, da riss sich das Opfer auch schon los und flüchtete genau in Marthas Richtung, aber die Gegner waren blitzschnell über ihm. Schon schlang sich ein Schal um seinen Hals und wurde erbarmungslos zugezogen.

Der Händler schnappte verzweifelt nach Luft, doch vermochte er kaum noch zu röcheln. Mit letzter Kraft riss er an der Jacke eines Peinigers, so dass eine Narbe an einer dunklen Schulter sichtbar wurde, dann erschlaffte seine Hand, und die Mörder stießen ihn achtlos zu Boden. Martha vermochte sich vor Entsetzen kaum noch auf den Beinen zu halten.

„Durchsucht ihn", zischte es auf Pashto. Zugleich grub sich ein Dolch in den Rücken des Reglosen – sicherheitshalber. Während der Sprecher kaltblütig die Klinge an der Hose seines Opfers abwischte, filzten seine Kumpane den Toten. „Nichts", knurrte einer enttäuscht.

Der Misserfolg schien sie aufs höchste zu beunruhigen, so dass sie hektisch den Raum ableuchteten. Das Licht blitzte wieder in Marthas Augen, und für einen Moment war sie sich absolut sicher, entdeckt zu sein, doch dann wanderte das Lampenlicht auch schon weiter. Martha wurde ganz schwach in den Knien. Ohne die stützende Ziegelwand wäre sie sicher umgesunken.

Eine todbringende Schwäche, schließlich schien es nur eine Frage von Sekunden, bis man sich hier draußen umsehen würde, doch näherten sich zum Glück in dieser Sekunde Männerschritte in der Gasse. Der Ankömmling gab sich nicht die geringste Mühe, seine Gegenwart zu verschleiern, im Gegenteil, er bewegte sich derart präzise, dass Martha unwillkürlich an einen Offizier denken musste.

Mit den lauter werdenden Schritten drängte sich auch Iskenders Aura wieder höchst machtvoll in ihr Bewusstsein, beinahe wie eine Hand aus dem Dunkel. Sollte dieser Fremde...?

Augenblicke später trat er bereits in den Raum, und Martha vergaß beinahe jede Vorsicht. Sie musste ihn einfach sehen, sie musste! Doch leider hatte auch der Ankömmling sein Gesicht hinter einem weiten Turbantuch verborgen. Martha bemerkte nichts als eine rote Jacke unter einem weiten Mantel.

Drüben nahm die Mörderbande regelrecht Haltung an, riss die Arme hoch und grüßte auf Deutsch mit dem Hitlergruß. „Sieg Heil, Sturmbannführer. Glückwunsch zur Schlacht von Kiew!“

Der orientalisch gekleidete Fremde grüßte zackig zurück, und Martha hatte Mühe, ihren Schock zu verdauen. Sturmbannführer? Und mit dem Sieg bei Kiew meinte man offenbar den Russlandfeldzug der deutschen Wehrmacht.

Der Sturmbannführer versetzte dem Toten einen verächtlichen Fußtritt. „Ausgezeichnet, Männer. Habt ihr die Figur?“

Die Figur? Kein Zweifel, der Kerl sprach tatsächlich von ihrer Statuette. War das am Ende Rahmans geheimnisvoller Kontaktmann?

„Er hatte sie nicht dabei.“

„Unmöglich!“, schnarrte es. Der SS-Mann leuchtete nun selbst umher. Zum Glück konzentrierte er sich zunächst auf die Eingangsfront, der Hinterausgang versank in völliger Dunkelheit.

Martha reagierte ohne weiter nachzudenken und pirschte sich auf Zehenspitzen in die Dunkelheit. Nur kein Geräusch, kein Geräusch! Mit jedem Schritt tauchte sie tiefer in die schützende Nacht. Fünf Schritte, acht Schritte, elf...

Jetzt stieß sie mit ausgestreckten Händen an eine Gartenmauer. Sie musste sich kräftig abstoßen, um sich hinauf zu ziehen. Gerade wälzte sie sich hinüber, als sie der Ruf des Sturmbannführers erreichte. „Licht, bringt mir die Lampe!“

Martha glitt gerade noch rechtzeitig hinter der Mauer zu Boden, trat doch bereits einer der Afghanen durch die Tür. Das Licht geisterte über einen längst vertrockneten Garten, während sich der Sturmbannführer zu ihrem Entsetzen auf ihre Spuren konzentrierte. Seine Schergen scharten sich um ihn.

„Kleine Fußabdrücke“, kommentierte die präzise Stimme. „Er hatte die Frau bereits getroffen! Ihr Idioten, sagte ich euch nicht, ihr solltet das verhindern, verdammt noch mal?“ Schon deutete der Sturmbannführer auf die Mauer. „Was befindet sich dort hinten?“

„Das Palais von Said ed-Din Schah, wir könnten...“

Martha glitt bereits in die Finsternis hinein. Noch immer spürte sie

Iskenders Gegenwart. Der Dschinn befand sich in unmittelbarer Nähe, und das konnte eigentlich nur bedeuten, dass es sich um den Sturmbannführer oder um einen seiner Kumpane handelte. Die Erkenntnis war einfach schauerlich. Iskender ein Mörder?

Dann strauchelte sie auch bereits im weichen Grund. Ihre Finger versanken im Mehl längst zerfallener Lehmziegel. Kaum wieder auf den Füßen, taumelte sie einem hohen Hindernis entgegen und dann zeichnete sich eine Mauerkrone gegen den Nachthimmel ab.

Was hatte der Kerl gesagt? Ein Palast von Said ed-Din? Mein Gott, dann lag dort ja der Harem von Benazir, ihrer liebsten Schülerin. Die Mauer schien endlos und war schlicht zu hoch, um sie einfach zu übersteigen, und die Mörder ließen nicht lange auf sich warten.

Marthas Angst scheuchte sie weiter. An der Mauer war das Gelände steil und abschüssig, doch wagte sie sich nicht hinunter. Vor Panik keuchend arbeitete sie sich die Mauer entlang. Sie strauchelte, raffte sich auf und stürzte erneut, aber sie kam vorwärts, und der Lampenschein der Verfolger wurde zusehends schwächer.

Suchte man sie am Ende in der falschen Richtung?

Die Erleichterung verlieh ihr neue Kraft und schließlich auch die nötige Geistesgegenwart, zumal sie jetzt herausgebrochene Ziegel entdeckte. Vielleicht konnte sie hier über die Mauer? Hastig griff sie zu und stemmte sich nach oben. Ein letzter Blick zurück, dann glitt sie hinüber auf die andere Seite.

Mozart

Kabul, 1. Oktober 1941
23.00 Uhr

Martha fiel hinab ins Gras. Für den Augenblick schien sie in diesem Park in Sicherheit, auch wenn ihr Herz geradezu schmerzhaft hämmerte. Vor ihr zeichneten sich vage Baumwipfel ab, zwischen denen ein mächtiges Gebäude in den Nachthimmel ragte.

Sie erkannte das charakteristische Dach, sie war tatsächlich bei Benazirs Familienpalais gelandet.

Benazir gehörte zu einer Gruppe junger Afghaninnen, die Martha insgeheim in Deutsch und Englisch unterrichtete, und zwar gegen den Willen ihrer Familien oder Väter, hatten doch afghanische Frauen in der Regel nicht den geringsten Zugang zu Bildung irgendwelcher Art. Nach orientalischer Lesart verseuchte Bildung den weiblichen Charakter. Deshalb hatte Marthas Vater an der Amani stets nur Knaben unterrichtet. Mädchenunterricht war selbst an der Deutschen Schule absolut undenkbar.

Martha war nie in diesen Park vorgedrungen, traf sie doch ihre Schülerinnen nur unter großen Vorsichtsmaßnahmen an verschwiegenen Orten. Benazirs Elternhaus war für Martha bisher stets tabu geblieben.

Benazir logierte im Harem ihres Elternhauses, da sie trotz ihrer achtzehn Jahre noch immer unverheiratet war. Sie fühlte sich in ihrer Familie nicht gerade glücklich, ihre Stiefmutter und vor allem ihr Stiefbruder Said ed-Din waren für das Mädchen absolute Schreckensgestalten, kontrollierten sie doch nach dem Tod ihrer leiblichen Eltern die ganze Familie. Nach Benazirs Erzählungen musste Said ed-Din eine düstere Erscheinung sein und seine Mutter ein wahrer Drachen, der den Harem ihres verstorbenen Mannes mit eiserner Hand regierte, um nicht zu sagen terrorisierte.

Das mächtige Gebäude schien völlig ausgestorben. Nicht der geringste Schimmer blitzte hinter seinen holzvergitterten Fenstern, so dass das Haus beinahe mit der Nacht verschmolz. War es etwa verlassen? Dann hatte sie keine Hilfe zu erwarten. Martha fühlte sich unendlich allein, zudem kämpfte sie immer noch mit dem schrecklichen Bild des sterbenden Händlers. Sein grausiger Anblick schien wie eingebrannt in ihr Bewusstsein. Mit fliegendem Atem schlich sie in den Park hinein und hielt nicht eher inne, bis sich die ersten Büsche hinter ihr schlossen. Hier, in dieser trügerischen Sicherheit, fand sie endlich ein wenig zur Ruhe, um das Geschehene zu überdenken, sich zu fragen, warum dies alles passiert war.

War es Zufall, dass sich Rahman ausgerechnet hier verabredet hatte? Bei seinem Kontaktmann sollte es sich um einen reichen Afghanen handeln, und Martha wurde den Verdacht nicht los, dass Benazirs Familie da irgendwie involviert sein könnte. Eine widerliche Vorstellung, die nicht gerade dazu beitrug, Marthas Zuversicht zu steigern.

Und falls der Informant anonym bleiben wollte, warum hatte er sich nicht einfach verweigert? Weshalb musste Rahman sterben, und weshalb sprachen die Mörder Deutsch?

Auf all dies fand Martha keine Antwort.

Sie war so eingesponnen in all ihre Fragen, dass sie zunächst die Musik ignorierte, die sie ganz unvermittelt aus den Tiefen des Gartens erreichte. Dabei handelte es sich nicht um eine afghanische Melodie – das war europäische Musik!

Das Stück erschien Martha völlig fremd und das Orchester offenbar ziemlich weit entfernt, außerdem schwankte die Lautstärke je nach dem Stand des Nachtwinds. Doch mit jedem Schritt gewann die Musik an Klarheit. Die Klänge wurden orientalischer, und dann trat eine einzelne

Gesangsstimme hervor, untermalt von rhythmischer Orchestermusik. Martha lauschte fasziniert, doch war der Sänger nicht zu verstehen. Dabei kam es ihr sogar vor, als würde da in Deutsch gesungen. Doch nein, das war ja ganz unsinnig. Die deutsche Kolonie war viel zu winzig für ein solches Orchester. Wenn Martha recht unterrichtet war, dann hielten sich in ganz Afghanistan nicht einmal zweihundert Deutsche auf.

Als Martha wieder eine Buschreihe hinter sich ließ, konnte sie endlich auch den Text verstehen, es war tatsächlich Deutsch.

Ha, wie will ich triumphieren,
wenn Sie euch zum Richtplatz führen,
und die Hälse schnüren zu.
Hüpfen will ich, lachen springen....

Sie verstand zwar nicht jedes Wort, aber dennoch genug, um den brachialen Inhalt zu begreifen.

... *wenn Sie euch zum Richtplatz führen,*
und die Hälse schnüren zu.

Martha kannte diese Arie, auch wenn ihr im ersten Moment nicht einfiel, woher. Jetzt verklangen die letzten Takte. Sie vernahm ein leises Knacken, dann wurde es still. Zugleich schimmerte schwaches Licht durch das Gezweig.

So behutsam als möglich tastete sie sich vorwärts und stieß ganz unvermittelt auf einen Gartenpavillon mit gewölbtem Kuppeldach. Der kleine Bau glich eher einer überdachten Veranda und war menschenleer. Der Lichtschein stammte von einem Windlicht, das in einem Glaszylinder vor sich hin flackerte.

Als sich Martha näher wagte, bemerkte sie einen orientalischen Diwan, eine Wasserpfeife und davor auf einem Tischchen ein Grammophon mit mächtigem Schalltrichter. So etwas hätte sie in Benazirs Elternhaus niemals erwartet. Ein Lehrer der Deutschen Schule besaß ein Grammophon, doch war es seit Monaten defekt.

Martha überprüfte das Gerät, die Schallplatte lag noch auf dem Teller. Hatte sich das Grammophon automatisch ausgeschaltet? Martha duckte sich instinktiv hinter die Brüstung, doch bemerkte sie keine verdächtige Bewegung. Schließlich testete sie mit zitternder Hand die Wasserpfeife. Die Kohlen glühten noch, der Raucher mochte also jede Sekunde zurückkehren. Sie musste hier weg, und das sofort.

Sie floh zurück in die Finsternis, doch als auch weiterhin alles ruhig blieb, da obsiegte ihre Neugier. Wie ein verfolgtes Reh nach allen Seiten sichernd, schlich sie in den Pavillon zurück.

Als erstes überprüfte sie den luxuriösen Diwan, die Polster waren kühl. Doch stieg ihr ein herber Duft in die Nase – unverkennbar Parfüm.

Dann untersuchte sie ein dreibeiniges Tischchen mit einem ganzen Stapel von Schallplatten, bekrönt von einem kleinen, kostbar gebundenen Koran, der so gar nicht zu dieser Plattensammlung passen wollte. Die Musik Europas war hier in diese Scheiben gepresst – ein Anachronismus inmitten eines orientalischen Palasts im Hindukusch. Auf den Plattenhüllen prangten Namen wie Caruso und Furtwängler. Martha entdeckte Opernarien von Wagner, Verdi und Mozart. Ja, Mozart, das war es! Die Arie, die sie herbei gelockt hatte, die stammte aus einer Mozartoper. Martha hatte die Melodie nicht erkannt, weil sie die Oper nie gehört hatte. Mozart war für sie nur ein berühmter Name auf Textbüchern aus dem Nachlass ihrer Mutter, die sie las wie Theaterstücke. Wenn sie sich recht erinnerte, stammte das eben Gehörte aus der Arie eines Haremswächters aus der *Entführung aus dem Serail.* Eine Arie des Osmin.

So eine Schallplatte lief nur kurze Zeit, und so lag für Martha klar auf der Hand, dass jemand vor kaum einer Viertelstunde das Grammophon angeschaltet haben musste. War der geheimnisvolle Musikliebhaber am Ende mit dem Sturmbannführer identisch? Das würde immerhin die Musikauswahl erklären. Hatte er Mozart aufgelegt, ehe er sich zu Rahmans Mördern gesellte? Doch nein, dazu war die Arie des Osmin sicher nicht lang genug.

Nun testete Martha vorsichtig die Wasserpfeife – Apfelgeschmack. Wer auch immer die Huka benutzt hatte, er teilte Marthas Vorliebe. Sie wollte sich schon endgültig zurückziehen, als es unter dem Diwan raschelte. Im nächsten Augenblick trieb ihr der Nachtwind ein Zeitungsblatt zwischen die Beine. Eine Ausgabe der *London Times*, wenn auch vor mehreren Monaten erschienen: 23. Juni 1941.

Auf dem Titel verkündeten große Lettern den deutschen Überfall auf die Sowjetunion. *Operation Barbarossa.*

Also konsumierte der unbekannte Leser Feindpropaganda. Nicht, dass Martha besonders national empfand, eher im Gegenteil, doch die letzten Jahre hatten ihr auf schmerzliche Weise klar gemacht, dass sie immer und überall als Nazi wahrgenommen wurde. Man fragte nicht, was sie von den Nazis hielt oder was ihre Eltern über das Dritte Reich dachten, als Deutsche musste sie Nazi sein. Das galt vor allem für die kleine Schar internationaler Diplomaten, die nun schon im dritten Kriegsjahr am Hindukusch ausharrten.

Sie konzentrierte sich derart auf die Zeitung, dass sie um ein Haar die langsamen Schritte überhört hätte, die sich vom Palais aus näherten. Wie der Blitz huschte sie aus dem Pavillon und warf sich in Deckung einer Hecke zu Boden, da schritt der Ankömmling bereits an ihr vorüber. Dann flammte ein Feuerzeug auf und entzündete eine Zigarette. Martha schob sich tiefer unter die Zweige. Zum Glück wühlte der Nachtwind im Blätterwerk, so dass das unvermeidliche Rascheln nicht weiter auffiel.

Der Unbekannte stand so nahe, dass sie den prachtvollen Goldreif bemerkte, der sein Handgelenk schmückte. Das Kleinod war in der Art eines groben Seils aus mehreren Drähten zusammengedreht und mit Tierköpfen verziert. Von seinem Träger selbst war nichts zu erkennen. Ein Mann mit einem Armreif? Handelte es sich am Ende um eine Frau? Doch nein, das war der Arm eines Mannes.

Jetzt erlosch das Feuerzeug, und die Hand verschmolz wieder mit der Dunkelheit. Nur die glimmende Zigarette verriet ihre Position. Offenbar war der Unbekannte ziemlich aufgewühlt, so heftig wie er an seiner Zigarette zog. Wieder und wieder leuchtete die Glut wie ein wild gewordenes Glühwürmchen, dann flog der Stummel auch schon zur Seite und direkt in Marthas Richtung. Er landete beinahe vor ihrem Gesicht und Martha drückte ihn reflexartig aus.

Unterdessen entzündete der Fremde hektisch eine neue Zigarette. Wieder rutschte der Ärmel zurück, und wieder schimmerte der Armreif. Ja, das waren Tierköpfe. Oder gar goldene Flügelchen? Leider konnte sie auch jetzt nur wenig erkennen.

Martha war schon halb unter der Hecke hervor, als eine schnarrende Stimme sie blitzartig innehalten ließ.

„Deine Nacht sei glücklich", grüßte der Sturmbannführer in perfektem Pashto. Martha wagte keine Bewegung.

Die Erwiderung verstand sie nicht, doch war klar, dass sich die beiden kannten. „Nein, wir haben nichts gefunden", beantwortete der Sturmbannführer eine unhörbare Frage. Anscheinend waren die beiden hier verabredet. Marthas Herz schlug bis zum Hals, als die beiden dem Pavillon entgegenschritten. Das war ihre Chance. Sie rollte sich geschmeidig aus ihrer Deckung und huschte wie der Wind dem Palais entgegen, das düster und verlassen vor ihr aufragte. In ihrer Hast vergaß sie jede Vorsicht. Die Strafe folgte auf dem Fuß. „Dort drüben!", hallte die scharfe Stimme des Sturmbannführers.

Jetzt zählte jeder Meter. Martha hastete um die Ecke des düsteren Baus und fand kaum Zeit, sich zu Boden zu werfen, stürmten doch bereits zwei Soldaten heran. Sie kamen von der breiten Einfahrt, die sich auf der anderen Seite des Palais in der Gartenmauer öffnete.

„Wachen!", brüllte es irgendwo in der Dunkelheit.

Die Soldaten waren kaum vorüber, da lief Martha in Richtung Auffahrt, als sie dort eine schattenhafte Bewegung zu erkennen glaubte. Eher zufällig erhaschte sie einen Blick auf die Vorderfront und erkannte urplötzlich einen Lichtschimmer hinter einem der Fenster. Zweiter Stock, Benazirs Zimmer? Ohne zu überlegen, warf sie sich zur Seite.

Benazir

Kabul, 2. Oktober 1941
0:20 Uhr

Kaum in Deckung, erreichte sie auch schon die Stimme des Sturmbannführers.

„Ich glaube, sie ist in den Bazar", schnarrte er so unmittelbar vor ihr, dass Martha kaum zu atmen wagte. Doch dann entfernten sich die Schritte langsam in Richtung Parkeingang, und Martha lehnte sich schweißüberströmt an das raue Mauerwerk des Palastes.

Auch wenn die unmittelbarste Gefahr vorüber schien, so saß sie dennoch in der Falle, musste sie doch befürchten, dass die Leute des Sturmbannführers den Park absuchten, während ihr draußen am Tor die Flucht in den Bazar verwehrt wurde.

Als sie nun bang nach oben spähte, da schimmerte immer noch Licht durch ein hölzernes Fenstergitter. Martha war sich ziemlich sicher, dass es sich um Benazirs Zimmer handelte, das sie ihr vor wenigen Wochen von unten gezeigt hatte. Sie tastete auf dem Boden nach einigen Steinchen und schleuderte dann das erste zu dem Fenster empor. Schon der zweite Stein traf die hölzerne Zier, die kunstvoll aus zahlreichen Holzstäben zusammengefügt war.

Martha lauschte, doch rührte sich nichts, und so versuchte sie ein weiteres Steinchen. Wieder ein Treffer. Wie würde das Mädchen reagieren? Würde sie das Fenster öffnen oder nach irgendwelchen Wachen rufen? Erst als das dritte Steinchen gegen das Gitter klapperte, wurde ihr siedendheiß klar, dass ein Alarmieren der Wachen leider die plausibelste Reaktion darstellte. Dennoch, sie musste es riskieren.

Schon tastete sie nach weiteren Wurfgeschossen, als es über ihr knackte. „Ich bin's, Martha", rief sie leise auf Deutsch, um einer lauten Frage zuvorzukommen.

„Martha..., Martha von Helm?", fragte eine junge Stimme nach einer ungläubigen Pause. „Sind..., sind Sie das wirklich?" Auch die Antwort kam auf Deutsch und zweifelsohne von Benazir. Sie hatte unglaubliches Glück gehabt.

„Kann ich hoch zu dir?", drängte Martha und hatte alle Mühe, ihre Angst zu überwinden und laut genug zu sprechen.

Für einen Augenblick herrschte Stille, dann wisperte es hastig: „Ja, ja, natürlich. Ich komme zum Eingang."

Das Gitter schloss sich, und Martha schob sich vorsichtig an der Wand entlang, bis sie die Auffahrt überblicken konnte. Von den Soldaten war nichts zu erkennen, und Martha hielt sich dicht an dem nahezu unsichtbaren Mauerwerk, als in der Dunkelheit eine Pforte knarrte. „Fräulein von Helm?", raunte es ängstlich. „Sind Sie da?"

Martha zwängte sich mit vorgehaltenen Händen durch einen Türspalt, den Benazir gerade so weit aufzog, um Martha hindurchzulassen. Die Sorge ihrer Schülerin bedurfte keiner Erläuterung. Fremde hatten in einem Harem absolut nichts verloren. Auch Frauenbesuche waren nicht immer willkommen, von Ausländern ganz zu schweigen. *Harem* bedeutete nicht umsonst *das Unbetretbare*.

Als Benazir nach ihr tastete, spürte sie deutlich das Zittern ihrer Hand. Martha vergegenwärtigte sich erst jetzt, dass sie mit ihrem Hilferuf ihre junge Schülerin beträchtlicher Gefahr aussetzte. Dass das Mädchen sie dennoch ganz spontan einließ, zeigte deutlich, wie sehr sie sich ihrer Lehrerin verbunden fühlte.

Benazir hatte sogar auf eine Lampe verzichtet, ein beredtes Zeichen ihrer Angst. „Ich habe eine Nachricht Ihres Engländers", raunte es in der Dunkelheit. Im nächsten Moment drängte ihr Benazir bereits einen mächtigen Schlüssel in die Hand, an dem ein Papierstreifen befestigt war. Der Schlüssel maß wenigstens fünfzehn Zentimeter und war aus schwerem Eisen geschmiedet.

Mein Gott, eine Nachricht von David! Martha fühlte deutlich, wie sich ihr Herzschlag beschleunigte. Außerdem hätte sie nie gedacht, dass er nach ihrem neulich so desaströs verlaufenden Wiedersehen erneut Kontakt aufnehmen würde. Doch das war im Moment alles ganz zweitrangig, jetzt galt es, Benazir klar zu machen, dass sie länger bleiben musste. „Bist du allein?", versicherte sich Martha nach einer atemlosen Pause.

„Aber ja!" Das klang schon beinahe wie ein Kichern. „Sie sind alle weg, zusammen mit meiner Stiefmutter. Und ich..., also ich bin krank."

„Krank? Allah, was hast du?"

Zu einer Antwort kam es nicht mehr, näherten sich doch draußen die Schritte der Wachen.

Benazir tastete erneut nach Marthas Arm und zog sie mit sich in die Dunkelheit. Offenbar begriff sie instinktiv ihre bedrängte Lage. „Vorsicht, hier kommt eine Treppe", flüsterte das Mädchen.

Augenblicke später berührte Martha bereits die unterste Stufe. Leise stieg sie hinter ihrer Führerin nach oben, und obwohl sie auf den Zehenspitzen ging, war ein Knacken der hölzernen Stiege unvermeidbar. In dem stillen Gebäude knarrte es überlaut und zerrte an Marthas Nerven. Doch das Knarren weckte keinen unwillkommenen Zeugen. Martha entspannte sich zusehends. Keine Wache würde es wagen, die Räume dieses Harems zu betreten. Für ihre Mutter war *Harem* immer ein Synonym für unterdrückte Frauen geblieben, aber jetzt erschien Martha dieser Harem als geradezu himmlischer Schutz.

Schon nach kurzer Zeit wurde es heller, und dann traten sie in ein orientalisch eingerichtetes Gelass, in dem die verglasten Fenster beinahe den einzigen Tribut an europäische Wohnkultur darstellten. Kostbare Teppiche schmückten den Boden und gemütliche Diwane erstreckten sich längs der Wände. In der Mitte des Raumes stand ein hoher, schmaler Ankleidespiegel in reich geschnitztem Rahmen, und davor lagen auf einem winzigen Tischchen europäisch anmutende Kleidungsstücke nebst Nähzeug. War das tatsächlich ein dunkler Herrenanzug? Offenbar hatte sie ihre Schülerin gerade bei der Handarbeit unterbrochen.

In einer Ecke brodelte ein silberner Samowar, und daneben standen allerlei Gebäck und Teezubehör. Von dem duftenden Sud des aromatisierten Tees ging eine geradezu entspannende Wirkung aus. Mit einem Mal verblasste die schauerliche Erinnerung an den Sturmbannführer und seine Schergen.

Erst jetzt dachte sie wieder an Davids Nachricht und nahm nun eilends Schlüssel und Nachricht in Augenschein. Auf dem schmalen Papierstreifen stand eine ungelenk gekritzelte Nachricht, als habe der Schreiber mit der linken Hand geschrieben: *Morgen, 22 Uhr. Am Wasser in dem Haus, aus dem sie uns verjagt haben.*

Martha fühlte den neugierigen Blick ihrer Schülerin. „Kennst du das Haus, das dieser Schlüssel öffnet?“, erkundigte sie sich unwillkürlich.

Benazir schüttelte den Kopf und öffnete schon den Mund zu einer Frage, doch Martha wehrte energisch ab. „Glaub mir, es ist besser für dich, wenn du gar nichts erfährst. Ehrlich!“

David hatte den Treffpunkt so vage bezeichnet, dass ihn eigentlich nur Martha erraten konnte. *Am Wasser in dem Haus...* Martha atmete schneller unter dem Eindruck der Erinnerungen, die Jahre zurück reichten. Sie war sich sicher, dass David auf das Geisterhaus anspielte, auch wenn sie sich nicht erklären konnte, wie er zu einem Schlüssel kam. Das eiserne Ding schien ihr plötzlich recht unheimlich.

Davids Vorsicht zeigte, wie gefährlich ihre Kontaktaufnahme war – und zwar für beide Seiten. Das einzig schwache Glied in dieser Nachrichtenkette schien letztlich Benazir. David ließ seit seiner Rückkehr nach Kabul dem Mädchen im Bazar mehrfach Päckchen zukommen und Benazir leitete die Nachrichten weiter. Martha handelte im Grunde höchst selbstsüchtig und konnte nur hoffen, dass der Freundschaftsdienst ihre kleine Freundin nicht noch in ernsthafte Schwierigkeiten brachte, zumal Benazir sie so herzerwärmend anstrahlte, als handele es sich nur um ein romantisches Abenteuer.

„Sie nehmen doch sicher Tee?", Benazirs Stimme holte sie in die Wirklichkeit zurück. „Ich bereite Ihnen meine ganz persönliche Mischung." Geschäftig goss sie Sud in eine frische Tasse, fügte kochendes Wasser und eine ungeheure Portion Zucker hinzu.

Sie sagte zwar noch irgendetwas, doch wurde Marthas Aufmerksamkeit ganz unversehens von einem großen Grammophon gefesselt, das exakte Gegenstück zu dem im Pavillon. Ja, sie fragte sich im ersten Augenblick, ob Benazir das Grammophon unterdessen aus dem Park geholt hatte? Martha setzte schon an zu einer Frage, als die Gastgeberin ihr bereits die Tasse entgegenstreckte. An Benazirs Handgelenk funkelte ein prachtvoller Goldschmuck, und Martha erinnerte sich blitzartig an den Partner des Sturmbannführers. Erst nach einem zweiten Blick stellte sie aufatmend fest, dass es sich um ein Fabergé-Schmuckstück handelte, ganz unähnlich dem schweren Reif, den sie im Garten beobachtet hatte.

Benazir folgte ihrem Blick und deutete Marthas Interesse gänzlich anders. Eilends löste sie den Reif, um ihn Martha hinzustrecken. „Er gehörte meiner Mutter. Ich bin sicher, sie würde sich freuen, wenn Sie ihn behalten würden."

„Um Himmels Willen!" Martha schob Benazirs Hand verlegen zur Seite. Offenbar hatte ihre Schülerin nicht die geringste Vorstellung, was sie ihr da offerierte. „Du kannst doch nicht die Erinnerung an deine Mutter verschenken! Es gehört nur euch beiden, deiner Mutter und dir."

Sie stieß es hastig hervor und schämte sich bitterlich für die Momente des Misstrauens, hatte sie doch im ersten Augenblick erwogen, ob sich nicht am Ende Benazir mit dem Sturmbannführer getroffen haben könnte. Zudem wurde ihr bei Benazirs großherzigem Angebot ganz warm ums Herz. Benazirs Mutter war schon seit Jahren tot, während ihr Vater erst vor etwa zwei Jahren auf einer Jagdpartie verunglückt war.

Sein Stiefsohn Said hatte damals die Macht in der Familie übernommen und Benazir ihre bevorzugte Stellung als Lieblingstochter verloren. Ihr Leben verwandelte sich fortan in eine private Hölle. Das aufgrund leidvoller Erfahrung höchst verschlossene Mädchen hatte sich Martha anfangs nur zögernd geöffnet.

Als Martha sich jetzt den Schlüssel unter die Jacke schob, begegnete sie Benazirs vorwurfsvollem Blick. „Wie können Sie sich mit einem Engländer treffen? Ich meine, Sie sind doch eine Deutsche!"

Ihre Gastgeberin verstummte errötend, bis sie nach einer unendlich scheinenden Pause voller Verlegenheit die Finger an ihre Lippen drückte, als vermöchte sie ihre nur allzu berechtigte Frage zu tilgen.

Martha fühlte deutlich, dass es höchste Zeit war, ihr Verhalten zu erklären. „Ich kannte diesen Engländer schon lange vor dem Krieg. Ich...“

„Aber jetzt ist er doch Ihr Feind!“, platzte Benazir heraus. „Ich meine, so sollte es sein“, setzte sie hilflos hinzu. Martha griff nach ihrem Arm und zog sie näher heran. „Hör zu, David und ich kannten uns schon seit meinem dreizehnten Geburtstag, und wir waren über Jahre hinweg eng befreundet. Als er mit seiner Familie kurz vor Kriegsausbruch Afghanistan verließ, da verlor ich meinen besten Freund und..., und jetzt bin ich heilfroh, dass er zurückgekehrt ist.“

„Aber er arbeitet heute als..., als...“ Das Wort wollte ihr nicht einfallen, und Martha ergänzte Benazirs Satz. „Als britischer Militärattaché.“

Das Mädchen nickte heftig. „Und damit kämpft er doch gegen Ihre Landsleute und unterstützt diese widerliche Sowjetunion. Die Briten und die Russen, sie waren noch stets Afghanistans Feinde. Denken Sie nicht, Sie sollten...“

Trotz des brisanten Themas konnte Martha nicht umhin, durch die Fenstergitter zu lugen, doch bemerkte sie nur ferne Lichter in anderen Häusern. Als sie erleichtert aufatmete, begegnete sie aufs Neue einem fragenden Blick. Sie konnte ihrer Schülerin nichts vormachen, fraglos ahnte sie, dass Martha auf der Flucht war.

Martha holte tief Luft. „Menschen halten sich nicht immer an Verbote. Warum lernst du Deutsch und Englisch, obwohl es deine Familie untersagt? Du tust es, weil du es selbst für richtig hältst.“

Benazir presste beide Hände gegen ihre Brust. „Aber wir sind doch Freunde“, stieß sie hervor. „Wir...“ vergebens rang sie nach Worten, bis Martha ihr sanft das schwarze Haar aus der Stirn strich.

„Das sind wir“, bekräftigte sie.

Das Mädchen schloss spontan die Augen, als gelte es, die unerwartete Berührung möglichst innig auszukosten. Ja, Martha spürte ganz deutlich den leichten Druck, mit dem sich der feine Mädchenkopf in ihre Finger schmiegte. Es war ein wundervolles, unerwartetes Gefühl, viel sinnlicher als alles, was Martha je mit einem Fremden erlebt hatte, und zugleich so bestürzend, dass sie ihre Finger schließlich jäh zurückzog.

Benazir stand noch immer mit geschlossenen Lidern, bis sie ihre Fingerspitzen ganz andächtig an die Stelle legte, die Marthas Hand gerade berührt hatte. Doch als sie die Augen aufschlug, färbten sich ihre Wangen dunkler, und sie suchte verzweifelt nach einem neuen Anfang. „Wenn..., wenn Sie mit einem Briten korrespondieren“, stieß sie hervor. „Und wenn dieser David immer noch Ihr Freund sein kann, dann..., dann sind Sie gegen diesen Krieg und gegen die Nazis?“

Martha erwiderte nichts.

„Und..., und es freut Sie nicht, dass Ihre Wehrmacht auf Moskau marschiert?"

Martha suchte vergebens nach einer Antwort, doch Benazir fuhr bereits fort. „Die Deutschen haben bei Kiew Hunderttausende von Russen überwältigt."

„Woher weißt du das?" Martha dachte umgehend an den Sturmbannführer.

„Said berichtete es seiner Mutter und ich stand dabei. Sie sind nicht stolz auf diesen Sieg, oder?"

Martha hatte Benazirs Intelligenz stets bewundert. Sie hatte das ungeheure Tempo bestaunt, mit dem sie sich Englisch und vor allem Deutsch angeeignet hatte, doch hatte sie bis heute gänzlich übersehen, wie präzise das Mädchen ihre Lage analysierte.

Und während sie förmlich in den dunklen Augen versank, da begriff sie plötzlich, weshalb sich Benazir mit solchem Feuereifer auf die deutsche Sprache gestürzt hatte. Sie wollte Deutsch sprechen, um ihrer Lehrerin nahe zu sein. Nun verstand sie auch, weshalb Benazir das Risiko eingegangen war, ihr Davids Nachrichten zuzustellen. Das war keine Gefälligkeit, das war eine Bitte um Freundschaft. Sie musste sich mit aller Macht zusammennehmen, um das Mädchen nicht einfach in die Arme zu schließen.

„Sie freuen sich nicht?", drängte Benazir, ganz unerreicht von Marthas Gefühlen.

„Ich glaube nicht", stieß Martha hervor. „Ich frage mich die ganze Zeit, wie meine Eltern dazu stehen würden. Sie hassten Adolf Hitler und sie verabscheuten alle Nazis. Deshalb mussten wir aus Berlin und Deutschland fliehen."

Benazir riss die Augen auf. „Und Sie? Als Ihre Eltern Deutschland verließen, da waren Sie doch noch ein kleines Mädchen. Vielleicht haben Sie das alles gar nicht richtig verstanden?"

Es war dieser ungläubige Vorwurf, der Martha über ihre Verlegenheit hinweghalf, ja, sie fühlte zum ersten Mal einen Anflug von Ärger. „Du weißt nicht, wovon du redest. Die Nazis sind überhaupt nicht misszuverstehen. Die Polizei schoss auf uns, und wir versteckten uns nächtelang im Wald, als wir durch Deutschland flohen."

Das brach so heftig heraus, dass Benazir unwillkürlich zurückwich. „Flucht durch Deutschland?"

Martha spähte durch ein Fenstergitter in die Nacht hinaus. Draußen schien immer noch alles ruhig, und vor ihrem geistigen Auge entfaltete sich eine weit dramatischere Wirklichkeit. Sie blickte wieder in die Taschenlampen ihrer Verfolger, die sie und ihre Eltern im Park von Sanssouci durch die Büsche hetzten. Sie merkte nicht einmal, wie heftig sie zitterte, bis sie Benazirs tröstende Berührung aufschreckte. „Und dann?“, forschte das Mädchen leise, als ahne sie instinktiv, dass es Martha erleichtern würde, sich endlich auszusprechen.

„Und dann?“, wiederholte Martha und kämpfte vergeblich gegen den Schauder in ihren Gliedern. „Das alles geschah im Jahr 1934. Meine Eltern setzten sich damals nach Österreich ab und später nach Jugoslawien. Wir wollten dort auf meinen Bruder warten, doch er kam einfach nicht, er...“ Martha fühlte plötzlich, wie sich eine Träne aus ihrem Augenwinkel stahl. „Mein Vater kehrte schließlich allein nach Berlin zurück und wurde um ein Haar verhaftet, ohne meinen Bruder jemals wiederzusehen. Nur durch schleunigste Flucht entkam er der Gestapo.“

Die schlanken Mädchenfinger schlossen sich voller Erregung um ihr Handgelenk und Martha wagte kaum, Benazir in die Augen zu blicken. „Nach langen Wochen stieß mein Vater zu uns. Er war völlig verändert. Die meisten Emigranten zog es nach Amerika, doch meine Eltern liebten den Orient. So flohen wir über Istanbul und Persien bis nach Afghanistan, und erst hier im Hindukusch sah ich meine Eltern wieder lachen. Nein, ich freue mich nicht über den Vormarsch deutscher Truppen.“

Für einen Augenblick herrschte Schweigen, dann trat Benazir beklommen zurück. „Ihre Eltern haben es richtig gemacht“, stammelte sie hastig. „Ich meine, dass sie nach Kabul kamen. Sonst..., sonst hätte ich Sie niemals kennengelernt.“ Das kam so spontan, dass sie sich bestürzt unterbrach, ehe sie verwirrt und verlegen fortfuhr. „Es..., es tut mir so leid, ich wollte nicht..., ich meinte nur...“ Vergebens suchte sie nach deutschen Worten, bis sie schließlich ins heimische Pashto hinüberglitt, ohne ihre Entschuldigung damit verständlicher zu machen, so dass ihr Martha schließlich mit dem Finger die Lippen versiegelte.

Das Mädchen verstummte abrupt und legte ganz sanft ihre Hand auf Marthas Finger. Es war ein wunderbares, ein verwirrendes Gefühl, noch viel intensiver als vorhin.

Schließlich zog Martha ihre Hand zurück und Benazir atmete schwer. „Wir..., wir haben eine Menge gemeinsam“, flüsterte sie schließlich. „Auch bei mir rief Allah die Eltern allzu früh zu sich. Ich meine..., ich will damit nicht sagen, dass Ihre Eltern tot sind, ich...“

Sie wusste, dass Martha sich nie wirklich eingestanden hatte, dass ihre Eltern wohl niemals zurückkehren würden. Die junge Gastgeberin war so bestürzt ob ihrer unbedachten Worte, dass sie die Hände auf ihr Herz legte. Martha versuchte ein beruhigendes Lächeln, auch wenn ihr der unerwartete Stich heftig auf der Seele brannte. Seit dem Verschwinden ihrer

Eltern hatte sie sich eingeredet, dass sie am Leben seien, dass sie eines Tages kämen, um sie abzuholen. Über Monate hinweg hatte sie den Reiseweg ihrer Eltern rekonstruiert, jeden Hinweis bis zur indischen Grenze verfolgt, alle Orte aufgesucht, an denen sie tatsächlich oder angeblich gesehen worden waren, und doch hatte sie nichts gefunden. Wenn sie damals mit ihren achtzehn Jahren nicht schon erwachsen gewesen wäre – nach all diesen Monaten der Suche hoch oben im Hindukusch hätte sie endgültig ihre Kinderzeit verlassen.

„Sie sind nicht nur wegen Davids Nachricht gekommen", flüsterte Benazir. „Nicht wahr?"

Martha zwang sich, ihr in die Augen zu sehen, als sie zustimmend nickte. „Ich hatte eine Verabredung hier in der Nähe."

Benazir hob die Brauen. „Eine Verabredung? Mit dem Engländer?" Sie fragte es beinahe im Verschwörerton, und Martha konnte ein Auflachen nicht verhindern.

„Nein, nein, mit einem Händler. Ich erhoffte mir Aufschluss über das Schicksal meiner Eltern."

Benazir entspannte sich, ja sie schien regelrecht erleichtert, dass das Rendezvous derart unromantische Züge trug. „Und Sie sind ganz alleine losgezogen, mitten in der Nacht?" Sie sagte es so atemlos vor Bewunderung, dass Martha ein durchaus stolzes Lächeln nicht unterdrücken konnte. „Leider verlief das Treffen anders als erhofft. Der Händler wurde ermordet, und ich flüchtete in letzter Sekunde in euren Garten."

„Allah!" Benazir presste die Hände ineinander. „Sind Sie verletzt, ist alles in Ordnung, sind Sie...?"

Martha umschloss die zitternden Mädchenhände. „Es war ziemlich mutig, mich hier so einfach hereinzulassen. Deine Familie...?"

„Keine Sorge, ich bin hier gänzlich allein. Als die anderen mit meiner Stiefmutter zu einem Ausflug aufbrachen, habe ich eine Krankheit vorgetäuscht. Wahrscheinlich waren sie ganz froh, mich loszuwerden. Sie sind mindestens zwei Tage fort." Plötzlich blitzten ihre großen Augen und spitzbübisch schürzte sie die vollen Lippen.

„Und weshalb wolltest du nicht mit?"

Benazirs Miene verfinsterte sich. „Meine Stiefmutter umgibt sich immer mit ekelhaften Menschen und diskutiert den ganzen Tag, mit wem sie mich verkuppeln könnten. Das ist so widerlich. Sie..., Sie haben mir doch von Deutschland erzählt und dass man dort uns Frauen nicht wie Vieh verhandelt."

Martha konnte ihr nicht gut sagen, dass sie im Grunde kaum Ahnung vom Leben in ihrer alten Heimat hatte. Offenbar hatte sie Benazir ganz unwillentlich einen Floh ins Ohr gesetzt.

„Wir könnten zusammen weg", stieß das Mädchen hervor und schien schon im nächsten Moment ihre Aufrichtigkeit zu bedauern. Zumindest wurde sie feuerrot.

Marlene Dietrich

Kabul, 2. Oktober 1941
1:30 Uhr

Martha entschloss sich zu einem Lachen, und die Atmosphäre entspannte sich schlagartig.

„Du hörtest vorhin Musik?" Sie griff nach den Schallplatten neben dem Grammophon. Unter den Platten lagen auch einige Photos beeindruckender Frauen, darunter eine geradezu einschüchternde Erscheinung, die in Männerkleidung auf einem hohen Hocker saß und Martha in kühler Überlegenheit in die Augen blickte. Hosen und ein Jackett, das sah genauso aus wie die Kleidung, an der Benazir gerade bei Marthas Erscheinen genäht hatte.

Das Mädchen fühlte Marthas Erstaunen und stürzte sich sofort in Erklärungen. „Das sind Schauspielerinnen. Aus..., aus Amerika."

„Hollywood", murmelte Martha unwillkürlich und studierte das befremdliche Photo. Ihre Eltern hatten damals dieses Hollywood erwähnt, auch wenn Martha eigentlich gar nicht wusste, worum es sich handelte. Eine Stadt, in der Filme hergestellt wurden.

Benazir deutete eifrig auf das Photo. „Das ist Marlene Dietrich, die berühmte Schauspielerin. Sie müssten sie kennen, sie ist auch eine Deutsche."

Martha hatte zwar nie ein Photo gesehen, doch der Name war ihr sehr wohl ein Begriff. Marlene Dietrich, ein deutscher Filmstar, der nach Amerika gegangen war und es abgelehnt hatte, nach Nazideutschland zurückzukehren. Das war in der deutschen Kolonie mehr als einmal Gesprächsstoff gewesen und hatte ganz klar die Fronten aufgezeigt, die selbst hier am Hindukusch durch das deutsche Lager liefen. Lächelnd schnippte sie mit dem Finger gegen das Photo. „Und nun versuchst du, ihre Kleidung zu imitieren? Zeigst du es mir?"

Benazir lachte ein wenig verlegen, als Martha ihr auffordernd den Anzug entgegenhielt. Ihre Gastgeberin zierte sich einen kurzen Moment, doch bereitete ihr die Scharade wohl weit größeres Vergnügen, als sie zugeben wollte. Schnell wie der Wind streifte sie ihre orientalische Kleidung ab, um flugs in das fremdartige Kostüm zu schlüpfen. Martha hatte sie wohl vorhin überrascht, als sie gerade das Herrenjackett längs der Rückennaht etwas enger stecken wollte.

Ihre Benazir in einer europäischen Herrenjacke! Der Anblick war so ungewohnt, dass Martha anfangs ein Schmunzeln kaum unterdrücken konnte. Allerdings veränderte sich ihre junge Schülerin auf eine so erstaunliche Weise, dass ihr das Lachen nur allzu schnell in der Kehle stecken blieb. Der Anblick überwältigte sie regelrecht.

Benazir drehte sich unterdessen mit der Geschmeidigkeit einer geübten Tänzerin auf den Zehenspitzen, ehe sie jäh innehielt. „Eigentlich gehören diese Schuhe dazu." Damit zog sie schon ein Paar hohe Pumps unter einem Tepsi hervor, um hinein zu schlüpfen. „Leider kann ich nicht gut darin gehen", räumte sie errötend ein. „Die Absätze sind so hoch. Deshalb versuche ich es lieber auf Zehenspitzen."

Marthas Mutter hatte ein Paar Schuhe mit hohen Absätzen nach Afghanistan gerettet, doch waren sie zu klein für Marthas Füße. Diese hier mochten da schon eher passen.

„Jetzt Sie!", riss Benazir sie aus ihrem unangebrachten Tagtraum. „Sie müssen es auch probieren." Und schon entledigte sie sich des Anzugs, um ihn ihrer Lehrerin entgegenzustrecken. Martha wich zurück.

„Kommen Sie!", drängte das Mädchen, „Sie müssen einfach. Schließlich ist der Anzug aus Deutschland und Marlene Dietrich auch!"

Bestechende Logik. Martha fragte sich unwillkürlich, woher dieser Anzug wohl stammen mochte. Der Gedanke, diese Kleidungsstücke anzuziehen, schien ihr sowohl grotesk wie auch verführerisch. Doch schließlich nahm sie alles entgegen, wenn auch nur mit spitzen Fingern. „Und woher hast du das Zeug?", rettete sie sich in eine Frage.

Benazir wand sich ein wenig. „Also, ich habe den Anzug entdeckt, als ihn meine Stiefmutter wegwerfen wollte."

„Wegwerfen?", wiederholte Martha erstaunt. „Und wem gehörte er?"

„Das weiß ich nicht, ehrlich. Meiner Stiefmutter sicherlich nicht. Sie hielt ihn für unmoralisch und unislamisch. Ich zog ihn heimlich aus dem Müll."

Martha schnupperte unter den Achselhöhlen des Jacketts. „Er wurde schon getragen."

Benazir nickte eifrig. „Das dachte ich mir auch, aber ich habe keine Ahnung, von wem. Kommen Sie, probieren Sie ihn an. Sagt man das so im Deutschen?"

Martha nickte einigermaßen verlegen. Schließlich konnte sie nicht gut zugeben, dass sie das Photo Marlene Dietrichs ein wenig eingeschüchtert hatte. Die Frau machte einen so souveränen Eindruck.

Aber jetzt, in der Geborgenheit dieses Harems, schien alles wie verwandelt, zumal Benazirs erwartungsvoller Blick ohnehin nichts anderes zuließ. Nun, zumindest konnte sie sich hinter dem Spiegel umkleiden, um sich den erwartungsvollen Augen ihrer Gastgeberin zu entziehen. Keine große Erleichterung, zumal das Mädchen beständig vor sich hin kicherte. Marthas Schamgefühl amüsierte sie anscheinend über alle Maßen, was Marthas Verlegenheit nur noch steigerte. Außerdem war die Jacke so eng, dass sie nur nackt hinein schlüpfen konnte. Eigentlich wollte sie es gar nicht, aber von diesem Kleidungsstück ging ein seltsamer Reiz aus, dem sie sich einfach nicht entziehen konnte.

Schließlich zog sie das Jackett an der Taille zusammen und trat aus ihrer Deckung. Ohne es überhaupt wahrzunehmen, ging sie dabei auf Zehenspitzen und war plötzlich selbst gespannt auf einen ersten Blick in den Spiegel. Benazir empfing sie erwartungsvoll, und ihr Schmunzeln wich schnell unverhohlener Bewunderung. Dann beeilte sie sich, den Blazer über Marthas Busen gerade zu ziehen, angesichts von Marthas Oberweite nicht unproblematisch. Martha wusste nicht, wo sie hinsehen sollte, waren doch ihre Brüste etwas zu üppig geraten, auch wenn das im Orient eigentlich kein Manko war.

Benazirs Bewunderung machte es nicht gerade einfacher, so andächtig wie sie Marthas Busen berührte, nur mit den Fingerspitzen und nur für einen winzigen Augenblick. „Ich..., ich hatte gehofft, dass Sie so aussehen“, stotterte sie. „Keine meiner Freundinnen...“

„Wahrscheinlich sind sie viel hübscher“, murmelte Martha.

Das Mädchen starrte sie aus großen Augen an. „Aber Sie sehen doch fabelhaft aus! Wissen Sie das nicht?“

Marthas Verlegenheit steigerte sich. So unverblümt hatte sich nicht einmal David geäußert. Plötzlich wollte sie nur noch raus aus dieser Jacke und raus aus diesem Anzug, doch Benazir nestelte bereits geschäftig an Blazer und Hose herum, zog all die Stecknadeln wieder heraus, mit denen sie den Anzug enger gesteckt hatte. Die Jacke löste sich und fiel nun entspannter um Marthas Schultern. Die junge Schneiderin schien ganz begeistert, so enthusiastisch, wie sie um Martha herumtanzte.

„Allah, Sie sehen viel besser aus als Marlene Dietrich.“

Martha spürte, wie ihr aufs Neue die Röte ins Gesicht stieg. Dabei war ihr das Kompliment gar nicht unangenehm, im Gegenteil, auch wenn sie es vielleicht lieber von David gehört hätte. Aber auch so wurde ihr angesichts der übergroßen Mädchenaugen ganz warm ums Herz. „Trotz meines Busens?“

Benazir zögerte einen Augenblick. „Busen? Sie meinen Ihre Brust?“ Offenbar hatte sie den Begriff Busen noch nie gehört und schon gar nicht in Marthas Lernmaterialien gefunden. Unter anderen Umständen hätte es Martha sicherlich amüsiert, doch jetzt schien ihr das Thema eher verfänglich, zumal Benazir immer noch mit entblößtem Oberkörper um sie herum tanzte. Martha hatte davon gehört, dass in der Verschwiegenheit Kabuler Harems das islamische Tabu der Nacktheit mitunter recht drastisch durchbrochen wurde, doch hätte sie nie gedacht, ausgerechnet in dieser Nacht in eine solch bizarre Situation zu stolpern.

„Mein..., mein Busen ist leider viel zu klein", stammelte Benazir unter Marthas reichlich konsterniertem Blick.

„Klein? Von wem hast du das? Auch von deiner Stiefmutter?"

Benazir nickte beklommen. „Sie meint, das sei der Grund, weshalb ich noch unverheiratet bin."

„Sie will dich nur ärgern. Wenn hier jemand toll aussieht, dann bist du das."

Benazirs Wangen färbten sich noch ein wenig dunkler. Sie nestelte noch einmal an Marthas Hose, um dann prüfend zurückzutreten und ihr Werk gebührend zu bewundern. „Die Schuhe, Sie müssen auch die Schuhe probieren."

Ehe Martha dagegenhalten konnte, standen die Pumps bereits einladend vor ihr, und sie schlüpfte mit Benazirs Hilfe in das unbequeme Schuhwerk. Wie man sich darin bewegen sollte, davon hatte sie keine Ahnung, aber gut sah sie dennoch aus, als sie sich beinahe ein wenig furchtsam im Spiegel begutachtete. Gut und irritierend fremd.

Ihrem Gegenüber erging es wohl nicht anders, faltete das Mädchen doch andächtig die Hände. „Sie..., Sie sehen..., wie ist das deutsche Wort?" Sie suchte vergebens nach dem rechten Begriff und ergänzte dann in heimischem Pashto: „Sie sehen irgendwie anbetungswürdig aus."

Martha zuckte ein wenig. Nicht einmal im Traum hätte sie je solch einen Begriff auf sich bezogen. Aber das konnte sie ihrer Schülerin jetzt unmöglich erklären, zumal das nackte Mädchen voller Enthusiasmus wie ein junges Kätzchen um sie herumstrich. Martha konnte sich an keine so unwirkliche Situation entsinnen. Dies war fraglos die absurdeste Nacht, die sie je erlebt hatte!

„Was hörst du eigentlich für Musik?", erkundigte sich Martha, die händeringend nach einer Ablenkung suchte. „Europäische Musik?"

Benazir schüttelte errötend den Kopf. „Oh nein, ich..., also ich tanze gern und..., und Said brachte von seiner Europareise dieses Grammophon mit, zusammen mit einigen dieser..." Sie deutete auf den Plattenstapel und Martha ergänzte „Schallplatten."

„Ja, richtig, so heißen sie. Wollen Sie eine hören? Es ist absolut wunderbar." Sie wartete die Antwort gar nicht ab, sondern drehte gleich an der Kurbel des Grammophons. Kaum eine Minute später füllte sich der Raum mit orientalischer Musik.

Benazir wiegte sich begeistert und glitt dann hinein in einen sinnlichen Tanz, der mit jeder Bewegung erotischer wurde. Sie war eine fabelhafte Tänzerin, und Bauchtanz schien ihr auf den Leib geschrieben. Ekstatisch zog sie ihre Kreise um die verlegene Martha, die bald nicht mehr wusste, wo sie hinsehen sollte. Das Mädchen war eine Augenweide und beileibe nicht nur ihr Tanz.

„Tanzen Sie auch?", fragte Benazir mit gerötetem Gesicht, als das Grammophon schließlich verstummte.

Martha schüttelte heftig den Kopf. Ihre Eltern hatten einst versucht, ihr das Tanzen beizubringen, doch war dies kläglich gescheitert. Sie kannte lediglich die Grundschritte einiger Tänze. Von Bauchtanz war allerdings nie die Rede gewesen.

„Wollen Sie es nicht versuchen?"

„Also das kann ich nicht!"

Benazirs Miene verdüsterte sich. „Mögen Sie keine Musik?" Martha versuchte vergeblich, ihre Empfindungen in Worte zu fassen, aber das Mädchen kam ihr zuvor. „Sie fanden meinen Tanz abstoßend, nicht wahr?"

„Aber nein!", protestierte Martha, froh, wenigstens die Sprache wiederzufinden. „Nur ungewohnt. Ich hatte keine Ahnung, dass du eine so großartige Tänzerin bist."

Benazirs Miene erhellte sich, und ihr verschmitztes Lächeln kehrte umgehend zurück. „Ich wusste auch nicht, dass Sie eine so gute Lehrerin sind. Eigentlich hatte ich mir Deutsch und Englisch viel komplizierter vorgestellt."

„Dafür scheint mir das Tanzen umso schwieriger, ich meine, wenn man dir so zusieht."

„Oh, es ist gar nicht so schlimm. Und..., und wenn man so aussieht wie Sie, dann muss man einfach tanzen. Wollen Sie es nicht versuchen?"

„Vielleicht sollte ich doch besser aufbrechen", murmelte Martha und hatte plötzlich das schier unüberwindliche Bedürfnis, Abstand zu gewinnen. Doch Benazir griff sofort nach ihrem Arm. „Das geht nicht! Ihre Verfolger sind sicherlich noch dort draußen, und falls Sie erkannt wurden, wartet man womöglich auch vor Ihrem Haus. Sie müssen unbedingt bleiben, bis es hell wird. Dann nehmen Sie eine Burka von mir, und niemand wird Sie erkennen oder ansprechen."

Benazir hatte natürlich Recht. Das Mädchen wartete auch gar keine Antwort ab. Sie hob nur die Arme und drehte vor Martha eine ekstatische Pirouette. „Wissen Sie, was Sie uns in der ersten Deutschstunde sagten? *Nur Mut, es ist noch kein Meister vom Himmel gefallen.*" Damit griff sie nach Marthas Handgelenken und zeigte ihr eine Anfangsposition.

Martha holte tief Luft und schlüpfte aus den ungewohnten Schuhen. „Also gut, aber du darfst mich nicht auslachen."

Benazirs Augen blitzten. „Aber solch ein Tanz geht nicht in dieser Männerkleidung. Warten Sie einen Augenblick!" Ganz unbefangen half sie Martha aus dem Blazer, um ihr gleich darauf einige orientalische Kleidungsstücke zu reichen. Eine knappe Jacke und eine Hüfthose, die den Bauchnabel frei ließen. Martha konnte sich gut vorstellen, was ihre Mutter jetzt gedacht hätte. Wahrscheinlich wäre sie vor Scham gestorben.

Benazir tänzelte ganz hingerissen auf und ab. „Schade, dass ich kein Mann bin. Ich..., ich würde Sie sofort heiraten." Das brach so spontan aus ihr heraus, dass ihr das Blut in die Stirn schoss.

Die indische Aphrodite

Kabul, 3. Oktober 1941
14.00 Uhr

Die Sonne hatte ihren Zenit längst überschritten, als Martha in ihrer Wohnung aus bleiernem Tiefschlaf erwachte. Mein Gott, es war helllichter Tag!

Die Erinnerung an die letzte Nacht kehrte schlagartig zurück, sie lauschte gebannt, doch drang nur von der Straße der übliche Lärm herauf. Schließlich glitt sie von ihrer afghanischen Liege, die ihr seit Jahren als Bett und Leseplatz diente. Ihr erster Griff galt ihrem Wandspiegel, hinter dem sich ihr Geheimfach befand, in dem sie nach ihrer Rückkehr die Statuette verborgen hatte. Das Versteck wurde von einem Ziegelstein verschlossen. Martha fand alles unversehrt.

Dann trat sie vorsichtig ans Fenster, peinlich bemüht, sich nicht sehen zu lassen, eine Angewohnheit, die sie von afghanischen Frauen übernommen hatte. Sehen, aber nicht gesehen werden. Sie ertappte sich dabei, wie sie alle auf der Straße sorgfältig musterte. Mit einem Mal schien ihr so gut wie jeder der Passanten oder Händler verdächtig.

„Wasser, von Allah gesegnetes Wasser!" Der Singsang des Wasserverkäufers drang durch die alten Fenster. Die Straßenhändler boten ihre Waren feil, angefangen von Gebäck über Tee bis hin zu Früchten, und jeder schien den anderen mit seiner Stimmgewalt übertrumpfen zu wollen.

Marthas elterliche Wohnung lag im zweiten Stock eines Wohnhauses, das für Kabuler Begriffe durchaus stattlich war, auch wenn es nach europäischen Maßstäben reichlich heruntergekommen wirkte. Dass sie hier als unverheiratete Frau allein lebte, schien nach orientalischen Vorstellungen eigentlich im höchsten Maße anrüchig. Im Grunde war es unbegreiflich, dass man sie nicht längst vor die Tür gesetzt hatte. Doch allen Unkenrufen ihrer Landsleute zum Trotz hatte man niemals wirklich versucht, sie an die Luft zu setzen. Verdankte sie dies ihrem alten Hausmeister Ibrahim, der bereits ihrem Vater in herzlicher Freundschaft verbunden gewesen war? Sie hatte ihn mehrfach gefragt, doch erntete sie nichts als ein Lächeln und eine gemessene Verbeugung.

Ihre wortlose Verbundenheit hatte sich nach dem Verschwinden ihrer Eltern noch gefestigt, gehörte der Alte doch zu den wenigen Menschen, die von Marthas Eltern niemals in der Vergangenheitsform sprachen. Kein Wunder, schließlich besaß der Alte einen Bruder, der vor einigen Jahren ebenfalls spurlos verschwunden war, und Ibrahim weigerte sich bis heute hartnäckig, seinen Tod anzuerkennen. Auch heute lehnte der Alte im Schatten an der gelblichen Lehmziegelwand eines gegenüberliegenden Hauses, und es war irgendwie tröstlich, ihn auf Posten zu wissen.

Nun untersuchte sie die Wohnungstür und fand zu ihrer Erleichterung das Schloss unbeschädigt. Auch die alten Zeitungen auf dem türkischen Tepsi, einem niedrigen Tisch mit metallener Platte, lagen so wie bereits seit Tagen. Die Schlagzeilen kündeten von Triumphen deutscher Truppen: *Der Führer in Paris... Heldenkampf Deutscher U-Boote... Kampf um Norwegens Fjorde... Luftschlacht um England... den Sieg vor Augen und den Führer im Blick...*

Die Zeitungen waren für Martha so etwas wie ein patriotisches Alibi, das sie vor allzu unverhohlenem Misstrauen schützte. Sie hatte die Blätter seit Monaten nicht geöffnet und störte sich auch nicht an der dicken Staubschicht auf dem vergilbten Papier.

Dann untersuchte sie den Schreibtisch ihres Vaters im Nebenzimmer. Vorsichtig hob sie einen Kerzenleuchter von einigen Zetteln, die ihrem Vater als Gedächtnisstütze gedient hatten. Vor Jahren hatte er sich hier irgendwelche Bücher notiert, *Tarn, The Greeks in Bactria and India* oder *O. M. Dalton, The Treasure of the Oxus* und viele andere. Martha überprüfte die Reihenfolge der Notizen und atmete auf. Alles schien normal.

Schon weit entspannter trat sie zurück in den Wohnraum. Staub tanzte in den Lichtstrahlen, die durch die Fensterläden hereinfächerten, was Marthas Mutter immer wieder zur Weißglut getrieben hatte, doch hier am Hindukusch schienen Staub und Schmutz einfach unbezwingbar. Kein Wunder in einer Stadt von beinahe dreihunderttausend Einwohnern, die fast vollständig aus gelblichen Lehmziegeln errichtet war. Dreihunderttausend war eigentlich deutlich untertrieben, denn die Frauen waren in dieser Zählung nicht berücksichtigt. Frauen waren Privatsache, sie gehörten ihren Familien, sprich den Männern, und Martha hatte manchmal den Eindruck, als betrachteten sich die Frauen selbst als lebendes Inventar.

Sie setzte sich an ihren bescheidenen Sekretär unter einem der Fenster und öffnete den Laden etwas weiter, um besseres Licht zu erhalten. Die Scheiben waren schlecht geputzt. Ihre Mutter hätte ihr weiß Gott was erzählt, doch jetzt galt ihre ganze Aufmerksamkeit erst einmal ihrem Tagebuch.

Iskender..., schrieb sie mit unsicherer Hand auf eine neue Seite und darunter *Kabul, 1. Oktober 1941, 20 Uhr.* Ihre zitternde Hand machte die Schrift beinahe unleserlich, und so begann sie zu zeichnen, um ihre Nerven halbwegs unter Kontrolle zu bringen.

Mit hastigen, anfangs noch zittrigen Bleistiftlinien skizzierte sie Benazirs Gesicht und tatsächlich ebbte ihre Erregung zusehends ab. Schließlich fand sie sogar die Ruhe, die Ereignisse der letzten Nacht gründlich zu überdenken. Was suchte ein Angehöriger der SS hier in Kabul? Die eigentlichen Mörder Rahmans waren zweifellos Afghanen, aber der so genannte Sturmbannführer schien tatsächlich Deutscher zu sein, auch wenn sein Pashto nahezu keinen fremden Zungenschlag verriet.

Dass Deutsche in Afghanistan und vor allem in Kabul mit Hochachtung behandelt wurden, das erfuhr Martha beinahe jeden Tag. Die Ursache war unter anderem die Amani, wie die Kabuler ihre Deutsche Schule nannten. Doch dass sich Afghanen für Hitlerdeutschland begeisterten, das war schon weit weniger alltäglich. Das raue Bergvolk sympathisierte zwar in seinem Hass auf Briten und Sowjets mit Nazideutschland, doch war die Unterordnung unter das Kommando eines ausländischen Befehlshabers mehr als ungewöhnlich. Unbändiger Stolz auf die eigene Tradition war in Afghanistan allgegenwärtig, und nicht zuletzt deshalb verachtete man die unter britischer Herrschaft stehenden Inder im riesigen Nachbarland, die man stets nur *Hindus* nannte.

Gedankenverloren knabberte sie an einem Stück Gebäck, das ihr Benazir am frühen Morgen als Wegzehrung aufgedrängt hatte. Zumindest nannte sie es Wegzehrung, doch in Wahrheit handelte es sich um ein regelrechtes Fresspaket, um dem Jargon ihres Vaters zu folgen. Benazir wusste nur allzu genau um Marthas materielle Not, auch wenn sie beide nie ein Wort darüber verloren. Sie hatte bereits so gut wie alles verkauft, was sich in der elterlichen Wohnung überhaupt noch zu Geld machen ließ, war aber dennoch stolz darauf, bis heute ohne Hilfe der deutschen Kolonie über die Runden gekommen zu sein. Der Drang nach Selbständigkeit war fraglos ein mütterliches Erbteil, das bereits ihren Vater zur Weißglut getrieben hatte.

Martha schmunzelte und arbeitete hingebungsvoll an einem Porträt der tanzenden Benazir. Sie war eine glänzende Zeichnerin, und das Mädchen gewann mit jedem Strich an sinnlicher Lebendigkeit.

Das Gebrüll der Händler steigerte sich erneut. Martha sprang auf und warf einen besorgten Blick aus dem Fenster – offenbar nur eine Rangelei unter Männern. Höchste Zeit, in dem Zimmer etwas Ordnung zu schaffen. Zuerst hängte sie diesen Marlene-Dietrich-Anzug auf, den Benazir ihr beim Abschied aufgedrängt hatte. Offenbar fürchtete die junge Afghanin, dass das frevlerische Kleidungsstück im Harem nicht lange unbemerkt bleiben würde. Als das feine Tuch durch Marthas Finger glitt, hatte sie Mühe, der Versuchung zu widerstehen und den Anzug überzustreifen.

Als sie anschließend Benazirs Burka zusammenfaltete, stieg ihr plötzlich Parfüm in die Nase. Das Mädchen hatte mit dem schweren Duft des Guten bei weitem zu viel getan, doch hatte sie auf Parfüm bestanden, weil sie davon ausging, dass die Wache den Duft noch eher erkennen würde als ihre Burka.

Anschließend zog sie Davids Schlüssel unter ihrem Kopfkissen hervor. Offenbar war das schwere Stück lange in Gebrauch gewesen, hatte aber auch unübersehbar Patina angesetzt. Mit einem Wort, der Schlüssel war schon lange nicht mehr benutzt worden. Geisterhaus – so hatten sie als Kinder ein leer stehendes Palais getauft, in das sie mehrfach eingestiegen waren. Ein großartiges Abenteuer. Als dann Davids Familie Kabul verließ, lange Jahre vor dem Ausbruch des Zweiten Weltkriegs, da hatte Martha das Geisterhaus noch ein letztes Mal aufgesucht. Damals hatte sie insgeheim gehofft, das verlassene Gebäude würde ihr all die vertrauten Erinnerungen zurückbringen, doch war es nur deprimierend gewesen. Zudem wurde sie in jener Nacht von Wachen gestellt und konnte nur durch einen Zufall entkommen. Und jetzt hielt sie ganz unverhofft den Hausschlüssel in der Hand.

Sie konnte das Treffen mit David kaum erwarten, auch wenn ihr Wiedersehen vor zwei Wochen im Grunde in einer Katastrophe endete. Als David vor einigen Monaten als britischer Botschaftsmitarbeiter nach Kabul zurückkehrte, schien Martha das im ersten Moment als Auferstehung einer unbeschwerten Vergangenheit. Doch leider zeigte sich nur allzu schnell, wie sehr er sich verändert hatte. Jetzt war Martha urplötzlich eine Deutsche und sollte sich dafür rechtfertigen, was ihre Landsleute im fernen Europa anrichteten. Natürlich war ihm die Absurdität seiner Anschuldigungen durchaus bewusst, doch wollte er das partout nicht zugeben. So hatte ihr Wiedersehen mit Befangenheit begonnen und war rasch eskaliert, als sie sich rundheraus weigerte, sich für Hitler zu entschuldigen.

Sie trennten sich wütend, und das Gefühl absoluter Verlassenheit brannte noch schmerzlicher als jemals zuvor und zog einen endgültigen Strich unter ihre Kindheit. Martha atmete tief durch, doch ihre Beklemmung wollte einfach nicht weichen, zumal Ihre Erinnerung an die gemeinsame Jugend bei weitem zu mächtig war.

Damals hatten sie oft zusammen gespielt, hatten sich draußen in den Bergen um Kabul gejagt und als Entdecker und Eroberer gefühlt. David sah sich dabei stets als britischer Offizier, der einen indischen Aufrührer verfolgte, und Martha hat nie ein Problem damit gehabt, als Mann und Inder zu gelten. Sie amüsierte sich königlich, sobald sie ihm mit schöner Regelmäßigkeit ein Schnippchen schlug. Schließlich war sie *iskendertrainiert*, und was war schon so ein kleiner Engländer gegen ihren Dschinn? Noch heute erinnerte sie sich an den Zorn in Davids Augen. „Das ist nicht richtig", hatte er sie angefaucht. „Wir Engländer gewinnen immer – immer und überall!"

Martha öffnete das Fenster, um frische Luft hereinzulassen, eigentlich unsinnig, sorgten doch die schlecht schließenden Fenster für beständige Ventilation. Die Stimmen des Orients und seine Gerüche strömten ungefiltert herein, der Duft des Gebäcks und der Gestank von Esels- und Pferdemist.

Ein Händler schwenkte auffordernd seine Teekanne und weckte bei Martha den spontanen Wunsch nach einer Tasse, nein besser nach einer ganzen Kanne. Sie setzte Wasser auf und knabberte erneut an Benazirs Gebäck.

Bis das Wasser kochte widmete sie sich wieder ihrem Tagebuch und der Skizze von Benazirs Gesicht. Seltsam, bisher hatte sie nie das Bedürfnis verspürt, ihre Schülerin zu porträtieren. Nein, Benazirs Augen waren noch viel größer... Martha war kaum bewusst, wie sehr sie die Zeichnung entspannte und wie innig sie sich mühte, das schüchterne Lächeln einzufangen.

Sie unterbrach die Skizze nur, um sich endlich Tee aufzugießen, der jedoch keinen Vergleich mit Benazirs köstlichem Gebräu aushielt. Wahrscheinlich kostete dieser Tee weit mehr als Martha in einer ganzen Woche für ihren Unterhalt aufwendete.

Während sie gedankenverloren an ihrer Tasse nippte, rückte sie einige Photos gerade, die in kleinen Rahmen über einem altersschwachen Frisiertischchen an der Wand hingen. Zwei der Bilder zeigten ihre Eltern und das dritte einen jungen Mann: Adolf, Marthas Bruder. Martha strich liebevoll über sein Photo, auf das er vor acht Jahren eine Widmung gesetzt hatte: *Von Adolf für Fohli.*

Ihr Spitzname war recht vielsagend, war sie doch als kleines Mädchen völlig verrückt nach Pferden und vor allem nach Fohlen, bis sie jeder nur noch Fohli nannte. Als Kind hatte Adolf sie gnadenlos mit diesem Spitznamen veralbert. Wenn ihre Mutter sie Fohli nannte, war das völlig in Ordnung, bei ihrem Vater bereits nicht so ganz, und bei ihrem Bruder hasste sie es regelrecht, bis sie endlich begriff, wie stolz er auf seine kleine Schwester war.

Sie entzündete eine Kerze und rückte sie liebevoll vor das Bild des Bruders. „Zum Geburtstag viel Glück“, murmelte sie. Ihre Mutter lächelte ihr entgegen, während ihr Vater starr geradeaus blickte. Martha erinnerte sich noch ganz genau an den sonnigen Tag vor acht Jahren, als sie mit Adolf und ihrer Mutter die Aufnahmen bei einem Berliner Photographen abholte. Damals hatte sie keine Ahnung, weshalb ihre Eltern derart viele Photos benötigten. Erst später erfuhr sie, dass die Passbilder dazu bestimmt waren, bei einer Flucht Grenzübertritte zu erleichtern.

Für die kleine Martha war allein das Photographieren eine aufregende Sache gewesen, vor allem da Adolf wieder mal so toll ausgesehen hatte. Schließlich hielt sie ihn damals für den großartigsten Mann der Welt, einen Helden, dem nichts zu gefährlich schien. Sie hatte keine Ahnung, dass dies der letzte Tag sein würde, an dem sie ihn sehen sollte, denn Adolf landete tags darauf in der Spandauer Haftanstalt und das beileibe nicht zu Unrecht, wie ihr Vater Monate später feststellen musste.

So sehr ihre Eltern Hitler verabscheuten, Adolfs Verhaftung hatte nichts mit den Nazis zu tun. Ihr Bruder hatte sich mit einigen Kumpanen an einem Überfall auf einen Laden beteiligt, den sie offenbar für ein jüdisches Geschäft gehalten hatten. Als der Inhaber erschien, da erschlugen sie ihn voller Angst. Der Mann war keineswegs Jude, sondern Mitglied der NSDAP, und Adolf wurde noch in derselben Nacht verhaftet.

Im Zusammenhang mit dem nazikritischen Leumund ihrer Eltern deutete man den Überfall als Akt des Aufruhrs, so dass sich die Familie einer Verhaftung nur durch schleunige Flucht entziehen konnte. Erst als sich ihr Vater heimlich nach Berlin zurückwagte, hatte er überhaupt die Wahrheit über Adolf und seine Kumpanen erfahren.

Einen Menschen zu überfallen, nur weil er angeblich jüdischen Glaubens sei, das war für Marthas Vater so ziemlich das Letzte. Seither hatte er den Namen seines Sohnes nie wieder in den Mund genommen. Sogar an Adolfs Geburtstag zündeten Martha und ihre Mutter stets alleine eine Kerze an, ohne dass ihr zutiefst erbitterter Vater sich auch nur zu dem geringsten Kommentar durchgerungen hätte.

Martha hatte Mühe, all die trüben Erinnerungen beiseite zu schieben und setzte sich geradezu erleichtert aufs Neue an Benazirs Porträt. Die Zeichnung ihrer Freundin geriet ihr immer besser.

Freundin!

Martha richtete sich auf. Bisher hatte sie das Mädchen eher als Schülerin gesehen, doch die letzte Nacht hatte Martha in beträchtliche Verwirrung gestürzt. Da war nicht nur dieser Marlene-Dietrich-Anzug, da war vor allem Benazirs Begeisterung über Marthas Figur. Martha war sich sicher, dass ihr das Mädchen nichts vorgespielt hatte.

Verschämt warf sie einen Blick in ihren Wandspiegel, der schon weit bessere Tage gesehen hatte und mittlerweile in Teilen erblindet war. Martha hatte sich nie mit ihrem Spiegelbild versöhnt, und nun verunsicherte sie Benazirs ostentative Bewunderung umso mehr. Zum ersten Mal sah Martha ihr Verständnis von weiblicher Schönheit erschüttert. Bis zu Benazirs bewundernden Blick kannte Martha nur einen einzigen Gradmesser weiblicher Vollkommenheit – ein kleines Tonfigürchen einer nackten Aphrodite, die wie immer neben ihren bescheidenen Toilettenartikeln stand.

Die griechische Göttin war kaum eine Handspanne hoch und aus rötlichem Ton gefertigt. Ihr materieller Wert mochte gering sein, doch jedes Mal, wenn Martha nackt vor ihrem Spiegel stand und sich mit dem geschwungenen Tonkörper verglich, stahl sich ein Seufzer auf ihre Lippen, hatte sie doch kaum Ähnlichkeit mit der antiken Göttin, die wie Martha ihren Weg aus dem fernen Europa tief in den Hindukusch gefunden hatte.

Als sei es erst gestern geschehen, erinnerte sich Martha an jenen sonnigen Tag vor beinahe einem Jahrzehnt. Hoch in den Bergen hatte sie das Terrakottafigürchen aus dem Lehm eines Flussufers gezogen. Der kleine Nebenfluss des Amu-Darja schnitt tief in den sandigen Grund einer weiten Ebene. Über Jahre und Jahrzehnte hinweg hatte er seinen Lauf tiefer und tiefer in den Schutt der Jahrtausende gefräst, bis der schmale Wasserlauf zwischen bald dreißig Meter hohen Steilufern endlich jenes Niveau erreichte, das einst auch die Soldaten Alexanders des Großen unter den Füßen gehabt hatten.

Wie immer hatte ihre Mutter in ihr Tagebuch gezeichnet, und die kleine Martha war auf Schatzsuche gegangen. Noch heute stieg Martha bei der Erinnerung feiner Blumenduft in die Nase. Sie fühlte noch immer den Lehm, der die winzige Göttin damals seit Äonen umschlossen hielt und hörte noch immer ihren begeisterten Kinderschrei: „Eine Frau, eine Frau!" Ihre Eltern kamen durch das seichte Flüsschen auf sie zu gestürzt, das Sonnenlicht gleißte in der perlenden Gischt ihrer Schritte.

Anschließend hatten sie den Fund sorgfältig gebadet, und die kleine Martha hörte zum ersten Mal zu, wenn man ihr von griechischen Göttern erzählte. Das also war Aphrodite, die Göttin der Schönheit. Es war ein andächtiger Augenblick, und das kleine Mädchen begriff zum ersten Mal, dass bereits vor undenklichen Zeiten Menschen aus dem fernen Europa den Weg nach Afghanistan gefunden hatten, und auch wieder zurück – ein tröstlicher Gedanke.

Seit jenem Tag hatte sich Martha am Hindukusch mehr und mehr zuhause gefühlt. Vor allem als die Eltern ihr ganz ernsthaft erläuterten, dass sich Aphrodite damals im Hindukusch und an den Grenzen Indiens sehr wohl gefühlt habe. Martha könne es daran erkennen, dass sich Aphrodite über ihrer Nasenwurzel einen kleinen Make-up-Punkt auf die Stirn geschminkt habe. Dies sei eine Sitte im nahen Indien. Tatsächlich hatte Martha eines Tages ihre Eltern nach Karatschi begleitet und dort so manche Inderin gesehen. Danach hatten die Eltern alle Mühe, ihre Martha davon abzuhalten, sich mitten in Kabul als Inderin zu schminken. Inder waren in Afghanistan nach mehreren Invasionen britisch-indischer Truppen alles andere als beliebt.

Auch heute schien die kleine Tongöttin ihr freundlich entgegenzulächeln, und Martha mühte sich wie immer, die Pose der Göttin nachzuahmen, doch war ihr Körper zu ihrem Leidwesen eben viel schlanker als ihre doch etwas füllige Aphrodite. Ihre Mutter hatte sie zwar stets ermutigt, froh darüber zu sein, doch war die Tonfigur für Martha seit Jahren der einzige Gradmesser weiblicher Vollkommenheit, und so hatte sie alle Mühe, sich damit abzufinden, dass sie nun mal nicht so rundlich gebaut war wie ihr antikes Ideal. Doch heute schien alles anders, als habe man die Koordinaten ihres ästhetischen Weltbildes buchstäblich über Nacht in Frage gestellt.

Ihre unfreiwillige Tanzstunde hatte sie weit mehr erschüttert, als sie im ersten Augenblick wahrhaben wollte. Benazir war eine begnadete Tänzerin und machte es mit ihren geschmeidigen Bewegungen Martha nicht gerade leicht, sich mit ihrer eigenen Schwerfälligkeit abzufinden. Bis zu dieser Nacht hatte sich Martha stets als Lehrerin begriffen, die so viel mehr wusste und konnte als ihre afghanischen Schülerinnen. Doch beim Tanz hatte sich diese Beziehung ins Gegenteil verkehrt. Martha war als Tänzerin vielleicht nicht gänzlich untalentiert, aber angesichts vollendeter Meisterschaft half ihr das ziemlich wenig.

Unter Umständen hätte sie Benazirs andachtsvolle Zuwendung gar nicht so unmittelbar empfunden, wäre sie nicht Minuten vorher mehr oder weniger dem Tod von der Schippe gesprungen, wie es ihre Mutter formuliert hätte. Ihre Mutter…, die Erinnerung überfiel sie mit solcher Macht, dass ihr eine Träne über die Wange rollte. Hastig nippte sie an dem süßen Tee, und bald kehrten ihre Gedanken zurück zu Benazirs Bauchtanz. Das Mädchen wirkte dabei so unfassbar feminin. Wahrscheinlich hatte Martha in der letzten Nacht zum ersten Mal gespürt, was Weiblichkeit eigentlich bedeutete, schließlich führte Martha seit Jahren mehr oder weniger das Leben eines jungen Mannes. Wie mochte es sich wohl anfühlen, sich so vollendet zu bewegen?

Als Tanzlehrerin war Benazir mindestens so gut wie Martha beim Deutschunterricht. Tanzen war ebenso eine Frage intensiver Übung, und die hatte Martha eben nicht. Aber Martha war überhaupt nicht gewöhnt, derart jämmerlich zu versagen. Wieso hatte sie die Tanzstunde dann nicht abgebrochen? Es war die Berührung dieser sanften Mädchenfinger, sie hatten sie bezaubert und verwirrt. Ein Gefühl, das sie dazu brachte, jeder neuen Berührung förmlich entgegen zu fiebern. Selbst jetzt, nach all diesen Stunden, verfiel sie bereits bei der Erinnerung wieder in diesen tänzerischen Taumel, der letzte Nacht schließlich die letzte Verlegenheit hinweggefegt hatte. Plötzlich begriff sie, dass es gar nicht mehr um Bauchtanz, sondern um körperliche Nähe ging, um ein berauschendes Miteinander voller Vertrautheit, das sie beide gleichermaßen überraschte. Sogar die Erinnerung sandte sanfte Schauer durch Marthas Glieder, ein Gefühl, das ihre Mutter unschwer als erotische Erregung gedeutet hätte, doch ihre Mutter war nicht mehr da, und Martha hatte sich niemals mit irgend einem Menschen über Erotik unterhalten.

Martha wiegte sich sanft, die Rufe der Straßenhändler schienen ihr plötzlich wie eine rhythmische Melodie. Ohne nachzudenken bewegte sie sich im Takt der Straße. Als sie schließlich vor ihrem Spiegel zum ersten Mal ihre Hüften kreisen ließ, da erschrak sie beinahe ein wenig, zumal ihr erster Versuch reichlich unvollkommen ausfiel. Benazir wäre vor Lachen wahrscheinlich auf einen Diwan gesunken, und Marthas Wangen färbten sich allein schon bei dieser Vorstellung ein wenig dunkler.

Dennoch war es faszinierend. Der Tanz verlieh ihr eine Sinnlichkeit, wie sie sie noch niemals erfahren hatte. Erfüllend und erschreckend zugleich. Wie mochte es aussehen, wenn man in diesem Männeranzug tanzte? Benazir hatte das ja abgelehnt, aber vielleicht...

Schon streifte sie den Anzug über, und bald überkam sie wieder ein Gefühl der Ruchlosigkeit, das sie schon in der Nacht so unwiderstehlich angezogen hatte. Doch nein, sie benahm sich einfach albern. Ärgerlich riss sie den Anzug herunter und fuhr beinahe aufatmend in afghanische Tracht.

Dann setzte sie sich erneut über ihr Tagebuch, und die Frage nach Iskender drängte sich nun immer heftiger in den Vordergrund. Ihr Dschinn war zurück, und sie wusste beim besten Willen nicht, wie sie sich dazu stellen sollte. Sie hatte seine Präsenz beim Auftauchen des SS-Mannes ganz unmittelbar verspürt. War Iskender am Ende dieser Sturmbannführer? Eine schreckliche Vorstellung! Heftig schleuderte sie den Stift zur Seite und schüttete zum wiederholten Mal Zucker in den Tee.

Sie musste herausfinden, was hier vor sich ging. Alles hatte mit diesem Einbruch begonnen. Vielleicht hatte sie ja etwas übersehen? Martha eilte hinüber in das elterliche Zimmer und öffnete den Fensterladen, um möglichst viel Licht hereinzulassen. Das Fenster erlaubte einen Blick in den Hof der Deutschen Schule. Eigentlich war er leer, doch glaubte sie für einen verwirrenden Moment, ihren Vater zu erkennen. Eine Fata Morgana, der sie nur allzu oft zum Opfer fiel. Wütend über sich selbst schloss sie die Augen. Aber die Omnipräsenz ihrer Erinnerungen machte alles nur schlimmer.

Sie musste etwas unternehmen, um ihre Nervosität zu überwinden. Augenblicke später griff sie sich eine ihrer Burkas und ein Kopftuch, dann stand sie bereits auf der schmalen Treppe, die von ihrer Wohnung in das Erdgeschoss hinunterführte.

Der Brunnen

Kabul, 3. Oktober 1941
16.00 Uhr

In dem verwinkelten Straßengewirr galt es zunächst, den alten Ibrahim abzuschütteln. Er hatte vorhin wie üblich in der Nähe des Eingangs Posten bezogen und ihr gemessen zugenickt, als sie grüßend an ihm vorübereilte.

Martha blickte sich nicht um, doch konnte sie sicher sein, dass er sich just in dieser Sekunde hinter ihr durch die Menge drängte. Wenn er konnte, behütete er Martha wie seinen Augapfel. Falls ihr etwas zustieß, würde es der Alte als persönliche Schmach begreifen. Für den alten Afghanen mit dem schlohweißen Bart war Martha ein willkommener Gast, den es zu schützen galt. Mit allen Mitteln, aber ohne sich aufzudrängen. Dabei war es für ihn als Moslem schwer verständlich, dass eine Frau unverschleiert und ohne Begleitung auf die Straße trat, aber sie war eben ein Gast und da durfte man nachsichtig sein.

Deutschland gut, diese Hymne trug er stets auf seinen rissigen Lippen, auch wenn sein Deutsch damit so gut wie ausgeschöpft war. Der zweite Teil seiner Hymne bestand in Elogen auf die militärischen Siege der Wehrmacht, die er mit leuchtenden Augen in einheimischer Zunge zelebrierte. Zu Marthas Glück kam dem Alten gar nicht in den Sinn, dass eine Deutsche über die Triumphe ihrer Landsleute nicht begeistert sein könnte, existierte doch außer der Sowjetunion nur noch ein Land, das er inbrünstiger hasste – Großbritannien.

Wenn es ein Thema gab, das den Alten buchstäblich berauschte, dann war es die Erinnerung an die letzte Afghanistaninvasion der Briten, gegen die Ibrahim als Kind in Kabuls Straßen angetreten war. Wie er stolz erzählte, stapelten sich am Ende die Leichen der Briten und Inder in der Stadt.

Martha konnte die Fürsorge des Alten heute partout nicht gebrauchen, und so wartete sie schließlich geraume Zeit hinter einer Mauerecke, um sicher zu gehen, dass er ihre Spur verloren hatte. Für Martha war dieses Abschütteln ein vertrautes Ritual, und Ibrahim verlor nie ein Wort darüber. Manchmal hatte sie sogar das Gefühl, dass er dieses Katz- und Mausespiel durchaus schätzte.

Von dem Alten war weiterhin nichts zu bemerken, und so begann sie sich zu fragen, ob am Ende Iskender wieder in der Nähe sein mochte. Martha schloss die Augen, ohne die erstaunten Blicke eines Passanten zu beachten. Doch so sehr sie all ihre Sinne aktivierte, ihr Dschinn war nicht zugegen. Schließlich trat sie wieder hinaus in die Gasse.

Es war noch viel zu früh für das Geisterhaus, und so schlich sich Benazirs Bild zurück in ihren Kopf. Wieso war dieses sinnliche Geschöpf noch nicht verheiratet? Mädchen wurden hier zumeist in weit jüngeren Jahren an den Mann gebracht, *wie Vieh*, zumindest waren das die Worte ihrer Mutter. Dies war einer der Punkte, an dem sich die Orientbegeisterung ihrer Eltern strikt unterschied. Ihr Vater interessierte sich kaum für das Schicksal orientalischer Frauen, während ihre Mutter davon regelrecht besessen schien, so dass sie schließlich hinter jeder afghanischen Sitte verkappte Sklaverei vermutete.

Tief in Gedanken versunken, bemerkte Martha erst jetzt, dass sie ihr Weg direkt zu einem Brunnen führte, der für sie weit mehr war als nur ein Wasserspender. Zu diesem Brunnen kam sie als kleines Mädchen, als sie zum ersten Mal durch Kabuls Straßen stürmte. In ihrem Überschwang rannte sie damals direkt in einen jungen Mann und riss ihn zu Boden. Er prallte mit der Stirn gegen die steinerne Brunnenfassung, und Martha sah noch heute, wie ihm das Blut übers Gesicht strömte.

Erst als er sich das Blut aus den Augen strich und einen blinkenden Dolch aus dem Gürtel riss, war ihr schockartig klar geworden, dass sie nicht mehr in Berlin war. An diesem einen Tag alterte sie wohl um ein ganzes Jahr. Nicht dass sie ihre kindliche Unbeschwertheit abgestreift hätte, aber Vorsicht wurde plötzlich zu einem wesentlichen Bestandteil ihres Lebens. Sogar die Flucht vor den Nazis hatte sie unter dem segensreichen Einfluss ihrer Eltern noch als Abenteuer wahrgenommen, und auch hier am Hindukusch hatte sie sich am ersten Tag inmitten all dieser dunkeläugigen Männer mit ihren Turbanen und wilden Bärten gefühlt wie in einem Märchen von 1001 Nacht. Aber als sie dem jungen Afghanen in die funkelnden Augen starrte, da begriff das kleine Mädchen, dass dies hier beileibe keine Märchenwelt war. Die Drohung der blinkenden Klinge war so unmittelbar, dass das Pflänzchen der Furcht, dass die Nazis vor Monaten in ihre junge Seele gesenkt hatten, nun endgültig aufgegangen war. Als der junge Mann dann die Waffe sinken ließ und sich mit verächtlicher Geste abwandte, wusste sie auch, dass ihre Familie am Hindukusch bestenfalls geduldet war.

Martha benötigte damals Tage, um den Schock zu verarbeiten. All die verwirrenden Düfte des Orients, der verführerische Geschmack und der Gestank, der Dreck, die Sonne, die Farbenflut der Bazare und Moscheen beinhalteten seit diesem Erlebnis einen höchst bedrohlichen Unterton. Selbst heute, nach fast einem Jahrzehnt, behielt die Warnung des Brunnens ihre Wirkung. Spätestens als der junge Mann seinen Dolch aus der Scheide riss, war sie im Orient angekommen. Seither fragte sie sich so manches Mal, weshalb ihr eigentlich nie etwas Ernstes zugestoßen sei.

Unbedingte Aufmerksamkeit war Martha längst in Fleisch und Blut übergegangen. Sie hatte verinnerlicht, dass diese Stadt für eine allein lebende Frau ein höchst ungutes Pflaster darstellte. Eine solche Frau war im orientalischen Denken ohnehin nicht vorgesehen, es musste sich einfach um eine Hure handeln, würde doch kein Familienoberhaupt, kein Bruder diesen Lebensstil je tolerieren. Eine alleinstehende Frau war eine Schande für alle, und die Familienehre war das unantastbarste Gut, das es im Orient zu verteidigen galt.

Martha setzte sich auf den Rand des Brunnens. Ein Windstoß blies ihr Staub durch das Gitter ihrer Burka in die Augen, so wie an jenem Tag, als sie hier zum Brunnen rannte, um sich das erhitzte Kindergesicht zu reinigen. Und so wie damals hob sie den Blick zu dem Ehrfurcht gebietenden Bergpanorama, das Kabul wie eine Theaterkulisse umringte. Die monumentalen Bergketten waren ihren Eltern stets als Schutz, aber auch als Falle erschienen. Ungeachtet aller Orientbegeisterung hatten sich ihre Eltern immer wie in einem Gefängnis gefühlt. Für Martha war Kabul jedoch längst zur Heimat geworden, und diese Verbundenheit wuchs, je mehr Berlin und Deutschland in ihrer Erinnerung verblassten.

Andere Frauen kamen an den Brunnen, auch sie tief in ihren Burkas vergraben und ebenso gesichtslos wie Martha selbst. Bald saßen sie blau und grün verhüllt auf dem Brunnenrand wie eine Reihe scheuer Vögel, die sich nur im Schutze der Gemeinschaft halbwegs sicher wähnten. Die Burka war nicht durchweg Kleiderpflicht afghanischer Frauen. Tatsächlich wurde sie vor allem von ärmeren Schichten getragen, um nicht nur ihre Gestalt, sondern auch ihre abgerissene Kleidung zu verschleiern. Und trotz der brennenden Sonne und des rinnenden Schweißes vermittelte die Burka Martha auch jetzt wieder dieses beruhigende Gefühl von Anonymität und Sicherheit.

Schließlich trieb sie die Hitze in den Schatten des Teppichbazars. Hier verschmolz sie mit der Käuferschar beiderlei Geschlechts, und da sie in ihrer Vermummung kaum einen richtigen Blick auf die Teppiche werfen konnte, streifte sie schließlich ihre Burka ab. Mechanisch beantwortete sie die Lobpreisungen der Händler und streute selbst so manche Frage nach deutschen Agenten und irgendwelchen Goldschätzen in die Unterhaltungen. Das Ergebnis war gleich Null, auch wenn sie immer wieder den Eindruck gewann, dass man ihr nicht alles sagen wollte.

Die bunte Teppichpracht vor Augen, schweiften ihre Gedanken zurück zu David und zu ihrem Treffen. Noch wenigstens fünf Stunden. Sie konnte es kaum erwarten, obwohl er sich so verändert hatte. Nun, wahrscheinlich dachte er von ihr das gleiche, und wenn sie hart mit sich ins Gericht ging, dann hatte sie sich neulich nicht gerade feinfühlig verhalten. Schließlich kämpften Briten und Deutsche gegenwärtig den erbittertsten Kampf der Geschichte, noch grimmiger als in den Tagen des Ersten Weltkriegs. Für David als Botschaftsmitarbeiter war das Risiko einer Kontaktaufnahme weit größer als für sie.

Am liebsten wäre sie in einem der Teehäuser eingekehrt, doch war dies auch für eine Ausländerin nicht gerade ratsam. Zumindest verbreitete sich dann meist eine so ungute Atmosphäre, dass sie sich freiwillig zurückzog. Zum Glück erreichte sie gerade den Laden eines alten Teppichhändlers, der just in diesem Moment auf die Straße trat, um sie willkommen zu heißen. Der alte Raschid war ein Freund ihres Vaters und hatte auch ihre Mutter stets mit größtem Respekt behandelt, was bedeutete, dass er sie anfangs komplett ignorierte. Andererseits hatte seine Familie nie vergessen, ihrem Vater für sein *Haus* etwas mitzugeben, Stoff oder andere Aufmerksamkeiten. Die kleine Martha hatte Jahre gebraucht, um zu begreifen, dass gerade dieses Ignorieren ihrer Mutter in afghanischen Augen ein Zeichen großen Respekts war.

Im Laden grüßte Martha zu dem Vorhang hinüber, hinter dem sie die weiblichen Familienmitglieder wusste, und versuchte zum hundertsten Mal, sich ein orientalisches Frauenleben auszumalen. Eine anonyme Existenz hinter Mauern, Vorhängen und Gittern. Versteckt, aber zugleich in Sicherheit. Vielleicht war Verzicht der Preis für all diese Sicherheit. Orientalinnen glaubten genau zu wissen, was das Leben, die Gesellschaft und nicht zuletzt Allah von ihnen erwartete, und in diesem Gefühl der Gewissheit ertrugen sie nahezu alles.

Der alte Händler lächelte gerne und viel, so wie jetzt, als er seinen Schnurrbart durch die Finger zog. Raschid besaß einen wunderbaren, pechschwarzen Schnurrbart, der zu seinem silbrigen Haupthaar einen aparten Kontrast bildete.

Er reichte ihr duftenden Tee, im Laufe der Zeit hatte er seine Sympathie für Martha entdeckt, so dass er schließlich stillschweigend duldete, dass sie seine Tochter in Deutsch und Englisch unterrichtete. Heimlich natürlich und offiziell ganz ohne sein Wissen, jedoch auch nicht ohne sein Augenzwinkern.

Marthas Deutschunterricht bereitete ihm dabei noch die geringsten Probleme, aber Englisch war die Sprache eines Todfeindes, und wenn er auf Großbritannien zu sprechen kam, dann schwand sein Lächeln. Er ließ keine Gelegenheit ungenutzt, um zu betonen, dass *Hindukusch* eigentlich *Hindutöter* bedeutete und mit *Hindus* apostrophierte er alle, die drüben in Indien lebten.

Bald saß Martha auf einem Teppichstapel und fachsimpelte über Stoffe, Teppichknoten, Farben und Preise. In den Augen eines professionellen Händlers war Marthas Wissen vielleicht etwas laienhaft, doch wurde Raschid niemals müde, sie aufs Neue zu belehren. Normalerweise. Doch diesmal verweilte er nicht lange bei Teppichen und Kelims. „Der ganze Bazar ist voller Gerüchte. Man erzählt sich, es gebe einen neuen Schatz, seit einigen Tagen. So wie damals, als dein Vater noch in diesem Haus verkehrte, gesegnet sei sein Andenken."

Das missbilligende Räuspern hinter dem Vorhang stammte jetzt sicher von seiner Frau, die Raschid signalisierte, dass eine derart unmissverständliche Anspielung auf das mutmaßliche Schicksal ihrer Eltern alles andere als höflich sei.

„Man munkelt, dass kürzlich jemand ermordet wurde", ergänzte der Händler und zwirbelte seinen Bart.

Martha bemühte sich, ihre Anspannung zu verschleiern und nahm erst einmal einen Schluck. „Ermordet?", erkundigte sie sich beiläufig. „Weil jemand den Schatz rauben wollte?" Sie lauerte förmlich auf die Antwort.

Der Alte wiegte zweifelnd den Kopf. „Oder weil es galt, jemandem die Lippen zu versiegeln."

„Und wer ist das Opfer?", erkundigte sie sich mit schwankender Stimme.

„Niemand weiß es, und keiner kennt den Ursprung der Gerüchte."

„Erzählt man sich auch diesmal von einem großen Schatz?" Sie erschrak ein wenig vor dem tonlosen Klang ihrer Stimme.

Der Alte bestätigte eifrig. „Es geht um weit mehr als nur um ein paar

Goldmünzen oder kleine Bleche. Glaube mir, Martha aus Deutschland, man munkelt sogar von goldenen Figuren."

Figuren aus Gold? Martha klingelte es förmlich in den Ohren, und sie hatte alle Mühe, unbefangen aufzulachen. „Und wie groß sind diese Figuren?" Sie deutete mit den Händen eine wenigstens lebensgroße Statue an.

Doch Raschid reagierte nicht auf ihren Scherz. „Etwa handgroß", präzisierte er geheimnisvoll. „Angeblich wurden auch Münzen entdeckt, so wie damals bei dem Schatz vom Amu-Darja. Vielleicht handelt es sich sogar um denselben Schatz."

„Der Schatz vom Amu-Darja?", wiederholte Martha vorsichtig. Der Amu-Darja war einer der großen Flüsse Zentralasiens, ein Grenzfluss zwischen Afghanistan und der UdSSR.

Der Alte nickte. „Die Briten nannten ihn damals *The Treasure of the Oxus*, den Oxosschatz. Oxos ist ein uralter Name für den Amu-Darja, noch aus den Tagen des Iskender. Die Engländer bevorzugen die lateinische Aussprache Oxus."

Marthas Magen krampfte sich zusammen. Es war der angebliche Fundort, der sie elektrisierte, trug doch der kleine steinerne Sockel von Marthas Statuette eine antike Inschrift, die den Oxos erwähnte. Und nicht nur das, da war auch die bibliografische Notiz auf dem Schreibtisch ihres Vaters: *O. M. Dalton, The Treasure of the Oxus* – der Oxosschatz!

Martha fühlte sich, als habe man ihr einen Schleier von den Augen gerissen. Wahrscheinlich handelte es sich um den gleichen Schatz, zu dem auch die Statuette gehörte. Ihr Vater hatte offensichtlich eine Spur des Goldes entdeckt, und sein Figürchen seinerzeit mit schwarzer Farbe getarnt. Fraglos hatte er weitere Nachforschungen angestellt, und kurz darauf waren ihre Eltern spurlos verschwunden. Die jähe Erkenntnis schnürte ihr beinahe die Kehle zu. Der Alte beobachtete sie verwundert und fragte sich wahrscheinlich, was wohl in ihrem Kopf vorgehen mochte. Sie beeilte sich, das Gespräch fortzusetzen. „Und wann wurde dieser Oxosschatz gefunden?"

„Im letzten Jahrhundert eurer abendländischen Zeitrechnung. Mein Vater erzählte mir damals eine ziemlich abenteuerliche Geschichte, doch erinnere ich mich nicht mehr an die Einzelheiten."

„Und was geschah mit dem Gold?"

Der alte Händler hob die Achseln. „Allah weiß es. Aber damals fiel im Zusammenhang mit dem Schatz auch der Name deines Vaters, also sei vorsichtig, Martha aus Deutschland, und hüte dich!"

Wieder erreichte ihn ein missbilligendes Räuspern seiner Familie, doch diesmal ließ er sich nicht abhalten. „Dein Vater war..., ist ein sehr mutiger

Mann, auch wenn ich nie so richtig verstanden habe, weshalb er seine Heimat verlassen hatte, doch jetzt beginne ich ihn besser zu verstehen. Ich hasse die Russen beinahe ebenso sehr wie die Engländer, aber ich glaube nicht, dass Deutschlands Kampf ein Krieg der Ehre ist. Wir Afghanen kämpften damals, weil man in unser Land eindrang, doch habe ich nie gehört, dass Deutschland von den Russen bedroht wurde. Ich vermute, dass dein Vater ebenso denken würde. Allah segne seine Schritte und die deinen." Er erhob sich, um neuen Tee zu holen und war wohl ganz froh, das Thema zu wechseln.

„Du berichtest von einem Mord. Könnte er mit deutschen Agenten zu tun haben?"

Der Alte drehte sich um. „Allah, welche Agenten? Hier in Kabul?" Offenbar hatte er keine Ahnung, worauf sie anspielte.

„Oh", wiegelte Martha ab, „das ist nur ein Gerücht."

Raschid schüttelte verwundert den Kopf, und Martha sah angesichts der länger werdenden Schatten, dass sie besser aufbrechen sollte, falls sie die Umgebung des Geisterhauses noch bei Tageslicht überprüfen wollte. Deshalb erhob sie sich mit entschuldigender Geste, um den Abschied einzuleiten. „Ich danke dir für deine Geduld. Dein Abend sei glücklich."

Ihr Gastgeber zögerte angesichts dieses plötzlichen Abschieds. Er fürchtete offenbar, dass er sie gekränkt haben könnte, und so klopfte Martha vielsagend auf die Armbanduhr ihrer Mutter und murmelte etwas von einer Verabredung in der Deutschen Botschaft. Raschid nickte erleichtert.

Draußen bog Martha um eine Ecke und drehte schnell ihre Burka herum, war sie doch innen blau und außen grün gehalten. Tief in einer anderen Farbe verschleiert konnte sie sicher sein, selbst einen Raschid zu täuschen. Tatsächlich beachtete er sie kaum, als sie vor seinen Laden trat. Er hatte den Vorhang zurückgeschlagen. Martha spitzte die Ohren, verstand jedoch nur einige Bruchstücke.

„Was sollte man ihr sagen?", fragte der Alte gerade. „Das würde sie nur gefährden..." Seine Stimme verlor wieder an Deutlichkeit. Fraglos sprach man von ihr. Es konnte also gut sein, dass Raschid durchaus von deutschen Agenten gehört hatte.

In diesem Moment drängte sich ein hochgewachsener Mann durch die Menschenmenge. Martha erhaschte einen Blick in zwei brennende Augen und in ein Gesicht, das bis auf die Augen hinter einem grünen Turbantuch verborgen war, dessen Zipfel weit auf die Schulter hing. Doch was in Wahrheit ihre Aufmerksamkeit fesselte, war sein soldatischer Schritt und die rote Jacke, die unter seinem weiten Mantel hervorleuchtete. Handelte es sich am Ende um den Sturmbannführer?

Plötzlich überfiel sie die Aura Iskenders mit solcher Macht, dass sie bestürzt in eine Seitengasse stolperte. Iskender und der Sturmbannführer – diese Koinzidenz konnte doch unmöglich Zufall sein! Es erschreckte sie zutiefst. Als sie endlich ihre Fassung wiedergewonnen hatte, da war der mutmaßliche SS-Mann bereits in der Menge untergetaucht.

Der Sturmbannführer

Kabul, 3. Oktober 1941
18:10 Uhr

Martha schob sich unauffällig in eine schmale, kaum meterbreite Gasse zwischen zwei Lehmziegelhäusern. Dort zerrte sie sich die Burka über den Kopf und rollte sie zusammen. Als sie sich ein Kopftuch übers Haar warf, lugte sie bereits wieder um die Ecke. Iskender musste noch in der Nähe sein, sie spürte es. Da fiel hinter ihr in der Gasse ein Lehmziegel herunter. Als sie herumfuhr, sah sie aus den Augenwinkeln einen Schatten, der zwischen den Lehmwänden herunterkletterte. Dabei klemmte sich der Kerl wie ein Schornsteinfeger mit abgespreizten Armen und Beinen fest. Hätte sich nicht ein Ziegel gelöst, Martha hätte ihn wohl kaum bemerkt.

Mit weitem Sprung war sie heraus aus der Gasse und drängte sich durch die Menge die Bazarstraße hinunter. Erst als sie blitzschnell in die nächste Seitenstraße tauchte, wagte sie wieder einen Blick zurück.

Der vermummte Verfolger stürmte direkt auf die Einmündung zu. Beinahe schien es, als wisse er genau, wo sie zu finden sei. Sein Mantel blähte sich im Wind, und seine rote Jacke leuchtete im Licht der Abendsonne.

Martha flog förmlich mit wehendem Kopftuch durch die Gasse und wusste den Verfolger hinter sich. Im nächsten Augenblick hatte sie den Tuchbazar verlassen, und die Sonne blitzte auf Obst und Gemüse, doch Martha hatte kein Auge dafür und für all die rufenden Händler.

Sie wagte einen weiteren Blick nach hinten. Der Sturmbannführer erschien gerade auf der kleinen Kreuzung und stieß rücksichtslos alles zur Seite, was sich ihm in den Weg stellte.

Martha flüchtete immer tiefer hinein in den Bazar. Eine rennende Frau war fraglos eine Attraktion, zumal sie unschwer als Ausländerin zu erkennen war. Trotz ihrer Angst versuchte sie Ruhe zu bewahren, waren ihr doch diese Gassen und Gässchen aufs Beste vertraut. Wieder warf sie sich nach links und tauchte in das Dunkel zwischen zwei Häusern. Der Wind trug ihr den Duft einer Gewürzstraße entgegen und dann entfaltete sich vor ihr wieder die überwältigende Farbenpracht des Tuchbazars. Nach einigen Schritten drängte sie sich in eine Nische. Vom Sturmbannführer war nichts mehr zu erkennen.

Aufatmend versuchte sie ihre Gedanken zu ordnen. Der Verfolger hatte sie vor Raschids Laden ungeachtet ihrer Burka erkannt und nun auch noch unverschleiert beobachtet. Ehe sie den Bazar verließ, musste sie sich unkenntlich machen, zumindest für einen flüchtigen Blick. Also verlor sie keine Zeit und trat in den erstbesten Laden. Nach gemurmeltem Gruß griff sie sich ein weites, schwarzes Manteltuch. Normalerweise hätte sie sicherlich nach Herzenslust gefeilscht – sie liebte das und ihr perfektes Pashto öffnete ihr ein weites Feld, doch jetzt hatte sie weiß Gott anderes im Kopf. „Wie viel?“, fragte sie den Händler.

Der Afghane erkannte natürlich die Ausländerin und langte kräftig zu. „Zweihundert Afghani. Das ist ein wunderbarer Stoff, wert für den Harem eines Königs, erste Qualität, gewebt von kunstvollen Händen und...“

Sie drückte dem verblüfften Mann die absurde Summe in die Hand, die ein gewaltiges Loch in ihre Kasse reissen würde. Der Afghane war so verblüfft, dass er keinen Abschiedsgruß herausbrachte. Sie war schon ein gutes Stück von dem Laden entfernt, da trat der Händler auf die Straße, ihr altes Kopftuch in der Hand.

Martha wollte schon umkehren, da schob sich der Vermummte durch die Menge und blickte genau in ihre Richtung. Also zog sie sich das schwarze Tuch fest um den Kopf und schlenderte mit wild schlagendem Herzen auf ihren Verfolger zu, ihr blieb ohnehin keine Wahl. Der Mann spähte um sich und suchte fraglos nach einer blonden Frau oder nach einer bestimmten Burka. Das schwarze Tuch übersah er vollkommen, war es doch landesüblich und wurde von Tausenden getragen.

Martha passierte ihn anstandslos, erhaschte jedoch auch jetzt nur einen Blick in ein völlig vermummtes Gesicht. Einige Schritte entfernt hielt der Tuchhändler immer noch Ausschau nach seiner freigiebigen Kundin. Der Sturmbannführer drehte sich und schritt direkt an ihm vorüber. Martha hielt den Atem an, als ihr Verfolger abrupt innehielt und auf das Kopftuch deutete. Sie verfluchte sich ob ihres Leichtsinns.

Der Sturmbannführer befragte den Händler, doch der Afghane wusste auch nicht weiter, und so schritt ihr Verfolger suchend die Straße hinunter, dann war er verschwunden. Die Hoffnung, dass nun die Angst vergehen würde, war allerdings trügerisch. Sie spürte noch immer Iskenders Gegenwart. Ja, sie begriff erst jetzt, dass seine Aura die ganze Zeit präsent gewesen war.

Als sie sich umsah, merkte sie, dass sie ganz in der Nähe ihres Geisterhauses gelandet war. Der Gedanke an das düstere Haus hatte plötzlich etwas überaus

Verführerisches. Bald blieb das Stimmengewirr des Marktes hinter ihr zurück, und sie erreichte ein herrschaftliches Palais, dessen Fensterläden sämtlich fest verschlossen waren. Martha konnte sich nicht vorstellen, dass sie den Schlüssel zum Haupteingang in der Tasche haben sollte, und so passierte sie ihn und bog so beiläufig als möglich um die Ecke. In der Seitengasse lag bereits alles in tiefem Schatten. Der herrschaftliche Bau war an der Vorderfront vielleicht nicht allzu breit, erstreckte sich dafür jedoch in beträchtlichem Umfange nach hinten in ein unübersichtliches Quartier aus Lehmziegelhäusern, die wie das Palais selbst mehrere Stockwerke aufwiesen.

Nach wenigen Schritten erreichte sie die Stelle, an der sie sich vor Jahren mit einem Sprung in die Gasse gerettet hatte, zwei Verfolger dicht auf den Fersen. Die Erinnerung war überaus plastisch, und Martha musste sich nachdrücklich zur Ordnung rufen. Höchste Zeit, Davids Schlüssel eine Chance zu geben.

Sie versicherte sich mit einem letzten Rundblick, dass sie nicht von irgendeinem Fenster oder einer Mauer aus beobachtet wurde und eilte die wenigen Schritte zu einer Küchentür hinüber. Die solide Pforte war verschlossen, so wie vor Jahren. Martha schob ihren Schlüssel sachte ins Schloss. Die Kraft einer Hand reichte nicht aus, doch als sie die zweite zur Hilfe nahm, drehte sich der Schlüssel ziemlich anstandslos. Augenblicke später knackte die Tür und schwang nahezu lautlos nach innen. Offenbar hatte man Schloss und Angeln erst kürzlich geölt. Mit klopfendem Herzen zog sie den Schlüssel ab und die Pforte hinter sich zu.

Das Geisterhaus

Kabul, 3. Oktober 1941
18:40 Uhr

Die Tür war massiv und verhieß Sicherheit. Als Martha vor Jahren aus einem Fenster des Geisterhauses gesprungen war, da hatte sie sich in die Seitengasse und zu dieser Tür geflüchtet, doch ließen sich die beiden Verfolger damals nur für wenige Sekunden täuschen. Martha hatte diesen Fluchtweg in der sicheren Überzeugung gewählt, dass man die Tür von außen ohne Schlüssel mit einem Trick öffnen könne, sie hatte das gemeinsam mit David entdeckt. Doch als sie die Tür erreichte, um die Verfolger auszusperren, fand sie sie verriegelt, und so saß sie in der Falle. Dieser Küchenzugang war eine Sackgasse. Nur noch Sekunden, dann hätte man sie gestellt, sie nach draußen geschleift. Nicht auszudenken, in welche Schwierigkeiten sie damals ihre Eltern gestürzt hätte.

Doch als die Häscher bereits die Gasse erreicht hatten, da wurden sie von einer unbekannten Stimme zurückgerufen. Es war wie ein Wunder, aber jemand schrie ihren Verfolgern zu, Martha sei in den Bazar entkommen. Offenbar war dessen Autorität so groß, dass die Wachen ohne Zögern folgten. Wahrscheinlich wussten sie genau, wen sie vor sich hatten.

Die Erinnerungen wurden schier übermächtig, ihr stieg sogar wieder dieser faulige Geruch in die Nase, der damals stickig in der Gasse stand. Ein unglaublicher Zufall, dass ein Unbekannter...

Plötzlich stand Martha ganz still in der Dunkelheit. Angenommen, der Unbekannte hatte damals ihre Verfolger in voller Absicht in die Irre geführt? War das am Ende Iskender gewesen? Seltsam, in all den Jahren hatte sie diese Möglichkeit niemals in Erwägung gezogen und dabei lag sie doch klar auf der Hand.

So deutlich die Bilder der Vergangenheit auch anmuteten, sie erinnerte sich nur an die energische Stimme eines jungen Mannes. Unwillkürlich lächelte sie in sich hinein. Natürlich musste ein Iskender jung sein. Schließlich war der große Alexander vor Jahrtausenden gerade mal sechsundzwanzig Jahre alt, als er mit seinem Heer in Baktrien einfiel. Nein, das war alles Unsinn! Dschinns bevölkerten die Märchen aus 1001 Nacht und nicht das Dritte Reich. Doch wie kam die sinistre Gestalt dieses Sturmbannführers zur Aura eines Iskender? Das passte alles einfach nicht zusammen. Dann hätte ja ein SS-Offizier sie als kleines Mädchen in Kabul beschützt – eine idiotische Vorstellung. Plötzlich fühlte sie sich deprimiert und mutlos. Martha machte sich nichts vor, ihr war klar, dass sie zwischen allen Stühlen saß, wusste sie doch genau, wie misstrauisch sie gerade von der deutschen Kolonie beobachtet wurde.

Seufzend schob sie ihre blonde Mähne zurück und fühlte, dass ihr immer noch heller Schweiß auf der Stirn stand. Vielleicht gab es hier irgendwo Wasser? Sie kramte ihr Feuerzeug hervor, und als die Flamme aufloderte, entdeckte sie tatsächlich eine irdene Wanne, doch stieg ihr zugleich ein fauliger Geruch entgegen. Widerlich. Wenn hier das Wasser so brackig war, dann durfte sie auch unten an dem geheimnisvollen Pool nichts anderes erwarten. Ein Blick auf die Uhr verriet ihr, dass ihr reichlich Zeit zur Verfügung stand, um vor Davids Ankunft das Haus zu inspizieren.

Sie entdeckte einige Öllampen mit ausreichender Füllung. Entweder stammten sie von David oder das Haus wurde tatsächlich noch von anderen benutzt. Martha lauschte erneut in die Stille, auf jeden Fall musste sie vorsichtig sein. Sie entzündete eine der Lampen und stieg leise die schmale Treppe nach oben, die die Küche mit dem Hauptgeschoss verband.

Das Licht geisterte durch staubbedeckte Zimmer, die fraglos seit Jahren kein Mensch mehr betreten hatte. Was wollte sie? Schließlich war das ein

Geisterhaus. Sie erreichte jetzt jene Tür, hinter der es ihrer Erinnerung nach zum Badetrakt hinunter gehen musste. Martha zog die Pforte vorsichtig auf und leuchtete in ein schmales Treppenhaus mit ausgetretenen Stufen. Ein kühler Hauch strich ihr entgegen. Offenbar führte der Pool noch immer Wasser, auch wenn sie sich gar nicht ausmalen wollte, wie diese Brühe zwangsläufig aussah. Langsam stieg sie die Stufen hinab.

Links führte eine Tür in ein schmales Zimmer, das etwa zwei Meter höher lag als der eigentliche Badesaal. Der Raum erwies sich als leer, einige abgeplatzte Wandkacheln lagen zerschellt auf dem Boden. Das einzige Möbelstück war ein orientalischer Diwan vor einer der Längswände. Ein seltsames Zimmer. Auffällig waren vor allem die Spuren auf dem staubigen Boden. Sie führten von der Tür zu dem Diwan. Davids Spuren? Kopfschüttelnd schloss Martha die Tür und stieg zum Pool hinunter.

Binnen weniger Sekunden trat sie in einen hohen, gekachelten Raum, der eher einer kleinen Halle glich. Martha erinnerte sich noch gut an dieses prachtvolle Bad. Ein tief in den Boden eingelassenes Becken füllte den größten Teil des Raumes. Wie groß es tatsächlich war, das hatten Martha und David damals nicht feststellen können, da ihnen nur Streichhölzer und eine kleine Öllampe zur Verfügung gestanden hatten. Auch jetzt reichte das Licht nicht einmal bis zur rückwärtigen Mauer. Die hohe Decke wurde von Säulen gestützt, die teilweise aus dem Wasser nach oben strebten. Eine Reihe sachter Stufen mit einem Metallgeländer in der Mitte führte auf zwei Metern Breite ins dunkle Wasser.

Vor den Stufen erstreckte sich eine trockene, etwa drei Meter breite Plattform, auf der eine metallene Wanne von wenigstens eineinhalb Metern Länge stand. Unweit der Wanne entdeckte sie einige Kübel, und an der Wand einen eisernen Herd mit einem Wasserkessel. Dies war das Bad des alten Harems und Martha stellte sich heute die Frage, die vor Jahren vor allem David beschäftigt hatte. Wie viele Frauen mochten in diesem Geisterhaus gelebt haben? Im Grunde handelte es sich um ein Stadtpalais, um eines jener herrschaftlichen Häuser der afghanischen High Society, das einem Sardhar gehört hatte, dem Nachkommen eines alten Herrschergeschlechts.

Wieso es seit einigen Jahren verlassen war, das hatte Martha nie erfahren. Als Kinder hatten sie dafür irgendwelchen Geisterspuk verantwortlich gemacht, vielleicht war es gar der Geist des toten Sardhars, der seinen Harem am Ende in die Flucht getrieben hatte? Selbst jetzt spürte sie wieder den vertrauten Schauder in ihren Gliedern, wenn sie an diese Gruselgeschichte von damals dachte. Auch nach all den Jahren hatte der Pool seine Faszination nicht eingebüßt. Verflixt nochmal, was war nur mit ihr los, dass sie jetzt plötzlich an badende Frauen dachte?

Die Kühle kroch langsam durch ihre verschwitzte Kleidung, es half auch nicht, dass sie sich die Burka um die Schultern zog. Sie war bereits wieder auf dem Weg zur Treppe, da fiel das Licht ihrer Öllampe auf einen Mantel, der neben dem Herd auf einem Kleiderbügel hing. Ein europäischer Bademantel! Im Mantel entdeckte sie ein englisches Etikett. Gehörte er etwa David?

Der Stoff war trocken, und erst als sie sich das gute Stück eilends um die Schultern warf, begriff sie, was sie vorhin kaum beachtet hatte – das Wasser war frisch und nahezu geruchlos. Es konnte unmöglich seit Jahren in diesem Becken stehen, und das bedeutete, dass man es vor nicht allzu langer Zeit gewechselt hatte. Dieses Haremsbad war noch immer in Betrieb. Sollte David es benutzen, und besaß er deshalb einen Schlüssel? Vielleicht konnte sie hier endlich den Dreck des Tages loswerden! Schließlich hatte sie sich aufgrund ihres Wassermangels seit Tagen nicht mehr richtig gewaschen.

Bis zu Davids Erscheinen würden noch Stunden vergehen.

Neugierig öffnete sie die in die Wand eingelassenen Schränke. Die meisten waren leer, doch in einem entdeckte sie einen ganzen Stapel dicker Badetücher. Mit ein, zwei Schritten stand sie neben der metallenen Wanne. Sie war trocken, doch dann fiel ihr Blick auf den Herd, und nun gewahrte sie auch das hinter ihm gestapelte Feuerholz. Martha schmunzelte unwillkürlich, ihr guter David hatte sich hier wirklich gut organisiert.

Ein Herd und Feuerholz! Der Gedanke an warmes Wasser wurde schier übermächtig. Mit fliegenden Händen machte sie Feuer und schöpfte Wasser aus dem Pool. Augenblicke später verbreitete der Herd wohlige Wärme, und sein Feuer riss nun weit größere Teile des alten Bades aus der Dunkelheit. Martha entdeckte hoch oben unter der gewölbten Decke sogar einen mächtigen Kronleuchter. Er hing an einer eisernen Kette, die über ein Rad lief, so dass man den Leuchter herunterlassen und entzünden konnte. Martha überprüfte die Kette; viel zu schwer für ihre Arme.

Mittlerweile brodelte das Wasser. Flugs goss sie die erste Ladung in die Wanne und setzte frisches Wasser auf den Herd, es war sogar trinkbar.

Der Gedanke an ein erquickendes Bad beflügelte ihre Phantasie. Kaltes Wasser hatte sie noch selten abgeschreckt. Schnell entledigte sie sich ihrer Kleidung. Dann nahm sie ein großes Holzscheit und legte es vorsichtig ins Wasser. Nun noch schnell die Öllampe darauf gestellt und schon hatte sie ein Licht, das ihr beim Schwimmen auch die entfernteste Ecke des Pools erhellen konnte.

In diesem Moment erreichte sie ein schabendes Geräusch, als schrammten Ziegel übereinander. Sie lauschte, doch war nichts weiter zu vernehmen.

Als sie nun ins Wasser watete, schien es ihr eisig, und jede Stufe tiefer kostete sie Überwindung. Doch langsam gewöhnte sie sich an die Frische, und als ihr die dunkle Flut bis zum Bauchnabel reichte, stieß sie sich ab und schwamm zitternd eine erste Runde. Dann holte sie ihr Lampenschiffchen und trieb es hinaus in den dunklen Pool.

Sie war eine recht geübte Schwimmerin und hatte keine Mühe den Pool zu erkunden. Die gewölbte Decke des Badesaals ruhte tatsächlich auf vier gemauerten Säulen, deren Podeste so hoch waren, dass Martha unter den Füßen keinen Grund fand. Der Pool selbst maß wenigstens zehn auf fünfzehn Meter und schien eher eine alte Zisterne zu sein. Einen Ausgang entdeckte sie nicht. Und so blieb auch ziemlich unklar, wie das Becken gefüllt und geleert wurde, aber das interessierte sie jetzt auch nicht sonderlich.

Der Ziegel

Kabul, 3. Oktober 1941
22:50 Uhr

Nach einiger Zeit stieg sie schlotternd aus dem Wasser, warf sich eines der Badetücher um und schüttete erneut heisses Wasser in die Wanne. Wohlige Wärme durchflutete sie, als sie sich vor dem Herd hin und her drehte, ehe sie erwartungsvoll in die Wanne stieg. Das Wasser kühlte allerdings schnell aus, so dass sie bereits nach wenigen Minuten wieder heraus kletterte. In diesem Moment knirschte es auf den Stufen. „Martha?“, erreichte sie ein dumpfer Ruf.

David!

Hastig riss sie den Bademantel an sich. „Warte, bleib draußen! Ich habe gebadet.“

„Das haben wir doch früher auch!“, protestierte er.

Martha lachte ein wenig verlegen und fuhr hastig in ihre mittlerweile am Herd getrocknete Kleidung. Dann trat sie auch schon ins Treppenhaus. David stand nur wenige Stufen über ihr, eine kleine Öllampe in der Hand. Die Türe zu dem Diwanzimmer stand offen. Martha war sich sicher, sie vorhin geschlossen zu haben. Ihre Neugier erwachte schlagartig, zumal David sie zurückziehen wollte. „Gehen wir nach oben?“, drängte er.

Martha antwortete nicht und leuchtete in den Raum. Auf den ersten Blick war nichts Auffälliges festzustellen, doch als das Licht auf die Liege fiel, da lag ein Lehmziegel auf den Polstern. Den hatte sie vorhin nicht bemerkt, das wusste sie genau. Als sie den Ziegel verwirrt herumdrehte, bemerkte sie den in die Kachel der Frontseite eingelassenen Griff. Der Ziegel hatte eine Öffnung verschlossen und...

Die Türe knarrte, und dann trat David auch schon neben sie. „Was ist?“, erkundigte er sich mit merkwürdig rauer Stimme. „Gehen wir nach oben.“

Er zog sie tatsächlich zur Tür, doch sie wehrte ihn ab. „Warte! Der Ziegel lag vorhin noch nicht auf dem Diwan. Jemand war hier und zwar während der letzten Minuten!“

Bei diesen Worten hob sie die Lampe, und das Licht glitt flackernd über die Kachelwände. Ein einziger Blick genügte – direkt über dem Diwan klaffte eine schwarze Öffnung.

Mit einem heftigen Ruck machte sie sich los, um die Öffnung zu inspizieren. Diente sie am Ende als Versteck? Als sie hineinblickte, streifte ein kühler Luftzug über ihr Gesicht. Das war gar kein Versteck! Dieses Zimmer war ein Beobachtungsposten, angelegt, um die Frauen unten im Harem zu belauschen. Und das erklärte auch das schabende Geräusch, das ihr vorhin aufgefallen war. Jemand hatte sie beim Baden beobachtet. Nein, nicht irgend jemand, David!

Sie wäre ihm am liebsten an die Kehle gesprungen. „Du hast mich die ganze Zeit beobachtet!“ Sie schrie es in sein rotes Gesicht. Er murmelte verlegen und senkte den Blick. Allerdings nur für einen kurzen Augenblick, denn nun stahl sich ein jungenhaftes Grinsen auf seine Züge.

„Äh..., also das war doch früher ein Harem. Schätze, der Hausherr wollte schon damals seine Frauen inspizieren.“ Er wedelte ein wenig linkisch mit der Hand, doch war nun sogar ihr finsterster Blick nicht mehr imstande, sein Schmunzeln zu tilgen.

„Du..., du bist ein Schwein, ein Voyeur...“

Seltsamerweise half ihm gerade ihre Entrüstung über seine Verlegenheit hinweg, pathetisch breitete er die Arme aus. „Hey, sweethart. Wir wollten uns doch schon vor Jahren küssen. Schon vergessen?“

Sie funkelte ihn an. Das war glatt gelogen oder zumindest nur die halbe Wahrheit. David hatte es damals versucht, und sie hatte ihm eine Backpfeife verpasst, wenn auch eher spielerisch.

Jetzt grinste er ganz unverschämt. „Come on! Männer sind überall gleich. Da war der alte Pascha auch nicht anders.“ Diese Bemerkung trieb ihr das Blut in die Wangen. Es war einfach demütigend und...

„Nur ruhig Blut, Schönheit, there wouldn‘t be any children, wenn wir Männer anders wären.“

Sie hörte gar nicht zu. Der Gedanke, dass er sie die ganze Zeit angestarrt hatte, während..., plötzlich hatte sie die Hand an der Tür. Er erwischte gerade noch ihre Hand. Anscheinend begriff er erst jetzt, wie sehr er sie verletzt hatte.

„Nun bleib doch hier! Tut mir leid, ich wollte dich nicht kränken. Es..., also ich wusste nicht, dass du es so ernst nehmen würdest."

Er zog sie in den Raum, und plötzlich saß sie auf den Polstern. David fuhr sich verlegen durchs kurze Haar. „Du hattest noch nie einen Freund, oder?"

Das kam so abrupt, Martha wusste nicht, wo sie hinsehen sollte und geriet ins Stammeln. „Woher...? Natürlich hatte ich..." Für einen Augenblick herrschte ungute Stille, ehe er sich betreten räusperte. „Schätze, von Pferden verstehst du weit mehr als von Männern. Äh, war schon immer so."

Sie musste sich zusammennehmen, so sehr traf er ins Schwarze. Als er sie vorsichtig berührte, schrak sie zusammen wie ein Frosch. Hastig rückte sie zur Seite, als er sich neben sie schob. Instinktiv zog sie ihre Jacke am Hals zusammen.

„Nur ruhig, Dear. Es gibt nichts, was du nicht zeigen könntest."

Was redete er da? Sie begriff erst gar nicht, worauf er anspielte, bis er zu allem Unglück noch hinzusetzte: „Du sahst fabelhaft aus. Also ich..."

Sie schlug ihm mitten ins Gesicht und das mit solcher Wucht, dass er sich an eine Lehne klammern musste.

„Hör auf", stöhnte er. „Es tut mir ehrlich leid..."

„Tut es nicht!", blaffte sie ihn an, und auch wenn er sich die Wange rieb, tat das seinem Grinsen keinen Abbruch. Sein Humor war noch stets das Beste an ihm gewesen.

„Hast du mich deshalb in das Bad gelockt?", fauchte sie, doch er hob nur beteuernd die Hände. „Habe ich nicht, auf Ehre. Ich entdeckte den Ziegel durch Zufall, als ich die Türen ölte. Heute wollte ich eigentlich nur sicher gehen, dass du allein warst. Ich konnte wirklich nicht ahnen, dass du in aller Ruhe baden würdest. Wäre mir nie eingefallen. Also ehrlich..., na ja, und dann wollte ich dich nicht stören." Er hustete vielsagend.

Sie maß ihn mit einem düsteren Blick und er deutete fahrig auf das Loch. „Ziemlich albern, wenn man es recht bedenkt. Der Hausherr bespitzelte seine Frauen wie ein kleiner Junge."

„Wie ein Engländer", fuhr sie ihn an.

David kicherte. „Meine Mutter schwört darauf, dass Männer immer kleine Jungen bleiben. Vielleicht hat sie ja Recht."

Martha wäre am liebsten gegangen, doch dafür war ihre Lage zu ernst. Erst musste sie erfahren, was er eigentlich von ihr wollte. „Weshalb wolltest du mich sprechen?", fragte sie langsam.

Er schluckte und suchte einige Sekunden nach einem Anfang. „Äh, ich benötige deine Hilfe", stieß er schließlich hervor. „In Kabul sind Naziagenten aktiv."

„Agenten?" Martha schaffte es irgendwie, in ostentativer Ungläubigkeit die Brauen hochzuziehen, auch wenn ihr der Schock gehörig in die

Glieder fuhr. „In ganz Afghanistan leben doch keine zweihundert Deutsche."

Er schüttelte heftig den Kopf. „In Kabul existiert eine Nazizelle. Mein Wort darauf."

„Unsinn! Die meisten meiner Landsleute sind Emigranten und flüchteten bereits lange vor Kriegsausbruch nach Afghanistan. Glaubst du im Ernst, sie handeln in Hitlers Auftrag?"

„Ich spreche nicht von allen", wehrte er ab. „Aber das sollte dir ebenso große Sorgen machen wie mir. Die politische Einstellung deiner Eltern ist hinlänglich bekannt, und der deutsche Geheimdienst schreckt vor nichts zurück, vor rein gar nichts."

Das Bild des ermordeten Händlers zuckte durch Marthas Erinnerung. „Was..., was wisst ihr von diesen Agenten?"

Wieder dieses unmerkliche Zögern, ehe er sich zu einer Antwort durchrang. „Ich fürchte, dass diese Agenten von Afghanen Unterstützung erhalten."

„Von Einheimischen?" Wieder versuchte sie nach Kräften, ihrer Stimme einen ungläubigen Unterton zu verleihen. „Und weshalb sollten die Nazis in Kabul aktiv werden?"

„Machst du Witze? Eure Wehrmacht hat bereits große Teile der Sowjetunion überrannt und ist nach dem Sieg von Kiew auf dem Weg nach Moskau. Falls die Russen kapitulieren, stehen die Nazis spätestens im nächsten Frühjahr an den Grenzen Afghanistans."

„Und wieso sollte Stalin kapitulieren?"

Er zuckte die Achseln. „Nun, im Ersten Weltkrieg hat Russland jedenfalls kapituliert."

„Und was sucht die Wehrmacht am Hindukusch?"

„Was? Kind Gottes! Sie wollen natürlich nach Indien, und dann ist es aus mit dem afghanischen Exil. Wir müssen unbedingt herausfinden, wer mit den Nazis zusammenarbeitet, oder willst du der Gestapo in die Hände fallen?"

Das also war der Grund für dieses Treffen! Es ging gar nicht um ihre alte Freundschaft, der gute David wollte sie für seinen Geheimdienst rekrutieren. Sein wiederholter Hinweis, sie könnte selbst ins Visier der Nazis geraten, war sprechend genug. Ihr Zorn kehrte zurück. Sie fühlte sich missbraucht. Er wollte, dass sie ihre Landsleute verriet, ihre Freunde und womöglich sogar die Kollegen ihres Vaters an der Deutschen Schule. Deshalb hatte er dieses Treffen so sorgfältig vorbereitet, deshalb das frische Wasser, die Handtücher und das Feuerholz. Das war alles genau geplant, wusste er doch von früher, wie gerne sie badete. Sie hätte ihm am liebsten ins Gesicht gespuckt.

„Hör zu“, drängte er und hob abwehrend die Hände. „Ich will keineswegs, dass du deine Landsleute ans Messer lieferst, aber die freie Welt braucht jetzt jede Hilfe, die sie gegen die Nazis kriegen kann.“

„Meinst du mit dieser freien Welt dein Großbritannien oder eure Verbündeten, die Sowjets?“, erkundigte sie sich spitz.

Das brachte ihn doch merklich aus dem Gleichgewicht. „Äh…, also ich bin auch kein Freund dieses Stalin, aber in einem Weltkrieg kann man sich seine Verbündeten leider nicht aussuchen.“ „Ach ja? Und weil deinem glorreichen Großbritannien das Wasser bis zum Hals steht, verhandelst du jetzt sogar mit einer Nazideutschen, die…“

Sie kam nicht weiter, denn er packte ihre Oberarme und schüttelte sie wild. „Das ist nicht fair, verdammt nochmal! Du weißt genau, dass mich dieses Treffen in Teufelsküche bringen kann.“

Martha hatte alle Mühe, sich zur Ruhe zu zwingen. Sie starrte nur auf seine Hände, schließlich ließ er sie sinken. Zynischerweise hatte er mit seiner Warnung vor den Nazis gar nicht so Unrecht, immerhin hatte sie den Sturmbannführer in Aktion erlebt. „Du gehst ein Risiko ein?“, fauchte sie ihn an. „Und was ist mit mir? Meinst du etwa, meine Landsleute würden mir für unsere Verabredung applaudieren?“

Er hob abwiegelnd die Hände. „Gut, gut, es ist für uns beide nicht einfach. Aber es besteht nun mal die reale Gefahr, dass Nazis und später vielleicht die Japaner die Welt unter sich aufteilen. Das kannst du nicht wollen, verdammt. Denk an deine Eltern…“

„Wurde die Welt nicht vorher von Engländern und anderen Europäern aufgeteilt?“

„Komm, komm, du weißt genau, was ich meine. Du musst ja keine Namen nennen, aber hast du denn gar nichts von irgendwelchen Agenten mitbekommen? Keine Gerüchte?“

Martha zwang sich zu einem Lachen. „Das letzte Gerücht rankte sich um einen Schatz.“

David knurrte wütend. „Das ist kein Spiel, hier geht es nicht um einen Schatz.“

„Glaubst du tatsächlich, dass Afghanistan an Hitlers Seite in den Krieg eintreten würde?“

David antwortete nicht und begann ruhelos auf und ab zu gehen. Fragte er sich, wie viel er ihr verraten durfte? Martha setzte alles daran, ihm nicht zu zeigen, wie sehr sie auf eine Antwort lauerte. Schließlich drehte er sich ruckartig zu ihr herum. „Nun gut. Reden wir Klartext. Möglicherweise müssen die Nazis hier gar keine Überzeugungsarbeit leisten. Ich muss dir nicht erzählen, dass viele der afghanischen Oberschicht die Amani durchlaufen und in Deutschland studiert haben. Außerdem hassen sie uns Briten, und ich muss zugeben, nicht ohne Grund. Verdammt, wir haben uns am Hindukusch nicht gerade gentlemanlike benommen."

Das konnte er laut sagen. Dennoch hielt sie dagegen. „Willst du etwa andeuten, dass die Afghanen verkappte Hitlerfreunde sind? Nur weil einige Goethe zitieren und deutsche Romantiker gelesen haben?"

David lachte zynisch auf. „Gegen die deutsche Literatur hätte ich nichts, früher wart ihr ja das Volk der Dichter und Denker. Aber heute heißen die deutschen Kulturgüter Gestapo, SS und NSDAP."

„Und woher wisst ihr von dieser Nazizelle?", drängte sie lauernd.

„Wir fingen einen Geldtransport ab. Nahe der iranisch-afghanischen Grenze, erst vor wenigen Tagen, als britische und russische Truppen Ende August in den Iran einrückten. Das Gold war für Kabul bestimmt."

„Gold?" Marthas Stimme schwankte.

„Wenn ich es sage! Gold ist die universellste Währung. Ein ganzer Schatz, der..., Moment mal!"

Martha war sich sicher, dass ihm just in dieser Sekunde der gleiche Gedanke durch den Sinn schoss. „Wer hat sich nach einem Schatz erkundigt?", drängte er.

Martha antwortete nicht, und David strich schon wieder ruhelos auf und ab. „Ich will dich nicht belügen", murrte er schließlich. „Ohne dieses Gold sind die Nazis verdammt knapp an Zahlungsmitteln, und Geld regiert die Welt, auch hier am Hindukusch. Du hast vorhin einen Schatz erwähnt, was ist damit?"

Ihre Gedanken flogen, während sie sich verzweifelt mühte, einigermaßen verwirrt den Kopf zu schütteln. Dabei hatte er ihr gerade die Erklärung geliefert, weshalb sich der Sturmbannführer so für diesen Schatz interessierte. Das kriegswichtige Gold erklärte nun auch die enorme Skrupellosigkeit seines Vorgehens.

„Also was ist?", drängte David. „So vertrau mir doch!"

Martha musste ihm irgendetwas an Information geben, sonst hätte sie nur unnötig seinen Verdacht erregt. „Angeblich wurde ein afghanischer Händler wegen eines Goldschatzes ermordet."

David spitzte die Lippen zu einem lautlosen Pfiff und Martha räusperte sich. „Es existiert da ein Gerücht, das alle paar Jahre im Bazar die Runde macht. Es berichtete von einem berühmten Schatz. Ihr habt doch eine Bibliothek in eurer Botschaft?"

„Wie?", fragte er verwirrt. „Ja, natürlich, aber keine große. Zumeist nur Bücher über Asien und..."

„Habt ihr auch ein Buch mit dem Titel *The Treasure of the Oxus*?"

„Der Schatz des Oxus? Was ist das, was soll das sein?"

„Der Verfasser des Buches ist ein Brite namens O. M. Dalton. Wenn du mir das Buch beschaffen könntest, kommen wir unter Umständen weiter."

„All right, aber gib mir wenigstens einen Hinweis! Welcher Deutsche hat...?"

Martha sah ihm fest in die Augen. „Erst das Buch. Es könnte sich auch um ein belangloses Gerücht handeln, und dafür möchte ich keinen Landsmann ans Messer liefern. Falls das Buch die Geschichte des angeblichen Schatzes bestätigt, sehen wir weiter."

Er knurrte zweifelnd, aber sie konnte ihm nicht gut enthüllen, dass sie zwischen allen Stühlen saß. Martha machte sich nichts vor, sollte die Wehrmacht tatsächlich Afghanistan als Aufmarschgebiet gegen Britisch Indien nutzen, dann musste sie den Hindukusch verlassen, und zwar fluchtartig. Doch dazu benötigte sie Geld um jeden Preis, und die einzig realistische Chance bestand in diesem Schatz.

Sie musste auch unbedingt die Tagebücher ihrer Mutter durchforsten. Vielleicht verbargen sie mehr, als sie bisher vermutet hatte.

„Ich sehe, was ich tun kann", unterbrach David ihren hektischen Gedankenflug. „Also wie war der Titel?"

„O. M. Dalton, The Treasure of the Oxus."

Er wiederholte es grimmig. „Falls wir das Buch besitzen, gebe ich es deiner kleinen afghanischen Freundin. Aber dann will ich auch die ganze Geschichte." Spontan streckte er ihr die Hand entgegen. „Haben wir einen Deal?"

Zögernd schlug sie ein, er umklammerte ihre Finger. „Warum vertraust du mir nicht?", drängte er.

Martha antwortete nicht, sah ihn nur an.

„Listen, Dear", unwillkürlich dämpfte er seine Stimme. „Ich weiß nicht, was du gehört hast, aber wenn es sich um den deutschen Auslandsgeheimdienst handelt, dann sollte dir verdammt klar sein, dass du in Lebensgefahr schwebst."

Martha musste all ihre Selbstbeherrschung aufbieten, um nicht mit der ganzen verfluchten Geschichte herauszuplatzen, doch war sie sich einfach nicht sicher, inwieweit sie ihm trauen durfte. Schließlich riss er sich ruckartig los und warf seltsamerweise einen Blick auf seine Armbanduhr.

„Na gut", brummte er. „Ich kümmere mich um das Buch." Und dann stahl sich doch wieder das vertraute Grinsen auf seine Züge, ein Lächeln aus besseren Tagen. „Tut mir ehrlich leid mit dem Ziegelstein." Er kicherte jungenhaft. „Oh Lord, das war ein unglaublicher Anblick. Sagenhaft, wie du dich verändert hast."

Ehe sie protestieren konnte, verklangen seine Schritte auch schon auf der Treppe. Martha wusste nicht, ob sie nun erleichtert oder entrüstet reagieren sollte.

Das Ultimatum

Kabul, 4. Oktober 1941
0:20 Uhr

Lange lauschte sie David hinterher und überlegte, ob sie hier den Morgen abwarten sollte. Bei Tageslicht schien ihr der Heimweg weit ungefährlicher, und das Schrecklichste war, dass sie sich auch in ihrer Wohnung nicht mehr sicher fühlen konnte.

Schließlich raffte sie sich auf. Es konnte nicht schaden, zuvor die Umgebung des Hauses zu überprüfen, doch erwies sich ein Blick aus den Fenstern als recht unergiebig. Im Bazar hatte man die meisten Lichter gelöscht. Martha spähte gerade durch ein Gitterfenster in die schmale Küchengasse, als sie unten etwas zu hören glaubte. Hatte sie sich getäuscht? Nein, kein Zweifel, da bewegte sich jemand.

War das am Ende David, der dort auf sie wartete? Die Vorstellung beflügelte sie. Hastig stürzte sie hinunter in die Küche, doch zögerte sie bereits auf halber Strecke. Angenommen, es war gar nicht David, sondern der Sturmbannführer? Doch wenn sie nichts wagte, dann würde sie hier auf der Treppe versauern, wie es ihr Vater formuliert hätte, und so tastete sie sich durch die Küche und schob mit unendlicher Vorsicht den Schlüssel ins Schloss. Die Kühle der Nacht flutete ihr entgegen. Noch immer hingen die Düfte des Basars in der Gasse, wenn auch weit gedämpfter als noch vor Stunden.

Martha schloss behutsam ab und steckte den Schlüssel zu sich. Dann schlich sie auf Zehenspitzen die Gasse hinunter, deren Einmündung sich heller gegen das Bazarviertel abzeichnete. Von einem Beobachter war zum Glück nichts wahrzunehmen. Leider war die kühle Nachtluft nicht angenehm. Sie hatte noch feuchtes Haar und konnte sich schon jetzt ausrechnen, was da morgen auf sie zukam, hatte sie doch von ihrer Mutter die Veranlagung zu Neuralgien geerbt. Schon wollte sie in ihre Burka schlüpfen, als sich weit vor ihr eine schattenhafte Gestalt abzeichnete, die in nächster Sekunde in Richtung Bazar verschwand.

Die Furcht vor Kopfschmerzen war jetzt vergessen, Martha huschte hinterher. Als sie das Ende der Gasse vor sich hatte, erreichte sie ganz unvermittelt wieder Iskenders Aura. Wie gelähmt schmiegte sie sich gegen die Ziegelwand des Palais.

Iskender oder der Sturmbannführer? Ihre Panik war so übermächtig, dass sie sich einen Jackenzipfel in den Mund steckte, um einem Zähneklappern vorzubeugen, so, wie sie es nur allzu oft bei afghanischen Frauen beobachtet hatte.

Jetzt näherten sich zu allem Überfluss auch noch Schritte. Der Ankömmling war offensichtlich bemüht, leise aufzutreten, doch hallten seine Schritte in Marthas Phantasie geradezu überlaut. Dann erschien eine zweite Gestalt beinahe unmittelbar vor ihr und orientierte sich nach kurzem Zögern nach links hinüber, so als folge sie dem ersten Schatten. Iskender und..., und David? Da war der Schatten auch schon verschwunden, nur das geheimnisvolle Flair Iskenders spürte sie nach wie vor.

Falls Iskender und der Sturmbannführer tatsächlich zusammenhingen, dann schwebte David jetzt womöglich in größter Gefahr – so zweifelhaft seine Absichten auch sein mochten, war er doch ihr alter Freund! Nur mühsam überwand Martha ihre Angst, zumal absolut nichts zu erkennen war. Nur in der Ferne schrie protestierend ein Esel.

Sie wagte sich noch etwas weiter aus der Deckung und erkannte schließlich eine schattenhafte Gestalt, die sich zusehends entfernte. Sie gab sich einen Ruck und machte sich energisch an die Verfolgung. Der Fremde führte sie durch eine dunkle Bazarstraße, Martha glaubte das Textilviertel zu erkennen. Doch wie konnte es sein, dass der Sturmbannführer hier plötzlich auftauchte? Hatte er ihr womöglich die ganze Zeit vor dem Geisterhaus aufgelauert? Oder hatte er David verfolgt?

Das alles beschäftigte sie derart, dass es beinahe zur Katastrophe kam, trat doch der Fremde ganz unerwartet ins Mondlicht. Martha war ihm so nah, dass sie sich kaum zu rühren wagte. Ehe sie auch nur an Rückzug denken konnte, erschien plötzlich noch eine weitere Gestalt vor einem der Läden. Der Mann im Mondlicht fuhr blitzschnell herum, eine Bewegung wie die eines Soldaten. Also doch der Sturmbannführer?

Ehe Martha sich Klarheit verschaffen konnte, winkte ihn der andere in den Laden hinüber. Augenblicke später war Martha schon wieder allein in der Dunkelheit und pirschte sich schließlich auf Zehenspitzen vorwärts, bis sie die Stelle erreichte, an der die Männer verschwunden waren. Schon bald vernahm sie eine leise geführte Unterhaltung, die dennoch schnell an Heftigkeit gewann, auch wenn sich beide Kontrahenten fraglos mühten, ihre Lautstärke zu dämpfen.

Marthas Neugier war bei weitem zu groß, um sich einfach wegzustehlen, und so schob sie sich zentimeterweise in die Dunkelheit, den wütend zischenden Stimmen entgegen. Die Worte gewannen mit jeder Sekunde an Klarheit. Man unterhielt sich auf Englisch und zwar schnell und fließend. Also tatsächlich David? Doch weshalb sollte sich David mit dem Sturmbannführer verabreden? Martha spitzte die Ohren, wobei die Aura Iskenders mit jedem Schritt stärker wurde.

„... auf jeden Fall bist du verdammt unvorsichtig für einen Diplomaten, dessen Volk gerade einen Weltkrieg kämpft..."

Der Sprecher wurde wieder unverständlich. War das tatsächlich der Sturmbannführer? Martha kannte bisher nur seine deutsche Stimme.

„Weich mir nicht aus!“, wisperte es zornig. „Ich hab dir ein Haus anvertraut, doch ging ich davon aus, dass du nicht gegen Afghanistans Interessen verstoßen würdest.“

Martha fühlte, wie sich ihre Nackenhaare aufstellten. Hatte David den Schlüssel zum Geisterhaus am Ende von diesem Sturmbannführer erhalten? Eine ungeheuerliche Vorstellung.

„Die Sache ist rein privat!“ Das war fraglos Davids Stimme, die merklich betreten klang.

„Privat?“, grollte es zurück. „Ich muss wissen, ob du das Haus für eure Spionage verwendest.“ Das klang so drohend, dass es Martha kalt überlief.

„Wir sind Freunde! Ich würde doch nie...“

„Alles was mich kompromittiert, ist inakzeptabel.“ Davids Schweigen war mehr als eine Antwort.

„Gut“, zischte es schließlich. „Ich will nicht mehr wissen. Einstweilen. Noch hast du mein Vertrauen, missbrauche es nicht.“

Martha hörte, wie sich der Sprecher scharf auf dem Absatz drehte, ehe Davids Frage ihn doch noch zurückhielt. „Habt ihr unsere Nachricht erhalten?“

„Euer Ultimatum!“

David räusperte sich verlegen. „Und..., und wo stehst du? Bist du dafür oder dagegen?“

Martha lauschte verständnislos. Was für ein Ultimatum?

Die beiden Männer schwiegen eine Weile, ehe David schließlich doch eine Antwort erhielt. „Du kennt meine Position. Ich befürworte eine Auslieferung, aber wir müssen neutral bleiben.“

Mit diesen Worten entfernten sich nicht nur präzise Männerschritte, sondern auch die Aura Iskenders. Martha war sich sicherer denn je, dass sie gerade den Sturmbannführer belauscht hatte. David und der Anführer dieser Killer! Martha kauerte wie gelähmt in der Dunkelheit, und das bewahrte sie letztlich vor ihrer Entdeckung, schritt doch nun auch David an ihr vorüber, kaum eine Armlänge entfernt. Im nächsten Moment war sie wieder allein.

Was war das für ein Ultimatum und was bedeutete neutral? Martha lauschte in die Nacht hinein, doch die Männer blieben verschwunden. David und der Sturmbannführer, der Sturmbannführer und Iskender, all das wirbelte zwanghaft durch ihre Gedanken. Als sie sich schließlich nach Hause wagte, fühlte sie sich leer und ausgebrannt.

Patrioten

Kabul, 4. Oktober 1941
9:30 Uhr

Als Martha erwachte, lag sie angezogen auf der Liege und war völlig benommen. Vier oder fünf Stunden Schlaf waren für eine geborene Langschläferin schlicht zu wenig.

Voller Unrast kontrollierte sie ihr Geheimfach. Die goldene Statuette war ebenso unversehrt wie ihre kleine Aphrodite. So sehr sie das auch erleichterte, auf ihre Kopfschmerzen hatte es keinen Einfluss. Tee war das einzige, was jetzt noch helfen konnte. Eigentlich liebte sie Kaffee, aber daran war in ihrer finanziellen Lage nicht zu denken.

Der Tee begann langsam zu wirken, Martha schenkte sich nach. Wie ihre Mutter benutzte sie Tassen und keine Gläser, ganz im Gegensatz zur afghanischen Sitte. Auch brühte sie ihren Tee nach europäischer Art, weil er bei ihr auf diese Weise größere Wirkung entfaltete. Oxosschatz..., ihre Gedanken schweiften zurück zu der Unterhaltung mit Raschid. Vielleicht war dieses Buch ja auch in der Bibliothek der Deutschen Schule? Nun, sie musste am Nachmittag ohnehin in die Amani, doch vorher zog es sie erst einmal zu den Tagebüchern ihrer Mutter.

Also setzte sie sich an den Schreibtisch ihrer Eltern. Die *Dalton-Notiz* lag immer noch unter dem Kerzenleuchter, und nun breitete sie auch die anderen Zettel aus. Vielleicht versteckten sich hier noch weitere Hinweise, die sie bisher übersehen hatte?

Viele der Zettel enthielten gleich mehrere Notizen. Auf einem entdeckte Martha sogar eine uralte Skizze, die sie als Kind angefertigt hatte, ein antikes Ornament aus Lorbeerblättern. Sie erinnerte sich noch gut, es wieder und wieder gezeichnet zu haben. Unter der Skizze las sie: *Rahman, 21., nach der Schule*. Das war die Verabredung zur Abreise.

Das alte Papier knisterte unter ihren Fingern. War es Zufall, dass ihr Vater seine Notiz ausgerechnet auf die kleine Zeichnung gesetzt hatte? Immerhin handelte es sich um das Ornament eines winzigen Golddöschens, das ihre Eltern ihr an ihrem dreizehnten Geburtstag geschenkt hatten. Es war das wertvollste Stück aus Marthas Kinderzeit, auch wenn es kaum fünf Zentimeter maß.

War es denkbar, dass auch dieses Kleinod aus dem Oxosschatz stammte? Martha holte es aus ihrem Wandversteck und wickelte es aus einem Lappen. Das Behältnis war zylindrisch und aus Goldblech gefertigt. Der zierliche Deckel trug als Knauf ein goldenes Kügelchen. Um die Dose hatte der Goldschmied jenes feine Blattmotiv graviert, dessen Design die kleine

Martha so fasziniert hatte. Das Ornament bestand aus zusammengebundenen Gruppen von jeweils drei Lorbeerblättern nebst ihren Beeren, die zu einer endlosen Girlande aneinander gereiht waren.

Auf dem Boden des Döschens hatte ein Besitzer vor Jahrtausenden das Gewicht eingravieren lassen und zwar in griechischen Buchstaben. Anhand der Buchstaben STAE hatte die kleine Martha zum ersten Mal etwas über altgriechische Münzen gelernt. STA stand für einen Stater. E war hingegen in der griechischen Schrift nicht nur ein Buchstabe, sondern auch die Zahl Fünf. Ein Stater wog etwa 17,5 Gramm, so dass 5 Statere 87,5 g entsprachen, was tatsächlich dem Gewicht der Pyxide überaus nahe kam, die etwa 88 Gramm wog. Die Griechen rechneten damals das Gewicht von Edelmetallgegenständen im Gewicht von Stateren oder anderen Münzen. Aufgrund der griechischen Gewichtsangabe sprach ihr Vater stets von einer Pyxis, dem griechischen Wort für Dose.

Seltsam, Martha musste das winzige Ding nur in die Hand nehmen, um die Stimme ihres Vaters im Ohr zu haben. Sie sah ihn förmlich vor sich, wie er auf und ab ging, um zusammen mit ihr das Rechnen in griechischen Buchstaben zu üben. Die kleine Martha fand das anfangs ziemlich öde, bis er ihr klarmachte, dass sie gerade dabei war, die Sprache Iskenders zu lernen. Von diesem Moment an war Martha Feuer und Flamme.

Ursprünglich hatten ihre Eltern zwei ähnliche Dosen besessen, doch war die zweite Dose mit ihrem Vater verschwunden. Hatte er sie veräußern wollen?

Leider brachte sie die Dose jetzt auch nicht weiter, und so legte sie das Kleinod zurück in sein Versteck. Dann tilgte sie unter dem Spiegel penibel alle Spuren von Ziegelstaub, um den improvisierten Safe vor wachsamen Augen zu verbergen.

Martha griff nach den Tagebüchern und konsultierte ihre Uhr – die Schule konnte noch etwas warten. Nach der Mittagspause standen ohnehin nur zwei Stunden an und auch die waren so eine Art Gnade der Schulverwaltung oder besser ein großes Entgegenkommen der Eltern ihrer Schüler. All diese Eltern hatten ihren Vater gekannt, und so tolerierte man, dass sie inoffiziell zwei Klassen in Deutsch und Englisch unterrichtete.

Die Leidenschaft für Gedrucktes hatte Martha gleichsam mit der Muttermilch eingesogen. Ihr Vater war ein begnadeter Erzähler, den ihre Mutter immer zärtlich Hakariati nannte – das arabische Wort für Märchenerzähler. Hakariatis waren einst für die Überlieferung der Geschichten von 1001 Nacht verantwortlich. Sie zogen mit den Karawanen quer durch den Orient, und wenn sich die abgekämpften Männer abends um die Lagerfeuer scharten, dann führten sie die Hakariatis durch spannende und romantische Abenteuer. Ihr Vater war der beste Märchenerzähler, den Martha je gehört hatte, und sie erinnerte sich an endlose Stunden, in denen er ihr phantastische Welten öffnete, die nie ein Mensch vor ihr betreten hatte.

Das Einzige, was sie an seinen Geschichten tadeln musste, und da ging sie ganz konform mit ihrer Mutter, das war seine absolute Unfähigkeit, seine Märchen niederzuschreiben. Allerdings hatte er stets eine simple Entschuldigung parat. Am Schreibtisch fiele ihm nichts ein, und selbst wenn er erzähle, habe er am Ende oftmals viele Details vergessen, sobald seine Helden gerettet oder ermordet seien. Tatsächlich konnte sich Martha nicht entsinnen, dass er je zweimal die gleiche Geschichte erzählt hätte, zumindest nicht in identischer Form. Selbst der Inhalt zahlreicher Klassiker von Schiller bis Shakespeare klang bei ihm jedes Mal anders, je nach seiner Stimmung mal heiter, mal düster. Die Schreibhemmung ihres Vaters war derart groß gewesen, dass sein Schreibtisch eigentlich einer Attrappe gleichkam. Er nannte ihn immer sein potemkinsches Bildungsdorf. Wirklich benutzt wurde er nur von ihrer Mutter, die hier unzählige Tagebuchseiten gefüllt hatte.

Die Leidenschaft für Tagebücher hatte Martha von ihrer Mutter geerbt, auch wenn sie es seit Kindertagen vorzog, ihre Umgebung eher zu zeichnen als zu beschreiben.

Langsam blätterte sie in einem der Tagebücher ihrer Mutter. Der Tee hatte mittlerweile ihren Körper mit wohliger Wärme versorgt, ein beruhigendes Gefühl, wenn nur der Hunger nicht gewesen wäre. Benazirs Gebäck war längst vertilgt, und Martha besaß nur noch etwas Brot und Salz. Das Brot hatte seine besten Tage hinter sich, doch blieb es alles, was sie ihrem Magen im Augenblick bieten konnte. Es war auch kein Trost, das Brot auf einen kostbaren Teller zu legen, den ihre Mutter von einer längst verstorbenen Freundin erhalten hatte. Es war ein Abschiedsgeschenk, als die Afghanin damals nach Kandahar zog.

Martha verzehrte bald die letzten Krumen und begann erneut mit einer von Benazirs Tanzübungen, um sich abzulenken. Als sie sich vor dem Spiegel drehte, wirkte das zwar immer noch weit plumper als bei ihrer jungen Lehrerin, aber zu Marthas Überraschung diagnostizierte sie doch gewisse Fortschritte. Das Tanzen schien sie zu entspannen, eine ganz neue Erfahrung. Ja, sie griff sogar nach Kajal, um Benazirs Make-up zu kopieren. Eigentlich teilte Martha die Vorliebe ihrer Schülerin dafür, entfernte jedoch auf das sorgfältigste jede Spur um ihre Augen, sobald sie das Haus verließ.

Der braune Kajal war blitzschnell aufgetragen, und als sie durch das Zimmer wirbelte, fühlte sie sich so weiblich wie nie zuvor, auch wenn sie immer noch anders aussah als ihre kleine Aphrodite.

Es war schon kurios, nach Benazir hatte ihr nun auch David Komplimente gemacht, die sie vor allem verlegen zurückließen. Wie, zum Teufel, sollte sie damit umgehen? Handelte es sich um belanglose Höflichkeiten, die eigentlich das Gegenteil implizierten? Mehr unbewusst versuchte sie, wie Benazir den Oberkörper ruhig zu halten und allein die Hüfte zu bewegen. Es ging tatsächlich schon viel besser, und sie erwischte sich dabei, wie sie dem Photo ihres Bruders verschmitzt zulächelte. „Na, wie ist das?“, vernahm sie ihre eigene Frage und war direkt froh, dass ihre photographische Familie sich jeder Antwort enthielt. Ihr Vater wäre wahrscheinlich erschüttert gewesen, sorgte er sich doch mehr als er zugeben wollte um die *moralische Integrität* seiner kleinen Amazone, während ihre Mutter die Bezeichnung *Wildfang* vorzog, was letztlich dasselbe meinte. Nach dem Verlust des Bruders konzentrierte sich die ganze Fürsorge ihrer Eltern auf die kleine Martha, die anscheinend immer wieder vergaß, dass der Orient kein aufregendes Märchen war. Sogar das Beinahe-Drama am Brunnen hatte nicht allzu lange vorgehalten. Und so hatten ihre Eltern drastische Maßnahmen eingeleitet, da sie Martha nicht davon abhalten konnten, in den Gassen umherzustromern.

Das Ergebnis ihrer Vorsorge bewahrte Martha in der kleinen Schublade des Frisiertischchens, die sie nun aufzog. Neben Kamm und Bürste lag ein dicker Zopf blonden Haars, der ihr wie Gold aus der Lade entgegen leuchtete. Die Eltern hatten ihr die blonde Pracht damals abgeschnitten. Der Grund war höchst einsichtig, auch wenn sich Martha erst aus Leibeskräften gewehrt hatte, förmlich in Tränen aufgelöst war. Sie sollte hinfort in Jungentracht herumlaufen, um nicht auf den ersten Blick als Mädchen aufzufallen. Auf diese Weise würde ihr Benehmen weniger Anstoß erregen, und natürlich hatten ihre Eltern durchaus Recht. Eine Zeitlang besaß sie sogar in einem entfernteren Viertel einige afghanische Spielkameraden, ehe diese realisierten, dass sie ein Mädchen vor sich hatten und den Kontakt abrupt beendeten. Damals begann Marthas große Einsamkeit, die sie ohne Iskender schwerlich durchgestanden hätte und die im Wesentlichen erst durch David beendet wurde.

Natürlich hatte ihr Haar längst wieder seine frühere Pracht, und sie bürstete es sorgfältig aus.

Gedankenverloren öffnete sie eines der Fenster, die direkt auf die Deutsche Schule hinausgingen. Wem die Sympathien der Schüler galten, war unübersehbar, hissten sie doch gerade eine Hakenkreuzflagge, während andere deutsche Gedichte rezitierten, ohne an die groteske Kombination auch nur einen einzigen Gedanken zu verschwenden.

...vom Eise befreit sind Flüsse und Bäche...

„Ströme und Bäche“, murmelte Martha.

...fest gemauert in der Erden, steht die Form aus Lehm gebrannt...

Die junge Stimme endete mitten im Satz, eilte doch ein älterer Afghane spornstreichs zu der Fahne, um sie einzuholen. Jetzt hatte die Lyrik ausgedient, und Protestgeschrei füllte den Hof. Zwei deutsche Lehrer standen auffallend passiv in der Nähe, zumal der Tumult weitere Afghanen auf den Plan rief, die die Flagge nun endgültig einholten.

Auch wenn die Schüler keinen offenen Widerstand wagten, war ihre Stimmung dennoch spürbar. Als sich einige erwachsene Afghanen näherten, wechselten sie vom heimischen Pashto zurück ins Deutsche. „...eine Schande, dass Afghanistan neutral bleibt. Wir sollten an Deutschlands Seite kämpfen...!"

„Tod allen Briten und ihren Helfern!"

Martha war zu unruhig, um länger in der Wohnung auszuharren. Sie griff sich die Aktenmappe ihres Vaters, schob noch einige Bücher hinein und stand schon an der Wohnungstür, als ein wütender Frauenschrei wie ein spitzer Pfeil zu ihr herauf schallte.

„Verdammte Nazis!", antwortete eine raue Männerstimme. Dann krachte ein schwerer Körper so heftig gegen die hölzerne Treppe, dass die ganze Stiege vibrierte. Unten im Hauseingang prügelte sich ein junger Mann mit zwei Kollegen ihres Vaters, die Martha seit jeher als Georg und Hartmut kannte, und die in der Schule vor allem für Mathematik, Geographie und Naturwissenschaften zuständig waren. Sie schienen völlig außer sich und stießen ihren jüngeren Kontrahenten schon wieder schwer auf die Stufen. Martha erhaschte einen Blick auf ein bärtiges Gesicht und wusste im ersten Augenblick nicht, was sie unternehmen sollte.

„Verdammter Schweinehund", brüllte Hartmut Brambach. „Mach ihn fertig, Georg."

Georg Mahlstein stieß dem jungen Mann das Knie in den Rücken. „Verräter!"

Vielleicht hätte Martha noch länger gezögert, doch nun stürzte auch noch eine Frau heran und trat dem Wehrlosen so wild in die Rippen, als habe sie einen Todfeind vor sich. Wenn Martha jemanden in der deutschen Kolonie auf den Tod nicht ausstehen konnte, dann war es Frau Prof. Dr. Seelig. Nicht dass Frau Prof. Dr. Seelig jemals einen akademischen Grad besessen hätte, sie führte ganz selbstverständlich die Titel ihres Mannes, und wenn man sich keinen Ärger einhandeln wollte, dann respektierte man das tunlichst.

Die wütende Frau brachte Martha endlich zu sich, sie stürzte die Treppe hinunter. „Was soll das? Was geht hier vor?"

Beim empörten Klang ihrer Stimme schien Hartmut Brambach regelrecht aufzuwachen, so verunsichert, wie er plötzlich innehielt, als könne er selbst nicht verstehen, was hier gerade vorging. Die anderen ließen ebenso von ihrem Opfer ab, auch wenn Frau Professor immer noch einen merkwürdigen Ausdruck in den Augen hatte, den man nur als eine Mischung von Hass und Angst beschreiben konnte.

Das Opfer setzte sich ächzend auf. Der Mann kam Martha irgendwie bekannt vor, doch wusste sie im Augenblick nicht woher. „Willkommen beim Volk der Dichter und Denker", keuchte er in fließendem Deutsch.

Frau Professor hielt in letzter Sekunde an sich, allerdings nicht ohne einen abfälligen Kommentar. „Schweinehund", zischte sie. „Wir versuchen Afghanistan für das Deutsche Reich zu mobilisieren und Abschaum wie Sie fällt uns in den Rücken."

Der Gescholtene schnappte immer noch etwas nach Luft, doch dann lachte er spöttisch auf. „So, so, Sie mobilisieren die Afghanen? Na, Glückwunsch! Das bedeutet doch Krieg am Hindukusch. Und wofür? Für nichts."

„Für nichts?" Frau Seeligs Stimme überschlug sich. „Für uns, für Großdeutschland."

Der Bärtige winkte nur ab. Offenbar hatte er Mühe, richtig durchzuatmen. „Sieg Heil", keuchte er fast unhörbar, doch Frau Seelig besaß feine Ohren. „Nestbeschmutzer!"

„Verräter", dröhnte Hartmut Brambach. „Ich..."

Martha hob die Hand und alle verstummten abrupt. Peinliches Schweigen breitete sich aus, als sie sich über den Fremden beugte. „Darf ich fragen, wer Sie sind?"

Der Mann räusperte sich und warf einen vielsagenden Blick auf seine Widersacher. Offenbar wollte er hier nicht reden. Martha half ihm auf die Füße. Im Hintergrund näherte sich jetzt der alte Ibrahim, der sicher Gott weiß was dachte. Nichts war im Orient schlimmer, als sein Gesicht zu verlieren, und eine Schlägerei unter Deutschen war so ziemlich das Letzte. Auch den anderen schien so langsam zu dämmern, dass sie nicht gerade die glücklichste Figur abgaben.

Frau Professor murmelte plötzlich etwas von dringenden Aufgaben und war beinahe ebenso schnell verschwunden wie Georg Mahlstein, der sich bereits durch die Zuschauer arbeitete. Nur Hartmut blieb noch einen Augenblick und gab seinem Opfer noch eine grimmige Warnung mit auf den Weg. „Halten Sie bloß den Mund!" Dann war er auch schon hinaus.

Martha sah ihm verblüfft hinterher, ehe sie sich an ihren Schützling wandte. „Guter Gott, was haben Sie eigentlich angestellt?"

Der Pass

Kabul, 4. Oktober 1941
11:10 Uhr

Der Bärtige grinste schief und fand wenigstens seine Sprache wieder. „Also, ich begegnete diesen germanischen Helden draußen auf der Straße. Sie grüßten zackig mit dem Hitlergruß. Einfach großartig."

„Und?"

„Nichts, verdammt noch mal. Ich habe sie nur gefragt, ob sie überhaupt wüssten, was Krieg bedeute, doch da fielen sie auch schon über mich her. Ich hab nicht Tausende von Kilometern hinter mich gebracht, um mich am Hindukusch mit Nazis zu prügeln. Die Kerle sind wie eine Seuche."

Er lachte grimmig, und Martha wusste beim besten Willen nicht, was sie mit ihm anfangen sollte. Wahrscheinlich stammte er sogar aus Berlin oder Umgebung. Zumindest sprach er genauso wie ihr Vater. Vielleicht war es nur sein Dialekt, der ihren Entschluss bewirkte. „Kommen Sie mit nach oben."

Offenbar hatte man ihm weit übler mitgespielt, als er wahrhaben wollte, denn er schaffte es nur mit Marthas Hilfe und mit zusammengebissenen Zähnen. Oben ließ er sich erleichtert auf das zerschlissene Sofa sinken.

„Geht's wieder?", fragte Martha und holte etwa Wasser, um ihm das Blut aus dem Gesicht zu waschen, das ihm immer noch beständig in die Augen sickerte.

„Gott", keuchte er nach einem neugierigen Rundblick. „Lassen Sie nur, diese Kerle waren doch wirklich keine Gegner."

„Ja, das sehe ich."

Ihr trockener Kommentar bewirkte nur erneuten Protest. „Die haben mich nur dumm erwischt." Jetzt wollte er gar ihre Hand zur Seite drücken.

„Wenn Sie endlich stillhalten würden", fuhr sie ihn an, „dann ginge es schneller." Der Mann schien völlig verdreckt, ja verwildert. Zumindest hätten ihm ein gründliches Bad und eine Rasur ebenso gut getan wie seiner Kleidung eine gründliche Reinigung. Der Unbekannte wirkte völlig erschöpft, als sein Blick durch das Zimmer glitt, über das Tepsi mit den Zeitungen, hin zu den Photographien an der Wand. Dann kam er taumelnd auf die Füße, und ehe Martha zufassen konnte, stolperte er bereits zu den Photos hinüber. Er konnte sich gerade noch an der Wand abstützen und hinterließ zwei blutige Handabdrücke.

„Schöne Photos", keuchte er. Dann flog ein groteskes Grinsen über seine ausgezehrten Züge. „Martha von Helm, I presume?"

Martha starrte ihn an, weniger wegen ihres vollständigen Namens als wegen des Zitats. Ihr Vater hatte es ihr und ihrem Bruder beigebracht, damals in Berlin, in einer anderen Welt. Da tippte sich der Ankömmling auch schon gegen die Brust. „Adolf von Helm, habe die Ehre."

Sie stand wie versteinert. Ihr Blick flog zu dem Photo ihres Bruders und zurück zu dem Ankömmling, ehe sie realisierte, dass er nicht von dem Bild, sondern von sich selbst gesprochen hatte. Dann lachte er auch schon auf.

„Hallo Fohli! Erinnerst du dich nicht? Mein Photo da, ich hab die Widmung beim Photographen draufgesetzt. Freut mich, dass du es immer noch aufbewahrst. Ich..."

Er brach ab und suchte wiederum Halt an der Wand. Martha schob ihm in letzter Sekunde ihren Schreibtischstuhl hin. Er sank darauf, und Martha war nun selbst heilfroh, sich auf den Schreibtisch setzen zu können.

War das tatsächlich ihr Bruder? Sprachlos starrte sie ihn an. Seit Jahren hatte sie niemand Fohli genannt. Es musste Adolf sein, wie hätte er sonst diesen Spitznamen...? „Mein Gott", würgte sie hervor. „Adolf?"

Er nickte ächzend. Sie kannte diesen Seufzer, so hatte er immer geächzt, wenn er irgendwelche Schmerzen partout nicht zugeben wollte. Dann musterte er sie kopfschüttelnd von Kopf bis Fuß. „Fohli, Fohli, wie hast du dich nur verändert!"

Martha klammerte sich an den Tisch. Vor ihr schien sich alles zu drehen.

„Was..., was ist mit unseren Eltern?" Sein Blick irrte beinahe angstvoll durch den Raum, und Martha brachte kein Wort heraus.

„Wo sind sie?", wiederholte Adolf stockend.

„Wie..., wie kommen Sie..., wie kommst du hierher?"

„Wo sind sie?" Er brüllte es so laut, dass Martha wie ein Kind zusammenfuhr.

„Sie..., sie sind verschwunden. Am Kaiberpass. Sie..., sie wollten nach Indien."

„Ermordet?" Er brauchte nur dieses eine Wort, um das ganze Drama zu erfassen.

„Nein! Ihre..., ihre Leichen wurden nie gefunden."

Ihr Bruder sank förmlich in sich zusammen, schloss für lähmende Sekunden seine Augen. Unter dem Dreitagebart wirkte sein Gesicht noch elender als zuvor.

„Wie kommst du hierher?", wiederholte sie. „Ich meine..."

„Saß im Gefängnis", murmelte er, und Martha hatte immer noch Mühe, das Photo des Teenagers mit dem erschöpften Mann in Einklang zu bringen.

Adolf räusperte sich verlegen. „Du weißt doch von dem Mord, oder?"
Martha nickte mit trockener Kehle und er straffte plötzlich die Schultern. „Hab's verdient, verdammt noch mal. Dieser Ladenbesitzer in Berlin, ich hab ihn erschlagen, vor lauter Angst. Stand plötzlich mit seiner Knarre vor uns, mein Gott, ich war ein halbes Kind und ein kompletter Idiot." Er barg das Gesicht in den Händen.
„Und sie haben dich entlassen?"
Er lachte trocken. „In unserem glorreichen Großdeutschland erhält jeder seine Chance. Unser großartiger Führer benötigt dringend Soldaten, und so hab ich mich freiwillig gemeldet."
„Und?", drängte sie atemlos, als er unvermittelt abbrach.
Er hob die Schultern. „Bin desertiert. Bin nicht stolz darauf, ging aber nicht anders, wäre sonst in einer Strafkompanie gelandet, irgendwo im Osten. Die sorgen schon dafür, dass du nicht zurückkehrst oder zumindest die schmutzigsten Sachen machst. Ich brauchte fünf Monate bis Kabul. Kam heute Nacht." Seine Finger glitten zitternd über seine halb zerfetzte Jacke. „Hast du eine Schere, ein scharfes Messer?"
„Ich..., wozu?" Ihr Blick irrte wieder zu dem Photo und zurück zu seinem Gesicht.
Er lächelte resigniert. „Meine Papiere. Sehe doch, dass du Zweifel hast." Er fummelte erneut an seiner Jacke und Martha stand Augenblicke später mit einer Schere vor ihm. Sie entglitt seinen bebenden Fingern, und Martha musste ihm helfen, die provisorische Naht aufzutrennen. Binnen Sekunden hielt sie einen Pass in der Hand, ausgestellt auf Adolf von Helm. Dazu ein Entlassungsschein aus der Haft und noch einige Papiere. Auf seinem Passphoto war er rasiert. Die Ähnlichkeit mit ihrem Vater war geradezu schockierend. Dass ihr Bruder um die halbe Welt geflüchtet war, nur um hier mit dem wahrscheinlichen Tod ihrer Eltern konfrontiert zu werden, das schnürte ihr regelrecht die Kehle zu. Als er ihr jetzt die Hand auf die Schulter legte, trat sie unwillkürlich zurück.
Seine Miene verdüsterte sich, doch dann blitzte schon wieder sein altes Lächeln. „Mein kleines Fohli, hätte nicht gedacht, dass du dich noch an Dr. Livingstone erinnern würdest oder an den Wannsee und das Ruderboot."
Ihr Vater hatte ihnen damals das legendäre Zitat erläutert, in einem Ruderboot auf dem Großen Wannsee. Der in Afrika verschollene britische Forscher David Livingstone wurde nach langer Suche von dem Briten Stanley lebend aufgefunden und Stanley begrüßte den Verschollenen mit den legendären Worten: *Dr. Livingstone, I presume?* Er tastete über seine Schmarre. „Ich erfuhr, dass du an der Deutschen Schule unterrichtest. Dufte, ehrlich. Dann waren diese drei Kerle dort unten deine Kollegen? Sind hier alle Deutschen Nazis?"

„Äh, eigentlich nicht. Viele wissen es wohl selbst nicht so genau."

Er nickte langsam und schien genau zu verstehen, worauf sie abzielte. „Kenn' ich. Ist in Deutschland nicht anders. Keiner wollte den Krieg und alle machen mit. Ich..., äh, hast du vielleicht was zu essen? Tut mir leid, aber ich hab seit Tagen..."

Sie fühlte, wie ihr das Blut ins Gesicht stieg. „Leider nicht. Ich..., aber ich hole dir was, auf dem Bazar..."

Sie wandte sich schon zur Tür, da griff er ihre Hand und zog sie herum. „Du bist ziemlich abgebrannt, was?"

Martha nickte zögernd.

Plötzlich hielt er sie mit ausgestreckten Armen von sich ab. „Fohli, Fohli, unsere alten Leute wären verdammt stolz auf dich."

Ehe sie es verhindern konnte, brach sie ganz unvermittelt in Tränen aus. Er gab sie verlegen frei. Sie wischte sich mit dem Ärmel über die Augen. Als ihre Tränen nicht versiegten, hielt er ihr linkisch das blutige Tuch entgegen, mit dem sie in vorher gesäubert hatte. „Äh, seit wann bist du eigentlich Lehrerin?"

Martha war heilfroh ob des unverfänglichen Themas und ging sofort darauf ein.

„Eigentlich darf eine Frau in Afghanistan keine Jungs unterrichten, ist beinahe eine Todsünde. Ich..." Sie konsultierte ihre Uhr. „Mein Gott, der Unterricht wartet. Ich bin schon zu spät!"

Irgendwie hatte sie nur noch ein Ziel. Sie wollte weg, ihre Gedanken ordnen, ihre Fassung wiedergewinnen. Aber als sie seinem Blick begegnete und seine Müdigkeit erkannte, da fühlte sie sich richtig mies. Wie konnte sie ihn so einfach sitzen lassen? Glücklicherweise ersparte er ihr jede Entscheidung und streckte sich ächzend auf das Sofa.

„Na, geh schon. Weißt ja, wo du mich findest." Damit nickte er ihr zu und schloss die Augen. „Tu mir einen Gefallen", murmelte er, „sag keinem, wer ich bin. Ich bin nur ein Besucher, ein Forscher, was auch immer. Und, ehe ich es vergesse, wird eine Weile dauern, ehe ich mit unserer Situation hier fertig werde. Tut mir leid."

Sie starrte ihn an, und er schien zu erraten, wie sie sich fühlte. So war es schon immer gewesen. Ihr Bruder wusste stets, was sie dachte. *Fohli, ich lese in deinem Kopf*, so hatte er sie damals aufgezogen. Zum Glück hatte er immer noch seine Augen geschlossen. Martha tastete nach dem Türknauf, sie brauchte jetzt dringend Abstand. „Bin..., bin bald wieder da", stammelte sie. Adolf antwortete nicht, war offenbar bereits fest eingeschlafen, und ihr fiel ein Stein vom Herzen.

Die Schule

Kabul, 4. Oktober 1941
13:45 Uhr

Martha zog die Tür ins Schloss und schlich auf Zehenspitzen nach unten. Adolf hier in Afghanistan, die Vorstellung war überwältigend und zugleich beängstigend. Plötzlich war sie nicht mehr allein. Dass Brambach und Mahlstein Adolfs Identität kannten, das schloss sie aus, sonst wären sie nie über ihn hergefallen. Wahrscheinlich war die Prügelei nichts als ein Ventil, um Spannungen zu kompensieren.

Nach dem russisch-britischen Einmarsch im benachbarten Iran herrschte in der deutschen Kolonie eine geradezu knisternde Nervosität, war doch Afghanistan mittlerweile das einzige Land in Zentralasien, das noch nicht von den Alliierten besetzt war. Für Martha bedeutete dies letztlich kein Problem, doch die Masse ihrer Landsleute sah das fraglos anders. Jeder fürchtete eine britische oder gar eine russische Intervention und malte sich für diesen Katastrophenfall das eigene Schicksal in düstersten Farben aus. Auch wenn sich die Zahl der glühenden Nazis sicherlich in Grenzen hielt, so gehörten doch auch die Hitlergegner einer kleinen Minderheit an. Die meisten der etwa hundertachtzig Deutschen, die es hier an den Hindukusch verschlagen hatte, würden sich bei einem deutschen Einmarsch wahrscheinlich problemlos arrangieren, schließlich konnten sie mit einer intimen Kenntnis von Land und Leuten aufwarten. Wurde Afghanistan jedoch von den Alliierten besetzt, dann drohte der deutschen Kolonie ein britisches oder gar ein sowjetisches Lager. Bei den Engländern bedeutete das womöglich ‚nur' jahrelanges Gefängnis, doch in einem sibirischen Straflager würden wohl nur die wenigsten überleben.

Auch Martha machte sich nichts vor, in einem russischen Straflager würde es ihr wenig nutzen, dass ihre Eltern einst vor Hitlers Schergen die Flucht ergriffen. Fiel sie jedoch deutschen Truppen in die Hände, dann würde man sie umgehend als Volksschädling einstufen, zumindest hatte Frau Seelig ihr diesen Beinamen schon mehrfach verpasst. Wenn jetzt zu allem Überfluss auch noch bekannt wurde, dass sie mit David Kontakt hatte, dann machte sie das bei ihrem Landsleuten zum Paria. Wohin sie auch blickte, ihr blieb nur die Wahl zwischen Skylla und Charybdis.

Martha schrak hoch – sie stand immer noch am Fuß der Treppe. So zynisch es auch klang, Adolfs Schlägerei hatte groteskerweise auch ihre guten Seiten. So wusste sie nun ganz genau, was ihr Bruder über Nazis dachte. In dieser gespenstischen Zeit war es unter Umständen lebenswichtig, seine Mitmenschen einzuschätzen.

Aber was sollte jetzt mit Adolf werden. Natürlich würde sie ihn aufnehmen, obwohl die Vorstellung durchaus etwas Beunruhigendes hatte. Für ihr bisher so ausschließlich selbstbestimmtes Leben bedeutete das einen gewaltigen Einschnitt. Wie würde sich das anlassen, für einen anderen Menschen verantwortlich zu sein. Diese Perspektive machte ihr regelrecht Angst.

Tief in Gedanken eilte sie der Schule entgegen. Jetzt erst fiel ihr auf, dass sie ihre Burka vergessen hatte. Auf der Straße wäre das kein Problem gewesen, doch vor einer Schulklasse war das Tragen des Schleiers eine eiserne Regel, die sie noch niemals gebrochen hatte. Im Grunde hatte man das nie von ihr verlangt, doch wusste sie sehr genau, dass man stillschweigend davon ausging. Außerdem gab es eine ganze Reihe von Familien, die ihr Engagement rundheraus ablehnten, und das, obwohl ihre Angehörigen vorher von ihrem Vater unterrichtet worden waren.

Ein Schüler schlenderte ihr entgegen und grüßte sie respektvoll. Martha nickte mechanisch. Durch das Schulportal strömten plaudernde Knaben. Ihr Blick fiel auf die Inschrift über dem Portal, und wie immer las sie mechanisch und ohne nachzudenken: *Mekteb Ali Ämani*, auch wenn der alte Name eigentlich in *Mekteb Nejat* geändert worden war, jedoch ohne die alte Bezeichnung völlig unleserlich zu machen.

Ein älterer Lehrer, der gerade von jungen Afghanen umlagert wurde, nickte ihr freundlich zu und stützte sich würdevoll auf seinen Stock. Ungeachtet seiner gefassten Haltung machte er einen noch besorgteren Eindruck als sonst.

Als sie sich näherte, befreite er sich aus seiner Schülerschar und fuhr sich beiläufig durchs silbrige Haar. „Halten Sie das für angemessen, meine Liebe?" Er sprach nicht allzu laut, aber ein Flüstern war es auch nicht. Martha verstand ihn sehr wohl, er monierte ihren fehlenden Schleier. Martha wäre vielleicht von sich aus umgekehrt, doch dass diese Zumutung jetzt ausgerechnet von einem Kollegen intoniert wurde, das weckte ihren Kampfgeist. Außerdem würde sie sich drastisch verspäten, wenn sie jetzt erst ihre Burka holte.

So antwortete sie nur mit einem verwunderten Blick und eilte in die Schule. Immerhin hatte sie ein Kopftuch in ihrer Aktentasche, sozusagen als permanente Notlösung und dieses Tuch warf sie sich jetzt über.

Als sie in das Klassenzimmer trat und ihre Aktentasche auf das Pult legte, da sprangen alle auf und begannen frenetisch zu applaudieren, auch wenn Martha durchaus finstere Blicke registrierte. Der Beifall wollte nicht enden, sie hatte keine Ahnung, weshalb alles klatschte, bis schließlich Sahir näher trat, Benazirs jüngerer Bruder. Er war mit seinen sechzehn Jahren bereits größer als Martha und riss nun enthusiastisch den Arm nach oben.

„Heil Hitler. Ein großer Sieg in Russland! Die Armeen des Führers sind auf dem Weg nach Moskau!“ Der Beifall begann aufs Neue, und ehe sie sich noch zu einer Antwort durchrang, enthüllte einer seiner Mitschüler eine deutsche Kriegsflagge. „Nieder mit Stalin, nieder mit England!“ Erneut schwemmte eine Woge der Begeisterung durch das Klassenzimmer, und Martha hatte alle Mühe, mit einem Lächeln die Form zu wahren.

Sahir trat noch etwas näher. „Es ist eine Schande, was die Briten von Afghanistan fordern. Wir sind freie Männer!“

Martha musterte ihn verwundert.

„Wissen sie es noch nicht?“, erkundigte er sich verblüfft. „Die Briten verlangen...“

Er brach ab, öffnete sich doch die Tür und Direktor Seelig trat zusammen mit einem jungen Afghanen über die Schwelle. Marthas Vorgesetzter war nicht gerade ihr treuester Verbündeter, und das nicht nur wegen seiner Gattin. Sein Begleiter war athletisch und mochte achtzehn Jahre zählen. Der letzte Applaus verebbte, als ihr der Kollege zunickte. „Das ist Omar, ein neuer Schüler. Ich empfehle ihn Ihrer...“

Er konnte den Satz nicht vollenden, begriff der junge Mann doch mit einem Mal, dass er vor einer Lehrerin stand. Er verharrte mitten im Schritt und sein Gesicht färbte sich dunkel vor Zorn. Martha warf nur einen Blick in die düsteren Augen, dann überflutete sie die bestürzend brutale Ausstrahlung des Ankömmlings.

Jetzt spuckte er auch noch aus, und Martha hatte wirklich Glück, dass er sie verfehlte. Ein Raunen lief durch die Klasse, doch ehe jemand wirklich reagieren konnte, wandte er sich auch schon aufbrüllend an seine Landsleute. „Das ist eine Frau, eine Frau! Ihr versündigt euch an Allah und dem Islam! Das ist eine Frau und ihr gehorcht ihr dennoch. Ihr seid eine Schande für Afghanistan!“

Im nächsten Moment stieß er den Direktor zur Seite und sprang auf sie zu. „Was suchst du hier? Bist du eine Hure? Ich...“

Martha war wie paralysiert, und so waren es ihre Schüler, die sie vor dem Schlimmsten bewahrten. Zwei warfen sich diesem Omar entgegen und andere folgten. Man fetzte dem vor Wut schäumenden Flegel das Hemd herunter und Martha erkannte eine lange Narbe, die sich über die braune Schulter zog. War das am Ende die Narbe des Killers, der Rahman auf dem Gewissen hatte? Die Beobachtung vergrößerte noch ihren Schock.

Dann schloss sich die Meute um ihr Opfer und raubte ihr jede Sicht. Sogar den Direktor hatte man in den Gang gedrängt, er konnte ihr nicht helfen, oder er wollte es nicht. Jetzt sprang auch Sahir in die Menge, doch wollte er offenbar das Schlimmste verhindern. Er brüllte seine Kameraden an, riss sie zur Seite und stellte sich vor den sich mittlerweile auf dem Boden windenden Omar. Letztlich wohl eine weise Strategie, auch wenn ihn seine Freunde anknurrten wie wilde Hunde.

Martha begriff nun schlaglichtartig, dass sie den Tumult unbedingt beenden musste, und zwar nicht nur wegen dieses Omar. Falls sie nicht eingriff, würde sie jegliche Autorität einbüßen. Sie musste aktiv werden, selbst wenn ihr der Schreck noch in den Gliedern saß. Also riss sie ein Lineal aus ihrer Tasche und hämmerte auf das Pult. Es knallte wie ein Pistolenschuss und ließ alle zusammenzucken. Martha hämmerte weiter und weiter, bis die Jungen schließlich zurücktraten und von ihrem Opfer abließen.

„Setzen!", brüllte sie und ertappte sich dabei, dass sie wütend die verwünschte Kriegsflagge schwenkte, die ihre Schüler vorhin über das Pult gebreitet hatten. „Sofort setzen!"

Die jungen Afghanen starrten sie an und zögerten, doch dann setzte sich erst Sahir und schließlich alle anderen. Nun erschien auch der Herr Direktor unter der Tür und winkte verstohlen. Martha nickte ihm zu, während sich Omar ziemlich zerschunden aufrichtete. Man hatte ihm übel mitgespielt.

„Wenn du nicht bleiben willst, dann verschwinde gefälligst!" Sie war froh, ihre Stimme halbwegs unter Kontrolle zu haben.

Omar mied finster ihren Blick, dann drängte er sich an ihrem Kollegen vorbei und stolperte aus dem Raum. Zum ersten Mal sah Martha ihn von hinten. Kein Zweifel, das war die Narbe des Mörders, darauf hätte sie jeden Eid geleistet. „Bücher raus", kommandierte sie mit rauer Stimme. „Sahir übernimmt die Aufsicht, ich bin gleich zurück."

Benazirs Bruder erhob sich eilends, und als sie an ihm vorüberschritt, nutzte er die Gelegenheit zu einer leisen Warnung. „Seien Sie vorsichtig! Omar ist grausam, hüten Sie sich." Martha spürte, wie ernst es ihm war. Hier ging es nicht nur um die islamische Frauenverachtung, zumal sie sehr wohl bemerkt hatte, dass sich Benazirs Bruder wohlweislich nicht an der Attacke seiner Mitschüler beteiligt hatte.

Als sie das Klassenzimmer verließ, zog ihr Kollege sie zur Seite. Über den Vorfall verlor er kein einziges Wort, während der geschundene Omar weiter unten im Gang verschwand.

„Haben Sie's gehört?" Der Direktor war so erregt, er grub seine Finger tief in ihren Oberarm. Martha versuchte, sich frei zu machen, doch er reagierte nicht. Hektisch redete er auf sie ein. „Die Briten haben Afghanistan ein Ultimatum gestellt."

Martha dachte sofort an die belauschte Unterhaltung der letzten Nacht. „Und was fordern sie?"

„Es geht um uns, doch ist bisher nichts Genaueres durchgesickert. Ich fürchte, man verlangt unsere Internierung. In der Türkei haben sie auch alle in Istanbul lebenden Deutschen in Lager geschafft. Außerdem wird man uns wohl jeden Unterricht verbieten."

„Seit..., seit wann ist das bekannt?"

„Die Britische Botschaft weiß es seit wenigstens drei Tagen. Mindestens." Der Direktor zog sie näher heran. „Wir sprechen uns später. Schicken Sie Ihre Jungs nach Hause und bleiben Sie in Ihrer Wohnung. Ich melde mich." In ihre Wohnung? Sie musste doch in den Bazar, um sich nach Davids Buch zu erkundigen. Doch Professor Seelig eilte bereits davon. Martha trat notgedrungen zurück in das Klassenzimmer. Sahir stand in Kommandopose vor dem Pult und hatte mittlerweile ein Päckchen in die Kriegsflagge eingeschlagen.

Martha tat alles, um ihrer Stimme nach Möglichkeit einen festen Klang zu verleihen, niemand schien sich zu wundern, als sie den Unterrichtsausfall ankündigte. Als die jungen Leute an ihr vorüberströmten, fing sie manch verlegenen Blick. Wussten sie alle von dem Ultimatum? Sahir deutete unauffällig auf das Päckchen, dann war sie allein.

Das Bündel enthielt verschiedene Speisen, Gebäck und Früchte. Ein Kuchen mit Zuckerguss bedeutete, dass Benazir eine Nachricht bereithielt. Davids Buch?

Martha war viel zu hungrig, um nicht gleich nach einem Apfel zu greifen. Dann wickelte sie alles wieder in die Flagge, war doch das Bündel viel zu voluminös für ihre Aktentasche. Höchste Zeit zu gehen, erst zu Adolf und dann zu Benazir.

Adolf

Kabul, 4. Oktober 1941
16:00 Uhr

Als Martha in ihre Straße einbog, trat Ibrahim vor die Tür, als habe er die ganze Zeit auf sie gewartet. Das ihm anvertraute Haus war sein ganz privates Reich, hier war er schier allgegenwärtig.

Nicht nur Martha, auch der alte Afghane war durch Adolfs Schlägerei in eine höchst peinliche Situation geraten. Die in Kabul so hoch angesehenen Deutschen hatten sich in seinem persönlichen Machtbereich geprügelt, eine Schande für sein Haus. Nun stand er vor der Tür und wartete auf eine Erklärung. Außerdem wusste der Alte natürlich, dass Adolf jetzt in ihrer Wohnung weilte. Ein wildfremder Mann! So etwas hatte sie noch nie gewagt. Dass sie in Kabul als Frau alleine lebte, war überhaupt nur denkbar, weil es sich eigentlich um die Wohnung ihrer Eltern handelte. Zum ersten Mal kam ihr zu Bewusstsein, dass sie durch Adolfs Einquartierung möglicherweise ihr Wohnrecht aufs Spiel setzte.

Enthüllte sie Adolfs Identität, war sie möglicherweise aller Probleme ledig. Ein Bruder durfte in ihre Wohnung, ein Bruder bereitete keine Schande, ein Bruder war großartig, einfach perfekt. Andererseits hatte Adolf sie geradezu beschworen, den Mund zu halten, auch wenn sie nicht wusste, wieso. Also musste sie ihn unbedingt sprechen, auch wenn Ibrahim dort vorne wartete.

Somit gab es nur eine Lösung – der Hintereingang des Hauses. Martha wandte sich ab, als habe sie etwas vergessen und eilte wieder der Schule entgegen. Einmal außer Sicht huschte sie in einen schmalen Durchgang. Sie passierte zwei, drei Gassen und einige dunkle Hauseingänge, in denen Frauen über irgendwelchen Arbeiten kauerten. Ein kurzes Nicken hier, ein leiser Gruß da, dann erreichte sie bereits eine kleine Pforte. Sie hatte diesen Weg schon oft gewählt und vor langen Jahren hatte David so manches Mal vor dem Türchen gewartet.

Martha drückt die Pforte auf, huschte durch einen winzigen Hof und dann durch einen Hintereingang in ihr eigenes Treppenhaus. Keine Spur von Ibrahim.

Sie streifte die Schuhe ab und schlich so leise als möglich die Stiege empor. In ihrer Einbildung knarrten die Stufen unnatürlich laut, und Martha hatte die zwanghafte Vorstellung, dass Ibrahim in der nächsten Sekunde ins Treppenhaus eilen würde. Hastig stieß sie die Wohnungstür auf, glitt hinein, und prallte im nächsten Augenblick zurück.

Sie wäre fraglos gestürzt, hätte sie nicht die Tür im Rücken gehabt. Mitten im Raum stand ihr Vater in seiner typischen Kleidung. Sein Haar schien so widerspenstig wie eh und je. Er war frisch rasiert und hatte das Rasiermesser noch in der Hand. Alles war so, wie sie es in Erinnerung hatte, auch wenn er einen überaus elenden Eindruck machte, spannte sich doch seine Haut geradezu durchscheinend über den Wangenknochen. Nur seine Augen hatten sich verändert, sie brannten tief in den Höhlen, als er ihr geradezu drohend entgegenstarrte. Mit einem Sprung war er bei ihr und stoppte erst in letzter Sekunde.

„Mein Gott, Fohli, ich hätte dich beinahe...“ Er atmete tief durch und ließ endlich das Rasiermesser sinken.

Martha kämpfte gegen ihre weichen Knie. Mein Gott, das war nicht ihr Vater, das war ihr Bruder, und doch sah er nach der Rasur ihrem Vater derart ähnlich, dass es ihr beinahe das Herz abdrückte. Schließlich fand sie ihre Sprache wieder. „Könntest du das Rasiermesser weglegen?“

Adolf wurde feuerrot, wich einige Schritte zurück und warf es hastig auf die Zeitungen. Martha bewegte sich um ihn herum wie ein Planet um die Sonne, ein unsichtbarer Cordon sanitaire. Als sie nun das Kopftuch herunter zog, da registrierte sie das Aufatmen ihres Bruders. Offenbar hatte er sie unter ihrem Kopftuch im ersten Moment ebenso wenig erkannt wie sie ihn. Dann nahm sie ihre Burka vom Stuhl, um sie aufzuhängen. Adolf räusperte sich verwirrt. „Was soll dieses Ding?"

„Meine Burka? Wir sind hier im Orient, schon vergessen?"

„Aber du bist doch keine Orientalin!" Das klang ziemlich finster, doch hatte Martha ihr seelisches Gleichgewicht längst wiedergefunden. Sie spähte unauffällig aus einem der Fenster und winkte ihn neben sich. „Komm her, aber lass dich nicht sehen!"

Seine Augen verengten sich, als er sich zögernd näherte. Martha zog ihn umgehend noch etwas mehr zur Seite. „Siehst du den alten Afghanen? Dort unten in der dunklen Pforte?"

Der alte Ibrahim drückte sich betont unauffällig in einen dunklen Winkel.

„Was…?"

„Das ist der Hausmeister, und du kannst das ganz wörtlich neben, Ibrahim ist der Meister dieses Hauses. Meinst du, er steht nur versehentlich dort unten? Er beobachtet mich und folgt mir auf Schritt und Tritt, sobald ich mich auf die Straße wage."

Ihr Bruder versteifte sich, und sie sah die Adern an seinem hageren Hals. „Sie überwachen die ganze deutsche Kolonie?"

„Vermutlich ja. In islamischer Tracht bin ich viel schwerer zu verfolgen, vor allem, weil meine Burka als Wendemantel gearbeitet ist."

Sein Blick irrte zu der Burka und wieder hinab in die Gasse. „Wendemantel?"

„Man kann den Schleiermantel beidseitig tragen. Auf der einen Seite ist er blau, auf der anderen grün. Ich hab die Burka selbst geschneidert. In ihrem Schutz kann ich mich unbeobachtet entfernen."

Seine Augenbrauen stiegen. „Heiliges Großdeutschland, du bist viel cleverer als ich dachte. Ich glaube, ich sollte dich nicht mehr Fohli nennen." Zum ersten Mal lachten sie gemeinsam und Martha registrierte nicht ohne Stolz den Respekt in seiner Stimme.

„Der Schleier ist wichtig, vor allem im Unterricht. Kopftuch ist das Mindeste."

„Kopftuch und Schleier? In der Deutschen Schule?"

„In der Amani gibt es keine Schülerinnen – nur junge Männer. Eine Frau als Lehrerin ist eigentlich undenkbar. Das geht überhaupt nur, weil einige meiner Schüler zu sehr einflussreichen Familien gehören, deren

Väter bereits die Deutsche Schule absolvierten. Man tut mir einen Gefallen, wegen unseres Vaters."

Noch während sie sprach, ging sie auf Zehenspitzen zur Tür und riss sie blitzschnell auf. Eine unnötige Vorsicht, niemand lauschte.

Adolf beobachtete sie kopfschüttelnd. Dann sank er auf das Sofa. „Ich hab mir nie überlegt, was der Orient für eine Frau bedeutet." Er lachte verlegen. „Also, ich frage nur ungern, aber hättest du vielleicht jetzt etwas Essbares?"

Sie fuhr ein wenig schuldbewusst zusammen. „Natürlich, ja!"

Hastig schlug sie die Flagge auseinander und öffnete das Bündel. Adolf griff gierig zu, auch wenn er angesichts der Kriegsflagge zunächst stutzte. Sie selbst hatte bis jetzt gar nicht bemerkt, was sie da mitgebracht hatte. Martha räusperte sich unsicher. „Ein Geschenk meiner Schüler."

„Eine Kriegsflagge?"

„Na ja, ich erzähle ihnen nicht, was ich von den Nazis halte. Ist sicherer so. Ich konnte die Flagge nicht zurückweisen, das wäre einer schweren Beleidigung gleichgekommen."

Adolf schüttelte den Kopf, während er mit vollen Backen kaute. „Toll, dass du an meinen Appetit gedacht hast."

In Marthas Augen blitzte es. „Hab ich nicht. Die Speisen sind das Geschenk einer Schülerin."

„Einer Schülerin? Das ist verdammt nobel." Er mampfte hingebungsvoll. „Aber ich dachte, dass du keine Mädchen unterrichtest?"

„Nicht offiziell. Hast du seit Tagen nichts gegessen?"

„Na ja, man hat mir was zugesteckt, gelegentlich. Ich hab irgendwie kein Talent, mich einzuladen. Kannst du eigentlich von deinem Unterricht leben?"

„Es reicht für das Allernötigste. Die Wohnung wäre viel zu teuer, aber man toleriert mich wegen unserer Eltern."

„Unsere Eltern", murmelte er. „Gott, ich hab zehntausend Fragen. Was geschah mit den alten Leuten? Ich meine, was weiß man wirklich?"

„Wenig. Angeblich wollten sie kurz vor Kriegsausbruch einen Inder an der indisch-afghanischen Grenze treffen."

„Angeblich? Du glaubst es nicht?"

Martha hob die Schultern. „Sie rückten damals nicht mit der Wahrheit heraus, meinten nur, sie wären binnen weniger Wochen zurück. Ich wollte sie natürlich begleiten, aber sie lehnten rundheraus ab."

Er blies die Backen auf wie ihr Vater.

„Ich erzähle dir später mehr, aber jetzt gibt es Wichtigeres. Wie kommst du nach Kabul, und warum soll niemand erfahren, wer du bist?" Er spitzte die Lippen, als müsse er seine Gedanken sammeln, doch Martha schoss sofort die nächste Frage hinterher. „Und wie ist es in Deutschland? Was ist mit unseren Freunden in Berlin?"

Er lachte auf. „Freunde? Sie haben kein Wort mit mir gewechselt." Plötzlich lachte er grimmig. „Hätten wir damals einen Juden umgebracht, unsere lieben Freunde hätten wahrscheinlich Schlange gestanden, um mir zu gratulieren. Doch leider war der Kerl kein Jude, sondern der neue Besitzer des Ladens – ein Parteibonze der NSDAP."

„Der neue Besitzer?"

„Na klar doch. Alle jüdischen Geschäfte, Fabriken und Läden wurden von echten Ariern übernommen. Der Unglücksmensch war einer davon. Wir waren solche Idioten."

„Aber was ist mit den Juden?"

„Ausgewandert. Angeblich."

„Ausgewandert?"

Er zuckte die Achseln. „Ich fürchte, man hat sie abtransportiert und in Lager gesperrt."

„Millionen von Menschen?", fragte sie bestürzt.

Er nickte düster. „In Deutschland kursieren übelste Gerüchte – Namen wie Dachau, Theresienstadt, Birkenau und dann noch irgendwelche Lager im besetzten Polen. Konzentrationslager – so genannte KZs. Dort hält man angeblich die Juden wie Tiere. Was wirklich geschieht..." Er ließ den Satz in der Luft hängen.

„Aber das ist doch Wahnsinn! Im Ersten Weltkrieg haben die Juden doch im deutschen Heer gedient. Das sind doch alles Deutsche!"

„Sag das einem Nazi, wenn du deinen Kopf verlieren willst. In Deutschland bespitzelt jeder jeden – es ist die Hölle."

Sie setzte sich neben ihn auf das Sofa, wenn auch eine Armlänge entfernt. „Und wie hast du mich gefunden?"

„Na, ich hab mich in der Deutschen Schule nach unserer Wohnung erkundigt. In Kabul leben so wenig Deutsche, es war gar nicht so schwierig." Er begann plötzlich zu lächeln. „Du glaubst immer noch nicht so recht, dass ich tatsächlich hier bin, was?"

„Es ist so unglaublich."

„Aber Ihr habt mir doch geschrieben, Mutti und du."

„Du hast die Briefe erhalten? Wir schrieben sie heimlich, damit Paps nicht misstrauisch wurde."

„Misstrauisch?"

Sie berichtete ihm zögernd von der Einstellung ihres Vaters. „Er hält dich für einen Mörder" schloss sie.

Adolf mied ihren Blick. „Mein Gott, ich war doch damals erst sechzehn! Der alte Herr ist so verdammt rechtschaffen!"

„Sein Sohn benahm sich wie ein Nazi. Das konnte er nicht verzeihen.“

Adolf sprang auf und strich ruhelos auf und ab, ehe er abrupt das Thema wechselte. „Also, ich erhielt zwei Briefe.“ Er griff in seine zerfetzte Jacke, zog zwei verschmutzte Briefe hervor und reichte sie ihr. „Sie sind Jahre alt, aber ich dachte mir, dass ihr wahrscheinlich noch in Kabul ausharren würdet. Schließlich kannte ich ja meine alten Leute und ihre Orientbegeisterung. Indien kam ohnehin nicht infrage und die Türkei oder Persien waren weit unangenehmere Alternativen, weil sich die Eltern dort nie sonderlich wohlgefühlt hatten. Beide schwärmten immer von Afghanistan. Meine Entscheidung fiel mir gar nicht schwer. Kabul hieß die Devise.“

Martha atmete tief durch. „Willkommen“, stieß sie hervor. „Hab ich noch gar nicht gesagt, oder?“

Wieder huschte das vertraute Lächeln ihres Vaters über Adolfs Gesicht. „Ich komme ungelegen, stimmt’s?“

„Unerwartet“, korrigierte sie verlegen. „Wir müssen eine Entscheidung treffen. Ibrahim hat dich beobachtet, und jetzt weiß die ganze Straße, dass ich einen Mann in der Wohnung beherberge.“

„Ist das ein Problem bei einem Landsmann?“

„Als Frau im Orient? Vergiss es. Warum hast du meinen rabiaten Kollegen nicht einfach deinen Namen verraten? Ich meine…“ Sie war noch nicht zu Ende, da merkte sie bereits, dass sie einen wunden Punkt berührte.

„Also, ich wollte eigentlich nicht erkannt werden.“

„Und wo liegt das Problem?“, erkundigte sie sich so ruhig wie möglich. Hatte er schon wieder etwas ausgefressen?

„Also es ist nicht meine Schuld.“ Er brach ab und sah zu Boden.

„Was hast du getan?“

„Also…“

„Was?“, wiederholte sie.

„Na ja, also, in Teheran geriet ich an einen Händler, der mich fragte, ob ich Deutscher sei. Im Iran ist es nicht anders als hier, niemand liebt die Briten. Der Händler arbeitete für die deutsche Abwehr.“

„Ein Agent?“

„Polizei tauchte auf und plötzlich ballerte alles um sich. Ich sah wenigstens zwei tote Polizisten, als ich Fersengeld gab.“

„Mein Gott! Du hast doch keinen Polizisten erschossen?“

„Unsinn! Aber am nächsten Morgen weckte mich ein britisches Kommando. Ich entkam gerade noch übers Dach.“

„Und weshalb sollte dich das hier in Kabul gefährden?“

„Sie warteten an der afghanischen Grenze auf mich. Ich schätze, sie halten mich für einen deutschen Agenten, und ich wette, dass der britische Geheimdienst in Kabul höchst aktiv ist. Also bitte, Fohli, bitte kein Wort über meine Identität. Ich bin nur ein Gast. Erzähl ihnen, was du willst, nur..."

Martha schüttelte den Kopf. „Als fremder Mann kannst du unmöglich bleiben. Sie würden uns beide aus dem Haus jagen. Nur als mein Bruder bist du legitimiert. Aber das ist noch nicht alles. Ich erfuhr gerade, dass die Briten bei den Afghanen möglicherweise unsere Auslieferung einfordern, die aller Deutschen."

Adolf sprang auf, und Martha hob die Hand. „Genaueres weiß ich noch nicht. Angeblich handelt es sich um ein Ultimatum."

Ihr Bruder pfiff durch die Zähne. „Da muss man nicht lange nachdenken. Die Briten drohen mit Krieg, falls Afghanistan uns nicht ausliefert."

„Eine Invasion? Wegen ein paar deutscher Lehrer?"

Adolf packte sie jäh an den Armen. „Sei nicht naiv, Fohli! Die Wehrmacht marschiert nach Moskau. Sobald die Sowjetunion kapituliert, stehen die Nazis an Afghanistans Nordgrenze. Die Briten fürchten, dass Afghanistan dann auf deutscher Seite in den Krieg eintritt. Die halten die ganze deutsche Kolonie für eine fünfte Kolonne, und das ist kein Wunder. Als ich heute in der Schule nachfragte, versuchte man gerade, eine deutsche Kriegsflagge zu hissen. Verdammte Idioten."

Martha schob ihn unwillig weg. „Das waren nur einige Schüler. Die Erfolge der deutschen Truppen sind gewaltig, und man hasst in Afghanistan nichts so sehr wie Briten oder Russen."

Adolf schnaubte wütend. „Egal, ich bin nicht nach Afghanistan geflohen, damit mich Briten oder Sowjets in ein Lager sperren. Außerdem würden uns unsere lieben Landsleute sogar in einem Lager fertig machen. Mach dir nichts vor, Fohli, die wissen genau, weshalb sich unsere Eltern nach Kabul absetzten." Er wischte über die vergilbten Zeitungen und der Staub tanzte in den Sonnenstrahlen, die durch das Fenster fielen. „Unsere alten Leutchen waren gegen die Nazis und jetzt sind sie verschwunden."

„Du meinst, dass unsere eigenen Landsleute...?"

„Wenn es sich um Nazis handelt, ist nichts unmöglich, das lass dir gesagt sein."

„Guter Gott, aber wie sollten Deutsche sich gegen unsere Eltern verschwören?"

„Sag nicht, dass du noch nie daran gedacht hast!"

Sie senkte den Kopf, und er winkte ungeduldig ab. „Also eines ist sicher, falls sich die Briten durchsetzen, sind wir dran. Afghanistan wird uns ausliefern."

Er sagte es so verächtlich, dass sie ihn heftig anblitzte. „Sag mir nichts gegen Afghanen!"

„Wieso? Das sind doch nur Möchtegernhelden, die mit ihren Waffen martialisch in der Gegend rumstehen."

„Möchtegernhelden? Weißt du nicht, was sich zwischen 1878 und 1880 in Kabul ereignete?"

Seine Augen wurden schmal. „Im britisch-afghanischen Krieg?"

„Richtig. Die britischen Invasoren drangen bis nach Kabul vor, doch nur zwei oder drei britische Soldaten entkamen am Ende nach Indien. Soweit zu deinen martialisch herumstehenden Möchtegernhelden."

„Fohli, Fohli, du bist ja mächtig stolz auf dieses Afghanistan!"

Martha fühlte, wie sie errötete. Draußen klangen die ersten Rufe zum Abendgebet. Adolfs Blick flog zur Burka und zurück zu ihr. Jetzt klang er ausgesprochen besorgt. „Sag mir nicht, dass du Mohammedanerin bist!"

„Bin ich nicht!", fuhr sie ihn an und wusste selbst nicht, worüber sie sich so aufregte. „Mit Religion kann ich wenig anfangen. Aber darüber reden wir später. Jetzt muss ich los."

Als sie aufstand, war er sofort an ihrer Seite. „Ich komme mit!"

Martha schob ihn zurück, das erste Mal, dass sie ihn ganz selbstverständlich berührte. „Du bleibst hier!" Dann griff sie nach ihrer Burka. „Alleine bin ich viel sicherer. Und ehe ich es vergesse, wir müssen dir morgen einheimische Kleidung beschaffen."

„Wieso? Der ganze Schrank hängt doch voll! Mein alter Herr hat doch so ziemlich meine Figur."

Er tippte auf seine Hose, die ihr Vater nur allzu oft getragen hatte, dann schien im plötzlich ein Licht aufzugehen. „Es ist dir nicht recht, dass ich seine Kleidung trage, oder?"

„Wenn ich ehrlich bin, nein."

Er blickte ratlos an sich hinunter und ließ die Schultern hängen. „Ich..., ich hätte nicht kommen sollen. Tut mir leid. Ich weiß, ich bin kein Ersatz für unsere Eltern, aber ich wusste einfach nicht, wo ich sonst hin sollte."

Das klang so hilflos, dass sie ihn spontan in die Arme schloss, und ihm durchs blonde Haar fuhr, so wie sie es als Kind oftmals getan hatte. „Unsinn! Es ist toll, dass du da bist. Zu zweit sind wir schon beinahe eine Armee."

Adolf lachte unsicher. „Ich fürchte nur, als Soldat bin ich eine glatte Null."

Sie stimmte ein in sein Lachen. „Wenn ich jetzt gehe, sage ich Ibrahim Bescheid, dass du mein Bruder bist. Sollte ich ihn verpassen oder sollte man plötzlich die Wohnung stürmen, dann sag ihnen um Himmels Willen, wen sie vor sich haben."

„Die Wohnung stürmen?" Unwillkürlich griff er nach dem Rasiermesser.

„Du wirst dich nicht wehren, ist das klar? Wenn du hier einen Afghanen verletzt, dann bist du so gut wie tot, und mir geht's auch an den Kragen."

„Ich dachte, wir Deutschen hätten hier einen dicken Stein im Brett?"

„Haben wir auch. Aber täusch dich nicht, es finden sich genug Afghanen, die uns von Herzen zum Teufel wünschen."

„Wegen der Briten?"

„Das weniger. Aber hier existiert eine starke konservative Bewegung, alles strenggläubige Moslems, denen die Deutsche Schule und alles Westliche aufs Höchste suspekt sind. Als der Reformkönig Aman Ullah 1929 ins Exil getrieben wurde, wurden zunächst alle Schulen geschlossen. Für solche Leute sind wir nichts als Teufel, die die Seele Afghanistans vergiften."

Adolf grinste müde. „Also kein Techtelmechtel mit afghanischen Mädchen."

„Falls du nicht Moslem werden und sie heiraten willst, und das ist kein Scherz. Bei solchen Dingen wird es hier schneller ernst, als du dir träumen lässt."

Sie klang so entschieden, dass er unwillkürlich salutierte. „Schätze, ich habe verdammt viel zu lernen. Mein Gott, Fohli, für mich bist du immer noch so klein." Er zeigte die Größe eines zwölfjährigen Mädchens mit der Hand. „Und jetzt redest du wie ein abgebrühter Globetrotter."

„Wundert dich das? Deutschland ist für mich nichts als eine vage Erinnerung. Meine eigentliche Welt heißt Afghanistan. Hier kenne ich jede Regel, und deshalb weiß ich auch genau, dass ich nicht wirklich dazu gehöre. Also Vorsicht. Ich muss jetzt los, wir reden später." Sie stand unmittelbar vor ihm, und ehe sie darüber nachdachte, schlang sie die Arme um seinen Hals. „Schlaf dich aus."

Dann trat sie hastig zurück, insgeheim froh, ihn wieder loszulassen. Augenblicke später war sie auch schon hinaus.

Alexander der Große

Kabul, 4. Oktober 1941
19:00 Uhr

Das Gewimmel des Bazars war Martha bestens vertraut und so fand sie reichlich Zeit, über das eben Erlebte nachzudenken, etwa über das Gespräch mit Ibrahim.

Deutschland gut! Der Alte hatte sie erleichtert angestrahlt, als sie ihm vorhin von ihrem Bruder berichtete. Fraglos war ihm ein Stein vom Herzen gefallen. Was würden ihre Kollegen sagen, wenn sie ihnen von Adolf berichtete? Vor allem die drei, die Adolf so übel mitgespielt hatten? Da war wenig Sympathie zu erwarten, das wusste sie schon jetzt. Natürlich besaß sie Freunde in der deutschen Kolonie, zumindest Menschen, die ihr näher standen, doch fühlte sie sich in afghanischer Gesellschaft oft ungleich wohler.

Martha zog ihre Burka zurecht und machte sich wieder einmal klar, dass sich hier so manche Frau keineswegs freiwillig verschleierte, doch hatten sie meist keine Chance gegen das patriarchalische Diktat ihrer Familien. Sogar der heute verfemte König Aman Ullah musste damals seiner eigenen Gattin erst per Dekret erlauben, ohne Schleier auf die Straße zu treten. Marthas Mutter hatte jeden Schleier gehasst, sie konnte von Glück sagen, dass sie sie nicht in dieser Aufmachung erwischte. Ihre Mutter war stets eine große Verehrerin Atatürks gewesen, ohne die dunklen Seiten jenes Mannes zu verkennen, dem die moderne Türkei ihre Geburt verdankte. Von David hatte sie jüngst die Glosse gehört, dass man Hitler gefragt habe, wann er endlich in die Türkei einmarschieren werde. Der Führer habe angeblich erwidert, eine Invasion sei ganz undenkbar, schließlich könne er nicht den ersten nationalsozialistischen Staat der Welt attackieren.

Atatürk war sowohl Machtmensch wie Reformer, der seiner türkischen Heimat rigoros ein modernes Gesicht verordnet hatte. Aufgezwungen war wohl das bessere Wort. Er führte westliche Gerichtsbarkeit ein, verbot traditionelle Kleidung und erzwang die formale Gleichberechtigung aller Frauen, und zwar bis hin zum Verbot des Kopftuchs, von einer Burka ganz zu schweigen. Ihre Mutter bewunderte das sehr, aber ihr Vater schob stets die Frage nach, wie lange sich der Orient wohl solch eine Brachialreform bieten lassen würde.

Die afghanische Geschichte schien ihm Recht zu geben. In den zwanziger Jahren hatte der afghanische König Aman Ullah versucht, gegen den erklärten Widerstand des konservativen Klerus westliche Reformen durchzusetzen und war kläglich gescheitert. 1929 war der neuzeitliche Spuk vorbei.

Martha konnte sich also nur deshalb in Kabul unter einer Burka verstecken, weil erst vor wenigen Jahren dieser Versuch gescheitert war, Afghanistan in Anlehnung an türkische Reformen der Moderne zu öffnen. In der Türkei hätte man eine Burkaträgerin bestraft, in Kabul war der traditionelle Ganzkörperschleier ein Ausdruck demütiger Unterwerfung unter das Patriarchat. Frauen blieben geborene Leibeigene, dazu bestimmt, ihren Männern und Familien zu dienen. Das Stoffgitter vor Marthas Augen hätte für afghanische Frauen ebensogut aus Stahl sein können. Es würden

Generationen vergehen, ehe Afghanistan eine zweite Chance erhielt, das war zumindest die Ansicht ihrer Mutter gewesen, während ihr stets pessimistischer Vater das noch weit skeptischer sah. Das Ergebnis war ein mühsamer Dauerdisput, der sich durch Marthas Kindheit zog wie ein roter Faden. Was hätte sie heute alles geopfert, um diesem Streit noch einmal lauschen zu können!

Sie erinnerte sich noch gut an jene Augenblicke, in denen ihr Vater mit dem Ruf: *Frauen und Logik* die Arme in die Luft warf und ins Nebenzimmer verschwand, während ihre Mutter ihr zublinzelte. Das waren jene Momente, in denen sie sich eng zusammensetzten, um einen weiteren Brief an Adolf zu Papier zu bringen.

Mittlerweile näherte sie sich ihrer ersten Kontaktadresse, erhielt jedoch nur die Nachricht, dass alles in Rahmans Laden hinterlegt sei. Ausgerechnet Rahmans Laden! Allein die Erwähnung schickte ihr einen Schauder über den Rücken. Jetzt rächte sich, dass Martha nicht gewagt hatte, Benazir die Hintergründe des Mordes und vor allem den Namen des Opfers zu nennen, und so hatte sich das Mädchen ganz arglos für die Ausweichadresse entschieden.

Aus ihrer Sicht war das völlig logisch, hatte ihre Familie doch mehrfach von den beiden Brüdern Schmuckstücke erworben, so dass Benazir den Laden aufsuchen konnte, ohne Verdacht zu erregen. Doch wie würde Abdul auf ihr Erscheinen reagieren? Würde er sie mit dem Tod seines Bruders in Verbindung bringen?

Beklommen wandte sie sich dem neuen Ziel zu. Nach einem letzten Rundblick näherte sie sich einem Geschäft, dessen unscheinbare Fassade eine glatte Verleugnung all jenes Reichtums war, den seine Besitzer angehäuft hatten.

Als Martha zur Sicherheit erst einmal an Abduls Laden vorüberstrich, da bemerkte sie zu ihrem Leidwesen einen wohlhabenden Afghanen, der Abdul gerade in ein intensives Gespräch verwickelte. Offenbar feilschten sie über einigen Bronzefigürchen, die der Händler seinem Kunden gerade auf einem Tablett präsentierte. Sollte sie in der Nähe warten oder später wiederkommen? Zum Glück nahm ihr der Unbekannte die Entscheidung ab, indem er den Laden verließ.

Als Martha eintrat, da standen die Figürchen noch immer auf einem metallenen Tepsi, doch hatte Martha kaum Zeit für einen Blick, denn der Händler schoss sofort auf sie zu. Abdul war deutlich älter als sein Bruder. Weiße Haare mischten sich in den früher dunklen Bart, doch sein Griff hatte nichts von seiner harschen Kraft verloren, als er seine Hände wild in ihren Mantel krallte – eigentlich ein ungeheuerliches Verhalten.

„Was hast du?“, fuhr sie ihn an. „Was soll das?“

Der Afghane suchte misstrauisch ihren Blick durch das Gitter der Burka, fragte sich anscheinend, ob sie tatsächlich ahnungslos war und schwieg. In ihrer Burka gab es für Martha kaum eine Chance zur Gegenwehr, und so nützte sie die Pause, um den Schleier vorne hochzuziehen und über ihrem Kopf nach hinten zu werfen, so dass er wie ein exotischer Mantel vom Scheitel über ihren Rücken hing.

„Man sagte mir, du hättest wieder eine Nachricht für mich?", erkundigte sie sich, als hätte sie keine Ahnung vom Tod seines Bruders, und er schien tatsächlich auch nicht viel mehr zu wissen.

Abdul nickte widerwillig und reichte ihr ein Päckchen von der Größe eines Buches. Also war David erfolgreich gewesen. Unter normalen Umständen hätte das all ihre Aufmerksamkeit gefesselt, doch jetzt galt es zunächst, den Laden unauffällig zu verlassen. „Wo ist Rahman?", erkundigte sie sich harmlos.

„Rahman wurde ermordet", zischte der Händler. „Er starb in der Nacht, in der er mit dir verabredet war."

Martha wich zurück vor der wütenden Stimme. „ Er... er wurde ermordet?"

Der Händler antwortete nicht, und Martha hätte schwören können, dass in seinen Augen heimliche Angst schimmerte.

„Was ist geschehen?", drängte Martha.

„Das frage ich dich", zischte es zurück, doch so finster der Afghane auch blickte, seine Unsicherheit war unverkennbar. „Wo hast du meinen Bruder getroffen?"

„Leider gar nicht." Sie zwang sich zu einem ungehaltenen Kopfschütteln. „Rahman wollte ein Geschäft vermitteln, doch ist niemand erschienen."

Der Händler taxierte sie drohend. Offenbar wusste Abdul so gut wie nichts über den Tod seines Bruders, aber falls er sie des Mordes verdächtigte... Plötzlich hielt er einen Dolch in der Hand und versperrte ihr den Ausgang. Schweiß sickerte über ihren Rücken, doch sie zwang sich, ihr Kinn verächtlich hochzuwerfen, eine Geste, die er nur mit einem zynischen Lächeln kommentierte.

„Weshalb wollte dich mein Bruder treffen?" Trotz ihrer Angst atmete Martha auf, offenbar hatte Rahman ihm so gut wie nichts erzählt. Jetzt musste ihr schnell eine gute Antwort einfallen.

„Ich wollte etwas kaufen", stammelte sie. „Eine..., eine goldene Figur. Hast du sie da?"

„Eine goldene Figur?", fragte der Händler misstrauisch. „Ich hab' nur die bronzenen da." Er winkte in Richtung Tepsi.

Er kam nicht weiter, näherten sich doch draußen Schritte. Dann flutete hinter ihm das Licht der sinkenden Sonne in den Laden, als der Ankömmling den schützenden Teppich zur Seite schlug. Im Gegenlicht konnte sie nur eine hohe Gestalt erkennen, doch was Martha bis ins Mark erschütterte, war der glänzende Armreif an seiner Hand. Sie dachte unwillkürlich an den geheimnisvollen Partner des Sturmbannführers. Abdul schob blitzschnell den Dolch unter den Mantel, dann breitete er mit ostentativer Ungeduld die Arme aus. „Wenn du kaufen willst, dann kauf. Sonst schone meine Zeit."

So absurd es auch klang, der ominöse Eindringling hatte sie wahrscheinlich gerettet. Instinktiv beugte sie sich über die kleinen Figuren auf dem Tepsi und hielt eine dem Händler entgegen. „Und wie viel soll diese hier kosten?", fragte sie mit einer so belegten Stimme, dass sie sich selbst kaum wiedererkannte.

„Diese Figur ist schon verkauft", knurrte Abdul. „An diesen edlen Sardhar hier."

Er trat zur Seite und deutete auf den Ankömmling. Ein Sardhar, also ein Prinz? Martha spürte, wie ihr Herz für einen Schlag aussetzte, ein grausiges Gefühl. Der neue Kunde sagte kein einziges Wort.

Hatte sie tatsächlich den Kumpan des Sturmbannführers vor sich? Und hatte er sie etwa erkannt?

Der Fremde starrte ihr direkt in die Augen, ein wahrhaft schauerlicher Moment, doch dann trat er mit einer angedeuteten Verbeugung auf die andere Seite des Raumes und ließ den Eingang offen. Ja, sein Blick glitt sogar zur Seite, als er sich unmerklich von ihr abwandte. Das Sonnenlicht teilte nun den düsteren Laden, die Männer auf der einen, Martha auf der anderen Seite.

Martha atmete unwillkürlich auf. Sie kannte dieses Verhalten von konservativen Muslimen, die sich weigerten, einer Frau offen in die Augen zu blicken. In solchen Zirkeln war es für Männer mitunter sogar schwierig, mit der Ehefrau eines Verwandten zu kommunizieren. Eine Frau war normalerweise nicht vorhanden, Luft, ein Nichts. Das Verhalten des Fremden war nicht etwa ein Signal der Verachtung oder gar der Aggressivität, im Grunde zeugte es von Respekt, so absurd dies Europäer auch anmutete.

„Ihr interessiert Euch für Iskender el-Kebir?", erkundigte sich der angebliche Sardhar in beinahe akzentfreiem Deutsch und mit kultivierter Stimme. Dabei deutete er auf die kleine Figur in Marthas Hand.

Iskender? Marthas Blick zuckte hinab zu der Figur, zu einem kleinen, nackten Krieger mit gewaltigen Widderhörnern an den Schläfen. Kein Zweifel, das war tatsächlich eine Darstellung Alexanders des Großen.

Ihr Herz hämmerte wie wild, und sie zögerte unwillkürlich mit ihrer Antwort.

„In Deutschland nennt man Iskender doch Alexander den Großen?“

Martha suchte immer noch nach einer Antwort, als der seltsame Ankömmling bereits fortfuhr. „Ich besuchte die Deutschen Schule, so wie viele meiner Freunde und manche meiner Feinde.“ Er schloss den Satz mit einem feinen Lächeln, das blitzschnell verschwand. „Sind Sie allein im Bazar? Sie sollten vielleicht etwas vorsichtiger sein.“

Martha spürte, wie ihre Ohren glühten und deutete einigermaßen verlegen auf ihren Schleiermantel, den sie ohnehin nicht verbergen konnte. „Das macht es einfacher.“

„Aber nicht ehrlicher.“ Das klang so vorwurfsvoll, dass ihr die Antwort in der Kehle stecken blieb, zumal er sie jetzt mit seinen dunklen Augen regelrecht sezierte.

„Warum interessieren Sie sich für einen Eroberer Afghanistans?“, erkundigte sich ihr Gegenüber langsam.

Endlich ein Thema, mit dem Martha keine Schwierigkeiten hatte. „Ein Eroberer?“, wiederholte sie. „Der Koran nennt Iskender Dhu'l Karnain, den Zweigehörnten. Zwar erschien er hier in Asien als Eroberer, doch war der König durchaus ein Bewunderer des Orients. Er heiratete eine Tochter des Landes, er kam als Feind und schied als Freund.“ Martha stieß es hastig hervor und musste innehalten, um Atem zu holen.

Abdul blickte missmutig von einem zum anderen und hatte natürlich kein Wort verstanden. Martha fragte sich schon, ob sie in ihrer Eloge zu weit gegangen war, als der Sardhar plötzlich auf die Statuette deutete. „Ich sehe, der große König passt weit besser zu Ihnen als zu mir. Nehmen Sie ihn als Erinnerung an Afghanistan – und an diesen Tag.“

Martha hatte Mühe, ihre Überraschung zu verbergen. „Und was soll er kosten?“, wandte sie sich wieder in Pashto Abdul zu.

Doch der Fremde winkte nur verbindlich. „Er ist bereits bezahlt.“

Martha hatte immer noch Mühe, mit dem Blick dieser dunklen Augen klarzukommen. „Verzeiht, aber das kann ich nicht annehmen.“

Sein Blick verdüsterte sich. „Sie sind unserer Sprache mächtig. Wieso wissen Sie dann nicht, dass es unhöflich ist, ein Geschenk zurückzuweisen?“

Jetzt gab es nur noch einen schleunigen Rückzug, das spürte sie genau, und so verbeugte sie sich zustimmend. „Ich werde die Figur in Ehren halten.“

Die Lider mit den langen schwarzen Wimpern senkten sich befriedigt, dann blickte er bereits wieder höflich zur Seite. „Ein Freund von mir ist übrigens stolz darauf, von Alexanders Soldaten abzustammen.“

Martha riss unwillkürlich die Augen auf. „Ist das Ihr Ernst?“

Ihr Gegenüber lächelte fein. „Nun, sagen wir, einige seiner Familienmitglieder sind blond, und Iskender besaß doch helles Haar, wenn ich recht unterrichtet bin. Sie würden übrigens gut zu ihm passen. Vielleicht überzeugen Sie sich selbst? Mein Freund gibt morgen Abend eine Einladung für Mitglieder des diplomatischen Korps. Sie könnten..."

„Ich bin leider keine Diplomatin", murmelte Martha verlegen.

„Ihr seid dennoch willkommen, aber bringt euren kleinen König mit. Habib Shah wird sich freuen, Iskender zu begegnen."

„Habib Shah?" Martha fuhr zusammen, war ihr der Name doch wohl bekannt.

Der Fremde winkte zustimmend, und die Sonne blinkte auf seinem schweren Armreif, den Martha jetzt genauer in Augenschein nehmen konnte. Ein goldener Reif mit geflügelten Tierfiguren, fraglos ein Armschmuck, wie ihn der Partner des Sturmbannführers getragen hatte. Ihr erster Eindruck hatte sich bewahrheitet. Sie schrak zusammen und bekam kaum noch Luft.

„Ihr kennt Habib Shah?" Sie versuchte verzweifelt, sich zu konzentrieren. Seine Antwort dröhnte wie Donnerhall in ihren Ohren, ohne dass sie ihn wirklich verstand. Sie wollte nur noch hinaus, doch mahnte eine Stimme ihres Unterbewusstseins, dass es nur Misstrauen erregen würde, falls sie jetzt einfach davon stürzte.

Zum Glück bemerkte sie wieder diese kaum angedeutete, doch irgendwie verwirrende Verbeugung. „Dann sehen wir uns morgen Abend? Gegen 19 Uhr. Sagen Sie den Dienern, Sie hätten eine Einladung von..." Zögerte er tatsächlich, seinen Namen zu nennen? Er lächelte, „sagen Sie, Sie hätten eine Einladung von Iskender el-Kebir."

Martha brachte kein Wort hervor, als sie sich zustimmend verneigte. Augenblicke später stand sie auch schon auf der Straße und bog rasch in die erstbeste Gasse. Als sie sich in letzter Sekunde verstohlen umblickte, stand Abdul unter der Tür und starrte misstrauisch hinter ihr her. Das Rauschen in ihren Ohren ebbte nur langsam ab, aber dann war sie in Sicherheit.

Erst jetzt bemerkte sie, dass sie noch immer ihre Statuette wie einen Talisman umklammerte, und ihr wurde bewusst, was da seit Minuten auf sie einstürmte; es war die Aura Iskenders. Der Sturmbannführer, er musste sich ganz in der Nähe aufhalten! Kein Wunder, dass dieser Sardhar den Sturmbannführer kannte. Vielleicht waren sie sogar zusammen gekommen. Doch weshalb hatte er ihr ein Geschenk gemacht? War das nur Hohn, oder hatte er tatsächlich keine Ahnung, wen er da vor sich hatte?

Als sie die Gasse hinunterstrebte, musste sie sich zusammennehmen, um so langsam und gottergeben vor sich hin zu schlurfen wie all die anderen Frauen.

Die Statuette

Kabul, 4. Oktober 1941
21:10 Uhr

Als Martha ihr Quartier erreichte, schimmerte Licht hinter den geschlossenen Fensterläden. Adolf hatte sich eingerichtet, und es war direkt eine angenehme Vorstellung, jetzt in eine beleuchtete Wohnung zurückzukehren. Als sie die Tür hinter sich schloss, da lag ihr Bruder schlafend auf dem Sofa. Martha wurde beinahe neidisch bei dem Gedanken an derart viel Schlaf.

Wecken wollte sie ihn nicht, und so öffnete sie das Päckchen, das Benazir bei Abdul für sie hinterlassen hatte. Tatsächlich, *O. M. Dalton, The Treasure of the Oxus*. Schon beim ersten Durchblättern entdeckte sie auf verschiedenen Tafeln des Buches Abbildungen von Goldblechen und Statuetten, auch wenn keine der Figuren die souveräne Qualität ihres goldenen Persers erreichte. Doch etwas anderes fesselte all ihre Aufmerksamkeit – ein prachtvoller, goldener Armreif auf der vorderen Tafel. Der Reif endete in zwei geflügelten Fabelwesen mit Adlerköpfen und geschwungenen Antilopenhörnern, die jedoch wie Löwen vier Beine besaßen, von denen die Hinterläufe als Vogelbeine, die vorderen Extremitäten in Form von Löwenpranken gestaltet waren.

Martha genügte ein Blick, um sich sofort an den Armschmuck des Sardhars zu erinnern. Fasziniert vertiefte sie sich in den Text und in die Geschichte von der Entdeckung eines Schatzes, so dass sie gar nicht bemerkte, wie ihr Bruder mittlerweile erwachte.

„Mein Gott“, stöhnte er unvermittelt und rieb sich die Augen, „wie spät haben wir eigentlich?“

„Zehn Uhr abends.“ Sie legte das Buch zur Seite.

„Zweiundzwanzig Uhr? Guter Gott, und wo warst du? Wieso streifst du im Dunklen in der Stadt umher?“

Wie viel sollte sie ihm eigentlich erzählen?

Als sie ihren Beutel auf den Tepsi legte, erklang ein leises *Bong* als die Alexanderfigur gegen das Metall schlug. Adolf hob erwartungsvoll die Brauen. „He, was hast du da? Was zu essen? Ich...“

Sie lachte laut auf. Es war wie eine Befreiung, weil er ihrem Vater so unglaublich ähnlich war. Paps hatte sich auch bei jeder Gelegenheit nach etwas Essbarem umgesehen. „Leider nein“, musste sie zugeben.

Dennoch taxierte er fragend den Beutel. Nein, es hatte keinen Sinn, mit der Wahrheit hinter dem Berg zu halten, und so zog sie das kleine Geschenk hervor. Die handhohe Figur schimmerte grünlich im Licht der

Öllampe, und Martha erkannte erst jetzt, dass sie ein kleines Meisterwerk in den Fingern hielt. In dem winzigen Gesicht des bronzenen Königs war beinahe jede Hautfalte zu erkennen. Visionär blickte er in die Weite, als erkenne er bereits eine Zukunft, die andere noch nicht einmal erahnten. Auch Adolf spitzte bewundernd die Lippen. „Die war doch bestimmt ziemlich teuer, oder?"

Er musterte sie mit geradezu vorwurfsvollem Blick, und so beichtete sie ihm schließlich die ganze Geschichte von dem toten Rahman, der goldenen Figur, dem Sturmbannführer und der geheimnisvollen Einladung zu Habib Shah. Nur von Iskender und ihrem Dschinn erzählte sie nichts.

Adolf war ziemlich schockiert, das ließ sich nicht leugnen. „Und du willst tatsächlich zu diesem Habib Shah?", erkundigte er sich bestürzt, als sie schließlich geendet hatte. „Aber dieser Sardhar scheint doch tatsächlich mit diesem SS-Kerl im Bunde zu sein!"

Martha schüttelte entschieden den Kopf. „Diese Einladung auszuschlagen, könnte nicht minder gefährlich sein."

„Aber wieso? Sag doch einfach, du seist krank."

„Du weißt nicht viel vom Orient, oder?"

Ihr Bruder hustete etwas verlegen. „Äh, nein. Und ich fühle mich auch nicht sonderlich wohl, wenn ich ehrlich bin."

„Du bist bis in den Hindukusch geflohen und hast keine Ahnung von Afghanistan?"

Er lachte trocken. „Nun, vor meinem Aufbruch blieb nicht allzu viel Zeit für historische Studien. Offengestanden, ich wollte nur zu meiner Familie und zur Verfasserin dieser Briefe."

Martha wurde rot, das spürte sie deutlich. „Mutti hat auch mitgeschrieben!"

Er hob die Schultern, und sie war so verlegen, dass sie nicht wagte, ihm in die Augen zu blicken, vor allem weil er so deprimiert und traurig wirkte. Sie fuhr regelrecht zusammen, als er unvermittelt neben sie trat. „He", flüsterte er und schüttelte sie sanft. „Ich dachte, du seist die große Frau, die alles im Griff hat, den Orient, Afghanistan und..."

„Leider nicht", murmelte sie. Adolf versuchte es mit einem Lächeln. „Diese Briefe haben mir viel bedeutet – tun sie immer noch, auch wenn die Absenderin weit bezaubernder ist als ihre Briefe."

Ihre Befangenheit wuchs mit jedem Wort. Komplimente waren ihr fremd und auch irgendwie unheimlich. So öffnete sie eilends ihr Geheimfach und zeigte ihm die goldene Statuette. Adolf war ganz hingerissen.

„Es handelt sich wohl um einen Perser", erläuterte sie. „Eine antike Figur aus den Tagen Alexanders des Großen. Und die kleine Bronze hier ist Alexander selbst."

Adolf untersuchte den goldenen Orientalen. „Und wo ist der rechte Arm?“

„Abgebrochen. Ich kenn’ sie gar nicht anders.“

„Und dein Alexander? Weshalb streckt er den Arm von sich, als wollte er eine Ansprache halten?“

„Tut er gar nicht. In Wahrheit hielt er einen Speer. Paps meinte immer, die Lanze sei die genuine Waffe des Königs.“

Adolf spitzte die Lippen zu einem anerkennenden Pfiff. „Fohli, Fohli, du bist wirklich eine Expertin.“

„Nur wegen dieses Buches.“ Sie holte einen zerfledderten Band, den ihre Eltern aus dem Nachlass eines Lehrers erhalten hatten. Es war der erste Band eines umfangreichen Werkes, von dem Martha leider nur diesen einen besaß.

„*Johann Gustav Droysen*“, murmelte ihr Bruder, als er den Titel las, „*Geschichte des Hellenismus. Erster Teil. Geschichte Alexanders des Großen.*“ Der Buchdeckel hatte sich längst gelöst, und er legte ihn gleich zur Seite, als er die ersten Zeilen überflog:

„*Der Name Alexander bezeichnet das Ende einer Weltepoche, den Anfang einer neuen. Die zweihundertjährigen Kämpfe der Hellenen mit den Persern, das erste große Ringen des Abendlandes mit dem Morgenlande... schließt Alexander mit der Vernichtung des Perserreiches, mit der Eroberung bis zur afrikanischen Wüste und über den Jaxartes, den Indus hinaus, mit der Verbreitung griechischer Herrschaft und Bildung über die Völker ausgelebter Kulturen, mit dem Anfang des Hellenismus.*“ Adolf holte tief Luft. „Mann, Mann. Worte wie Trompetenschall. Das macht was her.“

Martha konnte nur beipflichten, kannte sie doch zahllose Seiten mehr oder weniger auswendig. „Das Buch hat mich fasziniert. Alexander war der Held meiner Kindheit, und außerdem war er tatsächlich hier.“

„Hier in Afghanistan?“

„Aber ja! Hier begegnete ihm doch seine Traumfrau Roxane. Kennst du nicht seinen berühmten Satz, man könne Afghanistan nur durchziehen aber nicht erobern?“

Adolf lachte auf. „Seine Traumfrau? Ich wette, du hast als Kind Roxane gespielt.“

Martha wand sich ein wenig und errötete schon wieder. „Noch ein Lachen“, fuhr sie ihn an, „dann fliegst du hier raus!“

Ihr Bruder trat schmunzelnd zurück. „Frieden, Roxi, Frieden. Ich...“

Sie schleuderte ihm ein zerschlissenes Kissen ins Gesicht. Das Futter quoll heraus und streute über den Boden. Adolf bückte sich, um es aufzuheben und wusste nicht, was er mit der Spreu anfangen sollte. Als er aufblickte, brachen sie beide in lautes Gelächter aus. Vor allem Adolf lachte, dass ihm die Tränen in die Augen traten. Es war schon großartig, nicht mehr allein zu sein.

Schließlich wischte er sich die letzten Tränen weg und wurde wieder ernst. „Also, ich hab da noch ne Menge Fragen."

„Schieß los!"

„Dieser Sturmbannführer, war das mit Sicherheit ein Deutscher?"

„Auf jeden Fall."

„Und wie bewegte er sich? Schnell und präzise? Etwa so?" Er ging mit scharfen Schritten im Zimmer auf und ab.

Marthas Augen wurden größer. „Genau! Ganz genauso."

„Das klingt tatsächlich nach SS, verdammt noch mal. Irgendwie erinnert mich die ganze Sache an den alten van Henting."

„Der deutsche Afghanistangesandte im Ersten Weltkrieg?"

„Genau der. Er sollte die Afghanen zu einem Kriegseintritt überreden. Van Henting hatte damals sogar Orden dabei, um sie dem Emir von Kabul zu überreichen. Als er die Afghanen nicht überzeugen konnte, brachte er seine Orden wieder nach Deutschland zurück, ganz der korrekte Beamte."

„Stimmt, die Briten zwangen ihn damals zur Abreise."

„Abreise ist gut. Der Mann schlug sich bis nach China durch. Die geopolitische Konstellation war damals nicht anders als heute. Deutsche Armeen in Russland und im Orient. Van Henting stammte aus der Elite des Kaiserreiches, er war ein Abenteurer mit Stil. Doch diese SS-Leute sind Fanatiker. Die faseln von der natürlichen Überlegenheit der arischen Rasse, und andere Völker sind nichts als Dreck. Doch am meisten verachten sie so genannte Verräter."

„Du meinst, der Sturmbannführer ist ein moderner van Henting? Aber wie schafft er es, so perfekt unterzutauchen?"

„Afghanische Komplizen." Er brach ab und schien angestrengt nachzudenken. Die steile Falte über seiner Nasenwurzel – ganz wie bei ihrem Vater. Martha wurde unheimlich zumute. Adolf grübelte immer noch, und so holte sie ihr Tagebuch und begann eine neue Skizze. Das Gesicht des Sardhar gewann bereits nach wenigen Strichen Gestalt und Kontur.

„Darf ich sehen?", fragte er unvermittelt. „Mann, das ist ja riesig!" Sie überließ ihm das Buch nicht ohne Eitelkeit.

„Du bist weit besser als Mutti, und ihre Zeichnungen waren schon fabelhaft."

„Na ja..." Seine Anerkennung schmeichelte ihr mehr, als sie zugeben wollte.

„Wer ist das?"

„Das ist der Sardhar, der mir heute Iskender schenkte."

Adolf pfiff anerkennend. „Der Kerl hat was, auf Ehre. Na, da habe ich wenig Chancen mit meinem blonden Haar."

Martha fuhr ihm durch die Wuschelmähne, die eine Schere dringen nötig hatte. „Tröste dich, Alexander war ebenfalls blond."

Adolf seufzte in komischer Erleichterung. Dabei tippte er auf die Zeichnung. „Aber Spaß beiseite, dem Kerl hier möchte ich nicht in die Quere kommen, ehrlich."

Er sprach aus, was Martha ohnehin dachte. Sogar ihre Zeichnung verströmte diese unbeugsame Entschlossenheit, die sie vorhin im Bazar so gelähmt hatte. Dieser Mann brauchte wahrhaftig keinen Sturmbannführer, um seine Umgebung in Schach zu halten.

„Und wie heißt er?", drängte Adolf.

Martha hob die Schultern. „Seltsamerweise wollte er seinen Namen nicht nennen."

„Liegt doch auf der Hand, er wollte nicht erkannt werden."

Doch Martha schüttelte den Kopf. „Passt irgendwie nicht zu ihm. Nein, ich glaube, er ist stolz auf seinen Rang, auf seine Leistungen und sein Wissen. Ich vermute, sein Schweigen hatte einen ganz anderen Grund."

Adolf hob fragend die Brauen.

„Ich denke, er wollte sich meiner Dankbarkeit entziehen. Wahrscheinlich gehört er zu diesen konservativen Kreisen, in denen Frauenkontakte absolut verpönt sind. Unter Umständen wollte er verhindern, dass sich die kleine Episode in seinem Familienkreis herumspricht. Klingt vielleicht seltsam, aber..."

„Verstehe schon!" Adolf nickte grüblerisch und blätterte in dem Tagebuch, ehe er bei Benazirs Porträt schlagartig stoppte. „Guter Gott, wer ist das? Ist das eine Phantasie?"

Martha griff blitzschnell zu, doch da blätterte er bereits weiter und hatte nun das Mädchen als halbnackte Tänzerin vor sich. Martha fühlte, wie ihr das Blut in den Kopf stieg, was ihm zum Glück völlig entging. „Das ist Benazir", murmelte sie. „Eine meiner Schülerinnen."

Er blickte nicht einmal auf. „Ich denke, du hast keine Mädchen in der Schule?"

„Offiziell nicht."

„Und das ist ein realistisches Porträt? Ich meine, sie sieht tatsächlich so aus?" Seine ganze Stimme klang verändert vor Aufregung und Anteilnahme.

Martha vermochte ein Lächeln nicht zurückzuhalten. „Oh, ich denke, sie ist ganz gut getroffen."

„Mann, Mann, wenn so ein Mädchen am Alexanderplatz aus dem Taxi steigt, dann stehen mindestens fünfhundert Männer Spalier."

Er klang so andächtig, Martha platzte unwillkürlich heraus. „Das sagen wir ihr besser nicht. Ich fürchte, sie wäre mehr als schockiert…"

Er hörte gar nicht hin. „Unglaublich, deine Benazir ist doch die Personifikation des Orients! Tolle Figur, dunkle Augen…"

„Schwarze! Und sie sind tatsächlich so groß."

Er war so hingerissen, Martha wurde beinahe ein wenig eifersüchtig. Zumindest fühlte sie einen feinen Stich, ein Gefühl, das ihr bislang völlig fremd gewesen war, und das sie nun umso mehr verunsicherte. Was war nur los mit ihr?

„Unglaublich", murmelte Adolf. „Ist sie verlobt, verliebt, verheiratet?"

„In Benazirs Welt spielt das überhaupt keine Rolle." Sie sagte es viel heftiger, als sie eigentlich wollte. „Ihre Hochzeit wurde wahrscheinlich schon vor Jahren geplant. Ob sie ihren zukünftigen Ehemann liebt oder nicht, das ist hier am Hindukusch völlig unwesentlich."

Seine Brauen zogen sich zusammen. „Klingt ziemlich deprimierend. Sie stammt wohl aus gutem Hause?"

„Aus sehr gutem", kicherte Martha.

Adolf schien regelrecht aufzuwachen und rang sich ebenfalls ein Grinsen ab. „Also eine gute Partie."

Martha wurde schlagartig ernst. „Daran darfst du nicht mal denken! Benazir würde nie…"

Er nickte nachdenklich, warf einen letzten Blick auf die Zeichnung und legte das Tagebuch dann ganz unvermittelt zur Seite. „Sprechen wir von deinem goldenen Perser da. Du sagtest, dass unsere alten Leute die Figur von diesem Rahman erworben haben. Hatte er noch mehr von diesem Zeug? Ich meine, gehört die Figur vielleicht zu einem größeren Schatz?"

„Möglicherweise."

„Ich frage mich, weshalb sich dieser Sturmbannführer die Mühe macht, ausgerechnet in dieser politischen Lage hinter einer Statuette herzujagen und dafür zu töten."

Martha berichtete ihm von dem konfiszierten Gold und Davids Vermutung. Adolf pfiff durch die Zähne. „Mann, das ist ja spannender als ein Krimi."

„Ich denke, es geht um den Oxosschatz", unterbrach sie ihn.

„Was ist das?"

„Ein berühmter Schatz, der im letzten Jahrhundert an den Ufern des Amu-Darja gefunden wurde." Sie klopfte auf das Buch, das sie von Abdul erhalten hatte.

„Ja, ja", knurrte er. „Davids Buch. Doch sag, wieso glaubst du eigentlich, dass deine Statuette tatsächlich etwas mit diesem Schatz zu tun haben könnte? Schließlich kamen unsere Eltern doch erst viel später nach Afghanistan."

Sie zog ihm das goldene Figürchen aus den Fingern und hielt ihm den eckigen Sockel vor die Augen. Die Inschrift auf dem Sockel war gut zu lesen. „*Euchen anetheken Artaxerxes Oxo....*, nach einem Gelübde stiftete Artaxerxes dies dem Oxos. Oxos ist der antike Name für den Amu-Darja."

„Das steht hier? In welcher Sprache eigentlich?"

„Altgriechisch", sagte sie nicht ohne Stolz.

Er staunte sie an. „Du liest Altgriechisch?"

Sie lachte kokett. „Oh, ein bisschen. Schließlich handelt es sich um die Sprache Alexanders."

„Na klar!" Sein Staunen wandelte sich zu verschmitztem Grinsen, das jedoch schnell wieder verflog. „Eigentlich verrückt, da flüchtet unsere Familie um die halbe Welt, um dir am Hindukusch Altgriechisch beizubringen."

„Anfangs wollte ich das gar nicht, aber als Paps mir erzählte, dass Alexander Griechisch gesprochen habe..."

„Da wolltest du mit ihm reden, was?"

„Na klar, schließlich wollte ich ihn doch heiraten."

„Frauen!"

Martha wand sich ein wenig. Sie hätte nie gedacht, dass eine Kinderphantasie so peinlich sein könnte. Adolf nickte abwesend und rüttelte an dem Figürchen. „Nicht!", protestierte Martha. „Du brichst sie ab."

„Unsinn!" Er drängte ihre Hand zur Seite, und die Statuette drehte sich tatsächlich, doch war es ein Teil der Basis, der sich unter seinen Fingern bewegte. Adolf pfiff durch die Zähne.

Die Figur war offenbar auf einem runden Steinsockel befestigt, der seinerseits in die kubische Basis eingelassen war. Die Farbschicht hatte das alles perfekt kaschiert. Auch Martha war jetzt ganz Feuer und Flamme. Sie hielt den würfelförmigen Sockel, und Adolf zog vorsichtig an der Statuette, wobei er die Füße ganz unten am Stein griff, um sie nicht versehentlich abzubrechen. Nach wenigen Versuchen zog er die Statuette aus dem Sockelteil wie einen Korken aus dem steinernen Kubus.

Beide starrten sie hinein in das Loch und fuhren anfangs mit den Köpfen zusammen, doch die leere Öffnung war eine absolute Enttäuschung. Martha konnte einen ärgerlichen Ruf nicht unterdrücken, bis Adolf den runden Steinkorken genauer untersuchte. „Moment, was ist das?"

Offenbar hatte jemand einen Papierstreifen um den runden Stein gewickelt, um ihn besser in den Kubus einzupassen. Als Martha das Papier abwickelte, erwies es sich als Teil eines vormals größeren Blattes, auf dem jetzt nur doch ein Datum zu erkennen war: *20. August 1939*.

„Das ist Muttis Handschrift", flüsterte Martha elektrisiert. „Kurz vor ihrem Verschwinden."

Adolf drehte das Blatt in den Fingern. „Bei dir wurde doch eingebrochen. Vielleicht ging man davon aus, dass im Sockel der Figur etwas zu finden sei? Das würde erklären, weshalb der Sturmbannführer die Statuette unter allen Umständen an sich bringen wollte. Aber weshalb hat man dich so lange in Ruhe gelassen? Ich meine, wenn die Figur so wichtig ist."

„Mich stört etwas ganz anderes. Ich dachte immer, sie wären am Kaiberpass verschwunden, doch diese Inschrift spricht vom Oxos, also vom Amu-Darja. Falls sie den Oxosschatz suchen wollten, weshalb wandten sie sich dann nach Indien? Doch Ibrahim war immer davon überzeugt, dass sie..." Nachdenklich brach sie ab.

„Richtig, dein Hausmeister. Was weiß der davon?"

„Nun, er hat das Auto beobachtet, einen Landrover."

„Und wem gehörte der Rover?"

„Ibrahim wusste es nicht. Ibrahim und Rahman mussten mit mir und den Pferden umkehren, ehe sie das Auto erreichten."

Adolf nickte grimmig. „Sie wollten ihre Spur verwischen. Bist du sicher, dass sie zurückkommen wollten?"

„Absolut!", fuhr sie ihn an.

„Nun", dehnte er und mied ihren Blick, „mich haben sie damals in Deutschland zurückgelassen. Egal, ich gebe zu, sie konnten nichts mehr unternehmen. Aber weißt du, was mir wirklich Sorgen macht? Wenn diese Statuette derart wichtig ist, dann wird dieser SS-Mann nicht lange auf sich warten lassen."

Martha spürte, wie ein Frösteln über ihren Rücken kroch.

Shakespeare

Kabul, 5. Oktober 1941
9:30 Uhr

Niemand schenkte Martha auch nur die geringste Aufmerksamkeit, als sie am nächsten Morgen im Schutz ihrer Burka das Haus durch den Hintereingang verließ und in den Gassen untertauchte.

Zunächst streifte sie reichlich ziellos durch die Stadt und nahm sich alle Zeit der Welt, um nach Verfolgern Ausschau zu halten. Außerdem hatte sie weiß Gott genug, worüber sie nachdenken musste. Bis zu Adolfs Ankunft war der Weltkrieg ein apokalyptisches Ereignis, das sich zum Glück in weiter Ferne abspielte, ein Drama, das man gewissermaßen aussitzen konnte. Erst Adolfs Horrorgeschichten hatten ihr klar gemacht, dass sie später nicht so einfach nach Deutschland zurückkehren konnte. Und falls ihr Bruder die geostrategische Situation richtig einschätzte, dann hatte Nazideutschland bestürzenderweise gute Chancen, den selbstentfachten Weltenbrand zu überstehen. Eben dieses Szenario hatte Martha bisher stets bezweifelt, doch vielleicht war das nur Wunschdenken?

Den größten Teil ihres bewussten Lebens hatte sie in Afghanistan verbracht. Natürlich erinnerte sie sich an Berlin und an ihre Spielkameraden, aber es blieben winzige Episoden, die reichlich zusammenhanglos durch ihr Bewusstsein geisterten. Alle prägenden Erlebnisse wurzelten hier in dieser Bergwelt, doch war sie nie auf die Idee gekommen, hier ihr ganzes Leben verbringen zu wollen. In Wahrheit aber war sie offenbar nirgends zu Hause, nicht am Hindukusch und nicht in Deutschland. Sie hatte die halbe Nacht gegrübelt und war schließlich in einen von Albträumen zerrissenen Schlaf gesunken.

Als sie aufwachte, fand sie von Adolf einen Zettel vor. *Guten Morgen, Fohli. Muss mir die Füße vertreten, melde mich gegen Abend. Ruh dich aus. Alles Liebe, Adolf.*

Martha wusste nicht so recht, ob sie sich nun ärgern oder freuen sollte. Schließlich war heute ein aufregender Tag, und am Abend wartete diese seltsame Einladung im Hause Habib Shahs.

Doch zunächst stand anderes auf ihrem Plan. Noch einmal sah sie sich verstohlen um, dann näherte sie sich der Rückfront eines herrschaftlichen Gebäudes, um an einem Nebeneingang zu klopfen. Das verrückteste war, dass es sich um das Haus von Habib Shah handelte – doch nein, Palais wäre viel passender gewesen.

Jetzt öffnete sich die kleine Pforte, und Martha schlüpfte hinein, während hinter ihr eine junge Frau die Tür mit hastigem Griff verriegelte. „Wurden Sie verfolgt, Fräulein Martha?"

Ihre Empfangsdame war vielleicht fünfzehn oder sechzehn Jahre alt und sogar hier im Haus tief verschleiert, eine Vorsichtsmaßnahme für das Öffnen der Tür. Sie führte Martha verstohlen in einen Haremsraum und schob sie schließlich in ein Hinterzimmer, in dem sie bereits von Benazir erwartet wurde.

Bei Marthas Eintritt flog ein strahlendes Lächeln über das junge Mädchengesicht, ja sie flog ihr förmlich entgegen, als könne sie es kaum erwarten, ihr aus der Burka zu helfen. „Wollen Sie sich die Haare bürsten, ich kann auch Wasser besorgen und..."

Martha legte ihr sanft den Finger auf die Lippen. Benazir verstummte abrupt, drückte sich jedoch Marthas Hand zärtlich auf Mund und Stirn. Martha wurde ganz warm ums Herz, auch wenn sie zugeben musste, dass sie sich bis zu ihrem Eintritt vor allem um ihre eigene Sicherheit gesorgt hatte. Sie zog eine Bleistiftskizze des geheimnisvollen Armreifs hervor, die sie sich vor ihrem Aufbruch angefertigt hatte. Benazir beugte sich sofort über die Abbildung. „Kennst du einen solchen Reif?“, drängte Martha.

Das Mädchen nickte eifrig. „Said besitzt ein solches Stück. Er trägt es häufig.“

Martha starrte sie an. „Said ed-Din, dein Stiefbruder?“

Benazir nickte ganz arglos.

Guter Gott, der Partner des Sturmbannführers war Benazirs Bruder! Martha hatte alle Mühe, ihre Aufregung zu kaschieren und fragte etwas zusammenhanglos, ob David ihr vielleicht noch eine andere Nachricht hinterlassen habe.

„Aber ja, hier ist ein Brief.“

Sie reichte ihr ein kleines Kuvert, doch als Martha es gerade aufreissen wollte, da entdeckte sie, dass die Nachricht bereits geöffnet und später wieder verklebt worden war. Oder irrte sie sich? Doch nein, das Kuvert war leicht gewellt. Kein Zweifel, jemand hatte den Brief geöffnet. Hatte Benazir ihre Neugierde befriedigt? Irgendwie konnte sie sich das nicht vorstellen.

Eilig öffnete sie das Schreiben, fand aber nichts als ein Blatt mit einigen belanglosen Veranstaltungsdaten der Britischen Botschaft, die man auch an der Pforte nachfragen konnte. War das ein Trick aus ihrer Kinderzeit? Ein Griff, und sie hatte das Kuvert zerrissen. Tatsächlich, die eigentliche Nachricht befand sich an vertrauter Stelle, notiert mit einem weichen Bleistift ins Innere des Umschlags:

7. Oktober wie gehabt? 22 Uhr?

Martha schob den Brief gleichmütig in ihre Mappe. „Komm, gehen wir zu den anderen.“

Benazir hatte offenbar noch tausend Fragen auf den Lippen, doch verkniff sie sich diese. Als sie in den Nebenraum wechselten, warteten bereits vier weitere Mädchen, alle mehr oder weniger im gleichen Alter und alles ihre Schülerinnen. Benazir war entschieden die Schönste, doch gab es keine, die nicht attraktiv gewesen wäre. Die kleine Runde grüßte herzlich, wenn auch mit merklichem Respekt.

Gleich beim Eintreten spürte Martha die Nervosität, die von den Mädchen ausging, eines lauschte ständig an einer Tür, die tiefer in das Gebäude führte. Zum Glück schien niemand zu kommen, und so kehrte langsam Ruhe ein, auch wenn eine der Schülerinnen draußen blieb, um Wache zu halten.

Die jungen Frauen offerierten zunächst Gebäck und allerlei Speisen. Einiges lag einladend auf Schalen und Tellern, anderes war bereits handlich verpackt. Natürlich sollte Martha am Ende alles mitnehmen. Es war derart viel, dass Martha ihre Verlegenheit nicht ganz verbergen konnte. „Das kann ich unmöglich annehmen." Martha sagte es auf Deutsch, und auch die Antwort kam in deutscher Sprache und zwar von allen Seiten. Sie hätten zuhause bereits erklärt, dass die Speisen für Freundinnen bestimmt seien. Es sei unmöglich, sie wieder mitzunehmen.

Martha zögerte immer noch und legte dann wie zu ihrer Rettung zwei Bücher auf ein Tischchen, um das sich alle in höchster Neugier versammelten. „Ihr wolltet meine Heimatstadt sehen. Nun, das ist ein Band über Berlin."

Die Mädchen blätterten fasziniert in dem bebilderten Buch und entdeckten alsbald das Photo einer Hochzeit. Die Braut stand ganz in weiß vor der Kirche, und die Gäste bildeten ein feierliches Spalier. Die Mädchen tauschten sich tuschelnd aus, bis Martha schließlich in die Hände klatschte. „Genug von Berlin. Auf geht's. Heute ist Englisch dran. Wer fängt an?"

Sie öffnete ein zweites, in Zeitungspapier eingeschlagenes Buch und winkte resolut, als ihre Schülerinnen recht unzufrieden dreinblickten. Doch war es allein Benazir, die zumindest einen vorsichtigen Widerspruch artikulierte.

„Aber wir haben doch Deutsch vorbereitet."

„Deutsch kann warten. Die Briten sind in Indien eure Nachbarn. Die Kenntnis ihrer Sprache könnte lebenswichtig sein."

„Und deshalb sollen wir alte Zeitungen lesen?", fragte ein etwas fülliges Mädchen, das beständig mit einer Flut schwarzen Haares kämpfte.

Martha lachte und öffnete das Buch. „Nicht wirklich. Kennt Ihr Romeo und Julia?"

Die Runde verneinte zögernd, und Martha gab das Buch weiter. „Dann fang an, Benazir."

Die Angesprochene griff zögernd zu und las den englischen Text stockend und unter leichtem Erröten: *„Zwei Häuser, gleich an Würde und Gebot, Euch in Verona unser Spiel enthüllt…* Was ist das?"

„Das ist eine Eröffnungsrede. Es handelt sich um ein berühmtes Theaterstück von William Shakespeare, geschrieben vor über dreihundert Jahren. Damals trat ein Schauspieler auf die Bühne, um dem Publikum eine kurze Einführung zu geben. Er spricht von zwei Häusern, also von zwei Familien, die sich in Hass und Feindschaft gegenüberstehen."

„Dann handelt es sich um eine blutige Geschichte?"

„Auch das, aber eigentlich ist es die berühmteste Liebesgeschichte der Welt."

Das hob die Stimmung, obwohl einige doch merklich erröteten. „Und wo liegt dieses Verona?", drängte Benazir.

Martha zog eine kleine Karte aus ihrer Mappe und zeigte den Mädchen Italien und Verona. Dann beugten sich alle über den Text, das Eis war gebrochen.

Benazir las langsam weiter: „*... wie altem Hader neuer Hass entspringt und...*"

Sie kam nicht weiter, flog doch die Tür auf, und die junge Wächterin stürzte herein. Alle fuhren sie hoch.

„Habib Shah, Said Sardhar und seine Mutter. Sie hat uns verraten."

„Meine Stiefmutter?", stammelte Benazir und wechselte vor Entsetzen die Farbe.

Der warnende Ruf war kaum verhallt, da schob man Martha auch schon die Speisen und ihre Tasche unter den Arm und drängte sie hastig in einen Nebenraum. Alle schienen weit mehr um ihre Sicherheit besorgt denn um die eigene. Benazir selbst war kreidebleich, ja sie stieß Martha förmlich in den Raum hinüber und konnte gerade noch flüstern: „Ich melde mich", dann zog sie die Tür auch schon hinter sich zu.

Kaum fiel sie ins Schloss, da stürmten drüben einige Personen herein. Martha vernahm einen entsetzten Ruf und brüllende Männerstimmen. Sie musste einfach lauschen, und so zog sie mit unendlicher Vorsicht den Schlüssel ab, um durch das Schlüsselloch zu spähen. Martha erkannte zunächst nur eine verschleierte Frau, die sich schwer auf einen Spazierstock stützte.

„Willkommen Habib Shah, willkommen, Said Sardhar." Der ängstliche Mädchenchor grüßte die beiden Männer, die sich gar nicht erst die Mühe machten, die Grüße zu erwidern. Sie blickten nur düster in die Runde.

Jetzt traten auch zwei Männer in ihr Blickfeld. Der eine war ein würdiger Weißbart und der andere war eben jener Fürst, der Martha den Alexander geschenkt hatte – Benazirs Stiefbruder, der Mann mit dem Armreif. Marthas Schock saß derart tief, sie vermochte sich kaum zu rühren, als die verschleierte Frau triumphierend ihre Stimme erhob. „Ich sagte doch, dass wir sie hier finden würden!"

Was würde geschehen, falls man Martha hier entdeckte? Im Grunde fürchtete sie weit weniger für sich selbst als für ihre Schützlinge, schließlich war der Unterricht in fremden Sprachen den Frauen strikt verboten.

Was sie wirklich ängstigte, das war die Anwesenheit dieses Said ed-Din, von dem Benazir ihr wahre Schauergeschichten berichtet hatte, Geschichten, die so gar nicht zu dem Manne passen wollten, der ihr den Alexander geschenkt hatte. War man ihr am Ende doch gefolgt? Hatte sie ihre eigenen Schülerinnen verraten? Dann war alles ihre Schuld, nur die ihre. Drüben riss Said den Berliner Bildband vom Tisch, auf den eines der Mädchen vorhin geistesgegenwärtig einen Früchtekorb gestellt hatte – vergeblich.

„Was ist das?“ Saids Stimme steigerte sich mit jedem Wort. „Woher habt ihr das?“

Niemand wagte eine Antwort, und so blätterte er düster in dem Buch, ehe er es zurück auf den Tisch schleuderte. „Ich sorge dafür, dass dieser Unsinn aufhört“, tobte er und griff nach Benazir. „Bei Allah, du wirst verheiratet, das schwöre ich dir. Das wird dich Demut lehren.“

Benazir wimmerte erstickt, und die Verschleierte stemmte ihren Stock gegen den Boden, ehe sie feierlich die freie Hand erhob. „Allah il Allah.“ Dabei lüftete sich kurz ihr Schleier, und Martha erhaschte einen Blick in die pergamentenen Züge einer alten Frau mit kalten Augen, die jetzt durch ein spöttisches Lächeln noch unerfreulicher wirkten. Dann sank der Schleier bereits wieder zurück.

Said zerrte Benazir hinter sich her, ohne sich weiter um die anderen zu kümmern. Als sich das Mädchen weinend zur Wehr setzte, da packte er sie roh im Haar und schleuderte sie förmlich aus dem Raum. Benazirs Stiefmutter folgte ihm auf dem Fuß, obwohl es ihr mit ihrem Stock einige Mühe bereitete, das Tempo zu halten. Erst als drüben eine Tür ins Schloss knallte, wurde Martha schonungslos klar, dass sie ihre Schülerinnen nicht verteidigt hatte.

Nebenan herrschte unterdessen bedrückende Stille. Habib Shah hatte sich bisher überhaupt nicht geäußert. Reglos blickte er auf Marthas Bildband hinab. Schließlich winkte er leicht mit der Hand, und die Mädchen flüchteten wie ein aufgeschreckter Vogelschwarm in die Tiefen des Harems. Auch Martha suchte auf Zehenspitzen das Weite und schämte sich in Grund und Boden.

Ost und West

Kabul, 5. Oktober 1941
13:00 Uhr

Als Martha ihrem Bruder Bericht erstattete, hielt ihn nichts mehr auf dem Sofa. Ruhelos strich er hin und her, vom Fenster zur Tür und wieder zurück zu ihrem altersschwachen Sofa. Als sie schließlich schilderte, wie Said seine Schwester traktiert hatte, da schoss er förmlich auf sie los. „Wie kann dieser..., dieser Habib Shah...!“

„Es war Said“, korrigierte sie. „Benazirs Bruder.“

„Das ist noch widerlicher! Sag mir nicht, dass einem Bruder hier so etwas erlaubt ist!“

„Ein Bruder darf hier so ziemlich alles, falls es um die Familienehre geht. Er darf seine Schwester schlagen oder umbringen, nur vergewaltigen darf er sie nicht. Ich schätze, Said ed-Din wollte Benazir im Grunde retten oder strafen, oder beides, ganz wie du willst."

„Strafen oder retten? Soll das ein Witz sein?"

„Eine Reihe höchst einflussreicher Mullahs lehrt ganz öffentlich, dass Bildung für Frauen lästerlich sei. Leute dieser Geisteshaltung haben erst jüngst die westlichen Reformversuche ihres Königs Aman Ullah verhindert und den König schließlich ins Exil getrieben. Frauen hätten schließlich andere Pflichten als zu lernen, was im Klartext bedeutet, je dümmer, desto kontrollierbarer."

„Na großartig, und ich dachte schon, die Nazis seien der absolute kulturelle Tiefpunkt."

„Was willst du? Als eine Madame Curie studieren wollte, hätte man das beinahe verhindert, obwohl ihr Intellekt für einen Nobelpreis gut war. Eine Frau an der Universität? Für viele Europäer damals schlicht undenkbar."

„Na ja..."

„Außerdem solltest du den moralischen Anspruch gläubiger Muslime nicht unterschätzen. Ich wette, Benazirs Bruder sorgt sich ernsthaft um ihre Ehre. Ist der Ruf seiner Schwester lädiert, ist nicht nur die Familienehre besudelt, sie wird auch schwerlich einen Mann finden, der bereit ist, sie zu heiraten."

„Ehrlos, weil sie lesen kann?"

„Sobald ein Mullah erklärt, das Verbot zu lernen stehe im Koran, hast du hier so gut wie keine Chance."

Adolf starrte sie reichlich fassungslos an. „Bist du sicher", knurrte er schließlich, „dass es eine gute Idee ist, sich hier im Hindukusch zu verstecken?"

„Ich verstecke mich nicht, ich lebe hier. Hier existieren uralte Regeln. Außerdem, sag mir nicht, dass wir Frauen in Deutschland zurzeit viele Rechte hätten. Nazipropaganda dringt zwar nur spärlich an den Hindukusch, aber das wenige ist eindeutig. Oder kennst du etwa eine Gauleiterin?"

Er zog die Schultern hoch. „Na ja, also ich denke, dass der Krieg vieles ändern wird."

Sie hob fragend die Brauen.

„Die Männer sind an der Front und ihre Frauen nehmen zwangsläufig Pflichten wahr, die man ihnen früher niemals anvertraut hätte. Ich bin gespannt, ob das am Ende nicht Auswirkungen hat, ich meine nach dem Krieg." Er wischte das Thema mit seiner typischen Handbewegung zur Seite. „Dein Buch über Berlin, kann er das zurückverfolgen?"

„Der Band stammt aus der Schulbibliothek."

Adolf grub seine Zähne in die Unterlippe, und Martha wusste genau, was er jetzt dachte. Die Spur also führte erst zur Deutschen Schule und dann zu ihr. „Und wie passt dein Sturmbannführer zu diesem Sardhar? Schließlich ist dieser Said ein konservativer Mohammedaner."

„Den Begriff Mohammedaner mögen sie hier nicht sonderlich. Sie meinen, der implizierte, dass sie Mohammed anbeten würden. Und was Said und den Sturmbannführer angeht, möglicherweise sind beide auf ihre Weise hundertprozentige Fundamentalisten, eben überzeugt von ihrem Ziel."

„Origineller Blickwinkel", knurrte er angewidert, „dann existiert für beide nur ihre eigene Welt – alles andere ist minderwertig?"

Der Begriff schockierte sie. „Ja, vielleicht", murmelte sie beklommen.

„Du erwähntest, dieser Said habe dich nur selten angesehen. Ist das nun Verachtung oder Unsicherheit?"

Martha lachte freudlos. „Mutti hielt es anfangs für Geringschätzung, aber im Grunde es ist ein Zeichen von Respekt. Man spricht nur mit mir, weil ich als Deutsche ein Gast bin."

„Ein Besucher!"

„Nein, ein Gast. Für die Afghanen sind wir Gäste. Ein Gast wird toleriert, ohne dass er die afghanische Gesellschaft tangiert. In ihrer Vorstellung bewohnen Frauen nur einen winzigen Teil ihrer Welt. Sie sind nur für das Haus, die Familie, die Kinder und für die Küche zuständig."

„Und für die Arbeit."

„Das sehen sie nicht so. Jede Tätigkeit ist Teil einer von Gott gestalteten Weltordnung, die durch nichts erschüttert werden darf. In ihrem angestammten Leben sind Frauen absolut respektiert, aber eben nur dort. Frauen werden hier nur für die Familie benötigt und dort geradezu erbarmungslos beschützt."

„Erbarmungslos beschützt? Das ist ein seltsames Bild."

„Es stammt von Mutti. Sie machte mir klar, dass Frauen eine afghanische Familie sehr leicht in Verruf bringen können. Also werden sie kaserniert. In ihrer Funktion als Frau und Mutter schätzt man sie hoch, und die Mutter des Hausherrn steht im Ansehen höher als jede Ehefrau. De facto ist eine junge Ehefrau so etwas wie eine Dienerin, die Mutter ist die wahre Herrscherin des Harem. Doch außerhalb dieser Haremswelt ist eine Frau als Mensch kaum existent. Deshalb schaute Said ed-Din an mir vorbei, um mich nicht zu beleidigen."

„Riecht mir eher nach Angst."

„Angst?"

„Na ja, also Frauen sind doch faszinierend, ich meine für mich als Mann.

Sie wegzuschließen bedeutet doch nur, dass man fürchtet, die Kontrolle zu verlieren."

„So ungefähr."

„Würde dieser Sardhar tatsächlich mit den Deutschen zusammenarbeiten?"

„Nur begrenzt, denke ich."

„Was meinst du mit ‚begrenzt'? Schließlich haben sie in den Briten doch einen gemeinsamen Feind. Schweißt das nicht zusammen? Ich meine, kennt der Islam nicht das Sprichwort *der Feind meines Feindes ist mein Freund?*"

Martha lachte anerkennend. „Sieh an, da ist ja doch was hängen geblieben während deiner Orientreise. Ein anderes Sprichwort beschreibt die Situation weit treffender: *Eine Hand, die du nicht schlagen kannst, sollst du schütteln.* Ein solches Zweckbündnis hat nichts mit Freundschaft zu tun, und Verrat ist im Islam nicht unbedingt ehrenrührig, falls er sich gegen einen überlegenen Gegner richtet."

Sie brach ab, denn ihr Bruder musterte sie beinahe staunend. „Fohli, Fohli, du klingst ja wie ein alter Mann."

„Wundert dich das? Hier in Kabul war ich oft allein, und wollte ich reden, blieben mir nur Erwachsene."

Adolf seufzte. „Für mich warst du bis gestern das kleine Mädchen, dem ich mein Photo signierte, und jetzt erklärst du mir die Welt. Aber das ist nur das Problem Nummer zwei."

Martha staunte ihn mit großen Augen an, so, wie sie es früher mit ihrem Vater gehalten hatte. „Nein! Du bist ein Mann und hast sogar zwei Probleme? Gleich zwei auf einmal?"

Er drohte ihr mit dem Finger.

„Und was ist Problem Nummer eins?", kicherte sie.

Er suchte offenbar nach einem Weg, sich auszudrücken. Schließlich holte er ihr Tagebuch und zeigte ihr Benazirs Porträt. Martha wurde himmelangst. Zwar verstand sie kaum etwas von diesem Aspekt der männlichen Psyche, doch war sonnenklar, dass ihr Unglücksbruder Feuer gefangen hatte. Wahrscheinlich würde er gleich fragen, ob sie ihm Benazir vorstellen könne. Hatte er denn überhaupt nichts begriffen vom Orient?

„Deine Schülerin sieht verdammt gut aus", knurrte er reichlich verlegen. „Und bei dir ist es auch nicht anders."

„Bei mir?" Sie spürte deutlich, wie ihr das Blut in die Schläfen stieg. „Ich sehe nicht mal annähernd so gut aus wie Benazir."

„Machst du Witze?" Ihre Verunsicherung stieg, doch fuhr er zum Glück bereits fort. „Ich sagte, dass sich bei deiner Benazir in Berlin die Männer zusammenrotten würden. Meinst du, bei dir wäre es anders?"

„Hör auf", winkte sie verlegen. „Ich hasse leere Komplimente."

„Leer?" Er riss den Spiegel von der Wand und hielt ihn ihr entgegen. Was redete er da, hatten sie jetzt kein wichtigeres Thema? Sie setzte wütend an und sah, wie er ein Lachen unterdrückte. „Du hast keine Ahnung von Männern, oder?"

Sie wusste genau, wie feuerrot sie war, doch ehe sie auch nur ein einziges Wort herausbrachte, winkte er schon großspurig ab. „Scheint ja höchste Zeit, dass hier endlich ein Mann auftaucht."

„Bist du fertig?", fauchte sie ihn an, so dass er schleunigst den Rückzug antrat und den Spiegel zurückhängte. „Wieso ist Verrat für Mohammedaner kein Problem", wechselte er abrupt das Thema.

„Nun, das gilt nicht grundsätzlich, aber Ehre ist hier etwas anderes. Für uns ist Ehre eine Frage der Ritterlichkeit."

„So wie bei Alexander dem Großen", schmunzelte er. Sie überging den Einwurf wohlweislich.

„Im Orient aber hat Ehre zumeist mit der Familie zu tun, oder mit Tradition und Sitte. Man kämpft nicht, weil etwas ehrenvoll ist. Deshalb konnten sich islamische Despoten über Jahrhunderte hinweg mit dem Westen arrangieren. Doch sobald das Abendland glaubte, man habe einen Freund gewonnen, so erwies sich das in der Regel als Illusion. Ein Moslem kann dich hassen und dennoch kooperieren. Aber wehe, du offenbarst ihm irgendeine Schwäche."

„Wie in einem Wolfsrudel? Da darf der Leitwolf auch keine Schwäche zeigen, eigentlich keiner der Wölfe."

„So ungefähr. Sobald eine Zusammenarbeit für diesen Said keinen Vorteil mehr bietet, wird er dem Sturmbannführer unter Umständen einen Dolch in den Rücken jagen."

„In den Rücken?"

„Warum nicht?"

Adolf fröstelte merklich. „Mann, Mann, Mann. Das ist wirklich nicht sehr ritterlich."

„Paps betonte immer, dass der Ritter eine Erfindung des Abendlandes sei, und dass die meisten Ritter in Wahrheit handfeste Schurken gewesen seien."

Adolf lachte leise. „Du und Paps, ihr hattet sicher euren Spaß."

Martha stand plötzlich eine Träne im Augenwinkel, und sie sah rasch zur Seite. Als sie aufblickte, saß er neben ihr. „Du vermisst ihn sehr?", murmelte er unerwartet sanft. Er wollte ihr die Träne abtupfen, doch sie drehte sofort den Kopf weg. „Bleiben wir..., bleiben wir beim Thema." Mit diesen verwünschten Tränen fühlte sie sich irgendwie unterlegen, und das machte sie wütend, vor allem auf sich selbst.

Adolf wusste offenbar nicht so recht, wie er mit ihr umgehen sollte. Er stand auf und besah sich kopfschüttelnd ihre Burka. „Aber hinter diesen Gittern existiert doch mehr! Ich meine, auch Afghaninnen sind doch Menschen!“

„Sie wurden so erzogen. Verstehst du was von Pferdezucht?“

Er hob fragend die Brauen.

„Der alte Ibrahim brachte mir bei, dass man bei Pferden bestimmte Eigenschaften herauszüchten könne. Man erhält kämpferische Tiere, indem man starke Hengste und dominante Stuten kreuzt. So züchtet man zum Beispiel Pferde für das Puschkaschi.“

„Puschkaschi?

„Ein Reiterspiel. Zwei Parteien kämpfen um den Kadaver einer Ziege. Da braucht man aggressive Reittiere. Kreuzt man immer wieder mutige Pferde, dann steigt die Chance, dass sich ihre Nachkommen ähnlich verhalten.“

„Und was haben Frauen und Pferde gemeinsam?“

„Wenn eine Welt seit Jahrhunderten unterwürfige Frauen bevorzugt, dann heirate ich als Mann vor allem eine bequeme Frau, ein Wesen, das sich unterordnet. Eine selbständige Frau ist hier völlig uninteressant, wird konsequent abgelehnt und hat keine Kinder.“

Adolf grunzte ungläubig. „Und du meinst also, man könne Unterwürfigkeit züchten...“

„Die Pferdeleute nennen das negative Zuchtwahl.“

„Ziemlich drastisch, deine Theorie.“

„Ich sage dir, orientalische Frauen werden so schnell nicht aufbegehren. Für den Orient hat der Westen moralisch abgewirtschaftet. Solange Afghanistan keinen Atatürk hervorbringt, der gewaltsam Reformen durchsetzt, wird sich hier rein gar nichts ändern, nicht in tausend Jahren. Dieser Said ed-Din ist ein vorzügliches Beispiel. Fließendes Deutsch und dennoch tief im Mittelalter. Als Kind fand ich diese verschleierten Frauen immer romantisch, sie waren für mich beinahe so etwas wie ein drittes Geschlecht, unsichtbar aber doch präsent. Ich wette, in der Türkei ist es ganz anders.“

„Stimmt, in der Türkei wurde der Schleier verboten, ganz offiziell. Ich erinnere mich, wie ein Polizist in Istanbul einer Frau den Schleier herunterriss.“ Nachdenklich studierte er Marthas Skizze von Said ed-Din. „Also, in deiner Zeichnung wirkt er eher geheimnisvoll, beinahe wie ein potenzieller König.“

Sie holte tief Luft. „Auf mich wirkt er vor allem rätselhaft und bedrohlich. Versteh' mich nicht falsch, Menschen wie er sind beileibe keine Verbrecher. Sie leben nur in der Überzeugung, dass du als Frau ein Wesen minderen Rechts seist, weil Allah es so bestimmt hat. Andererseits würde dieser Said wahrscheinlich für Benazir oder seine Frauen kämpfen, und das unter dem Einsatz seines Lebens. Jedoch nur, weil sie ihm gehören, ebenso wie sein Dolch, sein Pferd oder seine Schallplatten."

„Der Mensch besitzt Schallplatten?"

„Und ob. Menschen wie Said lehnen das Abendland ab, aber sie haben kein Problem mit unserer Technik. Er begreift seine Schallplattensammlung sicher als Statussymbol. Wenn du sein Grammophon bewunderst, erfüllt ihn das mit stolzer Zufriedenheit, doch falls du dich als Mann nach seinen Frauen erkundigst, beleidigst du ihn."

„Seltsame Welt. Und wie kommst du hier alleine klar? Was machst du, sobald der Krieg zu Ende ist?"

„Dann muss ich mich entscheiden. Entweder ich heirate, oder ich gehe."

„Könntest du nicht an der Amani arbeiten? Vielleicht..."

Er unterbrach sich, klopfte es doch an der Tür. Die beiden sahen sich an. Jetzt klopfte es erneut und diesmal lauter. Adolf legte einen Finger auf die Lippen und schlich auf Zehenspitzen ins Nebenzimmer. Martha wartete, bis er verschwunden war, ehe sie öffnete. Draußen stand ein junger Afghane und überreichte ihr einen Zettel. Martha las: *Kommen Sie doch bitte zu mir. Seelig.*

Der Direktor

Kabul, 5. Oktober 1941
16:00 Uhr

Wenn der Direktor nach ihr verlangte, dann war das so gut wie eine Order, das wusste sie sehr wohl. Zudem hatte es keinen Sinn, Adolf noch länger zu verheimlichen.

Also machte sich Martha mit zwei Taschen auf den Weg zu einem Haus nahe der Schule. Ehe sie ging, steckte sie sich noch ein kleines Abzeichen mit einer winzigen deutschen Kriegsflagge an. Mit den Wölfen musste man heulen, gelegentlich jedenfalls.

Als sie an der Tür des Schulleiters klopfte, empfing Frau Seelig sie mit vernichtendem Blick und großdeutscher Verachtung. Die Prügelei war nicht vergessen, und auch wenn die Frau des Direktors gar nicht wissen konnte, wen sie da vermöbelt hatten, so war doch sonnenklar, dass Martha sozusagen in Sippenhaft genommen wurde.

„Fräulein von Helm!" Allein ihr Name klang bereits wie ein Tadel. Dabei wusste Martha allzu genau, dass das kleine Wörtchen *von* Frau Prof. Dr. Seeligs Neid aufs Höchste erregte.

Die Frau Professor ging voran und überprüfte dabei in einem Spiegel den akkuraten Sitz ihrer Frisur, eine Geste, die ihr in Fleisch und Blut übergegangen war. Das straff zurückgesteckte Haar unterstrich noch ihre scharfen Züge.

Als Martha in das Arbeitszimmer des Schulleiters trat, riss der Herr des Hauses den Arm nach oben, Martha murmelte nur lahm vor sich hin. Sie wusste genau, weshalb sie ihre zwei Taschen mit sich führte, so traf sie wenigstens kein Vorwurf, wenn sie ihre Hand nicht hob.

An der Wand des Arbeitszimmers hingen Karten Europas, Russlands sowie Nordafrikas mit den aktuellen Frontverläufen, soweit sie sich aus den spärlichen, in Kabul verfügbaren Meldungen ableiten ließen. Martha nickte zu den Karten hinüber. „Sorgen Sie sich nicht, dass Sie in Kabul als Agent gelten könnten?“ Sie kannte Professor Seelig seit Jahren, aber zum *Du* hatte es nie gereicht, weder in Kindertagen noch heute.

„Ich bin Patriot“, schnarrte er. „Wir müssen in der Fremde zusammenhalten. Dazu gehört, dass Sie verdächtigen Elementen kein Quartier gewähren.“

„Darf ich fragen...?“

„Sie beherbergen einen Mann in Ihrer Wohnung, einen Nestbeschmutzer, der die Ehre Großdeutschlands öffentlich herabsetzt.“

„Sie meinen die Schlägerei zwischen meinem Bruder Adolf und Ihrer Gattin?“

„Ihrem... Bruder?“, dehnte er und wechselte die Farbe. „Wie kommt Ihr Bruder nach Afghanistan?“

„Mein Bruder will unsere Eltern suchen.“ Marthas Antwort kam wie aus der Pistole geschossen.

„Jetzt? Mitten im Krieg?“

Sie blickte ihm fest in die Augen und konnte förmlich spüren, wie es in seinem Kopf arbeitete. Wie gelangte ein einzelner Deutscher mitten in einem Weltkrieg nach Afghanistan? „Der Name Ihres Bruders klingt vielversprechend“, murrte er bereits merklich vorsichtiger. „Aber Ihre Haltung zum Deutschen Reich ist..., na sagen wir steigerungsfähig, meine Liebe. Sie dürfen die unglückselige Einstellung Ihrer Eltern nicht fortschreiben. Lassen Sie der Geschichte ihren historischen Lauf.“

„Mit Blut, Schweiß und Tränen?“

Der Direktor musterte sie feindselig. „Zitate des englischen Premierministers sind in diesem Hause deplatziert.“

„Vielleicht hat Churchill auch nur die Weltgeschichte charakterisiert?“

„Das steht hier nicht zur Debatte. Ich wollte Sie über das britische Ultimatum unterrichten. Die Briten fordern von den Afghanen die Auslieferung aller Deutschen, und ich fürchte, die Afghanen werden sich Churchills Meute nicht lange widersetzen."

„Vielleicht ist es für Afghanistan vorteilhaft, uns loszuwerden?"

„Was interessiert uns Afghanistan? Hier geht es um Deutschland."

Martha schwieg.

„Hören Sie, ich habe nichts gegen Sie, ganz im Gegensatz zu manch anderem, aber übertreiben Sie's nicht. Ich..."

Er brach ab, denn just in diesem Moment platzte seine Frau herein, das Gesicht hochrot vor Begeisterung und die Fingerspitzen voller Öl. „Rommel dringt in Nordafrika vor!" Enthusiastisch steckte sie ein neues Fähnchen in eine der Karten, und Martha glaubte zu bemerken, wie der Schulleiter die Dame des Hauses doch etwas betreten musterte. Oder irrte sie sich?

Augenblicke später waren sie bereits wieder allein, und der Hausherr zog sie zur Seite, als gelte es, ihr Gespräch irgendwelchen Feinden vorzuenthalten. „Sie kommen gut aus mit Afghanen, und viele Ihrer Schüler stammen aus wichtigen Familien. Afghanistan muss gegen die Briten Front machen. Entfachen Sie eine deutsche Begeisterung in Ihrem Unterricht. Orientalen bewundern Stärke, also sprechen Sie über deutsche Siege und die Wehrmacht in Russland. Nach der britischen Invasion Persiens wäre ein britisch-afghanischer Krieg in jedem Fall in deutschem Interesse."

„Und tote Afghanen auch?"

„Tote Afghanen?" Frau Seeligs Stimme klang heiser vor Entrüstung. Martha fuhr herum. Sie hatte gar nicht bemerkt, dass die Dame des Hauses bereits wieder hinter ihr stand. „Deutschland kämpft gegen die ganze Welt, was kümmern uns tote Afghanen?" Zum Glück trat ihr Mann rechtzeitig dazwischen.

Martha erhielt wenigstens Zeit, sich eine Antwort zurechtzulegen. „Sie erwarten also, dass die Afghanen ihr Blut vergießen, damit wir in Kabul ausharren können?"

Frau Seelig musterte sie feindselig. „Wir sind die Speerspitze des Deutschen Reiches in Zentralasien!"

„Und wenn diese Speerspitze von den Briten liquidiert wird? Ihnen ist doch klar, dass wir bei einem britischen Einmarsch als Agenten behandelt werden?"

Der Schulleiter knallte die Hacken zusammen, und Martha fiel beinahe eine Tasche aus der Hand. „So ist der Krieg", dröhnte er. „Deutschland erwartet, dass Sie Ihre Pflicht tun." In der nächsten Sekunde komplimentierte er sie bereits aus der Wohnung. Auf den letzten Metern gelang ihr ein Blick ins Nebenzimmer. Auf einem Tisch lag eine auseinandergenommene Pistole und daneben ein Fläschchen mit Öl. Offenbar war die Dame des Hauses gerade dabei, eine Pistole zu reinigen. Adolf hatte schon Recht, der Krieg veränderte jeden, und sie begann sich zu fragen, wie sich das wohl bei ihr äußern würde.

Just als sie aus der Tür trat, brachte ein Afghane frisch gewaschene Kleidung in die Wohnung. Obenauf lag eine rote Jacke.

„Denken Sie an meine Worte." Der Hausherr hielt ihr die Tür auf. „Sieg Heil."

Martha antwortete mechanisch, während ihre Gedanken unablässig um die Jacke kreisten. Angenommen, es handelte sich um die Jacke des Sturmbannführers? Als sie auf die Straße trat, war sie so benommen, dass sie beinahe den alten Brambach übersehen hätte. Sie registrierte ihn erst, als er sie am Ärmel zupfte. „Tut mir leid, wegen der Prügelei", brummte er ein wenig hilflos.

Sie lächelte ihn an, erleichtert, wenigstens hier auf Sympathie zu stoßen.

„Frau Seelig machte uns regelrecht verrückt", knurrte Brambach reichlich bleich um die Nase. „Sagen Sie Ihrem Gast, dass es mir leid tut."

Martha erklärte ihm, dass es sich um ihren Bruder handele, und er wurde noch etwas bleicher. „Sie sind mir doch vorsichtig, meine Liebe, nicht wahr?", murmelte er unvermittelt.

„Ich verspreche, dem Orient zu trotzen." Martha versuchte ein Lachen.

Der Alte sah sich um. „Trauen Sie niemandem!", insistierte er und verschwand Augenblicke später in einer Seitengasse. Sie wurde den Gedanken nicht los, dass hinter seiner Warnung weit mehr steckte, als er zugeben wollte. Beklommen schaute sie auf ihre Armbanduhr. Höchste Zeit, sich für Habib Shahs Einladung zu rüsten.

Habib Shah

Kabul, 5. Oktober 1941
18:00 Uhr

Als sich Martha bereits umgezogen hatte, beschwor Adolf sie ein letztes Mal, die Einladung auszulassen. Das Ganze höre sich an wie eine typische Gestapofalle. Als sie auch noch die rote Jacke erwähnte, verlor er gar die Fassung. „Und wenn dieser Sturmbannführer dich einfach abknallt?"

Martha winkte ab, ohne seinen erregten Ton zu kommentieren. „Im Palast von Habib Shah? Der Hausherr wäre geradezu verpflichtet, diese Schande zu rächen. Nein, nein, wenn ich irgendwo sicher bin, dann im

Hause Habib Shahs. Außerdem, in Afghanistan zeigst du besser keine Angst, selbst wenn dir die Knie schlottern."

„Und?", blaffte er grimmig, „schlottern sie schon?"

Das klang ja richtig besorgt, ein Gefühl, das ihr gefallen könnte – wenn sie sich nicht so über ihr Kleid geärgert hätte. Es war das einzige, das halbwegs besseren Ansprüchen genügte. Eigentlich gehörte es ihrer Mutter, und die war leider etwas kleiner und vor allem nicht so schlank. Das Ding saß einfach nicht, das erkannte sie selbst, auch wenn Martha von europäischer Mode so gut wie keine Ahnung hatte.

Adolf schien das gar nicht zu bemerken und wirkte immer noch aufgebracht. „Bist du immer so stur?"

Martha musterte ihn mit einem ersten Anflug von Ärger. „Glaub mir, ich weiß genau, was hier geht und was nicht. Ich habe den Hindukusch buchstäblich mit der Muttermilch aufgesogen."

Da stahl sich ein Lächeln auf sein hageres Gesicht. „Fohlis Kindertage am Hindukusch, ist wahrscheinlich ein abendfüllendes Programm."

Wider Willen musste sie lachen. „Schon an meinem ersten Tag in Kabul rannte ich in einen jungen Mann, und er knallte zu Boden, als ob ihn eine Kanonenkugel getroffen hätte."

„Ist das alles?" grunzte Adolf.

„Er riss sofort seinen Dolch aus der Scheide."

„Guter Gott!"

„Danach konnte mich nichts mehr erschüttern. Doch unsere Eltern waren so schockiert, sie sperrten mich für Wochen ein." Sie kam nicht weiter, meldete sich doch Ibrahim unten in der Gasse. Martha griff das kleine Alexanderfigürchen und eilte die Treppe hinab.

Sie war dem alten Hausmeister höchst dankbar für die Pferdekutsche, die sie unmittelbar vor ihrem Ziel absetzte. Zwei Soldaten in Paradeuniform empfingen sie mit misstrauischem Blick. „Ihre Einladung, bitte", schnarrte einer in leidlichem Englisch.

„Ich komme auf Einladung von Iskender", murmelte sie und kam sich reichlich albern vor.

Die Wachen hatten offenbar keine Ahnung und schickten nach Instruktionen. Martha stand unterdessen in der zugigen Auffahrt und fröstelte in ihrem viel zu dünnen Kleid. Allerdings war die Kühle nicht das eigentliche Problem, vielmehr diese widerliche Nervosität, dachte sie doch ständig an Habib Shah. Er hatte das Buch über Berlin so intensiv studiert, und sie wurde den Gedanken nicht los, dass er genau Bescheid wusste. Das Palais erschien ihr plötzlich überaus bedrohlich, und Adolfs Warnung spukte wie ein Menetekel durch ihr Bewusstsein – eine typische Gestapofalle, eine Gestapofalle.

Vor ihr salutierte ein Diener, und sie schrak regelrecht auf. Der Soldat winkte einladend zum Eingang. Martha kam sich vor wie ein Vogel, dem man den Käfig zeigt. Doch wenn sie sich jetzt noch zurückzog, wäre die Kränkung ihres Gastgebers so gut wie perfekt gewesen.

Also folgte sie dem Diener notgedrungen in das herrschaftliche Gebäude, während ihre Gedanken wie ein buntes Kaleidoskop durcheinander kreisten. Sie hasste ihre eigene Hasenfüßigkeit, und es war vor allem der Ärger über ihre Unzulänglichkeit, der sie schließlich zwang, mit energisch erhobenem Kinn in den Festsaal zu treten, der sich just in dieser Sekunde vor ihr öffnete.

Bereits beim ersten Rundblick sah sie weit weniger Gäste als vermutet. Die Europäer waren eindeutig in der Minderzahl, obwohl sie anscheinend sämtlich in Begleitung ihrer Frauen geladen waren. Das war keineswegs normal und wahrscheinlich auch der Grund, weshalb Martha überhaupt dazustoßen durfte. Dass man sie hier willkommen hieß, darauf wagte sie nicht zu hoffen, erkannte sie doch mehrere Mitglieder des diplomatischen Korps – Briten, Franzosen und auch Russen. Alle schienen vertreten, nur keine Deutschen oder Verbündete der Achsenmächte. Martha begann sich schon zu fragen, ob die Einladung nicht als hinterhältige List zu werten sei.

Irgend jemand erkannte sie, und die Nachricht verbreitete sich wie ein Lauffeuer. Die Diplomaten tauschten entrüstete Blicke. Eine peinliche Situation – und nun wandte sich auch noch David von ihr ab, ohne ihr ein Zeichen des Erkennens zu geben. Er übersah sie so ungeniert, dass sie ihn am liebsten angesprochen hätte, und das so laut wie möglich.

Vielleicht wäre ihr Temperament tatsächlich mit ihr durchgegangen, hätte man sie nicht zu einem weißhaarigen Afghanen geleitet, der sich im Kreis einiger Diplomaten unterhielt. Als er sich umdrehte, stand sie vor Habib Shah.

Der Soldat salutierte. „Das ist die Dame mit der Einladung von Iskender“, stellte er sie auf Pashto vor.

Martha fühlte sich gänzlich fehl am Platze, doch ihr Gastgeber neigte den Kopf mit knappem Lächeln. Zugleich hatte sie den Eindruck, dass er sie mit einem einzigen Blick taxierte, und zwar von den Haaren bis zu dem nicht so recht passenden Schuhwerk. Martha verbeugte sich ein wenig linkisch, sah sie doch in dem Gastgeber im ersten Moment nur den Begleiter von Said ed-Din.

Der Hausherr begrüßte sie zu ihrer Überraschung in höflichem Ton und in ziemlich fließendem Deutsch. „Fräulein von Helm? Ich bin wirklich neugierig auf Ihren Alexander. Sie haben ihn dabei? Darf ich ihn sehen?“

Martha war regelrecht erleichtert, die Bronzefigur hervorzuziehen. So gelang es, ihre Befangenheit zu überspielen, und plötzlich war sie sich sicher, dass es ihm nicht viel anders ging. Dennoch schien die Faszination ihres Gastgebers echt, als er die Figur hin und her drehte. „Ah, tatsächlich! Und ich wollte es nicht glauben."

„Ihr Deutsch ist wirklich großartig", murmelte sie verblüfft.

Er blickte auf, leisen Spott in den Augen. „Ich schrieb meine Abschlussarbeit auf der Amani über die deutschen Romantiker. Aber kommen Sie, ich muss Ihnen etwas zeigen."

Er führte sie ohne die anderen Gäste zu beachten in einen Nebenraum, und hier wartete nun die eigentliche Überraschung. Das Zimmer glich eher einem Museum und wurde von zwei Lüstern erhellt, als habe man sich bereits auf Besucher vorbereitet. Vitrinen beherbergten zahlreiche Antiken. Sie war beileibe keine Expertin, aber an der Kostbarkeit dieser Sammlung bestand kein Zweifel.

„Das stammt alles aus Afghanistan?"

Er nickte mit ostentativem Stolz. „Ich hoffe immer, dass meine Sammlung einst zur Keimzelle eines Museums wird."

„Ein wundervoller Gedanke", erwiderte sie beeindruckt. David warf einen Blick durch die Tür, war aber gleich wieder verschwunden. Dennoch hatte der Hausherr ihn wahrgenommen, beinahe ein wenig bösartig bemerkte er lachend, „Sie wundern sich, Vertreter kriegführender Mächte anzutreffen?"

Martha wusste nicht so recht, wie sie reagieren sollte.

„Nun, ich habe vor allem Briten, Franzosen und Russen geladen. Afghanistan ist neutral, so wie bereits im Ersten Weltkrieg."

„Und welcher Deutsche durfte sich über Ihre Einladung freuen?"

Wieder glomm dieser spöttische Funke in seinen Augen. „Nun, da sind zunächst Sie... und, nun Sie, Fräulein von Helm."

Das hatte sie befürchtet. Ihre Situation schien ihm geradezu diebische Freude zu bereiten, doch seine Stimme hatte nichts von ihrer Verbindlichkeit verloren. „Ein Freund regte an, Ihnen meine Sammlung zu zeigen. Der Freund eines Freundes ist ein Freund, und der Feind eines Freundes, ist auch mein Feind. Sind Sie ein Freund, Fräulein von Helm?"

Plötzlich klang seine Stimme so scharf und schneidend, dass Martha Mühe hatte, seinen kalten Augen Stand zu halten.

„Ich bin eine Freundin Ihrer Heimat", erklärte sie auf Pashto und war regelrecht erleichtert über den ruhigen Klang ihrer Stimme. „Ich war stets dankbar für Afghanistans Gastfreundschaft in einer schweren Zeit."

Seine Miene entspannte sich, und dann spielte schon wieder dieses ironische Lächeln um seine Mundwinkel. Natürlich bemerkte er ihren verstohlenen Rundblick. „Sie suchen nach Ihrem Freund? Nun, er meinte, er komme ein wenig später. Eine Tasse Kaffee?“

Martha nickte. Wen meinte er, wenn er von ihrem Freund sprach? Wusste er etwa von ihr und David? Habib Shah reichte ihr die Alexanderfigur und deutete verbindlich in Richtung Tür. „Kommen Sie, die anderen warten.“

Damit geleitete er sie zurück in den Saal und zu einer Sitzecke aus kostbaren Diwanen, auf denen sich bereits einige Gäste niedergelassen hatten, darunter auch David mit dem britischen Botschafter und seiner Gattin. Sie konnte sich doch nicht in diese Runde setzen, aber der Gastgeber schob sie so resolut in den Kreis, dass ihr kaum eine Wahl blieb.

Als sie sich notgedrungen einen Platz suchte, erreichte sie Davids entrüstetes Flüstern. „What, the hell, are you doing here?“

Das klang so grob, dass sie ihn nur ignorieren konnte. Dann war sofort ein Diener mit Kaffee, Tee und Gebäck zur Stelle. David griff eher Hilfe suchend nach einer Tasse duftenden Kaffees.

Als Martha es in der Runde mit einem unsicheren Lächeln versuchte, erntete sie nur eisige Blicke. Das Schweigen wurde mit jeder Sekunde beklemmender. Weder Martha noch David wussten, wohin sie sehen sollten. Aus lauter Hilflosigkeit nahm sie ein Buch in die Hand, das in ihrer Nähe auf einem Beistelltischchen lag. Es handelte sich um Erzählungen von Rudyard Kipling. Eilends stellte sie ihren Alexander auf den Tisch, froh, eine Beschäftigung zu finden. Ein Buchzeichen steckt bei einer Kurzgeschichte mit dem Titel: *Der Mann, der König sein wollte.*

Als Martha blätterte, erkundigte sich die Frau des britischen Geschäftsträgers: „Halten Sie es für angemessen, hier zu erscheinen?“ Sie sprach ein wenig zu laut, um nicht zu provozieren, und sie sagte es auf Englisch.

Hier schien Angriff die beste Verteidigung, und so antwortete Martha in fließendem Englisch. „Offengestanden, nein, da stimme ich Ihnen zu. Aber ich wurde ausdrücklich eingeladen und eine Ablehnung käme hier am Hindukusch einer schweren Beleidigung gleich. Wenn Sie so wollen, saß ich also zwischen Skylla und Charybdis.“

Die Mienen entspannten sich etwas, und David studierte angelegentlich seine Schuhe.

„Und was tun Sie hier in Kabul?“, fragte die Engländerin, noch immer latente Feindseligkeit in der Stimme. Irgendwie erinnerte sie Martha an Frau Seelig.

„Ich arbeite mitunter als Lehrerin. An der Deutschen Schule.“

„Und was unterrichten Sie?“

„Deutsch und Englisch.“

„Englisch? Ist es nicht recht ungewöhnlich, dass eine Frau unterrichtet?“

„In der Tat. Die Familien meiner Schüler müssen ausdrücklich zustimmen, und sie tun es nicht alle, wenn ich das sagen darf.“

Der Botschafter erlaubte sich ein sparsames Lächeln, das erste überhaupt, und es verschwand auch gleich wieder. „Sie leben allein in Kabul?“ Martha hätte geschworen, dass er genau Bescheid wusste.

„Mit meinen Eltern, seit wir Deutschland 1934 verließen.“

„1934?“, dehnte er. Natürlich war ihm klar, dass ihre Eltern vor den Nazis geflohen waren. „Und wo leben sie jetzt?“ Das klang beinahe lauernd.

„Meine Eltern sind seit Kriegsbeginn verschollen.“

Für einen Moment herrschte betretenes Schweigen, und es war die Frau des Botschafters, die sich als Erste zu einer Antwort verstand. „Das tut mir leid.“

Martha nickte dankend. Dieses Thema wollte sie nun wirklich nicht vertiefen. Neben ihr räusperte sich David. „Und…, und was war Ihr letzter englischer Stoff? Ich meine an der Schule?“

„Shakespeare, Romeo und Julia.“ Martha hatte ihm davon erzählt, und er wollte ihr offenbar eine Tür öffnen. Eine nette Geste, doch sie dachte unentwegt an das britische Ultimatum, das er ihr verschwiegen hatte.

„Ein überraschender Unterrichtsstoff für den Hindukusch“, murmelte die Frau des Botschafters.

„Verzeihen Sie, dass ich da ganz anderer Ansicht bin. Romeo und Julia berichtet von der Überwindung alten Hasses, ich denke, dass die Welt für die Zukunft eine Menge aus diesem Drama lernen kann.“ Einige der Anwesenden nickten zögernd, und Martha klopfte auf den Band von Kipling. „Es ist schon amüsant, man bat mich, Habib Shah meine kleine Alexanderstatuette zu zeigen. Und nun liegt hier ausgerechnet Rudyard Kipling. Kennen Sie eigentlich seine Geschichte von Alexander dem Großen? Sie spielt in Indien und handelt von einem Mann, den die Einwohner eines Dorfes für die Inkarnation Alexanders halten. Er heiratet eine Frau, die ihn jedoch beißt. Als der angebliche Alexander blutet wie jeder normale Mensch, wird er von den Dörflern getötet, weil sie schlagartig begriffen haben, wie verletzlich er ist.“

Der Botschafter lachte leise. „Ja, so ist der Orient. East and West, never shall they meet.”

Er kam nicht weiter, denn Habib Shah setzte sich unerwartet in den Kreis, und der Botschafter brach verlegen ab.

„Ah, Iskender!“ Habib Shah lächelte strahlend. „Wussten Sie eigentlich, dass meine Familie von Alexanders Soldaten abstammt? Zumindest ist dies die Legende unseres Hauses.“

„Ist das Ihr Ernst, Exzellenz?“, forschte die Frau des Botschafters. Der Gastgeber nickte, konzentrierte sich jedoch gleich wieder auf Martha, was beinahe unhöflich wirkte, so dass Martha eilends eine Frage nachschob.

„Verzeihen Sie meine Unwissenheit, Habib Shah, aber wie beurteilt das heutige Afghanistan einen Mann wie Alexander?“

„Gespalten, Fräulein von Helm, gespalten.“ Er schlürfte an einer Tasse Kaffee. „Meine Familie ist stolz auf ihre Vergangenheit, aber drüben in Persien droht man kleinen Kindern: *Schlaf, sonst holt dich Alexander.*“ Die Runde lachte etwas gezwungen.

Martha schüttelte den Kopf. „Das ist wirklich verwunderlich, erscheint doch Iskender im Koran als Gesandter Allahs!“

„Richtig! In der 18. Sure. Als der König das Perserreich erobert hatte, begriff er, dass die Kultur des Orients den Griechen keineswegs unterlegen war.“ Der Gastgeber lehnte sich zurück. Offenbar war das eines seiner Lieblingsthemen. Was sie jedoch irritierte, waren die verstohlenen Blicke, die Habib Shah ständig über ihre Schulter sandte, als erwarte er jemanden. Schließlich wusste sie sich nicht anders zu helfen, als ihren Taschenspiegel zu zücken und sich angeblich eine Wimper aus dem Auge zu fischen. Sie drehte das Spiegelchen hin und her, doch war nichts zu entdecken.

Habib Shah schien ganz in seinem Element, so ekstatisch, wie er die Arme auseinander warf. „Alexander strebte nach der Vereinigung aller Kulturen. Er erzwang sogar Massenhochzeiten seiner Freunde mit orientalischen Frauen.“

„Und wie endete dieses Experiment?“, forschte der britische Botschafter.

Der Gastgeber zögerte, und Martha räusperte sich. „Nun, man brachte den König um.“

Der Botschafter beugte sich vor. „Ich dachte immer, Alexander sei an einem Fieber gestorben?“

„Vielleicht. Aber was war die Ursache für dieses Fieber? Vielleicht wollten Freunde seinen revolutionären Plan der Völkerverständigung torpedieren? Unter Umständen war der König unserer Zeit um Epochen voraus und hatte begriffen, dass der Westen in einem solchen Krieg nichts zu gewinnen hat. Auch Kipling scheint in diese Richtung zu denken, verfasste er doch eine Geschichte, in der der Orient eines Tages aufwachte, weil er begriffen hat, dass das Abendland keineswegs unverwundbar ist. Dann erst wird sich zeigen, was wir sind, Freunde oder Feinde.“

Habib Shah nickte ihr zu und griff nach einer Wasserpfeife, die ihm ein Diener eilfertig reichte. Martha konsultierte wieder ihren Taschenspiegel und blickte nun direkt in die Augen von Said ed-Din. Unwillkürlich hielt sie den Atem an, als sie der Ankömmling unauffällig zum Museumssaal hinüberwinkte. Sollte sie sich tatsächlich anschließen?

„Was ist? Ist Ihnen nicht gut?“ Die Frage kam von der Frau des Botschafters, und Martha wusste sehr wohl, wie bleich sie plötzlich war. „Entschuldigung, mein Kreislauf. Ich sollte vielleicht ein paar Schritte gehen.“

Schon stand sie auf, Spiegel und Kaffeetasse in der Hand. „Verzeihen Sie.“

Als sie die Runde verließ, lächelte ihr die Engländerin überraschend zu. Zwar ein wenig distanziert, doch beließ sie es nicht dabei. „Ich wünschte, wir hätten uns unter glücklicheren Umständen getroffen.“

David errötete bis unter die Haarspitzen und Martha verbeugte sich leicht. „Ganz meinerseits.“

Als sie sich entfernte, vernahm sie gerade noch die Stimme des Botschafters. „Wer hätte gedacht, dass ein Nazi Shakespeare und Kipling kennt?“

Martha seufzte. Zurzeit war offenbar jeder Deutsche ein Nazi.

Am anderen Ende des Saales verschwand Said ed-Din gerade im Museumsraum. Er warf keinen Blick zurück, als sei er sicher, dass sie ihm folgen würde.

Said ed-Din

Kabul, 5. Oktober 1941
20:10 Uhr

Es hatte keinen Sinn, einer Begegnung auszuweichen, auch wenn ihr mit jedem Schritt etwas mulmiger wurde.

Als sie den Museumsraum erreichte, fand sie die Tür angelehnt. Martha drehte sich noch einmal um. Keiner beachtete sie, auch David nicht. Im Gegenteil, er unterhielt sich intensiv. Offenbar wollte er nicht zu ihr hinsehen, ja, das war es!

Da knarrte die Tür, ohne dass sie sie berührt hätte. Als sie über die Schwelle trat, stockte ihr Schritt, hatte man doch die Lüster gelöscht. Allein zwei Kerzen kämpften beinahe vergeblich mit der Dunkelheit. Said stand kaum einige Meter entfernt vor einer Vitrine und zog sich bei ihrem Eintritt noch tiefer ins Halbdunkel zurück. Eine klare Aufforderung. Martha schloss die Tür. Ein Schweißtropfen löste sich aus ihrem Haar und sickerte über ihren Nacken, als sie zu ihm ging. „Nochmals herzlichen Dank für diese Einladung“, eröffnete sie halblaut. „Auch wenn Sie mich in ziemliche Verlegenheit brachten.“

„Tatsächlich?" Ein feines Lächeln spielte um seine Lippen. „Nun, wie ich sehe, schlagen Sie sich mit Bravour. Ich hoffe, wir sehen uns nicht das letzte Mal. Ich muss jetzt gehen, leider."

Martha war ziemlich perplex. „Sie..., Sie sind nur erschienen, um sicherzustellen, dass ich gut aufgenommen wurde?"

Er verbeugte sich beinahe unmerklich. „Nun, so würde ich es nicht formulieren, aber ich freue mich natürlich, dass es keine politischen Probleme gab." Was bezweckte er mit dieser Einladung? War das ein Test? Und falls ja, wofür?

„Weshalb verschwiegen Sie im Bazar Ihren Namen?"

„Mein Name ist kein Geheimnis – Said ed-Din", schloss er wieder mit dieser angedeuteten Verbeugung.

„Das klingt beinahe wie Saladin, der Eroberer Jerusalems."

„Das ist ein Vergleich, den ich uneingeschränkt akzeptiere."

„Ich..., ich bin Martha von Helm."

Wieder dieses wissende Lächeln. „Ich denke, wir wussten beide, wen wir vor uns haben." Ehe er noch etwas hinzufügen konnte, erschien wie auf Kommando ihr Gastgeber unter der Tür. „Said, bist du hier?", erkundigte er sich auf Pashto und mit merklicher Ungeduld in der Stimme. „Es ist soweit." Im nächsten Augenblick war er schon wieder verschwunden.

Said richtete sich auf, und ein metallischer Unterton färbte seine Stimme. „Ich muss gehen." Zu ihrer Verblüffung, beugte er sich über ihre Hand, ganz wie ein Europäer. Ja, sie realisierte erst jetzt, dass er sich für diesen Abend sogar europäisch gekleidet hatte, auch wenn er sich einen afghanischen Mantel umgeworfen hatte. Es stand ihm glänzend, Martha kam sich vor wie ein Aschenputtel. Saids einziger Tribut an seine afghanische Heimat war sein prachtvoller Dolch. Augenblicke später war sie bereits allein und stand etwas verloren im Halbdunkel.

Was, zum Teufel, ging hier vor? Dieser Said war Benazirs Halbbruder und wie ein Berserker über sie hergefallen. Ihr gegenüber spielte er nun den weltgewandten Gentleman. Wenn er über sie unterrichtet war, dann wusste er möglicherweise bereits geraume Zeit, dass sie die Mädchen verbotenerweise unterrichtete. Und dann war da noch dieser SS-Mann – Widersprüche über Widersprüche. Sie kam sich vor wie eine Schachfigur in einem noch offenen Spiel.

Reichlich verwirrt wollte sie zurück in den Empfangssaal, als sich irgendwo im Dunkeln des Raumes eine Tür öffnete. Es knarrte leise, und dann vernahm sie zögernde Frauenschritte, die sie überall erkannt hätte.

„Benazir?", flüsterte sie ungläubig.

Die Antwort war wie ein Hauch. „Kommen Sie."

Martha folgte ihrem Gehör und ertastete tatsächlich eine Tür, die knarrend aufschwang. Der Nebenraum war unbeleuchtet, nur das Mondlicht fiel weich durch ein Fenster.

„Woher kennen Sie meinen Bruder?“, empfing sie eine ängstliche Frage. Wie kam Benazir ausgerechnet hier in diesen Raum?

„Ich traf ihn zufällig im Bazar“, beruhigte Martha.

Das Mädchen lachte nervös. „Wenn Sie Muslima wären, dann wüssten sie, dass es keinen Zufall gibt. Ich kann kaum glauben, dass er ein Wort mit Ihnen wechselte.“ Misstrauische Anspannung war ihrer Stimme deutlich anzumerken und im Grunde sprach sie aus, was Martha schon die ganze Zeit durch den Kopf ging.

Benazir erwartete sie in einem Erker, dessen Fenster von Holzgittern verschlossen waren, obwohl er sich auf einen Innenhof öffnete. Das Mädchen vibrierte vor Nervosität. Wusste ihre Familie überhaupt, wo sie sich jetzt aufhielt?

„Ich hab mich noch gar nicht bedankt, für die deutsche Flagge. Ich erkannte deine Näharbeit.“

„Ich..., ich wusste, dass sie Ihnen nicht gefallen würde, aber mein Bruder wollte es so.“

„Dein Bruder? Said ed-Din?“

„Nein, nein. Said ist nur mein Stiefbruder. Ich meine Sahir. Es tut mir leid mit der Fahne.“

„Sahir meinte es gut.“ Sie fuhr ihr beruhigend über das volle Haar. Das Mädchen schmiegte sich spontan in ihre Hand und zitterte so heftig, dass Martha ganz unsicher wurde. „Ich..., ich muss heiraten“, stammelte Benazir unvermittelt. „Ich erfuhr es von Said.“

In Marthas Bewusstsein entstand schlagartig das Bild des wütenden Said. „Und wen sollst du heiraten?“, fragte sie beklommen.

„Das..., das weiß ich noch nicht. Ich..., ich...“, plötzlich schluchzte sie derart verzweifelt, dass Martha sie tröstend an sich zog.

„Angeblich haben meine Eltern einen Eid geleistet, vor sechzehn Jahren!“ Die Erklärung kam wie ein Aufschrei.

„Und du willst nicht heiraten?“ Martha spürte das Zittern in ihrem Arm.

„Mein Vater...“

„Deine Eltern sind tot.“ Sie wusste selbst nicht, warum sie das sagte.

Das Mädchen atmete schwer. „Aber es ist ihre Aufgabe, einen Ehemann auszuwählen.“

„Und weshalb weinst du dann?“

Das Mädchen kroch immer mehr in sich zusammen. Tränen sickerten auf ihre Finger.

„Ich..., ich hasse ihn."

„Said ed-Din?"

„Meinen..., meinen Bräutigam."

„Aber du kennst ihn doch gar nicht!"

„Ich..., ich fürchte, er gehört zu Omars Clique."

„Hast du deine Stiefmutter nicht gefragt?"

„Sie meinte nur, es sei Allahs Wille. Und dabei lachte sie so widerlich." Das Mädchen schauderte zusammen.

„Allahs Wille?", fragte Martha schärfer, als sie eigentlich beabsichtigte. „Der Grund für die Ehe ist ein Eid deiner Eltern? Waren sie etwa allwissend?"

„Natürlich nicht, sie waren Menschen."

„Siehst du. Also könnte sich dein Vater geirrt haben."

Das Mädchen schluchzte auf. „Und..., und was soll ich jetzt tun?" Benazirs Finger gruben sich tief in ihren Arm, und Martha begriff mit einem Mal, dass sie gerade dabei war, ihre Schülerin in einen gigantischen Gewissenskonflikt zu manövrieren. So wie die Verhältnisse lagen, hatte Benazir nicht die geringste Chance, sich gegen ihre Familie durchzusetzen, höchste Zeit, den Rückzug anzutreten.

„Nun, eine Hochzeit ist doch nichts Schlimmes", tröstete sie. „Im Gegenteil. Ich...."

Benazir atmete tief durch, zumindest versiegte ihr Schluchzen. „Waren Sie schon auf einer Hochzeit? In einigen Tagen heiratet ein Freund unserer Familie. Würden Sie mich vielleicht begleiten?"

Martha begriff nur zu gut, dass dies einem Hilferuf gleichkam. Martha war mehrfach auf afghanischen Hochzeiten gewesen und hatte sich nie sonderlich wohl gefühlt, doch hier blieb ihr eigentlich keine Wahl. „Und wie finde ich hin?", murmelte sie zögerlich.

„Ich..., ich hole Sie ab. In zwei Tagen, gegen 10 Uhr früh."

Martha konnte sich nicht gut verweigern. „Ich werde da sein. Aber sag, woher wusstest du, dass du mich hier finden würdest?"

„Said erzählte es meiner Stiefmutter."

Martha lachte nervös. „Und du hast sie belauscht?"

Benazir nickte zögernd, und Martha drückte sie aufmunternd. „Nun komm, jetzt gehst du nach Hause und übermorgen besuchen wir die Hochzeit. Dann reden wir in Ruhe. Vielleicht weißt du dann ja schon, wenn du heiraten sollst. Wir..."

Sie kam nicht weiter, klangen doch vom Hof leise Schritte herauf. Anscheinend näherten sich mehrere Personen. Benazir verstummte augenblicklich.

„Still!", beruhigte Martha. „Hier bemerkt uns niemand."

„Sieg Heil“, tönte es von unten, und Martha fühlte sich wie versteinert. War das dieser Sturmbannführer?

„Sind wir sicher?“, forschte unten im Hof eine leise Stimme.

„Im Augenblick schon“, kam es zurück, und Martha hätte geschworen, dass der Sprecher nur Habib Shah sein konnte. Jetzt war klar, weshalb er Said abgeholt hatte. Sie wollten sich mit dem SS-Mann treffen.

„Sind wir vollzählig?“, fragte der Sturmbannführer diesmal auf Pashto. Die Antwort blieb unverständlich.

„Wer ist das?“, hauchte Benazir an Marthas Ohr, und Martha drückte ihr hastig die Hand auf die Lippen.

Unten wurden die Stimmen wieder klarer. „Große Teile von Regierung und Armee stehen auf unserer Seite...“

„Allah, das ist Said!“, flüsterte sie konsterniert.

„Das Deutsche Reich dankt Ihnen.“ Das war eindeutig der Deutsche.

Jemand antwortete mit einem trockenen Auflachen, und es klang beinahe verächtlich. „Unsere Gegner sind die Briten, seit wir sie in Kabuls Straßen schlachteten.“ War das wieder Habib Shah?

„Ich hörte, dass damals nur ein einziger Brite entkam?“

„Einer zu viel“, grollte es in der Dunkelheit. Martha dachte an Said ed-Din. Sie begriff immer noch nicht, was diesen Mann in die Gesellschaft des Sturmbannführers trieb. War es tatsächlich nur der Hass auf Briten und Russen? Wieder schnappte sie einen Satz auf.

„Sobald die Wehrmacht den Hindukusch erreicht, muss Afghanistan an ihrer Seite fechten.“

„Und was ist mit den Zweiflern in der Umgebung des Königs?“, hielt ein anderer dagegen.

Der Sturmbannführer lachte kalt. „Kein Krieg ohne Opfer.“

„Wir kämpfen nicht gegen Afghanen!“ Wer hatte da gesprochen, Habib Shah? Martha war sich nicht sicher, doch die Antwort kam aus dem Munde des Sturmbannführers. „Aber ich bin kein Afghane.“

Für einige Sekunden herrschte Schweigen, dann hörte man das Rascheln von Papier.

„Nun gut“, zischte es. „Hier ist eine Liste für den Notfall.“

Unvermittelt flammte ein Feuerzeug auf. Martha presste ihr Gesicht gegen das hölzerne Gitter, in der Hoffnung ein Gesicht erkennen zu können, doch vergeblich. Die Flamme erlosch, und die Szene tauchte zurück in die Finsternis.

„Wir sprechen uns. Ihre Nacht sei glücklich.“

„Sieg Heil.“ Dann verklangen präzise Schritte in der Dunkelheit.

„Wer ist dieser Mann?“, fragte unten jemand leise. „Ein Deutscher?“

„Keiner kennt sein wahres Gesicht.“ Die Männer entfernten sich langsam, der Hof war wieder leer. Martha schüttelte sich regelrecht, um diese beklemmende Stimmung zu verdrängen. „Du musst jetzt gehen", drängte sie ihren Schützling. „Wenn man dich zu Hause vermisst..."

Sie brach ab, öffnete sich doch unter ihnen eine Tür. Sie hörte deutlich, wie der Unbekannte eine Holztreppe hinaufstieg. Die Schritte wurden lauter, und dann klirrte ein Schlüssel in einem Schloss zu ihrem Erkerzimmer! Martha konnte Benazir gerade noch hinter einen Vorhang zerren, da trat ein Mann herein. Jenseits des Vorhangs wurde es hell, als jemand erst ein Streichholz und dann eine Öllampe entzündete. Es war Said, kaum drei Meter von ihnen entfernt.

Er trat an einen Schreibtisch. Martha wagte kaum zu atmen, und auch von Benazir kam kein einziger Laut. Said zog anscheinend eine Pistole aus der Tasche und öffnete eine Schublade. Er schien einige Unterlagen durchzugehen, wobei er mit dem Lauf der Waffe Zeile für Zeile nach unten fuhr. Ging es um die Liste, von der unten im Hof die Rede gewesen war? Die Lektüre schien einigermaßen aufwühlend, Martha vernahm mehr als einmal einen scharfen Atemzug. Plötzlich wurde Benazirs Bruder von einem fragenden Ruf aufgeschreckt.

„Said?" Das war Habib Shah! Pistole und Papier verschwanden blitzschnell in der Schublade. Keinen Augenblick zu früh, stürzte der Hausherr doch bereits herein, während Said die Schublade mit dem ganzen Körper zuschob.

Dann traten sie beide in den Museumsraum und ließen die Tür angelehnt. Offenbar stritten sie mit heftigen Gesten, allerdings war kaum etwas zu verstehen. „Die Briten..., die Russen..., und wenn nun die Deutschen....?" Die Stimmen sanken jäh herab zu wesenlosem Flüstern, ehe sich ihre Erregung wieder steigerte. „Was weißt du von dem Schatz?", fragte Habib Shah, „er ist im Bazar in aller Munde."

Martha spitzte die Ohren.

„Sonst hast du keine Probleme?", grollte Said. „Die Briten erwarten unsere Antwort."

Für einen Moment herrschte tiefe Stille, dann hörte Martha die Frage des Hausherrn. „Und was schlägst du vor?"

„Wir müssen sie ausweisen. Ich sehe keine Alternative."

„Aber die Gesetze des Islam...!"

Die Stimmen entfernten sich, und dann schloss sich die Tür zum Festsaal. Das Museum war leer.

Martha schob sich blitzschnell heraus aus dem Versteck, aber Benazir wirkte wie paralysiert, so dass Martha sie auffordern schüttelte. „Du musst weg, schnell! Wenn Said dich hier schnappt..."

Diese Vorstellung genügte, um ihren Schützling aufzuwecken. „Bis morgen.“ Benazirs Gruß war wie ein Hauch. Martha fühlte noch einmal eine sachte Mädchenhand, dann war sie allein.

Eilends huschte sie zum Schreibtisch, um die Schublade zu öffnen. Fahles Mondlicht schimmerte auf eine Pistole, die oben auf einigen Papieren lag. Daneben lag eine kleine goldene Figur. Mit zitternden Fingern tastete sie über ihren Fund und wagte es schließlich, ein Streichholz anzureissen. Das Figürchen war größer als das ihre, etwa zwanzig Zentimeter hoch und bis auf einen fehlenden Fuß nahezu komplett. Aufgrund des ähnlichen Stils bestand wenig Zweifel, dass die beiden Statuetten zusammengehörten. Der Schatz ihrer Eltern! Marthas Puls pochte in ihren Schläfen.

Unter der Statuette lagen mehrere Blatt Papier, Martha erkannte es im Licht eines weiteren Streichholzes. Zu wenig Licht und zu wenig Zeit, um sie zu lesen. Sollte sie sie an sich nehmen? Noch ging sie mit sich zu Rate, als draußen im Museumsraum eine Tür zufiel. Instinktiv griff sie sich die Pistole, schloss die Schublade und huschte durch die entgegengesetzte Tür, durch die Benazir gerade verschwunden war. Kaum hatte sie sie geschlossen, da trat jemand leise in das Arbeitszimmer. Das Licht einer Taschenlampe blitzte durch die Fugen der alten Tür. Falls sie die Geräusche richtig deutete, dann durchsuchte jemand hektisch Schreibtisch und Arbeitszimmer. Also offenbar nicht Said, aber wer dann?

Als sie durch das Schlüsselloch spähte, erkannte sie, wie eine schattenhafte Gestalt einen Dolch an der Tischkante abwischte. Martha wurde übel. Sie musste schleunigst weg.

Auf Zehenspitzen tastete sie durch düstere Räume und war sich bald sicher, in einem Harem zu sein, zumindest hing der Duft feinen Parfüms schier allgegenwärtig in der Luft. Aufatmend überprüfte sie die Pistole. Ibrahim hatte ihr gezeigt, wie man mit Waffen umging, sie war sogar eine ganz leidliche Schützin und wäre noch weit treffsicherer gewesen, hätten ihre Eltern das Training nicht ständig behindert. In dieser Sache waren ihre alten Leute hin und her gerissen. Sie verabscheuten Waffen aller Art, wussten aber nur allzu gut, dass Marthas Fertigkeiten lebenswichtig sein mochten.

Fatima Shasadeh

Kabul, 5. Oktober 1941
21:17 Uhr

„Bleiben Sie stehen, wir müssen reden!“ Eine alte Frauenstimme!

Der Schock war so groß, dass ihr beinahe die Waffe entglitt. Die Unbekannte sprach Pashto und es klang ganz so, als habe man sie längst erwartet. Eine eisige Stimme.

Martha wollte schon antworten, da näherten sich feste Männerschritte. Beinahe schmerzhaft spürte sie ihren Herzschlag. Sie umklammerte die Pistole und hatte keine Ahnung, wie sie die Katastrophe verhindern könnte. Sie schien unvermeidlich. Doch war es ausgerechnet die alte Dame, die die Situation bereinigte. „Dein Abend sei gesegnet, Habib Shah. Suchst du jemanden?“ Ihre Stimme klang vollkommen unaufgeregt, als habe sie jedes Recht, sich hier aufzuhalten.

„Und ebenso der deine, Fatima Shasadeh“, erwiderte der Hausherr und verwendete eine persische Anrede für sein Gegenüber. „Mir war, als hätte ich ein Geräusch vernommen.“

„Es kam von mir, Habib Shah. Ich hatte mich ein wenig hingelegt.“

„Dann wünsche ich eine gute Nacht. Mein Haus sei dein Haus.“ Seine Schritte entfernten sich und gaben Martha einige Sekunden, ihre Lage abzuwägen. Fatima Shasadeh, das war die Anrede für Benazirs Stiefmutter. Das war die Frau, die ihren Unterricht verraten hatte. Und jetzt hatte sie sie gedeckt!

Offenbar war sie Benazir gefolgt, aber wie war es diesem alten Drachen gelungen, sie hier so präzise abzupassen?

„Kommen Sie näher, mein Kind.“ Trotz dieses nachsichtigen, herablassenden Tones spürte Martha eine leise Nervosität in ihrer Stimme.

„Lassen Sie uns über Benazir sprechen, und hören Sie mir genau zu. Ohne Sie wäre Benazir nicht so zerrissen. Ist Ihnen das eigentlich klar?“ Die Sprecherin hielt inne, offenbar nicht sicher, inwieweit Martha darüber ohnehin im Bilde war.

„Benazir gehört in den Hindukusch, und bis zu ihrer Bekanntschaft stellte sie das auch nie in Frage. Sie kannte ihren Platz. Doch sie zerbrechen ihre Welt, und so frage ich mich, Martha von Helm, ob Sie überhaupt wissen, wo Sie selbst hin gehören?“

Martha spürte den Stich, doch die alte Dame fuhr schon fort.

„Ihnen ist doch bewusst, dass Sie für meine unglückliche Tochter eine Göttin sind? Eine falsche, verführerische Göttin? Sie vergiften ihren Geist, weil auch Ihr eigener derart verwirrt ist.“

„Weshalb haben Sie mich dann vorhin nicht verraten?“

Die alte Stimme lachte auf, schneidend und böse. „Falls Ihnen etwas zustieße, dann wären sie für Benazir eine Märtyrerin, und dafür hat sie nun wirklich keinen Bedarf.“

„Ich bin Ausländerin. Ich fürchte, Sie überschätzen meinen Einfluss.“ Mittlerweile hatte Martha die Stimme lokalisiert. Sie kam aus einer dun klen Ecke.

„Ausländerin?“ Wieder dieses eisige Lachen. „Und wieso streunen Sie dann verschleiert durch Kabul, wie eine rechtgläubige Tochter des Propheten?“ Woher wusste die Alte von ihrer Verkleidung? Von Benazir? Wie aus weiter Ferne drangen Stimmen herein – offenbar aus dem Festsaal. „Der Schleier bietet Ihnen Sicherheit, ist es nicht so?“

Keine Frage, ihr Gegenüber war überaus scharfsinnig.

„Die Burka wahrt Ihre Würde, sie umhüllt Sie mit dem Schleier des Geheimnisvollen. In diesem Punkt verstehen wir uns gut, denn bei mir ist es nicht anders. Seit vierzig Jahren hat kein Mann mein Gesicht gesehen, außer in meiner Familie.“

„Und das halten Sie für richtig?“, hielt Martha dagegen, mit einem Anflug von Ironie.

„Wenn es falsch sein sollte, dann gebührt es einer anderen Zeit, es zu ändern. Auf keinen Fall ist es die Aufgabe von Martha von Helm oder von meiner Tochter.“

Martha räusperte sich. „Aber heute beherrschen Kulturen diese Welt, die gänzlich anders denken! Die neue Zeit ist längst real.“

„Auch der Teufel existiert, aber niemand wird behaupten, dass man ihm nacheifern solle. Die Länder des Westens werden an ihrer Freiheit ersticken, denn die wahre Freiheit liegt allein im Glauben. Ich fürchte, mein Kind, Sie haben keine Ahnung, was eine Frau so wertvoll macht, denn Sie besitzen keine Mutter und keine Familie, die sie auf Allahs Weg führen könnten. Falls Benazir Ihnen nacheifert, wird sie ebenso heimatlos werden wie Sie.“

Diese Frau verweigerte ihrer Stieftochter die elementarste Bildung und pries dafür Gottes Weisheit. Trotz ihrer prekären Lage fühlte Martha, wie ihr Ärger stieg und stieg.

„Sie werden aufhören, diese Kinder zu unterrichten.“ Das war keine Bitte, das war ein Ultimatum.

„Und wieso sollte das Lernen einer neuen Sprache gefährlich sein?“

„Alles, was meine Tochter kennen muss, sind die Worte des Propheten.“

„Aber Said ed-Din, Ihr eigener Sohn, spricht doch mehrere Sprachen!“

„Er ist ein Mann! Es ist an ihm, unsere Welt zu beschützen.“

Martha räusperte sich spöttisch. „Haben Sie selbst eine Schule besucht? Jeder Mensch muss selbst entscheiden, welchen Weg...“

„Heidnisches Geschwätz. Hast du das von deinen Eltern? Allah hat sie gestraft für ihren Frevel.“

„Meine Eltern?“ Martha spürte, wie sie Gänsehaut bekam. Was wusste die Alte von ihren Eltern?

„Sie versteckten sich am Hindukusch unter Allahs Kindern, ohne ihrer Strafe zu entgehen.“

Martha umklammerte ihre Pistole. In ihrer Erregung trat sie ins Mondlicht, das durch die Gitterfenster hereinsickerte. Zum ersten Mal vermochte sie ihr Gegenüber zu erkennen und auch den glänzenden Gegenstand in ihrer Hand. Noch ein drohender Schritt... Da ertönte der Pfiff einer Pfeife, fraglos ein verabredetes Zeichen! Die Alte rief um Hilfe, doch zum Glück hatte sie keine Übung, so dass ihre Pfeife kaum ein Geräusch von sich gab.

Zu einem zweiten Versuch kam es nicht. Ein wütender Sprung, und Martha schlug ihr die Pfeife aus der Hand. Das Ganze war eine Falle! Selten hatte sie eine derartige Erbitterung verspürt.

Im nächsten Moment zerrte sie die Alte ins Mondlicht, doch schien ihre Gegnerin keineswegs verängstigt. Vielleicht war sie sogar weit gefasster als Martha selbst, so höhnisch wie sie lachte. „Du bist nichts als ein welkes Blatt, das auf den Wellen schaukelt. Das Blatt wird niemals Teil des Wassers, aber Benazir ist ein wahrer Tropfen, sie wird wieder eintauchen in das Meer der Gläubigen."

„Wer sehnt sich schon danach, ein Tropfen sein?", zischte Martha schier außer sich. „In einem See erkennt ihn niemand, nicht mal Allah." Damit stieß sie die Alte zurück auf einen Diwan und war mit wenigen Schritten aus dem Raum. Hinter der zweiten Tür gelangte sie wieder in den Museumsraum. Er lag im Dunkeln, doch aus dem Festsaal tönte gedämpfte Konversation herein. Vorsichtig öffnete sie die Tür, niemand schien sie zu beachten.

David blickte nur flüchtig auf, als habe er ihre Abwesenheit gar nicht bemerkt. Habib Shah saß mittlerweile wieder im Kreis seiner Gäste, als habe es nie einen Sturmbannführer gegeben. Sie musste das Palais verlassen, ehe Fatima Shasadeh die ganze Sache auffliegen ließ, doch als sie die Saaltür schon fast erreicht hatte, nickte ihr Habib Shah ganz unbefangen zu. Auffordernd deutete er auf einen freien Sessel unmittelbar in seiner Nähe. Wenn sie diese ehrenvolle Aufforderung ignorierte, dann besaß sie in Kabul einen möglichen Gönner weniger. Andererseits konnte Benazirs Stiefmutter jeden Augenblick erscheinen.

Der Hausherr winkte erneut, und nun blieb ihr keine Wahl. Martha glitt in den freien Sessel, und diesmal sah sie kaum in eine finstere Miene. Habib Shah beugte sich sogar zu ihr hinüber, um ihr auf Pashto verschwörerisch zuzuflüstern. „Ich bedauere, dass Said ed-Din abberufen wurde." Wollte er sie auf den Arm nehmen? Habib Shah zog genüsslich den Schnurrbart durch die Finger, und plötzlich fühlte sie sich wie ein lebendiges Spielzeug. Doch dann begegnete er dem Blick des britischen Botschafters und fuhr mit einem verbindlichen Lächeln auf Englisch fort. „Verzeihen Sie, Exzellenz, aber die Zahl der Ausländer, die des Pashto mächtig sind, ist so gering, dass ich der Versuchung nicht widerstehen konnte." Damit spielte er natürlich darauf an, dass die meisten Diplomaten keine Ahnung von der Landessprache hatten. Der unmissverständliche Tadel ließ einige erröten, doch konzentrierte er sich sofort wieder auf Martha. „Sie haben vorhin eine interessante Debatte angestoßen, Fräulein von Helm – die Massenhochzeit Iskenders."

Die Gattin des Botschafters nickte eifrig. „In der Tat. Sie deuteten an, die Hochzeit sei mehr als eine Siegesfeier gewesen?"

Diese Frage verstärkte nicht gerade Marthas Sicherheit. Sollte sie zugeben, wie wenig sie darüber wusste? „Nun, sie wurde nach orientalischem Ritus vollzogen", erwiderte sie zögerlich. „Ich denke, der König hatte die Vision, dass nach einem endlosen Weltkrieg allein die Verschmelzung der Kulturen den Völkern Frieden bringen könne." Das Thema schien alles andere als unverfänglich, einige Gäste versteiften sich merklich, so dass Martha eilends fortfuhr. „Also zwang er seine Soldaten, ihre unehelichen Kinder zu legalisieren, die sie in den Jahren vor 323 v. Chr. mit Orientalinnen gezeugt hatten."

Die Engländerin hob die Brauen. „Er zwang sie?"

„Nun, er bestach jeden seiner Soldaten mit einer Schale aus purem Gold."

Die Runde lachte, David knurrte etwas von einer universellen Währung, und der Botschafter räusperte sich. „Aber begeistert waren sie nicht?"

„Mutmaßlich nicht", murmelte Martha, Habib Shah spielte wieder mit seinem Schnurrbart. „Und einige Monate später war Iskender tot?"

Martha nickte ihm zu.

„Und die Ehen?", drängte die Frau des Botschafters höchst interessiert. „Hatten sie Bestand?"

Dieses Thema hatte Martha mit ihrem Vater wieder und wieder debattiert. „Offenbar die wenigsten. Aber falls der große Könige noch vierzig Jahre lang regiert hätte, dann wäre in seinem Reich eine neue Elite herangewachsen – eine Elite aus zwei Kulturen."

Der Botschafter schüttelte den Kopf. „So etwas funktioniert doch niemals."

Der Hausherr hatte wieder dieses ironische Funkeln in seinen Augen, als er ihr den Ball zurück spielte. „Ich denke, Fräulein von Helm würde jetzt sagen, dass es auch noch nie ernsthaft versucht wurde."

Martha räusperte sich. „Denken wir uns den Hof von Königin Victoria, umgeben von britischem Hochadel, zusammengemischt aus allen Provinzen des British Empire."

Die Briten beschäftigten sich angelegentlich mit Gebäck oder Kaffee. Martha fragte sich schon, ob sie zu weit gegangen sei, doch dann fing sie ein Blinzeln Habib Shahs, als sich der Hausherr zurücklehnte, um sich seiner prachtvollen Wasserpfeife zu widmen.

Allein die Frau des Botschafters setzte das Gespräch fort. „Ich verstehe, Habib Shah, dass Ihrer Familie die Vorstellung gefällt, von den Soldaten des Königs abzustammen. Der Gedanke hat etwas Romantisches, auch wenn es sich wahrscheinlich nur um die Verwundeten handelte."

Die Miene des Gastgebers verfinsterte sich, wenn auch nur unmerklich, so dass Martha die Chance nutzte, ihm beizuspringen. „Ich denke, die Vorfahren Habib Shah harrten einst in der Fremde aus, umringt von zahllosen Feinden und unterstützt von wenigen Freunden. Dennoch schufen sie eine neue Welt. Nach ihnen kamen die Parther und dann die Kuschanen, dann die Sasaniden und Mongolen, wer weiß, was die Zukunft bringen wird."

Der Hausherr nickte gedankenvoll und zog an seiner Pfeife. „Ihre Art, die Geschichte meiner Heimat zu deuten, ist erfrischend. Wie ich hörte, hat sich heute einer meiner Söhne geweigert, an Ihrem Unterricht teilzunehmen?"

„Falls er Omar heißt?" Sahirs Warnung zuckte ihr durch den Sinn. Sie hatte keine Ahnung gehabt, dass es sich um einen Sohn von Habib Shah handelte.

Der Gastgeber nickte ihr zu. „Ich hoffe, Sie sehen Omar seine Entgleisung nach, sofern er sich entsprechend entschuldigt."

Martha erwiderte seinen Blick, ohne die Augen zu senken. „Falls er das tatsächlich über sich bringen sollte." Und sie schaffte es, absolut unnachgiebig zu klingen.

Habib Shah schmunzelte, und sogar die Frau des Botschafters erlaubte sich ein leises Lächeln. Dann wechselte der Botschafter ganz unvermittelt das Thema. „Ihre kleine Figur von Alexander dem Großen, gehört sie auch zu diesem neuen Schatz? Der ganze Bazar ist doch voller Gerüchte."

Martha hatte Mühe, ihre Selbstkontrolle zu wahren.

„Meine Statuette ist nur aus Bronze, doch wurde angeblich ein spektakulärer Goldschatz entdeckt. So etwas wie der Oxosschatz hoch zehn."

Habib Shahs Blicke wanderten stechend in die Runde.

„Was ist der Oxosschatz?", forschte der Botschafter.

„Aber den kennst du doch!", tadelte seine Frau mit vor Aufregung geweiteten Augen. „Das Gold im British Museum."

„Er wurde im Jahr 1877 gefunden", ergänzte Martha. „An den Ufern des Amu-Darja."

Die Runde erwärmte sich für das Thema, und Martha entspannte sich zusehends. Von Benazirs Stiefmutter war weit und breit nichts zu bemerken, offenbar hatte sie sich zurückgezogen.

Habib Shah setzte seine Pfeife ab. „Selbst wenn dieser Schatz existiert, ich glaube kaum, dass jemand in Kriegszeiten einen Schatz verkaufen würde. Nicht, falls er seinen Verstand beisammen hat."

Die Engländerin blickte ihn fragend an.

Der Hausherr überprüfte die Kohlen seiner Pfeife. „Mitten in einem Weltkrieg sind die Preise im Keller, wie man in Deutschland sagen würde. Im Frieden würde so ein Fund auf dem Kunstmarkt das Vielfache bringen. Das Gerede von dem Schatz hält sich übrigens schon seit Jahren."

„Also glauben Sie nicht daran?", forschte Martha beiläufig und dachte an die goldene Statuette in der Schublade.

„Aber sofort", schmunzelte Habib Shah. „Wenn Sie mir das Gold vorweisen."

Alles lachte, als plötzlich ein Schuss durch das Haus hallte. Die Runde fuhr zusammen. Augenblicke später stürzte bereits ein blutender Soldat herein, eilte zu den Fenstern und deutete hinab auf die Straße. Habib Shah stand blitzschnell neben ihm.

„Ismael Shah wurde erstochen."

Habib Shah verfärbte sich sichtlich. Der Soldat redete flüsternd auf ihn ein, während sich die Gäste in engem Pulk an den Fenstern drängten, David unmittelbar neben Martha. „Morgen?", raunte er. Sie nickte unmerklich.

Der Oxosschatz

Kabul, 5. Oktober 1941
23:00 Uhr

Als die Kutsche sich Marthas Haus näherte, fühlte sie sich unglaublich erleichtert. Ihr war, als habe sie den ganzen Abend den Atem angehalten. Ein Soldat ihrer Eskorte leuchtete mit seiner Fackel, und als sie in den Hauseingang trat, fiel der Lichtschein auf Ibrahims Füße, der sich hastig in die Dunkelheit zurückzog. Ein Glück, schließlich trug sie die gestohlenen Papiere unter der Jacke.

Schnell hastete sie die Treppe empor, doch zeigte sich, dass Adolf ausgeflogen war. So zog sie sich erst einmal um und schlüpfte aufatmend in ihre bequeme orientalische Männerkleidung.

Da der Empfang noch vor dem Essen aufgelöst worden war, knurrte ihr jetzt der Magen. Kekse und Kaffee waren ein schlechter Ersatz für eine handfeste Mahlzeit. Doch als sie sich umsah, musste sie erkennen, dass Adolf von Benazirs großzügigen Gaben kaum etwas übrig gelassen hatte.

Typisch Mann, ihr Vater hätte sich genauso verhalten. So nahm sie sich das letzte Stück Kuchen und widmete sich den erbeuteten Unterlagen.

Einige enthielten nichts als Listen, doch dann entdeckte sie kurioserweise die Skizze eines islamischen Schlosses inmitten einer majestätischen Berglandschaft. Mit ihren Eltern hatte sie zahllose Schlösser und Ruinen besucht, doch dieses Bauwerk sagte ihr rein gar nichts. Irgendwie erinnerte sie die wohl im Laufe der Zeit stark verschmutzte Zeichnung an den Stil ihrer Mutter, und je länger sie die Zeichnung studierte, desto sicherer wurde sie sich. Sie hätte fast schwören können, hier eine Zeichnung ihrer Mutter vor sich zu haben. Außerdem war dieses Blatt irgendwo herausgerissen worden.

Elektrisiert sprang sie auf und holte die Tagebücher ihrer Mutter – *Lore von Helm. 1934, 1935 usw.* Gespannt begann sie zu blättern. Ja, das Papier schien identisch. Auch stieß sie mehrfach auf herausgerissene Seiten, doch passten die Risskanten nicht zu dieser Zeichnung. Dennoch, wie kam diese Skizze in den Besitz von Habib Shah und vor allem – weshalb?

Nachdenklich massierte sie sich den Nasenrücken. Angenommen, die Zeichnung stammte gar nicht von Habib Shah sondern von Said ed-Din? Schließlich hatte er auch die Pistole in die Schublade gelegt. Doch wer war dann der Unbekannte, der Habib Shahs Arbeitszimmer durchsucht hatte? Der Sturmbannführer?

Bei dem zweiten Blatt handelte es sich um eine mehrseitige Liste mit Namen in arabischer Schrift, die untereinander aufgeführt waren. Dann gab es noch eine Art Finanzabrechnung, die Martha rein gar nichts sagte, und so kehrte sie zurück zu den Namen. Sie stockte bereits beim dritten: *Habib Shah.*

Hastig überflog sie die Liste und stieß weiter unten auf: *Said ed-Din* und später auf *Rahman ben Ullah.* Was machte der Name des toten Händlers auf dieser Liste? Zufall war das jedenfalls nicht.

Bald hielt sie erneut inne: Hier stand tatsächlich *Ismael Shah.* Hatte sie nicht gehört, dass man diesen Mann erstochen hatte? Fast automatisch setzte sie ein Kreuz hinter Ismael und wiederholte das bei Rahman. Zwei dieser Leute waren also bereits tot. Es musste sich um die ominöse Liste handeln, von der die Verschwörer gesprochen hatten. Martha saß ganz still. War das am Ende eine Todesliste? Sie fühlte deutlich, wie ihr das Blut in den Ohren rauschte. Wer in aller Welt würde ihr das glauben? Außerdem, wenn Said und Habib Shah auf dieser Liste standen, dann war es ziemlich unverfroren, sie in ihrer Gegenwart weiterzuleiten.

Im Augenblick konnte sie nichts unternehmen. Sie öffnete ihr Wandversteck und schob Papiere und Pistole in den Hohlraum. Wirklich erleichtert fühlte sie sich allerdings nicht, als sie jetzt Davids Buch über den Oxosschatz in die Hand nahm.

Aus dem Band erfuhr sie, dass ein General Cunningham vor sechzig Jahren in Indien einen Schatz erworben hatte, der hier aus Afghanistan stammte. Wie die Gattin des Botschafters andeutete, befand sich dieser Schatz tatsächlich in London, im British Museum und zu geringen Teilen im Victoria and Albert Museum.

Die Preziosen waren 1877 an den Ufern des Oxos entdeckt und dann von einigen Händlern erstanden worden, die sie unter beträchtlichen Mühen nach Indien brachten. Wie dieser O. M. Dalton berichtete, war diese Reise überaus dramatisch, wurden doch die Händler nur allzu bald von Wegelagerern überfallen und ausgeraubt. Wahrscheinlich konnten sie von Glück sagen, dass man ihnen nicht einfach die Kehlen durchschnitt.

Wenig später stießen sie indes auf einen britischen Offizier, einen Captain Burton, der sich als Kundschafter in Afghanistan herumschlug. Sie klagten dem Offizier ihr Leid, erzählten von dem Überfall, und der Mann wagte sich tatsächlich alleine ans Lagerfeuer der Räuber und zwang sie mit vorgehaltener Waffe zur Herausgabe ihrer Beute. Die händigte er anschließend den Händlern wieder aus. Als Dankeschön erlaubten sie ihm, einige der Goldarbeiten zu kaufen. Martha konnte kaum glauben, was sie da las, aber so war es, die Händler hatten ihrem Schutzengel nicht etwa ein Geschenk gemacht, oh nein, er durfte nur einige Gegenstände erwerben – ausgekochte Bazarhändler. Eigentlich zum Lachen – aber danach war Martha jetzt überhaupt nicht zumute. Am faszinierendsten war jedoch für Martha die Tatsache, dass der Offizier damals einen Armreif erworben hatte, der Saids Schmuckstück ähnelte wie ein Ei dem andern. Ein Reif mit zwei geflügelten Fabelwesen. Einfach unglaublich – Said ed-Din besaß ein Schmuckstück aus dem Oxosschatz, darauf hätte Martha jeden Eid geleistet.

Auch die Erklärung für diese erstaunliche Entdeckung lieferte Davids Buch, denn die Wegelagerer hatten, bevor sie von dem Offizier gestellt wurden, bereits einen Teil des Schatzes versteckt. Und dieser zweite Teil war nie wieder aufgetaucht.

Daraus ergaben sich zwei Fragen.

Erstens: War Saids Familie damals am Verschwinden und am Raub des Schatzes beteiligt oder hatte sie später nur einige Stücke von den Räubern erworben?

Zweitens: Hatten ihre Eltern am Ende das Versteck der verschollenen Beute aufgespürt? Hier ließ sich nur feststellen, dass ihr kleiner goldener Perser weit prachtvoller wirkte, als die in Daltons Buch abgebildeten Statuetten. Stammte er tatsächlich aus dem Oxosschatz?

Weiter kam sie nicht, knarrten doch ganz unvermittelt schwere Schritte auf der Treppe.

Mit Eichenlaub und Schwertern

Kabul, 5. Oktober 1941
23:50 Uhr

Augenblicke später trat Adolf herein. Er trug ein Bündel in der Hand und wirkte müde, ja ausgebrannt.

Sie hätte ihm gern gesagt, wie erleichtert sie war, ihn zurückzuhaben, doch während sie noch überlegte, wie sie ihn wohl begrüßen sollte, da umarmte er sie bereits mit unerwarteter Herzlichkeit. Nach genauerem Hinschauen aber schob er sie stirnrunzelnd von sich. „Also wirklich, Fohli! Glaubst du, dieses islamische Zeug würde dir stehen?“

Martha machte sich unwillig frei, sie fühlte sich auf eigentümliche Weise gekränkt.

„Oder findest du das romantisch?“, setzte er nach. „Ich meine diese orientalische Männertracht?“ Das klang schon beinahe aggressiv. „Du mutierst doch nicht etwa zur Mohammedanerin?“

Sie lachte ärgerlich, fühlte sich abgestoßen und ertappt zugleich. „Der Orient ist wie eine Droge. Anfangs glaubst du noch, man könne ihn kontrollieren, doch ehe du dich versiehst, hat er dich schon im Griff.“

Adolf hüstelte spöttisch. „He, he, also ich spüre nichts.“

Sie öffnete ihr Tagebuch und hielt ihm Benazirs Porträt entgegen. Als er errötete wie ein kleiner Junge, kicherte sie leise, doch das machte ihn nur unwirscher. Er warf sich so heftig auf das Sofa, dass das alte Möbel in allen Fugen krachte. „Vielleicht sollte ich mich orientalisch kleiden, aber irgendwie bring ich's nicht fertig. Der Orient und ich, wir passen einfach nicht zusammen.“

„Dafür bist du aber viel unterwegs. Was machen deine Sprachkenntnisse?“

Adolf verdrehte die Augen und murrte in unbeholfenem Pashto: „Ich lern's nie.“

„Gar nicht schlecht“, schmunzelte Martha und antwortete in der Landessprache. Adolf schüttelte verlegen den Kopf und verstand offenbar gar nichts, bis sie den Satz auf Deutsch wiederholte. „Gib's nicht auf, das passt nicht zu dir.“

Er grinste sarkastisch. „Bist du sicher, Fohli? Lass dich nicht reinlegen, ich bin ein Schauspieler. Ich hab der großdeutschen Gestapo den harten

Kerl vorgespielt, doch hier im Hindukusch merkte ich, was ich bin und was nicht."

Er klang derart deprimiert, dass sie sich neben ihn setzte. Plötzlich hatte sie seine Hand in der ihren. „Du gewöhnst dich an Kabul, bestimmt."

Adolf stöhnte auf. „Du bewegst dich hier wie ein Fisch im Wasser, aber ich bin nichts als ein Fremdkörper. Hör mal, Fohli, falls du aus Kabul fliehen solltest, sagst du mir vorher Bescheid?" Er sagte es mit einem Grinsen, aber es war kein Scherz.

Martha schob seine Hand zur Seite. „Glaubst du im Ernst, ich ginge ohne dich?" Täuschte sie sich, oder entspannte er sich tatsächlich? „Aber im Hindukusch verhungerst du, oder sie schnappen dich. Unweigerlich."

„Im Ernst? Könnten wir nicht...?"

„Du kommst nur durch mit afghanischer Hilfe."

Resigniert seufzte er. „Guter Gott, in zwanzig Jahren werd' ich wahrscheinlich mal einen Afghanen kennenlernen. Mit Glück. Aber du willst gar nicht weg, nicht wahr?", fragte er langsam.

Sie antwortete nicht.

„Kabul ist deine Heimat, stimmt's?"

„Ich..., ich denke, ja."

Er nickte, erst langsam, dann immer entschiedener, als forme sich ein Gedanke. „Hier im Hindukusch bist du etwas Besonderes, doch in Deutschland bist du nur eine Frau unter Millionen."

Sie wollte widersprechen, doch er hob abwehrend die Hand. „Zwar ist diese Welt hier islamisch, aber dir bietet sie Freiheiten, von denen afghanische Frauen nicht einmal zu träumen wagen."

„Dafür kann ich nichts", fuhr sie ihn an, und es dauerte geraume Zeit, ehe sie ihre Fassung halbwegs wieder gewann. „Wenn du den Orient so hasst", brach sie schließlich die beklemmende Stille, „wie hast du es durch den Iran geschafft?"

„Aus Angst. Lach mich nicht aus, Fohli! Ich fürchte, ich bin wie ein kleiner Junge nach Kabul gerannt, nur weil ich hoffte, hier meine Eltern zu finden."

Sie biss sich auf die Lippen.

„Und jetzt sind unsere Eltern tot, und ich renne ziellos durch die Stadt, als müsste ich sie suchen."

„Das kenn ich", murmelte sie leise.

Wieder verfielen sie in Schweigen. Bis er überraschend auf die Füße sprang. „Und wie war diese Einladung? Nun rede schon, ich bin gespannt wie ein Flitzebogen."

Martha berichtete ihm alles, von Said, von Habib Shah, dem Mord und der Liste, und es dauerte geraume Zeit, bis er sie unterbrach. „Hast du

Hunger, Fohli?" Zugleich öffnete er sein Bündel, das tatsächlich allerlei Essbares enthielt. Augenblicke später saßen sie bereits wie beim Picknick auf dem Sofa. Adolf studierte gerade die Namensliste, als es nebenan polterte. Beide erstarrten.

„Wo war das?", raunte sie und fühlte, wie sich ihr Herzschlag wie rasend beschleunigte. Bei ihrem Bruder schien die Wirkung seltsamerweise gänzlich anders, ja, er klatschte in die Hände und lachte heiter.

„Noch was zu essen?", erkundigte er sich beiläufig, riss aber mit diesem Satz auch schon die Tür zum Nebenzimmer auf. Dann schoss er in mächtigem Sprung hinein, und Martha fuhr der Nachtwind entgegen, offenbar war drüben nur eines der Fenster aufgesprungen. Die Anspannung fiel von ihr ab wie ein mächtiges Gewicht.

„Bring Licht!", zischte Adolf.

Martha brachte die Lampe, doch erwies sich der Raum als leer.

Ihr Bruder sah sich prüfend um und strich mit der Hand über einige Regale. Staub wirbelte hoch, und sie wusste nicht, wie sie es erklären sollte.

„Das bringt sie nicht zurück", knurrte er. „Ich meine, wenn du hier alles belässt, wie es immer war. Sogar den Staub."

Noch während er sprach, zog er einige Bücher hervor und diesmal wirbelte kein Staub. Nicht auf diesem Brett, und auch nicht auf all den anderen bis hinab zu Boden. Adolf knurrte grimmig. „Dort auf der Truhe hat der Staub eine Fußspur konserviert." Er führte ihren Arm mit der Öllampe, bis sie es ebenfalls erkennen konnte.

Das offene Fenster war der Fluchtweg. Er ist auf die Truhe gestiegen und..." Er unterbrach sich und deutete auf den Schreibtisch. „Fehlt hier was?"

Martha schüttelte beklommen den Kopf. „Ich..., ich glaube nicht."

Unterdessen inspizierte er die Truhe, und als er nichts weiter feststellen konnte, rückte er sie entschlossen von der Wand. „Was ist das?" Er bückte sich und streckte ihr triumphierend einige Briefe entgegen, die offenbar seit langer Zeit unter der Truhe lagen. „Der jüngste datiert aus dem Mai 1939", murmelte sie, während er über ihre Schulter blickte. „Korrespondenz mit einem Kunsthändler aus Karatschi."

„Karatschi?"

Sie deutete auf den Briefkopf. „Er schreibt:...*wenn Sie das wirklich anbieten können, dann wäre sogar ein weit höherer Preis zu erzielen, als ich dachte, auch wenn der Zeitpunkt nicht günstig ist.* Mehr steht hier leider nicht, der Rest sind nur Hinweise, wie sie ihn in Karatschi treffen könnten."

Adolf pfiff vielsagend durch die Zähne. „Also wollten Sie tatsächlich nach Indien, um etwas Wertvolles zu verkaufen. Kompliment, Fohli, Kompliment." Martha war eher nach Weinen zumute.

Er beachtete sie jedoch nicht und schlug bereits den Deckel der Truhe zurück. Sie war leer, doch erkannte man auf dem Boden Standspuren kleiner Gegenstände, viereckige und runde, die ihr Bruder enttäuscht mit dem Finger prüfte. „Getrockneter Schmutz", murmelte er. „Erinnerst du dich, was sich in dieser Truhe befand?"

Sie schüttelte den Kopf, und er schob nachdenklich die Lippen vor. Dann stürzte er zurück in den Wohnraum, holte ihre goldene Statuette und platzierte nun den viereckigen Sockel probeweise auf den getrockneten Umrissen. Bereits der zweite passte, und er pfiff in der Manier ihres Vaters triumphierend durch die Zähne. „Na, Fohli, was schließen wir daraus?"

„Die Figur befand sich hier in der Truhe."

„Genau – wahrscheinlich zusammen mit anderen."

Er zählte die runden und quadratischen Spuren. „Vier, sechs..., wenigstens sieben Objekte. Wahrscheinlich hatten sie die Figuren gerade gereinigt."

„Und feucht in die Truhe gestellt."

„Treffer, Fohli. Ich wette, unsere alten Leute haben tatsächlich einen Schatz entdeckt und suchten in Indien nach einem Käufer. Und fuhren direkt in ihren Tod."

„Aber das kannst du doch gar nicht wissen!", protestierte sie erstickt.

Adolf packte ihre Arme und schüttelte sie sanft. „Das liegt jetzt zwei Jahre zurück. Meinst du nicht, du solltest langsam der Wahrheit ins Auge blicken?"

„Aber vielleicht wurden sie nur interniert?", hielt sie hilflos dagegen.

Er seufzte tief. „Wenn dir das hilft. Na gut, und was wollte der Einbrecher? Ich meine, das ist doch schon der zweite Bruch binnen weniger Wochen, oder?"

Martha nickte nervös. „Und was könnte der Eindringling gesucht haben?"

Doch ihr Bruder untersuchte bereits den staubfreien Teil des Regals, vor allem die untersten Bücherreihen. Elektrisiert zerrte er die Bände heraus, entdeckte jedoch hinter dem Bord nichts als eine schlecht verputzte Lehmziegelwand. Das unterste Regalbrett lag nur lose auf dem Boden. Ein Griff, dann hatte er es zur Seite gerissen und einen kleinen Kasten freigelegt, der unter der Bohle in einem Loch im Fußboden verborgen lag.

„Sieg Heil", zischte er triumphierend.

Mit fliegendem Atem kauerte sie neben ihm. In dem Kästchen fanden sich deutsche Orden sowie Blankourkunden des Deutschen Reiches. Martha war so sprachlos, dass sie keinen Laut hervorbrachte.

Auch Adolf schloss für einige Sekunde die Augen, als gelte es, seine weitere Strategie zu überdenken. „Ich werd' verrückt", murmelte er. „Ein Ritterkreuz mit Eichenlaub und Schwertern. Woher hast du das Zeug?"

Martha war wie vor den Kopf geschlagen. „Ich..., ich hab's nie gesehen! Ich..."

Sie kam nicht weiter, fuhr ihr Bruder doch unvermittelt auf und riss sie mit nach oben. „Lüg mich nicht an, Fohli", zischte er. „Das sind die höchsten Kriegsauszeichnungen Deutschlands und sie können hier noch nicht allzu lange liegen. Der Kasten ist völlig staubfrei."

Martha hatte Mühe, ihre Gedanken zu ordnen, da gruben sich seine Finger bereits schmerzhaft in ihren Arm. „Was geht hier vor?"

Einen lähmenden Moment starrten sie sich in die Augen, dann stieß er sie heftig von sich. Sie strauchelte, und prallte gegen den Schreibtisch, doch er blätterte bereits hektisch durch die Urkunden. „In hochachtungsvoller Anerkennung für die außerordentlichen Verdienste um das Wohl des Deutschen Reiches", las er langsam. „Nur die Namen fehlen. Da, sieh selbst!"

Er schleuderte ihr die Urkunden entgegen und lachte grimmig. „Diese Orden werden nur an Wehrmachtsangehörige vergeben, und nur in Ausnahmefällen an Verbündete."

„Was bedeutet das?", flüsterte sie.

Seine Augen verengten sich. „Du hast tatsächlich keine Ahnung, woher das Zeug stammt?"

Sie schüttelte immer noch benommen den Kopf.

„Dann hat jemand das Zeug versteckt, um dich anzuschwärzen."

„Aber wieso?"

„Stimmt, klingt ziemlich albern." Seine Stimme hörte sich plötzlich eisig an. „Und das bringt mich zu einer zweiten Alternative. Du hast die Sachen persönlich versteckt. Sie gehören dir."

Wenn er nicht so grimmig genickt hätte, sie hätte es für einen zynischen Witz gehalten. „Willst du mir unterstellen, ich sei eine Naziagentin?", stammelte sie entgeistert.

„Bist du nicht? Nun, dann gib mir eine dritte Lösung."

Sie wusste nicht, was sie antworten sollte. Zum Glück wurde sein Blick alsbald milder. „Ich gebe zu", knurrte er schließlich, „die Agentenalternative klingt auch nicht viel logischer."

„Nett zu hören", fuhr sie ihn an.

„Könnten unserer alten Leute für die Nazis gearbeitet...?"

„Bist du verrückt?"

Er hob nur ratlos die Schultern, sie fühlte sich hundeelend.

Der Dolch

Kabul, 6. Oktober 1941
22:10 Uhr

Der folgende Tag ließ sich schrecklich an, ein Horror, zumal ihr Bruder und sie umeinander herum schlichen wie zwei Tiere auf der Lauer.

Als er sie weckte, hatte er anscheinend kaum geschlafen, doch das focht ihn offenbar kaum an, ganz im Gegensatz zu ihr. Er wollte Rahmans Bruder Abdul ausquetschen, wie er sich ausdrückte. Angeblich sei es Zeit, dass ein Mann die Sache in die Hand nahm. Auch ohne sein misstrauisches Gehabe hätte diese Formulierung vollauf genügt, um ihre Stacheln aufzustellen, wie ihr Vater dazu gesagt hatte. Adolf ließ keinen Einwand gelten, doch hatte sie ihn schließlich überreden können, frühestens gegen 22 Uhr loszuziehen. Der Bazar beruhigte sich ohnehin erst nach Mitternacht, und vorher würde es zu viele Zeugen geben.

Als die Dämmerung schließlich der Nacht gewichen war, griff sie sich eine Burka und machte sich mit Adolf auf den Weg, allerdings erst, nachdem er ebenfalls afghanische Kleidung übergezogen hatte. Die Idee gefiel ihm gar nicht, aber hier war die Logik ganz eindeutig auf ihrer Seite. Außerdem hatte er darauf bestanden, sie zu begleiten, um nicht zu sagen, sie zu überwachen. Sein Misstrauen war so offenkundig, dass sie sich zu einem ungewöhnlichen Schritt entschloss – sie steckte heimlich die bei Habib Shah entwendete Pistole zu sich.

In den noch belebten Gassen blieb er immer wieder etwas zurück, manchmal war es nur ein halber Meter, manchmal mehr. Ein stillschweigendes Misstrauensvotum, und das mit gutem Grund. Wenn sie sich die Entdeckung der Naziorden vergegenwärtigte, musste sie sich schon eingestehen, dass auch sie an seiner Stelle misstrauisch geworden wäre. Nazi-Insignien im Arbeitszimmer ihrer Eltern!

Auf den ersten Blick sprach das massiv gegen ihre Familie, aber nur auf den ersten Blick, denn diese Auszeichnungen waren nach Aussage ihres Bruders erst mit dem Ausbruch des Zweiten Weltkriegs ausgefertigt worden. Ihre Eltern konnten also unmöglich in ihren Besitz gelangt sein. Die Erklärung lag somit auf der Hand und war ziemlich niederschmetternd. Die Orden waren erst lange nach ihrem Verschwinden nach Kabul gelangt und in Marthas Wohnung versteckt worden. Dass Adolf sie unter diesen Umständen verdächtigte, als Naziagentin zu arbeiten, konnte sie ihm beim besten Willen nicht übel nehmen.

Ihr Bruder sprach die ganze Zeit kein einziges Wort. Nur als sie den Brunnen erreichten, erwachte er kurz aus seiner düster-grimmigen Stimmung, doch hatte sie nicht die geringste Lust, ausgerechnet jetzt in Kindheitserinnerungen zu schwelgen.

Als sie sich schließlich Abduls Laden näherten, waren rundherum die Lichter schon erloschen. Die Bazargasse lag weitgehend im Dunkeln, als Martha vorsichtig an die Tür trat. „Abdul?"

Keine Antwort.

Sie spürte Adolf hinter sich, streifte ihre Burka ab und drückte gegen die Tür – sie knarrte leise, schwang jedoch anstandslos auf. Das Geschäft war dunkel, ihr Pulsschlag beschleunigte sich. „Was ist?", raunte er.

„Die Tür war nur angelehnt." Sie spürte seinen Atem in ihrem Nacken. „Lass mich voran!", hauchte er und schob sich bereits an ihre Seite, doch hielt sie ihn schnell zurück. Schließlich kannte er den Laden nicht, und so gab sie sich schließlich einen Ruck und schlich auf Zehenspitzen voran.

Das schwache Mondlicht war im Inneren wirkungslos, und so kam es, wie es kommen musste – schon bei den ersten Schritten stieß sie mit dem Fuß an einen bronzenen Kessel, der mitten im Laden auf dem Boden lag. Er schepperte dumpf, dann war wieder Stille.

Sie mussten sich irgendwie orientieren, und so riss sie nach einigem Zögern ein Streichholz an. Für wenige Sekunden starrte sie in ein schockierendes Durcheinander. Das ganze Inventar schien zerstört, das Geschäft war völlig durchwühlt. Doch da war noch etwas! Die kleine Flamme erlosch, ehe sie Gewissheit hatte. Für einen schauerlichen Moment stand sie in der Finsternis und lauschte auf Adolfs hektischen Atem.

Mit ihren zitternden Fingern hatte sie Mühe, das nächste Hölzchen anzuzünden, und diesmal gab es keinen Zweifel. Abdul lag auf dem Boden – reglos und nackt. Später erinnerte sie sich nur, dass Adolf ihr blitzschnell die Hand auf den Mund presste, um einem Aufschrei vorzubeugen. Dann verlosch auch die zweite Flamme. Es war wie eine Erlösung.

„Bleib!", beschwor er sie. „Nur ruhig, um Himmels Willen!" Martha verstand ihn kaum. Sie konnte sich nicht entsinnen, jemals etwas so Grausiges erlebt zu haben.

Der nackte Händler war geknebelt. Arme und Beine hatte man an Stangen gefesselt und auf diese Weise auseinander gezogen. Offenbar hatte man ihn gefoltert. Zwar hatte Martha noch nie einen Geschundenen gesehen, doch hier genügte ein kurzer Blick.

Wie lange sie so in der Dunkelheit ausharrten, das wusste sie später nicht, sie erinnerte sich nur, dass sogar Adolf lange Zeit kein einziges Wort hervorbrachte. Vielleicht wären sie beide aus dem Laden geflohen, hätte sie nicht ein grausiges Ächzen zurückgehalten. Im ersten Moment glaubte sie sogar, es stamme von ihrem Bruder, bis sie begriff, dass das Opfer immer noch lebte. Es war dieses Stöhnen, das ihre Lähmung brach.

Mit unsicherer Hand zog sie ein drittes Streichholz, es zerbrach und dann ein viertes und ein fünftes, bis sie endlich wieder Licht hatten.

Augenblicke später kauerte Adolf neben dem Sterbenden. Er war blutüberströmt und in seiner Brust klaffte eine tiefe Wunde, doch stöhnte er immer noch. Martha hörte, wie ihr Bruder scharf Luft holte.

Glücklicherweise entdeckte sie eine zerschlagene Öllampe, deren Docht noch etwas Öl enthielt. Kaum entzündet, konnten sie sich etwas besser um den Sterbenden kümmern. Die Flamme tauchte den Geschundenen in ein beinahe romantisches Licht, Martha kämpfte vergebens gegen die Assoziation eines Gekreuzigten. Sie kannte natürlich Bilder von Christus, auch wenn diese in Afghanistan nicht gerade häufig waren. Sie hatte in Kruzifixen stets Zeichen des Christentums gesehen, doch der Anblick des Gefolterten änderte einiges.

Sie beugte sich schaudernd tiefer, als Abdul unerwartet die Augen aufschlug. Sein gequälter Blick irrte voller Panik umher und blieb an Martha hängen. Adolf hielt die Lampe, so dass der Sterbende ihr Gesicht erkennen konnte. Er brachte nur ein Stöhnen hervor, dann schlossen sich seine Lider.

„Sprich mit ihm", raunte Adolf. „Vielleicht wacht er noch einmal auf, vielleicht..."

Martha überwand ihr Entsetzen und kniete sich neben das hilflose Opfer. Tatsächlich kam der Sterbende noch einmal zu sich. Blut trat auf seine Lippen, und sie tupfte es ab. „Wer war es?", drängte sie.

Er versuchte zu reden, doch vernahm sie nur ein Stammeln, so dass sie schließlich ihr Ohr an seine Lippen hielt. „...ein Kasr im Hindukusch", hauchte er. Verstand sie ihn richtig?

„Ich hole Hilfe, ich..."

Sie wollte nur noch weg, doch Abdul flüsterte ohne Unterlass. „Ein Schloss im..., im Hindukusch. Drei..., drei Minar..." Ihr Ohr berührte seine Lippen, und Martha hatte alle Mühe, einen Aufschrei zu unterdrücken. Da verlosch die Lampe, und die Stimme des Gefolterten versank in undeutlichem Gemurmel. „Said ed-Din..." Martha fuhr zusammen. „...Sieg Heil." Es klang mehr wie ein Hauch. Hatte sie das richtig verstanden? Dann fühlte sie, wie der Händler unter ihren Händen erschlaffte.

„Ist er tot?", flüsterte Adolf über ihr.

Sie brachte keinen Laut hervor.

„Gib mir die Streichhölzer." Sie spürte Adolfs suchende Hand und überließ ihm wortlos die Hölzer, obwohl sie im Augenblick nichts mehr fürchtete als Helligkeit. Doch ihr Bruder empfand anscheinend gänzlich anders, und Augenblicke später leuchtete er bereits über das blutüberströmte Opfer. Martha hatte Mühe, sich nicht zu übergeben. Er verstand sie sofort, zumindest drückte er beruhigend ihren Arm, und sein Flüstern klang eher wie eine Entschuldigung.

„Ich muss wissen, wer der Täter war. Man erkennt es an der Methode. Ich..."

„An der Methode?", forschte sie stockend. Was wusste er vom Foltern? Sie konnte nicht mehr hinschauen und wandte sich ab. Irgendetwas lag hinter dem Toten, mehr ein Schatten als ein sichtbarer Gegenstand. Wahrscheinlich hätte sie es gar nicht bemerkt, hätte sie nicht so krampfhaft jeden Blick auf den Toten vermieden. Schließlich zog sie einen Dolch ins Licht, der flackernde Schein fiel auf eine leicht gebogene Klinge. Eine afghanische Waffe, und sie war blutig. Martha ließ die Waffe fallen, als sei sie glühend.

„Dachte ich mir", knurrte Adolf grimmig. „Diese Schweinerei hier, das war ein Orientale, darauf wett ich. Wenn der arme Kerl etwas wusste, dann hat er geredet, aber so wie er zugerichtet ist, fürchte ich, dass er überhaupt nichts wusste, und dass ihm niemand glaubte. Armes Schwein."

Martha hörte gar nicht richtig hin. „Said", stieß sie hervor. Ihr Bruder zuckte herum, bis er begriff, dass Martha auf die blutige Waffe anspielte.

„Diesen Dolch, er trug ihn bei sich." Martha hatte Mühe, sich klar zu artikulieren. „Auf der Feier bei Habib Shah."

„Das ist der Dolch von Benazirs Stiefbruder?", zischte Adolf.

„Ich glaube schon." Für einige Sekunden herrschte atemlose Stille, bis sie plötzlich eine leise Frage hörten.

„Wait a minute! Did you hear that?"

Martha und Adolf kauerten wie versteinert. Wer sprach hier Englisch? Jetzt erreichte sie eine leise Antwort. „I didn't hear anything. There is the shop."

Wollten die Kerle in Abduls Laden? Dann mussten sie hier raus, und das so schnell wie möglich. Martha griff in die Jacke ihres Bruders und zog ihn vorsichtig durch den Laden. Dort hinten existierte ein Ausgang, das wusste sie genau, weil Rahman sie mehrfach durch die Hintertür gelassen hatte. Augenblicke später traten sie bereits auf Zehenspitzen in eine stockdunkle Gasse, die überhaupt nur zu erahnen war, weil sich die Dachkanten gegen den Sternenhimmel abzeichneten. Dann lauschten sie auf jedes Geräusch, doch wurden sie anscheinend nicht verfolgt.

Das Bild des Gefolterten stieg wieder aus ihrer Erinnerung, und sie übergab sich hilflos. Von Adolf kam kein Laut.

„Was weißt du über Foltern?", hauchte sie schließlich. Er antwortete nicht.

„Bist du gefoltert worden? Oder..., oder hast du gar Menschen...?" Sie konnte ihn nicht erkennen, aber er bewegte sich leise, bis er sich schließlich doch eine Antwort abrang. „Ich musste Dinge sehen, die ich…“ Seine Stimme erstarb, doch dann griff er nach ihrer Schulter. „Ich will wissen, wer da Englisch sprach.“ Ehe sie noch reagieren konnte, war er bereits verschwunden.

Das grausige Erlebnis hatte ihr eine Seite ihres Bruders enthüllt, über die er bisher kein Wort verloren hatte. Waren dies die Dämonen, die ihn um die halbe Welt getrieben hatten?

Unwillkürlich dachte Martha an David. Niemand außer den Briten sprach hier Englisch. Der eine war definitiv Engländer, auch wenn die beiden nur wenige Worte gewechselt hatten, der zweite artikulierte sich eher mit afghanischem Unterton. Doch was interessierte die Britische Botschaft an einem Mann wie Abdul, und vor allem, wie kam Saids Dolch neben den Toten?

Sie konnte einfach nicht glauben, dass Benazirs Bruder…

Andererseits hatte er seine Schwester wie ein Stück Dreck behandelt, doch schien es ihr ein weiter Weg bis zu einer blutigen Folter. Außerdem gingen ihr die letzten Worte des Geschundenen nicht aus dem Sinn. Hatte er tatsächlich *Sieg Heil* gestöhnt? Das deutete eher auf den Sturmbannführer und seine Meute.

Das Zentralste aber war im Augenblick die Sorge um ihren Bruder, doch Adolf blieb verschwunden.

Die Hochzeit

Kabul, 7. Oktober 1941
9:00 Uhr

Adolf zeigte sich weder in dieser Nacht noch am nächsten Morgen. Marthas Sorge wuchs, zumal sie nicht die geringste Ahnung hatte, was sie unternehmen könnte. Außerdem hatte sie vergessen, ihm von ihrer Verabredung mit Benazir und der Hochzeitseinladung zu berichten, und am Abend wartete David auf sie. Sie konnte nichts weiter tun, als ihrem Bruder eine Nachricht zu hinterlassen.

Dann steckte sie die bei Habib Shah erbeutete Pistole zu sich und brach auf, um Benazir zu treffen, die bereits in einer hermetisch verschlossenen Kutsche auf sie wartete.

Nach zweistündiger Fahrt war sie heilfroh, hinter ihrer Schülerin aus der Karosse zu klettern. Sie befanden sich beinahe schon auf dem Land. Anwesend waren ausschließlich Frauen. Von der Braut war noch nichts zu sehen, was kurioserweise Benazirs Nervosität zu verstärken schien.

Offenbar fürchtete sie, dass die Braut unterdessen demütigende Prozeduren über sich ergehen lassen musste und sah sich wohl insgeheim schon in der gleichen Lage. Bereits in der Kutsche wirkte sie eher verängstigt, Martha hatte keine Ahnung, wie sie ihr helfen sollte.

Von der Hochzeitsgesellschaft wurden sie fröhlich begrüßt, niemand nahm Anstoß an Marthas Gegenwart, zumal sie sich ganz konservativ islamisch gekleidet hatte. Man bemerkte auch nicht Benazirs Nervosität, als das Mädchen seine Hochzeitsgeschenke überreichte. Benazir hatte darauf bestanden, sich ganz allein um die Geschenke zu kümmern, und Martha war das mehr als recht. Derartige Geschenke verursachten erhebliche Ausgaben, und in der Tat hatte sich ihre Schülerin in gewaltige Unkosten gestürzt. Martha hätte Vergleichbares nie aus eigener Tasche bestreiten können.

Als Europäerin bildete Martha eine kleine Attraktion und sah sich bald inmitten einer Frauenschar, in der alle mehr oder weniger gleichzeitig auf sie einredeten. So beantwortete sie gerade mögliche und unmögliche Fragen, als eine junge Frau hereinstürmte, um der Brautmutter etwas ins Ohr zu flüstern. Es klang beinahe hämisch, auch wenn Martha kaum ein Wort mitbekam, da die beiden sich in einem der vielen Dialekte Afghanistans unterhielten, die sie nicht verstand.

Die Nachricht schien glücklicherweise nicht weiter dramatisch, im Gegenteil. Alles begann zu kichern, Martha blickte fragend auf Benazir, die sich errötend in eine deutsche Erklärung flüchtete.

„Der Bräutigam hat die Flucht ergriffen", raunte sie. Ihre Verlegenheit verstärkte sich, es sah bezaubernd aus. Ein wahres Glück, dass Adolf jetzt nicht zugegen war. „Die Männer sind aufgebrochen, um ihn zu suchen", ergänzte das Mädchen.

Martha lachte unwillkürlich auf, und die Frauen nickten ihr kichernd zu. Das Gelächter war ansteckend, und nur Benazir schien das alles mehr als peinlich zu finden. Offenbar fragte sie sich unablässig, wie es wohl bei ihrer eigenen Hochzeit zugehen würde. Wahrscheinlich war der einzige Mensch, mit dem sie im Augenblick sympathisierte, der verschwundene Bräutigam.

„Sie meinen", flüsterte sie, „für den Bräutigam sei es die erste Hochzeit. Wahrscheinlich ist der Braut nicht minder unheimlich zu Mute." Wieder sprach sie Deutsch, so wie sie bereits im Wagen darauf bestanden hatte, sich nicht in der Landessprache zu unterhalten, fraglos wegen der misstrauischen Ohren des Kutschers und des sie begleitenden Soldaten.

Nun geleitete man auch eine totenbleiche Braut herein. Die junge Frau nahm auf einem Stuhl Platz und man umwickelte ihr Hände und Füße mit dicken Beuteln, die mit Hennapaste gefüllt waren. Zugleich wurde sie von ihren Verwandten höchst aufwendig geschminkt. Martha kannte das schon aus Erzählungen, doch war sie zum ersten Mal Zeuge dieser Prozedur. Die Schminkschichten wuchsen schon bald so ungeheuerlich, dass das Gesicht eher dem einer Puppe glich. Allein die verängstigten Augen verrieten am Ende noch menschliche Regungen. Benazir erläuterte stockend, dass das unglückliche Geschöpf so zur Inkarnation einer schönen Braut werde – wesenlos und unpersönlich.

Die Frauenschar war immer noch dabei, der Schminke den letzten Schliff zu geben, als eine weitere Botin in den Raum platzte, die vor lauter Lachen kaum ein Wort herausbrachte. Benazir übersetzte, doch diesmal hatte Martha ohnehin alles mitbekommen. „Sie haben den Bräutigam gefunden. Er hatte sich in einem Straßengraben versteckt."

Die Frauen brachen in ein wahrhaft homerisches Gelächter aus, zu viel für Benazirs geschundenes Nervenkostüm. Sie stürzte aus dem Raum, und als Martha sie schließlich aufstöberte, da lehnte sie kreidebleich an einer Wand.

Das Mädchen kämpfte mit einem regelrechten Weinkrampf. „Wahrscheinlich..., wahrscheinlich wird es mir genauso ergehen."

„Aber du hast doch sicher schon oft an einer Hochzeit teilgenommen?", versicherte sich Martha etwas hilflos, aber Benazir nahm die Frage überhaupt nicht wahr.

„Meine Stiefmutter meinte nur, es würde gar nicht so schlimm. Gar nicht so schlimm!" Der Satz endete beinahe in einem Aufschrei, und weiter kam sie auch nicht, erhob sich doch draußen aufgeregtes Frauengeschrei. Augenblicke später rief auch schon jemand laut einen Namen – Fatima Shasadeh.

Offenbar eilte alles auf die Straße, um den unerwarteten Ankömmling zu begrüßen, und als sich Martha notgedrungen anschloss, blickte sie beileibe nicht nur in freudige Gesichter. Sogar die Augen der Braut machten einen noch verschüchterteren Eindruck, auch wenn sie in ihrer Vermummung kaum den Kopf drehen konnte.

Martha hatte nicht die geringste Lust, dem alten Drachen gegenüberzutreten. Das konnte durchaus gefährlich werden, zumal sie sich fragte, ob der unerwartete Besuch nicht als Kontrolle Benazirs zu werten sei. Auch ihre junge Begleiterin blickte um sich wie ein waidwundes Reh in der Falle des Jägers. „Ich will sie nicht sehen", stöhnte sie. „Nicht schon wieder!"

Ohne eine Antwort abzuwarten, leitete sie auch schon den Rückzug ein. Draußen lachten und schnatterten die Frauen, und Martha konnte sich unschwer ausrechnen, dass vielen das gespannte Verhältnis zwischen Stiefmutter und Stieftochter bestens geläufig war.

Immerhin bot Benazirs Flucht eine gute Gelegenheit, sich ebenfalls aus dem Staub zu machen. Martha erreichte eine Art Küchengarten, doch war auch hier von ihrer Schülerin nichts zu entdecken. Sie spähte hinter einige Sträucher und kam sich bereits etwas albern vor, als sie eine Bresche in der Lehmziegelmauer gewahrte, die den Garten zur Straße hin begrenzte. Dort fand sie auch die ersten Spuren zierlicher Mädchenfüße.

Martha schob sich vorsichtig hindurch. Vor dem Haus war man gerade dabei, eine tief verschleierte Fatima Shasadeh ins Haus zu bitten.

Zum Glück erspähte Martha jetzt auch ihre Benazir: Tief verschleiert versteckte sie sich hinter ihrem eigenen Wagen und gestikulierte aufgelöst zu Martha hinüber. Augenblicke später kletterte sie auch schon hinein. Das war kein Versteckspielen mehr, das glich einer Flucht.

Martha fühlte sich nicht wohl in ihrer Haut, als sie sich notgedrungen ihrer Schülerin anschloss, konnte man doch ihren Rückzug sehr gut als Kränkung werten. Doch sie hatte kaum den Fuß im Wagen, da ruckte dieser auch schon an. Benazir rief dem Kutscher noch etwas zu, und er beschleunigte die Fahrt. Die Kutsche rollte stadteinwärts. Benazir starrte nach hinten aus dem winzigen und noch dazu vergitterten Fenster, als hinge ihr ganzes Glück davon ab, möglichst viel Distanz zwischen sich und die Hochzeit zu legen. Zum Glück folgte ihnen niemand.

„Und was werden die Gäste sagen?“, erkundigte sich Martha.

„Ich weiß es nicht, ich.... Sie haben doch nichts weiter vor, oder?“

Martha konsultierte ihre Armbanduhr, ihre einzige Uhr, die noch funktionierte. „Am Abend muss ich in den Bazar.“

„Ja, ja“, Benazir nickte beinahe erleichtert, „besuchen wir den Bazar, die Goldschmiede und die Tuchhändler.“ Wieder warf sie einen ängstlichen Blick nach hinten, doch folgte ihnen niemand. Auch Martha atmete insgeheim auf. „Du scheinst Fatima regelrecht zu fürchten, obwohl du ihre Tochter bist.“

„Ihre Tochter?“, fauchte das Mädchen, ohne den Blick vom Fenster zu wenden. „Sie behandelt mich wie eine Sklavin, und das im Haus meiner Eltern! Aber so ist es in Afghanistan. Fatima ist die Mutter des neuen Hausherrn und kann mich kommandieren wie einen Hund. Jeder findet es selbstverständlich, ihre Befehle postwendend auszuführen. Nach meinen Wünschen wird nicht gefragt. Man entscheidet, was ich anziehe, was ich esse, mit wem ich rede und was ich lese, falls ich überhaupt lesen darf, weil es für eine Frau doch eigentlich Sünde ist. Dabei kann mir niemand eine Sure im Koran zeigen, in der dieses Verbot geschrieben stünde. Und falls ich nicht aufs Wort gehorche, dann züchtigen sie mich im Namen Allahs, weil ich keine gute Tochter bin.“

Das Mädchen riss ihren Schleier herunter. „Ich bin keine gute Tochter und ich will keine sein! Fatima Shasadeh geht mich nichts an, überhaupt nichts!“ Ihre Stimme überschlug sich beinahe. Martha hatte sie nie derart fassungslos erlebt.

Als sie das Mädchen nach kurzem Zögern tröstend in die Arme schloss, schmiegte sich Benazir an ihre Schulter und brach in Tränen aus. Martha wollte sich gar nicht vorstellen, wie der Alltag ihres Schützlings aussah. Wahrscheinlich hatte sie so manche ihrer geheimen Unterrichtsstunden mit Hieben bezahlt und dennoch keine einzige versäumt oder war gar unvorbereitet erschienen.

Es dauert eine Ewigkeit, bis sie sich wenigstens halbwegs beruhigte. Martha suchte verzweifelt nach einem unverfänglicheren Thema, auch wenn sie sich im Grunde brennend für Fatima und ihren Sohn interessierte. Es waren vor allem die Worte des gefolterten Händlers, die ihr einfach nicht aus dem Kopf gingen. Der Mann hatte Saids Namen gestammelt, und etwas von einem Schloss mit drei Minaretten, falls sie das überhaupt richtig verstanden hatte.

„Besitzt deine Familie ein Schloss in den Bergen?", erkundigte sie sich beiläufig. „Vielleicht mit einer Moschee und drei Minaretten."

Benazir schüttelte den Kopf, mit den Gedanken ganz weit entfernt. Sie sah nicht einmal in Marthas Richtung. „Sie haben uns neulich dieses Buch gezeigt, das mit den Photos aus Berlin."

Martha hatte das verflixte Buch völlig vergessen.

Das Mädchen holte tief Luft. „Vor einer Kirche standen viele Leute. Das war doch eine Kirche, ich meine, eine christliche Moschee?"

„So könnte man sagen."

„Die Braut war ganz in Weiß. Es handelte sich doch um eine Hochzeit?"

Martha bejahte, und Benazir versank wieder in ihrer Grübelei. „Sie hätten uns das Buch nicht zeigen sollen", platzte das Mädchen schließlich so heftig heraus, dass es schon beinahe feindselig klang. „Niemals!" Wieder glitzerten Tränen in ihren riesigen Augen.

„Die..., die Braut wirkte so glücklich. Wenn ich das Bild nicht gesehen hätte, dann..., dann wäre ich vielleicht weniger unglücklich."

Martha wusste nicht, wo sie hinsehen sollte. „Aber es gibt doch auch hier in Kabul Hochzeiten aus Liebe. Ich meine..."

Benazir fuhr auf wie von der Tarantel gestochen. „Aus Liebe? Die Liebe gehört bei uns in das Märchen, nicht in die Wirklichkeit. Sogar die Imame lehren, dass in der Ehe Liebe unerwünscht sei, weil sie die Bindung des Ehemannes an seine Familie erschüttere. Deshalb ist die Schwiegermutter bei uns auch wichtiger als jede Ehefrau, und in jedem Harem steht die Mutter des Hausherrn an erster Stelle. Ihr sind alle untertan."

Die Rede schoss wie ein Wasserfall aus ihr heraus, bis sie schließlich innehalten musste, um Atem zu schöpfen. Martha versuchte sich mit einem Lächeln aus der Affäre zu ziehen. „Nun, meine Eltern berichteten mir, dass sich Schwiegermütter auch in Deutschland kaum sonderlicher Beliebtheit erfreuen."

Benazir funkelte sie an und hatte fraglos Mühe, sich zusammenzunehmen. „Unsere Imame betonen darüber hinaus, wir Mädchen dürften nichts lernen, das mache uns nur unglücklich. Vielleicht haben sie tatsächlich Recht. Vielleicht hätten Sie uns besser nichts von Romeo und Julia erzählt."

„Aber du hast die Geschichte gelesen?", forschte Martha beklommen.

Benazir mied ihren Blick. „Julia hatte es gut", murmelte sie derart leise, dass Martha sie kaum verstand. Sie begriff zum ersten Mal in voller Tragweite den Vorwurf, den Fatima Shasadeh ihr bei der denkwürdigen Begegnung gemacht hatte. Im Grunde hatte sie tatsächlich den Geist ihrer Schülerinnen vergiftet, und jetzt rang das Mädchen mit den Konsequenzen ihres lästerlichen Wissens. Martha hatte den Schleier der Unwissenheit zerrissen, und es gab nichts und niemanden, der ihn je wieder schließen konnte. „Kennst du mittlerweile den Namen deines Bräutigams?", erkundigte sie sich betreten.

Benazirs Augen füllten sich mit Tränen. „Man will es mir nicht verraten, aber die beiden Frauen von Said, die lachten so hämisch. Es..., es macht mir Angst. Meine Stiefmutter sagte, ich hätte ihn als kleines Mädchen gesehen. Angeblich war ich damals drei oder vier."

Also war dieser Said verheiratet – Martha wusste selbst nicht, weshalb sie das beschäftigte. „Könnte dir nicht Sahir den Namen verraten?"

„Said hat es ihm verboten, und er gehorcht ihm wie ein Hund."

Benazir starrte trübe aus dem vergitterten Fensterchen. Sie passierten gerade eine Rinderherde, die stumpf vor sich hin trottete. „Bei uns Frauen ist es wie mit den Rindern dort", murmelte das Mädchen unvermittelt. „Die Männer halten uns wie Vieh. Mein Vater wollte die Verbindung zu irgendeiner Familie stärken und verkaufte mich bereits bei meiner Geburt. Wenn ich Glück habe, wird sich mein Bräutigam mehrfach verheiraten und mich in Ruhe lassen, aber ich sitze in jedem Fall den Rest meines Lebens hinter Gittern, zusammengepfercht mit fremden Menschen." Sie lachte hysterisch auf, und Martha sah krampfhaft geradeaus. Erst als das Schluchzen nicht enden wollte, schloss sie das zitternde Geschöpf erneut in die Arme. Anfänglich saß sie noch ganz steif, bis sie schließlich ein Taschentuch hervorkramte. Es war oftmals gewaschen und bereits etwas fadenscheinig, aber Benazir benötigte es dringend. „Der Prophet sagt", seufzte sie schließlich, „dass es gut sei, wenn der Ehemann seine Braut wenigstens einmal vor der Hochzeit gesehen habe. Ist das in Deutschland ebenso?"

„Nein. Aber täusche dich nicht, auch bei uns werden viele Hochzeiten von den Eltern arrangiert. Zumindest früher..."

Ihr Schützling machte sich heftig frei. „Aber ich lebe nicht früher, ich lebe heute!“ Sie schrie es so laut, dass der Kutscher unwillkürlich die Zügel anzog.

Martha schüttelte sie tröstend. „Ich glaube nicht, dass du jetzt in Europa leben möchtest.“

„Warum nicht? Dieser Krieg wird enden und dann lebt Europa in der Gegenwart, aber bei uns herrscht dunkelste Vergangenheit, die keine Zukunft kennt.“

„Bei uns ist es zurzeit viel schlimmer.“ Martha dachte unwillkürlich an Adolf.

„Sogar für Deutschland wird die Sonne wieder scheinen, aber hier am Hindukusch ist selbst am Tage nichts als Nacht und das seit vielen Jahrhunderten.“

„Aber es gab doch erst vor wenigen Jahren erste Reformversuche unter Aman Ullah.“

Benazir lachte schrill. „Träumen Sie oder wollen Sie mich trösten? Aman Ullah ist gescheitert und musste fliehen! Die Mullahs und Imame waren sämtlich gegen ihn, und die meisten Männer sowieso.“ Sie lachte verzweifelt. „Jetzt lebt der König im Exil. Er war der einzige Reformer, den wir jemals besaßen. Er strebte Veränderungen an wie in der Türkei Atatürks, doch was unternahm meine Familie? Mein eigener Vater bekämpfte ihn, damit er mich später umso leichter verschachern konnte.“

In ihrer Verzweiflung verfiel sie in ihr heimatliches Pashto und Martha hob hastig die Hand. „Leise“, beschwor sie das Mädchen.

Doch Benazir ließ sich nicht besänftigen. „Sprechen Sie mir nicht von Reformen. Oder weshalb müssen Sie uns heimlich unterrichten?“

„Es wird einen neuen Aman Ullah geben.“

„Tatsächlich? Und wann? In hundert Jahren? Einstweilen darf mich Said wie einen Hund erniedrigen, um seine Familienehre zu retten, weil Frauen, die lesen können, angeblich die Würde seines Hauses besudeln.“

„Hat er dich schon öfter misshandelt?“

„Normalerweise beachtet er uns Frauen kaum, nicht einmal seine eigenen. Doch seine Mutter schließt mich ein und kontrolliert jeden meiner Schritte. Sie meint, der Prophet wolle es so, damit ich nicht von Männern belästigt werde. Wie ist das mit Ihnen, Martha von Helm? Was ist mit Ihrem Bruder, von dem sie mir vorhin berichteten? Behandelt er Sie auch wie Dreck und sagt Ihnen dann, es sei alles nur zu Ihrem Besten?“

„Wahrscheinlich glaubt Said…“

In den Augen des Mädchens schimmerte verzweifelte Wut. „Ich spreche nicht von Said, er ist nicht wirklich mein Bruder, auch wenn er sich so nennt. Ich rede von Sahir, von meinem leiblichen Bruder.“

„Sahir? Aber ihr wart euch doch immer so eng verbunden!“

„Früher, als er mich noch beschützt hat. Doch jetzt bin ich für ihn nichts als ein zweibeiniges Tier, gerade gut genug für irgendwelche Arbeiten. Dabei soll ich mich glücklich schätzen, dem Wohl der Familie dienen zu dürfen. Ich will diese Familie nicht! Sie ist nicht meine Familie!“ In ihrer Erbitterung schrie sie es laut hinaus und Martha presste ihr schnell die Hand auf die Lippen. Benazir atmete tief durch, als Martha sie schließlich los ließ, doch war sie alles andere als beruhigt. „Seit Sahir mit diesen Leuten zusammen ist, hat er sich völlig verändert“, stieß sie hervor, und Martha glaubte so etwas wie unterschwellige Angst herauszuhören. Offenbar war sie durch die Veränderung Sahirs der einzigen Stütze beraubt, die sie in ihrer Familie noch besessen hatte. Eine grausige Situation, es drückte ihr beinahe das Herz ab.

„Von welchen Leute redest du?“, fasste sie dennoch nach, doch Benazir starrte nur erbittert durch das Gitterfenster, und auch Martha fühlte sich plötzlich wie im Gefängnis.

„Wenn…, wenn ich heiraten muss…, dann bringe ich mich um.“ Der Satz fiel schwer wie ein Stein. Benazir lag reglos in ihrem Arm, als sei sie selbst am heftigsten erschrocken.

„Das darfst du nicht sagen.“ Marthas Stimme klang ganz fremd vor Bestürzung. „Eine Heirat ist kein Grund für eine so schreckliche Entscheidung.“

Benazir zuckte herum in ihren Armen, bis sie ihr in die Augen sehen konnte. Der Blick des Mädchens war tränenumflort, doch es war ihr bitter Ernst. Und ungeachtet ihrer Tränen schwankte ihre Stimme kaum ein Jota. „Ich wünschte, ich wäre wie Sie und streifte allein durch Kabul und den Hindukusch, aber meine Welt endet bereits an den Gittern dieser Kutsche. Nur als Sklavin bin ich von Interesse, ein eigener Wille ist mir nicht vergönnt, all das, was sie ganz selbstverständlich für sich einfordern.“

Martha wollte widersprechen, doch Benazir ließ sie nicht zu Worte kommen. Wie eine Flut brach alles aus ihr heraus. „Erst wenn ich mich umbringe, wird meine Familie mich wirklich beachten. Erst bei meiner Beisetzung werden die Männer zusammenkommen, die Männer von all jenen Familien, in denen man mich bei meiner Geburt feilgeboten hat wie eine Ware. Immerhin ist mein Tod dann wenigstens ein willkommener Anlass sich wieder einmal zu treffen, denn meine Familie ist eine alte und ehrwürdige. Ich…, wir haben sogar Verwandte in Kandahar und Herat und…“ Ihre Stimme überschlug sich und endete in einem hilflosen Aufschluchzen.

Martha drückte sie an sich, sie wusste sich nicht besser zu helfen. So saßen sie da, eng aneinander geschmiegt und lauschten dem Rhythmus der

Pferdehufe. Im Grunde war es ein Wunder, dass Benazir in einem solchen Umfeld bis heute überlebt hatte. Oder handelte es sich um einen Konflikt, dem jede Afghanin ausgesetzt war?

Schließlich richtete sich Benazir auf und glitt verlegen aus Marthas Armen. „Entschuldigung, aber ich fühle mich ständig verfolgt."

Martha warf unwillkürlich einen Blick zurück. Keine Verfolger.

„Sind Sie niemals von einem Mann bedroht worden?", erkundigte sich Benazir leise.

„Ich?" Martha zuckte zusammen. Die Frage weckte einige ihrer schlimmsten Erinnerungen. Aber vielleicht war es das Beste, etwas von sich selbst zu erzählen, das Mädchen abzulenken, auch wenn sie es bisher nie jemandem berichtet hatte. „Nun ja, einst bedrohte mich ein Hirte in den Bergen. Ich war allein und hatte mich von meinem Pferd entfernt, um zu einem See hinabzusteigen. Dann hörte ich den Kerl mit einem Mal hinter mir. Ich fürchtete eine..., eine..." Sie brachte das Wort Vergewaltigung nicht über die Lippen. „Und so flüchtete ich ins eiskalte Wasser."

Benazir wurde totenbleich und presste vor lauter Anteilnahme die Hände vor den Mund. „Allah, hat er Sie ins Wasser verfolgt?"

Martha lachte ein wenig unsicher. Sogar nach all den Jahren fühlte sie wieder dieses elementare Entsetzen. „Damals war Frühling und das Wasser eiskalt."

Benazir blickte ein wenig verständnislos drein. „Was hat die Wassertemperatur...?"

Martha wand sich verlegen. Auch wenn sie immer noch Stolz empfand ob ihrer Geistesgegenwart von damals. Zumindest hatte sie einen Rat ihrer Mutter befolgt. „In eisigem Wasser kann dir kein Mann etwas anhaben."

Benazir studierte verlegen ihre Schuhe. „Und wieso?", murmelte sie schließlich verunsichert.

„Du..., du weißt wirklich nichts davon, oder? Ich meine von Mann und Frau."

Benazir schüttelte zögernd den Kopf, ohne den Blick zu heben.

Martha atmete tief durch, hatte sie doch keine Ahnung, wie sie die Angelegenheit erklären sollte. Schließlich hatte sie es selbst nur von ihrer Mutter, die vor vielen Jahren reichlich Mühe gehabt hatte, Martha den Sachverhalt zu erläutern. Im Grunde war es abgrundtief peinlich. Das meiste, was sie über Sexualität wusste, stammte von ihren Beobachtungen bei der Pferdezucht. Ihre Eltern hatten über Liebe und Kinder kaum je ein Wort verloren, was bei Martha schon früh das Gefühl verankert hatte, dass es sich um eine höchst schmutzige Angelegenheit handeln müsse. Und nun fragte sie sich unwillkürlich, ob sie nicht eine erneute

Begegnung mit Fatima Shasadeh diesem Thema bei weitem vorgezogen hätte.

Der Schleier

Kabul, 7. Oktober 1941
14:00 Uhr

Glücklicherweise wurde die Kutsche zusehends langsamer und erreichte schließlich den Bazar. Martha registrierte nur am Rande, dass sie sich in der Nähe des Geisterhauses befanden. Die erste vorsichtige Erklärung zu Mann und Frau hatte nur dazu geführt, dass sich ihr Schützling feuerrot in ihrem Schleier vergrub. Ehe Martha noch reagieren konnte, floh sie förmlich aus der Kutsche. Immerhin hatte sie die Geschichte so gründlich abgelenkt, dass sie ihre düstere Selbstmorddrohung kein zweites Mal erwähnt hatte.

Benazir führte Martha zielstrebig zu einem Händler, bei dem allerlei Luxusstoffe auslagen. Wohin Martha auch blickte – überall Brokat, Goldfäden oder flammende Seide.

Da sich in dem Laden nur Frauen aufhielten, konnten sie ihre Schleier problemlos ablegen. Die Bedienung war eine würdevolle Afghanin, die Mutter des Inhabers, wie Martha erfuhr. Doch sogar hier im Bazar bestand Benazir auch weiterhin auf einer deutschen Konversation. Nur wenn sie Fragen zu den Textilien hatte, wechselte sie in die Landessprache.

„Said ed-Din ist also verheiratet?", erkundigte sich Martha und prüfte einen Goldbrokat.

„Oh, seit Jahren, aber seine Frauen hassen ihn. Zumindest vermute ich das." Benazirs Augen funkelten in diebischer Freude.

„Im Ernst?"

„Oh, sie fühlen sich vernachlässigt, und seine Mutter macht sich große Sorgen." Benazir lachte höhnisch auf. „Vielleicht kann er ja keine Kinder zeugen. Allah gebe, dass dies so bleibt. Aber, warum sprechen wir eigentlich von meinem Stiefbruder?"

„Er schenkte mir eine kleine bronzene Statuette, und ich weiß beim besten willen nicht, weshalb."

Benazirs Augen weiteten sich, Martha musste ihr mehrfach versichern, dass dies kein Märchen sei, dennoch schüttelte ihre Schülerin nur staunend den Kopf. „Said handelt niemals ohne einen ganz bestimmten Zweck. Sehen Sie sich vor." Irgendwie bestätigte diese Warnung Marthas Vorbehalte.

„Um was für eine Figur handelte es sich?“, forschte Benazir unvermittelt.

„Oh, eine Statuette des großen Alexander, des Dhu’l Karnain, der im Koran...“

„Said hasst diesen Alexander“, unterbrach sie das Mädchen. „Und seine Mutter beinahe noch mehr.“

Martha war so perplex, dass ihr der Stoff entglitt. „Aber er wollte die Statuette doch kaufen!“

Benazir hob die Brauen. „Wahrscheinlich nur, um sie zu zerstören. Der Koran verbietet die Darstellung von Menschen. Aber andererseits ist Dhu’l Karnain ein heiliger König. Sahir erklärte mir, dass Alexander im fernen Ägypten sogar als heiliger Mann, als Marabut verehrt wurde, obwohl er gar kein Moslem gewesen sein kann, lebte er doch lange vor dem Propheten.“ Plötzlich kicherte sie in kindlicher Unbefangenheit. „Said und ein Geschenk. Ich kann es gar nicht fassen. Am Ende will er Sie noch heiraten?“

Martha stimmte in ihre Heiterkeit ein, obwohl ihr diese Vorstellung doch einen gelinden Schauder über den Rücken jagte.

„Damals am See“, wechselte Benazir unerwartet das Thema. „Wie sind Sie eigentlich entkommen?“

„Ich..., also als der Schuft ins Wasser watete und mich höhnisch angrinste, da fiel plötzlich ein Schuss, zumindest glaube ich, dass ich einen Schuss hörte.“

Benazirs Augen weiteten sich.

„Nun, auf jeden Fall stürmte der Kerl zurück zum Ufer. Damals dachte ich, es könnte Iskender...“

Sie brach viel zu spät ab, um weiblicher Neugier zu entrinnen.

„Iskender? Von einem Iskender haben Sie noch niemals erzählt.“

Nun saß sie wahrhaftig in der Patsche. Noch vor wenigen Tagen hätte sie sich wohl in eine Ausrede geflüchtet, doch jetzt schien irgendwie alles anders. Und so erzählte sie zum ersten Mal einem Fremden die Geschichte ihres Dschinns, ohne wirklich zu wissen, weshalb.

Die schwarzen Mädchenbrauen hoben sich voller Spannung. „Dann hat Ihr Dschinn sie gerettet?“, erkundigte sie sich atemlos.

Martha bewegte sich ein wenig unsicher. „Also, Iskender hat sonst nie geschossen.“

Das Mädchen nahm den Einwand gar nicht zur Kenntnis. „Ein Dschinn passt zu Ihnen.“ Das ironische Funkeln kehrte zurück in ihre großen Augen. „Irgendwie lustig, dass wir hier von Iskender sprechen. Said würde es rasend machen.“

Sie tanzte um sie herum und Martha gestand sich zum x-ten Mal ein, noch nie im Leben ein so bezauberndes Geschöpf gesehen zu haben.

Dass ihre Schülerin von ihrer Ausstrahlung offenbar keine Ahnung hatte, machte sie nur noch hinreißender. Martha musste an sich halten, um sie nicht einfach in die Arme zu schließen, bis sie Martha ganz unverhofft einen Stoff um die Schultern legte. Dann warf sie noch einen zweiten als Schleier darüber, der nur Marthas Augen unverhüllt ließ. Anschließend schob sie ihre Lehrerin vor einen Spiegel, schien jedoch selbst noch nicht so recht zufrieden.

„Führen Sie noch transparentere Schleierstoffe?", erkundigte sie sich in Pashto bei der Inhaberin. Die alte Afghanin nickte mit wissendem Lächeln und brachte aus einem Nebenraum feine Ballen dünnsten Stoffes.

Geradezu begierig ersetzte Benazir den Schleier vor Marthas Gesicht. „Unglaublich, wie gut Ihnen das steht. Und dabei dachte ich immer, ein Schleier würde sie nur beleidigen, aber Sie..., Sie sehen so..." Sie suchte vergebens nach dem rechten Wort, und Martha begriff auch so, worauf sie anspielte. Sie starrte selbst ganz fasziniert auf ihr Spiegelbild. So hatte sie sich noch niemals gesehen. Das kostbare Gespinst hüllte sie in eine Aura suggestiver Erotik, und nun erkannte sie zu ihrer nicht geringen Bestürzung, wie ihr feine Röte in die Wangen stieg. Benazir starrte sie an, als habe sie ihre Lehrerin noch niemals gesehen.

Martha wandte sich hastig ab. „Was meinst du", erkundigte sie sich betont beiläufig, „warum wurden die Reformen von Aman Ullah so gewaltsam beendet? Wegen des Islam oder wegen seiner frauenfreundlichen Gesetze?"

Benazir benötigte einige Sekunden, um sich auf das neue Thema einzustellen. „Oh, die Männer fürchteten um ihre Macht. Männer können so stark sein, wie sie wollen, aber eine Frau wird dennoch stets Macht über sie besitzen."

Martha nickte langsam. „Ich denke, im Grunde fürchten sie sich vor uns."

Benazir wandte sich ihr ruckartig zu, als sei ihr der Gedanke noch nie gekommen.

„Es ist zumindest die Ansicht meiner Mutter, und mein Vater hat sie nie bestritten."

„Ihr Vater? Aber der ist doch ein Mann!"

„Höchstwahrscheinlich." Martha verbiss sich ein Lächeln. „Unglaublich, so eine Verkleidung. Meine Mutter behauptete immer, so ein Hauch von Stoff sei für Männer aufregender als ein unverhülltes Gesicht."

Benazir schüttelte zweifelnd den Kopf, erkundigte sich jedoch auf Pashto nach dem Preis für den Schleierstoff, der sich in der Tat astronomisch anhörte, sogar für eine Tochter aus reichem Hause.

Martha lachte schelmisch. „Siehst du? Der transparenteste Stoff ist auch der teuerste. Warum wohl? Komm, probiere ihn an."

Sie drapierte den Schleier, das Mädchen sah einfach hinreißend aus und bewegte sich ganz gelöst vor dem Spiegel, bis sie plötzlich aufseufzte. „Ich fürchte, die Imame haben Recht, wenn sie erklären, es sei die Aufgabe von uns Frauen, keine bösen Signale auszusenden, und dass wir uns deshalb verschleiern müssten."

„Böse Signale? Du bist viel schöner als ich. Heißt das, dass deine Signale noch weit böser sind als die meinen?"

„Ich bin nicht schöner als Sie!" Benazir protestierte derart entrüstet, dass Martha sie lachend in den Arm schloss.

„Wenn ein Mann zugegen wäre, könnte er dir bestätigen, wie Recht ich habe."

Das Mädchen wirkte unglaublich erotisch, auch wenn es sich jetzt den Mantel tiefer übers Haar zog.

„Warum lässt du dein Haar nicht frei, der Schleier verhüllt doch ohnehin dein Gesicht bis zu den Augen."

„Aber das geht doch nicht!" Benazir drängte Marthas Hand zu Seite. „Das Haar der Frau erinnert doch an..., an Schamhaar."

„Stammt das auch von deinem Imam? Und falls das so ist, warum sind dann viele Männer so begeistert von langem Frauenhaar?" Martha winkte ärgerlich. „Das sind doch alles nur Ausreden, erdacht von Männern, die mit ihren Gefühlen nicht klar kommen. Ich denke bei meinem Haar genauso wenig an Schamhaar wie beim Haupthaar meines Bruders."

„So etwas dürfen Sie nicht sagen!"

„Wieso? Lass dich nicht betrügen, Männern geht es nur um Kontrolle über uns Frauen. Das war schon immer so."

„Auch in Deutschland?"

„Zumindest zur Zeit. Meine Mutter betonte immer, dass jedes Land seine eigenen Schleier besitze, manche kannst du sehen und andere nicht." Martha blickte auf ihre Uhr. „Ich fürchte, ich muss so langsam aufbrechen, ich begleite dich noch zur Kutsche."

„Aber vorher müssen wir noch diese Stoffe kaufen!"

Martha zog entschieden den Brokat von den Schultern. „Leider kann ich mir das nicht leisten."

„Oh, es handelt sich um ein Geschenk, von mir und meiner Familie."

Martha runzelte die Stirn und Benazir errötete bis in den Nacken. „Ich..., ich wollte Sie nicht beleidigen", stotterte sie, als die Pause länger wurde.

„Beleidigen? Du sorgst seit Wochen dafür, dass ich nicht verhungere." Martha wusste selbst nicht, weshalb sie das so offen aussprach.

„Das..., das ist eine Freude für mich. Ich wünschte, ich könnte besser kochen..." Sie wusste nicht weiter, und Martha hauchte ihr ganz impulsiv einen Kuss ins schwarze Haar. „Du bist so süß, aber dieser Stoff ist entschieden zu kostbar."

Entschlossen legte sie alles zurück und versuchte zu ignorieren, wie das Mädchen ganz vorsichtig die Finger auf jene Stelle legte, die Marthas Lippen berührt hatten. Ihr wurde ganz warm ums Herz, und wieder fühlte sie den wissenden Blick der alten Afghanin, der Benazir gleich darauf Geld in die Hand drückte. Die Inhaberin verpackte schmunzelnd alle Einkäufe, und als Martha dem Mädchen einen vorwurfsvollen Blick zusandte, da lächelte sie nur triumphierend. Augenblicke später warf sie sich bereits ihre Burka über und huschte aus dem Laden.

Zu ihrer Überraschung trat sie jedoch gleich darauf in eine Parfümerie und erläuterte der verblüfften Martha, dass Stoff und Parfüm stets zusammen gehörten. Die Flakons standen gut sichtbar, doch der Händler bediente sie durch einen Vorhang hindurch, so dass er seine Kundinnen gar nicht erkennen konnte.

Benazir wusste anscheinend sehr genau, was sie wollte, so entschieden deutete sie auf einen der Flakons. Die Erklärung des Händlers ließ an Eindeutigkeit nichts zu wünschen übrig. „Moschus, der Duft der Nacht."

Martha zuckte nun doch ein wenig, als Benazir das Parfüm probierte und Martha auffordernd ihr Handgelenk entgegenstreckte.

„Ob das Ihrem Bruder gefallen würde?"

Eine Antwort wartete sie gar nicht erst ab und legte das Geld in eine Klappe, die der unsichtbare Händler zu sich herein zog. Martha seufzte lautlos. Von dem Betrag für Stoff und Parfüm hätte sie wahrscheinlich ein Jahr lang ihren Lebensunterhalt bestreiten können. Außerdem fragte sie sich ernsthaft, was Adolf wohl von der Angelegenheit halten würde. Nein, das ging auf keinen Fall, nicht dieses Parfüm.

Als die beiden auf die Straße traten, flüsterte Martha durch den Schleier. „Schließen wir einen Kompromiss, ich nehme den Stoff und du das Parfüm."

Benazir stand plötzlich stocksteif, dann lachte sie grausig auf. „Für mich, für meine Hochzeit?" Im nächsten Moment brach sie hysterisch in Tränen aus. Sie schluchzte so laut, dass die ersten Passanten innehielten. Martha wusste sich schließlich keinen anderen Rat und dirigierte Benazir zum Geisterhaus hinüber. Ihr Schützling zitterte wie im Fieber und Martha war unglaublich erleichtert, als sie schließlich Davids Schlüssel aus der Tasche zerrte, um die Hintertür aufzuschließen.

Das Bad

Kabul, 7. Oktober 1941
19:00 Uhr

Martha dirigierte ihren Schützling durch die Pforte und schloss hinter ihr ab. In dem Gebäude war es so dunkel wie immer. Martha entzündete eine der Öllampen und zog ihrer Begleiterin den Schleier vom Kopf. Das Mädchen zitterte wie Espenlaub und schien gar nicht zu begreifen, wo es sich eigentlich befand.

Doch als draußen der erste Muezzin zum Abendgebet rief, sank Benazir in die Knie und sammelte sich zum Gebet, ehe sie plötzlich innehielt, als schäme sie sich, in Marthas Gegenwart ihrer Frömmigkeit nachzugeben. Martha nickte ihr beruhigend zu. „Bitte, lass dich nicht stören."

Benazir schluckte. „Christen beten wohl nie?"

„Oh doch. Wie kommst du darauf?"

„Ich..., ich sah Sie niemals beten."

Martha hob die Schultern. „Nun, ich glaube einfach nicht, dass ein Gott existiert, der sich die Mühe machen würde, mich oder meine Eltern zu beschützen."

Martha wusste sehr wohl, wie sehr ihre Bemerkung Benazir verunsichern musste, doch dann folgte draußen ein Muezzin dem nächsten, und ihr Schützling konnte dieser machtvollen Aufforderung schlicht nicht widerstehen.

Martha hielt stumm die Lampe und beobachtete die ihr inzwischen längst vertrauten und doch so fremden Gebärden eines innigen Gebets. Als Benazir sich schließlich erhob, waren alle Tränen versiegt, und Martha empfand beinahe so etwas wie Neid. Der Trost eines Gebets war ein für sie unerreichbarer Quell der Zuversicht.

„Wo sind wir eigentlich?", fragte Benazir nach einem verwirrten Rundblick.

„Du erinnerst dich an Davids Schlüssel?"

Ihre Miene erhellte sich schlagartig. „Und wann wird er kommen?"

Martha konsultierte ihre Uhr. „Erst in einigen Stunden." Noch während sie sprach, spürte sie mit einem Mal die Nähe ihres Dschinns, auch wenn sie wie üblich keine Ahnung hatte, wie nahe er ihr tatsächlich sein mochte. Martha wollte sich beileibe nichts anmerken lassen, Benazir war schon genug durch den Wind, und so zog sie das Mädchen eilends tiefer hinein in das dunkle Bauwerk.

Der Gang durch das verlassene Gemäuer hatte auf Benazir eine durchaus magische Wirkung. „Wie in 1001 Nacht", wisperte sie mit Verschwörermiene. „Ein Haus der Liebe."

Martha schüttelte sie ärgerlich. „Unsinn! David und ich sind kein Liebespaar, wir…" Sie brach ab und die Pause wurde länger, bis Martha sie schließlich weiterzog.

Als sie den Badetrakt erreichten, hätte Benazir kaum fassungsloser reagieren können. „Das Paradies", flüsterte sie wie gebannt und erläuterte ihrer Lehrerin, dass sich in ihrer Familie hartnäckig das Gerücht von einem paradiesähnlichen Harem hielt, der sogar ein eigenes Bad mit Warm- und Kaltwasserversorgung besäße. Angeblich gehörte er Saids längst verstorbenem Großvater.

„Kann man hier tanzen?" raunte Benazir. „Ich meine, existiert hier ein riesiges Bett mit einem Brunnen davor?" fasziniert sah sie sich um, um gleich darauf Martha aufs Neue zu alarmieren. „Auf dem Herd steht warmes Wasser!"

Tatsächlich enthielt ein Bottich warmes Wasser, und im Herd schwelten noch Reste von Glut. Sie waren tatsächlich nicht allein! Marthas Puls beschleunigte sich, unwillkürlich tastete sie unter ihrer Jacke nach der neulich erbeuteten Pistole.

„Ihr Engländer hat Wasser vorbereitet", staunte Benazir. „Unglaublich, ein Mann, der einen Herd entzündet, damit eine Frau…" Sie kicherte leise, und Martha stimmte erleichtert ein. Weiß Gott, so musste es sein. David hatte sie neulich beim Bad beobachtet und für heute Wasser vorbereitet, sozusagen als Friedensangebot. Ja, das war schon weit eher der alte David. Unwillkürlich überprüfte sie die Handtücher – zwei waren feucht. Der Schwerenöter hatte selbst gebadet!

„Das ist ziemlich…, wie heißt das auf Deutsch? Ziemlich romantisch", wisperte Benazir und Martha bemühte sich krampfhaft, ihr nicht in die Augen zu blicken.

„Ich werde ein Bad nehmen", verkündete sie mit unsicherem Auflachen. „Komm, füllen wir Wasser nach!"

Ihre Begleiterin schöpfte eilends Wasser aus dem Pool und Martha schichtete frisches Holz in den Herd. Bald blubberte es verheißungsvoll. Vor Benazir hatte sie keine Hemmungen, ihre Kleidung abzulegen und ignorierte nach Kräften, dass sie das Mädchen fasziniert anstarrte. „Möchtest du auch?"

Martha streifte die letzten Kleidungsstücke ab. Sie hatte schon in Benazirs Harem bemerkt, dass ihr Schützling im Gegensatz zu ihr nach islamischer Sitte völlig rasiert war. Als Martha nun die letzten Kleidungsstücke zur Seite warf, da schlug das Mädchen in kindlicher Entrüstung die Hände vors Gesicht. Martha begriff sehr wohl, was sie monierte und errötete nun selbst ein wenig.

„In Europa ist das Rasieren nicht üblich", hielt sie rasch dagegen.

„Nein? Aber das ist ja widerlich." Das kam ihr ganz spontan über die Lippen, ehe sie entsetzt die Hand auf den Mund presste. Martha entschärfte die Lage mit einem Zwinkern.

„Ich..., ich wollte wirklich nicht..."

Martha lachte sie an und packte ihre blonde Mähne in eines der Badetücher. Dann glitt sie schnell hinein in den dunklen Pool. Einfach wunderbar. Überhaupt schien ihr alles seltsam verändert, sogar Iskenders Aura war hier unten nicht mehr wahrzunehmen. Als sie nach mehreren Runden herausstieg, empfing sie Benazir mit bewunderndem Blick.

Jetzt galt es nur noch, den Staub der letzten Tage aus dem Haar zu spülen. Bei ihrem langen Lockenhaar musste sie allerdings höllisch aufpassen, damit es nicht verfilzte. Sie bückte sich tiefer und tiefer über den Beckenrand, als sie plötzlich zwei weiche Mädchenhände im Nacken spürte. Martha griff instinktiv zu, doch schob das Mädchen sanft ihre Finger zur Seite, um ihr dann sanft durch das Haar zu fahren. Es schien ihr wie Magie, als kreiere jede Berührung einen warmen Strom.

Jetzt streichelte Benazir bereits andächtig über Marthas Hals und Rücken. Die weichen Hände waren so schmeichelnd, dass Martha wohlig die Augen schloss.

„Sie haben mich doch nach einem Schloss gefragt", flüsterte Benazir. Das kam so unvermittelt, dass Martha sich abrupt versteifte.

„Ich erinnere mich an eines. Eigentlich gehörte es Saids Großvater. Als Kinder nannten wir es das *Schloss der Träume*. Wir besuchten es vor vielen Jahren, als mein Vater noch unter uns weilte."

„Besitzt es drei Minarette?"

„Oh nein, nur eines." Benazirs Finger huschten schmeichelnd über ihren Rücken, und Martha ergab sich von Neuem jeder Berührung, schien versinken zu wollen in dieser überwältigenden Sinnlichkeit.

„Legen Sie sich hin", drängte Benazir und deutete auf die diwanartige Liege unweit des Herdes. Die Versuchung war zu groß, um das Angebot auszuschlagen und so streckte sie sich auf dem Bauch liegend aus. Das Herdfeuer strahlte bis zu ihr herüber, Martha schloss unwillkürlich die Augen.

Mädchenhände glitten über ihren Rücken und hinab bis zu den Hüften und schließlich zwischen den Beinen bis zu den Zehen. Martha musste an sich halten, um nicht zusammenzuzucken wie ein Kind. Sie war drauf und dran, eine neue Welt zu betreten, und sie wusste beim besten Willen nicht, ob sie diese Tür nicht spornstreichs verschließen sollte.

„Das ist das einzige, was uns bleibt", flüsterte Benazir, als lese sie ihre Gedanken.

„Wie meinst du das?", murmelte sie ahnungsvoll.

Benazir wand sich ein wenig, Martha spürte es deutlich an ihren Händen. „Wir machen das, seit ich ein Kind war. Bei…, bei jungen Männern soll das ähnlich sein. Sagt man zumindest."

Martha hob den Kopf und erhaschte einen Blick in ein feuerrotes Mädchengesicht. „Sonst kennen wir körperlichen Kontakt nur im Märchen", murmelte Benazir, „und auch da ist es verpönt. Sogar mein Vater hat viele Seiten aus 1001 Nacht herausgerissen."

Martha lachte leise. „Und dabei hörte ich immer, im Islam gäbe es keine körperliche Nähe."

Jetzt lachte ihr Schützling beinahe überlegen. „Weil sie verboten ist? Ich hörte, dass selbst unter Christen der Ehebruch verboten ist, und doch geschieht er."

„Erzähl mir von dem Schloss der Träume", lenkte sie ab und dehnte sich in der Wärme. „Woher stammt sein Name?"

„Das weiß ich nicht, aber meine Stiefmutter erzählte, dass sie dort ihren Sohn empfing."

„Said?" Martha drehte sich um, als sich Benazirs Hände von ihrem Körper lösten. Sie verspürte beinahe so etwas wie Enttäuschung. Ihre Schülerin huschte jedoch nur zu einem der Schränke hinüber, in denen Martha vor einigen Tagen allerlei Kosmetikutensilien entdeckt hatte. „Legen Sie sich auf den Rücken", drängte sie, als sie schließlich zurückkehrte.

Martha zögerte zwar instinktiv, doch überwand die Magie dieses Augenblicks all ihre Bedenken. Als sie sich ausstreckte, rieb sie das Mädchen mit heißem Wasser und schäumender Seife ab, dann spürte sie unvermittelt eine scharfe Klinge auf ihrer Haut. „Liegen Sie still", wisperte Benazir. „Es wird Ihnen gefallen."

Ohne eine Antwort abzuwarten, begann sie die Rasur. Anfangs kämpfte Martha noch mit dem schier unüberwindlichen Drang, die Klinge wegzudrücken, doch ergab sie sich bald in ihr unerwartetes Schicksal. Der blanke Stahl huschte spielerisch zwischen ihre Beine und unter ihre Achseln. Aus der Rasur wurde schnell ein scheues Spiel, das Sekunde für Sekunde an Intensität gewann. Die Gewissheit körperlicher Hingabe überwältigte sie, sie vermochte sich einfach nicht zu wehren, als die Erfüllung schier unwiderstehlich durch ihre Hüften flutete. Ein schrecklich wunderbares Gefühl, dass sie völlig hilflos zurückließ. Als sie ihre Umgebung endlich wieder wahrnahm, saß Benazir neben ihr, die sanfte Hand noch immer zwischen Marthas Beinen. Noch vor wenigen Minuten hätte Martha sich hastig zur Seite gedreht, doch jetzt ertappte sie sich dabei, dass sie wie hypnotisiert ihre Beine öffnete. Und so hoch die Woge sie vorhin noch getragen, so sanft glitt sie bald hinab in ein tiefes Tal entspannter Ruhe.

Sie schwiegen lange, die wohlige Wärme tat das ihre. Martha dämmerte weg, ehe ihr klar wurde, wie sehr sie die letzten Tage ausgelaugt hatten. Sie kam erst zu sich, als etwas ihre Scham kitzelte. Keine Mädchenfinger, das war...

Ruckartig richtete sie sich auf.

Benazir stand neben ihr. Die Berührung stammte von einem winzigen Pinsel, den Benazir gerade in Hennafarbe tauchte. Außerdem hatte sie die Lampe unmittelbar neben Martha platziert, die nun sprachlos an sich hinunter sah, hinab auf eine wundervolle Blüte, die sich auf schlankem Stängel von ihrer Scheide bis zum Bauchnabel zog. Sie kannte dergleichen Haremsmalerei, hatte sie jedoch noch nie an sich ausprobiert.

„Leider war nur noch ein Farbrest vorhanden", murmelte Benazir entschuldigend und stellte das Farbtöpfchen zur Seite. „Sie sind dennoch nicht böse, oder?" Und ehe Martha noch reagieren konnte, drückte das Mädchen ihre Lippen bereits sanft auf Marthas Finger, die nicht so recht wusste, wie sie sich verhalten sollte.

„Könnten Sie sich vorstellen, in einem Harem zu leben?", flüsterte Benazir unvermittelt.

Martha riss die Augen auf. „Nun, in Deutschland wäre das sehr ungewöhnlich."

„Ich weiß. Aber könnten Sie es sich vorstellen? Ich meine... mit mir?" Martha starrte sie an. Sie spürte deutlich, wie ihre Begleiterin gleich mehrfach Anlauf nahm, bis sie schließlich herausplatzte. „Also..., also wenn wir den gleichen Mann hätten, dann hätte ich nichts dagegen."

Martha biss sich auf die Lippen, um ihren Schützling nicht zu kränken. „Aber vielleicht hätte ich etwas gegen deinen Mann?"

Benazir senkte den Blick. „Ich könnte auf Ihre Kinder aufpassen. Ich meine, dann wäre ich..., ich meine..."

„Wie wäre es denn mit deinen eigenen Kindern?"

Das Mädchen antwortete nicht. Martha dachte für einen Augenblick an Adolf und fragte sich absurderweise, was er jetzt wohl sagen würde? Und so wurde sie völlig überrascht von Benazirs vorsichtiger Frage. „Wir wurden vorhin unterbrochen, ich meine bei der Sache mit Mann und Frau? Ich meine, woher kommen die Kinder?"

Martha riss entgeistert die Augen auf. „Hat dir deine Mutter nicht..., weißt du wirklich nichts darüber?"

Benazir atmete tief durch. „Also nicht so richtig."

„Und du warst nie Zeuge, wenn ein Hengst eine Stute besprang?"

Benazir wurde doch etwas bleich um die Nasenspitze. „Ist das beim Menschen genauso? Das ist ja ekelhaft. Ich hörte so Schreckliches. Ich meine über die Hochzeit."

„Vielleicht ist es schön? Denk doch an Romeo und Julia."

„Aber eine Tante erzählte von einer wahrhaft furchtbaren Hochzeitsnacht. Sie meinte, der Bräutigam nähme sein Schwert, um den Leib der Braut zu öffnen..."

Martha konnte sich nicht länger beherrschen. Die ganze Anspannung brach sich Bahn und mündete in einem herzlichen Gelächter. Sie verhielt sich verflixt unfair, aber es ging einfach nicht anders.

Benazir fuhr beschämt zurück. Martha haschte noch nach ihrer Hand, doch zuckte ihr Schützling nur umso heftiger. Vielleicht wäre alles nur halb so schlimm gewesen, hätte Martha jetzt ihre Heiterkeit gezügelt, aber sie schaffte es einfach nicht. Mit einem Lachen sprang sie von der Liege, und das trieb ihre Schülerin nun endgültig zurück an den Pool. Schon stand sie auf den ersten Stufen, die Füße im Wasser, dann verlor sie auf den glatten Kacheln urplötzlich jeden Halt. Benazir rutschte aus, schlug mit dem Kopf gegen das Metallgeländer und tauchte mit gurgelndem Schrei ins Wasser. Im nächsten Augenblick war sie verschwunden.

Martha stand wie versteinert. Das Metallgeländer vibrierte, und die Wasseroberfläche beruhigte sich, dann wurde es still.

„Benazir", schrie Martha in jäh aufflammender Angst. „Benazir?"

Keine Antwort.

Unter Wasser

Kabul, 7. Oktober 1941
21:00 Uhr

Martha geriet zunehmend in Panik. Benazirs Selbstmorddrohung hallte wie Donnerklang in ihren Gedanken. Mein Gott, was hatte sie nur angerichtet? Außerdem konnte das Mädchen nicht schwimmen!

Voller Angst stürzte sie sich ins Wasser, tauchte nach unten und tastete wild umher. Das Becken war viel tiefer, als sie vermutet hätte, in der tintigen Brühe war kaum etwas zu erkennen. Als sie nach oben musste, um Luft zu holen, gab es immer noch keine Spur ihres Schützlings. Erneut tauchte sie unter, erreichte wieder den Grund. Als sie sich herumwarf, glaubte sie einen Schatten zu erkennen. Mit mächtigen Stößen schwamm sie darauf zu. Augenblicke später packte sie einen unter Wasser treibenden Körper. Er hing irgendwie fest, sie zerrte mit aller Macht. Noch ein verzweifelter Ruck, und er löste sich. Martha riss die leblose Gestalt nach oben. Doch was da kaum einen Meter neben ihr im Halbdunkel des Pools durch die Oberfläche brach, war nicht Benazir, sondern der Kopf eines Mannes mit weit geöffnetem Mund und starren Augen, die blicklos durch Martha hindurch starrten. Eine Maske der Verzweiflung. Es war der schiere Albtraum.

Martha stieß den Leichnam von sich, er versank in der Flut. Das Herz schlug ihr bis zum Hals, und sie hatte Mühe, sich über Wasser zu halten. Wer war dieser Tote? Doch der Gedanke an Benazir verdrängte jede Überlegung. Wieder warf sie sich nach unten und wieder rang sie nach Luft. Sie musste hoch, sie..., da schlang sich langes Haar um ihren Arm. Benazir, sie musste es einfach sein! Offenbar hatte sie sich hinter einer Stange des Geländers verfangen. Martha zerrte das reglose Mädchen heraus und tauchte nach oben. Augenblicke später schleppte sie ihren Schützling bereits zum Rand des Beckens.

Benazir reagierte nicht und hatte die Augen geschlossen, als sie sie auf den Rücken legte. Ihr Vater hatte Martha einst gezeigt, wie man mit einem bewusstlosen Schwimmer umgeht, doch war das alles Theorie!

In ihrer Angst überwand Martha jede Hemmung. Sie öffnete Benazirs Lippen, holte tief, tief Luft und blies ihren Atem in die Lungen des Mädchens. Keine Reaktion. „Atme!“, keuchte sie, „atme...!“

Sie versuchte es wieder und wieder, bis Benazir qualvoll aufhustete. Auf den Bauch, nein auf die Seite, sie musste sie auf die Seite legen. Oder doch auf den Rücken? Was hatte sie ihr Vater gelehrt? Sie war sich überhaupt nicht sicher, als sie das Mädchen auf die Seite zerrte.

Doch zum Glück drang nun ein Wasserschwall über Benazirs Lippen, und dann schlug sie unter einem krampfartigen Hustenanfall die Augen auf. Ihr Blick schimmerte glasig im Flackerlicht der Öllampe, gewann jedoch schnell an Klarheit. „Allah...!“ Weniger ein Name denn ein Seufzer.

„Alles in Ordnung?“ Martha zitterte noch immer vor Angst und Anspannung.

Die Gerettete nickte schwach, doch als sie schließlich auf die Füße wollte, versagten sie den Dienst. Das Mädchen sank sprachlos zurück.

„Kind, so sag doch was!“

Die Sprachlosigkeit ängstige sie mehr, als sie zugeben wollte. Benazir starrte sie an und legte verwirrt die Finger an die Lippen. Offenbar erinnerte sie sich an Marthas Beatmungsversuch. „Was..., was...?

In hilfloser Reaktion berührte sie den Finger mit der Zungenspitze. Dann sank ein riesengroßer Mädchenblick direkt in Marthas Augen. Eine stumme Frage.

„Es tut mir leid“, murmelte Martha. „Ich musste es tun, ich hatte keine Wahl. Du wärst mir erstickt.“

„Erstickt...?“

Die dunklen Augen flackerten entsetzt.

„Ich blies dir meinen Atem in den Mund", setzte sie sie ins Bild.

Die Mädchenaugen folgten ihrer gestikulierenden Hand. „Und dann..., dann haben Sie mich geküsst?" Ein heller Schimmer flog über ihr Gesicht und Martha holte tief Luft, als sich ihr Schützling unverhofft an sie klammerte.

„Danke", murmelte Benazir und drückte in aufwallendem Impuls ihre Finger an Marthas Lippen. Die weiche Berührung hatte etwas unglaublich Zärtliches. Das warme Lächeln verstärkte sich, und selbst ihr Blick schien an unergründlicher Tiefe zu gewinnen. Martha griff in das feuchte Mädchenhaar und zog den Kopf dicht zu sich heran, bis sie die glatte Stirn an der ihren fühlte. Ihr Schützling hielt ganz andächtig still, als fürchtete sie, es könnte allzu schnell vorüber sein. „Sag was", flüsterte Martha schließlich.

Ein schwaches Kopfschütteln, aber ein glückliches Lächeln. Das sanfte Gesicht war so verführerisch, dass Martha ihr einen Kuss auf die Lippen drückte. Der Mund war weich und ängstlich, eine Angst, die sich schnell verlor, bis sie sich ein wenig atemlos voneinander trennten. „Schön", raunte es an Marthas Ohr und der geschmeidige Körper entspannte sich wohlig in ihren Armen.

Der Tote!

Die jähe Erinnerung war wie ein Schlag. Benazirs Augen weiteten sich entsetzt, als Martha wie von der Tarantel gestochen auf die Füße sprang.

„Allah, wollen Sie wieder ins Wasser?"

Doch Martha ließ sich nicht abhalten, obwohl die Erinnerung an die starren Augen des Ertrunkenen sie noch immer schaudern ließ. Ein Medusenblick. Dennoch, sie musste wissen, wen sie entdeckt hatte. Augenblicke später stürzte sie sich bereits ins Wasser. Das letzte, was sie noch hörte, war Benazirs Schreckensschrei.

In Marthas erhitztem Zustand schien das Wasser geradezu eisig, als sie mit hektischen Zügen unter Wasser suchte. Dann griff sie ganz unverhofft in nasse Kleidung. Ein schrecklicher Moment, Abscheu schien sie schier zu überwältigen, doch dann berührten ihre Zehen den unsichtbaren Boden des Pools und stießen gegen ein scharfkantiges Hindernis. Und obwohl sie so kraftvoll wie möglich in die Kleidung des Toten griff und mächtig nach oben strebte, es bereitete ihr größte Mühe, den Reglosen aus dem Wasser zu ziehen. Erst auf der letzten Stufe begriff sie überhaupt, dass die Hände des Mannes auf dem Rücken gefesselt und seine Beine zusammengeschnürt waren.

Martha war so schockiert, sie registrierte nur am Rande, wie Benazir mit ersticktem Schrei die Hände vors Gesicht presste.

Sie taumelte mit der Lampe heran, doch als das Licht das Antlitz des Toten aus der Dunkelheit riss, ließ sie mit gellendem Schrei die Öllampe fallen. Im nächsten Moment tauchte die Szene zurück in diffuses Dämmerlicht.

„Sahir", ächzte Benazir. „Mein Bruder Sahir."

Um Martha drehte sich alles. Sahir, der ihr erst vor wenigen Tagen die Kriegsflagge überreicht hatte. Das war keine Tragödie, das war ein Albtraum.

Benazir klammerte sich an Martha, als suche sie Schutz vor den maskenhaft erstarrten Zügen des Toten – ein Antlitz, wie ein grässlicher, lautloser Schrei.

Das Mädchen sank neben dem Bruder in die Knie und versuchte mit zitternder Hand die grausigen Augen zu schließen. Sahirs Kopf sackte zur Seite. Wasser sickerte aus seinem aufgerissenen Mund und über ihre Hände. Das war so entsetzlich, dass sie mit einem Aufschrei über ihm zusammenbrach.

Erst dieser Schrei erlöste Martha aus ihrer lähmenden Starre. Sie entzündete weitere Kerzen und verteilte sie neben dem Leichnam, so dass sie ausreichend Licht erhielten. Als sie den Hemdkragen des Toten öffnete, da entdeckte sie eine Schnur, die sich erbarmungslos in Sahirs Hals gegraben hatte. Sie war im Nacken verknotet, man hatte ihn erdrosselt.

Die weinende Schwester versuchte hilflos den Knoten zu lösen, keine Chance bei dem nassen Strick. Martha holte schließlich das Rasiermesser und hatte dennoch Mühe, das grausige Halsband zu öffnen, ohne den Hals des Opfers zu verletzen.

„Warum hat man Sahir...?" Das Wort *ermordet* wollte ihr nicht über die Lippen. „War..., war es Ihr Engländer, dieser David?"

„Unmöglich!" Marthas Antwort kam schnell und wie aus der Pistole geschossen, doch Benazir schien weit weniger überzeugt. „Aber er ist doch der Einzige, der außer Ihnen einen Schlüssel besitzt", insistierte sie. „Vielleicht war er bereits vor unserer Ankunft im Haus!" Sie formulierte Marthas grässlichsten Verdacht.

„David würde so etwas niemals tun."

Benazir nestelte hilflos an den Fesseln des Toten.

„Hatte dein Bruder Feinde?", drängte Martha. „Ich glaube nicht, dass ihn ein Einzelner fesseln konnte. Wer sind die Leute, in deren Gesellschaft er sich anscheinend so verändert hatte?"

Benazir schüttelte unter Tränen den Kopf. Doch die Frage nach dem Täter war nur eine Seite des Dramas. Weshalb hatte man Sahir ausgerechnet hier ermordet? Wollte man ihr oder David einen Mord anhängen? Schließlich konnten sie beide unmöglich zugeben, vor Ort gewesen zu sein. „Wusste dein Bruder eigentlich, wo ich David treffen wollte?"

Benazir riss entsetzt die Augen auf.

„Hast du Davids Brief geöffnet?"

„Aber nein!"

„Aber er wurde geöffnet! Ich vermute über heißem Wasserdampf. Könnte das Sahir gewesen sein?"

Benazir erwiderte nichts, und Martha schloss sie tröstend in die Arme. „Nun komm, du weißt davon. Was ist passiert?"

„Sahir beobachtete mich, als ich einen der Briefe abholte."

Martha atmete tief durch. „Hat er auch David bemerkt?"

Benazir hob nur hilflos die Arme, und Martha war ganz übel, als sie die Konsequenzen abwog. Nicht auszudenken, wenn ihr Schützling sein Wissen preisgab. David war unter Umständen durch seinen diplomatischen Status geschützt, aber sie stand völlig alleine.

Plötzlich hörte sie, wie Benazirs Zähne aufeinander schlugen. Das war nicht nur der Schock, das war sicher auch die Kälte. Martha erging es nicht viel besser, und so zwang sie das Mädchen förmlich, sich wieder anzuziehen. Doch Benazirs Frösteln endete erst, als sie Sahirs Gesicht mit einem Handtuch verhüllte.

Martha sah mittlerweile ein weiteres Problem. Falls ihre Uhr sie nicht trog, dann würde David binnen einer Stunde hier auftauchen.

„Was..., was sollen wir tun?", unterbrach Benazir ihre hektischen Überlegungen. „Wir können meinen Bruder nicht liegen lassen! Meine Familie könnte uns helfen..."

„Deine Familie?" Martha vermochte einen bitteren Unterton nicht zu unterdrücken. „Weder David noch ich dürfen unsere Anwesenheit an diesem Ort zugeben. Unser Treffen wäre so etwas wie Kollaboration mit dem Feind, zumindest in meinem Fall. Und auch du hättest ernsthafte Schwierigkeiten, deine Anwesenheit zu erklären."

„Aber Sahir ist doch mein Bruder!"

„Man wird unterstellen, dass Sahir unsere heimlichen Unterrichtsstunden entdeckt habe und sie verhindern wollte. Als wir ihn entdeckten, entschlossen wir uns, ihn einfach umzubringen, um eine Entlarvung zu verhindern. Das wäre ein gefundenes Fressen für das konservative Kabul. Mädchen ermordet Bruder, weil sie Lesen lernen will."

„Aber..."

„Muss ich dir sagen, was das Wort zweier Frauen hier am Hindukusch wert ist? Dazu kommen noch Davids Briefe, die du mir zugestellt hast. Man würde dich umgehend der Konspiration verdächtigen." Martha kam gar nicht weiter, denn Benazir brach nun erneut in Tränen aus. Martha schloss sie aufmunternd in die Arme. „Nein, so geht es nicht. Wir müssen erst einmal herausfinden, was hier eigentlich gespielt wird."

Damit bückte sie sich, um die Fesseln des Toten genauer zu untersuchen. „Das sind recht bemerkenswerte Knoten!"

Zu ihrer Überraschung reagierte Benazir mit beachtlicher Aufregung. „Allah, die kenne ich! Sahir zeigte mir erst jüngst solch einen Knoten, angeblich hat ein Freund damit geprahlt."

„Hat dieser Freund auch einen Namen?"

Benazir antwortete nicht.

„Handelt es sich um Sahirs üble Gesellschaft?"

Das Mädchen wirkte jetzt geradezu verängstigt, und Martha schüttelte sie sanft. „Nur Mut, erzähle mir alles, woran du dich erinnerst."

„Sahir war ganz verändert, seit er mit diesen Menschen herumzog, aber Namen kenne ich nicht. Seit Wochen sprach er nur noch von Krieg und Kampf. Er bedrohte mich sogar. Was..., was machen wir jetzt?"

„Wann hast du deinen Bruder zuletzt gesehen?"

„Gestern. Er ging gerade aus."

„Aber du weißt nicht wohin?"

„Im Grunde sprach er kaum noch mit mir."

Offenbar war der junge Mann in sehr konservative Zirkel geraten. „Nun gut. Wir durchsuchen das Haus. Ich will wissen, wie der Mörder in das Gebäude gelangte." Dabei zog sie die Pistole aus ihrer Handtasche.

Als sie durchlud, musterte Benazir sie mit übergroßen Augen. „Ich wusste gar nicht, dass Sie schießen können."

„Du würdest dich wundern", murrte Martha grimmig.

Ihr Schützling griff vorsichtig nach der Waffe, zuckte aber jäh zurück. „Saids Pistole! Ich kenne sie genau."

Martha hatte größte Mühe, ein Zusammenzucken zu verhindern. Das verkomplizierte die Lage, damit hatte sie nicht gerechnet.

„Woher haben Sie diese Waffe?" Zum ersten Mal schwang ein Anflug von Misstrauen in der ängstlichen Stimme. Martha versuchte es mit Offenheit. „Hör zu, ich kann das jetzt nicht erklären. Aber die Waffe hat nichts mit Sahirs Tod zu tun, das schwöre ich. Du musst mir vertrauen, und nun lass uns gehen!"

Das Mädchen folgte ihr zögernd nach oben. Als sie das Treppenhaus bereits hinter sich hatten, erreichte sie plötzlich das Klirren eines Schlüssels. David!

„Los", zischte Martha. „Nach unten! Er darf den Leichnam nicht sehen!"

Sie stürzten zurück an den Pool und schleppten den Toten in einen kleinen Nebenraum des Bades, der wohl früher als Abstellkammer diente. „Du wartest hier, und verhältst dich ruhig!"

Deportation

Kabul, 7. Oktober 1941
22:15 Uhr

Martha hastete zurück zum Pool und schlang sich eilends eines der feuchten Tücher um den Kopf, als habe sie gerade ein Bad genommen. Keinen Augenblick zu früh, eilte doch David erwartungsvoll herein. Er stockte erst, als er die feuchten Badespuren und das Herdfeuer gewahrte. „Du hast wieder gebadet?“, fragte er konsterniert.

Martha musterte ihn verwirrt. Wieso erkundigte er sich nach dem Bad? Schließlich hatte er doch selbst das Wasser auf den Herd gesetzt. Andererseits war das Bad ein durchaus verfängliches Thema, schließlich fand sich auf dem Boden auch die Tropfenfährte in den Nebenraum. Nicht auszudenken, wenn er die Spuren genauer unter die Lupe nahm. Nein, sie musste die Initiative ergreifen, und so konfrontierte sie ihn mit einer eher beiläufig hingeworfenen Frage. „Wann werden wir eigentlich deportiert?“

Der junge Engländer stand stocksteif und suchte krampfhaft nach Worten, so dass Martha blitzschnell nachsetzte. „Nur, dass ich das richtig verstehe. Du belauschtest mich also neulich wie ein Pennäler und plantest zugleich, mich und meine Landsleute in ein Lager zu pferchen? Bekleidest du vielleicht einen Posten beim Lagerpersonal, damit wir uns häufiger treffen können?“

Jedes ihrer Worte war wie ein giftiger Pfeil, und jedes Mal traf sie ihn ins Mark, das erkannte sie deutlich. „Ich kann nichts dafür“, stammelte er kreidebleich. „Das Ultimatum kam aus Indien. I am so sorry, ehrlich. Ich wusste einfach nicht, wie ich es dir beibringen sollte.“

„Ich bin nicht in Hitlers Wehrmacht“, fuhr sie ihn an. „Meine Eltern sind vor den Nazis geflohen!“

David schluckte. „Und was ist mit deinem Bruder Adolf?“

Das wusste er also auch schon. „Das einzige nazihafte an Adolf ist sein Name und dafür kann er nichts. Er wurde getauft, ehe irgend jemand einen Adolf Hitler ernst nahm. Mein Bruder floh vor seinen Landsleuten um die halbe Welt und landet nun als Nazi in einem britischen Internierungslager. Irrsinnig!“

„Glaub mir, ich werde alles versuchen, damit eure Vergangenheit gewürdigt wird.“

„Wie beruhigend!“

„Aber versteh’ doch, die Lage der freien Welt wird immer bedrohlicher. Jetzt werden in Kabul bereits die Anhänger der Neutralität ermordet. Gestern traf es Ismael Shah.“

Die Todesliste!

David räusperte sich „Viele Afghanen waren gegen ihn, weil er sich nicht mit Hitler verbrüdern wollte."

„Ihr Briten habt ja auch alles darangesetzt, um in Afghanistan verhasst zu sein. Wie oft seid ihr eigentlich einmarschiert? Natürlich hassen sie euch."

Ihr Zynismus war keine gute Strategie, half sie ihm doch, mit seinem Zorn seine Schuldgefühle zu überdecken. „Hier geht es um einen Weltkrieg", fuhr er sie an. „Oder meinst du, ich weiß nicht, was in deiner Schule vorgeht? Die Amani brachte bereits vor dem Krieg Attentäter hervor, die sogar in Deutschland zuschlugen. Also spiel nicht die Naive! Eure Schule ist ein Hort großdeutscher Propaganda, obwohl ihr die Orientalen doch nur als Untermenschen abqualifiziert."

Martha lachte auf. „Und wie verhaltet ihr euch in Indien? Dort verachtet ihr doch eure eigenen Untertanen. Geh doch zu deinen Landsleuten und sag ihnen, du wolltest eine Inderin heiraten. Sie werden begeistert sein."

„Das ist nur Polemik!"

„Ihr spielt diese Rassentheorie doch genauso wie die Nazis, nur nennt ihr es anders. Warum sind viele Afghanen so deutschfreundlich gesinnt? Weil wir hier eine Schule betreiben und ihnen helfen? Na, vielleicht auch das, aber vor allem vertreten wir hier am Hindukusch keine Machtinteressen."

„Falls die Sowjetunion kapituliert, ändert sich das schlagartig."

„Das ist doch paranoid!" Dass sich jetzt eine Martha von Helm zur Verteidigerin Deutschlands aufschwang, das war schon ziemlich grotesk.

David tigerte wütend vor ihr auf und ab. „Was sagt dir der Name Otto von Henting?"

Ein Schuss ins Schwarze. Hier war es besser, nicht allzu ahnungslos zu wirken. „Der Deutsche, der mitten im Ersten Weltkrieg von Bagdad über Persien und Kabul bis nach China reiste?"

„Genau der! Schon damals wolltet ihr in Afghanistan eine Front gegen Britisch Indien aufbauen."

Sie hatte nicht die geringste Absicht, darauf einzugehen. „Holst du mich wenigstens ab, wenn ich deportiert werde?", fuhr sie ihn an.

„Du bist verdammt unfair."

Für einen Moment herrschte feindselige Stille, dann winkte er ab. „Gut, gut, wir Briten haben für solche Situationen ein Sprichwort – *we agree to disagree*. Also erzähl mir von diesem Oxosschatz."

Martha starrte ihn an. Er hatte wirklich Nerven, doch hielt sie es für klüger, ihm zumindest einige historische Fakten mitzuteilen. „Du siehst, dieser Schatz wäre viel zu klein, um eine SS-Operation zu finanzieren", schloss sie.

David knurrte unzufrieden. „Aber wir sind absolut sicher, dass einige Agenten hinter einem Schatz her sind. Gut, es mag nicht dieser Oxosschatz sein, aber an ihrer Suche besteht kein Zweifel. Du musst dich entscheiden, wo du stehst."

Martha hob nur die Schultern. Da trat er heftig auf sie zu. „Dann gib mir den verdammten Schlüssel!"

Wollte er sie tatsächlich angreifen? Martha wusste es selbst nicht, als sie ihre Pistole herausriss. David prallte zurück. „Wann hast du heute Nachmittag das Geisterhaus verlassen?"

Er musterte sie mit ostentativer Verständnislosigkeit.

„Du warst schon einmal hier!", setzte sie nach.

„Unsinn! Ich bin gerade erst gekommen." Noch während er sprach, begann er sich zurückzuziehen. Jetzt stand er schon beinahe an der Treppe. „Ich melde mich", knurrte er, dann war er auch schon hinaus. Sie wusste nicht, ob sie besorgt oder erleichtert sein sollte.

Sekunden später stand Benazir schon wieder neben ihr. „Wir müssen ihm nach", drängte sie und stand schon mit ihrer Burka auf den ersten Stufen. Martha folgte ihr notgedrungen mit dem eigenen Schleier. Oben angekommen, hörten sie gerade noch, wie die Küchenpforte geschlossen wurde.

Benazir war kaum noch zu halten, so schnell stürmte sie in die Küche hinunter und hinaus in die Gasse. „Dort vorne steht er", wisperte sie aufgeregt.

Martha spähte über ihre Schulter. Tatsächlich erkannte sie vorne an der Einmündung zur Küchentür eine schattenhafte Gestalt. Jetzt leuchtete ein feiner Funke auf, als flöge eine Zigarette zur Seite, dann war der Schatten endgültig verschwunden. Benazir wollte umgehend hinterher, doch Martha hielt sie eisern fest.

„Wir können nicht weg, ehe wir am Pool nicht alle Spuren beseitigt haben. Außerdem muss dein Bruder spätestens morgen bestattet werden. So will es das Gesetz des Islam."

Benazir schluchzte trocken auf. Unter Umständen konnte man der Familie einen anonymen Hinweis zugehen lassen, doch jetzt mussten sie erst alles in Ordnung bringen. Zusammen eilten sie zurück in das Bad. Als sie Sahirs Leichnam erreichten, stutzte Martha unwillkürlich. Irgendetwas stimmte nicht. „Warum hast du Sahir aufgedeckt?", erkundigte sie sich beiläufig.

Benazir schüttelte mit tränenden Augen den Kopf, doch Martha war mit ihren Gedanken ganz woanders. Als sie den Toten vorhin hereinschleppten, hatten sie ihn zugedeckt und das war jetzt nicht mehr der Fall.

Benazir schluchzte leise, und Martha zog sie wie tröstend an sich, hauchte jedoch in ihr Ohr. „Vorsicht! Wir sind nicht allein." Benazirs Augen weiteten sich voller Angst.

„Spiel einfach mit", raunte Martha, um anschließend lauter fortzufahren. „Holen wir Hilfe." Sie drängte ihren Schützling hinaus, die andere Hand verstohlen am Griff ihrer Pistole.

Doch kaum traten sie durch die Tür, da wurde Benazir auch schon gepackt und flog mit wuchtigem Schwung in das Becken. Die Fontänen peitschten bis zu Martha hinüber, die sich selbst einer Attacke gegenüber sah. Der Angreifer schlitterte auf den nassen Fliesen, riss sie um. Der Aufprall trieb ihr die Luft aus den Lungen und für einen Moment wurde ihr schwarz vor Augen, doch taumelte der Angreifer bereits auf die Füße. Ein Mann in dunkler Landestracht mit einem Turbantuch vor dem Antlitz. Alles, was Martha wirklich erkannte, waren zwei brennende Augen. Zu spät, um ihre Hand aus der Burka zu reißen, und so stieß sie ihre Waffe unter dem Schleiermantel nach vorne. Der Angreifer fasste geistesgegenwärtig in Marthas Schleier, und riss sie herum. Die Pistole schlitterte gegen die Wand.

Beide stürzten sie sich auf die Waffe, doch der Mann war schneller als Martha in ihrer Burka. Er packte die Pistole mit einem wahren Panthersatz, rollte sich ab, und richtete den Lauf direkt auf Marthas Brust. Noch lachte er grimmig auf, da krachte ein bronzener Wasserkessel gegen den Kopf des Vermummten. Er sackte mit einem Aufschrei zurück und Benazir schlug ein zweites Mal zu, bis die Waffe seiner Hand entglitt.

Das hysterische Mädchen holte bereits aufs Neue aus und der Kessel schien schwer genug, um den Schädel eines Menschen zu brechen. „Halt!", schrie Martha. „Halt ein!"

Benazir stand mit erhobenen Armen und starrte sie mit glasigen Augen an, während Martha zunächst die Pistole wieder an sich brachte. Gewonnen, sie hatten gesiegt! Ihre Erleichterung war kaum beschreibbar. „Fessel ihn! Schnell."

In Ermangelung einer Schnur rissen sie ein Badetuch in lange Streifen. Erst als sie die Glieder zusammenschnürten, fand Martha Zeit, sich ihren Widersacher genauer anzusehen. Sie zerrte das Turbantuch von seinem Gesicht und blickte in die Züge von Said ed-Din.

Auch Benazir prallte zurück, als habe sie eine Kugel getroffen. „Allah, wir..., wir sind tot."

Martha starrte sie entgeistert an.

„Er bringt uns um!" Der Satz glich beinahe einem Aufschrei.

Da schlug der Gefangene auch schon die Augen auf. Binnen Sekunden klärte sich sein Blick, und seine Stimme war bar jeder Benommenheit, als er seine Schwester finster anfuhr. „Hast du Sahir ermordet oder war es deine deutsche Freundin?“ Dabei konzentrierte er sich ganz auf das vor Angst nahezu paralysierte Mädchen. „Du verbündest dich mit unseren Feinden, du bist eine Schande für deine Familie.“

Das klang so eisig, selbst Martha musste sich zusammennehmen, um halbwegs selbstsicher zu klingen. „Wer was getan hat, wird sich noch herausstellen.“

„Lächerlich“, zischte er. „Mein Bruder Sahir...“

„Er ist nicht dein Bruder“, stammelte Benazir. „Er ist mein Bruder, meiner! Du bist ein Fremder, ein...“ So erregt sie auch war, so zögerte sie dennoch fortzufahren.

„...ein Feind?“, vollendete er höhnisch und musterte sie derart verächtlich, dass sie regelrecht in sich zusammenkroch. Selbst Martha fiel es schwer, sich der Präsenz dieses Mannes zu entziehen, schien er doch auf rätselhafte Weise jede Situation zu dominieren. „Falls du Sahir nicht ermordest hast“, knurrte Said, „weshalb verbündest du dich mit einer Ungläubigen, die unsere Traditionen ablehnt und unseren Glauben verachtet?“

Martha bemerkte sehr wohl, wie seine Schwester die Augen senkte. Aus Benazirs Sicht klang sein Vorwurf gar nicht so abwegig. Der heikle Punkt hatte unter ihren Schülerinnen schon mehrfach für heftige Aufregung gesorgt. Was in Europa zur Normalität gehörte, war am Hindukusch schon beinahe eine Revolution. Sie wollte intervenieren, aber Said kam ihr wiederum zuvor. Seine Stimme war erfüllt von Zorn und Abscheu. „Was du brauchst, ist ein Ehemann, der dir zeigt, wo dein Platz ist. Und das wird geschehen, selbst wenn du mich hier ebenso ermordest wie deinen Bruder.“

„Wir haben Sahir nicht ermordet!“ Martha hätte ihm am liebsten ins Gesicht geschlagen, aber er überging ihren Einwurf, tat, als sei sie überhaupt nicht vorhanden. All seine Aufmerksamkeit galt allein seiner Schwester.

„Omar, der Sohn Habib Shahs, wird dich zurückführen in den Schoß des Islam und durch eure Heirat werden unsere Familien ihren Hader vergessen.“

Benazir fuhr hoch wie von einer Schlange gebissen. „Omar, der Sohn Habib Shahs?“ Sie rief es beinahe kreischend. Im nächsten Augenblick riss sie auch schon die Pistole an sich und richtete sie auf ihren Stiefbruder. Martha konnte ihr in letzter Sekunde in den Arm fallen, doch hatte sie alle Mühe, das Mädchen zu bändigen.

Benazirs Stimme überschlug sich vor Ekel und Entsetzen. „Omar ist ein Schwein, ein Sadist...!“ Schließlich versagte ihr die Stimme, und Martha fürchtete bereits, sie würde einfach kollabieren und drückte sie in letzter Sekunde auf die Liege.

Auch Martha war so erbittert, dass sie den Gefesselten an der Jacke packte. „Glauben Sie nicht, dass Sie uns ängstigen können!“, fauchte sie ihn an. „Was wollen Sie in diesem Haus?“ Selbst Benazir schien schockiert von der Heftigkeit ihres Ausbruchs.

Said starrte auf ihre Hände und dann in ihr Gesicht. Selten war Martha einem derart finsteren Blick begegnet. „Dies ist mein Haus“, knurrte er wegwerfend. „Es gehört meiner Familie.“

Martha hätte kaum konsternierter sein können.

Said musterte sie drohend. „Sie werden meiner Heimat nicht länger schaden. Wir lassen uns nicht in einen Weltkrieg verwickeln! Falls ich es nicht mehr aufhalten kann, dann verhindern es meine Freunde.“

„Falls Ihre Freunde lange genug leben“, hielt Martha drohend dagegen.

Er lächelte verächtlich, aber sie spürte doch zum ersten Mal eine leichte Unsicherheit. Und so zog sie Habibs Namensliste hervor und hielt ihm das Blatt vor die Augen. „Lesen Sie!“

Erkannte er das Blatt aus der Schublade? Er schwieg trotzig und so las sie selbst. „Habib Shah, Said ed-Din....“

„Was soll das?“ Seine Stimme klang so unbeugsam wie vorher.

Martha winkte mit dem Blatt. „Das ist eine seltsame Liste, nicht wahr? Sie enthält die Namen Ihrer Freunde und einige sind bereits tot. Meinen Sie nicht, dass es an der Zeit ist, zusammenzuarbeiten?“

„Wer gab Ihnen diese Liste?“, überging er ihre Frage

„Das tut nichts zur Sache.“ Sie spürte förmlich, wie seine Gedanken arbeiteten. Martha winkte Benazir. „Bitte schau nach, ob oben alles ruhig ist.“

Benazir huschte aus dem Raum, heilfroh, Saids Bann zu entrinnen.

„Jemand will Sie ausschalten“, erklärte Martha. „Ihr Name rangiert ganz oben auf der Liste.“

Er lachte kurz und trocken, doch kam er nicht weiter, denn Benazir flog förmlich wieder herein.

„Vermummte am Hintereingang! Drei oder vier.“

Martha zögerte nur kurz, doch sah sie keine andere Möglichkeit, sie konnte ihn hier nicht einfach liegen lassen. Wenn sie ihm die Fußfesseln löste, dann würde er wenigstens im Stande seien zu laufen. Doch als sie seine Beine berührte, da sträubte er sich und das mit aller Kraft.

„Sie wollen tatsächlich, dass wir Sie zurücklassen?“

Er lachte unnachgiebig. Für eine Diskussion war es viel zu spät, und jede Verzögerung mochte tödlich sein. Jetzt hallte gar ein fernes Krachen durch das Haus – die Küchentür war geborsten. Martha ließ die Lampe brennen, griff sich Benazir und zerrte sie zur Treppe.

Sie hasteten hinauf, doch als sie die Treppe kaum zur Hälfte hinter sich hatten, hörten sie bereits die Eindringlinge.

Martha streifte hastig ihre Schuhe ab und drängte Benazir, ein gleiches zu tun. Dann huschten sie wieder nach unten zum Pool, während oben auf der Treppe feste Schritte aufklangen.

Folter

Kabul, 7. Oktober 1941
23:50 Uhr

Martha zog ihre Begleiterin auf Zehenspitzen in den dunklen Baderaum. Said lag so, dass er ihre Rückkehr nicht bemerken konnte und neben ihm brannte die einzige Öllampe, die nur einen winzigen Teil des Raumes erhellte. Said kämpfte gerade mit seinen Fesseln und war mit sich selbst beschäftigt. Martha tastete sich mit unendlicher Vorsicht ins Wasser, und Benazir folgte ihr. Als das Wasser schon ihre Hüften umspielte, wurde es hell im Treppenhaus. Sie kamen! Benazir zitterte am ganzen Körper und Martha erging es nicht besser – Angst und Kälte.

„Hierher", brüllte Said. Als er sich herumwarf, blickte er nur in Richtung Treppe. Das Getrappel verstummte. „Hierher!", forderte Said.

Das Wasser schien wie Eis und es ging um Sekunden, als sie ins Wasser tauchten. Um Benazir ziehen zu können, legte sie sich auf den Rücken und drückte das Mädchen fest an sich, als sie in den dunklen Pool hinaustrieben.

Augenblicke später drangen vier Vermummte herein. Sie trugen lange, fliegende Mäntel, eine Mischung aus Orient und SS.

„Macht mich los!", schrie der Gefesselte. Die Vermummten zögerten, dann lachten sie hämisch. Keiner hatte einen Blick für den düsteren Pool.

Martha zog Benazir hinter den ersten Pfeiler. Zum Glück übertönte Saids wütende Stimme jedes noch so geringe Plätschern. „Soll ich hier etwa ewig liegen?"

Das abfällige Lachen der Unbekannten steigerte sich, als man den Gefesselten hochriss. „Wo sind die Frauen?"

Die Stimme beseitigte jeden Zweifel – der Sturmbannführer. Wenn Martha je wie Espenlaub gezittert hatte, dann jetzt in diesen Minuten. Die bemoosten Steine des Pfeilers boten kaum einen Halt. Zudem war Benazir einer Hysterie so nahe, dass Martha ihr schließlich den Mund zuhalten musste. Dadurch verloren beide den Halt und der Kopf des Mädchens tauchte kurzzeitig unter. Erst der Schreck brachte sie wieder halbwegs zu sich.

„Sind Sie verrückt?“, tobte Said. „Welche Frauen? Ich weiß nicht, wovon...“

Der Sturmbannführer schlug ihm mitten ins Gesicht, erntete jedoch nur einen wütenden Aufschrei. Kein Zweifel, Said versuchte, sie zu schützen! Nein, nicht sie, verbesserte sie sich umgehend, es ging ihm allein um Benazir, nur sie gehörte zur Familie.

„Haltet ihn fest!“, grollte der Rädelsführer. Seine Mordbande griff zu, ehe er erneut ausholte. „Reden Sie, verdammt noch mal!“

Said starrte nur grimmig zu ihm auf.

„Zieht ihn aus“, zischte der Sturmbannführer. „Und macht mir Wasser heiß. Ich will wissen, wo sie sind.“ Er beugte sich über den Gefesselten.

„Nach welchen Frauen sucht ihr überhaupt?“, erreichte sie Saids Frage.

„Stellen Sie sich nicht dumm!“ Der Sturmbannführer versetzte ihm einen verächtlichen Tritt. „Ich rede von Ihrer Stiefschwester und dieser Lehrerin.“

„Sie sind geflüchtet“, knurrte Said nach einem erneuten Tritt. „Ihr müsstet ihnen begegnet sein. Das Haus ist groß. Wahrscheinlich entkamen sie auf die Straße.“

„Unmöglich!“ Dennoch winkte der Sturmbannführer zweien seiner Begleiter. „Durchsucht das Gebäude und erkundigt euch im Bazar!“

Die beiden hasteten zur Treppe, während sich der Anführer schon wieder auf seinen Gefangenen konzentrierte. „Und nun zu Ihnen, Said ed-Din. Ich will diesen Schatz. Also sagen Sie mir, was Sie wissen!“

„Ich sagte Ihnen schon früher, dass ich keine Ahnung habe.“

„Keine Ahnung“, äffte der andere. „Sie wollen also nicht reden? Ihr Bruder Sahir wollte es auch nicht, anfangs zumindest. Aber dann wurde er sehr gesprächig. Überaus gesprächig, das kann ich Ihnen versichern.“

„Habt Ihr Sahir ermordet?“, forschte Said finster.

Der SS-Mann lachte. „Oh, wir haben ihn nur ein wenig zum Sterben ermuntert.“

Also ging der Mord auf das Konto dieser Clique, und damit waren sie und David so gut wie aus dem Schneider, aber nur falls Said tatsächlich überlebte, denn Benazirs Wort würde nicht viel gelten.

„Los, Leute“, forderte der Sturmbannführer. „Macht Feuer, wir benötigen heißes Wasser, um unseren Freund zu waschen.“

Waschen? Auch Benazir zitterte vor Anspannung. Die Kerle kicherten hämisch, doch als sie sich zu zweit am Herd zu schaffen machten, da gelang es dem Gefesselten, mit einem geradezu übermenschlichen Ruck auf die Knie zu kommen. Leider waren seine Peiniger sofort wieder über ihm. Sie rangen ihn nieder und ließen keinen Zweifel daran, dass sie die Situation auskosteten. Was waren das für Menschen? Martha durfte gar nicht daran denken, was wohl geschehen würde, falls man sie hier entdeckte.

„Wir haben ein Abkommen", brüllte Said. „Wir teilen alle Informationen. Ich weiß nicht mehr, als ich schon neulich..."

Zum ersten Mal hörte Martha so etwas wie Furcht in seiner Stimme, und Furcht war so ziemlich das Letzte, was sie mit diesem Mann verband. Gerade das machte es umso schrecklicher. Jetzt presste man ihn zu Boden, während der SS-Mann einen gekrümmten Afghanendolch zückte. Im nächsten Moment stieß er die schimmernde Klinge in den Bauch seines Opfers.

Ein wilder Schrei gellte durch die Halle.

Auch Martha war so entsetzt, dass sie beinahe aufgeschrieen hätte, und Benazir verlor erneut jeden Halt am Pfeiler. Man erkannte deutlich, wie die Klinge Saids Körper nach oben riss, als der Folterer ihn mit der blanken Waffe anhob. Sie musste tief in seinen Gedärmen stecken. Sein Körper spannte sich wie ein Bogen. Das Bild war so schrecklich, dass Marthas Hand ins Wasser schlug. Es platschte vernehmlich. Der Sturmbannführer hob lauschend den Kopf.

Da brach seine Klinge wie ein Blitz aus dem Leib des Gefangenen und Said krachte zurück auf den Steinboden. Die Henker lachten dröhnend. Der Geschundene gab keinen Laut von sich. Offenbar war der Sturmbannführer mit dem Dolch nur unter den Gürtel gefahren und hatte ihn schließlich durchgeschnitten.

Während zwei ihr Opfer am Boden fixierten, entkleidete der Anführer seinen Gefangenen mit blanker Klinge. Er musste ihn nicht mal losbinden. Said wehrte sich nach Kräften, doch hatte er gegen die Männer keine Chance. Kleidungsfetzen flogen zur Seite, erst die Hose, die Schuhe, dann die Jacke und das Hemd. Nacktheit war für einen Moslem schon beschämend genug, im Angesicht von Feinden bedeutete das Folter pur.

Jetzt wanderte die Dolchspitze höhnisch über den nackten Körper. „Die Nacht ist noch lang, Sie werden schon noch reden, das verspreche ich Ihnen. Wissen Sie eigentlich, was ich mich schon lange frage?"

Said antwortete nicht.

„Ich frage mich, was für einen Hund wie Sie wohl besser ist – kochendes Wasser oder kalter Stahl."

„Wie wäre es mit heißem Stahl?", lachte einer seiner Kumpane, und der andere stimmte höhnisch ein, bis der Rädelsführer ärgerlich abwinkte.

Für einen Moment herrschte bedrohliches Schweigen. Nie in ihrem Leben war Martha so verängstigt, ja ratlos gewesen. Konnte sie sich hinter diesem Pfeiler verstecken, während man wenige Meter entfernt einen Menschen zu Tode folterte?

„Na?", höhnte die Stimme des Sturmbannführers. „Wie war das?" Im nächsten Moment zog er den Dolch aus Saids Oberarm. Der Afghane rührte sich nicht, er gab keinen Laut von sich, nicht einen einzigen.

Der Sturmbannführer fuhr mit der Hand über die Klinge. Martha war sich sicher, dass er Blut von der Schneide wischte.

„Allah", ächzte Benazir an Marthas Ohr. „Er tötet ihn!" Es war das erste verständliche Wort, das sie im Wasser überhaupt von sich gab.

Der Folterknecht beugte sich erneut über sein Opfer und deutete auf einen seiner Kumpane. „Mein Freund hier, der ist ein Spezialist, wenn es darum geht, Leuten die Zunge zu lösen. Sie ersparen sich also eine Menge, wenn Sie gleich zur Sache kommen. Wie Sie sehen, halte ich mich an unsere Absprache und teile alle Informationen." Sein hämisches Kichern verklang widerlich im Bad.

Auf dem Herd kochte mittlerweile das Wasser. Der Augenblick der Entscheidung nahte, feige Mitwisserschaft, oder... Martha fing Benazirs entgeisterten Blick, als sie ihre Waffe aus dem Wasser zog. Um die Pistole zu spannen, benötigte sie beide Hände, es war ein Balanceakt, obwohl er nur eine Sekunde in Anspruch nahm. Die Waffe klickte vernehmlich. Sie konnte nur hoffen, dass die Patronen wasserdicht waren.

„Allah, was tun Sie?", raunte Benazir, blankes Entsetzen in der Stimme.

Martha schob sich dichter an die Kante des Pfeilers. Die Männer waren nur wenige Meter entfernt. Der Sturmbannführer stand mit gespreizten Beinen über dem Gefesselten, doch er unterschätzte die Geistesgegenwart seines Gegners. Said riss seine Füße nach oben und traf den Folterer direkt zwischen den Beinen.

Der SS-Mann warf sich zur Seite. Als er sich wieder aufraffte, war er einige Schritte von seinem Opfer entfernt – freies Schussfeld.

Martha hob die Waffe, doch fiel ihr Benazir so heftig in den Arm, dass ein sicherer Schuss undenkbar schien. „Was machen Sie?" protestierte Benazir. „Die kämpfen doch gegen Said, sie beschützen uns!" Beschützen? Benazir musste sich gar nicht weiter erklären. Sobald der verhasste Stiefbruder erst einmal die Augen schloss, musste sie womöglich gar nicht mehr heiraten. Ein Stoß in sein Herz, und sie war gerettet.

„Willst du zusehen, wie sie ihn foltern?", raunte Martha. „Wir..."

Sie kam nicht weiter, denn Said versuchte erneut, sich wegzudrehen, doch der auf seinen Schultern kniende Afghane hielt ihn eisern nieder. „Hund", brüllte Said. „Verräter!"

„Ich bin kein Verräter!“, brüllte es zurück. „Wir werden uns mit den Deutschen verbünden und du wirst den Feigling Sahir in den Pool begleiten.“

Das Keuchen der Kämpfenden füllte das Bad. „Heuchler“, schnaubte Said. „Verräter...“ Er kam nicht weiter, stieß ihm doch der Sturmbannführer einen Knebel in den Mund. Seine Stimme versiegte in einem Röcheln, als einer seiner Kumpane urplötzlich zum Becken stürzte. Doch der Schurke sah nicht zum Pfeiler hinüber, er beugte sich vor und angelte einen Frauenschuh aus dem Pool – Benazirs Schuh, den sie offenbar verloren hatte.

Für lähmende Sekunden herrschte drohendes Schweigen, dann gellte ein triumphierender Schrei durch das überwölbte Bad. „Sie sind noch hier! Dort draußen, im Wasser!“

Er sah direkt in Marthas Augen. Vielleicht war es dieser Blick, vielleicht die Panik der letzten Stunde – auf jeden Fall stieß sie Benazir mit jähem Ruck ins Wasser, um am Pfeiler sicheren Halt zu gewinnen und drückte ab, einmal, zweimal.

Die Schüsse hallten überlaut in dem hohen Gemäuer.

Marthas Finger waren klamm und das Licht gänzlich unzureichend für einen sicheren Schuss, doch der Kerl stand nur wenig Meter entfernt. Ihr erster Schuss streifte nur seine Schulter und peitschte als Querschläger durch den Raum, die zweite Kugel traf ihn mitten in die Brust. Der Schuft taumelte einen Schritt zurück und brach dann rücklings zusammen.

Der Sturmbannführer reagierte mit katzenhafter Gewandtheit. Er warf sich blitzschnell zu Boden und rollte sich mit der Geschmeidigkeit des trainierten Kämpfers zur Seite, um kein Ziel zu bieten. Auch sein überlebender Kumpan warf sich zur Seite, während Martha bereits aufs Neue abdrückte.

Zielen konnte sie nicht, tauchte doch Benazir gurgelnd aus dem Wasser. Der Sturmbannführer nutzte die Feuerpause, rollte sich wie eine Katze in Richtung Ausgang und warf sich ins dunkle Treppenhaus. Seine Schritte verklangen auf den Stufen, und sein überlebender Kumpan folgte ihm auf dem Fuße.

Trotz ihrer Bestürzung verlor Martha keine Sekunde, schließlich bekam sie Benazir zu fassen. Sie stieß sich vom Pfeiler ab und erreichte mit wenigen Beinstößen das Geländer.

„Raus aus dem Wasser!“, keuchte sie.

Eine Stufe, zwei, drei, dann stand sie bereits neben dem Getroffenen. Der Mann lag reglos auf dem Rücken. Keine Reaktion, auch nicht, als sie ihm die Waffe in die Rippen rammte. Der Mann war tot.

Hinter ihr kämpfte sich Benazir aus dem Wasser. Sie war noch völlig benommen, Martha konnte sie gerade noch auffangen. Dann lauschten sie gebannt am Treppenhaus. Absolute Stille. Unvermittelt trat sie gegen ein Hindernis. Der Dolch des Sturmbannführers, der jetzt über den Boden klirrte.

„Schneide deinen Bruder los", forderte Martha. „Schnell!"

Benazir wich instinktiv zurück. Sie rührte keinen Finger und presste die Lippen feindselig zusammen. Sie würde einem Said nicht helfen, und es gab jetzt keine Zeit für eine Debatte.

Also griff Martha nach dem Dolch und beugte sich selbst über den Gefesselten. Für einen Moment fing sie einen finsteren Blick, dann setzte sie die Klinge an die Fußfesseln. Die Waffe war rasiermesserscharf. Kein Wunder, dass der Sturmbannführer vorhin die Kleider so mühelos zertrennen konnte. Ein Ruck und sie hatte die Beine frei. Said lag nackt und reglos vor ihr. Martha hatte einmal erlebt, wie ihr Vater einen Verletzten entkleiden musste. Er wollte ihn nur behandeln, doch der Mann hatte vor Scham die Flucht ergriffen. Er war gerannt, bis er zusammenbrach. Sie fanden ihn erst am nächsten Morgen, er war tot.

„Drehen Sie sich auf die Seite!" Martha vermied es tunlichst, das nackte Opfer zu berühren, zumindest nicht mehr als nötig. Said reagierte nicht.

Hinter ihr klapperte es. Als Marthas Blick herumzuckte, kauerte Benazir an der Wand und ihre Zähne schlugen vehement aufeinander. Sie fröstelte wie im Fieber, die Kleidung klebte ihr am Körper wie eine zweite Haut. Dabei hielt sie die Augen krampfhaft geschlossen.

Said starrte immer noch finster zu ihr auf, doch dann wälzte er sich ruckartig auf die Seite. Der Mann war ein echter Adonis, nein, das traf es nicht richtig, er war ein Athlet. Als sie hinter ihm kniete und nach den Handfesseln tastete, da spürte sie die Muskeln unter seiner dunklen Haut. Sein linker Arm war blutüberströmt, doch kam kein Laut über seine Lippen. Nicht einmal, als sie beim Durchtrennen der Fesseln versehentlich seine Wunde berührte. Was mochte er jetzt empfinden? Scham oder Angst? Nein, Angst empfand er nicht, es war blanker Zorn. In diesem Moment spürte sie ganz unvermittelt die Gegenwart Iskenders – der Sturmbannführer, kehrte er zurück?

Noch ein letzter Ruck, und Saids Arme kamen frei.

Martha beachtete ihn nicht und eilte zu der schlotternden Benazir. Wirklich helfen konnte sie nicht, aber sie zwängte ihr einen Zipfel der durchweichten Jacke in den Mund, um wenigstens das Zähneklappern zu stoppen. Das Mädchen schlug die Augen auf.

Auch Martha zitterte vor Anspannung, doch so sehr sie sich auch konzentrierte, von Iskender spürte sie noch immer nicht mehr als diese vage Präsenz. Sie wusste einfach nicht, ob ihr Dschinn nun ganz nahe war oder Stockwerke entfernt. Auf jeden Fall mussten sie weg, und das so schnell wie möglich.

Als sie sich umdrehte, stand Said neben dem toten Verschwörer und knöpfte ihm die Hose auf. Bei dem Gedanken, dass sie selbst die tödliche Kugel abgefeuert hatte, wurde ihr beinahe schwarz vor Augen. Jetzt schlüpfte er in die Hose, und die Jacke folgte Augenblicke später.

Als er ihm das Turbantuch vom Kopf riss, enthüllte er ein junges Gesicht, das Martha mit stieren Augen entgegenstarrte.

Das..., das war doch unmöglich! Mit einem Sprung stand sie neben dem Leichnam. Sie hatte sich nicht getäuscht. Das war einer ihrer eigenen Schüler. Es war wie ein Tiefschlag. Ihr wurde so übel, dass sie sich übergeben musste.

„Sie kennen den Kerl?“, grollte Said unvermittelt.

Seine Stimme schien sie aus weiter Ferne zu erreichen, ja sie war nicht einmal sicher, ob er sie nicht gerade angebrüllt hatte. Sie torkelte zum Pool, um den Mund zu spülen.

„Das ist einer mein Schüler“, ächzte sie schließlich. „An der Amani.“

Sie fühlte seinen Blick. „Ein Schüler von Ihnen?“

„Ich hatte keine Ahnung, ich...“

Said beugte sich über den Toten, untersuchte die Wunde. Ein Schuss glatt in die Brust und das bei diesem Licht. Begriff er eigentlich, dass dies nur Zufall gewesen war, und dass Martha jetzt so gut wie alles gegeben hätte, um die Kugel in eine andere Richtung zu lenken?

Schließlich fing sie seinen Blick. Er nickte zum Treppenhaus. „Wenn man uns hier unten stellt, sitzen wir in der Falle.“ Während er sprach, presste er seine Hand auf den Arm. In den wenigen Augenblicken seit er sich die Jacke des Toten übergeworfen hatte, verfärbte sich bereits sein Ärmel.

Unwillkürlich trat sie näher. „Sie müssen das verbinden. Sofort.“

Erst wehrte er ab, aber dann schob er die Klinge in den Ärmel und schlitzte ihn mit entschlossenem Ruck bis zur Schulter auf. Nun griff er sich einen der herumliegenden Handtuchfetzen, um ihn über die Wunde zu knüpfen. Mit einer Hand ging das mehr schlecht als recht, als er den Fetzen mit den Zähnen packte, um mit der freien Hand zuzuziehen. Er wandte sich sogar an Benazir, eine erste, schwache Bitte um Hilfe, doch ihr Blick irrte sofort zur Seite. Martha erkannte deutlich, wie es in ihm arbeitete, doch dann wandte er sich ab und trat zum Treppenhaus.

Als sie Benazir auf die Füße zog, schlich er bereits nach oben. „Reiß dich zusammen“, flüsterte sie.

Zusammen tappten sie nach oben durch das menschenleere Haus bis in die nächtliche Gasse. Wo war der Sturmbannführer mit seiner Meute, und weshalb waren sie nicht zurückgekehrt? Irgendetwas stimmte da nicht, spürte sie doch die ganze Zeit die Präsenz Iskenders, und dass konnte nur bedeuten, dass sich der SS-Mann nach wie vor in der Nähe aufhielt.

Das Kaninchen

Kabul, 8. Oktober 1941
1:30 Uhr

„Wo sind sie hin?“, flüsterte Martha beinahe lautlos. Ungeachtet aller Aufregung konnte sie sich kaum ihrer Erschöpfung erwehren, zumal Benazir immer schwerer an ihrem Arme hing. Ihre Hand war kalt, und Martha fröstelte ebenfalls. Sogar Said klang merklich angeschlagen. „Das war eine ziemlich brachiale Demonstration, Fräulein von Helm, als Sie mich gefesselt zurückließen.“

„Nun, es war Ihre Wahl“, erwiderte sie trocken.

Es war so dunkel, dass sie ihr Gegenüber nur erahnen konnte, doch war sie sich sicher, dass er sie taxierte. Unwillkürlich richtete sie sich auf.

„Außerdem war es ein glänzender Schuss. Ich stehe in Ihrer Schuld“, kam es ganz unvermittelt aus der Dunkelheit, und sogar Benazir zuckte überrascht.

Martha räusperte sich. „Ich erwarte nur, dass Ihre Familie die Wahrheit über Sahirs Tod erfährt.“

Das war ein wunder Punkt, sie spürte es deutlich. Für einige Sekunden herrschte nachdenkliche Stille, als er weiter in die Gasse hinaus trat, vielleicht nur, um seine Antwort hinauszögern.

„Seien Sie vorsichtig!“, mahnte sie. „Ich bin sicher, dass noch jemand in der Nähe ist.“

Er fragte nicht, woher sie das wusste, und sie hätte ohnehin nichts von Iskender erzählt. Auf jeden Fall zog er sich sofort wieder zurück. „Einer der Schufte gehörte zu Ihren Schülern. Haben Sie eine Ahnung, wer die anderen sein könnten?“

„Leider nein“, murmelte sie, und das aus gutem Grund. Schließlich hatte sie ihn zusammen mit Habib Shah und dem Sturmbannführer belauscht, und so wusste sie immer noch nicht genau, auf wessen Seite er eigentlich stand. Sie wollte schon etwas hinzusetzen, als Benazir mit einem Aufseufzen zu Boden glitt. Der schlaffe Körper glitt durch ihre Arme, und als sie in Benazirs Mantel griff, da spürte sie klebrige Flüssigkeit an den Händen. „Gott, sie ist verwundet.“

Said war sofort neben ihr. „Allah! Was ist geschehen?“

Martha beugte sich über ihre Schülerin. Offenbar war sie bewusstlos, schien aber wenigstens zu atmen.

„Haben Sie Licht?“, drängte Said.

Martha tastete nach ihrem Feuerzeug, ihre Streichhölzer waren ohnehin durchweicht. Als die Flamme aufleuchtete, beugte sich Said reichlich hilflos über seine Stiefschwester, so dass Martha ihn schließlich resolut zur Seite drängte. Das alte Theater, kein konservativer Afghane berührte freiwillig eine Frau. Mit fliegenden Fingern tastete sie die Bewusstlose ab. „Ihr Arm. Wir müssen sie verbinden."

„Sind Sie Ärztin? Verstehen Sie etwas davon?"

Sie verneinte mit einem Kopfschütteln, und so ergriff er schließlich doch die Initiative. Er nahm die Bewusstlose in die Arme und trug sie eilig aus der dunklen Gasse. Seine eigene Verletzung schien ihn kaum zu kümmern. Mein Gott, dort draußen wartete doch irgendwo der Sturmbannführer!

„Leuchten Sie mir", rief er leise, und Martha blieb keine Wahl. Sie tappte hinter ihm drein, das Feuerzeug in der Hand. Nach wenigen Minuten klopfte Said an der Tür eines nur schemenhaft zu erkennenden Nachbarhauses. Martha fühlte sich wie auf heißen Kohlen, aber schließlich öffnete sich die Pforte, und ein bärtiger Hausherr erschien mit Gewehr und zwei Dienern auf der Schwelle. Kaum erkannte der Rauschebart, wen er vor sich hatte, da verneigte er sich ehrfürchtig und winkte Said unter wiederholten Verbeugungen über seine Schwelle.

Drinnen schien Said mehr als erleichtert, die Verwundete einigen Frauen übergeben zu können, die sich im Hintergrund des Ganges drängten. Augenblicke später lag Benazir unter kundigen Händen auf einem Diwan, und Said winkte den Hausherrn mit einem Kopfnicken zur Seite. Martha verstand nur, dass Benazir in dieser Nacht hier bleiben solle. Der Hausherr verbeugte sich zustimmend, ohne auch nur im Geringsten zu zögern.

Dabei konzentrierte er sich ausschließlich auf Said. Martha wurde vollständig ignoriert, auch wenn die Frauen unablässig hinter ihrem Rücken tuschelten. Neugierig aber doch verstohlen wanderten ihre Blicke zu Martha und wieder zurück zu Said, der sich zunehmend unwohler fühlte.

Glücklicherweise machten sie nach einer ersten Untersuchung Benazirs keinen sonderlich besorgten Eindruck. Wieder tauschte man sich flüsternd aus, ehe Said schließlich auch Martha informierte. „Eine Kugel im Arm, aber kein Knochen verletzt."

Martha fiel ein Stein vom Herzen. Augenblicke später war die Kugel entfernt und Benazir kam infolge des Schmerzes schlagartig zu sich. Stöhnend fuhr sie auf, wurde aber von vielen Händen festgehalten. Ihre Blicke zuckten ängstlich in die Runde, bis sie Martha fanden, die ihr beruhigend zuwinkte. „Du bist verwundet, eine Kugel muss dich getroffen haben. Es..., es tut mir leid."

„Ich spürte überhaupt nichts", murmelte das Mädchen schwach. „Erst jetzt..." Sie sank zurück, und eine der Frauen trocknete ihr den Schweiß, während eine andere Martha zur Seite zog. „Morgen wird es ihr besser gehen. Sie sollte jetzt schlafen, das ist das Beste."

Augenblicke später trug man Benazir hinaus, um sie auf ein bequemeres Lager zu betten, und Martha registrierte erst jetzt, dass sich auch Said von dem Hausherrn verbinden ließ. Irgendwie fühlte sie sich fehl am Platze. Die neugierigen Blicke und das ständige Tuscheln gingen ihr mehr und mehr auf die Nerven, und so trat sie geradezu aufatmend durch eine schmale Tür, die auf einen dunklen Hinterhof hinaus führte. Als sie hinaus trat, erschien im Schein ihrer Flamme ein grausig verstümmeltes Kaninchen. Beine, Ohren und Schwanz lagen abgeschnitten in einer Blutlache neben dem zuckenden Tier. Die letzten Stunden waren schon bestürzend genug, doch dieser Anblick lähmte Martha vollends. Sie hatte keine Ahnung, wie sie das Tier erlösen konnte.

Zu ihrer Erleichterung öffnete sich just in dieser Sekunde eine Tür, und eine Magd trat heraus. Offenbar kam sie aus einer Küche. Sie reagierte eher missmutig, als sie des Kaninchens ansichtig wurde und hatte für Martha kaum einen Blick. Jedenfalls griff sie die geschundene Kreatur und trug sie in die Küche. Ein Messer blitzte, ein kurzes Zappeln, dann war alles vorbei.

Martha wischte sich den Schweiß von der Stirn und war heilfroh, den Hof zu verlassen. Das Haus schien ihr plötzlich in einem ganz anderen Licht.

Benazir war mittlerweile eingeschlafen, aber Martha war mehr als unwohl bei dem Gedanken, ihren Schützling hier zurückzulassen.

Verbrüht

Kabul, 8. Oktober 1941
2:00 Uhr

Es bereitete ihr noch immer Mühe, das verstümmelte Tier aus ihren Gedanken zu verbannen, und so war sie regelrecht dankbar, als Said sie jetzt ansprach. „Sahir muss umgehend beerdigt werden. Ich muss zurück."

Als sie mit einer Öllampe auf die Gasse traten, hielt Said unversehens inne. „Sie müssen nicht mit, ich könnte Sie nach Hause bringen lassen."

Martha winkte ab. „Ich möchte mir den Leichnam nochmals ansehen."

„Und weshalb?"

Sie wusste es selbst nicht genau und hatte Mühe, ihre Gefühle zu sortieren. Iskender wartete immer noch dort draußen, darauf hätte sie jeden Eid geleistet. Andererseits irritierte sie ihr düsterer Begleiter. Sogar hier in der Finsternis spürte sie dieses Fluidum der Macht, das ihn umhüllte und sogar Iskenders Aura etwas in den Hintergrund drängte.

„Was haben Sie?", forschte Said an ihrer Seite.

Martha fröstelte unwillkürlich. „Oh, nichts."

„Nichts? Sie machen den Eindruck, als lauschten Sie einer unsichtbaren Stimme."

Das kam der Wahrheit bestürzend nahe, doch konnte sie ihm nicht gut von Iskender berichten. Sie schwieg. „Sie trauen mir nicht?" folgerte er.

Martha hatte Mühe, ihre Kehle freizubekommen. „Würden Sie sich vertrauen, falls Sie an meiner Stelle wären?"

Als sie die Küchentür erreichten, antwortete er mit bestürzender Offenheit. „Wahrscheinlich nicht. Aber das nützt uns jetzt nichts." Eine leichte Ungeduld in seinem Tonfall war auch nicht zu überhören. Martha spürte deutlich, wie sich ihr Puls beschleunigte. „Wussten sie vorhin eigentlich, dass wir uns im Pool versteckten?"

Er lachte trocken. „Aber selbstverständlich. Meine Ohren sind durchaus in Ordnung."

„Und warum haben Sie uns nicht verraten?", dehnte sie.

„Wieso? Sie überraschen mich! Da leben Sie nun so lange in Kabul und wissen noch immer nicht, was uns die Familie bedeutet?"

„Zum Schutz der Familie gehört sicherlich auch, eine Frau an den Haaren herumzuzerren?" Sie konnte sich einfach nicht zurückhalten.

Er starrte sie an, sie erkannte das Schimmern seiner Augen. „Die Unterrichtsstunde bei Habib Shah", murmelte er. Keine Frage, eine Feststellung. „Sie dürfen diese Mädchen nicht mehr unterrichten, Sie schaden ihnen."

Das klang so entschieden, Martha wäre ihm am liebsten an den Kragen gegangen. Wieder begriff sie, wie mühelos er sie aus der Reserve locken konnte. Said schien keinen Augenblick zu zweifeln. Er vertrat eine geordnete, monolithe Welt, die keine Spielräume kannte.

Augenblicke später traten sie auch schon ins Haus. Auf dem ganzen Weg hinunter zum Badetrakt richtete er nicht einmal das Wort an sie.

Als sie Sahirs Leichnam erreichten, holte Said einige Öllampen aus einem Wandschrank, von dessen Existenz Martha noch gar nichts gewusst hatte. Er kannte sich hier bestens aus, und plötzlich dämmerte ihr, was sie schon längst hätte begreifen sollen – es war Said, der David den Schlüssel anvertraut hatte. Also war Said auch der ominöse Gesprächspartner, der David seinerzeit nach dem Verlassen des Hauses abgefangen hatte, um ihm Vorhaltungen zu machen.

Sie konnte den Gedanken nicht weiter verfolgen, fesselte doch etwas anderes zunehmend ihre Aufmerksamkeit. In der Luft lag ein abstoßender

Geruch, den sie bisher noch gar nicht bemerkt hatte. Es roch irgendwie nach verbranntem Fleisch.

Said beugte sich misstrauisch über den Toten. Dabei schob er Sahirs Ärmel nach oben und Martha hatte alle Mühe, nicht aufzuschreien. Der Arm hatte nur noch wenig Ähnlichkeit mit einem menschlichen Körperteil, er war verbrüht, und das galt beileibe nicht nur für den Arm. Denn als Said nun seinen Oberkörper überprüfte, da zeigte sich die ganze schreckliche Wahrheit. Auch der Leib war grausig zugerichtet. Sogar für die Augen ihres Begleiters schien das zu viel, so bestürzt, wie er sich zur Seite drehte.

„Sie haben ihn gefoltert", ächzte Martha und begriff schlagartig, was der Sturmbannführer mit *waschen* gemeint hatte. „Das Wasser auf dem Ofen, es war noch warm, als ich mit Benazir ankam. Wir benutzten es zum Waschen." Die Vorstellung war so ungeheuerlich, dass ihr regelrecht übel wurde.

Auch Said machte einen mitgenommenen Eindruck, begriff er doch zum ersten Mal in voller Tragweite, was ihm durch Marthas Eingreifen erspart geblieben war.

Martha breitete eines der Handtücher über den Geschundenen. „Ihr Bruder wurde zwar gefoltert, doch glaube ich nicht, dass die Mörder erfuhren, was sie wissen wollten."

Er furchte die Stirn. „Woher wollen Sie das wissen?"

„Wenn er geredet hätte, hätten sie ihn einfach umgebracht und seinen Körper nicht erst derartig zugerichtet. Falls es um den Schatz ging, so wusste er wahrscheinlich gar nichts davon."

„Ich leider auch nicht", murmelte er düster und bemerkte gar nicht, wie Martha ihn misstrauisch musterte. Sollte sie nachfassen oder besser den Mund halten? Schließlich entschloss sie sich für die Offensive.

„Sind Sie sicher? Schließlich besitzen Sie doch ein Schmuckstück des Oxosschatzes."

Er hob die Brauen.

„Ihr Armreif", ergänzte sie. „Sie trugen ihn im Bazar."

Wieder vermied er es, sie direkt anzublicken. Vielleicht hätte sie es in anderer Lage mit einem Achselzucken ad Acta gelegt, doch jetzt war es einfach zu viel für ihre überreizten Nerven. „Ich bin zwar eine Frau, aber ich erwarte, dass Sie mich ansehen, wenn Sie mit mir sprechen. Ich empfinde das als Unhöflichkeit!"

Langsam hob er den Blick. „Sie sind nicht nur klug, Sie sind auch ziemlich mutig."

„Sagen wir, wir haben keine Zeit für lange Debatten. Die Mörder suchten auch nach mir und Benazir, und Sie stehen ganz oben auf der Liste, die dem Sturmbannführer übergeben wurde, falls Sie das schon vergessen haben sollten. Ich schätze, wir sind dazu verdammt, im gleichen Boot zu rudern.“

Er musterte sie mit großen Augen, dann nickte er mit halbem Lächeln. „Ein durchaus treffender Vergleich.“ Sie konnten das Thema nicht vertiefen, waren doch mittlerweile Männerstimmen zu hören. Said hob beruhigend die Hand. „Das sind nur meine Leute. Ich habe nach ihnen geschickt, als Benazir versorgt wurde. Sie sollen den Toten bergen. Natürlich wird man morgen annehmen, dass er an anderer Stelle gefunden wurde, also seien Sie unbesorgt.“ Damit winkte er seine Männer auch schon herein.

Wenig später schritten sie bereits schweigend durch stille Gassen, die Männer mit dem Toten voran, und Said mit Martha hinterher. „Ich ließ im Pool sogar das Wasser auffüllen“, murmelte er unvermittelt.

„Und warum?“, fragte sie bewusst harmlos.

„Nun, ich tat es für einen gemeinsamen Freund. Wir kannten uns bereits vor dem Krieg.“

Noch jemand, der David vor dem Krieg gekannt hatte. Martha fragte sich, unter welchem Vorwand David den Schlüssel erbeten hatte. Jetzt bogen sie in eine breitere Straße. „Das Haus gehörte einst meinem Großvater. Er ließ im Bad sogar einen Lauschposten anlegen. Er war etwas misstrauisch veranlagt.“

„Wollte er seine Frauen überwachen?“

„Sagen wir, er besaß zu viele.“

„Das Ohr des Dionys“, murmelte sie.

Said verharrte mitten im Schritt. „Sie meinen Dionysios von Syrakus?“

Martha konnte ihre Verblüffung nicht verhehlen. „Sie kennen die Geschichte von dem antiken Tyrannen?“

„Ein Tyrann, der seine Gefangenen heimlich belauschte. Diesen Horchposten nannte man das Ohr des Dionys. Natürlich kenne ich die Legende. Halten Sie mich für einen Barbaren? Ich hörte die Geschichte in der Amani.“

Martha räusperte sich „Was hätten Sie getan, wenn Sie David mit einer Afghanin getroffen hätten?“

Das Licht eines Fensters fiel auf sein Gesicht, und er blickte starr geradeaus. „Ich hätte sie bestraft.“

„Aber David wäre nichts geschehen, oder?“

Er ging weiter, ohne auch nur einen Augenblick zu zögern. „Es ist stets die Frau, die die Familie entehrt.“

„Ah, tatsächlich? Ein Mann sucht seine Abenteuer, und sobald eine Frau das gleiche wagt, bringt man sie um?“

Wieder zog er es vor, nicht zu antworten.

„Glauben Sie wirklich, dass dies die Gesellschaft der Zukunft ist? Fünfzig Prozent eines Volkes in geborener Sklaverei?“

Seine Stimme verriet latenten Ärger. „Es ist Allahs Wille.“

„Oh ja, richtig, das vergaß ich. Verzeihen Sie.“

Ihr Spott war so unzweideutig, dass er scharf Luft holte. Vor ihnen öffnete sich die Gasse zu Marthas Haus. Die Fenster ihrer Wohnung waren dunkel, sie konnte nur hoffen, dass Adolf mittlerweile sicher heimgekehrt war, zumal sie sich eingestand, dass sie ihren Bruder während der letzten Stunden beinahe vollständig vergessen hatte.

Said hob verabschiedend die Hand. „Wenn Sie David treffen sollten, sagen Sie ihm, er habe einen vorzüglichen Geschmack. Versichern Sie ihm, dass sein Eigentum bei mir absolut sicher ist.“

Sein Eigentum? Meinte er im Ernst, dass sie mit David liiert war? Was hatte sie sich eigentlich gedacht? Mittlerweile hatten sich die Leichenträger entfernt. Sie konnte ihren Begleiter in der Dunkelheit kaum sehen, doch war sie sich sicher, dass er sich knapp verbeugte. Wieder erreichte sie diese Aura von Macht und Sicherheit, als er ganz ruhig fortfuhr. „Ihnen ist doch klar, dass dieser Sturmbannführer für Sie nur das Beste wollte? Ich meine, als er mich umbringen wollte. Diese Bluthunde schützen die Interessen des Deutschen Reiches, während ich mit den Briten kooperieren werde. Und ehe ich es vergesse, was wurde eigentlich aus Ihren Eltern?“

Kein Themenwechsel hätte sie mehr überraschen können. „Sie..., sie verschwanden auf einer Fahrt zum Kaiberpass.“

„Das bedauere ich aufrichtig. Ich habe sie nie kennengelernt. Offenbar ist mir viel entgangen. Und erschrecken Sie nicht, ich werde Ihr Haus bewachen lassen.“

Er deutete in Richtung Eingang, und sie wusste nicht so recht, ob das nun eine Einladung sein sollte oder ein Befehl. „Kommen Sie übermorgen zur Teeparty des Außenministeriums? Um zwei Uhr am Nachmittag. Die Frau des Außenministers lädt ein und wird sich freuen, Sie zu empfangen.“ Wieder diese knappe Verbeugung. „Ihre Nacht sei glücklich.“

„Und die Ihre.“ Martha lauschte ihrer eigenen Stimme, als höre sie eine Fremde.

Verdacht

Kabul, 8. Oktober 1941
3:00 Uhr

Aufatmend huschte Martha in ihre Wohnung. Sie entzündete eine Lampe und sah sich mit entsicherter Waffe um, doch schien alles so, wie sie es verlassen hatte. Paps hätte sie wahrscheinlich ausgelacht. Er war immer der Ansicht, dass Kriege mit Misstrauen beginnen. Zu Anfang fürchten sich alle, jeder belauert jeden, und alle sehen nur noch Feinde. Sie gierte geradezu nach einer Tasse Tee, doch als sie den Wasserkessel griff, steckte ein Zettel im Henkel, eine Nachricht von Adolf:

Übermorgen erwartet das afghanische Außenministerium einen britischen Emissär. Die Afghanen haben eine Loya Dschirga einberufen, eine große Ratsversammlung aller afghanischen Stämme. Das scheint mir ein extrem übles Signal. Die Entscheidung wird uns nicht gefallen, darauf kannst du Gift nehmen. Bleib in der Wohnung, damit ich Dich erreichen kann. Außerdem hörte ich, dass man heute einen Sohn von Habib Shah der Schule verweisen musste. Er heißt Omar und scheint ein handfester Sadist zu sein. Angeblich hat der Kerl einen Vogel zerschnitten, bei lebendigem Leib! Flügel und Beine ab, ehe er ihn sterbend liegen ließ. Widerlich. Der Kerl wäre eine Zierde der SS. Er scheint verschwunden zu sein. Halte die Ohren steif. Dein Adolf.

Martha stand wie versteinert. Das Bild des gequälten Kaninchens manifestierte sich geradezu schmerzhaft in ihrer Erinnerung. Und was hatte Benazir geschrien, als Said ihr eröffnete, dass sie diesen Omar heiraten solle? Das Schwein zerschneidet alles! Dazu meldete sich nun auch die grausige Erinnerung an den gefolterten Sahir. Der Vogel und das Kaninchen, das konnte unmöglich Zufall sein. Dieser Omar gehörte zu den Leuten des Sturmbannführers und versteckte sich offenbar ausgerechnet in dem Haus, in dem Benazir Zuflucht gefunden hatte!

Sie stürzte die Treppe hinunter. Wie zum Teufel konnte Said ed-Din ein Familienmitglied einem Sadisten anvertrauen? Sie konnte sich nicht entsinnen, dass sie jemals auch nur annähernd eine vergleichbare Wut verspürt hatte.

Die Leichenträger konnten noch nicht allzu weit sein, und so hastete sie in die Dunkelheit hinein. Martha stolperte, raffte sich wieder auf und strauchelte erneut, bis sie endlich Schritte hörte. „Warten Sie", schrie sie auf Deutsch. „Halt!"

Sie tastete sich weiter, und die Schritte verstummten. Dann erreichte sie Saids vorwurfsvolle Stimme aus der Finsternis. „Sie sind ziemlich leichtsinnig, Martha von Helm."

Er wollte noch etwas hinzufügen, doch sie sprudelte ihren Verdacht so hastig hervor, erzählte in wirrer Folge von Omar, dem Kaninchen und Sahir, dass Said sie mehrfach unterbrechen musste, um den Faden nicht vollends zu verlieren. Schließlich herrschte betroffenes Schweigen, das Martha in ihrer Nervosität wie eine Ewigkeit vorkam. Wahrscheinlich fragte er sich, ob er nicht auf dem besten Wege sei, einer hysterischen Frau aufzusitzen.

„Falls Sie Recht haben", knurrte er schließlich, „weiß ich nicht, wem ich noch trauen darf. Das kann einfach nicht sein."

„Was ist mit der Familie, bei der sie Benazir einquartierten?"

„Sie gehört zu unserem Clan. Aber selbst wenn sich Omar dort verstecken sollte, so kann Benazir unmöglich in Gefahr seien. Omar ist ihr Bräutigam, der Vater ihrer zukünftigen Kinder."

In ihrer Entrüstung vergaß Martha jede Vorsicht. „Sind Sie wahnsinnig?", fauchte sie. „Benazir und dieser Omar...?" Sie wusste gar nicht mehr, was sie ihm alles ins Gesicht schleuderte, und merkte nicht einmal, dass sie mittlerweile in die Landessprache verfallen war, bis er sie unversehens packte.

„Sprechen Sie Deutsch!", zischte er. „Um Allahs Willen."

Zum Glück war Martha völlig außer Atem, so dass er endlich selbst zu Wort kommen konnte.

„Sie verstehen das nicht", raunte er beschwörend. „Habib Shahs Familie und unser eigener Clan, wir sind seit Generationen verfeindet, doch haben unsere Väter einen heiligen Eid geleistet, den Hader mit einer Heirat zu beenden. Ein solcher Eid ist unauflöslich."

Seine Stimme dröhnte in ihren Ohren, obwohl er wahrscheinlich nur flüsterte. Martha musste sich irgendwie zusammennehmen, Ruhe bewahren. Wenn sie ihn vor seinen Leuten anschrie, konnte er gar nicht auf sie hören, ohne sein Gesicht zu verlieren.

„So begreifen Sie doch", beschwor sie ihn und dämpfte ihre Stimme. „Eid hin oder her, dieser Omar gehört zur Bande des Sturmbannführers. Benazir muss sofort aus diesem Haus heraus."

Said antwortete nicht gleich, und als er schließlich sprach, klang es eher wie eine Frage. „Sie nehmen extremen Anteil am Schicksal meiner Schwester."

„Sie..., sie ist meine Freundin und eine Freundin gehört zur Familie." Sie konnte nur hoffen, dass das für afghanische Ohren vertraut genug klang. „Also, was wollen wir jetzt unternehmen?"

Zum Glück strapazierte Said ihre Nerven nicht länger und wandte sich an seine Begleiter. „Kommt her."

Die Leute versammelten sich erwartungsvoll. Er instruierte sie genau, wohin sie den Leichnam bringen sollten. Er selbst müsse jetzt einen Gast

Afghanistans nach Hause begleiten. Sie sollten umgehend der königlichen Wache Bescheid geben und einige Soldaten in das Geisterhaus entsenden. Martha erschienen seine Anweisungen endlos, bis er endlich aufbrach und mit einer Lampe gemessen in die Dunkelheit schritt. „Langsam", zischte er, als sie ungestüm vorwärts drängte. „Noch können sie uns hören."

Doch kaum erreichten sie eine Seitenstraße, da stürmte Martha auch schon in die Dunkelheit, doch war er blitzschnell neben ihr. „Falls Benazir tatsächlich in Gefahr schwebt, dann ist das nicht Ihr Kampf. Außerdem sind Sie..."

„... eine Frau. Ja, ja, das hatten wir schon. Das haben Sie wirklich gut erkannt, Said Sardhar. Und noch dazu in einer solchen Finsternis." Sie wusste selbst nicht, woher sie die Courage nahm, ihn so spöttisch anzugehen.

Als sie sich schließlich dem Geisterhaus näherten, löschte er die Lampe, doch erkannte sie gerade noch, dass er eine Pistole zückte. Sie drückten sich an eines der Häuser, und Martha griff nun ebenfalls völlig lautlos zur Waffe.

„Wie viele Schüsse haben Sie abgegeben?", raunte es neben ihr. Wie konnte er wissen, dass sie ihre Waffe gezogen hatte?

„Wenn Sie schon mitkommen wollen, dann laden Sie wenigstens nach", drängte er. „Hier sind Patronen, die müssten passen."

Sie orientierte sich an seiner Stimme und spürte Sekunden später seinen Mantel unter den Fingern. Er zuckte unwillkürlich zurück, als sei ihm die Berührung überaus unangenehm.

„Wo sind die Patronen?", überspielte sie ihre Unsicherheit. Sie tastete sich an seinem Arm bis zur Hand und nahm die Patronen. Martha hatte die erbeutete Waffe bereits mehrfach auseinander genommen, das kam ihr jetzt zugute, als sie in der Dunkelheit nachlud. Um der Wahrheit die Ehre zu geben, sie empfand sogar so etwas wie Stolz, während er stumm in die Nacht hinein lauschte.

Seine stoische Ruhe reizte sie zunehmend, hatte sie doch Mühe, ihre Hektik zu zügeln. In all der Zeit, in der sie rastlos von einem Fuß auf den anderen trat, schien er nicht ein einziges Mal seine Position zu verändern. Wahrscheinlich hielt er sie für eine nervöse Ziege, eben für eine Frau.

Für einen vagen Moment dachte sie an Adolf und seine Nachricht von der britischen Gesandtschaft. Ungeachtet aller Hektik begriff sie instinktiv, dass sie als Deutsche im Augenblick für sich und ihre Landsleute wahrscheinlich nichts Besseres anstellen konnte, als einem Mitglied von Saids Familie zu helfen. „Also was ist?", drängte sie und brach unvermittelt ab. Die Pause wurde länger.

„Was haben Sie?“, forschte er mit angespannter Stimme.

„Ich weiß es nicht“, flüsterte sie. „Ich...“

„Belügen Sie mich nicht! Sie lauschen schon wieder in sich hinein, so wie bereits vorhin.“

Martha holte tief Luft. „Ich fürchte, wir werden verfolgt. Es ist nur so ein Gefühl.“ Sie bereute schon ihre Offenheit.

„Ein Gefühl? Wir haben jetzt keine Zeit für Spiele. Reden Sie Klartext. Also, was ist los?“

Said ed-Din war so ziemlich der Letzte, dem sie freiwillig von Iskender berichtet hätte. Er hätte sie nur für hysterisch gehalten. „Ich weiß nur, dass uns jemand beobachtet. Ich kann nicht sagen, ob es sich um einen Freund oder um einen Feind handelt. Ich weiß nur, dass er jetzt irgendwo in der Dunkelheit wartet.“ Zu ihrer Erleichterung klang ihre Stimme ziemlich beherrscht, und auch Said schien mittlerweile ernstlich besorgt, das spürte sie deutlich.

„Wie lange werden wir schon beobachtet?“, raunte er. Hatte er sich tatsächlich entschlossen, einer Frau zu vertrauen?

„Ich spürte ihn schon vorhin im Bad des Harems. Halten Sie mich nicht für albern, aber ich könnte schwören, dass er sich im Haus versteckt hatte.“

„Ich halte Sie nicht für..., wie sagt man auf Deutsch? Ich halte sie nicht für hysterisch, falls Sie das beruhigt. Ich wollte nur wissen, wie überzeugt sie von ihrer Wahrnehmung sind. Ich habe schon Ähnliches erlebt. Einer meiner Leute war imstande, ein entlaufenes Pferd mitten in der Nacht einzufangen – mit untrüglicher Sicherheit.“

„Erstaunlich.“

„Sie kennen ihn gut, es handelt sich um Ihren Hausmeister.“

„Ibrahim?“

Die Sache mit dem Pferd war ganz zweitrangig, entscheidend war sein beiläufiger Hinweis, dass Ibrahim in seinen Diensten stand. Davon hatte sie in all den Jahren nicht das Geringste geahnt. Offenbar beobachtete man sie bereits seit geraumer Zeit, und anderen Ausländern erging es wahrscheinlich nicht besser.

Er hatte wahrscheinlich keine Ahnung von ihrer Bestürzung. „Wir müssen Ihren Verfolger stellen!“

Martha hätte beinahe aufgelacht. Iskender stellen? Das war so gut wie sinnlos, doch konnte sie das unmöglich erklären.

„Können Sie ihn genauer lokalisieren?“, drängte er.

„Nein, ich spüre nur seine Gegenwart.“

Er zischte grimmig. „Besser als nichts. Kommen Sie, das ist unsere Chance.“

Er trat hinaus in die Straße, und sie erwischte gerade noch seinen Ärmel. „Und Benazir?“

„Sie werden ihr nichts tun, solange wir nicht aktiv werden. Hoffentlich. Außerdem müssen wir ohnehin in das Haremshaus.“

„Wieso?“

„Es ist der einfachste Weg zu Benazir. Vertrauen Sie mir.“ Ganz unverhofft griff er nach ihrer Hand und zog sie der Küchengasse entgegen. Der Gedanke, endlich Iskender zu stellen, hätte normalerweise all ihre Phantasie beflügelt, doch nicht in dieser Lage und nicht in Saids Gesellschaft. Ja, sie hoffte absurderweise, ihr Dschinn würde auch diesen Versuch zurückweisen. Auf jeden Fall war sie wie in Schweiß gebadet.

Der goldene Arm

Kabul, 8. Oktober 1941
3:30 Uhr

Als sie sich dem Kücheneingang näherten, schlossen sich Saids Finger um ihre Schulter. Sie spürte seinen Atem. „Erst lauschen!“, raunte es an ihrem Ohr.

Als sie an der aufgebrochenen Küchenpforte stehen blieb, ließ er augenblicklich los. Die kaum wahrnehmbare Geräuschkulisse der schlafenden Stadt lag hinter ihnen, und nur ein gelegentlicher Schrei eines Tieres durchbrach die nächtliche Stille.

„Was nun?“, wisperte Martha.

„Spüren Sie noch etwas?“

Martha musste an sich halten, um ruhig in sich hineinzuhorchen. Außerdem schämte sie sich ein wenig ob ihrer heftigen Atemzüge. Sie verabscheute die Vorstellung, vor einem Said als Feigling dazustehen. So versuchte sie instinktiv, die Luft anzuhalten, doch rauschte ihr nur das Blut in den Ohren.

„Nur ruhig“. Offenbar hatte er ihren Zustand ganz richtig eingeschätzt. „Lassen Sie sich Zeit.“

„Er ist noch in der Nähe“, murmelte sie schließlich.

„Haben Sie Mut?“ Seine Frage kam völlig überraschend. „Dann gehen Sie runter ins Bad. Ich lasse den Kerl vorüber, dann haben wir ihn auf der Treppe zwischen uns.“

„Und was ist mit Benazir?“

„Ein Verfolger in unserem Rücken könnte uns das Leben kosten.“

Natürlich hatte er Recht. Unter Umständen war dies hier ja tatsächlich die so lang ersehnte Chance, Iskender auf die Schliche zu kommen. Verwirrend war jedoch, dass es offenbar vor allem Saids Anwesenheit war, die ihr den Rücken stärkte.

Auf den ersten Stufen knirschten Sandkörner unter ihren Schritten. Das Geräusch zerrte an Marthas Nerven, und so schlüpfte sie hastig aus den Schuhen und tastete sich barfuß die Treppe hinunter. Das Haus lag in tiefer Stille, unten im Bad war es stockdunkel. Sollte sie jetzt Licht machen? Vielleicht würde es dann weniger nach einer Falle aussehen, und so entzündete sie schließlich eine der Lampen.

Endlich fand sie für einen Moment die Ruhe, ihre Gedanken zu sammeln. Sie entschloss sich, die Lampe unten am Pool zu lassen, um oben im Beobachtungszimmer Posten zu beziehen. Im dunklen Treppenhaus kämpfte sie wieder mit ihrem fliegenden Atem. Irgendwie war es fast wie damals, als sie mit ihren Eltern Iskender nachstellte.

Da knirschte es über ihr auf der Treppe, und Martha spürte die Gänsehaut auf ihrem Rücken. Iskender oder Said? Gebannt lauschte sie nach oben. Wieder dieses ekelhafte Knirschen. Näher diesmal, und wieder ein Kribbeln in ihrem Nacken. Im nächsten Moment erreichte sie ein wütender Aufschrei, dann stürzten auch schon zwei schwere Körper aufbrüllend die Stufen hinab und just gegen ihre Beine.

Martha prallte mit dem Rücken gegen die Tür des Beobachtungszimmers und flog förmlich in den lichtlosen Raum. Als sie sich aufraffte, füllte sich das enge Gelass bereits mit heftigem Kampfeslärm. Irgend jemand krachte stöhnend gegen den Diwan. Der Gedanke, dass Said mit Iskender kämpfte, ließ sie förmlich versteinern.

Für bange Sekunden erreichte sie nichts als unterdrücktes Keuchen, als versuchten die Kontrahenten, ihr Duell möglichst geräuschlos über die Bühne zu bringen. Jetzt rollte wieder jemand vor ihre Füße. Martha stolperte einen Schritt zurück und strauchelte über ein unsichtbares Hindernis. Zudem trat sie mit ihren bloßen Füßen überall auf Schutt und zerschlagene Kacheln. Was, zum Teufel, war hier eigentlich los? Geradezu wild knipste sie an ihrem Feuerzeug. Die Flamme zuckte auf und leuchtete in das verzerrte Antlitz ihres Bruders.

„Adolf?“

Er lag vor dem Diwan, den Dolch in der Faust. Said lag über ihm und umklammerte seine Handgelenke. Im nächsten Augenblick verlosch die Flamme, und die Männer tauchten zurück in die Dunkelheit.

Für einen Moment herrschte atemlose Stille, dann keuchte es ungläubig in der Finsternis. „Martha? Bist du das?“ Ein dumpfer Schlag ließ ihn verstummen. Im nächsten Augenblick rollten die Männer schon wieder über den Boden.

„Hört auf!“, keuchte Martha. „Said, hören Sie auf. Das ist mein Bruder. Adolf, weg mit dem Dolch, das ist ein Freund!“ Sie bezweifelte massiv, dass ihr Verhältnis zu Said auch nur in die Nähe einer Freundschaft kam, doch hatte sie keine Ahnung, wie sie ihren Bruder besänftigen sollte.

Die beiden Männer lagen plötzlich still, nur ihr Ächzen füllte den Raum. Martha bearbeitete hektisch ihr Feuerzeug, doch erst beim dritten Versuch leuchtete die Flamme erneut. Die Männer lagen noch immer aufeinander. Martha packte Adolfs Dolch. „Hör auf, das ist kein Feind.“ Die Augen der Kontrahenten glühten ihr entgegen wie die von Raubtieren.

„Sind Sie wirklich Marthas Bruder?“, fragte Said in seinem so verblüffend akzentfreien Deutsch.

„Darauf können Sie Gift nehmen“, knurrte Adolf. Die Erleichterung war ihm deutlich anzumerken. „Und wer sind Sie, verdammt noch mal?“

„Das ist der Sardhar Said ed-Din, der Herr dieses Hauses. Was treibst du hier, um Gottes Willen?“

Said ließ seinen Gegner fahren. „Na los, stecken Sie den Dolch weg!“ Das klang zwar harsch, aber nicht feindselig.

Augenblicke später kam auch Adolf auf die Füße. „Was jetzt?“, flüsterte er. Seltsamerweise mühten sich alle, möglichst leise zu sprechen. Was war eigentlich mit Iskender? Zum ersten Mal seit Adolfs Erscheinen dachte sie wieder an ihren Dschinn. Im Grunde war es tragikomisch – da wollten sie Iskender fassen und schnappten ihren Bruder. Das Feuerzeug flackerte und erlosch aufs Neue. Martha hatte Mühe, es wieder anzuzünden. „Gehen wir nach unten, dort haben wir Licht.“

Sie stand schon unter der Tür, als Said sie jäh zurückhielt. „Langsam!“ Er hielt einen Papierfetzen in die Flamme und leuchtete umher. Martha erkannte erst jetzt, dass jemand zwei Löcher in die Wände geschlagen hatte.

Said stieß seinen Fuß in den Schutt, konzentrierte sich dann jedoch umgehend auf Adolf. Die beiden Männer musterten sich mit unverhohlenem Misstrauen, bis die Flamme erlosch. „Sie wohnen also bei Ihrer Schwester?“, erkundigte sich Said in der Dunkelheit.

Adolf hustete spöttisch. „Ah, wir werden beobachtet?“

„Im Augenblick überwachen wir jeden Ausländer.“

„Nett zu wissen“, knurrte ihr Bruder.

Said ging nicht darauf ein. „Ich hole eine Lampe, warten Sie hier!“

Bis er zurückkehrte, setzte Martha den Bruder hastig ins Bild und registrierte deutlich, wie er bei Benazirs Namen aufhorchte. Sie konnte nur hoffen, dass er sich Said gegenüber nicht durch unvorsichtiges Gerede verriet. „Wir wollten einen Verfolger schnappen und fingen dich“, schloss sie, als Said gerade zurückkehrte. „Also, was machst du hier?“

Said lachte spöttisch auf. „Ich schätze, Ihr Bruder ist uns nachgeschlichen."

„Mir?"

„Natürlich. Er ist der geheimnisvolle Verfolger."

Adolf und Iskender? Martha wusste genau, wie unsinnig das war, doch konnte sie das beim besten Willen nicht aufklären, zumal ihre Aufregung dafür sorgte, dass sie Iskenders Aura nicht mehr spürte.

Zudem lachte Adolf auch noch ein wenig verlegen. „Das stimmt, also ich geb's zu. Ich war gerade auf dem Nachhauseweg, als Martha aus ihrer Wohnung stürmte, als sei der Teufel hinter ihr her. „Aber wenn Ihre Schwester Benazir in Gefahr ist, dann sollten wir später reden." Seine Entschlossenheit hatte schon beinahe etwas Anrührendes. Er war schon halb auf dem Weg zur Tür, als Said ihn zurückriss. „Vorsicht!" Sein Griff war so heftig, dass Adolf beinahe das Gleichgewicht verlor. Said bückte sich und hielt gleich darauf einen winzigen Metallgegenstand ins Lampenlicht. „Was ist das?"

Es handelte sich um ein kleines goldenes Ärmchen, kaum sechs oder sieben Zentimeter lang, das offenbar von einer goldenen Statuette stammte. Martha riss das Kleinod förmlich an sich. Gütiger Himmel, gehörte das etwa zu ihrem kleinen Perser? Um ein Haar wäre sie damit herausgeplatzt und lenkte erst in letzter Sekunde ab. „Hatten Sie hier einen Schatz versteckt?" Sie deutete auf den Schutt und hoffte inständig, dass Said ihre Verwirrung nicht bemerkte. Wie kamen ihre Eltern zu einer Figur, deren Arm hier im Geisterhaus versteckt war? Handelte es sich bei der Statuette am Ende um Diebesgut? Keine gute Vorstellung. Martha schwirrte förmlich der Kopf.

„Und wer hat die Wände aufgebrochen?", warf Adolf dazwischen.

„Nun", Said hustete vielsagend, „ich kenne nicht allzu viele Leute, die einen Schlüssel besitzen."

Der Wink war unübersehbar. Er signalisierte, dass der Verdacht ganz natürlich auf Martha oder auf David fallen müsse. Martha fühlte seinen durchbohrenden Blick beinahe körperlich. Hatte David den Schlüssel am Ende nur erbeten, um das Haus ungestört zu durchsuchen? Sie wusste beim besten Willen nicht, wie sie reagieren sollte, doch sprach Said bereits weiter. „Die Frage ist, wann die Wände aufgeschlagen wurden."

Martha räusperte sich. „Vor zwei Tagen war das Zimmer noch intakt."

Said nickte nachdenklich. „Und gestern Abend?"

Martha senkte den Kopf. „Das weiß ich leider nicht. Als wir hier ankamen, sind wir gleich runter zum Pool. Ich erinnere mich nur, dass die Tür zugezogen war."

„Der Sturmbannführer", knirschte Said. „Er muss es gewesen sein, als er Sahir umbrachte. Er..."

„Wussten Sie denn von diesem Schatz?", fuhr Adolf dazwischen.

Stimmt! Das war eine entscheidende Frage. Und Said zögerte tatsächlich, ging wahrscheinlich mit sich zu Rate, ob er überhaupt antworten sollte, doch dann sagte er sich wohl, dass die beiden ohnehin zu viel gesehen hatten. „In meiner Familie hält sich die Legende, dass mein Großvater angeblich einen Schatz hütete, doch kenne ich niemanden, der ihn je gesehen hätte."

„Kein Wunder", knurrte Adolf und deutete auf die Löcher.

Martha dachte an Saids Armreif. „Sie meinen doch nicht etwa den Oxosschatz?"

Saids Augen verengten sich. „Der Oxosschatz? Oh nein, der Schatz meines Großvaters hat sicher nichts mit dem Oxosschatz gemein. Man erzählte sich, dass mein Großvater auf einer seiner Ländereien zufällig auf einen Schatz stieß, goldene und silberne Figuren..."

„Und wo?", drängte Martha.

„Das hat er leider nie preisgegeben, doch deutete er einst an, dass der Fundort im Hindukusch läge, also nicht an den Ufern des Oxos oder Amu-Darja." Er lachte kurz. „Mein Großvater war steinreich. Er sah in heidnischen Altertümern nichts als eine Verführung des Teufels ."

„Verführung?", Adolf musterte ihn erstaunt. „Aber wieso?"

Said zuckte die Achseln. „Als ich ein kleiner Junge war, erzählte er mir, dass er einige Figuren eingeschmolzen habe."

„Eingeschmolzen?", fragte Martha entgeistert. „Aber wie konnte er das Erbe seiner eigenen Heimat zerstören?"

„Nun, die Schätze stammten aus einer dunklen Epoche."

„In der Afghanistan groß und mächtig war", murmelte sie.

„Aber sie sind keine Zeugnisse des Islam." Said steckte den goldenen Arm zu sich. „Gehen wir, meine Soldaten müssen jeden Augenblick hier sein." Plötzlich hatte er es außerordentlich eilig.

Die Planke

Kabul, 8. Oktober 1941
4:10 Uhr

Oben war leider von Soldaten weit und breit nichts zu erkennen. Adolf war wohl der Einzige, der die volle Tragweite nicht gleich überblickte. Die Leichenträger stammten aus dem Haus, in das Said Benazir gebracht hatte. Wenn diese Leute Saids Anweisung missachtet hatten, dann war dies ein starkes Argument, dass Martha mit ihrem Verdacht ins Schwarze getroffen hatte.

„Kein Licht, kein Streichholz!", beschwor Said seine Begleiter. Dann stürzte er nach unten zum Pool, um eines der Seile zu holen, an denen der Lüster befestigt werden konnte. Dann stürmte er die Treppen bereits wieder nach oben ins zweite Stockwerk.

Bald standen sie in einem Raum, ähnlich einem Erker, mit kunstvoll geschnitzten Fenstergittern, durch die der Sternenhimmel hereinschimmerte. Das Gebäude, in dem sie Benazir untergebracht hatten, zeichnete sich als riesige, kompakte Masse in der Finsternis ab. Said öffnete nun vorsichtig ein Holzgitter und stellte es zur Seite. „Zum Nachbarhaus sind es kaum vier Meter. Als Kind bin ich so manches Mal hinüber geklettert. Helfen Sie mir!"

Er führte sie in einen Nebenraum und zu einer langen Holzbank, die aus einer beinahe fünfzehn Zentimeter dicken Bohle gearbeitet war.

„Und das reicht?", fragte Martha etwas bang. Der Gedanke, auf dieser kaum fünfzig Zentimeter breiten Planke einen nächtlichen Abgrund zu überqueren, schien ihr mehr als aberwitzig. Doch die beiden Männer sahen das offenbar ganz anders, handelte es sich doch für Adolf wahrscheinlich ohnehin nur um ein romantisches Abenteuer. Sie schleppten die Planke in der Dunkelheit zum Fenster und schoben sie vorsichtig hinaus.

„Etwas anheben", zischte Said. „Auf der anderen Seite liegt das Fenster etwas höher."

Verbissen arbeiteten sie weiter, bis Martha ein leises Klappern hörte.

„Und jetzt?", drängte Adolf. „Wer zuerst?"

„Ich", antwortete Said. „Wir binden uns an dieses Seil. Ich..."

„Vorsicht!" Martha zerrte die Männer hastig zur Seite, schimmerte doch aus dem Nachbarhaus Lampenlicht herüber. Offenbar schritt dort jemand durch die dunklen Räume. Man konnte seinen Weg gut verfolgen. Schließlich verschwand es, doch glaubte Martha vorher noch mehrere Frauen zu erkennen.

„Frauen", bestätigte Said ihre Beobachtung. „Dort könnte sich auch Benazir aufhalten." Er überprüfte zum letzten Mal das Brett, doch Adolf trat dazwischen, ehe er sich auf die Bohle legen konnte. „Augenblick, kennen Sie das Haus da drüben?"

„Kaum."

„Dann lassen Sie mich gehen. Martha wartet hier, und Sie holen umgehend Hilfe."

„Unmöglich, es geht um meine Familie und Benazir!"

„Nennen Sie mir eine andere Lösung", knurrte Adolf, doch Said schnitt ihm schroff das Wort ab. „Es geht auf keinen Fall!"

„Nicht?" Adolf lachte grimmig. Er schien sich mit Leib und Seele dem Plan verschrieben zu haben, das Mädchen von Marthas Zeichnungen zu retten.

Said schien nicht minder erregt, und Martha legte ihm schnell die Hand auf den Arm. Sie spürte sein ergrimmtes Zittern. „Ich fürchte, mein Bruder hat Recht", flüsterte sie hastig. „Ihre Soldaten würden weder mir noch meinem Bruder vertrauen. Man würde uns nur auslachen oder zu einem verschlafenen Offizier schleppen. Selbst im günstigsten Fall dauert es viel zu lange, und das könnte Benazir das Leben kosten."

„Begreifen Sie doch", drängte Adolf. „Sie müssen Ihre Soldaten persönlich alarmieren. Es gibt keine andere Lösung. Ich..., ich werde Ihre Schwester beschützen."

Said winkte heftig ab und selbst in der Dunkelheit war die Bewegung seines Schattens nicht zu übersehen, doch dann antwortete er mit überraschender Ruhe. „Ich danke Ihnen für Ihr großzügiges Angebot, aber ich kann es unmöglich annehmen. Ihr Bruder Adolf muss die Soldaten alarmieren, ich gebe ihm meinen Siegelring."

„Aber..." Martha gefiel das gar nicht, auch wenn sie sich eingestand, dass es eine große Ehre war, dass Said seinen Ring überhaupt aus der Hand geben wollte.

Said ließ sie gar nicht zu Wort kommen „Es geht nicht darum, Benazir einem fremden Mann anzuvertrauen, es geht im Zweifelsfall um Leben und Tod. Falls man Sie oder Ihren Bruder dort drüben erwischt, wären Sie beide so gut wie tot, während ich jedes Recht habe, meine Schwester aufzusuchen. Ich bin der Einzige, der im Falle einer Entdeckung überleben könnte."

„Ich lasse Benazir nicht im Stich", unterbrach ihn Martha. „Auf keinen Fall."

Said überging ihre Bemerkung. „Haben Sie etwas zu schreiben? Gehen wir tiefer ins Haus, um Licht zu machen."

In einem Nebenraum zückte Adolf ein kleines Notizbuch, und Said warf mit einem Bleistiftstummel in arabischer Schrift eine Botschaft aufs Papier. Dann zog er seinen Ring und drückte ihn Adolf in die Hand. „Gehen Sie zu meinem Palast, man wird auf Sie hören. Aber bedenken Sie, dass Ihre Schwester dort drüben in Lebensgefahr schwebt, selbst in meiner Gegenwart. Sie brauchen wenigstens eineinhalb Stunden, bis Sie mit einer Unterstützung hier sein können. Also los."

Adolf knurrte zwar zweifelnd, eilte jedoch umgehend hinaus. Augenblicke später verklangen seine Schritte bereits in der Dunkelheit. „Hören Sie zu", wisperte Said, als sie zu der Planke zurückkehrten. „Ich binde mich jetzt an das Seil. Das andere Ende fixiere ich hier an einem Balken."

„Es ist besser, wenn ich vorankrieche..."

„Unsinn!" Er griff bereits nach der Bohle.

„Warten Sie!", intervenierte Martha. „Wenn ich abrutschen sollte, dann können Sie mich im Ernstfall mithilfe des Seiles hochziehen, während ich Sie auf diese Weise niemals retten könnte. Also muss ich den Anfang machen."

Zu ihrer Überraschung gab er keine Widerworte. Im Gegenteil. „Sie haben wirklich Mut. Also los, binden Sie sich an das Seil, und ich stabilisiere das Brett. Versuchen Sie drüben, das Fenstergitter einzudrücken. Hier, nehmen Sie meinen Dolch. Schieben Sie die Klinge in die Ritzen. Früher existierte dort nur ein einfacher Holzriegel. Ach ja, und ziehen Sie an dem Seil, sobald Sie drin sind."

Martha schlang sich das Seil unter ihren Achseln durch und testete den Knoten mit fliegenden Fingern. Sie hatte plötzlich das Gefühl, keine Luft mehr zu bekommen, machte überflüssigerweise noch einen dritten Knoten und schließlich noch einen vierten. Said stand in der Dunkelheit neben ihr, kaum einen Meter entfernt und rührte keinen Finger.

Am Ende schob sie sich mit tiefem Atemzug den Dolch in den Gürtel und stieg auf die nahezu unsichtbare Planke. Die Bohle war nichts als eine vage Ahnung über einem lichtlosen Abgrund. Wenn sie das Holz nicht unter dem ganzen Körper gespürt hätte, sie hätte nicht einmal geahnt, wo sie suchen sollte. Außerdem behinderte sie der Dolch mehr, als sie gedacht hätte, und so schob sie sich die Klinge zwischen die Zähne, ehe sie sich bäuchlings aus dem Fenster schob.

Zum Glück fühlte sich die Planke recht massiv an, als sie sich Zentimeter um Zentimeter vorwärts kämpfte, immer das Kinn gegen das Holz gepresst. Erst die linke Hand und dann die rechte. Den Körper nachziehen, dann wieder die linke Hand und schließlich die rechte...

Sie glaubte schon eine Ewigkeit unterwegs zu sein, eine lächerliche Illusion, geboren aus ihrer Feigheit. Allein die Vorstellung, dass sie über einem Abgrund schwebte! Plötzlich wurde ihr bewusst, dass die Planke leise vibrierte. Oder war das nur Einbildung? Ihre angstvolle Phantasie war um ein vielfaches mächtiger als jede Vernunft, gaukelte sie ihr doch vor, dass das Holz jeden Augenblick brechen müsste.

Eine Hand und dann die zweite, den linken Fuß und dann das rechte Bein, die linke Hand und....

Da stießen ihre Fingerspitzen gegen geschnitztes Holz. Martha hätte beinahe aufgeschrieen und packte den Dolch in buchstäblich letzter Sekunde. Die heftige Bewegung ließ ihre schmale Brücke tatsächlich erzittern, und so klammerte sie sich panisch an das Brett, bis sie endlich die Kraft fand, das Hindernis zu untersuchen. Es handelte sich um ein ziemlich verwittertes Holzgitter.

Als ihre tastenden Finger umherwanderten, da entdeckte sie zu ihrem Entsetzen, dass die Planke nur wenige Zentimeter an Auflage besaß. Jede heftigere Bewegung musste sie abrutschen lassen. Marthas Herz hämmerte wie wild, doch war es gerade der Schock, der ihre Geistesgegenwart beflügelte. Mit bebender Hand schob sie die Klinge durch das Gitter und stieß tatsächlich an ein unsichtbares Hindernis.

War das der Riegel, von dem Said berichtet hatte? Mit zitternder Hand verstärkte sie den Druck und fühlte, wie der unsichtbare Widerstand nachgab. Augenblicke später polterte eine Holzleiste zu Boden. Für Marthas überreizte Nerven krachte es überlaut. Sie konnte nur beten, dass sie niemanden alarmiert hatte.

Immerhin bewegte sich nun das Gitter, aber unglücklicherweise nur nach außen. Wollte sie öffnen, dann musste sie ein Stück zurück, wenigstens einen dreiviertel Meter.

Allein der Gedanke war schon schauerlich, doch die Realität ist eine erbarmungslose Lehrerin – Augenblicke später kletterte sie dann auch schon in einen dunklen Raum, dessen Abmessungen sie nur erahnen konnte. Zum Glück lag das ganze Haus immer noch in absoluter Stille.

„Nicht schlecht, Fohli", lobte sie sich halblaut wie in Kindertagen.

Nun musste sie sich als erstes vom Seil befreien. Es bereitete Mühe, die Knoten zu lösen, doch schließlich knüpfte sie es für Said fest um einen Balken und ruckte auffordernd, einmal, zweimal.

Sekunden später kam das Zeichen zurück und Said war unterwegs. Ihr Begleiter meisterte die Situation allerdings weit besser, schon nach kaum einer Minute ertastete sie seine suchenden Finger.

„Ihr Dolch", flüsterte sie, als er hereinstieg. Als sie seine Finger berührte, waren sie warm und fest, er zitterte nicht ein Jota. Dann zog sie ihre Pistole. Das Metall war kühl, als sie die Waffe vorsichtig durchlud.

„Sie handeln wie ein Mann und sehen aus wie eine Frau", murmelte es unvermittelt in der Dunkelheit. „Es ist irgendwie irritierend."

Martha holte tief Luft. „Leider zittern mir etwas die Knie."

„Ich bin erleichtert, das zu hören", knurrte es zurück. War das nun Spott oder eine seltsame Form von Anerkennung? Zum Nachdenken ließ er ihr keine Zeit. „Schuhe unter das Fenster!", kommandierte er.

Augenblicke später tasteten sie sich schon durch dunkle Räume bis zu einer Türe, die zugezogen war. Angenommen sie knarrte? Said ging wohl ganz Ähnliches durch den Kopf. „Versuchen wir es", raunte er.

Augenblicke später quietschte es leise. Es klang geradezu grässlich. Sie hielt den Atem an, und auch Said schien nervös, zumindest vernahm sie hastige Atemzüge. So standen sie für einige Augenblicke in der Dunkelheit, bis Said sich dicht an sie herandrängte. Sie spürte seinen Atem im Haar. „Reißen Sie sich zusammen!", flüsterte er.

Zusammenreißen?

„Atmen Sie ruhig!“, drängte er.

Ausgerechnet er musste sich über ihren Atem...! Die Erkenntnis traf Martha wie ein Schock. Sie zuckte so heftig, dass auch Said zusammenfuhr. „Wir sind nicht allein!“, hauchte sie. „Das ist nicht unser Atem! Es kommt von dort rechts.“

Said stand wie versteinert, die fremden Atemzüge beschleunigten sich. Angst, das klang nach blanker Angst! Schon hob sie ihre Pistole, als sich seine Hand in ihr Haar grub. Said zog sie dicht an sich heran. „Ich reiße ein Streichholz an. Sind Sie bereit?“

Sie nickte krampfhaft. Das Blut tickte ihr in den Schläfen. Dann zuckte das Flämmchen auch schon auf und tauchte den Raum in flackerndes Licht. Direkt in Marthas Blickfeld lag ein Polster und auf dem Polster eine reglose Gestalt. Da erlosch die Flamme und aus der Finsternis erreichte sie ein entsetzter Atemzug.

„Benazir?“, flüsterte Martha auf Deutsch. „Benazir? Bist du das!“

Der hektische Atem setzte aus.

Im nächsten Moment flammte das nächste Streichholz, dann kauerte Martha bereits neben ihrem Schützling. „Alles in Ordnung?“

Die Frage schien mehr als berechtigt, hatte man das Mädchen doch auf dem Polster festgeschnürt und schwer geknebelt. Martha schnitt sie los, während Said ein drittes und dann ein viertes Streichholz anriss. Augenblicke später zog sie Benazir den Knebel aus dem Mund. Das Mädchen streckte sich erleichtert, als das Streichholz erlosch. Alles, was Martha noch mitbekam, war ein keuchender Atemzug, als Benazir ihr die Arme um den Hals schlang und vor Erleichterung leise schluchzte.

„Still!“, zischte Said. „Um Allahs Willen, still!“

Das Weinen verstummte abrupt.

„Wo sind die Schufte?“, hauchte Martha ins Ohr der Freundin.

Zu ihrem Glück bewies ihr Schützling nach dem ersten Schreck bemerkenswerte Geistesgegenwart. Sie schilderte in hektischem Geflüster, dass man sie kurz nach Saids Aufbruch gefesselt habe. Offenbar wollte sie noch mehr berichten, doch da tönten hastige Schritte durch das Haus. Sie kamen näher und näher, eine hölzerne Treppe...

Marthas Herz hämmerte wie wild. Sie riss gerade ihre Pistole hoch, da wurde die Tür auch schon aufgestoßen. Im nächsten Augenblick stürzte ein Mann mit einer Öllampe in den Raum. Said stellte ihm gedankenschnell ein Bein, und der Unbekannte schlug lang hin. Er landete direkt vor ihr, sie schlug blitzartig mit den Pistolengriff zu.

Doch die eigentliche Katastrophe war die Öllampe, die weit durch den Raum flog. Öl spritzte über den Boden, als das Windlicht zersplitterte. Der brennende Docht fiel mitten ins Öl, und das Polster begann zu brennen, was Martha nicht einmal bemerkte, hastete doch nun ein älterer Mann über die Schwelle. „Was soll das?“, fauchte er, ohne die Szene wirklich zu begreifen. „Wir müssen weg. Schnell!“

Doch als er Benazir hochreißen wollte, blickte er unvermittelt in Marthas Pistolenmündung. Knoblauchatem stieg ihr in die Nase, dann reagierte er schnell und präzise. Er packte ihren Arm mit solcher Macht, dass sie keine Chance hatte, abzudrücken. Im nächsten Moment riss er sie auch schon zur Seite.

Dann blitzte sein Dolch, als er sich Said entgegenstürzte. Said umklammerte seinen Waffenarm und beide kamen sie zu Fall, der Angreifer obenauf, den Dolch in der Hand, als Martha endlich abdrückte. Der Getroffene brach über ihm zusammen.

Für einen Augenblick herrschte Stille, dann wälzte Said den Mann auf den Rücken, und der Verwundete starrte mit glasigem Blick in den düsteren Raum. Seine Hand wischte kraftlos über den Boden, dann hustete er qualvoll und fasste sich an die Brust. Im Flackerlicht des immer stärker brennenden Holzes blickte er erst stier auf seine blutigen Finger und dann auf Martha, als begriffe er überhaupt nicht, was eigentlich vorging, dann sackte er zurück. Als Said sich über ihn beugte, war er schon tot.

Martha starrte auf ihre Waffe. Zum zweiten Mal hatte sie einen Menschen getötet, und das zweite Mal war noch weit schrecklicher.

„Ich..., ich dachte, er würde sie töten“, stammelte sie.

Said streckte ihr impulsiv die Hand entgegen und zog sie mühelos hoch. „Ein guter Schuss, kommen Sie, schnell.“

Überall im Haus erhoben sich Stimmen, doch Benazir konnte kaum stehen, ihre Beine waren zu lange gefesselt gewesen. Und so riss Said die Schwester in seine Arme, als wäre sie eine Feder. Schritte tönten durch das Gebäude, es war eine Frage von Sekunden. Da setzte er Benazir wieder ab und schob sie Martha in die Arme. „Ich lenke die Kerle ab. Alleine kann ich über die Dächer der Nachbarhäuser. Ziehen Sie die Planke ein, sobald Sie drüben sind.“

Mit diesen Worten stürmte er bereits aus dem Raum.

Verschwunden

Kabul, 8. Oktober 1941
5:00 Uhr

Martha schleppte Benazir förmlich durch das dunkle Stockwerk. Irgend wo krachte ein Schuss und gleich darauf ein zweiter. Völlig erschöpft erreichten die beiden das Zimmer mit der Planke. Die brüllenden Stimmen waren kaum zu lokalisieren, aber es waren viele, bei weitem zu viele. Wahrscheinlich blieben nur noch wenige Minuten bis zu ihrer Entdeckung.

„Wir müssen über dieses Brett", stöhnte Martha und setzte die Lampe ab. „Du kriechst zuerst."

Benazir blickte sich verunsichert um. Martha deutete auf das Fenster und ihr Schützling drängte sich fester an sie heran. „Das schaffe ich nie", hauchte sie bestürzt.

„Es sind nur wenige Meter." Hastig knotete sie der Freundin das Seil unter die Achseln. „Ich halte dich, falls du abrutschst. Los jetzt!"

Benazir nickte benommen, und Martha konnte nur hoffen, dass sie sich trotz ihrer Verwundung auf der Planke halten konnte. Immerhin nahm sie allen Mut zusammen und lag im nächsten Augenblick auf der Bohle. Das Holz bog sich kaum, als sie sich aus dem Fenster schob.

Kaum hatte sie den ersten Meter hinter sich, da eilten unten Menschen in die Gasse. Im ersten Schreck lag Benazir wie versteinert. Der Blick nach unten war so ziemlich das Gefährlichste, und die Planke begann leise zu vibrieren. Martha konnte nur hoffen, dass die Freundin mit ihrem verletzten Arm nicht doch noch das Gleichgewicht verlor.

„Kriech weiter!" Martha wiederholte ihre Warnung in ihrer Verzweiflung viel zu laut. „Weiter, um Allahs Willen, weiter!"

Doch die Freundin schob sich in ihrer Panik zurück und belastete die Planke derart einseitig, dass sich die Bohle unter ihrem Gewicht an einer Seite anhob. Hätte Martha die schmale Brücke nicht mit aller Macht gegen ihre Unterlage gedrückt, Benazir wäre unweigerlich abgestürzt. Schließlich lag das Mädchen völlig reglos, doch je länger sie dort draußen auf der Planke ausharrte, desto mehr stieg die Gefahr einer Entdeckung.

Zu Marthas grenzenloser Erleichterung kämpfte sich ihr Schützling schließlich weiter und verschmolz schon nach wenigen Sekunden mit der Dunkelheit. Bewundernswert. Das Mädchen war viel härter, als Martha je erwartet hätte. Am Ende vibrierte das Brett noch einmal unter ihren Händen, dann lag es still. Jetzt ruckte das Seil, Benazir war in Sicherheit.

Wieder rannten Leute durch die Gasse. Offenbar durchkämmten sie die ganze Gegend und fraglos würde man auch das Geisterhaus durchsuchen. Sie durfte keine Sekunde zögern. Im nächsten Moment arbeitete sich auch Martha über den Abgrund.

Der Hinweg über der dunklen Gasse war im Prinzip gar nicht so schrecklich gewesen. Doch diesmal, mit den Lampen dort unten, konnte sie die Höhe sehr gut abschätzen. Ein Sturz hinunter bedeutete den sicheren Tod. Mit zusammengebissenen Zähnen kämpfte sie sich vorwärts und versuchte krampfhaft, nicht mehr nach unten zu blicken. Leider ließ sich ihre Phantasie nicht wirklich kontrollieren, und so quälte sie sich wieder und wieder mit der Vorstellung, auf der anderen Seite von Feinden begrüßt zu werden, auch wenn vor ihr alles dunkel blieb.

Vibrierte das Holz? War alles nur Hysterie? Ihre Panik stieg mit jedem Zentimeter, den sie sich vorwärts quälte. Sie konzentrierte sich so ausschließlich auf die Planke, dass sie erst gar nicht begriff, dass unter ihr das Stimmengewirr erstarb und auch die Lampen verlöschten.

Endlich berührten ihre Finger wieder das Fensterbrett. Noch einige Griffe, dann zog sie sich in den dunklen Raum. Alles war ruhig. Keine Feinde. Martha war so erleichtert, dass ihr die Beine versagten. „Benazir?“, flüsterte sie. „Ich bin’s, Martha.“

Keine Antwort. „Benazir? Bist du da? Benazir, hier ist Martha.“

Wieder keine Antwort, sie war allein. Doch wie konnte ihr verwundeter Schützling so einfach verschwinden? Hastig durchsuchte sie die Nebenräume. Nichts. Nur das Seil lag vor dem Fenster. Als sie es prüfend durch die Finger zog, entdeckte sie bald ein glatt abgeschnittenes Ende. Benazir hatte sich nicht etwa losgebunden, sie war losgeschnitten worden, und dazu bedurfte es nicht nur eines normalen Messers, sondern eher eines afghanischen Dolches. Benazir besaß keine solche Klinge. Jemand hatte sie hier abgepasst, doch hatte Martha nicht das Geringste davon mitbekommen. Sie fühlte, wie ihr Schweiß in die Augen sickerte.

Eigentlich sah sie nur eine einzige Erklärung – Said. Doch wieso hatte man nicht auf sie gewartet? Nein, nicht Said. Außerdem hatte Benazir keinen Laut von sich gegeben. Das konnte nur bedeuten, dass sie das Bewusstsein verloren hatte. Aber falls dieser Angreifer tatsächlich existierte, weshalb hatte er sie nicht schlicht vom Brett gestoßen?

Da fuhr ein dumpfer Schlag durch das alte Gemäuer.

Die Warnung

Kabul, 8. Oktober 1941
5:20 Uhr

Martha presste ihr Ohr gegen die Wand, gerade rechtzeitig für das nächste Dröhnen. Jemand schlug gegen die Mauern. War das ein Hammer? Aber wer sollte zu nächtlicher Stunde gegen die Wände hauen? Martha dachte unwillkürlich an die aufgebrochenen Wände im Beobachtungszimmer.

Sie musste sofort nach unten, doch zuerst galt es, die Planke einzu holen, sonst würde bei Tageslicht alles auffliegen. Martha legte sich auf die Bohle, damit sie hereinglitt. Dann schlich sie zur Treppe. Als sie das Erdgeschoss betrat, dröhnte es erneut. Vorsichtig pirschte sie weiter, und als sie den Fuß auf die ersten Stufen setzte, erreichte sie ein leises Prasseln.

Nun war guter Rat teuer, zumal die Sorge um Benazir sie nicht mehr losließ. Das Treppenhaus war ein Nadelöhr. Und sie hatte keine Ahnung, auf wen sie treffen mochte. Ihre Phantasie gaukelte ihr gar Iskender vor, nein, das war einfach lächerlich. Dennoch schloss sie die Augen und konzentrierte sich auf ihren Dschinn, und sie spürte ihn tatsächlich! Sie musste einfach Klarheit gewinnen. Mit trockener Kehle schlich sie nach unten.

Jetzt passierte sie den Beobachtungsraum. Alles lag dunkel und still, doch weiter unten zeigte sich schwaches Lampenlicht. Nach einigen weiteren Stufen vernahm sie Flüstern, verstand aber noch kein Wort. Sie stand, die Finger an der Wand, als es erneut aufdröhnte, und diesmal um vieles heftiger. Fraglos Meißelschläge. In anderer Lage hätte sie wohl die Flucht ergriffen, doch die Vorstellung, unter Umständen auf Iskender zu treffen, ließ sie jede Vorsicht vergessen.

Jetzt erreichte sie das Bad und spähte hinein. Schon beim ersten Blick prallte sie zurück. David! Außerdem erkannte sie im Licht einiger Öllampen den britischen Botschafter mit zwei weiteren Leuten. Sie brachen tatsächlich die Wände auf. Kein Zweifel, sie suchten den Schatz. Nun war auch klar, wer den Beobachtungsraum verwüstet hatte. Falls Said die Bande hier stellen sollte, dann wären die Briten bis auf die Knochen blamiert.

Immer noch spürte sie ihren Dschinn, und das verwirrte sie derart, dass sie sogar David mit Iskender in Verbindung brachte. Immerhin hatte David Afghanistan vor Jahren verlassen und auch Iskender war bereits vor langer Zeit verschwunden und erst kürzlich wieder aufgetaucht. So logisch diese Erklärung im ersten Moment auch schien, die Idee, ihr Dschinn könnte in Wahrheit David sein, hatte etwas Desillusionierendes, auch wenn sie ihn immer als Freund betrachtet hatte.

Im Bad ließen die Arbeitsgeräusche nach, und die Stimmen gewannen an Klarheit. „Verlieren wir keine Zeit“, schnarrte der Botschafter im besten Oxfordtonfall. „Berichten Sie!“

Im nächsten Augenblick erreichte sie Davids Stimme. Er formulierte beherrscht, beinahe geschäftsmäßig. „Mittlerweile ist sicher, dass hier in Kabul unter deutschem Kommando missliebige Personen liquidiert werden, die auf Afghanistans Neutralität bedacht sind.“

Martha konnte erkennen, wie sich der Botschafter aufrichtete. „Sind wir ebenfalls in Gefahr?“

David schien sich nicht sicher, denn er zögerte relativ lange. „Das weiß ich nicht", gestand er schließlich. „Aber ich vermute, den Tätern geht es vor allem um gemäßigte Afghanen. Leider haben wir noch keine Ahnung, wer die Killer anführt. Als wir einen der Mörder schnappten, wusste er weder, wie sein Anführer hieß, noch wie er aussah. Er sprach nur von einem Sturmbannführer."

„Ein SS-Mann?", näselte der Botschafter. „Könnte es sich bei diesem so genannten Sturmbannführer auch um eine Frau handeln?"

„Sie glauben, dass diese Morde von einer Frau verübt werden?" David klang einigermaßen fassungslos.

„Verübt? Oh nein. Aber ich denke, dass eine Frau das Ganze steuern könnte. Sie erwähnten, dass sich dieser Sturmbannführer bei einer Verfolgung förmlich in Luft aufgelöst habe. Angenommen, es handelt sich um eine verkleidete Frau, dann könnte sie problemlos in irgendwelchen Harems untertauchen. Ist sie auch noch der Landessprache mächtig, dann würde sie sich hier wie ein Fisch im Wasser bewegen. Haben wir eine Vorstellung, seit wann diese Schufte aktiv sind?"

„Äh..., seit zwei Monaten, würde ich sagen."

Der Botschafter lachte befriedigt. „Da haben Sie's. Unmöglich, so schnell jemanden aus Deutschland herüberzuschicken oder gar eine Organisation aufzubauen. Frage: Wer hat diese Infrastruktur aufgebaut, und weshalb haben wir bisher nicht einmal einen Verdächtigen?"

David schien verunsichert. „Sie vermuten also, dass wir an der falschen Stelle suchen, Sir?"

„Nun, die Morde werden wahrscheinlich von Einheimischen begangen, da stimme ich Ihnen zu. Aber die Strategie, die fühlt sich nicht afghanisch an, da steckt ein europäischer Kopf dahinter."

„Das würde bedeuten, dass ein Deutscher in Kabul in der Lage ist, eine orientalische Verschwörung zu leiten."

„Genau! Das erfordert eine Persönlichkeit, die besten Kontakt zur afghanischen Society pflegt."

David schüttelte den Kopf. „Kein Diplomat besitzt hier genug Einfluss, um Afghanen auf Afghanen zu hetzen."

„Und wie wäre es mit jemandem aus dieser Deutschen Schule? Vergessen Sie die Lehrer, sehen Sie sich ihre Frauen an. Nehmen wir etwa Ihre alte Freundin Martha von Helm. Eine beeindruckende junge Dame, das räume ich ein. Meine Frau ist geradezu hypnotisiert von ihr. Ihre Martha zitiert aus dem Stegreif Kipling und behandelt mitten in einem Weltkrieg Dramen von Shakespeare im Unterricht. Das klingt schon ziemlich erstaunlich."

Martha folgte wie gelähmt seinen Worten, doch das Schockierendste war, dass sie die ganze Zeit Iskender spürte. Entweder war David tatsächlich Iskender oder...

Das Beobachtungszimmer!

Wenn dort oben jemand lauschte, dann bekam er alles mit, auch die Anschuldigungen des Botschafters. Sollte sie fliehen? Tausend Gedanken wirbelten wie ein gewaltiger Sturm durch ihr Bewusstsein, und so verlor sie bei der Unterhaltung völlig den Faden. Sie schrak zusammen, als jetzt erneut ihr Name fiel.

„Martha von Helm?“ Davids Stimme schwankte merklich. „Sorry, aber das ist unmöglich! Sie ist keine Nationalsozialistin, das schwöre ich.“

„Eben, eben“, schnarrte der Botschafter. „Das ist doch genau der Punkt. Wenn ich von einem Deutschen höre, der sich an den Siegen seiner Wehrmacht berauscht, dann finde ich das zwar ekelhaft, aber absolut glaubwürdig. Zeigen Sie mir jedoch einen dieser *Krauts*, der gegen seinen Führer Stellung bezieht, dann werde ich misstrauisch, und zwar schlagartig. Falls diese Person auch noch von Shakespeare schwärmt, dann glaube ich rein gar nichts mehr.“

David fiel es schwer, das Argument zu entkräften, doch dann gewann seine Stimme an Entschiedenheit. „Also Sir, das ist undenkbar. Martha kam als kleines Mädchen nach Afghanistan, weil ihre Eltern vor den Nazis fliehen mussten...“

Der Botschafter lachte trocken. „Hallo, hallo, Sie haben ja Feuer gefangen, mein Lieber. Aber Feind bleibt Feind, das sollten Sie niemals übersehen!“ Auch seine Begleiter stimmten ein in seinen Spott.

„Nicht jeder Deutsche ist ein Feind!“

„Sagen Sie das mal unseren Leuten in Nordafrika oder den Russen vor Moskau. Nun, ich habe sie auch kennengelernt, Ihren süßen, kleinen Nazi in ihrem Altdamenkostüm. Die junge Dame weiß sich zu verkaufen. Mein lieber David, meine Frau hat sie beide bei Habib Shah beobachtet und ist überzeugt davon, dass Ihre Martha Sie völlig verhext hat.“

Für einige Sekunden herrschte verlegenes Schweigen, selbst Martha spürte einen leisen Stich.

„Und was schwebt Ihnen vor?“ Davids Stimme klang merkwürdig verändert.

„Lassen Sie ihre Wohnung durchsuchen.“

Martha fuhr zusammen. Mein Gott, die Naziorden! Falls man das Propagandamaterial entdeckte, dann war sie so gut wie tot, und man würde keine Fragen stellen. Und dann war da immer noch Iskender! Sie hatte Mühe, sich weiter auf die Unterhaltung zu konzentrieren. Ihre Kehle war wie zugeschnürt.

„Und wann soll die Wohnung durchsucht werden?“ David klang nun recht kleinlaut.

„So schnell wie möglich.“

„Und ihr Bruder?“

„Werden Sie ihn los. Spätestens übermorgen will ich Resultate!“

Martha fröstelte wie im Fieber. Sie musste Adolf warnen und die Orden beseitigen. Auf einmal hallte von drinnen wieder ein berstender Schlag, jetzt gefolgt von einem enttäuschten Ruf aus mehreren Kehlen. Nach einer kurzen Pause erreichte sie die ärgerliche Stimme des Botschafters. „Was schreiben Sie da eigentlich?“

David räusperte sich verlegen. „Äh, ich notiere mir nur die Lage unserer Sondagen.“

„Sind Sie Archäologe?“, höhnte es zurück. „Nun, hier sind wir offensichtlich falsch.“ Er konnte seine Enttäuschung nicht verhehlen. „Gehen wir?“

Martha fand kaum Zeit sich zurückzuziehen. Sie hatte erst die Hälfte des Treppenhauses hinter sich, da erschienen auch schon die Engländer. Der Vordermann trug eine Taschenlampe und das Licht schimmerte zu Marthas Entsetzen bis zu ihr herauf. So schnell sie konnte huschte sie in die Dunkelheit zurück, und zum Glück verursachten die Männer so viel Lärm, dass ihre eigenen Schritte darin völlig untergingen.

Im Erdgeschoss drückte sie sich in einen der Räume, dann verklangen die Schritte im Haus. Gerettet, wenn auch nur für den Augenblick! Außerdem wusste sie noch immer nichts von Benazir.

Auch war da immer noch Iskender. Hatte er sie tatsächlich belauscht? Kam er vielleicht in dieser Sekunde die Treppe herauf? Kaum hatte sie das gedacht, öffnete sich auch schon die Tür zum Gang. Doch so sehr sie auch bangte, sie hörte absolut nichts. Hatte ihr Dschinn sie aufs Neue genarrt?

Auf jeden Fall musste sie noch einmal hinunter an den Pool, um das Treiben der Engländer aufzuklären. Am Pool genügten ihr Feuerzeug und einige hastig entzündete Kerzen, um zu erkennen, was hier passiert war. Die Wände waren gleich an mehreren Stellen aufgebrochen und der Boden überall mit Schutt bedeckt. Für Martha lag es klar auf der Hand: Offenbar war sie von David nur benutzt worden, um unauffällig an Saids Hausschlüssel zu gelangen. Ein galantes Abenteuer als Vorwand für eine brachiale Durchsuchung. Wahrscheinlich konnte David jetzt nur noch von seiner diplomatischen Immunität geschützt werden. Ihre Wut, so skrupellos ausgenutzt worden zu sein, wurde so übermächtig, dass sie ernstlich erwog, die Kerle einfach in ihrer Wohnung zu stellen.

Ungeachtet allen Zorns leuchtete sie doch in die Wandlöcher hinein, allerdings ohne auch nur die geringste Spur zu entdecken. Weshalb hatte man ausgerechnet hier gesucht? Das Problem beschäftigte sie, doch sie grübelte vergebens. Schon war sie auf dem Weg zur Treppe, als sie eher durch Zufall den Zettel gewahrte, der die ganze Zeit auf einer der Truhen gelegen hatte.

Der kaum handgroße Wisch wurde von kleinen Ziegelbrocken beschwert. Absichtlich deponiert, das war das Stichwort! Der Zettel war Teil eines größeren Blattes und trug auf der Oberseite zwei hastig hingeworfene Zeilen in Davids Handschrift:

What the hell are you doing here?

Make sure that nothing can be found in your home!

Offenbar hatte er sie vorhin bemerkt und ihr eine Warnung zugeleitet, wahrlich ein Zeichen von Freundschaft, das sie durchaus beschämte. Ein warmes Gefühl der Dankbarkeit beschwichtigte ihren Zorn, auch wenn David eine Abreibung redlich verdient hatte.

Sie steckte die Nachricht schon zu sich, als ihr auffiel, dass der Zettel auch auf der Rückseite beschrieben war. Die zweite Notiz stammte nicht von David, es war die Handschrift ihrer Mutter!

Martha stand so still, dass sie glaubte ihren Herzschlag zu hören. Ihre Hände zitterten wie Espenlaub, und sie hatte Mühe, die Notizen zu entziffern. Neben dem Text entdeckte sie eine Skizze ähnlich einem Schachbrett. *16 rechts und 9 hoch*, und daneben *9 links und 11 hoch.* Was mochte das bedeuten?

Das Papier erinnerte an die Tagebücher ihrer Mutter. Offenbar war ihre Wohnung schon früher durchsucht worden. Doch weshalb hatte David das Blatt ausgerechnet heute bei sich? Antwort: Weil auf der Seite etwas stand, was mit dem Schatz zu tun hatte.

9 links und 11 hoch. Marthas Blick wanderte unwillkürlich zu den aufgebrochenen Wänden. Vor der Zerstörung waren sie mit islamischen Kacheln verkleidet. Martha zählte unwillkürlich von einer Mauerecke nach innen. Eines der Löcher war etwa neun Kacheln von der Ecke entfernt und mit einer Höhe von elf Kacheln kam man auch ganz gut hin. Bei dem vorgeblichen Schachbrett handelte es sich offenbar um die Kachelwände. Hatte ihre Mutter das Versteck des Schatzes beschrieben?

Die Sache wurde immer mysteriöser, konnten ihre Eltern beim Fliesen der Wände doch unmöglich dabei gewesen sein. Oder doch? Martha inspizierte die Kacheln genauer. Nein, hier waren nirgends Reparaturen zu erkennen. Außerdem, wenn sich die Skizzen auf diesen Raum bezogen, weshalb hatte David dann so lange mit seiner Suche gewartet? Tief in Gedanken huschte sie die Stufen hinauf.

Erpressung

Kabul, 8. Oktober 1941
6:40 Uhr

Als sie auf die Gasse trat, graute der Morgen, und kaum hatte sie die Tür hinter sich, als sie herumgerissen wurde. Es war Said. Sie hatte ihn noch nie derart erregt gesehen. Zwischen seinen Brauen hatte sich eine steile Falte gebildet, und er verschwendete keine Zeit mit einer Einleitung. „Wo ist meine Schwester?“

Der Schreck raubte ihr die Sprache und damit vergrößerte sie nur sein Misstrauen. „Benazir war verschwunden, als ich in das Haus kletterte“, stotterte sie schließlich.

Martha konnte deutlich erkennen, wie gewaltsam er sich beherrschte. „Nun gut“, fauchte er. „Dann erzählen Sie, was geschehen ist.“

Martha sprudelte alles hervor und er stellte anfangs zahlreiche Fragen, doch dann lauschte er schweigend und schien am Ende regelrecht den Atem anzuhalten, zumindest hörte sie, wie er schließlich zischend ausatmete. „Das bedeutet, Benazir wurde entführt“, fasste er schließlich zusammen. „Und sie war entweder bewusstlos oder sie vertraute ihrem Entführer. Außerdem war man offenbar gar nicht darauf aus, Sie oder mich zu schnappen.“

„Und was bedeutet das?“

„Man will Benazir benutzen, um Druck auf mich auszuüben.“ Das Knirschen seiner Zähne war unüberhörbar. Der sonst so beherrschte Mann stand kurz vor einer Eruption, aber sie wagte dennoch einen Einwand. „Halten Sie es wirklich für wahrscheinlich, dass man Benazir entführt, um Sie unter Druck zu setzen?“

„Warum nicht?“

„Verzeihen Sie, aber Ihr gespanntes Verhältnis ist kein großes Geheimnis.“

Er grub die Zähne tief in seine Unterlippe. „Sie leben schon so lange hier“, grollte er schließlich, „aber Sie verstehen uns dennoch nicht – ich meine, nicht völlig. Sie denken immer noch wie eine Europäerin.“

„Aber ich bin eine Europäerin!“

„Nun gut. Für uns Afghanen ist neben der Religion die Familie das Größte. Niemals würde ich eine Stiefschwester im Stich lassen, selbst wenn sie mich hassen sollte. So lauten die Gesetze meiner Welt. Aber kommen Sie mit, ich muss mir das Bad ansehen.“

Am Pool ging er von Loch zu Loch und gab keinen Laut von sich, aber wenn Blicke töten könnten, dann wäre David wohl auf der Stelle tot umgefallen. Schließlich verließ er wortlos das Bad, und erst jetzt wagte Martha jene Frage, die ihr am stärksten auf der Seele brannte. „Woher wissen Sie, dass es um Erpressung geht?"

Said verharrte mitten im Schritt. Wahrscheinlich überlegte er, ob er ihr trauen dürfe, vor allem nach seinen miserablen Erfahrungen mit David. „Als man mich verfolgte", knurrte er schließlich, „da überwältigte ich einen der Häscher. Er starb mir unter den Händen, aber er verhöhnte mich mit der Drohung, man werde töten, was ich liebe." Seine Stimme war so tonlos und grimmig, dass es sie kalt überlief.

„Aber eine Erpresserbotschaft haben Sie nicht erhalten."

„Noch nicht." Er ging weiter, und bald hatten sie das Haus hinter sich.

„Verzeihen Sie", intervenierte sie erneut. „Benazirs Entführung will mir immer noch nicht in den Kopf. Lassen Sie es mich ganz zynisch formulieren: Falls ich Sie erpressen wollte, dann hätte ich mich kaum Ihrer Schwester bemächtigt."

Er musterte sie finster.

„Wenn ich eine Verbrecherin wäre, dann würde ich ganz instinktiv davon ausgehen, dass sich auch andere Menschen unter Druck ehrlos verhalten."

„Zweifeln Sie etwa an meiner Ehre?" Das klang schon beinahe drohend.

Martha zögerte, und er bemerkte es sofort. „Sie trauen mir nicht", sagte er langsam.

„Ich kenne Sie einfach zu wenig."

„Aber sie kennen Benazir, und meine Schwester hasst mich."

Martha räusperte sich, dann lenkte sie ab. „Sagen Sie selbst, existiert unter Umständen eine andere Person, mit der man Sie wirkungsvoller unter Druck setzen könnte?"

„Meine Mutter." Die Antwort kam ohne Zögern.

„Und wo befindet sich Ihre Mutter?"

„Im Harem."

„Sind Sie sicher?"

„Kommen Sie!" Damit riss er sie auch schon vorwärts, die Gasse hinunter.

Es war schon ein denkwürdiges Erlebnis, mit Said durch das morgendliche Kabul zu hasten. Martha war eigentlich gut zu Fuß, aber jetzt, nach dieser schrecklichen Nacht hatte sie alle Mühe, mit ihrem Begleiter Schritt zu halten.

„Wie entkamen Sie eigentlich Ihren Verfolgern?", keuchte sie schließlich.

„Ich sprang auf den Dächern über eine Gasse. Drei oder vier Meter, es war nicht weiter schwer."

Martha fragte sich ernsthaft, ob sie den Mut aufgebracht hätte, mitten in der Nacht mit Anlauf ins Nichts zu springen. Ihr genügte schon der Gedanke an die Kletterei auf der Planke, dass sich ihre Haare sträubten.

Als sie Saids Palast und den Park erreichten, da rauschte ihr das Blut derart in den Ohren, dass sie Saids Befragung der Wachsoldaten kaum mitbekam. Doch die Gesten waren unmissverständlich. Zwei hatten offensichtlich geschlafen, so, wie sie verstohlen ihre Kameraden anstießen, hatte niemand etwas bemerkt.

Said entspannte sich etwas, als er die Wachen befragt hatte. Außerdem hatte ihm der Dauerlauf kaum etwas ausgemacht.

„Kommen Sie!“ Damit schritt er bereits dem Hauptportal entgegen. Das weitläufige Haus war bemerkenswert leer, und Said erläuterte ihr, dass seine Mutter nur kurz zurückgekehrt sei, während die anderen Familienmitglieder außerhalb von Kabul eine Art Sommerfrische genossen. Ein Diener eilte voran, und bald erreichten sie eine mächtige Tür, vor der ihnen einige Wachen den Weg versperrten. Der Harem.

Die Posten traten allerdings respektvoll zur Seite. Als die Tür hinter Martha einschnappte, verspürte sie wieder dieses Gefühl gefangen zu sein, ein wohl vertrauter Reflex auf einen Harem. Schon bald vernahmen sie das leise Schnarchen einer jungen Dienerin, die auf einer Bank in der Nähe des Eingangs friedlich vor sich hin schlummerte. Als Said sie unsanft schüttelte, fiel sie vor Schreck von ihrer Lagerstatt.

„Meine Mutter? Fatima Shasadeh?“

Das benommene Mädchen eilte schreckensbleich voran. Sie eilten durch einige Räume, und Marthas Beklemmung hatte sich zumindest so weit gelegt, dass sie in der Lage war, das erlesene Inventar zu registrieren. Hier wirkte alles noch weit luxuriöser als bei Benazir.

Für ihre Freundin waren diese Räume fraglos ein Ort des Schreckens, und auch Marthas Mutter hatte das Wort Harem stets in einem Atemzug mit Dantes *Inferno* gebraucht, ohne dass Martha wirklich sagen konnte, was damit gemeint war. Sie wusste gerade einmal, dass Dante ein italienischer Dichter war, doch hatte sie nie eine Zeile aus seiner Hand gelesen, geschweige denn sein *Inferno*.

Sie erreichten eine verschlossene Tür, an der die Dienerin höchst respektvoll klopfte. Keine Antwort. Für Said ging das alles viel zu langsam. Er schlug so heftig gegen die Pforte, dass sie sofort einige Zentimeter weit klaffte – das Schloss war aufgebrochen!

Martha bemerkte nur allzu deutlich, wie ihr Begleiter die Augen schloss, als müsse er sich mühsam fassen. Doch dann nahm er die verwirrte Dienerin zur Seite. „Sag den Wachen, sie sollen das ganze Haus absichern. Sofort!“

Die Dienerin wagte keine Frage und huschte eilends davon, fraglos ganz erleichtert, der Nähe ihres Herrn zu entrinnen.

Martha blickte ihr noch nach, da entsicherte er auch schon seine Pistole. „Ihre Waffe?", erkundigte er sich knapp, und Martha beeilte sich, die eigene Pistole zu ziehen. „Kommen Sie mit!"

Seltsam, als sie Benazir befreien wollten, da hatte er sie anfangs zurückgewiesen, doch jetzt akzeptierte er sie ohne Zögern als Verbündete. Said drang nur langsam vorwärts und hielt sich stets den Rücken frei. In den Räumlichkeiten war alles still.

„Schläft Ihre Mutter allein?", raunte Martha.

Er hob ein wenig ratlos die Schultern. Offenbar hatte er nicht die geringste Ahnung. Martha fragte sich plötzlich, ob er sich wohl je für den Tagesablauf seiner Mutter interessiert hatte. Wahrscheinlich nicht.

Die Durchsuchung währte nur wenige Minuten. „Sie ist weg", fasste er schließlich zusammen. Seine Stimme zitterte.

„Aber vielleicht ist Ihre Mutter nur abgereist. Sie sagten doch selbst..."

Er unterbrach sie mit wilder Geste. „Das Personal würde es wissen. Ich..."

Abrupt brach er ab und starrte auf einen Kissen- und Deckenstapel, der in einer Ecke aufgehäuft lag. Als er alles zur Seite zog, kamen schnell die Beine einer reglosen Frau zum Vorschein. Said schleuderte nun auch die letzte Decke zur Seite.

Die Frau lag direkt auf dem Boden, den Mund weit aufgerissen, die Augen glasig. Um ihren Hals lief eine starke Schnur, die tief ins Fleisch schnitt und im Nacken verknotet war, ein schauerliches Bild. Die Analogie zu Sahir ließ Martha den Atem stocken.

„Aische!" Said schüttelte sie sinnloserweise und verlor regelrecht die Fassung. Der eben noch so beherrschte Mann begann das Zimmer wie ein Tobsüchtiger zu durchsuchen. Das war nicht nur Wut, das war blanke Panik und verriet mehr über das innige Verhältnis zu seiner Mutter als viele Worte. Der Lärm war beträchtlich, und so zeigten sich schon bald bestürzte Gesichter in der Tür. „Hierher!", brüllte der Hausherr. „Sofort!"

Eine der Dienerinnen war bereits verschwunden, doch die andere fasste er mit jähem Griff. „Wo ist meine Mutter?", schrie er sie an.

Die unglückliche Frau sackte in die Knie und hob flehentlich die Hände, riss er doch sogar seinen Dolch heraus. Martha fiel ihm in letzter Sekunde in den Arm, obwohl sie nicht minder entsetzt war als das unglückliche Opfer. Martha spürte einen lodernden Blick und konnte sich nicht entsinnen, im Gesicht eines Menschen je einen vergleichbaren Grimm beobachtet zu haben. Für einen Moment glaubte sie schon, er werde sich nun gegen sie wenden, doch dann ließ er die Dienerin fahren und trat an das hohe Fenster, das von einem wundervoll gearbeiteten Holzgitter verschlossen wurde.

Die Dienerin kniete immer noch wimmernd auf dem Boden, als Martha sie leise auf Pashto ansprach. „Fatima Shasadeh ist verschwunden. Hast du etwas bemerkt?"

Ihre ruhige Frage schien den Schock einigermaßen zu lösen, doch vermochte die Frau leider nicht viel zu berichten. Sie habe geschlafen, und das in einem anderen Teil des Harems. Während ihres Gestammels wandte sie kein Auge von ihrem Herrn, nicht gerade ein Zeichen innigen Vertrauens, dabei bemerkte sie erst jetzt ihre tote Kollegin und brach erneut zusammen.

Es war Said, der schließlich die Befragung unterbrach. „Geh zu den anderen, ich komme gleich zu euch!"

Die Unglückliche rutschte auf den Knien aus dem Raum.

„Sklavenseele", zischte er verächtlich, Martha fragte sich unwillkürlich, wie eine Dienerin unter diesen Umständen jemals etwas anderes sein sollte. Said schien indes mit seinen Gedanken weit entfernt, packte er doch das Fenstergitter und schüttelte es wild. Es widerstand nur wenige Sekunden und nun zeigte sich, dass es ganz leicht entfernt werden konnte. Offenbar hatte man tragende Elemente durchgesägt. Der Hausherr inspizierte zähneknirschend die Schnittstellen. Sorgfältige Arbeit, das erkannte Martha auf den ersten Blick. Es lag klar auf der Hand – die Eindringlinge hatte dieses Fenster benutzt, um seine Mutter zu entführen.

„Aber das führt nicht nach draußen!" Martha wies auf die durchgeschnittenen Holzleisten, die zum Garten hin von einer Art Deckleiste kaschiert wurden. Der Schnitt war von innen so weit vorgetrieben worden, dass man das Gitter mit relativ geringem Kraftaufwand herausbrechen konnte.

„Wie meinen Sie das?", grollte Said. Er war sichtlich viel zu erregt, um kühl überlegen zu können. Martha erläuterte ihre Beobachtung, und er lauschte ihr mit dem Ausdruck wütender Ungeduld. Die Bindung an seine Mutter musste ganz außerordentlich sein, und Martha gestand sich zu ihrer Schande ein, dass ihn das in ihren Augen nicht unbedingt sympathischer machte. Falls er seiner Mutter ähnlich sein sollte, dann durfte sie ihm nicht über den Weg trauen, auch wenn sie in den letzten Stunden einen ganz anderen Eindruck gewonnen hatte.

Said nahm bereits während ihrer Erläuterung seine ruhelose Wanderung wieder auf. Es waren unheimliche Minuten, in denen der düstere Mann verzweifelt um seine Fassung rang.

Man konnte sich an den Fingern abzählen, was ihm jetzt durch den Kopf schoss. Dass hinter dieser mutmaßlichen Entführung politische Motive standen, davon musste man ausgehen. Die Frage war, wie er den Gangstern die Stirn bieten sollte, ohne seine Mutter zu gefährden. Das

Zynischste an ihrer Situation war jedoch die Tatsache, dass die Kidnapper wahrscheinlich auf deutscher Seite standen.

Martha wagte nicht, seine Grübelei zu unterbrechen, doch war sie selbst bei weitem zu nervös, um nur abzuwarten. Sie musste einfach etwas unternehmen, sich beschäftigen, und so wandte sie sich eher notgedrungen dem Holzgitter zu, das Said vorhin beiseite geworfen hatte. Wenn man es von innen aufgesägt hatte, dann...

„Die Entführer erhielten Hilfe von Ihrem Personal!" Er taxierte sie misstrauisch.

„Die Täter mussten abwarten, bis alle Frauen den Harem verlassen hatten. Für einen ortsfremden Täter wäre das äußerst schwierig gewesen."

Er kam langsam auf sie zu. „Und das fällt Ihnen einfach so auf?" Er packte sie unversehens. „Wenn Sie eine Botschaft für mich haben, dann reden Sie!"

„Eine Botschaft?" Martha vermochte kaum zu atmen, so fest presste er sie an sich. Der Mann besaß einen Körper aus Eisen. Angesichts dieser rohen Gewalt benötigte sie einige Sekunden, bis ihr überhaupt bewusst wurde, worauf er abzielte. „Verdächtigen Sie mich etwa, mit den Mördern unter einer Decke zu stecken?" Bereits bei dem Gedanken wurde ihr ganz anders.

„Lügen Sie mich nicht an! Oder meinen Sie, wir Orientalen könnten nicht denken? Vorhin deuteten sie an, dass meine Mutter in Gefahr schwebe, und nun ist sie tatsächlich verschwunden. Und dann die Sache mit dem Gitter. Mir ist das entgangen, aber Ihnen nicht, einer Frau! Ich wette, Sie haben schon vorher von dem Gitter gewusst. Sie sind Teil dieser Verschwörung!" Er umschlang sie mit solcher Macht, dass er ihr fast die Luft aus den Lungen presste.

„Die Entführung meiner Mutter und Benazirs Verschwinden, das ist doch alles das Werk des Sturmbannführers, und Sie arbeiten mit ihm zusammen!" Seine Stimme war voller Hass, als er sie zur Seite schleuderte. Martha stürzte glücklicherweise auf all die Decken und Kissen, die vorhin die tote Aische bedeckt hatten. Dennoch landete sie höchst unsanft mit dem Kinn auf einem Teppich und schaute nun eher unfreiwillig unter ein orientalisches Tepsi. Das beträchtliche Gewicht seiner schweren Metallplatte hatte es vor Saids Zugriff bewahrt, und so stand das Tepsi immer noch unversehrt in einer Ecke.

Und dann bemerkte sie die kleine Figur.

Die Statuette lag unter dem Tepsi, direkt vor ihren Fingern und schimmerte golden. Eine Statuette, ähnlich ihrer eigenen. Wieso, zum Teufel, lag sie hier unter diesem Tischchen?

Normalerweise hätte Martha ihre Entdeckung mitgeteilt, doch hier war nichts mehr wie es sein sollte. Ihr Begleiter machte inzwischen einen regelrecht unzurechnungsfähigen Eindruck. Wahrscheinlich würde die Statuette die Palette seiner Verdächtigungen nur noch erweitern.

Als sie sich mühsam herumrollte, um aufzustehen, ließ sie das Figürchen ohne Mühe unter der Jacke verschwinden.

„Haben Sie auch Benazir entführt?", zischte er hinter ihr.

„Das ist nicht Ihr Ernst!"

Er antwortete nicht und maß sie mit düsterem Blick. Sein Verdacht hatte natürlich Hand und Fuß, und sie konnte ihn beim besten Willen nicht entkräften. Martha machte sich nichts vor, sie schwebte in ernsthafter Gefahr.

„Haben Sie meine Mutter je getroffen?", fuhr er sie an.

„Im Palast von Habib Shah. Seltsamerweise kannte sie meinen Namen."

Er lachte hohl. „Was dachten Sie? Eine blonde Deutsche mit perfektem Pashto, da bietet Kabul nicht viele Alternativen. Was wollte sie von Ihnen?"

„Sie..., sie machte mir Vorwürfe, weil ich Benazir verderben würde."

„Wohl wahr", knurrte er unversöhnlich.

Martha streckte sich. „Aber Sie waren doch selbst in Europa, wie können Sie so etwas behaupten? Sie..." Sie stockte mitten im Satz, fiel ihr Blick doch auf einen Bogen Papier, den Said bei der Verwüstung des Zimmers achtlos zur Seite geschleudert hatte.

Der Hausherr folgte ihrem Blick und sprang mit einem wahren Panthersatz hinzu. Ein Griff und das Papier war entfaltet. Ein Blick, und er schleuderte ihr das Blatt entgegen. Martha las die wenigen Zeilen, die zu ihrer Überraschung in deutscher Sprache gehalten waren:

Seine Exzellenz Said ed-Din!

Falls Sie Ihre Mutter wiedersehen wollen, verzichten Sie auf jede Auslieferung eines Deutschen. Ihre Landsleute erwarten, dass Sie sich jedem Ultimatum der Briten widersetzen.

Die Nachricht war nicht unterzeichnet.

„Ihr Sturmbannführer", zischte Said. „Also, was soll ich nun unternehmen?"

Martha hatte Mühe, sich zu konzentrieren, merkte sie doch ungeachtet ihrer Erregung, wie abgekämpft sie eigentlich war und wie schwach sie sich mittlerweile fühlte.

„Glauben Sie tatsächlich, dass dieser SS-Mann hier einfach so eindringen kann? Ohne Hilfe von Ihren Landsleuten? Und würde er dann eine deutsche Nachricht hinterlassen, damit man sofort auf deutsche Täter schließt?"

„Dass es Deutsche waren, liegt ohnehin auf der Hand!"

„Der Sturmbannführer wird in jedem Fall von Afghanen unterstützt, das wissen Sie genau."

Said musterte sie unversöhnlich.

„Überlegen Sie doch", drängte Martha. „Die deutschfreundliche Partei reicht bis in die höchsten Ränge der afghanischen Regierung. Der Brief ist nichts als eine Finte."

Er wehrte wütend ab. „Das hat ein Deutscher geschrieben! Oder finden Sie einen Fehler? Sie sind doch Lehrerin!"

Das klang so verächtlich, dass sie eine Frage nicht zurückhalten konnte. „Warum hassen Sie uns eigentlich?"

Er zuckte zu ihr herum wie ein Panther. „Die Deutschen hasse ich nicht, aber ich habe etwas gegen Deutschland, gegen ganz Europa. Ich lehne es ab, Ihr so genanntes Abendland, auch wenn ich es früher bewunderte. Aber mittlerweile erlebe ich, wie Deutschland all jene Werte vernichtet, die es mit Tradition und Anstand pflegte. Alles, was Europa ausmacht, wird in dieser Sekunde mit Füßen getreten – vor allem von Deutschen."

„Und deshalb hassen Sie uns?"

„Hassen? Ich war in Ihrer Heimat, und ich kam zurück in den Hindukusch. Hier sah ich meine Landsleute mit anderen Augen, Menschen, die ich liebe, die ihre Traditionen leben, und so begann ich mich zu fragen, ob wohl eine Zeit heraufdämmern könne, in der wir unsere Werte ebenso mit Füßen treten. Ein Krieg ist der sicherste Weg, um jede Kultur zu vernichten. Er tötet die Menschen nicht nur, er verkrüppelt ihre Seelen und lässt nichts zurück außer nacktem Grauen. Das möchte ich meiner Heimat ersparen. Doch spätestens mit dieser letzten Nacht hat sich dieses Grauen nun auch in Kabul eingenistet, und ich kann es nicht mehr verhindern."

Er stieß diese Worte ohne jede Pause hervor und zugleich in derart fließendem Deutsch, dass sie vor Bestürzung zu keiner Reaktion fähig war.

„Gehen Sie jetzt", fuhr er sie an. „Gehen Sie nach Hause, aber bleiben Sie in der Stadt, falls Ihnen Ihr Leben lieb ist."

Mit großer Mühe zwang sie sich zur Ruhe, ordnete ihre Kleidung. Seltsam, dass er sie einfach laufen ließ. War das sein Dank für den Schuss im Bad? Oder hoffte er insgeheim, dass sie seine Worte weitergab?

„Fällt Ihnen nicht auf", fragte sie schließlich unter der Tür, „dass Benazir in dieser Nachricht gar nicht erwähnt wird?"

Er zuckte nur die Achseln. „Für die Schweine, die meine Mutter entführten, ist sie wahrscheinlich nur eine Zugabe."

„Und Sie glauben im Ernst, ich würde mit Menschen paktieren, die Ihre Schwester entführen?"

Er antwortete nicht, und so hielt sie es für das Beste, den Raum zu verlassen. Als sie die Tür schloss, erreichte sie noch eine Warnung, und sie war unmissverständlich. „Sie sollten sich entscheiden, wo sie stehen."

Morphium

Kabul, 8. Oktober 1941
9:20 Uhr

Als Martha ihr Treppenhaus erreichte, hätte sie sich eigentlich erschöpft und zerschlagen fühlen müssen, aber sie war hellwach, regelrecht aufgedreht. Sie hatte nicht einmal Kopfschmerzen, die sich doch sonst bei Übermüdung in schöner Regelmäßigkeit einstellten.

Erst jetzt kam ihr so richtig zu Bewusstsein, dass sie die ganze Zeit unter ihrer Jacke die Statuette und die Pistole umklammert hatte. Sie konnte von Glück sagen, dass Said die Waffe nicht näher in Augenschein genommen hatte, sonst hätte er sofort erkannt, dass die Pistole aus Habib Shahs Schreibtisch stammte.

In ihrer Wohnung schien alles still, als sie die Tür öffnete. Ihr erster Blick fiel auf Benazir, die schlafend auf dem Sofa lag. Hinter der Freundin stand kein anderer als Adolf und legte eilends den Finger auf die Lippen.

Martha war so konsterniert, dass sie die Tür losließ. Sie schwang weit auf und knallte gegen die Wand. Benazir riss die Augen auf und zuckte regelrecht hoch, sank aber gleich mit einem Schmerzenslaut zurück in die Kissen.

„Gott", stammelte Martha und stürzte auf sie zu. „Geht es dir gut? Hast du Schmerzen?"

Benazir war totenbleich, streckte ihr jedoch beide Arme entgegen. Martha umarmte das Mädchen voller Erleichterung, bis ihr die Situation in ihrer vollen Tragweite zu Bewusstsein kam. Benazir hier in ihrer Wohnung, dass konnte sie beide das Leben kosten, wenn... „Wie kommst du hierher? Wie...?"

„Hab sie hergetragen!", erläuterte Adolf hinter ihr mit großartiger Geste und grinste wie ein Honigkuchenpferd.

Martha spürte, wie sich das Mädchen noch enger an sie schmiegte. „Wer ist das?", flüsterte Benazir auf Pashto, den Blick beklommen auf den Fremden gerichtet.

Offenbar hatte sie Adolf bis jetzt kaum wahrgenommen, kein Wunder, trieb ihr doch das Fieber mittlerweile dicken Schweiß auf die Stirn. Martha tupfte ihn ab, nach Kräften bemüht, ihre Unrast zu verbergen.

„Nur ruhig, das ist mein Bruder Adolf. Er hat dich getragen. Erinnerst du dich nicht?“

„Nicht..., nicht richtig.“ Ihre Hand grub sich jäh in Marthas Jacke.

„Es ist alles in Ordnung“, bestätigte Adolf

In Ordnung? Nichts war in Ordnung. Benazir musste sich gar nicht erklären – allein die Vorstellung, von einem fremden Mann getragen worden zu sein, kam aus ihrer Sicht einer Folter ziemlich nahe. Wenn ihre Familie davon erfuhr, war das ein absolutes Desaster. Sie musste während ihrer Flucht bewusstlos gewesen sein, sonst wäre sie Adolf wohl schreiend aus dem Arm gesprungen. Wahrscheinlich war sie seit Jahren keinem Mann ohne Schleier unter die Augen gekommen.

Wieder dieser furchtsame Blick, der Adolf jetzt doch massiv irritierte. „Ihr Bruder?“, murmelte sie und presste ihre Hand auf die Wunde.

Mein Gott, das Mädchen war ja verletzt! Martha hätte sich am liebsten geohrfeigt. Wie konnten sie das nur vergessen?

„Du bist bei mir“, besänftigte Martha und trocknete ihr aufs Neue den Schweiß auf der glühenden Stirn. „Mein Zuhause ist dein Zuhause.“

Dabei winkte sie Adolf unauffällig zur Seite, doch der verstand offenbar rein gar nichts. Für einen Mann, der seit Monaten quer durch den Orient flüchtete, war er erstaunlich schwer von Begriff. Und so drückte Martha ihren verwunderten Gast vorsichtig in die alten Kissen und winkte Adolf ungehalten in das Zimmer ihrer Eltern. Dabei spürte sie Benazirs Blicke im Rücken. „Um Gottes willen, du bist ein fremder Mann. Bleib hier drinnen!“

Adolf starrte sie mit großen Augen an, mühte sich aber dann redlich, Marthas Schützling nicht direkt in die Augen zu sehen.

„Warum hast du sie bloß hergebracht?“ Sie fragte es lauter als beabsichtigt, und hatte kaum ausgesprochen, da fiel auch schon ein Schatten über Benazirs Gesicht, als fühle sie sich nicht sonderlich willkommen.

„Said wird sie suchen lassen“, erläuterte Martha lauter. „Und sicherlich auch bei mir!“

Benazir wechselte erneut die Farbe. „Said? Wo ist er?“ Wieder drehte sie sich instinktiv von Adolf weg. Als Martha sich neben sie kniete, umklammerte sie ihre Hände. Dabei fröstelte sie heftig, und Martha strich ihr das schweißnasse Haar aus der Stirn. „Du fieberst. Was macht deine Wunde? Hast du Schmerzen?“

Dämliche Frage, natürlich litt sie Schmerzen. Benazirs Blick wanderte unstet zur Seite, und erste Tränen schimmerten in den großen Augen. Martha warf einen reichlich hilflosen Blick auf ihren Bruder. Sie hatte keine Ahnung, was man gegen Schmerzen unternehmen könnte.

Auch Benazirs Augen zuckten zu ihm hinüber und gleich wieder zur Seite, zumal sie ein leises Ächzen nicht unterdrücken konnte. Martha beugte sich sofort etwas tiefer. „Ist es so schlimm?"

Ihr Schützling nickte zögernd, und eine kleine Träne suchte sich ihren Weg über eine glatte Wange. So wie Martha sie einschätzte, schämte sich das Mädchen jetzt in Grund und Boden, und das nur, weil sie so viel Umstände verursachte. Jetzt trat zu allem Überfluss auch noch Adolf ins Zimmer, zwei kleine Päckchen in der Hand, die beide ein rotes Kreuz trugen – Verbandspäckchen der Wehrmacht.

Als ihr Bruder Benazirs Blick registrierte, errötete er wie ein kleiner Junge und streckte Martha linkisch seine Päckchen entgegen. „Ich hab die Dinger aufbewahrt. Fürchtete, ich könnte sie benötigen." Er lachte unsicher. „Hab keinen Kratzer abgekriegt, bisher."

Er öffnete eines der Päckchen und zog eine Ampulle und eine Spritze hervor. Martha runzelte die Stirn. „Was ist das?"

„Morphium. Ein schweres Schmerzmittel. Man spritzt es Soldaten bei Verwundungen, und hier haben wir eine verwundete Kriegerin." Er hielt das offenbar für einen Scherz, doch niemand lachte, so dass er errötend fortfuhr. „Wir sollten nur wenig nehmen. In Ordnung?"

Martha holte tief Luft, und Adolf fuchtelte mit seiner Spritze. Benazir wich panisch zurück, so dass Martha ihm umgehend in den Arm fiel. „Mensch, bleibt weg, sie fürchtet sich vor dir."

„Aber...."

„Du darfst sie nicht berühren. Komm mit raus und weise mich ein."

Sie winkte resolut, Adolf folgte ihr in das Arbeitszimmer. „Mann", wisperte er und wischte sich tatsächlich Schweiß von der Stirn, „das ist das schönste Mädchen, das ich je gesehen habe."

„Sie ist verwundet!" Martha hätte ihn am liebsten geschlagen.

„Ja eben! Wie sieht sie erst aus, wenn es ihr gut geht?"

„Sag ihr das, und sie stirbt vor Scham."

Adolf warf einen erschreckten Blick hinüber. „Im Ernst?"

„Versuch's erst gar nicht. Also, was muss ich tun?"

Er sah sich suchend um. „Hast du einen Karton, ein dünnes Stück Pappe?"

„Wieso?"

„Hol es."

Sie zog ein altes Stück aus dem Schreibtisch. Adolf prüfte den Karton und schien nicht sonderlich begeistert. „Na gut. Das Medikament muss in einen Muskel gespritzt werden. Ungefähr hier." Er stand leider so, dass Benazir ihn durch die offene Tür beobachten konnte, und zerrte nun zu allem Überfluss sein Hemd aus der Hose. Als er auch noch seinen Gürtel öffnen wollte, stieß ihn Martha schleunigst zur Seite. „Menschenskind! Nicht vor ihr. Du bist im Orient."

Er holte tief Luft, wirkte nun aber selbst etwas befangen, als er seine Schwester einwies. Er zog sich zwar die Hose etwas runter, drehte sich aber auch hastig halb zur Seite. „Hier rein. In..., äh, in das Gesäß. In den oberen rechten Quadranten, wie die Mediziner das nennen. Dort verlaufen keine lebenswichtigen Adern. Ist das klar?"

So verlegen er auch klang, am Ende hatte er doch keine Hemmungen, Marthas Hand auf der richtigen Stelle zu platzieren. „Etwa hier."

Martha nickte und fühlte sich alles andere als wohl. „Und wie? Ich meine, wie bohre ich die Nadel...?"

„Nicht bohren, sondern stoßen. Halt die Pappe mit beiden Händen, ich zeig's dir. Richtig festhalten. So."

Sie hielt die Pappe, und er stieß die Nadel mit entschlossenem Ruck hindurch. „Die Pappe entspricht etwa der Widerstandsfähigkeit menschlicher Haut. Nun du, aber brich mir um Gottes Willen nicht die Nadel ab."

Martha nahm die Spritze und stieß nach der Pappe, die er ihr mit beiden Händen präsentierte. Die Nadel prallte ab.

„Stärker, Fohli. Und ganz gerade. Ein richtiger Dolchstoß, zack."

Sie versuchte es erneut und diesmal fuhr die Nadel durch das Hindernis.

„Und nochmal..., gut so. Zack."

Martha zog die Nadel heraus und dämpfte ihre Stimme. „Die Naziorden, wir müssen..."

„Sind schon weg!" Adolf winkte großartig. „Keine Sorge. Das Zeug war mir ohnehin unheimlich."

Martha atmete insgeheim auf und beobachtete ihren Bruder, wie er etwas Morphium in die Spritze zog und dann die Nadel mit seinem Feuerzeug desinfizierte. „Ist das Zeug gefährlich?"

„Wenn du zu viel nimmst oder zu lange, ja. Aber das ist nur eine ganz geringe Menge. Alles klar?"

Martha nickte mit trockener Kehle und fragte sich, ob sie es wohl über sich bringen würde, Benazir zu stechen. „Hast du vielleicht etwas Alkohol im Haus oder noch besser Jod? Dann könntest du die Einstichstelle desinfizieren."

„Paps hat noch irgendwo eine Flasche Schnaps. Ein Franzose schenkte sie ihm, als er Afghanistan verließ."

Adolf grunzte in komischer Selbstironie. „Die internationale Operation Hindukusch. Also her mit dem Fusel."

Martha holte die Flasche, und ihr Bruder öffnete sie mit seinem Taschenmesser. Dann reichte er ihr die Spritze. „Äh..., könntest du ihr sagen, dass ich sie nicht beleidigen wollte?"

Martha träufelte etwas Schnaps auf ein Tuch und hörte kaum hin. Als sie zu Benazir zurückkehrte, da legte sie alles in ein zuversichtliches Lächeln, auch wenn sie erhebliche Zweifel hegte, ob sie ihre Patientin auch wirklich täuschen könne.

„Könntest du dich auf den Bauch legen?", fragte sie Benazir. Hinter ihr schloss sich die Tür zum Arbeitszimmer, Martha drehte sich zur Sicherheit noch einmal um – kein Adolf, kein Mann. Es war anrührend zu sehen, wie das Mädchen aufatmete, auch wenn sie die Spritze mit unübersehbarem Respekt fixierte.

Wahrscheinlich erging es ihr wie Martha, die sich noch stets vor Injektionen gefürchtet hatte. Dabei hatte Martha in ihrem Leben kaum drei oder vier bekommen, doch erinnerte sie sich an jede einzelne wie an kaum ein anderes Erlebnis aus ihrer Kindheit. Die Vorstellung, dass so ein spitzes Ding in ihren Körper gerammt würde, erschien ihr als Gipfel des Terrors. Sie war sicher, dass ihre junge Freundin das nicht anders sah. Zumindest ließ sie kein Auge von der Spritze. Und nun sollte ausgerechnet sie ihren Schützling stechen.

„Mein Bruder sagt, das Zeug wurde für deutsche Soldaten entwickelt, für Verwundete. Es..., es wird dir helfen. Bestimmt." Martha wünschte sich nur, es hätte nicht gar so verzagt geklungen.

Sie wollte ihrer Patientin helfen sich herumzudrehen, doch Benazir schaffte es alleine. Als Martha ihr die Hose etwas herunterzog und ihr mit dem schnapsgetränkten Lappen über die makellose Haut fuhr, da schloss die Freundin ergeben die Augen. Allerdings klammerte sie sich so fest an die Lehne des Sofas, dass ihre Fingerknöchel weiß hervortraten.

Das erwies sich als wahres Glück, denn so bemerkte sie wenigstens nicht, wie Martha tief, tief Luft holte. Benazir vernahm nur ihre beiläufige Mahnung. „Nur ruhig, es tut bestimmt nicht weh."

Noch während sie sprach, stieß sie auch schon zu. In ihrer Aufregung setzte sie die Spritze weit kraftvoller als nötig und die Kanüle fuhr bis zum Ansatz in den Muskel, doch dann hatte sie die Injektion schneller gesetzt, als sie für möglich gehalten hätte. Auf jeden Fall riss sie die Nadel blitzschnell heraus. Geschafft!

Ihre Patientin lag ganz still und rührte sich nicht, umklammerte jedoch die Sofalehne noch immer so verzweifelt, als ginge es um Leben und Tod.

Aus der Einstichstelle quoll ein kleiner Blutstropfen – er war nur winzig, aber dennoch groß genug, um Marthas Mut schon wieder zu dämpfen. Voller Panik drückte sie das Tuch auf die kaum sichtbare Wunde.

„Alles vorbei", beruhigte sie und konnte nur hoffen, dass es auch tatsächlich der Wahrheit entsprach. Es dauerte wenigstens eine Minute, ehe sie es wagte, das Tuch zu entfernen. Kein Blut mehr. Benazir zuckte nicht, allerdings schien sie dem Frieden noch nicht recht zu trauen. Mit dem gesunden Arm fuhr sie über die schmerzende Einstichstelle. Und als sie sich die Hand vor Augen führte, war sie offenbar mehr als erleichtert, kein Blut zu erkennen.

Martha rückte ihr die Hose zurecht, und Benazir drehte sich wieder herum. Tatsächlich schaffte sie es ohne größere Schwierigkeiten, wenn auch bleich bis unter den Haaransatz.

Das Mädchen wirkte so anrührend, dass Martha der Versuchung nicht widerstehen konnte und ihr einen zärtlichen Kuss auf die Stirn hauchte. Sie schmeckte den Schweiß auf der bleichen Haut und trocknete ihn instinktiv, ehe sie ganz unwillkürlich den Kuss wiederholte.

Benazir lag völlig entspannt, die Augen geschlossen. Allerdings atmete sie tief, und Martha spürte ihren Atem auf der Haut, so wie sie Saids Atem in der nächtlichen Gasse wahrgenommen hatte. Nur anders, nur erwartungsvoller, nur... Martha legte einen Finger auf ihren Mund und drückte ihn dann sanft auf die vollen Mädchenlippen. Sie waren weich und sinnlich und...

Da fasste Benazir auch schon die kosende Hand, als gelte es, diesen Augenblick solange als möglich hinauszuzögern. Martha setzte sich schließlich neben sie, und das Mädchen gab sie verlegen frei.

Immerhin schien sie gar nicht mehr an ihre Wunde zu denken. War das bereits eine Wirkung des Medikaments? Auf jeden Fall schien sie wie verzaubert, so andächtig, wie sie sich über die Lippen fuhr. Es war ein so verführerischer Anblick, dass Martha ganz warm wurde.

Ehe sie überlegen konnte, tauschten sie bereits einen vorsichtigen Kuss, eine Erinnerung an das Bad. Einmal, zweimal. Das Mädchen schloss entzückt die Augen. Als Martha sich schließlich schwer atmend aufrichtete, schlug auch die Patientin erst nach langen Sekunden die Augen auf.

„Wie..., wie geht es dir?“, stammelte Martha noch wie betäubt und breitete eine Decke über ihren Gast. Ihre Benommenheit verflog allerdings im nächsten Moment, als Adolf mahnend klopfte. Mein Gott, den hatte sie ja glatt vergessen.

Minarette

Kabul, 8. Oktober 1941
11:45 Uhr

Adolf klopfte erneut, und Benazir zog die Decke hoch bis zur Nase, ein ungewöhnlicher Schleierersatz. Unter anderen Umständen hätte Martha sich ein Lachen nicht verkniffen, doch jetzt musste sie sich zu einer lockeren Haltung geradezu zwingen. „Komm nur, Adolf, die Luft ist rein."

Es dauerte einige Sekunden, ehe Adolf die Tür einen Spalt weit aufdrückte. Sie quietschte in den Angeln, so wie immer, doch jetzt wirkte es wie ein Fanfarenstoß.

Als er sich schließlich ins Zimmer schob, da wirkte er so hilflos, dass wahrscheinlich schon ein Lidschlag ihres Gastes genügt hätte, um ihn in die Flucht zu schlagen. Das Bemühen, seinen Schützling nicht zu ängstigen, hatte schon beinahe etwas Anrührendes aber auch Erheiterndes. Für Marthas überreizte Nerven war das schlichtweg Balsam. Sie schmunzelte in einem fort und übersah dabei völlig, dass sie immer noch feuerrot war. Und Benazir nicht minder.

Konsequenterweise fragte sie sich auch, weshalb Adolf sie wohl so verdattert anstarrte. Waren es wieder einmal Benazirs übergroße Augen, die ihn so durcheinander brachten? Irgendwie dämmerte ihm wohl, dass er einen höchst privaten Moment gestört hatte.

„Tut mir leid, wenn ich Sie beleidigt haben sollte." Er stieß es hastig hervor, als er zum ersten Mal Benazirs Blick begegnete, und war schon wieder halb aus der Tür, als das Mädchen eine erste Geste wagte und dann sogar ein Lächeln. Ohne das Morphium hätte sie es wahrscheinlich nicht geschafft. Auch jetzt blickte sie schleunigst wieder zur Seite. Zeit, sich an einen neuen Bruder zu gewöhnen, befand Martha entschlossen und winkte dem armen Kerl ermunternd zu, so dass er immerhin den Mut fand, im Zimmer zu verweilen.

Da es ihm jedoch nicht wirklich gelang, seinen Blick abzuwenden, fasste Benazir ein wenig Hilfe suchend in Marthas Jacke und entdeckte auf Anhieb die Statuette. „Was ist das, was haben Sie da?"

Nun, leugnen hätte eine Erklärung nur hinausgezögert, und so zog Martha das Kleinod heraus. Adolf spitzte die Lippen zu einem langen Pfiff, während Benazir vor lauter Verwunderung in der für sie so typischen Geste die Hand auf die Brust presste. „Allah, woher haben Sie das?"

Martha wehrte ungeduldig ab. „Gleich, gleich! Aber erst will ich erfahren, wie ihr beiden in meine Wohnung kommt."

Benazir lächelte ein wenig hilflos. „Also, ich weiß eigentlich gar nichts, ich..." Ihr verlegener Blick in Richtung Adolf sprach wirklich Bände.

„Ruhen Sie sich einfach aus", stotterte er nicht eben eindrucksvoll. „Schlafen Sie einfach. Das wird Ihnen gut tun. Ich meine, Sie könnten..."

Er war schon wieder auf dem Weg ins Nebenzimmer, als Benazir ihm Einhalt gebot. „Bitte, so bleiben Sie doch. Ich möchte erfahren, was...,

was geschehen ist." Im nächsten Moment schien sie von ihrer eigenen Courage so verwirrt, dass sie feuerrot um etwas Wasser bat.

Martha schenkte es aus einer Karaffe in eines ihrer wenigen, noch unbeschädigten Gläser, und ihr Gast klammerte sich mit beiden Händen an das Glas, als hielte sie einen Talisman.

„Aber wenn du zuhören willst", erinnerte Martha, „dann muss mein Bruder hier im Raum bleiben. Ist dir das recht?"

Adolf räusperte sich. „Also, ich könnte mich ins Nebenzimmer setzen und die Türe offenlassen, so dass Sie mich nicht ansehen müssten."

Das Mädchen blickte in ihr Glas. Anscheinend begriff sie sehr wohl, wie seltsam ihr Verhalten wirken musste.

„Schluss damit!" Martha hatte genug von diesem Theater. Sie fühlte sich zwar weiterhin hellwach, war jedoch mittlerweile so hypernervös, dass sie sich insgeheim fragte, wie sie je wieder Schlaf finden sollte. Auf jeden Fall war diese absurde Diskussion weit mehr, als ihre überspannten Nerven ertragen konnten. „Schluss!", wiederholte sie. Sie bemerkte nicht mal, wie laut sie dabei wurde. „Mein Bruder ist hier zu Hause und dies ist meine Wohnung. Adolf kann sich so setzen, dass er dir den Rücken zuwendet, aber er bleibt hier im Raum."

Adolf vollführte abwiegelnde Gesten, eine feine Röte überzog Benazirs Züge. „Es tut mir leid. Ich weiß, ich bin..., wie sagen Sie in Deutschland? Albern?"

„Ihr Bruder kann das nicht verstehen, er ist erst seit wenigen Tagen in Kabul." Und plötzlich schaffte sie es, ihm geradewegs ins Gesicht zu sehen. „Ich..., ich bin seit Jahren nicht mehr ohne Schleier aus dem Haus gegangen, nicht, seit ich erwachsen wurde. Ich..., also ich fühle mich irgendwie nackt. Ich will Sie wirklich nicht beleidigen, und ich will mich hier auch nicht verschleiern. Hier ist doch Europa. Ich meine, hier in Fräulein Marthas Wohnung." Sie sagte das so hilflos, dass Martha sie am liebsten in die Arme genommen hätte, wenn nur der vermaledeite Adolf sich in Luft aufgelöst hätte.

Ihr ahnungsloser Bruder holte tief Luft. „Unverschleiert zu sein, das ist gar nicht so schlimm. In diesem Moment treten überall in der Welt Millionen von Frauen ohne Schleier auf die Straße. Wenn Sie mal nach Paris oder Berlin kommen sollten..."

„Oh, wie gerne würde ich das!" Martha drückte die Hände an die Brust.

Martha war viel zu ungeduldig, um über Millionen anderer Frauen zu debattieren. „Das kann warten. Also, Bruderherz, was ist eigentlich passiert?"

„Äh, war eigentlich 'ne einfache Sache." Adolf fuhr sich linkisch durchs blonde Haar und stürzte sich dann förmlich in die Schlacht. „Ich hatte

Saids Soldaten diese Nachricht überbracht, merkte aber gleich, dass es sie nicht sonderlich kümmerte. Na ja, bin also gleich zurück zu deinem Geisterhaus. Im Haus renne ich haste was kannste nach oben und komme gerade rechtzeitig, um zu hören, wie unser Gast..., wie Benazir im Zimmer von der Planke fiel. Es war stockdunkel und ich hatte keine Ahnung, um wen es sich handeln könnte. Schließlich wagte ich, ein Streichholz anzuzünden, und da lag sie nun, atmete ganz flach und war offenkundig bewusstlos. Ich hab sie gleich erkannt."

Benazir lauschte mit großen Augen und hatte offenbar nicht die geringste Erinnerung. „Und wie haben Sie mich erkannt?", drängte sie erstaunt.

Martha winkte hastig ab, aber Adolf hatte nur Augen für seinen Schützling. „Na ja, wegen Marthas Zeichnung."

„Marthas Zeichnung?", wiederholte das Mädchen erstaunt.

„Aber ja!" Ehe Martha noch intervenieren konnte, zückte er schon ihr Tagebuch, schlug Marthas Porträtskizze auf und hielt sie Benazir entgegen. Ihre Augen wurden größer, als sie hastig zugriff.

„Allah, das bin ich!" Sie blätterte um, sah sich nun als Tänzerin und beugte sich tiefer über das Buch, um ihre Verlegenheit zu kaschieren.

„Tut mir leid", murmelte Martha und setzte sich neben sie. „Du solltest das gar nicht sehen."

Adolf begriff wieder mal gar nichts. „Die Zeichnungen sind toll, was? Besser als jedes Photo." Benazir errötete noch etwas mehr. Offenbar wusste sie nicht, ob sie nun bestürzt, abgestoßen oder geschmeichelt sein sollte. Wahrscheinlich von allem ein bisschen.

„In diesen vier Wänden ist Europa", erinnerte Martha. „Schon vergessen?"

Benazir hörte indes gar nicht zu, so gebannt, wie sie mit dem Finger die Linien nachzeichnete. „Warum haben Sie verschwiegen, dass Sie eine Künstlerin sind?"

Martha räusperte sich verlegen. „Also, so gut zeichne ich auch wieder nicht."

Benazir duckte sich ein wenig, als müsse sie sich vor ihren eigenen Worten verstecken, aber dann platzte sie dennoch heraus. „Ich wollte, ich hätte auch ein Bild von Ihnen."

„Du bist nicht beleidigt?", forschte Martha. Benazir antwortete nicht, doch ein heller Schimmer flog über das Gesicht des Mädchens.

„Beleidigt?" unterbrach Adolf verwundert. „Aber..."

Marthas Wink ließ ihn verstummen. „Im Islam ist es verboten, einen Mensch darzustellen, vor allem in konservativen Familien, und Benazir stammt aus einem überaus traditionellen Elternhaus. Die Darstellung eines

Menschen oder gar ein Bild Allahs ist eine Sünde wider den Koran. Deswegen erinnerte ich auch daran, dass meine Wohnung zu Europa gehöre."

Adolf atmete tief durch. „Verstehe, schätze, ich bin ein ziemlicher Ignorant."

„Oh nein, Sie sind ein Deutscher."

Adolf zuckte zusammen und Martha beeilte sich, ihr zu erklären, dass ihr Bruder Deutschland überhaupt nicht schätze. Das Mädchen blickte kopfschüttelnd von einem zum anderen. „Ich glaube, Sie sind die einzigen Menschen, die ich je kennenlernte, die so gar nicht stolz auf ihre Heimat sind."

Martha lachte, und Adolf knurrte in sich hinein. Die Bemerkung schien ihn mehr zu treffen, als er zugeben wollte. Hastig wechselte er das Thema. „Hat denn niemand in Ihrer Familie irgendwelche Bilder? Photos oder gemalte Porträts?"

„Doch, Fatima Shasadeh."

Martha staunte sie an. „Das ist nicht dein Ernst!"

„Aber ja! Sie hasst Bilder von Menschen, aber sie besitzt dennoch ein Porträt von Said in einer kleinen goldenen Dose, einem Medaillon. Es ist nicht größer als Ihr Handteller."

„Ein Porträt von Said ed-Din?"

„Als er fünfzehn oder sechzehn war. Sie spricht nicht gerne davon. Angeblich war es ein Geschenk eines Botschafters, aber sie hasste es von Anfang an."

„Aber weshalb hat sie es nicht einfach zerstört?" wunderte sich Adolf.

Benazir lachte verschmitzt. „Das wagt sie nicht. Ich vermute, sie fürchtet, sie könne ihrem Sohn mit der Zerstörung schaden."

„Sie glaubt, mit dem Bild zerstöre sie auch seine Seele?", versicherte sich Martha.

Benazir nickte heftig. „Sie ist sehr..., wie lautet dieses deutsche Wort? Aber..."

„Abergläubisch", half Adolf aus. „Mann, das ist ja wie im Mittelalter." Er brach ab, als Martha ihm warnend auf den Fuß trat, doch hatte Benazir ohnehin nicht zugehört, so ekstatisch, wie sie das Tagebuch an sich drückte. „Kann ich..., könnte ich eine Zeichnung haben, ich meine, ich könnte sie bezahlen, falls Sie..."

Sie kam nicht weiter, denn Martha zog ihren Kopf zu sich heran, bis sich ihre Stirnen berührten. „Kind, was redest du da? Du willst mich doch nicht beleidigen oder? Natürlich kannst du meine Zeichnungen haben. Aber hast du auch daran gedacht, dass man sie bei dir finden könnte?"

„Das..., das ist nicht wichtig", flüsterte sie. „Ich werde nie wieder so schön sein wie auf Ihren Bildern. Ich möchte es nicht vergessen."

Martha drückte sie ein wenig fester. Adolf wusste nicht, wo er hinsehen sollte. „Du kannst sie mitnehmen, versprochen. Nun komm, nun lächle wenigstens, so wie auf der Zeichnung. Na siehst du."

„Und Sie machen mir auch ein Selbstporträt?"

Martha lachte ein wenig verlegen. „Habe ich noch nie versucht, aber ich probiere es. Versprochen. Also Adolf, wie ging es weiter in dem Geisterhaus? Du erkanntest Benazir aufgrund meiner Zeichnung?"

„Na klar! Sie war bewusstlos, und ich wollte mich schon um sie kümmern, da hörte ich, wie sich leise Schritte näherten. Also hab ich deine Freundin schnell aus der Gefahrenzone geschleppt. Auf jeden Fall schaffte ich Benazir raus auf die Gasse und war heilfroh, dass sie wenigstens atmete. Leider lungerten auf den Dächern allzu viele Leute herum, und so zog ich mich in den Bazar zurück. Damit geriet ich nun vom Regen in die Traufe – hatte keine Ahnung, was ich mit meinem Schützling anstellen sollte. Zurück ins Geisterhaus wagte ich mich nicht, und alleine lassen konnte ich sie auch nicht. Fühlte mich saumäßig, weil ich euch im Stich gelassen hatte, sah aber keine andere Lösung. Also trug ich sie hierher. Mann, ich kann dir nicht sagen, wie erleichtert ich war. Das ist alles", schloss er mit einer verlegenen Verbeugung in Richtung Benazir.

Zu Marthas Verblüffung nickte das Mädchen ihm dankend zu, ja sie wagte sogar ein schüchternes Lächeln. „Sie haben Ihr Leben riskiert", wisperte sie in ihrem melodischen Deutsch. „Und dabei kennen wir uns gar nicht. Aber Martha hat mir viel erzählt von Ihrer Welt." Ein Hilfe suchender Blick huschte hinüber zu ihrer Lehrerin und wieder zurück. „Aber ich weiß nicht einmal, wie man sich richtig bedankt."

Adolf stammelte irgendeine Antwort, die er wahrscheinlich nicht einmal selber verstand, doch Martha umarmte ihn anerkennend. „Ausgezeichnet, Bruderherz."

„Äh, danke", murmelte er verlegen und wischte sich zum x-ten Mal den Schweiß von der Stirn. „Tut mir wirklich leid, dass ich einfach abgehauen bin."

„Kein Problem. Du hättest mir gar nicht helfen können."

Er atmete auf, wechselte dann jedoch eilends das Thema. „Haben Sie noch Schmerzen, Benazir?"

Das Mädchen lauschte in sich hinein und betastete ihren Verband, ehe sie aufatmend den Kopf schüttelte.

„So soll es auch sein." Dabei knetete er seine Arme, als kämpfe er insgeheim mit einem handfesten Muskelkater. „Dieser Said hätte mich im Geisterhaus glatt umgebracht. Hatte mehr in den Muskeln als ich, na ja, wahrscheinlich hat er in letzter Zeit mehr gegessen." Er lachte verlegen. „Hast was gut bei mir, Fohli."

Seine Anerkennung bedeutete Martha mehr, als er sich klar machte, doch musste sie jetzt vor allem die anderen über ihre Erlebnisse ins Bild setzen. Und so erzählte sie alles, einschließlich der Entführung von Fatima Shasadeh. Die beiden hörten mit großen Augen zu, während Martha Benazirs Verband erneuerte. Vor allem Adolf schien absolut fasziniert. „Sie haben seine Mutter entführt, um Druck auf ihn auszuüben?"

„Offenbar."

„Mann, das ist ja wie bei der Gestapo!"

Benazir gab keinen Kommentar, aber Martha konnte sich ohnehin denken, was ihr durch den Kopf ging. Wahrscheinlich wäre keiner im Harem unglücklich gewesen, wenn Fatima etwas zustoßen würde.

„Wusstest du eigentlich, dass Fatima Shasadeh diese Figur besaß?" erkundigte sich Martha.

Benazir nickte eifrig, offenbar froh ob des Themenwechsels. „Saids Mutter bewahrte sie in einem Kasten auf. Eine halbnackte Frau, das ist für Fatima der Inbegriff der Sünde."

Adolf schien fasziniert von dem goldenen Stück. „Was stellt sie eigentlich dar?", forschte er.

Martha zögerte ein wenig. „Also ich bin nicht ganz sicher, aber ich denke, es ist Aphrodite, die griechische Göttin der Liebe. Deshalb ist sie auch halb nackt und hält einen Apfel in der Hand."

„Wieso hält sie einen Apfel?" forschte Benazir.

„Die Göttin der Liebe erhielt den Apfel von Paris", erläuterte Martha. „Drei griechische Göttinnen stritten sich einst, wer wohl die schönste sei und überließen dem trojanischen Prinzen Paris die Entscheidung. Er gab der Schönsten einen Apfel."

„Ah, verstehe", murmelte Adolf. „Deshalb spricht man auch vom *Urteil des Paris*?"

„So ist es."

„Kompliment, Fohli, du weißt wirklich eine Menge von griechischen Göttern."

„Als Kind liebte ich griechische Sagen. Wahrscheinlich, weil sie so ganz anders klangen als die Geschichten meiner orientalischen Umgebung."

Benazir räusperte sich. „Dann..., dann fühlen Sie sich nicht wohl in Afghanistan?"

„Oh doch, aber griechische Götter, das ist wie ein Stück von Europa. Diese Aphrodite steht für eine fremde Religion. Kein Wunder, dass jemand wie Fatima Shasadeh sie nicht offen zur Schau stellte."

Adolf schüttelte den Kopf. „Aber warum wurde die Göttin dann nicht einfach vernichtet?"

Beide blickten sie auf Benazir, doch die hob nur ratlos die Schultern, ehe sie zögernd eingestand, dass sie die Statuette nur durch Zufall entdeckt habe, zusammen mit einigen Blatt Papier.

„Papier?", versicherten sich Martha und Adolf nahezu gleichzeitig.

Das Mädchen nickte eifrig. „Die Blätter hatte man irgendwo herausgerissen. Sie trugen Text und Zeichnungen, doch konnte ich es nicht lesen."

Text und Zeichnungen? Martha dachte unwillkürlich an die Tagebücher ihrer Mutter.

„Der Text war in Deutsch", erläuterte Benazir. „Aber ich hatte Probleme mit der Handschrift und außerdem fürchtete ich die ganze Zeit...,"

„...dass Ihre Stiefmutter zurückkommen werde", nickte Adolf.

„Oder jemand anderes. Sie müssen das verstehen, in einem Harem ist man niemals wirklich allein, und es gibt nicht wenige unter dem Dienstpersonal, die mich sofort verraten würden, um sich die Gunst meiner Stiefmutter zu sichern."

„Na toll", brummte Adolf und tauschte einen vielsagenden Blick mit seiner Schwester. „Aber wieso versuchte Fatima in einem Augenblick höchster Gefahr dieses Kleinod zu verstecken? Haben die Angreifer nach der Figur gesucht?"

„Du glaubst also auch nicht an eine politische Entführung?", fasste Martha nach.

„Na ja, vielleicht schließt das eine das andere nicht aus. Als man sie in dem Haus festsetzte, Fräulein Benazir, haben die Schufte da etwas gesagt?"

Benazir nickte heftig, brach aber dann unvermittelt in Tränen aus. Adolf musterte sie konsterniert und erkundigte sich hastig, ob er wieder etwas Falsches gesagt habe. Doch Martha winkte nur begütigend und hatte alle Mühe, ihren Schützling zu beruhigen. Schließlich kam die ganze Sache ans Licht, stockend und von Tränen unterbrochen, aber dennoch im Inhalt völlig eindeutig. Offenbar hatte man sie unverhohlen bedroht, und angesichts des Schicksals ihres Bruders Sahir hatte sie blanke Todesangst ausgestanden.

Martha erkundigte sich vorsichtig, ob auch ihr zukünftiger Ehemann beteiligt gewesen sei, doch bewirkte ihre Frage eine neue Tränenflut, so dass Martha sie zärtlich in die Arme schloss. „Ich musste ihnen von Fatimas Kiste erzählen", schluchzte Benazir. „Und sie fragten ständig nach einem Schloss im Hindukusch."

Martha tauschte einen Blick mit Adolf. Ein Schloss im Hindukusch? Das hatte doch auch der sterbende Abdul gemurmelt.

Benazir fröstelte. „Meine Familie besitzt tatsächlich einige Burgen hoch in den Bergen."

Adolf signalisierte Martha, nach Möglichkeit nichts preiszugeben, doch sie sah beim besten Willen keinen Sinn in solchen Heimlichkeiten. „Es geht möglicherweise um einen Schatz. Hast du nichts davon gehört? Der ganze Bazar ist voller Gerüchte."

Benazirs Augen weiteten sich. „Fatimas Aphrodite! Gehört sie auch zu diesem Schatz?"

„Unter Umständen. Ich denke, sie suchen den Fundort des Goldes. Sagten sie irgendetwas über das Schloss?"

„Sie erwähnten eine Moschee mit drei Minaretten."

„Drei Minarette?", dehnte Martha. Wieder dachte sie an den sterbenden Abdul. *Drei Mina...*, hatte er gestammelt. „Und? Kennst du ein solches Schloss?"

„Leider nein." Sie brach ab, einen sinnenden Ausdruck im Gesicht.

„Was ist? Was hast du?", drängte Martha nach einigen Sekunden des Schweigens. Auch Adolf runzelte die Stirn, als wühle er krampfhaft in irgendeiner Erinnerung.

Benazir holte tief Luft, als könne sie es selbst kaum glauben. „Die Zeichnungen bei der Statuette", stieß sie hervor. „Ich bin sicher, eine zeigte mehrere Minarette. Ich glaube, es war eine Burg auf einem Berg."

„Eine Burg mit Minaretten!" Adolf rief es so laut, dass ihm Martha entsetzt den Mund zuhielt.

„Leise, um Himmels Willen! Was ist los?"

Adolf fuhr sich ein wenig verlegen durchs blonde Haar. „Also, ich hab die Tagebücher durchgesehen. Die von Mutti. Ich weiß, ich weiß." Er hob entschuldigend die Hand. „Ich hätte dich fragen sollen, aber du warst ständig unterwegs, und für mich sind die Bücher der einzige Weg, meine Eltern wieder kennenzulernen."

„Ja, und?" Martha konnte vor Ungeduld kaum sitzen.

„Also, wenn man den Tagebüchern glaubt, dann waren unsere alten Leute völlig verrückt nach Ruinen."

„Stimmt. Sie nutzten jede freie Minute. Ich erinnere mich gut, wie sehr ich diese Ruinen liebte, wie romantisch ich sie fand, auch wenn die Kletterei schon etwas lästig war."

Der Plan

Kabul, 8. Oktober 1941
13:10 Uhr

Martha eilte ins Arbeitszimmer und kam mit einem Bücherstapel und allerlei Zetteln zurück. „Teilen wir uns die Arbeit. Machst du mit?“ Sie schob Benazir einige Tagebücher hin. „Blättere sie durch und stecke einen Zettel zu jeder Ruine. Dann geht es schneller. In Ordnung?“

Benazir suchte schon begeistert, ehe Martha ihren Satz vollendet hatte. Doch dann stockte sie bereits nach den ersten Zeichnungen. „Die Skizzen und die Schrift, ganz genauso wie auf den Papieren in der Truhe von Fatima.“

„Bist du sicher?“, fragte Martha langsam.

Benazir nickte heftig, schüttelte abwechselnd den Kopf und konnte vor Aufregung kaum weiter sprechen.

„Ja was denn nun?“, unterbrach Adolf verwirrt.

„Kennst du das nicht?“, erklärte Martha. „In vielen orientalischen Ländern bedeutet Kopfschütteln *ja* und Nicken *nein*. Ich...“

Adolf winkte ungeduldig. „Weiß ich, weiß ich. Aber wieso besitzt diese Fatima Tagebuchblätter unserer Mutter?“

Da zog Martha Davids Warnung aus der Tasche und hielt sie Benazir hin. „Die Seiten Fatimas, sahen sie so ähnlich aus?“

Benazirs Augen weiteten sich. „Aber ja! Das ist eine davon. Woher haben Sie die?“

Es dauerte einen Moment, bis Martha ihre Stimme wiederfand. „Du hast dieses Blatt bei deiner Stiefmutter gesehen?“

„Ich bin ganz sicher. Nur diese andere Schrift war noch nicht darauf. Haben Sie den Zettel in der Truhe gefunden?“

„Eben nicht“, murmelte Martha. „Diese zweite Notiz ist Davids Warnung, von der ich vorhin erzählte.“

„Ich will verdammt sein“, zischte Adolf hinter ihr. „Das heißt doch, das dieser verdammte Hurensohn..., Moment mal! Könnte dein David etwas mit der Entführung zu tun haben?“

Martha war wie betäubt. David und die Entführung von Saids Mutter, nein, das ergab alles keinen Sinn. Schließlich hatte Said klar zum Ausdruck gebracht, dass er die Deutschen ausweisen lassen wollte, und das war auch ganz im Sinne des britischen Ultimatums. Die Engländer besaßen also gar kein Motiv für eine Entführung, außer, es ging ihnen ausschließlich um den Schatz, doch das konnte sich Martha aufgrund des belauschten Gesprächs zwischen David und dem Botschafter nicht vorstellen. Dennoch blieb die Frage, woher David diese Zeichnung hatte.

Auch Benazir hätte nicht überraschter reagieren können. „Ein Brite und meine Stiefmutter?“, fragte sie entgeistert. „Sie hasst alle Ausländer, und vor allem verabscheut sie Großbritannien. Sie würde sich niemals mit einem Engländer verbünden, nie!“

Adolf räusperte sich. „Angenommen, er hat es von Said? Die beiden sind doch befreundet.“

Er kam nicht weiter, denn Martha stand schon an der Tür. „Ich muss zu Said in den Palast, vielleicht finde ich die anderen Tagebuchblätter.“

Benazir hob bestürzt die Hand, und Adolf schüttelte sogar entschieden den Kopf. „Bist du noch bei Trost, Fohli? Zuerst müssen wir alle Tagebücher durchsehen.“

Er hatte natürlich Recht, sie sank wieder neben Benazir auf das Sofa. Doch schon nach den ersten Seiten tränten ihre Augen, und sie tupfte sie mit Wasser aus, ohne zu begreifen, dass es nur völlige Übermüdung war.

„Dieses Schloss mit den Minaretten“, murmelte Adolf. „Wo könnte es liegen?“

Martha blätterte ohne aufzublicken. „Es könnte sich um ein timuridisches Jagdschloss handeln. Die Minarette erinnern mich irgendwie an das Grabmal Timurs in Samarkand.“

„Samarkand?“, forschte ihr Bruder verblüfft. „Ist das nicht UdSSR?“

„Ja, natürlich. Wir haben es besichtigt, einige Jahre vor dem Krieg.“ Sie hörte ihre Antwort und war dennoch in Gedanken weit entfernt. Sie quälte eine vage Erinnerung aus ihrer Kindheit. Eine Ruine mit Minaretten...

„Hey, was ist los?“, Adolf schüttelte sie und sie schob ihn ein wenig unwillig weg.

„Ich versuchte mich zu erinnern. Wir besichtigten einmal ein Schloss mit Minaretten. Ich war noch ein Kind, ein trüber Tag, Nebel und tief hängende Wolken.“

Adolf hob die Brauen. „In den Bergen oder im Flachland?“

Martha hatte noch immer Mühe, ihre Erinnerung zu konkretisieren, doch dann schnippte sie mit den Fingern. „Ja, das war es, eine Zwiebelkuppel und Minarette. Wir kletterten hinauf und Paps sagte irgendwas von Timur. Deswegen erinnere ich mich auch. Es war das erste Mal, dass ich von Timur hörte. Paps erzählte ellenlang von der Terrorherrschaft der Mongolen...“

„Bleib beim Thema, Fohli.“

„Es war damals eine ziemliche Kletterei. Ich erinnere mich auch an einen Fluss.“

„Den Amu-Darja?“, drängte er gespannt.

Martha schüttelte nachdenklich den Kopf. „Ich weiß es einfach nicht. Es muss viele Jahre zurückliegen." Sie griff sich den ersten Band der Tagebücher, und auch Benazir begann umgehend wieder zu blättern.

„Diese Zeichnungen, sie sind großartig", murmelte Benazir.

Adolf lachte nicht ohne Stolz. „Martha zeichnet noch viel besser."

„Sie kann alles besser", flüsterte Benazir und beugte sich tiefer über das Tagebuch. Sogar über Marthas Gesicht breitete sich eine feine Röte.

Eine Weile raschelte nur das Papier, und Martha begann sich zu fragen, weshalb sie nicht alle vor Müdigkeit umsanken.

„Hier!" Adolfs Ruf riss alle hoch wie ein Trompetenstoß. Triumphierend streckte er ihnen eine Zeichnung entgegen, die sich über eine Doppelseite erstreckte. Es handelte sich um ein Schloss mit drei schlanken Minaretten inmitten einer Bergkulisse.

„Und wo liegt es?", drängte Benazir elektrisiert.

„Irgendwo Richtung Herat."

Martha zog ihm das Tagebuch weg. „Leider nicht", korrigierte sie.

„Wieso nicht? Steht doch hier!"

„Die Seiten mit der Beschreibung des Schlosses wurden herausgerissen."

Adolf beugte sich blitzartig über ihre Schulter. „Im Ernst?"

„Schau her, hier fehlt ein ganzer Monat."

„Aber wie kam Fatima an Muttis Tagebücher?"

Martha zuckte die Achseln. „Bei uns wurde schon öfter eingebrochen. Offenbar weiß sie weit mehr über den Schatz als wir."

„Gut!" Adolf sprang auf, als fühle er nicht einen Anflug von Müdigkeit. „Holen wir uns die Tagebuchseiten."

Benazir wurde vor Schreck etwas weiß um die Nase. „Sie wollen in den Harem meiner Stiefmutter? Das schaffen Sie nie, das ist völlig unmöglich."

Sie hielt inne, hatte Martha doch mit einem Mal einen unternehmenden Ausdruck im Gesicht.

„Spuck's schon aus, Fohli", drängte Adolf.

„Wir kämen schon rein, sogar ohne Saids Erlaubnis, falls Benazir uns in den Harem brächte."

Das Mädchen streckte ihr abwehrend beide Hände entgegen. „Zu Fatima?" Es klang wie ein Aufschrei. „Sie wollen mich nicht länger verstecken?"

Martha drückte sie begütigend zurück, doch hielt es sie selbst nicht mehr auf dem Sofa. Voller Unrast strich sie auf und ab. „Hört mir zu. Said glaubt, dass Deutsche hinter der Entführung stecken. Also wird er meine Wohnung wohl schon bald durchsuchen lassen. Eigentlich erstaunlich, dass noch keine Soldaten..."

Adolf hob beruhigend die Hand. „Moment, Moment. Wenn er nach den Entführern fahndet, dann könnte das für seine Mutter den Tod bedeuten. Meine Frage lautet deshalb: Wird er dieses Risiko eingehen?"

Martha schüttelte den Kopf „Aber die Wohnungen der deutschen Kolonie, die kann er nicht verschonen, schon um sich im Ernstfall nicht vorwerfen zu lassen, dass er sich nicht um seine Mutter sorge."

Adolf nickte schon halb überzeugt. „Wir müssen Sie wegbringen, Fräulein Benazir, und zwar schnell."

Unwillkürlich spähte er aus dem Fenster, doch entspannte er sich bereits nach einigen Sekunden. Benazir klammerte sich bang an Martha, als diskutiere man, sie geradewegs in die Hölle zu schicken. Martha streichelte ihr beruhigend über die Wange. „Aber Kind, so begreife doch, wir müssen dich an einem Ort verstecken, an dem dich keiner suchen würde, und du hast mir selbst gesagt, dass euer Harem im Augenblick leer steht."

„Das stimmt. Man hat sogar einige Räume versiegelt."

Adolf lachte laut auf. „Tolle Idee, Fohli. Irre. Das hätte ich dir gar nicht zugetraut. Respekt, Respekt. Frage: Wo verstecken wir Benazir am sichersten vor ihrer Familie? Antwort: Bei ihrer eigenen Familie. Ich fass' es nicht!" Benazir starrte sie panisch an, während sich Adolf fasziniert die Hände rieb und von der Seelenpein des Mädchens offenbar kaum etwas mitbekam. Für ihn handelte es sich nur um ein Abenteuer, während sich Martha bereits fragte, wie man ihren Schützling je überzeugen sollte, freiwillig in diesen Schreckensharem zurückzukehren.

„Wir werden es nicht ohne deine Zustimmung versuchen", flüsterte Martha in Benazirs Ohr, und das Mädchen entspannte sich sichtlich.

Adolf stürzte enthusiastisch ins Nebenzimmer, um irgendetwas zusammenzusuchen. Benazir blickte ihm kopfschüttelnd nach. „Sind junge Deutsche immer so wie Ihr Bruder?" fragte sie mit unsicherem Lächeln.

Martha dachte an ihre Kollegen in der Amani. „Keine Ahnung, ich kenne nur wenige."

„Er benimmt sich wie ein großes Kind. Tun sie das alle?"

Martha schmunzelte. „Meine Mutter meinte, ja."

In anderer Lage hätten sie das Thema sicherlich vertieft, doch kehrte Adolf bereits zurück, einen zerschlissenen Mantel seines Vaters über dem Arm. Er schien völlig verdrängt zu haben, welche Schwierigkeiten es ihrem Gast noch vor kurzem bereitet hatte, mit ihm auch nur einen Raum zu teilen. Seine einzige Konzession war der skurrile Versuch, mit ihr zu reden, ohne sie direkt anzusehen.

„Was ist, Fräulein Benazir. Haben Sie Mut?"

Benazir drängte sich mit schreckensweiten Augen näher an Martha heran. Doch seltsamerweise schien sie zugleich auch fasziniert, so wie sie zu ihrem Bruder aufsah.

Adolf schlüpfte unterdessen in den Mantel, und Benazir starrte auf den Staub auf Schultern und Revers. Jetzt streckte er ihr gar die Hand entgegen, und sie griff tatsächlich zu, als wollte sie sich wirklich aufhelfen lassen, als zöge sie ein geheimnisvoller Magnet. Martha fühlte einen leisen Stich und fragte sich unwillkürlich, ob das wohl Eifersucht sei. Ein absolut lächerlicher Gedanke in ihrer Lage.

Die ganze Episode währte nur wenige Sekunden, denn kaum berührte Benazir die Hand ihres Bruders, da sank sie auch schon zurück auf das Sofa und schmiegte sich noch etwas dichter an ihre Lehrerin. „Sie..., Sie meinen es sicherlich gut, und ich..., ich verstehe, dass Sie die Räume meiner Stiefmutter durchsuchen wollen, aber für mich könnte es den Tod bedeuten." Fraglos hatte sie alle Mühe, klar zu sprechen.

Adolf schien zum ersten Mal in Ansätzen zu begreifen, was in ihrem Gast vor sich ging.

„Ich kann einfach nicht zurück!" Jetzt färbte blanke Panik ihre Stimme, vielleicht ließ auch die Wirkung des Morphiums langsam nach. Wie ein scheues Pferd blickte sie mit riesigen Augen um sich, völlig unerreichbar für jede Logik.

Martha spürte einen Kloß im Hals. „Wir lassen dich nicht im Stich. Versprochen!"

„Vorsicht", zischte Adolf vom Fenster her und drückte sich gegen die Wand, um von der Gasse aus nicht bemerkt zu werden.

„Was ist?" Martha stand mit einem Sprung neben ihm.

„Drüben, bei Brambeck. Sind das Soldaten?"

Das Wort Soldaten genügte vollauf, um Benazirs Widerstand zu brechen. Als Martha sich umdrehte, stand sie schon taumelnd hinter ihnen. Martha fing sie in letzter Sekunde auf.

„Wir müssen hier raus", drängte Adolf und dämpfte unwillkürlich seine Stimme. „Schnell."

Martha riss zwei Burkas hervor und war dann wie der Wind an der Wohnungstür, um zu lauschen. Im Treppenhaus schien alles ruhig, doch als sie die Tür einen Spalt weit aufzog, da entdeckte sie unten im Eingang zwei Soldaten, die sich ganz unaufgeregt mit Ibrahim unterhielten. „Wir können nicht raus", hauchte sie. „Das Haus wird bewacht.

„Die Soldaten, bringen sie mich zurück?" Benazir zitterte am ganzen Körper. Der Gedanke, ihrer Familie und dieser Heirat ausgeliefert zu werden, war offenbar eine Horrorvision ersten Ranges.

Martha spähte schon wieder durch den Türspalt, jetzt lehnte dort nur noch Ibrahim, während die Soldaten verschwunden waren.

„Sie patrouillieren in der Gasse“, berichtete Adolf vom Fenster aus. „Schätze, sie halten uns für unverdächtig.“

Unverdächtig? Martha konnte es kaum glauben, auch wenn Benazir erleichtert zurücksank auf das Sofa. Augenblicke später waren alle Soldaten aus der Gasse verschwunden.

„Wir müssen dennoch die Nacht abwarten“, knurrte Adolf. Kein Zweifel, dass er Recht hatte. Plötzlich fing er Benazirs Blick. „Sie sind in Sicherheit, nur mit der Ruhe. Versuchen Sie zu schlafen, du auch Fohli. Na los, zu die Augen!“

Martha fühlte plötzlich ihre lähmende Müdigkeit. Es reichte kaum mehr zu einem Lächeln, und auch Benazir fielen tatsächlich die Lider zu. Martha konnte nicht mehr widerstehen, der Gedanke an ihr Bett war einfach zu verführerisch. Augenblicke später versank sie auch schon in bleiernen Schlaf.

Das Klopfen

Kabul, 8. Oktober 1941
23:12 Uhr

Als sie erwachte, hatte sie stechende Kopfschmerzen. Sie fühlte sich so zerschlagen, dass ihr Schlaf eigentlich nur wenige Minuten gedauert haben konnte. Erst die Dunkelheit im Zimmer und ein ungläubiger Blick auf die Uhr belehrten sie eines besseren, es ging bereits auf Mitternacht.

„Mein Gott, Fohli“, flüsterte Adolf in der Dunkelheit, „ich dachte, du wachst mir nie wieder auf. Übrigens, keine Soldaten, weder in der Gasse noch hier im Haus.

Wie elektrisiert richtete sich Martha auf. „Aber dann könnten wir ja...“ Sie ließ den Satz unvollendet und tastete nach Benazir. Das Mädchen schlief tief und fest, und auch das Fieber hatte sich gebessert. Martha atmete auf.

„Weck sie“, drängte Adolf. „Oder baust du darauf, hier auf ewig unbehelligt zu bleiben?“

Sie weckte ihren Schützling, allerdings ohne das Mädchen richtig wach zu bekommen. Immerhin ließ sie sich eine Burka überstreifen, hing jedoch schwer in Marthas Armen.

Sekunden später schlichen sie bereits die Treppe hinunter, wobei ihr Bruder die in ihre Burka verpackte Benazir kurzerhand auf die Arme nahm, und zwar ohne auf Protest zu stoßen. Wahrscheinlich war sie bereits wieder weggedämmert. Erst unten an der Treppe kam sie halbwegs zu sich.

Während Adolf die Gasse kontrollierte, bugsierte Martha die Freundin in tiefer Dunkelheit zum Hintereingang. Das Mädchen hing nach wenigen Schritten schwer in ihren Arm. Glücklicherweise war der Hinterhof völlig leer.

„Wohin jetzt?“, raunte Adolf, den Mund an Marthas Burkagitter.

„Folgt mir!“ Sie zog Benazir hinter sich her, und das Mädchen krallte ihre Finger noch etwas fester in Marthas Schleiermantel. Sie konnte nur hoffen, dass Adolf nicht verloren ging.

Sie schlichen durch weitere Höfe und schmalste Durchgänge, bis die Häuser schließlich zurücktraten und einen freieren Blick auf den Sternenhimmel gestatteten. Das Raunen der Stadt drang bis in diesen finsteren Winkel, außerdem stank es bestialisch nach irgendwelchen Fäkalien. Martha war seit Jahren an Ähnliches gewöhnt, doch hier und heute verursachte es ihr Übelkeit. Sie hatte Mühe, sich zusammenzunehmen.

Benazir war bereits so erledigt, dass sie zu Boden glitt. Martha spürte ihr Zittern, als sie ihr aufhelfen wollte. War das nur Angst oder auch Fieber? „Hast du Schmerzen?“, raunte sie.

„N...nein“, kam es zitternd zurück, doch überzeugend klang das nicht, auch wenn sie sich jetzt an Martha in die Höhe zog. „Ich kann nicht... zurück!“, stammelte sie und verlor auch schon das Bewusstsein.

Adolf holte tief Luft. „Gibt es in diesem Harem eigentlich Medikamente?“

„Ich habe keine Ahnung.“

Ihr Bruder schwieg und schien die Lage abzuwägen. Martha fragte sich, was sie jetzt wohl ohne ihn anstellen sollte? Es wäre ihr nicht einmal möglich gewesen, die Freundin in Sicherheit zu bringen. „Kannst du sie tragen?“, erkundigte sie sich bang.

„Klar, mit Vergnügen.“ Er schloss mit einem Hüsteln. Wahrscheinlich sollte es ein Scherz sein, entsprach aber wohl eher der Wahrheit. Auf jeden Fall hob er das bewusstlose Mädchen mühelos empor. „Ich hoffe, sie wacht uns nicht auf“, knurrte er.

Dann waren sie auch schon wieder unterwegs. Nach kurzer Zeit erreichten sie breitere Gassen, das machte alles einfacher – nicht nur, weil aus einigen Häusern flackerndes Licht in die Straßen fiel. Ein wahres Göttergeschenk war jedoch ein leichter Leiterwagen, den ein Händler am Abend vor seinem längst verschlossenen Laden abgestellt hatte. Sie betteten ihre reglose Patientin auf das Gefährt, und bald holperte der Wagen durch das staubige Kabul. Benazir rührte sich nicht und atmete halbwegs ruhig.

„Hör zu, Fohli“, raunte Adolf unvermittelt. „Du bringst sie doch nicht nur in diesen Harem, weil du nach dem Tagebuch suchen willst?“ Seine Sorge um die verletzte Freundin war direkt anrührend und wieder spürte

Martha einen leisen Funken der Eifersucht. Verwirrend. Zum Glück sprach er nicht weiter.

„Und wie kriegen wir sie hinein?“, forschte er schließlich mit belegter Stimme. Offenbar war ihm seine Skepsis von vorhin nun selbst etwas peinlich.

„Du gar nicht“, gab sie knapp zurück. „Ich übernehme das. Du bist ein Mann und solltest dich gar nicht zeigen.“

„Und was unternehme ich in der Zwischenzeit?“

„Geh zurück und schlaf dich aus.“

„Und du?“

„Ich komme nach, sobald ich kann. Im Notfall morgen nach dieser Teeparty.“

„Teeparty?“

„Ein Empfang im Außenministerium. Eine Frauenveranstaltung.“

„Glückwunsch.“

Jetzt öffnete sich die Straße zum Palais. Benazir war schweißnass, eine todsichere Kandidatin für eine Lungenentzündung, wenn sie nicht schleunigst aus diesen Kleidern kam.

„Du bist dir doch klar“, murrte Adolf, „dass wir im Grunde ihr Vertrauen maßlos enttäuschen.“

„Wir tun das Richtige.“ Unter Marthas hilfreichen Händen kam Benazir jetzt wenigstens zu sich und konnte sogar stehen. Offenbar hatte sie die holprige Fahrt nicht allzu sehr mitgenommen.

„Die Auffahrt ist dort drüben!“, intervenierte ihr Bruder, als Martha sich nach rechts zu einer dunklen Mauer wandte.

„Wir versuchen es über den Park. Said hat das Haus völlig räumen lassen, zumindest sagte er das. Bis auf die Wachen am Tor. Aber Benazir erzählte mir neulich, dass es einen versteckten Schlüssel gäbe. Komm, hilf uns über die Mauer.“

So war es eine relativ leichte Übung, in den Park zu klettern, doch das eigentliche Problem hieß Adolf, hatte Martha doch alle Mühe, ihn davon zu überzeugen, dass er den Park keinesfalls betreten dürfe. Schließlich ließ er sie zweifelnd ziehen.

Zum Glück war auch auf der Rückseite des Gebäudes alles dunkel, ihre Freundin fand auch ohne Schwierigkeiten den verstecken Schlüssel. Augenblicke später hatten sie die Seitenpforte hinter sich und tappten die finstere Treppe hinauf. Unglaublich, dass Marthas erster Besuch nur wenige Tage zurücklag. Seitdem hatte sie so viel erlebt, dass es problemlos für ein Jahr gereicht hätte.

Im Inneren des weitläufigen Gebäudes schien tatsächlich alles verlassen. Benazir gab kein Sterbenswort von sich, und als sie ihr Zimmer erreichten, sank sie sofort auf eines der Polster. Sie schien völlig am Ende. Martha schaffte es irgendwie, ihr die durchgeschwitzte Kleidung vom Leib zu ziehen und ihre Patientin abzutrocknen. In dem längst erkalteten Samowar befand sich noch ein Wasserrest und im Nebenraum entdeckte sie einen tönernen Vorratsbehälter.

Martha hatte die Freundin kaum gewaschen und ihr trockene Kleidung übergestreift, da kroch ihr Schützling auch schon bibbernd unter einige Decken. Das einzig Beruhigende war die Tatsache, dass sie kein einziges Mal ihre Verletzung erwähnte, so dass sich ihre Schmerzen wohl in Grenzen hielten.

Martha hatte nun reichlich Zeit sich umzusehen. In Benazirs Zimmer gab es natürlich auch Lampen, sie entzündete eine Öllampe, auch wenn sie die Flamme so weit als möglich runterdrehte. Sie passierte einige Türen und gelangte schließlich in jenen Trakt, den sie gestern Nacht mit Said betreten hatte.

Die aufgebrochenen Flügeltüren ließen sich ohne Mühe aufdrücken. Die Leiche der Dienerin hatte man beseitigt, nur ihr Blut tränkte immer noch den Teppich.

Martha leuchtete hastig umher, schließlich hatte sie keine Ahnung, ob sich diese Chance ein zweites Mal bieten würde. Benazir hatte beteuert, dass sich die Tagebuchseiten in einer Truhe befänden. Hier standen tatsächlich überall Truhen. Es war offensichtlich, dass man sie sämtlich ausgeschüttet und durchwühlt hatte. Man hatte etwas gesucht und womöglich auch gefunden, denn es waren keine Tagebuchseiten zu entdecken.

Die Enttäuschung lähmte ihren Eifer, und die Vorstellung, sich wieder hinzulegen, wurde schier übermächtig, so dass sie schließlich neben Benazir unter die Decken kroch. Eine Mütze voll Schlaf war der sicherste Weg, um ihre Kopfschmerzen unter Kontrolle zu bringen. Ihre Freundin drängte sich im Halbschlaf an sie heran und Martha fühlte, wie ein leises Frösteln in Wellen über den schlanken Mädchenkörper glitt, einmal zweimal...

Ihre letzten Gedanken galten kurioserweise ihrer Wohnung. Hatten sie überhaupt zugeschlossen? Eine Sekunde später aber schlummerte sie auch schon ein.

Plötzlich stand Adolfs schattenhafte Gestalt vor ihr. Sie hatte keine Ahnung, woher er gekommen sein könnte, doch er war da und klopfte auf ein hölzernes Tischchen, auf dem Benazir neulich die Teetassen abgestellt hatte. Martha wollte ihm zurufen, endlich aufzuhören, doch brachte sie keinen Ton heraus, und so klopfte und klopfte er unablässig. Nein, er hämmerte geradezu, und als Martha die Hand nach ihm ausstreckte, da zerschlug er die Seiten eines Tagebuchs mit einem riesigen Meißel, war doch das Tagebuch ihrer Mutter nach all den Jahren völlig versteinert. Die steinernen Seiten sprangen in tausend Stücke. Das Dröhnen war einfach widerlich.

Martha versuchte, sich die Ohren zuzuhalten, doch so viele Hände sie auch über ihre Ohren presste, das Klopfen wurde nicht leiser, es wurde einfach nicht...

Wie viele Hände hatte sie überhaupt? Oder war es Benazir, die ihr half, sich die Ohren zuzuhalten?

Dann wurde es still, von einer Sekunde zur anderen. Martha zitterte vor Aufregung. Oder war es nur die Kälte? Erkennen konnte sie nichts, aber ihre Hände fuhren über das Bett und plötzlich fühlte sie Benazirs Körper. Ihre Patientin schlief ganz ruhig und hatte von dem Gehämmer nicht das Geringste mitbekommen.

Marthas Finger glitten über den reglosen Körper. Benazir atmete tief, ihre Atemzüge schienen unnatürlich laut. Merkwürdig war nur, dass sie sie einfach nicht wach bekam. Und warum presste sie ihr im Traum die Hände auf die Augen? Erst in dieser Sekunde begriff sie, dass es in Wahrheit Adolf war, der ihren Kopf umklammerte. Lächerlich, dass sie das nicht gleich erkannt hatte.

Außerdem setzte das Hämmern wieder ein, erst leise, dann immer heftiger, bis es ihren Kopf bis zur Neige füllte. Es dröhnte und dröhnte und Adolf presste seine Finger fester und fester auf ihre Augen. Zugleich hatte er seltsamerweise Hände frei, um auch weiterhin das Tagebuch zu zertrümmern. Er schien es regelrecht zu hassen, so wie er seinen Meißel auf die steinernen Seiten drosch.

Trümmer regneten auf sie herunter und verstopften ihren Mund, so dass sie keinen Ton herausbrachte. Martha rang nach Luft und zermarterte sich den Kopf, wie Adolf wohl ihre Ohren zuhielt, wenn er doch zugleich...

Nein, das war gar nicht Adolf, es war Iskender – sie spürte ihn jetzt ganz deutlich. Es war Iskender, der seine Hände über ihre Ohren presste, er stand direkt vor ihr! Der Drang, ihren Dschinn endlich, endlich kennenzulernen, dieser Drang war so überwältigend, dass sie mit aller Gewalt hochfuhr.

Aufrecht saß sie in ihrem Bett und kämpfte verzweifelt um den nächsten Atemzug. Sie hatte ihren Kopf in eine Decke gewickelt und wäre beinahe erstickt. Würgend riss sie sich den Stoff herunter, schließlich gelang ihr der erste freie Atemzug. Außerdem war das Zimmer leer, kein Adolf, kein Iskender und kein Tagebuch.

Ein Traum, es war alles nur ein Albtraum!

Die Geräusche der schlafenden Stadt drangen sporadisch herein und mischten sich mit Benazirs leisem Atem.

Hastig beugte sie sich über die schlummernde Freundin. Sie atmete so ruhig, dass sich ihr Traumgesicht wieder machtvoll in Marthas Gedanken drängte. Jede Episode war so plastisch in ihrer Erinnerung, als habe sie alles wahrhaftig durchlebt. Ja sie tastete sogar vorsichtig über ihre Wange. Jetzt, ohne all die beklemmende Atemnot, da gewann Iskenders Berührung eine geradezu magische Faszination. Martha wagte keine Bewegung, um die Illusion nicht zu zerstören.

Das Haus lag in tiefer Stille, und Martha fragte sich unwillkürlich, ob das Klopfen und Hämmern ausschließlich ihrer Phantasie anzulasten war. Sie lauschte mit allen Sinnen, als sie ein dumpfer Ton aufschreckte. Es klang, als schlüge jemand gegen eine Wand, eine kurze, harte Erschütterung. Erst einmal, dann noch einmal. Sie lauschte gebannt, doch nun blieb alles still.

Auf jeden Fall war das Haus gar nicht so leer, wie sie gehofft hatte. Was ging hier vor? Wie lange hatte sie geschlafen? Beinahe drei Uhr morgens, also hatte sie bereits vier Stunden geschlafen und wahrscheinlich einen Albtraum nach dem anderen durchlitten.

Wieder ein Schlag!

Diesmal war sie sich sicher, dass der Ursprung nicht in der Nähe lag, eher in einem der unteren Stockwerke. Oder vielleicht oben?

Martha glitt aus dem Bett und spritzte sich Wasser ins Gesicht, um ihre Benommenheit loszuwerden. Wo war eigentlich ihr Bruder? Adolf war zwar Teil ihres Traumes gewesen, aber sie konnte sich beim besten Willen nicht vorstellen, dass er tatsächlich hier gewesen sein sollte. Der Boden strahlte Kälte aus, und ihre Füße waren nackt. Sie konnte sich nicht erinnern, ihre Schuhe ausgezogen zu haben, und das steigerte ihre Nervosität. Wo waren die verflixten Schuhe? Die Lampe war längst erloschen und so konnte sie nur tasten – vergeblich.

Schließlich stolperte sie und stürzte auf die Polster. Benazir fuhr auf. „Was ist?", lallte sie mit schwerer Zunge. „Sind..., sind Sie das?"

„Alles in Ordnung", beruhigte Martha. „Ich suche nur meine Schuhe."

„Warum? Es ist doch dunkel!" Benazirs Stimme wurde klarer, und Martha hatte endlich entdeckt, dass sie tatsächlich über ihre Schuhe gestolpert war. Gerade schlüpfte sie hinein, da klopfte es erneut, und Martha fühlte ihren Herzschlag. Ohne nachzudenken zückte sie ihre Pistole. Dann lauschte sie bang in die Finsternis. Die Sekunden vergingen, und die Stille wurde länger. Nichts.

„Was war das?", flüsterte Benazir bang.

„Wir sind nicht allein", raunte Martha und hörte einen schockierten Atemzug.

„Das muss von oben kommen!", wisperte das Mädchen.

„Und wieso?“

„Unten wohnte einst meine Mutter. Niemand betritt ihre versiegelten Räume, nicht einmal Saids Mutter.“

„Und wo geht es hinunter?“

„Die kleine Treppe dort und dann nach rechts. Aber die Räume sind verriegelt.“

Martha ging nicht darauf ein. „Warte hier, ich sehe mich um.“

„Ich bleibe nicht allein!“ Benazirs Stimme war schon einen Tick lauter, ein untrügliches Zeichen aufkeimender Panik. Martha hörte, wie sie aufstand, doch hatte das Mädchen seine Kräfte überschätzt, taumelte sie doch sogleich zu Boden. Martha half ihr zurück auf die Kissen.

„Bleib hier“, wiederholte sie, und diesmal erntete sie keinen Widerspruch. Augenblicke später griff sie sich auch schon Lampe und Feuerzeug und war hinaus. Das hölzerne Treppenhaus erwies sich als schmal und dunkel. Martha konnte ein gelegentliches Knarren ausgetrockneter Stufen nicht verhindern. Ein Entzünden der Lampe wollte sie möglichst hinauszögern, um von der Straße aus in dem stockdunklen Haus nicht bemerkt zu werden.

Endlich hatte sie die Stiege hinter sich und wandte sich nach rechts. Mittlerweile leitete sie wenigstens das vage Mondlicht, das durch die Fenstergitter sickerte. Nun konnte sie sich leidlich orientieren, zumal die Räume offenbar ganz ähnlich arrangiert waren wie oben bei Benazir. Schon nach wenigen Schritten stieß sie auf eine hohe Flügeltür.

Der Türflügel drehte sich in knarrenden Angeln, und Martha hielt erschreckt inne. Zum Glück blieb alles still, ihr Puls beruhigte sich wieder. Im Grunde sagte das Knarren eine Menge. Die Tür war lange nicht geölt worden, doch jetzt hatte man sie entriegelt! Also war hier unten jemand eingedrungen.

Wenn sie hinein wollte, dann musste sie das Geräusch in Kauf nehmen, und ein schneller Schock schien ihr besser als ein langes Geknarze. Ein entschlossener Ruck, und schon schob sie sich durch den Türspalt.

Drinnen war es finster. Die Räume lagen in absoluter Stille, nur die hohe Türe bewegte sich von Zeit zu Zeit mit leisem Knarren in einem unsichtbaren Luftstrom. Ja ihr war, als hinge ein leises Ächzen in den dunklen Räumen. Sie fühlte, wie ihr der Schweiß in den Nacken rann. Wieder erreichte sie dieser seufzende Hauch.

Mit angehaltenem Atem schlich sie weiter, als der Luftzug verebbte, ohne dass das Knarren der Flügeltüre verstummte. War sie etwas aufgedrückt worden? Zu erkennen war absolut gar nichts, und sie schalt sich schon eine hysterische Närrin, da vernahm sie schleichende Schritte. Jemand bewegte sich nahezu lautlos in den Raum hinein.

Martha stand wie versteinert, wagte keinen Atemzug. Der Fremde versuchte es wohl mit einer ähnlichen Strategie, als er kaum zwei Meter entfernt vorüberschlich. Und noch etwas lag klar auf der Hand, der stumme Unbekannte war keinesfalls für das anhaltende Ächzen verantwortlich.

Marthas Augen hatten sich mittlerweile so an die Dunkelheit gewöhnt, dass sie den Eindringling als schwachen Schatten wahrnahm. Er führte sie zu einer ebenfalls knarzenden Tür, deren Umriss sich unvermittelt im Mondlicht abzeichnete.

Als sich Martha nach kurzem Zögern hinter ihm durch die Tür schob, blickte sie in ein Zimmer, das wenigstens in Umrissen zu erahnen war. Deutlich hörte sie einen unterdrückten Seufzer. Das Ächzen kam sicherlich von rechts, doch wo war der Eindringling abgeblieben? Martha lauschte noch, als sich der Schatten vor einem hölzernen Fenstergitter abzeichnete. Zugleich blitzte es kurz; Mondlicht auf einer Messerklinge?

Auf jeden Fall hatte der Eindringling das gleiche Ziel wie sie, er suchte das körperlose Stöhnen, das erneut durch den Raum schwebte. Wieder schimmerte eine Waffe. Schwebte dort jemand in Gefahr? Sollte sie eingreifen, einen Schuss abfeuern? Auch ein Schuss in die Decke musste unweigerlich die Wachen alarmieren. Weiter kam sie nicht, erreichte sie doch ein heller Frauenschrei! Irgendeine Waffe flog durch den Raum, und der Unbekannte polterte zu Boden. Ehe er wieder auf die Füße kam, war Martha auch schon heran und presste ihre Pistole in ein kaum zu erahnendes Gewand. „Bleib liegen!"

Die Fremde wagte keine Bewegung, als Martha ihr Feuerzeug zückte und die Flamme aufzucken ließ. Das Licht spiegelte sich in Benazirs entsetzten Augen. Martha glitt vor Erleichterung das Feuerzeug aus den Fingern und die Flamme erlosch.

Der Drachen

Kabul, 9. Oktober 1941
4:12 Uhr

„Ich bin's", flüsterte sie warnend. „Martha."

Ein tiefer Atemzug war die Antwort, gefolgt von einem Hauch. „Allah!"

In ihrer Aufregung hatte Martha beträchtliche Mühe, das Feuerzeug zu finden. Dann schnappte es einmal, zweimal, ehe die Flamme aufleuchtete. Benazir kniete vor ihr und starrte direkt in ihr Gesicht. „Mein Gott, was machst du hier unten?" In ihrer Erleichterung hätte sie ihren Schützling beinahe angeschrien. „Ich hätte um ein Haar auf dich geschossen!"

Sie streckte ihr die Hand entgegen und spürte Blut an den Fingern! „Mein Gott, du blutest! Dein Arm." Das Feuerzeug verlosch erneut.

„Es..., es geht mir gut", stammelte Benazir in der Dunkelheit. „Ich dachte, Sie seien in Gefahr."

Martha hörte kaum hin. Jetzt half nur noch Licht. So schnell wie nur möglich hastete sie zurück vor das Eingangsportal und zu ihrer Öllampe. Ein hektisches Umhertasten, ein Aufblitzen des Feuerzeugs, dann hatte sie endlich Licht.

Als sie zurückstürzte, kauerte das Mädchen auf dem Boden, und Martha erkannte dunkle Verfärbungen auf Benazirs Gewand. Doch als sie den Verband überprüfte, saß der korrekt und fühlte sich trocken an.

„Warum bist du voller Blut?"

Bestürzt untersuchte Benazir ihre Kleidung, als Martha bereits den Raum ableuchtete. Das Licht geisterte über einen wirren Haufen von Teppichen und Mobiliar, und eine dunkle Blutspur führte direkt unter einen zusammengeknüllten Kelim. Martha kontrollierte ihre Pistole und riss den Teppich zur Seite. Unter dem Kelim lag ein Mann und rührte sich nicht. Genau genommen sah man nur seine gespreizten Beine, Kopf und Rumpf lagen unter anderem Mobiliar. Martha berührte ihn mit der Waffe, doch er rührte sich nicht.

„Was ist mit ihm?", flüsterte Benazir. „Ist er tot?"

Eine berechtigte Frage angesichts der Blutlache. Martha versuchte, den Unglücklichen freizulegen. Mit einer Hand wollte es nicht so recht gelingen und so hielt sie Benazir die Waffe hin. „Kannst du schießen?"

Benazir nahm die Pistole mit schweißnassen Fingern. Immerhin schien sie durchaus zu wissen, wie man mit ihr umging, und Martha konzentrierte sich halbwegs beruhigt auf den reglosen Körper und das Blut. Sogar mit beiden Händen war es nicht leicht, den Kopf des Mannes freizulegen.

Martha riss weitere Kleidungsstücke zur Seite, die sich über das Gesicht des Toten gelegt hatten, und leuchtete in ein grausig entstelltes Gesicht. Die Zunge quoll ihm aus dem Mund und die glasigen Augen starrten blicklos ins Lampenlicht. Der Mann war qualvoll gestorben.

Die beiden Freundinnen waren keines Wortes fähig. „Allah", hauchte Benazir. Eigentlich war es mehr ein Stöhnen.

Der Mann war erdrosselt worden, doch das Blut stammte von einer alten Frau, die unter dem Toten lag und ihre Hände eng um den Hals des Mannes gepresst hatte. Sie rührte sich nicht und hatte offenbar das Bewusstsein verloren.

„Fatima!", ächzte Benazir, und Martha war nicht weniger bestürzt.

Wenn sie die alte Dame nicht schnellstens verbanden, würde sie wohl nie wieder erwachen. In Ermangelung eines Besseren riss sich Martha die Gürtelschnur von der Hose, eine dicke Kordel, doch lagen Fatimas blutige Handgelenke derart dicht am Hals des Mannes, dass Martha nicht an die Wunden herankam.

„Die Lampe", keuchte Martha. „Schnell!"

Sie begriff erst jetzt das ganze Drama. Fatimas Handgelenke waren mit einem Strick gefesselt und mit diesen zusammengeschnürten Armen umklammerte sie noch immer den Hals des Toten. Da der Strick ein Spreizen ihrer Arme verhinderte, hatte sie auf diese Weise ganz unfreiwillig gewaltige Hebelkräfte entwickelt. Als sie seinen Hals umschlang, hatte der Mann keine Chance gehabt, ihren Griff zu lösen. Sie hatte ihn in ihren Handfesseln wie mit einer Zange erdrosselt.

Offenbar hatte er sich verzweifelt zur Wehr gesetzt, hatte sich im Kampf jedoch in Kleidungsstücke und Teppiche gewühlt, so dass er nicht wirkungsvoll agieren konnte. Dennoch hatte er sie mit seinem Dolch verletzt. Fatima Shasadeh hatte Schnitte an beiden Armen davongetragen. Hätte sie ihren Arm nicht so dicht an den Hals ihres Opfers gepresst, die alte Dame hätte längst ihr Leben ausgehaucht.

Benazir war immer noch sprachlos, doch Martha griff sich nach dem ersten Schock den Dolch des Mannes und befreite die Bewusstlose. Das Blut strömte nun noch reichlicher, und so knüpfte sie die Gürtelschnur so fest als möglich um den verletzten Arm, ehe sie überhaupt daran dachte, die Wunde zu verbinden. Martha verstand nicht allzu viel von Verletzungen, doch versiegte wenigstens der Blutfluss.

Erst jetzt wagten sie, die alte Dame vollständig aus Teppichen und Trümmern zu befreien. Nun zeigte sich schnell, dass auch ihre Beine an den Knöcheln gefesselt waren. Kein Zweifel, Fatima Shasadeh war Tags zuvor keineswegs entführt worden. Man hatte sie nur in diesen versiegelten Teil des Harems gebracht, um dann in aller Ruhe abzuwarten, bis die Luft wieder rein war. Wahrscheinlich durchsuchte Said mit seinen Leuten mittlerweile jedes nur erdenkliche Versteck im Großraum Kabul, nur eben nicht das eigene Haus. Die Entführer waren schlicht auf die gleiche Strategie verfallen, mit der Martha Benazir in Sicherheit gebracht hatte.

„Kennst du den Mann?", forschte Martha. Ihre Patientin schüttelte stumm den Kopf. Der Mann interessierte sie verständlicherweise weit weniger als ihre Stiefmutter. Martha erläuterte Benazir ihre Überlegungen, das Mädchen lauschte mit großen Augen.

„Das ist doch verrückt!", protestierte sie.

„Verrückt? Im Gegenteil! Überlege doch! Für die Entführer bot der Harem einen beträchtlichen Vorteil. Selbst wenn man Saids Mutter hier entdeckt haben sollte, Said hätte doch allenfalls sein Personal verdächtigt."

„Allah, ja, das stimmt."
„Im Zweifelsfall hättet ihr alle unter Verdacht gestanden. Du natürlich zuerst!"
Sie brach ab, um die Bewusstlose aufs Neue zu untersuchen. Die alte Dame atmete, wenn auch nur schwach. „Sie muss unbedingt trinken und etwas essen. Wo finden wir Wasser, Kaffee und Nahrung?" Benazir rührte sich nicht. „Was hast du?", raunte Martha.
Das Mädchen holte tief Luft. „Wenn wir sie liegen lassen, ich meine, vielleicht..., vielleicht ist sie schon bald verblutet."
Martha hielt den Atem an, und Benazir blickte zu Boden, doch ihr Flüstern ließ nichts an Deutlichkeit vermissen. „Sie haben meine letzten Jahre im Harem nicht erlebt. Saids Mutter ist kein Mensch, sie ist ein Teufel. Sie hat uns gepeinigt und gequält, besonders mich. Ihr Sohn hat sie stets gedeckt, obwohl er doch genau wusste, was hier vor sich ging. Aber seine Mutter war sakrosankt, wie ihr Christen das nennen würdet." Sie brach in Tränen aus und Martha fühlte sich so hilflos wie selten. „Sie haben keine Ahnung! Sie und diese Aische..."
„Die Dienerin Aische? Sie wurde bei der Entführung getötet."
Benazir kam entschlossen auf die Füße. „Ich will die Verbrecher nicht verteidigen, aber Aische verdiente nichts Besseres, und ich werde nichts unternehmen, um dieser Teufelin hier zu helfen." Sie hob entschlossen das Kinn.
Doch gleichgültig, was die Alte auch verbrochen haben mochte, sie durften sie hier nicht einfach sterben lassen. Die Folgen wären unabsehbar, und Benazir war schlicht nicht in der Verfassung, die Konsequenzen abzuwägen.
Noch ehe Martha einen Entschluss fassen konnte, regte sich die alte Dame und murmelte matt vor sich hin. Ihre Lider flatterten, doch aus ihrem Gestammel schälten sich nur wenige Worte heraus. „...das leere Haus..." Offenbar meinte sie den Harem, doch da verlor sie erneut das Bewusstsein.
Martha versuchte erneut, Benazir aufzurütteln. „Wir können sie nicht sterben lassen, wir wären nicht besser als sie."
Sie hätte nie geglaubt, dass ihr Schützling derart finster blicken könnte. „Warum alarmieren Sie nicht die Wachen, wenn Sie sie schon retten wollen?"
Martha schüttelte heftig den Kopf. „Weil ich nicht weiß, ob die Soldaten in die Entführung verwickelt sind."
„Das ist nicht Ihr Ernst, das wäre..."
„...genial. Ganz recht. Man täuscht eine Entführung vor und bewacht dann ganz offiziell das Haus, in dem die Entführte gefangen gehalten

wird. Auf jeden Fall wäre es riskant, die Wachen zu rufen."

Benazir starrte unversöhnlich auf ihre Stiefmutter. Zu einer Antwort kam sie indes nicht, klang doch von außen ein leiser Ruf herauf. War das Adolf? Hoffnungsvoll huschte sie ans Fenster. Kein Adolf! Im Osten zeigte sich der erste Schimmer eines neuen Tages, unmittelbar unter dem Fenster hatte ein Wachsoldat Posten bezogen. Das konnte unmöglich Zufall sein. Anscheinend hatte er gerade heraufgerufen, und das konnte nur bedeuten, dass er mit dem Toten in Verbindung stand. Wahrscheinlich erwartete der Kerl eine Antwort. Auf jeden Fall galt es, schleunigst den Rückzug anzutreten,

„Wir müssen hier raus", raunte Martha, als sie Benazir hinter sich spürte. „Die Soldaten werden hier unter Umständen kontrollieren." Das Mädchen schien erst jetzt ihre Lage zu erfassen.

„Aber wohin?", wisperte sie mit Panik in der Stimme. Fraglos wollte sie die alte Frau einfach zurücklassen, aus ihrer Sicht wahrscheinlich die perfekte Lösung eines Dilemmas. Fatima Shasadeh blieb dann in der Hand der Entführer – Schluss, aus und vorbei. Doch war es zu spät für eine Debatte.

Martha raffte die blutgetränkten Stoffe zusammen und schmierte das Blut über den Boden in Richtung eines anderen Zimmers, das in der Ecke des Gebäudes lag. Dort ging eines der Fenster auf die andere Seite hinaus, und dort unten wartete auch keine Wache. Glück gehabt. Hastig verteilte sie Blut auf Fensterbrett und Fenstergitter.

„Aber hier können wir nicht raus!", warnte Benazir. „Das ist viel zu hoch."

Sie hatte natürlich völlig Recht, doch Marthas Überlegung ging in eine ganz andere Richtung, als sie ein blutiges Kleidungsstück aus dem Fenster warf. Sie konnte nur hoffen, dass der Boden hart genug war, so dass man im Ernstfall keine Fußspuren erwartete. Dann ließ sie den blutgetränkten Strick innen vor dem Fenster liegen. Benazir beobachtete sie verständnislos. „Ich lege eine falsche Spur. Schnell, hilf mir, die Soldaten können jede Sekunde auftauchen!"

Dann zerrte sie die Bewusstlose vom Boden hoch und legte sich einen Arm über die Schulter, um besser zuzupacken. Das Mädchen rührte keinen Finger. „Nun mach schon!", drängte Martha. „Schnell!"

Unten ertönte ein weiterer Ruf, weit misstrauischer diesmal. Dann entfernten sich hastige Schritte.

„Lassen wir sie doch liegen!", drängte Benazir. Das klang so endgültig, dass Martha sie regelrecht anfuhr. „Du hilfst nur ihren Entführern, und das werde ich nicht zulassen."

Ihr Schützling senkte die Augen, griff aber dann doch mit zu, obwohl sie selbst immer noch Mühe hatte, sicher zu laufen. „Die Lampe“, wisperte sie nach einem letzten Rundblick. „Wir müssen sie löschen!“

„Lass sie brennen! Die Wache hat das Licht sicher längst bemerkt. Wenn sie eine Lampe und die blutige Kleidung entdecken, dann glauben sie vielleicht, dass Fatima Shasadeh befreit wurde. Also los, zur Treppe!“

Martha konnte nur hoffen, dass auf dem Boden keine verräterischen Blutspuren zurückblieben, am Ende hatten sie auch mehr Glück als Verstand. Sie erreichten die Stiege und wuchteten Saids Mutter die Stufen empor. Die alte Dame murmelte benommen, und Martha verstand wieder so etwas wie „Das leere Haus...“, doch machte es auch jetzt nicht mehr Sinn als vorher.

Als sie die letzten Stufen hinter sich ließen, tönten unten die ersten Schritte. Ihnen blieb kaum Zeit, sich zu verstecken. Martha sah nur eine Lösung, einen Bluff. Ohne eine Erklärung zerrte sie Fatima in deren eigenes Zimmer, in dem sie vor Stunden die tote Aische entdeckt hatten. Dann bettete sie die Bewusstlose vor den umgestürzten Möbeln auf den Boden und bedeckte sie scheinbar zufällig mit einigen Textilien, so dass es so wirkte, als handele es sich um einen Haufen von Teppichen. Zu allem Unglück erwachte Benazirs Stiefmutter, und versuchte, sich ungeachtet ihres Zustands zur Wehr zu setzen, bis Martha ihr ins Gesicht zischte. „Schweigen Sie, falls Ihnen Ihr Leben lieb ist.“

Erschreckte Augen starrten zu ihr empor, ein Blick, der glücklicherweise schnell zur Seite irrte, als die Alte aufs Neue das Bewusstsein verlor. So ziemlich das Beste, was in ihrer Lage geschehen konnte.

„Man wird sie entdecken“ raunte Benazir verzweifelt, „Auf den ersten Blick. Verstecken wir uns doch auf dem Dach! Wir...“

„Zu offensichtlich, wir verstecken uns vorne.“

In diesem Moment näherten sich hastige Schritte. Sie kamen und zwar mindestens zwei. Benazir sah sich um wie ein Reh in der Falle. Dann ertönte ein herrischer Ruf, Martha verstand so etwas wie „sieh erst vorne nach!“

Martha zerrte Benazir ins Nebenzimmer, eine Art Empfangsraum. Abgesehen von einigen luxuriösen Polstern wirkte er nahezu kahl. Sie duckte sich hinter die Polster und riss Benazir zu Boden, wohl wissend, dass diese Deckung nur einem höchst flüchtigen Blick standhalten würde. Sie konnte nur hoffen, dass man das Zimmer genau aus diesem Grund unbeachtet ließ.

Dann wurde es drüben bei Fatima Shasadeh auch schon hell. Die Freundinnen schmiegten sich eng aneinander, und als Martha einen Kontrollblick wagte, da stand eine der Wachen mit einer Öllampe kaum drei Schritte von dem Teppichberg entfernt, unter dem sie die alte Dame versteckt hatte. Nur wenige Schritte und ein Griff... Martha konnte nur hoffen, dass die alte Frau immer noch bewusstlos war. Der Blick des Soldaten schweifte in die Runde.

Zum Glück unterbrach ihn just in dieser Sekunde der wütende Ruf einer Männerstimme. „Hier draußen ist auch niemand."

„Bist du sicher?", fragte der Lampenmann.

„Überzeug' dich selbst!", tönte es unwirsch zurück. Diese Sprecher waren nicht minder nervös. Der Soldat kehrte den Teppichen den Rücken zu und leuchtete kurz zu den Freundinnen herein. Martha drückte Benazirs Kopf nach unten und fühlte das Zittern des Mädchens.

„Was ist?", drängte ein unsichtbarer Rufer. „Kommst du endlich?"

„Augenblick." Der Mann trat einen Schritt herein und der Lichtschein wanderte mit ihm. Martha umklammerte ihre Pistole. Die Waffe war das Einzige, was sie vor einer Panik bewahrte. Dennoch glaubte sie die Blicke des Mannes förmlich zu spüren, am Ende war es sein unsichtbarer Kumpan, der die Rettung brachte. „Draußen vor dem Haus liegt ihr Mantel!"

Dann entfernten sich hastige Schritte und mit den Schritten auch das Licht. Sie waren gerettet.

„Allah", wisperte Benazir.

Auf Zehenspitzen schlichen sie zurück in den Wohnraum. Das hohe Zimmer lag in weitgehender Dunkelheit, die Dämmerung war noch viel zu schwach, um Licht durch die Holzgitter zu senden.

Unter den Teppichen regte sich nichts. Martha fegte sie zur Seite. Die alte Dame lag unbeweglich da, und Martha untersuchte sie hastig – keine Reaktion, offenbar immer noch besinnungslos.

Das einzige was die Ruhe störte, war Benazirs hektischer Atem. Martha strich ihr sanft übers Haar, ehe sie zu der Stiege zurückkehrte. Auf Zehenspitzen tastete sie sich hinunter, auch dort herrschte tiefste Stille. Die Soldaten waren abgezogen, und verschwunden war auch der Leichnam des erdrosselten Wächters. Als sich Martha schließlich mit aller Vorsicht aus jenem Fenster beugte, aus dem sie vorhin den Mantel geworfen hatte, da schallten die Rufe der Muezzins über die erwachende Stadt. Zeit für das Morgengebet.

„Allah-uh-akbar..., Allaaaah-uh-akbar..."

Die Klänge erschienen Martha wie eine Erlösung, als signalisierten sie, dass nicht jede Stimme zwangsläufig die Stimme eines Feindes sein musste.

„Was machen wir jetzt?", wisperte Benazir hinter ihr. Aufgewühlt griff sie in Marthas Jacke. „Was tun wir mit Fatima?"

„Wir übergeben sie Said. Wo finde ich Wasser, Zucker oder Honig?"

Benazirs Widerstand schien erloschen, und sie übernahm die Führung. Zudem war es mittlerweile so dämmrig, dass keine Gefahr mehr bestand, ständig mit irgendwelchen Gegenständen zu kollidieren. Bald traten sie in eine Küche, die beiden nahmen, was sie in der Eile greifen konnten. Dann eilten sie auch schon zurück.

Es bereitete einige Mühe, die alte Frau zu wecken, doch schließlich schlug sie die Augen auf, trank stark gesüßtes Wasser, nahm einige Löffel Honig und schlummerte wieder ein, allerdings nicht ohne einen bösen Rundblick, der das Schlimmste befürchten ließ.

„Was ist, wenn sie uns bei Said anschwärzt? Sie ist völlig skrupellos." Offenbar misstraute sie der Mutter weit mehr als ihrem Sohn.

„Wir können sie nicht alleine lassen!"

„Ich bleibe nicht hier!"

Martha erwischte sie gerade noch am Ärmel. „Allah, wo willst du hin? Der Tag erwacht. Nein, ich sehe nur eine Möglichkeit. Wir geben Said seine Mutter zurück und sichern uns so seine Dankbarkeit."

„Solche Gefühle kennt er nicht!"

Martha war sich zwar auch nicht sicher, gab sich aber Mühe, ihre Zweifel zu verbergen. „Er hat mich zu einem Tee-Empfang des Außenministeriums gebeten. Dort werde ich..."

„Sie lassen mich zurück? Mit Fatima?" Benazirs Stimme steigerte sich beinahe mit jedem Wort, doch Martha ließ nicht locker.

„Eine von uns muss auf deine Stiefmutter aufpassen."

„Nicht ich, nicht hier allein!" Das klang beinahe hysterisch, und Martha wurde himmelangst. Sie hatte keine Ahnung, wie sie das Mädchen beruhigen sollte, zumal sie selbst alles andere als zuversichtlich fühlte.

„Du kannst meine Pistole behalten."

„Wir müssen sie fesseln", forderte Benazir, doch Martha wehrte entschieden ab. Wenn sie die alte Dame fesselten, dann war das für Fatima ein Beweis, dass sie mit ihren Entführern unter einer Decke steckten. Während sie Benazir hastig ihren Standpunkt erklärte, schob sie einige Möbel vor die Flügeltür, so dass niemand eindringen konnte, ohne beträchtlichen Lärm zu verursachen.

„Ich muss zu dieser Teeparty", erklärte Martha unruhig. „Hier im Haus wird dich niemand suchen. Zudem hast du im Fall einer Entdeckung jedes Recht hier zu sein." Sie konnte ihr nicht gut sagen, dass auch sie auf diese Weise aus dem Schneider war. Der Vorwurf, sie entziehe Benazir widerrechtlich ihrer Familie, war so hinfällig.

Benazir sah sie lange an. „Sie sorgen sich wegen der Loya Dscherga, wegen der Versammlung der afghanischen Stämme, nicht wahr? Sie befürchten eine Entscheidung gegen die Deutschen?" Dann räusperte sich das Mädchen. „Darf ich Ihnen für den Empfang im Ministerium vielleicht etwas von meiner Kleidung anbieten?"

Das Teehaus

Kabul, 9. Oktober 1941
11:00 Uhr

Stunden später saß Martha in Benazirs afghanischer Frauentracht in einem halb orientalisch, halb europäisch eingerichteten Teezimmer und blickte hinaus in einen parkartigen Garten.

Rings umher gruppierten sich zahlreiche Europäerinnen auf kostbaren Diwanen um orientalische Tischchen und genossen Tee, Kaffee und Gebäck. Dabei hielten sich natürlich alle Kriegsparteien streng getrennt und vermieden jeden Blickkontakt. Selbst die Gattin des britischen Botschafters wandte anfangs den Blick zur Seite, als Martha ihr zufällig in die Augen sah.

Marthas Kleidung hatte vorhin ein anerkennendes Nicken auf afghanischer Seite und ein Naserümpfen ihrer deutschen Landsleute ausgelöst, unter normalen Umständen ein eher amüsantes Erlebnis, doch stand jetzt ganz anderes auf der Tagesordnung. Wahrscheinlich dachten alle Ausländer an die Loya Dscherga. Wie würden sich die Stammesführer entscheiden, und was wurde überhaupt von Afghanistan gefordert?

Martha nahm einen weiteren Schluck. Der Kaffee war köstlich, eine Wohltat für Marthas malträtierte Nerven. Sie lobte ihn jetzt schon zum dritten Mal, und zum dritten Mal spielte ihre Gastgeberin das Lob herunter. Ein Spiel, das einen ganzen Nachmittag füllen konnte, doch fragte sie sich insgeheim, wie es wohl um Benazir stehen mochte.

Dass sie vor dieser Einladung noch schnell ihren Bruder alarmiert hatte und dass Adolf ihr hoch und heilig versprochen hatte, sich vor Saids Palais zu postieren, das war nur ein geringer Trost. Das Anwesen war riesig, und er konnte naturgemäß nicht überall zugleich sein, ganz davon abgesehen, dass er ohnehin keinen Fuß in den Harem setzen konnte.

Gedankenverloren nippte sie an ihrer Teetasse und registrierte schließlich, dass sie längst ausgetrunken hatte. Während sie sich nach einer weiteren umsah, beteiligte sie sich an der Konversation des Damenzirkels und fragte sich bald ernstlich, was sie hier eigentlich sollte. Überall begegnete sie distanzierten Blicken. Said hatte sie quasi eingeladen, aber je länger sie darüber nachdachte, desto rätselhafter war ihr der Grund dafür. Auf jeden Fall fühlte sie sich höchst unwohl in dieser Gesellschaft.

Dabei kreisten ihre Überlegungen um weit Dramatischeres. Wie konnte sie die überraschende Rettung von Saids Mutter am besten ausspielen? Würde Said Marthas Geschichte glauben, oder würde er sie am Ende selbst verdächtigen? Aus seiner Sicht mochte es sich um einen genialen Schachzug handeln, seine Mutter erst zu entführen, um anschließend als ihr Befreier aufzutreten. Und was würde die alte Dame aussagen? Die Wahrheit? Wusste sie überhaupt, was nach ihrer Verletzung vorgefallen war?

Mechanisch nahm sie einen weiteren Schluck, da begegnete sie einem Blick aus der britischen Ecke. Es war die Gattin des Botschafters, die sie mit einem heimlichen Nicken beglückte, verstohlen über die Teetasse hinweg.

Martha zog sich verunsichert die Jacke zurecht. Ihr einziger Tribut an die deutsche Sache war eine winzige Reichskriegsflagge aus Emaille, eine Brosche, die man ihr unlängst aufgedrängt hatte und die sie nun notgedrungen trug. Ohne Adolfs Drängen hätte sie es vergessen, doch als sie sich vorhin kurz in ihre Wohnung schlich, da hatte er sie erst erleichtert in die Arme geschlossen und ihr dann nachdrücklich ins Gewissen geredet. Es hätte keinen Sinn, gegen alles und jedes anzukämpfen. Nun ja, aber sonderlich wohl fühlte sie sich dennoch nicht.

Ihre Gedanken kehrten zurück zu Said und seinen Motiven. Der Mann tat nichts ohne Kalkül, da war sie sich sicher. Was aber wollte sie selbst in ihm sehen? Adolf sprach von einer suggestiven Aura, von der Martha trotz aller Vorbehalte fasziniert wäre. Selbst wenn sie sich vergegenwärtigte, wie er Benazir an den Haaren aus dem Zimmer gezerrt hatte, tat das seiner Anziehungskraft auf sie irritierender Weise auch keinen Abbruch.

Benazir! Was sollte aus Marthas Beziehung zu Saids Stiefschwester werden? Ihr Schützling vermittelte ihr ein wundervolles Gefühl körperlicher Nähe, das sie seit dem Verschwinden ihrer Mutter so bitterlich entbehrt hatte. Vor allem die Erinnerung an ihren gestrigen Kuss war so überwältigend, dass sie regelrecht zusammenfuhr, als ein würdig aussehender Afghane in prachtvoller Uniform mit dumpfem Schlag einen mächtigen Stab auf den Boden setzte und alle Gespräche verstummen ließ.

Eine reich gekleidete Afghanin trat in die Mitte und nickte gemessen in die Runde, ehe sie mit freundlichem Lächeln zu einer englischen Ansprache ansetzte. „It is really a pleasure to see so many members of our diplomatic circle in my husband's house, especially at a time so full of desaster. I take the liberty to greet especially the wifes of the British and the German ambassador here on neutral ground."

Gedämpfter Applaus und verlegene Blicke aus der deutschen wie der britischen Ecke. Frau Professor Seelig klatschte zwar pflichtschuldigst, doch ungeachtet ihres mühsamen Lächelns war ihr Flüstern ziemlich eindeutig. „Hört, hört, jetzt sprechen sie hier schon Englisch!"

Martha beugte sich zu ihr hinüber. „Soll ich übersetzen?", raunte sie zurück. Frau Professor schnaubte ungehalten und würdigte sie keines Blickes.

Die Gastgeberin setzte sich unterdessen zu der Frau des britischen Geschäftsträgers, nachdem sie vorhin bereits bei der Gattin des deutschen Botschafters Platz genommen hatte. Diplomatie, wohin man auch blickte. Martha hatte keine Ahnung von Diplomatie. Alles was sie politisch interessierte war die britische Gesandtschaft, die heute ein weiteres Mal im Außenministerium vorstellig werden sollte.

Jetzt streifte sie wieder ein herablassender Blick aus deutschen Augen. „Wie kommen Sie eigentlich zu dieser Einladung?", mäkelte Frau Professor. „Und noch dazu in dieser Kleidung." Unverkennbar, dass sie eigentlich Aufmachung oder Maskerade sagen wollte.

„Eine Einladung von Said ed-Din", murmelte Martha und war sich nicht sicher, ob es klug war, dies preiszugeben. Tatsächlich erntete sie umgehend einen misstrauischen Blick. „Das ist ein höchst zweifelhafter Kontakt, meine Liebe. Der Sardhar steht dem Deutschen Reich höchst skeptisch gegenüber, obwohl er hier in Kabul die Deutsche Schule besuchte. Ich beobachtete ihn vorhin im Garten. Vielleicht sollten sie ebenfalls das Weite suchen?"

Said hielt sich im Garten auf? Mit einer gemurmelten Entschuldigung trat sie hinaus in einen verlassenen Park. Sie fühlte die misstrauischen Blicke im Rücken und war froh, einige Büsche zwischen sich und das Teehaus zu bringen. Langsam schlenderte sie weiter, bis sie plötzlich eine englische Frauenstimme von einer Hecke aus erreichte.

„Ist es nicht entsetzlich, dass wir uns nicht offen unterhalten können?" Die Frau des britischen Botschafters, die sie allerdings hinter dem Gezweig kaum erkennen konnte.

„Menschen sind die Spiegelbilder ihrer Völker", antwortete Martha auf Englisch.

Die Engländerin antwortete nicht gleich und schien sich umzusehen, als wollte sie sicherstellen, dass keine unwillkommenen Zeugen existierten. Wahrscheinlich hatte sie ähnliche Probleme mit ihren Landsleuten wie Martha mit ihren aus der deutschen Kolonie.

Schließlich fuhr die Britin fort. „Meine Familie besitzt einigen Einfluss in Indien. Ich werde sehen, was ich tun kann, für Sie und für Ihren Bruder."

„Danke", murmelte Martha überrascht, wahrscheinlich war es mit das Netteste, was eine Deutsche hier in den letzten Jahren von englischer Seite vernommen hatte.

„Einer meiner Vorfahren war Diplomat aus Leidenschaft. Er betonte stets, dass Krieg als ultimatives Scheitern der Politik zu werten sei."

„Dann sind alle Nationen diesmal aber enorm gründlich gescheitert."

„Zweifellos, aber wir dürfen nie vergessen, dass wir vor allem Menschen sind."

Martha konnte ein bitteres Lachen nicht unterdrücken. „Ich glaube nicht, dass ich in meinem Leben einen Briten auch nur schief angesehen habe und jetzt werde ich von Großbritannien bedroht."

„I am so sorry. Ich wollte, ich könnte..."

„Trotzdem danke ich Ihnen von Herzen." Martha war sich selbst nicht sicher, ob sie das tatsächlich so meinte, schließlich hatte sie immer noch die Stimme des britischen Botschafters im Ohr, der sie der Spionage bezichtigt hatte.

„Lassen Sie uns hoffen, dass dieses Grauen bald ein Ende findet."

Martha hob die Schultern „Ich weiß eigentlich gar nicht, was ich mir wünschen soll. Sollen die Nazis als Sieger wie eine Horde Barbaren durch Europa toben? Oder sollte ich hoffen, dass meine Heimat einen Weltkrieg verliert und dann in Trümmern liegt? Ehrlich gesagt, das Einzige, was ich mir wünsche, ist eine Zukunft."

Von der anderen Seite kam keine Antwort, und Martha bereute bereits ihre Offenheit. „Entschuldigung", murmelte sie. „Ich wollte Sie nicht beleidigen."

„Never mind. Wenn der Krieg vorbei ist, besuchen Sie uns?"

„In England?" Martha war ziemlich sprachlos.

„You are welcome any time." Die Worte waren gerade noch zu verstehen, dann entfernten sich leichte Schritte. Hatte man ihre Unterhaltung entdeckt? Zu erkennen war zwar niemand, doch erreichte sie jetzt das Schnauben eines Pferdes.

Suchend sah sie sich um, Pferde liefen hier sicherlich nicht frei durch den Park. Nach wenigen Schritten stand sie vor einem prachtvoll aufgezäumten Schimmel, der neben einem Bentley angebunden war. Das wunderbare Tier musterte sie halb misstrauisch, halb neugierig und streckte ihr prüfend die geblähten Nüstern entgegen. Als sie näher trat, schnupperte der Hengst fasziniert an ihrer Jacke – Benazirs Parfüm. Martha tätschelte gerade den feinen Kopf, als Saids Stimme hinter ihr ertönte. „Wo ist meine Schwester?"

Martha fuhr herum. Er stand kaum zwei Meter entfernt, das Gesicht dunkel vor Zorn und eine Reitpeitsche in der Linken. Auch wenn sie ihn irgendwie erwartet hatte, so schockierte sie doch sein ganzer Auftritt, als er grimmig näher trat. „Und wo ist meine Mutter? Die haben Sie doch auch?"

Jedes Wort bestätigte ihre schlimmsten Befürchtungen, und er ließ ihr gar keine Zeit zu irgendwelchen Erklärungen. „Ich werde Sie und Ihre verruchten Landsleute an Großbritannien überantworten. Dann können Sie in einem britischen Lager so lange Krieg führen wie Sie wollen. Aber uns Afghanen lassen Sie aus dem Spiel, dafür sorge ich, und wenn es das

Letzte ist, was ich tue. Aber vorher will ich wissen, wo Sie meine Familie versteckt haben!“ Mit dem letzten Schritt war er heran und packte sie mit rohem Griff.

Als sie nicht reagierte, hob er tatsächlich seine Peitsche. Er schien völlig außer sich. Martha war wie gelähmt. Auch ihr Gegner zögerte buchstäblich im letzten Augenblick, als plötzlich eine kleine Wagenkolonne in ihr Blickfeld rollte und in Richtung Ministerium fuhr. Fünf noble Personenwagen mit militärischer Bedeckung. Auf allen Kotflügeln prangten Stander des British Empire. Martha war sich sogar absolut sicher, für einen Moment in Davids Augen zu blicken, dann war die Delegation auch schon vorüber.

Said sah hinter den Wagen her, eine winzige Unachtsamkeit, die Martha vollauf genügte, um sich blitzschnell loszureißen. Ehe er erneut zugreifen konnte, sprang sie schon zurück. Said riss erneut die Peitsche nach oben und Martha war so außer sich, dass sie zur Waffe griff. Erst als ihre Hand in die Tasche fuhr, fiel ihr siedendheiß ein, dass sie die Pistole bei Benazir gelassen hatte. Jetzt war sie diesem Menschen schutzlos ausgeliefert.

Der Afghane deutete ihre Geste allerdings gänzlich anders, und das war ihr Glück. Said verharrte wie angewurzelt und starrte auf ihre Tasche. Offenbar hatte er keinen Zweifel, dass sie im Ernstfall schießen würde. Seine Augen flackerten unstet, als käme ihm erst jetzt sein Verhalten wirklich zu Bewusstsein. Er sah ihr in die Augen und dann in merklicher Betroffenheit auf seine Peitsche.

Marthas Kehle war wie zugeschnürt, als der Schimmel hinter ihr schnaubte. Da warf sie sich herum, griff nach dem Sattel und schwang sich mit geschmeidigem Sprung hinauf, so wie sie es bei Ibrahim gelernt hatte. Ehe Said sich von seiner Überraschung erholt hatte, trieb ihm Martha den eigenen Hengst mit gellendem Schrei entgegen, und das Tier folgte ihrem Kommando. Said warf sich gerade noch zur Seite.

Im nächsten Augenblick galoppierte sie auch schon das Gatter entlang. Als sie kurz zurückblickte, da stand Said immer noch reglos neben dem Bentley und starrte hinter ihr her. Die Wagen der Briten mit der Gesandtschaft hielten vor dem Außenministerium und verhinderten sozusagen jede Verfolgung.

Said hatte jetzt andere Verpflichtungen zu erfüllen.

Doch nicht lange, und man würde hinter ihr her sein. Wenn sie jetzt noch etwas retten konnte, nur mit Fatima Shasadeh.

Sekunden später entzog sie die erste Straßenkrümmung seinen Blicken. Für afghanische Verhältnisse war eine Frau auf einem kostbar geschirrten Schimmel sicherlich ein Blickfang, auch wenn Martha auf eine solche Sensation jetzt gerne verzichtet hätte.

Der Säbel

Kabul, 9. Oktober 1941
13:00 Uhr

Vor Saids Palais sprang Martha vom Pferd und warf einem verblüfften Wachsoldaten die Zügel zu. Ehe der Mann noch eine Frage herausbrachte, stürmte sie an ihm vorüber und hinein in den Haremstrakt. Jetzt gab es ohnehin nichts mehr zu verbergen. Der Mann wusste offensichtlich nicht, was er unternehmen sollte, zumal ihm Saids Schimmel sicherlich bestens bekannt war.

Fatima Shasadeh hatte mittlerweile die Augen offen, doch war sie wohl gerade erst erwacht, zumindest ließ ihr Blick jegliche Schärfe vermissen. Benazir fuhr von einem Polster auf, die Pistole neben sich. Ob das Mädchen ihrer Peinigerin die ganze Zeit die Waffe unter die Nase gehalten hatte? Hoffentlich nicht.

Martha nickte ihr zu und griff sich Benazirs Burka. „Hilf mir."

Dann zog sie die immer noch desorientierte Fatima vom Boden hoch. „Ihr Sohn erwartet Sie im Ministerium, Fatima Shasadeh." Die Erwähnung ihres Sohnes beruhigte sie offensichtlich. „Nach unten, schnell. Wir haben nicht viel Zeit."

Benazir stützte ihre Stiefmutter unter der anderen Achsel, sie mussten sie beinahe tragen. Sie hatten schon einige Räume hinter sich, als Martha einfiel, dass sie die Pistole zurückgelassen hatten. Einerlei, vielleicht war es sogar besser so. Augenblicke später schleppten sie die alte Dame die Treppe hinunter und hinaus zu dem Soldaten, der glücklicherweise immer noch den Hengst am Zügel hielt. Das Pferd schnaubte unruhig, als sie sich näherten.

Die Hilfe des Soldaten wäre dringend erforderlich gewesen, doch kam dieser gar nicht auf den Gedanken, eine Frau zu berühren. Saids Mutter hatte alle Mühe, sich mit Marthas Unterstützung vor dem Sattel auf dem Widerrist des Pferdes zu halten, und Martha hätte geschworen, dass Pferde und Reiten absolut nicht Fatimas Sache waren. Immerhin gehorchte der Hengst, als er Martha im Sattel spürte, er war erstklassig ausgebildet.

„Geh wieder hoch!", rief sie Benazir zu und galoppierte dem Ministerium entgegen. Niemand hielt sie auf, auch wenn so mancher stehen blieb, um ihr nachzustarren. Wahrscheinlich würde sie morgen Stadtgespräch sein und eine Quelle für alle möglichen und unmöglichen Gerüchte.

Als sie ihr Pferd vor dem Ministerium zügelte, war ihre unfreiwillige Begleiterin viel schneller unten als oben. Martha ließ ihr keine Chance, sich zu orientieren, ging an den Wagen der britischen Gesandtschaft vorbei eine Treppe empor. Der Ritt hatte die alte Dame zwar aufgeweckt, doch war sie immer noch so geschwächt, dass sie kaum die Stufen bewältigte. Immerhin ließ man sie anstandslos passieren, als sie Saids Namen nannte. Offenbar kannte hier jeder das Drama mit seiner Mutter.

Said selbst stand oben an der Treppe im Kreis einiger Afghanen, während sich die Briten einige Schritte entfernt berieten. Auch David und der Botschafter standen dabei. Beide Parteien starrten den Frauen einigermaßen konsterniert entgegen. Said stürzte ihnen sogleich entgegen, während die Briten überraschte Blicke wechselten.

„Helfen Sie mir!", keuchte Martha, die Fatima kaum mehr halten konnte. Als Said sie erreichte, glitt seine Mutter endgültig zu Boden, und Martha hielt nur noch die Burka in den Händen. Die alte Dame lag apathisch auf den Stufen und schloss erleichtert die Augen, als sie ihren Sohn erkannte.

Said zögerte. Was sollte er hier in aller Öffentlichkeit unternehmen? „Was haben Sie mit ihr gemacht?", fuhr er Martha an.

„Ich entführe keine Frauen", zischte sie zurück. „Und ich erwarte, dass Sie das wissen!"

Sie erntete einen düster überraschten Blick; dann riss er ihr die Burka aus den Fingern, um seine Mutter zu bedecken. Anschließend trug er sie wie ein Kind in einen Nebenraum, jedoch nicht ohne einen mahnenden Ruf an seine Leute. „Ihr haftet dafür, dass sich hier niemand entfernt."

Ehe er durch die Türe verschwand, erkannte Martha noch, dass er unterdrückt aber hektisch auf seine Mutter einredete. Martha konnte jetzt ohnehin nichts mehr ändern. Plötzlich begriff sie, dass sie selbst auf den Stufen saß und sich den Schweiß von der Stirn wischte. Soldaten standen neugierig umher, hielten aber Abstand. Mit einem Mal war sie erleichtert, ihre Pistole zurückgelassen zu haben. Jetzt konnte man ihr zumindest nicht vorwerfen, hier bewaffnet hereinzuplatzen.

Auch Minuten später waren Marthas Arme immer noch taub, dabei war die alte Frau im Grunde nur noch Haut und Knochen. Adolf hätte sie wahrscheinlich mit einem Arm hochgehoben. Sie hing noch dieser Frage nach, als ein Mann an ihr vorüberging. Für einen Moment verdunkelte er das Fenster und Martha hörte eine vertraute englische Männerstimme: „Idiot!" Als sie aufblickte, erkannte sie, dass sich David schon wieder entfernte. Hatte sie ihn richtig verstanden? Was meinte er mit Idiot? Dass sie Fatima Shasadeh zurückgebracht hatte oder dass sie so wenig Kapital daraus geschlagen hatte?

Weiter oben trat die britische Delegation mittlerweile in einen Empfangssaal, und die Afghanen folgten feierlich auf dem Fuß. Die Stunde der Wahrheit.

Als sie aufstand, wichen die Soldaten zwar einige Schritte zurück, doch war an Fliehen nicht zu denken. Wollte sie auch gar nicht, und so stieg sie langsam nach oben.

„Aller Schicksal liegt in Allahs Hand", erreichte sie die gemurmelte Bemerkung eines Soldaten. Offenbar sahen auch die Afghanen der Verhandlung mit Beklemmung entgegen. Kein Wunder, für sie ging es wahrscheinlich um Krieg oder Frieden! Zum Haupteingang des Saales ließ man sie nicht, aber in einiger Entfernung stand eine kleine Pforte einen Spalt weit offen, nicht etwa wegen ihr, oh nein, die Wachen gönnten sich selbst einen Blick auf das historische Drama.

Mittlerweile hatte der afghanische König Platz genommen, und die Briten umringten den Monarchen in weitem Kreis. Auch Said stand in seiner Nähe, aber aus Marthas Blickwinkel war nicht allzu viel vom Saal zu sehen.

Jetzt trat einer der Briten nach vorne, um seine Botschaft vorzutragen, doch handelte es sich wohl eher um eine Forderung. Er artikulierte scharf und entschlossen, ein Mann der unzweideutig demonstrierte, eine Weltmacht zu vertreten. Anfangs bekam Martha kaum etwas mit, und als das Rauschen in ihren Ohren endlich abebbte, da war die Ansprache schon beinahe zu Ende.

„Das British Empire besteht somit weiterhin darauf, dass uns alle Deutschen in Afghanistan unverzüglich überstellt werden."

Ein afghanischer Dolmetscher wiederholte den letzten Satz mit deutlich respektvollerer Stimme.

Außer ihm sprach keiner der Afghanen oder rührte sich auch nur, dann erhob sich der König. Martha vermochte seine Miene nicht zu erkennen, aber er nickte unmerklich zu Said hinüber und verließ würdevoll den Raum. Wieder versank die Runde in bedrohlichem Schweigen.

„Die Deutschen sind unsere Gäste." Wer traf diese Feststellung? Martha konnte es nicht erkennen.

„Ihnen ist klar, Exzellenz", antwortete eine präzise englische Stimme, „dass ein mittelalterliches Festhalten an Prinzipien einer falsch verstandenen Gastfreundschaft für Afghanistan verhängnisvolle Konsequenzen haben könnte?"

Für einige Sekunde herrschte ungute Stille, dann hörte sie Saids fließendes Englisch. „Sie mögen das in Großbritannien Mittelalter nennen, wir Afghanen sprechen bei Gastfreundschaft von nationaler Ehre und den Gesetzen des Islam."

„Und Sie glauben tatsächlich, Exzellenz, dass diese Haltung zukunftsfähig ist?"

Said wandte sich ab und entfernte sich einige Schritte, doch dann drehte er sich scharf und trat wieder zurück in den Kreis der Briten.

Martha sickerte schon wieder Schweiß in die Augen, sie wischte ihn hastig weg, als Said auch schon fortfuhr. „Sie muten uns also zu, die Gesetze des Islam zu verraten und Afghanistans Freunde in einem Atemzug gleich mit? Ist das die Moral des British Empire?“

Der Brite verbeugte sich knapp. „Vielleicht ist das British Empire im Augenblick der beste Freund Ihrer Heimat.“

„Oh ja? Verzeihen Sie, dass uns das in unserer mittelalterlichen Art entgangen ist.“

Die Briten tauschten verärgerte Blicke, dann fragte ihr Botschafter laut und provozierend. „Sie riskieren also einen Krieg mit dem British Empire, um einige deutsche Lehrer zu beschützen?“

Said legte seine Hand an seinen Säbel. „Ihre Truppen erschienen bereits mehrfach am Hindukusch, doch konnte vor Jahrzehnten kaum ein Soldat aus Kabul entrinnen.“

„Heißt das, Sie ziehen einen Krieg vor, Exzellenz? Ich darf anmerken, dass das vor einigen Tagen noch ganz anders klang.“

„Mein Standpunkt hat sich nicht geändert, wohl jedoch meine Perspektive.“

„Ihre Perspektive? Darf ich fragen, worauf Sie anspielen?“

„In der Loya Dscherga wurde der Aspekt der Gastfreundschaft in den Vordergrund gerückt, und nun hat gar ein Mitglied der deutschen Kolonie mein Leben gerettet und das meiner Familie.“ Martha glaubte einen Moment, sich verhört zu haben.

„Das bedeutet, Sie wollen Ihr Volk in den Krieg führen, um eine persönliche Dankesschuld zu begleichen?“

Said winkte ärgerlich. „Wie gesagt, meine Ansichten haben sich nicht geändert, aber die Loya Dscherga hat sich eindeutig artikuliert. Die deutschen Freunde müssen beschützt werden, unter allen Umständen. So lautet das Gesetz am Hindukusch. Andererseits benötigt Afghanistan Frieden, aber würdig ist nur ein Friede, der uns das Höchste erhält, was wir besitzen.“

„Und was wäre das?“ Die Stimme des Botschafters hatte sich etwas gemäßigt.

„Ehre und Freundschaft.“

Die Briten tauschten verärgerte Blicke, doch Said überging das einfach. „Ich begreife Ihre Position, und es besteht in der Tat kein Zweifel, dass Ihre Bedenken hinsichtlich deutscher Aktivitäten berechtigt sind. Ich verstehe also, dass Sie glauben, dieser Gefahr entgegentreten zu müssen. Also biete ich Ihnen einen Kompromiss.“

Der Botschafter sah sich um im Kreis seiner Delegation. „In welcher Form, Exzellenz?“

„Alle Mitglieder der deutschen Kolonie, also alle deutschen Staatsbürger werden Afghanistan verlassen. Ausgenommen sind allein Personen, die politisches Asyl beantragen. Sie garantieren mir im Namen der britischen Regierung, dass den Deutschen gestattet wird, Britisch Indien und andere Mandatsgebiete unbehelligt zu durchqueren. Sie geleiten die Deutschen auf ein neutrales Schiff und sie reisen aus in ein neutrales Land ihrer Wahl."

Für einige Sekunden herrschte verblüffendes Schweigen. Dann verbeugte sich ein britischer Offizier. „Auf diese Weise entsprechen Sie den Forderungen islamischen Gastrechts, vermute ich?"

Said sah an ihm vorbei. „Sagen wir, ich interpretiere es in einer für Afghanistan gerade noch erträglichen Weise."

Martha fragte sich, was die afghanischen Wachen um sie herum wohl von dieser englischen Unterhaltung mitbekamen. Wahrscheinlich so gut wie nichts. Drinnen hatte der Botschafter immer noch Mühe, seine Überraschung zu kompensieren. „Und wenn wir nicht zustimmen, dann werden Sie kämpfen, für einige Deutsche?"

Said musterte ihn unbewegt, und der britische Offizier erkundigte sich mit scharfer Stimme. „Die Kriegstechnik hat sich verändert, Exzellenz. Ist Ihnen klar, was da im Ernstfall auf Sie und Ihr Land zukäme?"

Martha konnte sich vorstellen, wie sehr dieser Tonfall Said verärgern musste. Der Afghane schritt auf und ab, als suche er nach einem Weg, seine Entrüstung im Zaum zu halten. Dann legte er seinen Säbel mitsamt der Scheide auf ein niedriges Tischchen und stellte es mitten in die Runde. Das Sonnenlicht fiel durch ein Fenster auf die schimmernde Waffe.

Dann richtete er sich auf. „Ich habe Verhandlungsvollmacht, und ich werde mich jetzt zurückziehen. Ich gebe Ihnen fünfzehn Minuten. Sollte meine Klinge aus der Scheide gezogen sein, sobald ich zurückkehre, haben wir Krieg."

Keiner der Briten verstand sich zu einer Antwort, als Said sich abwandte, um den Saal durch jene Tür zu verlassen, durch die sich vorhin sein König zurückgezogen hatte. Die anderen Afghanen folgten ihm. Sie hatten bisher kein Wort gesagt.

Schweigen senkte sich über die kleine Runde, und Martha spähte wie gebannt in den Saal. Verstehen konnte sie so gut wie nichts, nur einige Satzfetzen drangen durch die kleine Pforte. „...sprach der wirklich von Ehre?" Das war so ziemlich das einzige, was Martha überhaupt mitbekam.

Der Botschafter trat schließlich an den Tisch und zog die Klinge langsam aus der Scheide, probeweise. Martha fühlte, wie ihr das Gewand am Körper klebte. Sie wusste beim besten Willen nicht, was sie vorzog, einen Krieg am Hindukusch oder ein britisches Lager. Der Brite hatte den Säbel bereits halb gezogen, als er die Waffe mit metallischem Schlag zurückstieß in die Scheide. Bedeutete das Frieden? Durften sie tatsächlich ausreisen, unbehelligt? Mitten durch Britisch Indien? Martha konnte es einfach nicht glauben.

Die Brosche

Kabul, 9. Oktober 1941
15:00 Uhr

Als Martha einige Zeit später aus der Tür in den Hof trat, bedeutete man ihr zu warten, und so trat sie schließlich in den Garten des Teehauses, nicht zuletzt, um zudringlichen Blicken zu entrinnen. Die Party war beendet, das Teehaus leer und bewacht. Als sie zum Ministerium zurückkehrte, stand Said bei dem Gatter neben seinem Schimmel.

Ihr Puls beschleunigte sich, war es doch dieselbe Stelle, an der er sie mit der Peitsche bedroht hatte. Aber schließlich fasste sie sich ein Herz und trat langsam durch das Gatter. Sie versuchte sich einen Satz zurechtzulegen und hatte doch keine Vorstellung, wie sie dieser Situation gerecht werden konnte.

Als sie Said erreichte, da machte er zu ihrer Verwirrung einen regelrecht deprimierten Eindruck. Er blickte ihr ernst entgegen und überraschte sie mit einer Frage, die sie hier in Kabul am allerwenigsten erwartet hätte. „Kennen Sie eigentlich das Flaggensignal, das der britische Admiral Nelson vor der Schlacht bei Trafalgar an seine Flotte sandte? Es lautete: *„England erwartet, dass jedermann seine Pflicht tut.“*

Martha räusperte sich. „Nelson fiel in dieser Schlacht, soviel ich weiß.“

Er nickte langsam. „Aber seine Flotte blieb siegreich. Der Einzelne ist nichts, nur die Gemeinschaft zählt. Die Loya Dscherga, der ganze Rat bedauert, dass Afghanistan heute nicht mehr für seine deutschen Gäste tun konnte, dass wir einfach nicht mehr wagen durften im Interesse unserer Heimat.“

„Und die Loya Dscherga hatte vorher tatsächlich beschlossen, was Sie den Briten als Kompromiss offerierten?“

Die unergründlichen Augen schweiften hinüber zu den majestätischen Bergketten. „Dies ist Afghanistan, ein Land vieler Völker, das versucht, als Nation zu handeln, gegen unsere Feinde und für unsere Freunde.“

Martha dachte an den Säbel und an den Botschafter, wie er die Waffe zurückstieß in die Scheide. „Das war unglaublich nobel! Sie ersparen mir und meinen Landsleuten jahrelange Internierung in einem britischen Lager, falls die Briten tatsächlich zugestimmt haben."

Er nickte beinahe unmerklich, und sie sah verlegen zu Boden. „Sie waren ziemlich großartig, wissen Sie das? Ich meine..."

„Sie schulden mir nichts", unterbrach er sie beinahe ungehalten und spielte mit den Zügeln. „Im Gegenteil. Als Sie mir meine Mutter brachten, haben Sie nicht einmal versucht, aus ihrer Befreiung Kapital zu schlagen. Ich war so voller Hass, aber Ihr Verhalten hat mich erinnert an Worte wie Ehre, Gewissen und Gastfreundschaft. Als ich zu den Briten sprach, da blickte ich in europäische Augen, die so gar nichts begriffen. Aber ich begegnete auch so manchem Blick, der sich nach Jahren des Krieges plötzlich erinnerte, dass diese Welt so etwas wie Ehre benötigt, dass die menschliche Gesellschaft auf Freundschaft und nicht auf Hass gründet, so groß unsere Unterschiede auch sein mögen."

Sie suchte vergebens nach Worten, doch schien er ihre Verlegenheit gar nicht wahrzunehmen. „Die Traditionen meiner Welt hätten erfordert, dass wir für unsere deutschen Gäste kämpfen. Die Briten haben uns erpresst, und ich habe nachgegeben."

„Aber..."

„Ich wählte einen Ausweg, den Sie vielleicht diplomatisch nennen, der jedoch aus der Sicht meines Volkes gerade noch gangbar ist, ohne uns völlig zu entehren."

„Also, ich hielt Ihr Verhalten für außerordentlich... heroisch", murmelte sie.

Sein Blick zuckte zu ihr herum und dann wieder zurück zu den Bergen.

„Der Kompromiss mit den Briten war für mich..., wie sagt man bei Ihnen? Der Kompromiss war der kleinste, gerade noch akzeptable Nenner zwischen dem Wohl meines Volkes und den Traditionen des Islam. Ich glaube nicht, dass *heroisch* mein Verhalten angemessen charakterisiert." Sie war heilfroh, dass er nun das Thema wechselte und ihr spontan die Zügel reichte. „Sie reiten gut, wie ein Afghane. Ich bin sicher, meine Mutter war bei Ihnen auf dem Pferd in besten Händen."

„Danke", murmelte sie und nahm die Zügel, ohne recht zu wissen, was von ihr erwartet wurde.

„Als ich Europa bereiste, da lernte ich, dass man in Ihrer Heimat gelegentlich zusammen ausreitet. Wagen wir einen Versuch?"

„Jetzt gleich? Hier? In aller Öffentlichkeit?"

Er verbeugte sich mit einem beinahe mokanten Lächeln. „Also, reiten können wir nur in der Öffentlichkeit. Der Schimmel gehört Ihnen. Er ist ein Geschenk meiner Mutter." Sie war sich sicher, dass jetzt ein ironischer Funke in seinen dunklen Augen glomm.

Hatte er ihr tatsächlich den Hengst geschenkt oder wollte er nur, dass sie aufsaß? Der Mann brachte sie beständig aus der Fassung. Doch als sie die Hand auf den Sattel legte, da deutete er auf ihre kleine Brosche mit der Kriegsflagge des Deutschen Reiches und dem Hakenkreuz. „Könnten Sie das vielleicht ablegen?"

Sie spürte deutlich, wie ihr das Blut in die Stirn stieg. Beschämt zog sie die Nadel ab und legte sie auf einen Pfosten des Gatters – erst mit der Flaggenseite nach oben und dann mit dem Hakenkreuz nach unten.

„Weshalb haben Sie Benazir weggebracht? Ich meine letzte Nacht", erkundigte er sich beiläufig.

Sie zögerte mit der Antwort, entschloss sich aber dann, die Rolle ihres Bruders nicht offenzulegen. „Nun, ich musste sie schützen", murmelte sie.

„Sie trauten mir nicht." Kein Vorwurf, eher eine Feststellung.

„Hätten Sie Vertrauen aufgebracht an meiner Stelle?"

„Wahrscheinlich nicht. Diese Frage haben wir schon einmal erörtert, nicht wahr?" Nachdenklich kraulte er die Mähne des Pferdes, und als er weitersprach, sah er wieder an ihr vorbei. „Sie haben schnell gehandelt. Ich vermute, Sie wollten meine Schwester vor allem vor mir in Sicherheit bringen?" Zum Glück wartete er gar nicht erst auf eine Antwort. „Ich vertraue darauf, dass sie in Sicherheit ist, meine ganze Familie vertraut darauf."

Martha lebte lange genug in diesem Land, um zu begreifen, was diese Aussage bedeutete. „Sie finden Benazir im Harem ihrer Mutter."

Ein Anflug echten Staunens huschte über sein dunkles Gesicht. „Ah, und die Wachen unten vor dem Tor?"

„Einige der Nachtwachen waren an dem Anschlag auf Ihre Mutter beteiligt, ich weiß nicht genau wer." Seine Augen weiteten sich, und sie hatte kaum geendet, da winkte er auch schon einigen Offizieren. Sie flüsterten hastig, dann stürmten die Leute aus dem Hof.

Augenblicke später kehrte er bereits zu ihr zurück. „Der Palast wird sofort bewacht und die alte Wachtruppe verhaftet. Aber sagen Sie, wieso setzten Sie Benazir einer solchen Gefahr aus? Ich meine ausgerechnet in dem Haus, in dem...?" Martha hörte deutlich, dass er alles daran setzte, um jegliche Schärfe in seiner Stimme zu vermeiden, und er unterbrach sich sofort, als Martha die Hand hob.

„Ein Haus, das jeder für verlassen hält, schien mir der beste Schutz."

Seinen Brauen hoben sich. „Und wo haben Sie meine Mutter entdeckt?"

„Man hatte sie in ihrem eigenen Palais versteckt, in dem verschlossenen Trakt."

Zum ersten Mal erlebte sie ihn einigermaßen fassungslos. „Unglaublich! Und ich ließ halb Kabul durchsuchen. Ein wahrhaft genialer Schachzug.“ Er lachte grimmig auf. „Bestechend, dass Sie die Kerle mit ihrer eigenen Strategie überlisteten und nun Ihrerseits Benazir ausgerechnet dort versteckten.“ Er zog seinen Schnurrbart durch die Finger. „Sie sind eine Frau ungewöhnlicher Entschlüsse. Wirklich. Ich räume ein, dass Sie mich verblüffen. Wie ich sah, wurde meine Mutter ziemlich schwer verletzt. Ohne Ihr Eingreifen hätte sie wahrscheinlich nicht überlebt.“

Martha atmete tief durch. „Benazir und ich, wir haben sie zusammen befreit. Leider erlitt Ihre Mutter einen großen Blutverlust, als sie einen Entführer erdrosselte.“

Sein Auge blitzte befriedigt. „Ich hätte nie gedacht, dass dies in ihr stecken könnte.“

„Und wie geht es ihr jetzt?“

„Als ich sie zuletzt sah, da schlief sie fest. Hat sie Ihnen denn gar nichts von der Entführung berichtet?“

„Leider nein. Sie sprach nur von einem leeren Haus.“

Ruckartig hob er den Kopf. „Das Haremshaus mit dem Pool? Meine Mutter nannte es immer das leere Haus. Wieso...?“

Er brach ab, hörte sie doch gar nicht richtig zu. „Was ist, was haben Sie?“

Sie lauschte in sich hinein. Mit einem Mal spürte sie wieder diese Aura einer unsichtbaren Gegenwart – Iskender war hier, und zwar ganz in der Nähe. Unauffällig sondierte sie die Lage. Hier in dem Hof hätte sie ihren Dschinn sofort bemerkt und somit kam nur der Garten des Teehauses in Frage. Wenn sie jetzt durch das Gatter trat...

Ihr Begleiter schien die Situation instinktiv zu erfassen. „Erzählen Sie mehr“, sagte er laut, um dann kaum hörbar hinzuzusetzen. „Spüren Sie wieder einen Verfolger?“

Sie bestätigte mit einem Senken ihrer Augenlider. Ihre Augen wanderten über das Gesträuch. Said hob unmerklich die Schultern, offenbar konnte auch er nichts feststellen. Sie musste unauffällig in den Garten. Jetzt fuhr ein sachter Windstoß über die Hecken, oder hatte jemand das Buschwerk gestreift?

„Wo haben Sie reiten gelernt?“, fragte er beiläufig und folgte ihr in den Garten, den Hengst am Zügel. Während sie ihm von Ibrahim berichtete und seinen Reitstunden für ein kleines Mädchen, schritten sie einen weiten Halbkreis ab, bis sie sich wieder dem Gatter näherten. Sie entdeckten nichts, nicht einmal eine Fährte, dabei waren ihre eigenen Fußspuren recht gut auszumachen. Iskender hatte nicht einmal eine Fährte hinterlassen, so wie stets. Plötzlich kam sie sich reichlich albern vor und murmelte eine betretene Entschuldigung.

„Wie lange fühlen Sie sich bereits verfolgt?"
„Seit meiner Kindheit. Es begann kurz nach meiner Ankunft in Kabul. Damals taufte ich meinen Schatten Iskender." Noch während sie sprach, bereute sie ihre Offenheit, aber nun war alles einmal heraus.
Said hob seine Brauen, „ah, nach Iskender el-Kebir?"
Sie nickte ein wenig verlegen. „Meine Eltern erzählten die Geschichte des Königs und so erfuhr ich schon bald, dass Alexander im Orient Iskender genannt wird. Ich glaube, Iskender war eines der ersten orientalischen Worte, das ich mir einprägte."
„Und es war nicht mal Pashto, sondern Arabisch. Das ist eine wahrhaft unglaubliche Geschichte. Ein orientalischer Geist mit einem westlichen Namen. Ich kenne wirklich niemanden, der einen Dschinn sein eigen nennt. Sie sollten stolz darauf sein."
Martha lachte unsicher.
„Und Sie haben Ihren Iskender nie zu Gesicht bekommen?"
„Leider nein. Anfangs machten sich meine Eltern beträchtliche Sorgen, doch glaubten sie bald, es handele sich nur um eine Kinderphantasie, bis Iskender vor einigen Jahren spurlos verschwand."
„Aber jetzt hat sich Ihre Phantasie aufs Neue gemeldet?"
„ Vor wenigen Tagen." Sie drehten sich um, als hinter ihnen Hufschlag aufklang. Ein Stallbursche brachte einen Rappen, und Said saß geschmeidig auf.
Martha lachte zu ihm hinauf. „Wussten Sie eigentlich, dass Alexanders legendäres Pferd Bukephalos angeblich ein Rappe war?"
„Tatsächlich? Und was bedeutet dieser Name?"
„Stierkopf. Man weiß allerdings nicht genau, worauf der Name anspielt."
„Vielleicht auf die Kopfform des Pferdes?"
„Oder auf ein Abzeichen im Fell."
Said tätschelte seinem Rappen den glänzenden Hals. „Nun, wie auch immer, den Vergleich mit Iskender nehme ich an."
„Obwohl er Europäer war?", erkundigte sich Martha und erinnerte sich unwillkürlich an seine Abneigung gegen den antiken Eroberer, von der ihr Benazir berichtet hatte.
Said winkte nachlässig mit der Hand. „Nun, Iskender erscheint sogar im Koran."
„Dhu'l Karnain, in der 18. Sure."
Er reagierte nicht einmal überrascht. „Wie ist es nun mit unserem Ausritt?"
„Werden Sie denn nicht im Ministerium erwartet."
„Sagen wir, ich bin abkömmlich."

Martha schwang sich auf den Schimmel und saß in ihren Hosen wie ein Mann im Sattel. Für ihren Begleiter war das sicherlich ein ungewöhnlicher Anblick, doch enthielt er sich jedes Kommentars. Die Pferde gingen im Schritt aus dem Garten und schließlich hinaus in die Straßen der Hauptstadt, während sie ihm weitere Details von Iskender berichtete.

„Also mit dem afghanischen Geheimdienst hat das nichts zu tun", beruhigte er sie. „Außerdem, einen richtigen Geheimdienst wie Hitlers Gestapo oder den KGB, das kennen wir hier gar nicht."

Sie bogen um eine Ecke und erreichten den Brunnen, an den sie so viele Erinnerungen knüpfte. Martha zog unwillkürlich die Zügel an. Said spähte sofort wachsam in die Runde der Passanten, die die Reiter neugierig musterten.

Der Platz, der Brunnen, der Staub auf der Straße, alles schien beinahe so wie damals. Sogar der Geruch, die Stimmen und die Sonne. Nur ihre Begleitung hatte sich verändert. Sie fühlte seinen fragenden Blick und erzählte ihm kurz von ihrer damaligen Begegnung, während sie den Schimmel vorwärts drängte. Der Brunnen blieb hinter ihnen zurück, und bald verließen sie die belebten Straßen. Iskender war offenbar ein schier unerschöpfliches Thema, so dass ihr völlig entging, wohin sie eigentlich ritten.

„Wir hatten keinen guten Start", lächelte ihr Begleiter unvermittelt. „Beginnen wir noch einmal von vorne?"

Martha parierte den Hengst. „Und womit?"

„Nun, lieben Sie Mozart?"

Sie dachte an die Nacht im Park, als sie von Said und dem Sturmbannführer gejagt wurde, und zögerte instinktiv, diese Nacht zu erwähnen. „Ich war ein Kind, als ich Deutschland verließ, und Mozarts Musik sagt mir wenig."

Jetzt bogen sie in die Ruinengasse, in der erst vor wenigen Nächten Rahman sein Ende fand. Martha konnte ihre Bestürzung kaum verbergen und hatte plötzlich das schier übermächtige Bedürfnis, ihren Hengst herumzureißen. Dort irgendwo zur Linken war sie durch die Nacht geflüchtet, den Sturmbannführer auf den Fersen. War es tatsächlich Zufall, dass Said sie ausgerechnet hierher führte? Marthas Misstrauen verstärkte sich beinahe mit jedem Schritt ihrer Pferde.

„Diese Ruinen werden abgerissen", erklärte er beiläufig. „Meine Mutter will den Park erweitern. Ich weiß nicht, ob mich das sonderlich begeistert." Zum ersten Mal schwang so etwas wie Kritik in seiner metallischen Stimme. Oder irrte sie in ihrer Aufregung?

Jetzt erreichten sie eine Seitenpforte in der Mauer und einen Wachposten. Er salutierte und öffnete das Tor. Als sie beide die Pforte hinter sich hatten, sagte Said ganz unvermittelt: „Ich danke Ihnen."

„Wofür?“ fragte Martha mit schwankender Stimme.

„Für Ihr Vertrauen. Ich weiß das zu schätzen, und ich bin mir bewusst, dass dort unten dieser Händler ermordet wurde.“

Martha brauchte einige Sekunden, um ihre Sprache wieder zu finden. „Sie..., Sie waren damals hier?“ Sie formulierte es als Frage, doch in Wahrheit war es beinahe eine Anklage.

„Ich traf den Sturmbannführer, hatte aber keine Ahnung, dass er gerade einen Mord verübt hatte. Habib Shah hatte das Treffen vermittelt, hier im Park, aber das wissen Sie ja längst.“

„Und was wollte der SS-Mann von Ihnen?“

„Nun, er erhoffte politische Konzessionen. Außerdem erkundigte er sich nach dem Schatz meines Großvaters.“

„Woher wusste er davon?“

„Das fragte ich mich auch. Um ehrlich zu sein, es war einer der Gründe, die mich bewogen, dem Treffen zuzustimmen. Der Mann besaß detaillierte Informationen, war aber nicht gewillt, das Geringste preiszugeben.“

„Und dann entdeckten Sie mich und jagten mich aus dem Garten.“ Sie wollte Benazir auf keinen Fall erwähnen.

„Ich interpretierte damals die Situation gänzlich anders. Ich fürchtete, man wolle mich durch den Kontakt zu einem Naziagenten kompromittieren. Ein wahres Glück, dass Sie uns entwischten. Sie waren plötzlich wie vom Erdboden verschluckt.“

Martha ignorierte die unterschwellige Frage. „Und weshalb sucht er nach dem Schatz?“

Said spitzte die Lippen. „Ich schätze, er benötigt Geld. Was für mich jedoch bis heute ein Rätsel bleibt, ist die Quelle seiner Kenntnisse. Ich hätte geschworen, dass es überhaupt nur zwei Personen gibt, die so genau über die Entdeckung meines Großvaters Bescheid wissen – meine Mutter und ich selbst, und meine Mutter schwor mir beim Namen meines toten Vaters, dass sie von dem Sturmbannführer nie kontaktiert wurde.“

Einen Augenblick erwog Martha, ihm von dem Tagebuch zu berichten, hielt sich aber doch zurück. Die alte Hexe hing irgendwie in dieser Sache drin, und das machte es nicht gerade einfacher.

Said zog sich seinen Schnurrbart durch die Finger. „Dem Sturmbannführer ist unser Kompromiss mit den Briten sicherlich höchst unwillkommen. Ich habe deshalb meine Leibwache ohne mich vom Ministerium zum Palast geschickt. Natürlich mit einem Soldaten, der meinen Mantel trägt.“

„Für den Mann könnte sich dies als Himmelfahrtskommando erweisen.“

Said zog die Zügel an und sah ihr fest in die Augen. „Das war ihm sehr wohl bewusst, aber er ist ein Soldat und ein Freund meines Hauses.“

Irgendwie hatte sie gehofft, dass der ganze Albtraum jetzt vorüber sei, doch war das nichts als eine Illusion. „Und wie lange wird das alles dauern? Ich meine, wann müssen wir Afghanistan verlassen?"

„Wir diskutierten vorhin den 30. und 31. Oktober. Ihre Landsleute würden Afghanistan via Kaiberpass verlassen. Die Briten müssen sich allerdings erst abstimmen. Auch muss die britische Vertragstreue in irgendeiner Form kontrolliert werden. Machen wir uns nichts vor, stünde Großbritannien nicht mit dem Rücken an der Wand, dann hätte man überhaupt nicht verhandelt. Afghanistan liegt an der Schnittstelle zwischen der Sowjetunion und dem British Empire, also zwischen Ost und West. Wir sind ein Grenzstaat und können nur versuchen, so lange wie möglich neutral zu bleiben. Kapituliert Russland, wird uns das nicht auf Dauer gelingen. Andernfalls sind es vielleicht gerade die Russen, die uns hier am Hindukusch bedrohen. Sie fürchten sich vor der Ausreise?"

„Ich dachte eher an das Schicksal meiner Eltern. Sie verschwanden vor Jahren spurlos. Es gibt also noch einige Dinge, die ich nachprüfen möchte, ehe ich Afghanistan verlassen muss."

Er nickte ernst. „Sie könnten auch politisches Asyl beantragen, das ist Ihnen doch bewusst? Es würde mit Sicherheit genehmigt."

Sie starrte ihn an. Auf diese Idee war sie noch gar nicht gekommen. Und falls sie das Angebot akzeptierte, galt das dann auch für ihren Bruder?

Die Truhe

Kabul, 9. Oktober 1941
16:00 Uhr

Ehe sie nachfragen konnte, öffnete sich hinter dem Buschwerk der Blick auf den Pavillon. Said saß ab und griff nach dem Zügel ihres Schimmels. „Lust auf Mozart?" Er half ihr herunter und führte sie zu dem Pavillon. Ein Diener eilte herbei, um sich um die Pferde zu kümmern.

Als sie den Pavillon betraten, hielt Martha inne. „Verzeihen Sie, aber wir müssen uns erst um Benazir kümmern."

Erst willigte er ein, doch dann schüttelte er den Kopf, als habe er spontan seinen Entschluss geändert. „Sie sollte mich jetzt nicht sehen. Es würde sie vielleicht ängstigen. Gehen Sie alleine? Osman wird Sie hinbringen."

Er winkte dem Diener, der Martha zu dem Palais begleitete. Um das Gebäude standen mittlerweile zahlreiche Wachen, auch wenn es innen immer noch menschenleer war. Martha fand die Freundin schlafend. Als Martha sich neben sie setzte, schrak das Mädchen hoch und schlang ihr beide Arme um den Hals. Ein schwerer Duft hüllte sie ein, das Parfüm, das sie zusammen gekauft hatten. Benazir hatte sich regelrecht eingenebelt. „Alles ist gut", beruhigte Martha. „Du bist in Sicherheit."

„Wo ist Fatima?", flüsterte sie bang, offenbar alles andere als überzeugt.

„Said ließ sie wegschaffen. Ich weiß nicht, wohin." Benazir entspannte sich zusehends und sank schläfrig zurück. Martha wollte noch nach der Wunde sehen, doch erkannte sie erleichtert, dass sie frisch verbunden war.

„Ein Arzt", bestätigte Benazir unaufgefordert. „Said hat ihn geschickt." Sie lachte entspannt. „Ich musste mich verschleiern, damit er mein Gesicht nicht erkennen konnte – so wie bei dem Parfümhändler."

Sie kicherte erneut, aber Martha drückte sie fürsorglich zurück. „Ruhe dich aus, ich komme später wieder."

„Die ganze Zeit spukt mir etwas durch den Kopf, aber es entschlüpft mir dauernd. Aber mir fällt nur auf, dass die Truhe fehlt."

„Welche Truhe? Du meinst doch nicht etwa...?"

„Doch, doch. Die Truhe, in der Fatima das Tagebuch und die Statuette aufbewahrte."

Sie eilten in Fatimas Gemächer, und Martha begriff nun zum ersten Mal, dass sie vorhin die falschen Möbelstücke untersucht hatte. Offenbar war die Truhe von den Eindringlingen entfernt worden. „Und wie sah sie aus?", drängte Martha.

„Aus massivem Holz, sehr schwer mit großen Schlössern aus Eisen. Sie stand dort drüben." In der Tat zeichnete sich an der Wand eine hellere Fläche ab, die offenbar bis vor kurzem von einem Möbelstück geschützt worden war. Etwa zwei Meter lang und wenigstens einen Meter hoch, also von recht beträchtlicher Dimension.

Die anderen Truhen und Möbel waren ebenfalls durchsucht worden, doch diese eine hatte man abtransportiert. Das ergab einfach keinen Sinn. Benazir redet weiter und weiter, doch Martha war in Gedanken schon ganz woanders. Irgendetwas stimmte hier nicht.

„...sie war voller Kacheln und Steine. Sogar eine alte Inschrift...."

„Eine Inschrift?", unterbrach sie Benazirs Redefluss.

„Aber ja, eine fremde Schrift, in Stein gehauen." Sie hatte Mühe, die Inschrift zu beschreiben. Ihre Hände formten allerlei Zeichen, die Martha partout nicht deuten konnte.

„Also nicht arabisch?", unterbrach sie Benazirs fruchtlose Versuche.

„Die Buchstaben waren eckig, und der Block war so dick." Sie zeigte es mit den Fingern. „Beinahe zehn Zentimeter."

Weshalb sollte Fatima eine Steinplatte in einer Truhe verstecken? „Sammelt Fatima antike Gegenstände?“ Benazir wehrte entschieden ab. Die Sache wurde immer mysteriöser.

„Die Truhe war stets verschlossen. Der Schlüssel, steckt dort in der Mauerritze.“

Martha untersuchte den Spalt. Tatsächlich, da stak tatsächlich ein großer Schlüssel. Die Eindringlinge hatten sich wohl nicht lange mit irgendwelchen Schlössern aufgehalten, und Fatima Shasadeh hatte ihnen den Schlüssel verschwiegen. Ziemlich beeindruckend für eine alte Frau.

Als sie sich umdrehte, saß Benazir auf einem umgestürzten Möbelstück, so dass Martha sie schleunigst zu ihrem Bett zurückbrachte. „Schlaf dich aus“, mahnte sie. Als sie die Freundin zudeckte, fühlte sie die Pistole unter der Decke und steckte die Waffe nach kurzem Zögern zu sich.

Die Huka

Kabul, 9. Oktober 1941
17:10 Uhr

Als sie in den Pavillon zurückkehrte, hatte sich Said auf einem Diwan ausgestreckt und empfing sie mit fragender Miene.

„Sie schläft. Die Wunde scheint zu heilen, aber Benazir fühlt sich noch ziemlich schwach.“

Er deutete auf den freien Diwan, und Martha legte sich ein wenig verlegen auf die Polster. Was für ein absurder Tag – erst die britische Gesandtschaft und nun hier in diesem Pavillon, um Mozart zu lauschen, ausgerechnet an diesem Ort! Das alles mutete äußerst grotesk an.

Zwei Diener näherten sich mit Kaffee, Tee und Gebäck sowie einer kostbaren Wasserpfeife für den Gastgeber. Der ältere überzeugte sich, dass die Huka auch ordentlich brannte und der andere reichte ihr duftenden Kaffee, ehe sie sich entfernten. Said zog seine Teetasse näher und schraubte eine kostbare Spitze an den Pfeifenschlauch. Martha fühlte sich wie in einem Märchen von 1001 Nacht.

„Ich höre mit Freude, dass es meiner Schwester besser geht. Frauen sollten eigentlich nicht in solche Situationen geraten.“

„Wie meinen Sie das?“

„Sie haben einen anderen Platz im Leben, keinen Anteil an den Kämpfen der Männer. Sie blühen im Verborgenen und sind das Herz der Familie.“ Er blies eine Wolke von sich.

Sie verstand den latenten Vorwurf. Im Grunde wollte er ihr klarmachen, dass sie seine Schwester unnötigerweise in Gefahr gebracht hatte. Sozusagen durch nicht statthaftes Verhalten einer Frau. David hätte wahrscheinlich den Begriff *nicht ladylike* gewählt. Aus seiner Sicht war Benazir verwundet, weil sie ihre angestammte Welt verlassen hatte. Aber das stimmte überhaupt nicht, sie konnte das nicht so stehen lassen. „Benazir wurde verwundet, weil sie einen Bruder erretten musste. Ihr Problem ist nicht die Schießerei, sondern ihre Verlobung mit einem Sadisten."

Seine Augen verengten sich, doch sonst zeigte er keine Reaktion. „Diese Heirat ist vor Dekaden von ihren verstorbenen Eltern vor Allahs Antlitz beschlossen worden. Solch eine Ehe ist immer gesegnet, gleichgültig wer der Bräutigam ist."

„Haben Sie sich nie gefragt, was dieses Schwein mit Benazir anstellen würde?"

„Aber sie wird ihn lieben, sobald sie verheiratet sind. So will es der Islam."

Martha hätte gar nicht konsternierter sein können. „Sie..., Sie wollen Ihre Schwester immer noch mit diesem Kerl verheiraten? Mit einer Familie, die Ihnen selbst nach dem Leben trachtet?"

„Aber selbstverständlich! Jetzt ist diese Ehe sogar noch wichtiger!"

Martha wäre ihm am liebsten ins Gesicht gesprungen. Offenbar begriff er erst jetzt, was er mit seiner Bemerkung angerichtet hatte und hob begütigend die Hand. „Begreifen Sie doch! Mein Haus und das von Habib Shah sind seit Generationen verfeindet. Sie sehen also, welch weisen Entschluss Benazirs Vater und Habib Shah einst fassten. Die beiden Familien müssen unbedingt versöhnt werden."

„Also wird Benazirs Leben vernichtet, weil irgendwelche Männer mit ihrem ach so geliebten Hass nicht klarkommen."

„Aber es ist ihre heilige Pflicht, vor Allah und ihren Eltern!"

„Oh nein, Allah würde niemals wollen, dass eine Frau wie ein Opferlamm einem Sadisten ausgeliefert wird."

Ihr Zorn erschütterte ihn, das erkannte sie deutlich. Es dauerte eine ganze Weile, ehe er sich zu einer Antwort durchrang. „Sie bringen mich in eine sehr schwierige Situation."

Sie benötigte einige Sekunden, um seine Worte einzuordnen. Offenbar glaubte er, dass sie drauf und dran war, eine Dankesschuld einzufordern, im Orient stets ein höchst dramatischer Augenblick. Said hegte womöglich die Ansicht, dass er sich ihrer Forderung nicht verweigern könne. Es war auch gut möglich, dass er Martha dann später ignorierte, da sie aus seiner Sicht einfach quitt waren.

„Bitte", wiegelte sie ab. „Ich erwarte keineswegs, dass Sie sich gegen Ihre Familie stellen."

Er entspannte sich merklich. Die erste Klippe war umschifft, doch bedeutet dies im Grunde nur, dass sie ihren Hals auf Kosten Benazirs aus der Schlinge zog.

„Sie und Ihr Volk haben heute ihr Leben riskiert, um mir und meinen Landsleuten zu helfen. Wir stehen tief in Ihrer Schuld. Dennoch würde ich Sie bitten, mir eine offene Frage nachzusehen. Haben Sie sich jemals in die Gefühle einer Frau versetzt? Meinen Sie, es ist ein Spaß, wenn man mit einem Mann verheiratet wird, für den man nur Hass empfindet? Ein Mann, der einen nach Belieben vergewaltigen darf, nur weil es die Eltern vor zwanzig Jahren so beschlossen haben?"

Wäre sie nicht so empört gewesen, sie hätte sich nie zu dieser Rede aufgeschwungen, doch am Ende sprudelte sie ihre Anklagen so heftig hervor, dass sie kaum registrierte, dass ihr Gastgeber sich in seinem Zorn schon halb erhoben und Mühe hatte, sich zu beherrschen. Doch Martha war einfach nicht in der Stimmung für irgendwelche Rücksichtnahmen.

„Haben Sie auch nur die geringste Ahnung, wie Frauen sich in Ihrer Männerwelt fühlen? Viele leben in ständiger Angst, weil wir nicht gelernt haben, uns zu verteidigen, wenn jemand mit einer Peitsche vor uns steht."

Das nagelte ihn nun doch auf seiner Liege fest, zumindest war er leichenblass unter seiner dunklen Haut. Er wollte dagegenhalten, doch sie ließ ihn gar nicht zu Worte kommen.

„Sie glauben mir nicht? Als Sie vorhin Ihre Peitsche erhoben, wie ein Mann vor seinem Hund, da vermuteten Sie, ich hätte eine Pistole in der Tasche, und nur das hielt Sie am Ende auf." Sie riss Habib Shahs Waffe heraus und schleuderte sie vor ihm auf den Boden. „Ich war unbewaffnet, sonst hätte ich sie gezogen, weil ich mich fürchtete. Wundert Sie das?"

Er antwortete nicht, und seine Augen schienen das einzig Lebendige an ihm. Die Stille wurde zusehends quälender.

„Was ist?", fuhr sie schließlich auf und war direkt stolz, dass ihre Stimme nicht ein Jota zitterte.

Jetzt schlossen sich die dunklen Augen, dann sank er langsam zurück auf seinen Diwan und griff nach seinem Tee. Als er sie über den Rand der Tasse musterte, glaubte sie zu ihrer Überraschung sogar ein Lächeln zu erkennen. Typisch! Wenn Männer bei Frauen nicht mehr weiter wussten, dann kam immer dieses widerliche Lächeln.

„Sind das Ansichten Ihrer Mutter oder Ihres Vaters?", erkundigte er sich freundlich.

Sie legte die Hand auf ihr Herz und wusste gar nicht, dass sie Benazirs Geste kopierte. „Es sind die meinen. Aber wie ist es bei Ihnen? Sind dies tatsächlich ihre eigenen Überzeugungen oder die Ihrer Mutter?"

Er hob die Tasse und bemerkte erst jetzt, dass er sie längst geleert hatte. Wortlos schenkte er nach, erst etwas Sud, dann heißes Wasser. Offenbar bevorzugte er Tee. Er blickte nicht einmal auf, als er ihre Frage beantwortete. „Wahrscheinlich hat meine Mutter beträchtlichen Anteil daran. Sie ist der einzige Mensch, mit dem ich mich je über Frauen unterhalten konnte."

„Aber Sie sind doch verheiratet!", platzte sie heraus.

Er süßte seinen Tee. „Solche Unterhaltungen sind bei uns nicht üblich, und ich denke, das ist Ihnen bewusst."

Die Pistole lag noch immer zwischen ihnen und er deutete darauf. „Angenommen, Sie wären vorhin bewaffnet gewesen, hätten Sie auf mich geschossen?"

Das wusste sie auch nicht. Ihr Blick irrte zur Seite, im verzweifelten Versuch ihre Gedanken zu sammeln, doch da stand er plötzlich vor ihr, Habibs Waffe in der Hand. Ehe sie auch nur zucken konnte, drückte er ihr die Pistole in die Hand. „Entschuldigung, aber das Personal könnte eine Waffe falsch verstehen. Übrigens, ich glaube, dass Sie abgedrückt hätten."

„Wieso?"

„Sie sind keine wirkliche Frau."

Keine Frau? Sie funkelte ihn an, und er hatte Mühe, ein Schmunzeln zu verbergen. „Immerhin, sie brachten mich zur Besinnung. Allerdings denke ich, dass nun mir eine zudringliche Frage zusteht."

Martha runzelte die Stirn. „Aber nur, wenn sie auch wirklich zudringlich ist!"

Jetzt lachte er leise. „Sie benutzen des Öfteren eine Burka, doch darunter kleiden Sie sich meist wie ein Mann. Wie fühlt man sich als Frau in Männerkleidung?"

Martha reckte sich. „Ich dachte, ich sei gar keine richtige Frau!"

„Nehmen wir für einen Augenblick an, Sie wären eine. Wie fühlen Sie sich in einer Burka?"

„Sicherer, wenn ich ehrlich bin."

„Dann ist der Schleier ein Versteck, nicht wahr?"

„Für mich schon, aber für die meisten Afghaninnen ein Gefängnis."

Er nickte nachdenklich. „Kennen Sie eigentlich Marlene Dietrich?"

„Nur dem Namen nach." Der Herrenanzug und Benazirs Photo dieser Schauspielerin blitzten durch Marthas Erinnerung. Hatte sie nicht erzählt, dass Said diesen Anzug aus Europa mitgebracht hatte?

„Sie ist eine berühmte Schauspielerin. Sie liebt es, in aller Öffentlichkeit Männerkleidung zu tragen."

„Kein Wunder, dass sie Deutschland verlassen musste."

Said lachte leise. „Sie werden es nicht glauben, aber Adolf Hitler ist ihr größter Bewunderer."

„Das ist ein Scherz!“

„Oh nein! Man munkelt, er würde so gut wie alles geben, wenn er sie nur nach Deutschland zurück locken könnte.“

„Männer!“

Er hob die Brauen und spannte das Grammophon mit der Kurbel. „Wie bitte?“

„Wäre diese Marlene Dietrich ein Mann, so hätte er ihr wahrscheinlich ein Gestapokommando auf den Hals gehetzt. Doch weil sie eine Frau ist, bewundert er sie. Wieso kommen Sie jetzt auf Marlene Dietrich?“

„Sie kämpfen wie ein Mann, aber sie verkleiden sich als Frau. Diese Schauspielerin ist eine Frau und verkleidet sich als Mann. Keine ist bereit zu akzeptieren, was sie in ihrem Herzen wirklich ist. Im Orient wäre das niemals denkbar, hier weiß jeder, wohin er gehört.“

„Und das bedeutet, alle Macht den Männern!“

„Und deshalb legen Sie größten Wert darauf, sich unter ihrer Burka als Mann zu kleiden?“

„Unbedingt.“ Sie zwang sich zu einem heiteren Lachen. „Es befriedigt mich, die Hosen anzuhaben.“

„Die Hosen anzuhaben? Was meinen Sie damit?“

„Ein Sprichwort, es bedeutet, die Kontrolle zu besitzen, einen eigenen, freien Willen zu besitzen. Und ehe ich es vergesse, könnte ich vielleicht auch eine Huka haben?“

Seine Augen weiteten sich. „Eine Wasserpfeife? Sie wollen rauchen?“ Allein die Vorstellung schien ihm schon ungeheuerlich.

„Ich habe doch die Hosen an“, lachte sie. „Schon vergessen?“

Er holte tief Luft. „Wissen Sie, was Sie mir antun? Mein Personal wird das nach draußen tragen. Diese Pfeife wird in Kabul zum Stadtgespräch.“

Martha kicherte hinter vorgehaltener Hand. „Wer redet von Kabul? Nehmen wir doch gleich den Hindukusch.“

Die Fältchen an seinen Augenwinkeln vertieften sich. „Nun gut, welchen Geschmack bevorzugen Sie?“

„Apfelgeschmack würde mir gefallen.“

Für einen Augenblick schien er irritiert, dann schnippte er mit den Fingern. „Mansur?“ Der ältere Diener stürzte heran und nahm die Order ungerührt entgegen, auch wenn er für einen Moment Saids Pfeife begutachtete, doch winkte ihm sein Herr mit Nachdruck, die Anweisung auszuführen. „Sie könnten natürlich auch Birne haben.“

„Sie bevorzugen doch selber Apfelgeschmack, oder nicht?“ Er hob die Brauen. „Als Sie neulich mit dem Sturmbannführer verhandelten, habe ich Ihre Pfeife überprüft.“

Er starrte auf sein Mundstück. „Aber wieso?"

„Ich kannte sie nicht und hoffte, Sie später anhand Ihrer Pfeifenvorliebe zu identifizieren."

„Beeindruckend. Sie denken tatsächlich wie ein Mann."

Martha dehnte sich auf ihrem Diwan. „So wie Marlene Dietrich."

Er lächelte in seine Teetasse. „Haben Sie auch nur die geringste Ahnung, welcher Ruf dieser Frau vorauseilt?" Martha schüttelte den Kopf. „Nun, in Frankreich würde man sie als *Femme fatale* bezeichnen, vielleicht auch als *Femme scandaleuse.*"

Marthas Augen blitzten. „Ah, das würde mir gefallen. Aber wer weiß, vielleicht versöhne ich mich ja doch noch mit Frauenkleidung?"

„Das wäre ein historischer Augenblick."

Zum Glück näherte sich gerade der Diener mit einer kostbaren Wasserpfeife. Nach einem nachdrücklichen Wink stellte er sie neben Martha ab, auch wenn ein Hauch latenter Missbilligung unverkennbar blieb. Als der Mann sich entfernte, probierte Martha einen ersten Zug. Gar nicht übel, auch wenn sie ein wenig Acht geben musste, um nicht zu husten. Ihre letzte Erfahrung mit einer Huka stammte noch aus der Zeit mit ihrem Vater. Damals hatte sie sich grauenvoll verschluckt.

Bassa Selim

Kabul, 9. Oktober 1941
18:05 Uhr

Martha zog noch den Schlauch ihrer Wasserpfeife zurecht, als Said die erste Schallplatte auflegte. „Ich hatte Ihnen doch Mozart versprochen." Augenblicke später tönte die Arie des Osmin aus Mozarts *Entführung aus dem Serail* über die Baumwipfel.

Oh, wie will ich triumphieren, wenn Sie Euch zum Richtplatz führen und die Hälse schnüren zu, schnüren zu.

Martha lauschte gebannt. „Meine Mutter liebte diesen Text, ich lernte ihn schon als Kind. Sie besitzen mehrere Arien aus dieser Oper?"

„Haben Sie neulich auch meine Plattensammlung durchsucht, um mich anhand meines Musikgeschmacks zu identifizieren?"

Martha winkte affektiert mit dem Mundstück ihrer Pfeife. „Als echtem Mann ist mir kein Umweg zu weit."

Er wollte die Platte wechseln, doch sie hob abwehrend die Hand. „Könnten Sie das wiederholen?"

„Ist der Text für europäische Ohren nicht reichlich brachial?"

„Die Geschichte ist ja auch tragisch."

Die Arie verhallte ein zweites Mal, und Said wechselte nun doch die Platte. *Martern aller Arten, mögen meiner warten. Ich verlache Qual und Pein. Nichts soll mich erschüttern...*

Martha lauschte eine Weile mit zerfurchter Stirn, bis sich ihre Miene aufhellte. „Ah, eine Arie der Konstanze aus dem zweiten Akt."

„Konstanze?"

„Aber ja. Steht das nicht sogar auf Ihrer Schallplatte?"

Mit einem Mal wirkte er etwas verlegen. „Also, wenn ich ehrlich bin, mich reizte beim Kauf vor allem der Begriff Serail."

„Nicht die Musik und der Inhalt?"

„Den Inhalt kenne ich kaum." Er wirkte plötzlich wie ein kleiner Junge, den man auf frischer Tat ertappt hatte, doch ehe Martha sich an ihrer Beobachtung erfreuen konnte, verwandelte er sich auch schon wieder.

„Sie haben keine Ahnung vom Inhalt?", staunte sie.

„Nun im Grunde geht es doch um Musik, es ist eine Oper."

„Aber eine Oper ist doch zugleich auch ein Theaterstück! Sie besitzt Inhalt und Botschaft."

„Ich weiß nur, dass die Handlung im Orient spielt."

Martha konnte ihren Spott nicht unterdrücken. „Da haben wir nun eine Deutsche, der ein Orientale zum ersten Mal Mozarts Musik vorspielt. Obwohl sie noch nie einen Takt von Mozart hörte, kennt sie im Gegensatz zu ihrem Gastgeber den Inhalt der Oper beinahe auswendig. Wenn wir uns nicht begegnet wären, würde keiner von uns je erfahren haben, wie großartig Mozarts Opern sind."

„Und so erhält das Leben des Komponisten doch noch einen gewissen Sinn." Said räkelte sich auf seinen Diwan. „Also erleuchten Sie mich und erzählen Sie mir den Inhalt."

Martha schob sich ein Polster in den Rücken und kam sich ein wenig so vor, wie ein Märchenerzähler, der am Hofe des Sultans seine Kunst zum Besten gab. „Wissen Sie, was ein Hakariati ist?"

„Natürlich. Ein Märchenerzähler, der auf den Karawanenstraßen den Händlern die Zeit vertreibt." Er strich sich schmunzelnd über den Schnurrbart. „Sollen wir vielleicht ein Feuer anzünden ehe Sie mit Ihrer Geschichte beginnen?"

„Solange Sie mich nur nicht mit Scheherazade verwechseln."

„Das ist eine Analogie, auf die ich später gerne zurückkommen würde. Außerdem spielt die Geschichte von Scheherazade und 1001 Nacht drüben in Samarkand, also beinahe in Afghanistan."

Martha stieg das Blut in die Stirn, aber er half ihr leicht darüber hinweg. „Wie sagt man in Deutschland? Spannen Sie mich nicht auf die Folter."

Martha verschaffte sich einen letzten Aufschub mit einem großen Schluck Kaffee. „Nun, die Oper erzählt von zwei jungen Europäerinnen, die von algerischen Seeräubern gefangen genommen werden. Konstanze und ihre Zofe Blondchen enden auf einem orientalischen Sklavenmarkt."

Er dehnte sich genüsslich. „Großartige Vorstellung. Ich liebe diesen Mozart noch mehr als ich dachte."

„Oder die Sklavinnen?"

Ein funkelnder Blick schoss über sie hinweg. „Sagen wir, beides hat seinen Reiz."

Sie rettete sich in ein Hüsteln. „Also die Oper teilt sich in drei Akte oder Aufzüge mit verschiedenen Szenen. Der erste Akt beginnt vor dem Palast von Bassa Selim, einem türkischen Pascha, der die beiden Frauen erworben hat."

„Bassa Selim? Sie meinen doch sicherlich Selim Pascha! Ein Pascha ist ein türkischer Fürst, dessen Titel stets nach seinem Namen genannt wird."

Ehe sie es noch recht begriff, drohte sie ihm auch schon mit dem Finger. „Ich bin der Hakariati und Sie der Zuhörer. Schon vergessen?"

Er genehmigte sich einen tiefen Zug aus seiner Pfeife. „Unsere Geschichte beginnt vor dem Palast des Bassa Selim. So heißt er nun mal in der Oper. Belmonte, ein spanischer Edelmann war ursprünglich mit Konstanze verlobt und hat sie nun endlich nach langer Suche gefunden. Er beabsichtigt, in den Palast vorzudringen, um seine Geliebte zu befreien. Unterdessen pflückt der Gärtner Osmin vor dem Palast auf einer Leiter Feigen für seinen Herrn. Auch Osmin ist verliebt und zwar in Blondchen, die blonde Dienerin Konstanzes. Der Pascha hat sie seinem Chefgärtner geschenkt, der sein Liebchen sorglich einschließen will, damit sie nicht von fremdem Wein nasche."

„Ah, zwei weise Männer."

„Belmonte fragt nun Osmin nach Pedrillo, seinem früheren Diener, der ebenfalls als Sklave in den Diensten das Bassa Selim steht und dort unter Osmin als Gärtner arbeiten muss. Osmin hasst Pedrillo, da er ihn als Nebenbuhler bei Blondchen fürchtet. Auch Belmonte und Osmin sind sich auf den ersten Blick höchst unsympathisch."

„Orient und Okzident."

„Oh, danke. Also, Osmin verdächtigt Belmonte, Frauen entführen zu wollen und stellt ihm die Bastonade in Aussicht. Dabei singt er die Arie, die sie hier auf Platte haben: *Eure Tücken, eure Schwänke...* Schließlich droht er ihm noch, dass er erst geköpft und dann gehangen werde."

„Warten Sie, warten Sie! Kennen Sie tatsächlich die ganze Oper auswendig?"

„Von meiner Mutter. Wir haben das Libretto häufig als Theaterstück nachgespielt."

„Sie fühlen sich Ihrer Mutter näher, wenn sie den Text zitieren, oder?" Er traf den Nagel auf den Kopf. Der Blick seiner dunklen Augen verwirrte sie mehr, als sie wahrhaben wollte, doch er nickte nur freundlich. „Verzeihen Sie, ich wollte Sie nicht unterbrechen."

„Nun Osmin geht, und Belmonte trifft seinen früheren Diener Pedrillo. Dieser erzählt, dass Bassa Selim ausgerechnet Konstanze zu seiner Favoritin erhoben habe. Belmonte fürchtet das Schlimmste, doch Pedrillo beruhigt ihn, da der Pascha keine seiner Frauen zur Liebe zwinge."

Said runzelte die Stirn. „Das klingt höchst unwahrscheinlich. Mit dem Kauf erwarb Bassa Selim alle Rechte an seiner Sklavin."

„Die Oper ist ein Märchen."

„Ah ja. Deshalb sind in der Geschichte die Frauen auch so treu."

Said schenkte sich ganz unschuldig eine Tasse nach, und Martha funkelte ihn an. „Beide Männer fürchten insgeheim um die Standhaftigkeit ihrer Angebeteten. Sie beschließen, die Frauen möglichst bald zu befreien. Zu diesem Zweck hat Belmonte in einiger Entfernung ein Schiff bereitliegen."

„Typisches europäisches Verhalten – stehlen, was einem nicht gehört."

„Aber Konstanze ist doch Belmontes Verlobte, und sie liebt ihn!"

„Nun, Frauen sollten nie in Kampfhandlungen verwickelt werden. Belmontes Konstanze gehört jetzt einem anderen und Belmonte sollte zurücktreten. Ich muss sagen, ich erwärme mich langsam für Ihren Bassa Selim, auch wenn er anscheinend in ganz unsinniger Weise auf seine Sklavin Rücksicht nimmt. Was schauen Sie mich so grimmig an?"

Martha zog es vor, seine Bemerkung zu übergehen. „Unterdessen kehrt der Pascha zusammen mit seinen Frauen von einer Lustfahrt auf dem Meer zurück und Pedrillo will ihm Belmonte als Architekten empfehlen. Gärtnerei und Architektur sind die Leidenschaften Bassa Selims. Belmonte bleibt zurück und verzehrt sich in Liebe nach seiner Konstanze." Martha wühlte in Saids Schallplattenstapel. „Lassen Sie sehen, vielleicht besitzen Sie auch diese Arie. Ja, hier, das ist sie! *Oh wie ängstlich, oh wie feurig klopft mein liebevolles Herz*."

Die Arie schallte weit durch den Park, und Said schwang das Mundstück seiner Pfeife im Rhythmus der Komposition.

„Nun landet ein Janitscharenschiff und dahinter die Yacht Bassa Selims mit Konstanze. Der Pascha versucht die in Tränen aufgelöste Frau zu trösten. Er wolle sie nicht zur Liebe zwingen, doch Konstanze bedauert, dass sie den großzügigen Pascha nicht lieben könne. Sie habe beim Angriff der Seeräuber einen Eid geleistet, ihrem Geliebten treu zu bleiben. Bassa Selim ist darüber höchst unwillig."

„Die Flausen der Frauen!"

Martha bedachte ihn mit einem grimmigen Blick. „Sie bittet also Bassa Selim um Aufschub, um ihren Schmerz zu vergessen, er gewährt zum x-ten Mal eine Frist, aber nur bis morgen."

Said hatte offenbar Mühe, seine Heiterkeit zu unterdrücken. „Eine durchaus spannende Tragödie, die sich aber mit der vollendeten Musik in keiner Weise messen kann."

„Wieso?"

„Nach islamischer Vorstellung entsteht die Liebe ganz von selbst, sobald die Ehe vollzogen ist."

„Tatsächlich? Ich würde vorschlagen, dass Sie Benazir diese Erkenntnis vortragen. Ich bin sicher, sie wird begeistert sein. Zudem berichtete man mir, dass im Orient in der Ehe eine echte Liebe zwischen Mann und Frau gar nicht erwünscht sei."

Das war ein Treffer, und er sah zu Boden. „Befürchtet man nicht, dass bei einer wahren Liebe die Bindung des Ehemannes an seine Familie Schaden nehmen könnte?"

„Nun, sie formulieren eine recht extreme Interpretation."

„Sie stammt von einem einflussreichen Mullah."

Said verzichtete auf jeden Kommentar.

„Auf jeden Fall ist Bassa Selim insgeheim von Konstanzes Standhaftigkeit beeindruckt. Pedrillo stellt ihm nun Belmonte vor, und der Pascha engagiert ihn tatsächlich als Architekten. Unterdessen staucht Blondchen im Palastgarten den armen Osmin zusammen. Sie erklärt ihm herablassend, dass man europäischen Mädchen anders begegne als türkischen Sklavinnen. Man erobere ihre Herzen durch Zärtlichkeit und Schmeichelei."

„Allah sei uns gnädig!"

Martha bedachte ihn erneut mit ihrem finstersten Blick. „Osmin besteht allerdings darauf, dass hier in der Türkei er jetzt Blondchens Herr und Meister sei. Sie müsse sich unterwerfen und ihn lieben. Osmin fürchtet, Frauen wie Blondchen würden türkische Frauen rebellisch machen. Er verwünscht die Europäer als Toren, weil sie ihren Frauen so viele Freiheiten ließen."

„Absolut", knurrte Said. „Geben Sie es zu, Fräulein von Helm. Da liegt eine Menge Wahrheit drin."

Martha räusperte sich drohend. „Mittlerweile haben Konstanze und Bassa Selim den Garten betreten. Bassa Selim erklärt ihr, morgen müsse sie ihn endgültig lieben. Sie hingegen wirft ihm vor, dass Orientalen ihre Frauen wie Gegenstände ihrer Begierde einkerkerten. Der Pascha ist entrüstet und will nicht einsehen, dass türkische Frauen unglücklicher seien als westliche. Konstanze hält ihm entgegen, Orientalinnen unterwürfen sich nur, weil sie nichts anderes kennengelernt hätten. Voller Verzweiflung erklärt sie nun, ihn niemals lieben zu können und sich auch durch Folter nicht unterwerfen zu lassen. Nun folgt diese Arie: *Martern aller Arten...* Der Pascha zieht sich wütend zurück."

Sie legten die Platte auf, und Said lauschte schweigend.

„Unterdessen macht sich Blondchen Sorgen um ihre Herrin. Sie fürchtet, Konstanze sei zu empfindsam für ihre hoffnungslose Lage. Männer verdienten es nicht, sich ihretwegen zu Tode zu härmen. Zum Glück erscheint Pedrillo und berichtet von Belmontes Ankunft. Alle vier treffen sich heimlich im Garten. Die Männer haben nur eine Sorge, die Treue ihrer Frauen. Blondchen ist entrüstet über diese Zweifel und verpasst ihrem Pedrillo eine Ohrfeige."

Said hob die Brauen. „Sie meinen, sie treffen sich heimlich im Garten eines Harems? Zwei fremde Männer? Ich gestehe, dass mir diese Wendung ein wenig unlogisch..."

„Auf jeden Fall beschließen die vier, die nächste Nacht zur Flucht zu nutzen. Gegen Abend erscheint jedoch Osmin, und Pedrillo will ihn mit Wein einschläfern. Osmin lässt sich überreden. Und sie stimmen in eine trunkene Arie ein. *Vivat Bacchus, Bacchus lebe...*Sie haben auch diese Arie hier."

Als sie ihm die Platte hinhielt, schob er sie sacht zur Seite. „Wir hören sie später."

Zögerte er tatsächlich, weil in dem Text zum Alkoholgenuss aufgerufen wurde? Nun, vielleicht war diese Vorsicht hier in Kabul gar nicht so unangemessen. „Gegen Mitternacht kommt Pedrillo mit einer Leiter. Belmonte besingt seine Liebe und Pedrillo gibt als Zeichen für die Frauen mit seiner Mandoline ein Ständchen: *Im Mohrenland gefangen war ein Mädel hübsch und fein...*"

„Sie meinen, diese Männer singen tatsächlich, während sie unten an der Leiter stehen? Ohne an die Palastwache zu denken?"

„Nun, es ist eine Oper. Konstanze steigt hinunter, und die Wachen des Pascha fassen alle vier."

„Höchste Zeit", knurrte Said und stieß eine gewaltige Wolke von sich.

„Die Flüchtlinge werden vor den Pascha geschleppt und dieser schmäht Konstanze als *heuchlerische Sirene.*"

„Eine Sirene? Was ist das?"

„Ein Wesen aus der griechischen Mythologie, halb Vogel, halb Frau, das an einer Küste lebt. Dem verführerischen Gesang der Sirenen verfallen alle Seefahrer und bemerken zu spät, dass sie mit ihren Schiffen auf Riffen stranden.

„Dann sind diese Sirenen in der Tat richtige Frauen." Seine Augen funkelten.

Martha war irgendwie froh, sich ihrer Pfeife widmen zu können. „Also, Konstanze gibt zu, sich strafbar gemacht zu haben, aber Belmonte sei ihr Verlobter. Der Pascha könne sie gerne töten, wenn er nur Belmontes Leben schone. Belmonte bietet ein Lösegeld. Sein Vater ist der Kommandant von Oran in Algerien, doch das führt die Situation erst recht in eine Katastrophe, denn Bassa Selim enthüllt, dass der Vater Belmontes sein ärgster Feind sei, der ihn einst um Ehre, Vermögen und seine Geliebte brachte. Er ist begeistert, den Sohn seines Todfeindes in seiner Gewalt zu wissen und sogar Belmonte räumt ein, dass sein Vater im umgekehrten Fall für Bassa Selim keine Gnade gekannt hätte. Zu allgemeiner Überraschung schenkt der Pascha jedoch den Vieren die Freiheit, weil er sich nicht mit Belmontes Vater moralisch auf eine Stufe stellen wolle."

Said machte große Augen. „Das geschieht tatsächlich in dieser Oper?"

„So lautet das Libretto. Und als sich Osmin ganz furchtbar entrüstet, erklärt ihm sein Herr, dass man sich Menschen, die man durch Wohltaten nicht gewinnen könne, am Besten vom Halse schaffe, doch Osmin bleibt unversöhnlich. Die vier Freigelassenen sind indes völlig außer sich vor Begeisterung und feiern die Huld des Pascha."

„Allah il Allah."

„Ist das nicht eine wunderbare Geschichte?", schloss Martha atemlos.

„Zweifellos. Vielleicht sogar noch wunderbarer als Sie denken. Und was ist Ihre ganz persönliche Lieblingsrolle?"

Martha breitete die Arme aus. „Natürlich Konstanze."

„Tatsächlich? Also ich weiß nicht. Ich..."

„Sie wissen es nicht? Was haben Sie gegen meine Konstanze?"

Said überprüfte seinen Tabak. „Es ist schon seltsam, dass ausgerechnet Sie eine solche Frau so anziehend finden. Ihr eigener Charakter ist doch völlig anders. Konstanze agiert völlig passiv und würde mich nie mit einer Pistole bedrohen. Nein, das ist eine langweilige Frau. Da lobe ich mir doch eher dieses..., wie sagten Sie? Dieses Blondchen. Die hat ja zumindest Charakter und wenigstens einen Anflug von Initiative. Ja, ja, sehen Sie mich nur böse an, Frau von Helm!" Er lächelte auf seine Pfeife hinunter. „Ich wette, Sie hätten auch nicht gewartet, bis jemand ein Schiff organisiert und eine Leiter. Sie hätten wahrscheinlich erst das Herz dieses Pascha gebrochen und dann mit seinen Schätzen das Weite gesucht."

Martha konnte ein Erröten nicht verhindern. „Hätten Sie vorhin tatsächlich mit Ihrer Peitsche zugeschlagen?", forschte sie unvermittelt.

Seine Augenbrauen zuckten.

„Sie sind ziemlich jähzornig, nicht wahr?"

Er holte tief Luft. „Ja, wahrscheinlich. Ein Erbteil meiner Mutter."

„Und Ihr Vater?"

Ein helles Lächeln flog über seine sonst so düsteren Züge. „Der war ganz anders. Ruhig und stets überlegen..., aber wahrscheinlich idealisierte ich ihn nur."

„Weil Sie anders sein wollen als Ihre Mutter?"

Wieder das Zucken der dichten Brauen. Die Furche über seiner Nasenwurzel vertiefte sich. War sie zu weit gegangen? Sie war sich absolut sicher, dass er seine Mutter liebte, aber dennoch registrierte sie eine gewisse Reserviertheit, sobald seine Mutter ins Spiel kam. War das nur die Scheu des Orientalen, mit einer Fremden über seine Familie zu sprechen oder rührte sie da an tiefere Konflikte? Ihr Gastgeber war in Europa gewesen, während seine Mutter ihren Harem wahrscheinlich niemals verlassen hatte. Seine Weltsicht musste sich von ihrer unterscheiden, selbst wenn sie früher gleich gewesen sein sollte. Sie musste mehr über das Verhältnis zu seiner Mutter erfahren, erst dann durfte sie das Thema *Tagebuch* offen auf den Tisch legen.

Said lenkte das Gespräch beinahe ein wenig ärgerlich zurück zur Oper. „Ich glaube nicht, dass sich Ihr Dschinn je für Ihre langweilige Konstanze interessiert hätte. Oder anders formuliert, meine Mutter weiß genau, weshalb sie sich so vor Ihnen fürchtet."

Martha glaubte sich verhört zu haben. „Sie fürchtet sich vor mir? Ihre Mutter?"

Er spielte mit einer Plattenhülle. „Nun, vielleicht nicht vor Ihnen persönlich. Sie fürchtet sich vor Ihren Überzeugungen und ihrem verhängnisvollen Beispiel. Denken Sie nur an meine Schwester. Noch vor zwei Jahren wäre Benazir nie auf den Gedanken verfallen, sich dem Eid ihrer Eltern zu widersetzen. Doch dann trat sie in Ihren Unterricht ein und wirft keinen Blick mehr zurück. Das ändert sich auch nicht, wenn ich sie aus Ihrem Unterricht zerre. Ich glaube, meine Mutter begriff das lange vor mir. Ihre Vorstellungen sind wie ein verführerisches Gift", murmelte er schließlich,

„In Europa wird Gift oft als Heilmittel eingesetzt." Martha musste sich räuspern, um sich überhaupt klar zu artikulieren.

„Aber in sehr geringen Dosen. Sagen Sie, würden Sie sich für einen Mann hinrichten lassen, so wie Ihre Konstanze?"

Martha lachte ein wenig befangen. „Das..., also, das weiß ich nicht. Ich..., ich hab eigentlich gar keine Ahnung von Männern."

Er nickte düster. „Es geht Ihnen gar nicht um diese Konstanze, stimmt's? Sie begeistert der Gedanke, dass ein Mann die halbe Welt durchsucht und sich tief im Orient in Lebensgefahr begibt, nur um seiner Liebe Willen.

Selbst in Europa würde man das als typische Frauenphantasie bezeichnen."

„So habe ich das noch nie..."

„Aber ich habe Recht, nicht wahr?" Irgendwie war sie ihm dankbar, dass er jetzt nicht lächelte. Im Gegenteil, er machte einen geradezu grimmigen Eindruck. „Wollen Sie eigentlich vor dem Orient errettet werden, so wie Ihre Konstanze?"

Sie errötete bis unter die Haarwurzeln. „Und was ist mit Ihnen? Sie meinten, Sie erwärmten sich für Bassa Selim. Würden Sie sich so verhalten wie er?"

„Ich wünschte, ich fände die Kraft dazu."

„Sie halten sich nicht für nobel genug?"

„Das ist keine Frage von Noblesse." Er klang direkt heftig, das Thema tangierte ihn weit stärker, als er selbst wahrhaben wollte. „Ob man die Kraft besitzt, sich von Frauen derartig herabwürdigen zu lassen, sie aber dennoch einfach wegzuschicken..." Er winkte beinahe heftig ab. „Ich denke, der Pascha wollte im Grunde nur seine Welt beschützen."

„Beschützen?"

„Aber ja. Stellen Sie sich einen orientalischen Harem vor. Im Serail der türkischen Sultane lebten Hunderte von Frauen, der Bey von Tunis besaß angeblich sogar zweitausend Frauen. Stellen Sie sich vor, Sie bringen eine Europäerin in diese Welt, etwa eine Frau wie Sie. Eine Frau, die jede Regel dieser Harems in Frage stellt. Sie könnten genauso gut Kabul mit einer Seuche infizieren."

Martha hätte gerne mit einem Scherz geantwortet, hatte sie sich doch nie als Seuchenerreger begriffen. Doch die Angelegenheit war ihm viel zu ernst, das spürte sie deutlich.

„Sie begreifen uns nicht", murrte er schließlich. „Als Sie Benazir und die anderen Mädchen unterrichteten..."

„Wann haben Sie von dem Unterricht erfahren?"

„Oh, schon früh. Wenn man Frauen beschützen will, dann muss man sie kontrollieren. Frauen sind so verletzlich."

„Vor allem, wenn man sie am Haar durch die Gegend schleift!"

Wieder streifte sie ein funkelnder Blick.

„Sie wollen Ihre Schwester schützen und deshalb soll sie keine Bücher lesen?"

„Je mehr Frauen lernen, desto größer sind ihre Schwierigkeiten, sich in der Welt zurechtzufinden. Sehen Sie nur sich selbst! Sie laufen herum wie ein Mann. Ich musste einfach verhindern, dass Benazir Ihrem Beispiel folgte, aber war zu schwach..."

„Dann wissen Sie also doch, wie wir Frauen uns fühlen."

Er hob die Schultern.

„Benazir hat Ihr Verhalten nicht verdient."

Seine Augen glitten unstet zur Seite. „Übermitteln Sie ihr, es tue mir leid."

„Das sollten Sie ihr persönlich sagen."

„Unmöglich!" Ehrliche Entrüstung färbte seine volle Stimme. Natürlich ging das nicht. Wie konnte sich ein männliches Wesen bei einer Frau entschuldigen? „Meine Mutter hatte Recht", knurrte er. „Sie sind eine Gefahr für unsere Welt."

„Also ich denke, Sie nehmen mich zu wichtig."

„Ist es Zufall, dass Sie gerade diese Oper lieben? Selbst bei Mozart ist die Gefahr für den Orient das eigentliche Thema, und nicht Ihre rührende Liebesgeschichte! Der Pascha begreift, welche Gefahr von dieser Konstanze ausgeht. Natürlich könnte er sich diese Frau einfach nehmen, er hätte jedes Recht dazu. Er könnte sie zwingen, seine Kinder zur Welt zu bringen, aber um welchen Preis?"

Martha war einigermaßen sprachlos, doch er sah nur durch sie hindurch, hinüber zu den mächtigen Bergketten.

„Ihre Konstanze würde den ganzen Harem vergiften, Jahr um Jahr, Tag um Tag. Und ihre Kinder würden mit diesem Gift geboren, denn die Seele der Kinder liegt im Schoß der Mutter. Wie sagte doch Bassa Selim? Wen man durch Wohltaten nicht gewinnen könne, den solle man sich vom Halse schaffen. Sie sind eine Frau und begreifen die *Entführung* als romantisches Abenteuer, doch ich sehe im Verhalten Bassa Selims eine grundsätzliche Entscheidung zwischen Ost und West, zwischen Ihrer Welt und meiner eigenen."

Said schüttelte staunend den Kopf, als sei er selbst überwältigt von seiner jähen Erkenntnis. „Ich muss Ihrer unlogischen Oper Abbitte leisten. Doch fragt man nach dem tieferen Sinn, dann erscheint einem alles in ganz anderem Licht."

„Vielleicht hatte der Autor des Librettos keine Ahnung vom Orient?"

„Das war in der Tat mein erster Gedanke. Aber je länger ich darüber nachsinne, desto großartiger scheint mir die Geschichte. Ihre Konstanze demütigt Bassa Selim. Sie verschmäht seine Güte und wirft sich einem Christen an den Hals, mit dem sie nicht einmal verheiratet ist. Das ist ein Schlag ins Gesicht für jeden Mann."

„Sie meinen das ernst?"

„Todernst. Der Pascha nutzte indes diesen Augenblick, um die moralische Überlegenheit des Orients zu demonstrieren und schützte zugleich seine Welt vor schädlichen Einflüssen. Er beschützte sogar seinen treuen Osmin. Das nenne ich wahre Größe."

„Ich glaube, Sie hätten meine Mutter ziemlich verblüfft und meinen Vater entzückt."

„Darf ich fragen, wieso?"

„Meine Mutter liebte den Orient, doch mein Vater sah im Laufe der Jahre immer mehr das Trennende. Meine Mutter fühlte sich als Teil von Kabul, doch mein Vater begriff sich stets als Gast."

Er nickte erst langsam, dann immer nachdrücklicher. „Der Unterschied zwischen der Weisheit eines Mannes und den Emotionen einer Frau."

Beide versanken sie in Schweigen, und beide schienen sie froh, Raum zu gewinnen für eigene Gedanken. „Glauben Sie tatsächlich, dass sich der Librettist so tiefschürfende Gedanken machte?", erkundigte sie sich schließlich.

„Mit Librettist meinen Sie den Autor des Textes? Stammt die Geschichte denn nicht von Mozart selbst?"

„Oh nein. Die Musik ist von Mozart, aber der Text von Stephanie dem Jüngeren. Ich habe allerdings keine Ahnung, wer das war."

„Auf jeden Fall hat er das Problem des Orients hellsichtig erkannt. Ihre Oper beschreibt das Risiko einer Revolution bei der Kollision zweier Welten. Eine verliert immer, und der Orient wird das nicht akzeptieren, nicht ohne Kampf."

Wieder startete er das Grammophon und lauschte gedankenverloren. Sie verstand ihn sehr wohl. Die islamische Welt verlor seit Jahrhunderten, ein Thema, über das sie endlose Stunden mit ihren Eltern und sogar mit David diskutiert hatte.

„Ihre Interpretation ist erstaunlich. Auch meine Mutter vertrat die Ansicht, Mozart sei ein Revolutionär gewesen, ein Genie, das seine Zeitgenossen erst entzückte und dann verängstigte." Sie nahm die Nadel von der Schallplatte. Caruso verstummte abrupt. „Im Grunde sind Sie froh, dass wir Deutschen Afghanistan verlassen."

„Wie ich schon sagte, Sie können jederzeit bleiben. Was haben Sie?"

Martha zog ihre Jacke enger. „Ich weiß, es klingt absurd, aber mein Dschinn war hier im Garten, in jener Nacht, als ich vor dem Sturmbannführer flüchtete. Die Erinnerung ist so präsent, ich spüre sie geradezu körperlich. Als Kind träumte ich immer davon, dass Iskender stets über mich wacht, aber mittlerweile hat er mich im Stich gelassen." Sie lachte ein wenig unsicher auf.

„So ist das mit Geistern. Aber Sie sind viel gefährlicher als Ihr Dschinn. Nehmen wir nur diese Unterhaltung hier! Ich diskutiere mit Ihnen wie mit einem Mann, einfach unglaublich."

Chadidscha

Kabul, 9. Oktober 1941
19:25 Uhr

Martha zog schmunzelnd den Schlauch ihrer Huka weiter zu sich heran, dabei verrutschte ihr die Bluse. Saids Augen weiteten sich überrascht. Martha erkannte zu spät Benazirs Haremsbemalung. Zum Glück wusste Said nichts von ihrem erotischen Ursprung, doch konnte Martha ihre Verlegenheit nicht ganz überspielen.

„Henna ist eine ziemlich dauerhafte Angelegenheit", nickte ihr Gegenüber. Offenbar hatte er klar erkannt, dass sie versucht hatte, die Bemalung loszuwerden. „Kennen Sie eigentlich den Ursprung dieser Sitte?"

Martha schüttelte befangen den Kopf.

„Nun, als der Prophet, Allah segne ihn, im Zuge der Hidschra von Mekka nach Medina zog, da gab seine Frau Chadidscha all ihr Geschmeide weg. Um ihrem Mann nicht schmucklos zu begegnen, bemalte sie sich mit Henna, und so schuf Chadidscha als Mutter aller Gläubigen den Schmuck des Harem."

Martha fragte sich, ob Benazir diese Legende kannte. „Eine schöne Geschichte, wenn auch nur eine Legende."

„Eine Legende? Sie glauben mir nicht?"

„Nun, es liegt mir natürlich fern, Sie zu korrigieren."

„Aber?"

„Aber die Hidschra fällt in das Jahre 522 christlicher Zeitrechnung, und Chadidscha starb bereits im Jahre 519."

Seine Verblüffung war eine wahre Wohltat. „Nun, so sagt es zumindest mein Lexikon", setzte sie hinzu.

„Sie wollen mir sagen, dass Sie in einem Lexikon lesen, um Jahreszahlen zu lernen? Ich meine freiwillig?" Kopfschüttelnd startete er sein Grammophon, die Ouvertüre der *Entführung* unterbrach seinen Satz. Offenbar hatte er nie daran gedacht, den Tod Chadidschas und das Datum von Mohammeds Hidschra in Beziehung zu setzen. „Allah rette uns, ein Lexikon." Die Vorstellung schien ihm beinahe abstoßend. „Warum, um Allahs Willen, lesen Sie in einem Lexikon?"

„Sogar ein Lexikon kann sich zu einem Freund entwickeln."

Er musterte sie in jähem Verständnis. „In der Einsamkeit einer fremden Welt?"

Sie nickte knapp, und sein Lächeln machte es nur noch schlimmer. „Sie haben ja keine Ahnung", fuhr sie ihn an. „Sie sind ein Mann."

Sein Lächeln erlosch wie weggewischt. „Verzeihung, aber was hat meine Ignoranz mit einem Lexikon zu tun?"

Martha antwortete nicht und lauschte der Ouvertüre. Sie musste sich zusammennehmen, sie erzählte hier einfach zu viel über sich selbst.

„Erklären Sie es mir?“ Das klang so interessiert, dass sie ihre Bedenken zur Seite schob.

„Als ich als Kind nach Kabul kam, hatte ich große Schwierigkeiten, Freunde zu finden. Ich war bereits in einem Alter, in dem afghanische Mädchen nicht mehr auf die Straße dürfen und mit Jungen konnte ich erst gar nicht spielen. Es war alles ganz anders als in Berlin...“ Sie suchte nach Worten, und er wartete geduldig ab.

„Anfangs war es schrecklich“, stieß sie hervor. „Wie in einem Gefängnis. Mit niemandem durfte ich reden, nur mit irgendwelchen Lehrern, und die waren unsagbar alt und schrecklich langweilig. Es gab Tage, da weinte ich, bis ich keine Tränen mehr hatte. Auch meine Eltern waren völlig hilflos. Schließlich sagten sie mir, ich sei jetzt ein Junge und kein Mädchen mehr. Sie schnitten mir die Haare ab, auf die ich doch so stolz war. Ich bewahre diese Haare heute noch auf, und es vergeht kaum ein Tag, an dem ich sie nicht herausnehme.“

Sie fasste sich ins Haar und zog es unter dem Turban hervor. „Damals reichten mir meine Haare bis in die Kniekehlen. Als mir Mutters Schere hineinfuhr, da fühlte ich mich so gedemütigt wie nie in meinem Leben. Außerdem war das alles ganz sinnlos, jeder schien zu wissen, dass ich kein blonder Junge war. Überall wurde ich als Hure beschimpft. Anfangs begriff ich gar nicht, warum man mich mit Steinen bewarf.

Ich suchte mir meine eigenen Freunde und fand sie in Büchern. Leider besaßen wir kaum europäische Bücher, schon gar keine für ein kleines Mädchen. Und so stieß ich schließlich in meiner Verzweiflung auf jenes Lexikon. Ich gebe zu, es ist nicht gerade unterhaltend, zumal ich das Allermeiste gar nicht verstand, doch enthielt es zum Glück auch viele historische Details.“

„Chadidscha und die Hidschra.“

„Heute habe ich das meiste längst vergessen, doch damals öffnete das Lexikon ein Fenster zu einer anderen Welt, die ich mir glücklicher vorstellte als meine eigene. Eine Art von Adventskalender, hinter dessen Türchen so viele Überraschungen warten.“

„Was ist ein Adventskalender?“

„Ein Kalender, der die Tage vor dem 24. Dezember anzeigt, dem Tag, an dem Christus geboren wurde. Ich las jede Seite, aber es gab keinen Ausgang. Alles was auf mich wartete, war die Einsamkeit meines Gefängnisses, und das hieß Kabul.“

Sie sprach schneller und schneller. „Sie sind ein Mann, Sie haben keine Ahnung, wie sich ein Gefängnis anfühlt. Im Orient fristet jede Frau ihre

Tage hinter Gefängnismauern und selbst ihre Burkas sind vergittert. Also sagen Sie mir nichts gegen mein Lexikon, denn es hat mich wahrscheinlich am Leben erhalten."

Sie hatte sich in Rage geredet und schließlich keinen Atem mehr. Außerdem flutete ihr mittlerweile das Haar um die Schultern, wahrscheinlich hatte sie die ganze Zeit damit herumgespielt. „Entschuldigung", murmelte sie betroffen, doch die Antwort war nichts als ein einfaches *Danke*.

„Danke? Wofür?"

„Oh, für Ihre Offenheit, nein, eher für Ihren Mut, mir so viel anzuvertrauen."

Verlegen wickelte sie ihren Turban aufs Neue. „Es dauerte lange, ehe ich mich in Kabul heimisch fühlte." Sie hätte beinahe hinzugefügt, dass sie längst ein Teil von Kabul geworden sei, doch das hätte er wohl nur belächelt, und so schwieg sie in letzter Sekunde. „Nun, jetzt sind Sie dran!", murmelte sie.

Er hob fragend die Brauen.

„Erzählen Sie mir etwas von Ihrem Afghanistan. Ich bin sicher, Sie betrachten es aus einem ganz anderen Blickwinkel. Ich hörte, ihre Familie habe weite Besitzungen im Hindukusch?"

„In der Tat, sowohl die Familie meines leiblichen Vaters wie die meines Stiefvaters."

„Können Sie Ihre Besitzungen eigentlich noch kontrollieren? Sie müssten doch ständig unterwegs sein."

„Viele Orte habe ich seit Jahren nicht besucht."

„Besitzen Sie auch Schlösser aus den Tagen Timurs und seiner Familie?"

„Also, das weiß ich nicht, ich habe mich nur selten für alte Dinge interessiert."

„Aber das ist doch die Vergangenheit Ihrer Heimat!"

„Afghanistans Zukunft scheint mir unsicher genug, von seiner Gegenwart ganz zu schweigen." Er untermalte seine Antwort mit einem leichten Lächeln, doch Martha ließ sich nicht abschütteln.

„Ich denke, die meisten Afghanen interessieren sich nicht für ihre eigene Geschichte."

„Vielleicht weil die Religion das Einzige ist, was wir wissen müssen."

„Das ist nicht Ihr Ernst. Dann würden sie alle im Mittelalter leben. Keine Autos, kein Funk, keine..."

„Keine Gewehre und Kanonen, keine Sprengstoffe, kein British Empire, keine UdSSR und keine Nazis. Meinen Sie, das wäre nicht zu verschmerzen?"

„Sogar die schlimmsten Zeiten haben oft beeindruckende Leistungen hinterlassen. Nehmen Sie etwa die Mongolen. Die Tagebücher meiner Mutter sind voll von Zeichnungen alter Burgen und Schlösser, obwohl Timur ein wahrer Schlächter war."

„Und was ist die schönste Ihrer eigenen Erinnerungen?" Erwartungsvoll zog er an seiner Pfeife.

„Ein Schloss im Hindukusch mit einer Moschee. Hohe Zwiebelkuppeln und drei Minarette, einsam wie eine Burg auf einem steilen Berg. Ein richtiges Traumschloss. Ich sehe mich noch heute, wie ich als Kind den Berghang empor kletterte und natürlich schneller sein wollte als mein Vater."

Seine Augen leuchteten. Offenbar konnte er sich das gut vorstellen. „Und wie heißt dieses Traumschloss?"

„Ich habe keine Ahnung. Ich zählte damals zwölf oder dreizehn Jahre. Sie können das wahrscheinlich nicht verstehen, aber ich würde eine Menge geben, wenn ich dieses Schloss vor meiner Abreise noch einmal sehen könnte oder zumindest seinen Namen erführe."

„Das Schloss ohne Namen", murmelte er. „Das klingt in der Tat romantisch."

„Sie kennen es nicht zufällig?", fragte sie lauernd.

„Drei Minarette?" Er schüttelte nachdenklich den Kopf. „Ziemlich ungewöhnlich."

„Ich wollte mich noch bedanken, dass Sie Benazir einen Arzt gerufen haben", lenkte Martha leichthin ab.

Ihr Gastgeber runzelte die Stirn, als habe er sie nicht verstanden. Zugleich griff er nach dem Tee, doch war kein Teesud mehr vorhanden. Said klatschte auffordernd, doch rührte sich nichts, kein Diener weit und breit.

Sherlock Holmes

Kabul, 9. Oktober 1941
22:40 Uhr

„Verstehe ich nicht", murmelte Said ungehalten. Für einen Augenblick lauschten sie beide in den Park hinein, doch hörten sie nur Vogelstimmen.

„Was sagten Sie da von einem Arzt?" erkundigte er sich unvermittelt.

„Der Arzt für Benazir. Ihr Verband war schon erneuert."

„Ein Arzt? Von mir?"

Martha überlief es siedendheiß. „Sie..., Sie wissen nichts davon?"

Er schüttelte entschieden den Kopf. „Aber nein, wie hätte ich das tun sollen? Sie haben mir doch erst im Ministerium von Benazir berichtet, und wir waren die ganze Zeit zusammen."

„Ein Arzt hat sie verbunden!"

„Wo haben Sie Benazir untergebracht? In ihren eigenen Räumen?"

Martha nickte beklommen.

„Und dort hat sie ein Mann aufgesucht?" Die Frage war kaum vollendet, da war er bereits vom Diwan herunter.

Für einen lähmenden Moment sahen sie sich in die Augen, dann stürzte er auch schon zu dem Gebäude hinüber. Sie erreichte ihn erst, als er mit fliegenden Fingern einen Dienstboteneingang öffnete. Dahinter lag alles im Dämmerlicht.

„Wo ist Ihr Personal?", keuchte sie.

„Gute Frage." Als er die Pistole zog, war sie beinahe ebenso schnell. Sie schlichen eine enge Wendeltreppe nach oben. Draußen war es mittlerweile weitgehend dunkel. Das Haus lag in vollkommenem Schweigen. Augenblicke später erreichten sie bereits Benazirs Wohnbereich. Alles war leer – von dem Mädchen keine Spur.

„Benazir? Benazir? Vielleicht ist sie unten in dem geschlossenen Stockwerk?"

Sie wollte hinaus, doch Said hielt sie zurück. „Warten Sie! Was ist mit den Soldaten vor dem Tor, und wo ist eigentlich Ihr Bruder? Sagten Sie nicht, er habe dort draußen Posten bezogen?"

Adolf, mein Gott, den hatte sie ja völlig vergessen. „Ich muss zu ihm, bin gleich zurück. Suchen Sie weiter!"

Sie wollte weg, doch ließ er sie noch immer nicht los. „Bleiben wir zusammen. Ich kümmere mich um die Soldaten, Sie um Ihren Bruder."

Sie stürzten nach unten. Die beiden Wachposten dösten vor sich. Während Said zu ihnen trat, eilte Martha die Mauer des Parks entlang, der schadhaften Stelle entgegen, über die sie damals eingedrungen war. Sie hatte ihr Ziel beinahe erreicht, als Said sie bereits einholte.

„Was ist mit den Soldaten?"

„Ihnen ist nichts aufgefallen, angeblich."

„Sie haben geschlafen, darauf schwöre ich. Helfen Sie mir hoch?" Sie deutete zur Mauerkrone empor. Er hob erst die Hände, ließ sie aber wieder sinken. „Und was wollen Sie da oben?"

„Adolf sollte mir auf der Mauer eine Nachricht hinterlassen, falls er seinen Posten verlassen musste. So helfen Sie mir doch, verflixt noch mal!"

Sie klammerte sich schon an die Ziegel und so griff er ihr unter die Füße. Mit Saids Hilfe war es kein Problem. Augenblicke später streckte sie ihm bereits eine kleine Dose entgegen, die oben zwischen den schadhaften Ziegeln eingeklemmt gewesen war. „Fangen Sie?"

Sie warf ihm das Behältnis hinunter, es maß kaum fünf Zentimeter im Durchmesser. Nach einem verwegenen Sprung stand sie neben ihm. Die Büchse enthielt einen Fetzen Papier mit einer hastig hingekritzelten Bleistiftnotiz.

Für Fohli!

Einige Kerle tragen gerade Gerümpel aus dem Palast in Richtung Stadtrand. Sehe mir das genauer an und melde mich. Einen schönen Tag noch.

Said runzelte die Stirn. „Gerümpel?" Er hastete zurück zum Haupthaus. Während Martha nach oben eilte, trat er nochmals zu seinen Soldaten. Die armen Kerle hatten sicher keinen leichten Stand. Noch auf den Stufen hörte sie, wie er auf sie einschrie, aber das würde auch nichts ändern. Die Leute hatten nichts bemerkt und beteiligt waren sie auch nicht, sonst wären sie längst über alle Berge, so wie die beiden Diener im Garten.

Die Räume waren offenbar erneut durchsucht worden. Dass sie das nicht sofort bemerkt hatte! Sie hätte sich am liebsten geohrfeigt. Das Chaos hatte sich zwar nicht vergrößert, doch lagen die Dinge teilweise anders als vorher, da war sie sich absolut sicher.

Auch glaubte sie zu wissen, wie man Benazir aus dem Haus geschafft hatte – das *Gerümpel* in Adolfs Nachricht. Nachdenklich untersuchte sie das Bett, Benazirs Decke war zur Seite gelegt und ordentlich zusammengefaltet.

„Haben Sie das Bett gemacht?", erkundigte sich Said ganz unvermittelt hinter ihr.

„Nein, und auch irgendwelche Entführer würden sich damit niemals aufhalten."

„Ich denke, dass sie aufstand und ihr Bett machte und dann gestört wurde."

Er musterte sie mit schmalen Augen. „Willkommen Sherlock Holmes."

„Sherlock Holmes? Wer ist das?"

„Sherlock Holmes sagt Ihnen nichts? Das ist ein berühmter englischer Detektiv, der seine Fälle durch die Beobachtungen kleinster Details aufklärt."

„Den könnten wir jetzt gut gebrauchen."

„Oh, Sie machen das großartig."

Martha fühlte, wie ihr etwas warm im Nacken wurde. „Gehen wir nach unten in den verschlossenen Harem."

Said atmete heftig ein, als er die aufgebrochene Türe erreichte, die zu den versiegelten Räumlichkeiten führte.

„Dort drin haben wir Ihre Mutter entdeckt", erläuterte Martha.

„Dort drin? Wer auch immer diesen Plan ausheckte, er wusste genau Bescheid."

Said untersuchte das Schloss an der Tür, und sie wollte bereits weiter, als Said sie zurückhielt. „Asche", zischte er und deutete auf den Boden.

Martha untersuchte die Spuren. „Hier könnte jemand geraucht haben."

„Und das vor gar nicht langer Zeit", murmelte er grimmig.

„Woher wissen Sie das?"

„Meine Mutter ist eine Sauberkeitsfanatikerin. Sie würde hier putzen lassen, und deshalb muss die Asche jüngeren Datums sein. Sehen Sie die Flecken? Sieht so aus, als habe man Zigaretten ausgetreten."

„Und die Kippen anschließend entfernt. Wer raucht hier im Haus Zigaretten?"

Er hob ein wenig hilflos die Hände. Sie wusste genau, was er andeuten wollte. Im Grunde hatte er keine Ahnung von den Einwohnerinnen seines eigenen Harems. Nein, eigentlich waren sie für ihn wie Insassen in einem Gefängnis, zumindest hatte Marthas Mutter das stets mit Verve vertreten. Aber wo waren die Zigarettenkippen? Am Eingang zu dem versiegelten Trakt stand eine große Bodenvase, als sie sich ihr näherte, stieg ihr kalter Tabakrauch in die Nase. Als sie die Vase herum drehte, fielen tatsächlich einige Kippen heraus. Said stand mit einem weiten Schritt neben ihr.

„Zigaretten von wenigstens zwei Männern", folgerte er.

„Und wieso zwei Männer?"

„Rauchen Sie? Nein? Nun, dann sehen Sie her! Die Zigaretten wurden auf unterschiedliche Art ausgedrückt. Der eine hat die Zigaretten nur halb geraucht und dann gebrochen, während der andere sie nahezu vollkommen herunterraucht und mit dem Fuß austritt."

„Könnten die Kerle zum Hauspersonal gehören?"

„Dann hätten sie im Harem nichts zu suchen."

„Vielleicht roch Benazir den Rauch und wollte nachsehen, wer..."

„Das passt aber nicht ganz zu Ihrer Theorie des fein säuberlich gemachten Bettes."

Da hatte er leider Recht. „Die beiden könnten schon hier gewesen sein, als ich nach Benazir sah. Ich muss direkt an ihnen vorübergekommen sein. Warum haben sie mich nicht einfach überwältigt, umgebracht oder zumindest auch entführt?"

„Es ging nicht um Martha von Helm, sondern um Benazir. Ich fürchte, Sie waren für diese Kerle völlig uninteressant."

Martha spitzte nachdenklich die Lippen. „Unter Umständen ergriff Benazir auch nur die Chance, sich hier in aller Ruhe umzusehen?" Noch während sie sprach, trat sie auch schon in die verbotenen Räume. Said erhob keinen Einspruch, folgte ihr aber.

Das Blut auf dem Teppich machte klar, wo sich das Drama gestern Nacht vollzogen hatte, die zusammengeschobenen Kleidungsstücke und Kelims bildeten noch immer einen wirren Haufen. Beim Anblick des Blutes knirschte Said mit den Zähnen. „Der Tote wurde tatsächlich entfernt?"

„Offenbar von seinen Kumpanen, damit ihn niemand identifizieren kann."

Said zog die Teppiche auseinander und Martha begriff erst jetzt so richtig, was hier vorgegangen sein musste. Offenbar hatte man die alte Dame vor eine mächtige Holzbank gelegt, die direkt unter einem Wandbehang stand. Die auf der massiven Bank befestigten Polster waren im Todeskampf der beiden Kontrahenten heruntergerissen worden und nun mit Blut besudelt.

„Ihre Mutter hat ihrem Wächter von hinten die gefesselten Arme um den Hals gelegt. Sie lag wohl in der Nähe dieser Holzbank auf dem Boden."

Said fuhr durch sein dichtes Haar. „Dann kniete der Kerl auf dem Boden, mit dem Rücken zu meiner Mutter, sonst wäre der Angriff gar nicht möglich gewesen."

„Aber warum sollte er ihr den Rücken zukehren?"

„Das ist eine zentrale Frage."

Martha überprüfte die längst getrockneten Blutlachen und streckte sich dann vorsichtig auf ihnen aus, so wie möglicherweise Saids Mutter gelegen hatte. Er erhob keinerlei Einspruch. Nun hielt sie die zusammengehaltenen Handgelenke über das Zentrum der Lache. „So haben wir sie vorgefunden."

„Dann kniete der Kerl unmittelbar vor der Bank."

Aber weshalb sollte die Wache vor die Bank knien? Die Erklärung stand direkt vor Marthas Augen. Jemand hatte versucht, die massive Sitzfläche der truhenförmigen Holzbank mit einem scharfkantigen Werkzeug hochzustemmen. Die hellen Beschädigungen waren zwischen den massiven Metallbeschlägen bestens auszumachen.

Martha wollte die Abdeckung anheben, doch saß sie wie festgenagelt, doch nein, nicht genagelt! Das massive Sitzbrett wurde nicht etwa von metallenen Beschlägen, sondern von Metallscharnieren an seinem Platz gehalten. Die Sitzfläche war keine Abdeckung, sondern ein Deckel und die Bank war auch keine Bank, sondern eine Truhe.

Eine Truhe!

Martha stemmte sich gegen das Möbelstück und versuchte es, von der Wand zu schieben. „So helfen Sie mir doch", keuchte sie, als Said sie verwirrt beobachtete.

Zu zweit war es nun weiter keine Schwierigkeit. Ein Blick auf die Rückseite des Möbelstücks, und ihr Verdacht erhärtete sich. Die Rückseite war in Wahrheit die Vorderseite einer massiven Holztruhe von über zwei Metern Länge. Das kompakte Stück war etwa sechzig Zentimeter hoch und wenigstens ebenso tief. Zwei mächtige Vorlegeschlösser sorgten dafür, dass kein Unbefugter an den Inhalt gelangen konnte. Und dass es einen Inhalt gab, dafür sprach das Rumpeln und Rascheln im Inneren, als sie die Truhe von der Wand zerrten.

Offenbar hatte Fatimas Wache in jener verhängnisvollen Nacht die Truhe bemerkt und versucht, den Deckel aufzubrechen, ohne zu realisieren, dass er sich an die falsche Seite heranmachte. Dabei kniete er vor der Truhe und hatte der alten Hexe den Rücken zugewandt – ein verhängnisvoller Fehler.

War das am Ende Fatimas ominöse Kiste? Dann hatte das Möbel den Harem niemals verlassen, und die Entführer hatten sie auch nicht entdeckt, wenn man einmal von der unglücklichen Wache absah. Wahrscheinlich hatte Fatima die Truhe hier umgekehrt vor die Wand stellen lassen. In den verbotenen Zimmern war das Geheimnis besser gewahrt als an jedem anderen Ort.

„Benazir zeigte mir einen Schlüssel." Sie hastete aus dem Raum und die Treppe hinauf und war schnell wie der Wind wieder unten. Der Schlüssel passte tatsächlich.

Augenblicke später klappten sie auch schon den Deckel zurück, und nun erklärte sich auch das Gewicht der Kiste, war sie doch mit islamischen Kacheln angefüllt. Dazwischen standen wie Inseln im Meer zwei kleine Postamente aus Stein. Sie maßen etwa zwanzig auf dreißig Zentimeter und waren so schwer, dass Martha sie nur mit Saids Hilfe herausgeben konnte. Beide trugen sie Inschriften, die eine in einer Schrift, die Martha nicht kannte, die andere hingegen in griechischen Lettern.

„*Stateira für König Alexandros, den Sohn des Philippos*", buchstabierte Martha und riss elektrisiert die Augen auf. „Das ist Iskender el-Kebir, Alexander der Große!"

Das kam so unerwartet, dass beide erst einmal verstummten. Es war Said, der als erster seine Sprache wiederfand. „Wenn der Prophet nicht jede Zauberei verdammt hätte, dann würde ich diesen Fund für ein Omen halten."

Mit den Fingern fuhr er über die präzise gemeißelten Buchstaben. „Wieso können Sie eigentlich solche Inschriften entziffern?", erkundigte er sich schließlich.

„Das ist Griechisch, doch sagt mir die andere Schrift leider rein gar nichts."

„Und wo haben Sie Griechisch gelernt? In der Amani?“

„Oh nein, von meinen Eltern.“ Sie griff bereits nach den Kacheln. Sie erinnerten an die Bauten der Timuriden, aber völlig sicher war sie nicht. Vor allem begriff sie nicht, wieso jemand Inschriften und Kacheln in einer Truhe versteckte.

Dennoch schichtete sie Kachel um Kachel zur Seite und wurde alsbald belohnt, denn unter den Fragmenten erschien der Deckel einer kleinen, glücklicherweise unverschlossenen Holzkiste. Sie war nicht schwer, und Martha hatte sie im Nu heraus. Drinnen lag ein vielleicht zwei Zentimeter dickes Buch, das Martha auf den ersten Blick erkannte – ein Tagebuch ihrer Mutter.

Sie hatte es geahnt, seit sie Davids Notiz gelesen und Benazirs Geschichte gehört hatte, aber es war diese Gewissheit, die ihr nun die Ohren klingen ließ. Saids Mutter stand hinter den Einbrüchen in ihre Wohnung. Fatima hatte die Tagebücher an sich gebracht, und ihr Sohn stand jetzt direkt neben ihr.

Ihre Gedanken flogen förmlich, als sie alle Eventualitäten abwog. Womöglich steckte der alte Drache auch hinter dem Verschwinden ihrer Eltern und womöglich war sogar Said darin verwickelt. Hatten sie am Ende ihre Eltern beseitigt, um an ihr Wissen und an den Schatz zu kommen? Es überlief sie abwechselnd heiß und kalt, und die Ängste der letzten Tage kehrten schlagartig zurück. Said hatte sie belogen und erkannte sicher, dass sie ihn jetzt durchschaut hatte.

Als er ihr das Tagebuch aus der Hand nahm und arglos fragte, was das sei, griff sie schon zur Waffe.

Er brach ab, als sie zurücksprang und die Pistole durchlud. Sie war so außer sich, dass sie auf ihn anschlug, ohne ein einziges Wort herauszubringen. Dabei zitterten ihre Finger so heftig vor lauter Angst und Entrüstung, dass sie schließlich die Waffe mit beiden Händen umklammerte und die Beine spreizte, um ihr Ziel halbwegs sicher anzuvisieren.

Das fehlende Buch

Kabul, 9. Oktober 1941
23:42 Uhr

Said rührte sich nicht und stellte auch keine Frage, seine Finger immer noch in den aufgeschlagenen Seiten. Vielleicht war es am Ende seine Sprachlosigkeit, die sie davon abhielt, einfach abzudrücken.

In ihrer Aufregung erwog sie immer neue Lösungen und Hypothesen. Vielleicht hielt man ihre Eltern gefangen oder sie waren entkommen, aber man hatte ihnen vorher das Geheimnis der Tagebücher abgepresst. Deshalb hatte man auch die Tagebücher entwendet. Ihre Eltern waren tot... Sie dachte nicht mehr an die Briten oder an Mozart. Das alles schien wie weggewischt.

„Wo sind meine Eltern?" Sie erkannte kaum ihre eigene Stimme, so gepresst, wie sie die Worte hervorstieß. Sie musste ihre Frage wiederholen, ehe Said überhaupt begriff, was sie ihm da entgegenkeuchte. Zum ersten Mal seit Minuten senkte sie die Mündung ihrer Waffe, wenn auch nur um einige Zoll.

„Das weiß ich nicht", entgegnete er mit bestürzender Ruhe. „Ich bedauere das sehr, wirklich. Was ist das für ein Buch?" Er hob das Tagebuch und Martha riss sofort ihre Waffe etwas weiter nach oben.

„So hören Sie doch, ich weiß es wirklich nicht", wiederholte er. „Bitte, warum sind Sie so erregt und was hat diese Truhe mit Ihren Eltern zu tun?"

Sein betont vorsichtiger Ton war nur dazu angetan, ihr Misstrauen zu steigern.

„Das ist ein Tagebuch meiner Mutter", stieß sie hervor. „Und Sie wissen das ganz genau."

Said blickte auf die aufgeschlagenen Seiten und zeigte ihr dann vorsichtig die Zeichnung einer Landschaft. „Das stammt von Ihrer Mutter? Und dabei hatte ich immer angenommen, dass Sie die Künstlerin ihrer Familie sind." Wahrscheinlich sollte sie sein Plauderton entspannen, doch erreichte er das krasse Gegenteil.

„Sie haben das Tagebuch stehlen lassen", fauchte sie. „Sie und Ihre Mutter."

Seine Augen weiteten sich, das Buch flatterte zu Boden.

„Heben Sie's auf, die Hände auf die Seiten!", zischte Martha. Er bückte sich nach kurzem Zögern, ohne ihre Waffe aus den Augen zu lassen.

„Wenn Sie das Buch noch einmal loslassen oder nach Ihrer Pistole greifen, dann schieße ich."

Said bewegte sich betont langsam. „Und was haben die Tagebücher mit dem Verschwinden Ihrer Eltern zu tun?"

Martha war sich absolut sicher, dass er gezielt das Wort *Tod* vermied. „Es ist das letzte Tagebuch meiner Mutter. Sie..., Sie stahlen es, um Informationen über den Schatz zu erhalten!"

Die dunklen Augen schienen ihr in die Seele zu blicken. Nein, sie würde nicht nachgeben, sie wollte jetzt die ganze Wahrheit, und er schien genau zu wissen, was ihr beinahe das Herz abdrückte. „Ich versichere Ihnen bei der Ehre meines toten Vaters, dass ich nicht die geringste Vorstellung habe, was mit Ihren Eltern geschehen sein könnte."

Er klang zwar völlig beherrscht, doch sein Adamsapfel bewegte sich deutlich. Er schluckte, er hatte Angst! Die Beobachtung verschaffte Martha eine gewisse Befriedigung. Er war gar nicht so überlegen, er wusste genau, dass er jetzt dem Tod in die Augen blickte. Sie wollte ihn anschreien, ihn fragen, brachte nur ein Krächzen hervor, so dass er schließlich selbst das Wort an sie richtete. „Bitte, erklären Sie mir, warum Sie mich aufgrund dieses Tagebuchs verdächtigen."

„Meine Eltern stießen vor Kriegsausbruch auf die Spur des Schatzes. Sie vermuteten wohl, es handele sich um den verlorenen Teil des Oxosschatzes."

„Aber Sie bezweifeln das?"

Sie schüttelte wütend den Kopf, so dass er verwirrt nachfragte. „Meinen Sie nun Ja oder Nein? Ich meine, Sie haben den Kopf geschüttelt."

„Nein!" Nach all den Jahren in Kabul richtete sich ihre Gestik immer noch nach der Sprache, der sie sich gerade bediente. „Meine Eltern suchten wahrscheinlich den Schatz Ihres Großvaters. Als sie verschwanden, brach man bei mir ein, um dieses Tagebuch zu stehlen."

Sein Blick senkte sich wieder auf die Zeichnung. „Sie befürchten, man habe Ihre Eltern überwältigt, und sie hätten ihren Peinigern das Geheimnis der Tagebücher verraten?"

Sie reagierte mit ihrem knappen Nicken, das immer so schüchtern wirkte.

„Jetzt verstehe ich Sie", antwortete er nachdenklich und suchte wieder den direkten Blickkontakt.„Hören Sie, ich habe meine Pistole in der Jacke. Sie können sie entweder an sich nehmen oder ich ziehe sie mit spitzen Fingern heraus und lasse sie fallen. Einverstanden?"

„Warten Sie!" Ihre Stimme war schrill vor Anspannung. „Ziehen Sie Ihre Waffe heraus, aber mit der rechten Hand. Mit der Rechten, verstanden?" Er war Linkshänder, da war sie sich absolut sicher, sogar seine Teetasse und die Wasserpfeife hatte er mit der linken Hand gehalten.

Said zog die Pistole mit den Fingerspitzen hervor und ließ sie auf die blutigen Teppiche fallen.

„Und jetzt setzen Sie sich", forderte Martha. „Aber keine jähen Bewegungen." Mit einem Mal fühlte sie sich kalt und überlegen. War das nur die Pistole? Nein, sie genoss es geradezu, diesen sonst so überlegenen Mann zu kontrollieren. Er ließ sich langsam nieder, bis er in orientalischer Manier mit gekreuzten Beinen vor ihr saß, die Hände entspannt auf den Fußknöcheln.

Martha beugte sich vor. „Entweder hat Ihre Mutter meine Eltern ermordet oder Sie stecken mit ihr unter einer Decke. Auf jeden Fall wissen Sie mehr davon, als Sie zugeben." Sein Blick blieb ruhig und zuversichtlich.

„Was wissen Sie davon?", drängte sie.

Er klopfte auf das Tagebuch. „Meine Mutter spricht kein Deutsch. Sie kann mit diesen Aufzeichnungen überhaupt nichts anfangen."

„Aber Sie schon!" Said grub seine Zähne in die Unterlippe. „Also haben Sie Ihrer Mutter das Tagebuch übersetzt." Ihre Stimme steigerte sich von Wort zu Wort. „Was... ist... mit... meinen... Eltern?" Martha streckte ihm ihre Waffe immer näher entgegen – sie würde ihn nicht verfehlen aus dieser lächerlichen Distanz, und er wusste das. Eine Schweißperle sickerte ihm aus dem Haar in sein Auge. Sie beobachtete ihn mitleidslos, doch er zuckte mit keiner Miene.

„An meinem rechten Bein trage ich eine kleine Pistole."

Ihr Blick zuckte hin und her.

„Sie können Sie nehmen, er schob ihr den Fuß ein Stück entgegen und nahm die Hand vom Knöchel. Martha bückte sich wie hypnotisiert und tastete behutsam über seine Hose. Tatsächlich eine Waffe, die in einem kleinen Lederhalfter ans Bein geschnallt war. Er hätte sie vorhin problemlos ziehen können.

Warum hatte sie ihn nicht durchsucht? Leider lag die Erklärung offen zu Tage, sie hatte sich gefürchtet und wollte ihn vor allem nicht berühren. Selbst jetzt bebten ihre Finger, als sie die Waffe an sich brachte und hinter sich warf, ehe sie sich schnell wieder zurückzog.

Saids Blick richtete sich auf ihre Waffe, dann wieder in ihr Gesicht. Sie hasste diesen ironischen Ausdruck seiner düsteren Augen. Es war mehr ein Schimmer denn ein richtiges Lächeln.

„Grinsen Sie nicht so! Schieben Sie mir das Buch herüber!"

Seine Augen verengten sich. Offenbar war er einen derartigen Ton nicht gewöhnt und schon gar nicht von einer Frau. Aber dann stieß er es ihr entgegen, Martha zog es heran, ohne ihre Pistole zu senken. Said legte seine Hände schon wieder auf die Knöchel. Er machte einen unglaublich gefassten Eindruck, beinahe wie eine dieser Buddhastatuen aus längst versunkenen Epochen. Martha blätterte mit der Linken, die Pistole unverwandt auf ihr Gegenüber gerichtet.

Sie musste nicht lange suchen, entdeckte sie doch nach kaum einer Minute die Reste herausgetrennter Seiten. Nun zog sie das Blatt mit Davids Nachricht aus der Jacke, es passte in der Tat genau an eine der Risskanten. Said ließ sich keine Bewegung entgehen.

„Wo sind die anderen Seiten?", forschte er. Offenbar hatte er sofort begriffen, worum es ihr ging.

„Und was notierte Ihre Mutter?"

Martha starrte ihn finster an, entschloss sich dann jedoch aus einem Impuls heraus zu einem provokanten Versuch. „Sie schrieb auf, wo Ihr Großvater seinen Schatz versteckte."

Saids Augen weiteten sich vor Überraschung. Martha war sich irgendwie sicher, dass man das nicht schauspielern konnte. „Und wo?", erkundigte er sich, als er seine Überraschung überwunden hatte.

„In dem Geisterhaus, ich meine in Ihrem leeren Haus."

Er mühte sich nach Kräften, seine Überraschung zu verbergen. „Und woher haben Sie diese Seite? Das Tagebuch lag doch hier in der Truhe meiner Mutter!"

Sollte sie David bloßstellen? Sie konnte sich nicht überwinden und so wich sie schließlich aus. „Ich entdeckte das Blatt unten im Bad des leeren Hauses. Ich..."

Er zuckte leicht, und Martha riss abrupt die Waffe hoch. Sie hatte sie abgesenkt, ohne es überhaupt zu merken. Er hingegen beachtete die Pistole überhaupt nicht. „Dann ließen Sie die Wände aufmeißeln?" Ungeachtet ihrer bedrohlichen Attitüde schien er die Situation mehr und mehr zu dominieren. Er öffnete bereits den Mund zu einer weiteren Frage, da zuckten seine Augen jäh zu dem vergitterten Fenster hinter ihrer Schulter. „Vorsicht!", zischte er.

Martha fuhr herum und fühlte im nächsten Moment Saids Hände an ihrem Handgelenk. Sie warf sich zurück, versuchte ihn wegzustoßen, aber er war bei weitem zu kräftig. Die Pistole flog ihr aus der Hand und weit zur Seite. Im nächsten Moment war er schon über ihr und presste sie zu Boden. Zwar kämpfte sie wie eine Katze, und sie war überaus beweglich, doch war seine körperliche Überlegenheit einfach zu groß. Es dauerte nur Sekunden, da hatte er sie auf den Rücken geworfen und ihre Arme auseinandergerissen.

Mit einer letzten Kraftanstrengung berührte sie sein Gesicht, doch ehe sie richtig kratzen konnte, stieß er sie auch schon zurück. „Hören Sie endlich auf!", zischte er wütend. Erst jetzt roch sie den Schweiß, der in großen Flecken sein Gewand durchtränkte. Er hatte sich gefürchtet, vor ihr gefürchtet!

Die Beobachtung gab ihr Kraft für eine letzte Attacke. Sie bäumte sich unerwartet auf und traf ihn mit dem Knie zwischen den Beinen. Sein Schmerz war so überwältigend, dass sich seine Finger lockerten, doch auch wenn ihm das Wasser in die Augen schoss, er blieb eisern über ihr, ja er legte sich sogar mit all seinem Gewicht auf sie, so dass sie kaum mehr Luft bekam.

Schließlich presste er ihre Arme mit seinen Knien zu Boden und hatte nun die Hände frei. Sie konnte nicht verhindern, dass er Davids Nachricht an sich brachte. „Allah, das ist Davids Handschrift! Was...?" Seine Überraschung hätte kaum größer sein können. Mit zischender Stimme las er die hastig hingeworfene Warnung. *„Make sure that nothing can be found in* *your flat!* Was soll das? Was beim Scheitan könnte man in Ihrer Wohnung finden? Tagebücher?"

Sie starrte finster zu ihm auf, doch da hatte er die Lage schon erfasst. „Es gibt nur zwei Möglichkeiten. Entweder wurde das Bad von David und seinen Leuten durchsucht, oder Sie stecken mit den Briten unter einer Decke."

Ihr blieb keine Wahl, und so schilderte sie die Ereignisse jener Nacht, während sein Blick immer düsterer wurde. „David hat mich anscheinend bemerkt und spielte mir diese Warnung zu", schloss sie.

Said presste seine Lippen so fest zusammen, dass sie wie ein heller Strich aus seinem dunklen Gesicht stachen. David hatte ihm den Schlüssel für das verlassene Haus abgeschwatzt, um sich dort ungestört umzusehen. Der Vertrauensbruch war schon beinahe Nebensache. Entscheidend war, ob sich David am Ende auch an dem Angriff auf Saids Mutter beteiligt hatte.

Jetzt verstärkte sich der Druck seiner Knie und Martha wappnete sich bereits gegen das Schlimmste, da ließ er sie plötzlich fahren und griff sich ihre Pistole. Said überprüfte sie, die Waffe war tatsächlich schussbereit, er lachte grimmig auf.

Noch ein wenig benommen kam Martha hoch und rieb sich die schmerzenden Arme. Sie schluckte nervös, doch da warf er ihr ganz unerwartet die Pistole in den Schoß. „Na los doch, zielen Sie wieder auf mich."

Martha legte die Hände auf das kühle Metall. War das sein Ernst?

„Besser jetzt?", grollte er. „Wenn wir vernünftig reden wollen, müssen Sie sich sicher fühlen."

Dann bückte er sich in aller Ruhe, um nun auch seine eigenen Waffen wieder zu sich zu stecken. „Was starren Sie mich so an?", knurrte er.

Sie winkte mit ihrer Waffe. „Warum tun Sie das? Ich hätte beinahe auf Sie geschossen."

„Und das nicht zum ersten Mal, wenn ich mich richtig erinnere." Wieder streifte sie ein funkelnder Blick, dann sah er schon wieder an ihr vorbei, eine vertraute Geste, die ihm offenbar half, sich besser zu konzentrieren. Er ließ sich Zeit, bis er einen neuen Anlauf nahm.

„Sie betrachten mich sicher nicht als Freund, aber ich habe Ihnen dennoch bewiesen, dass ich auch kein Feind bin. Also sprechen wir in Ruhe über David und den Schatz meines Großvaters."

Noch während er sprach, zerrte er an seiner Kleidung herum, als fühle er sich höchst unwohl in seiner Haut. Plötzlich wurde ihr klar, dass sie an ihm noch nie Schweiß oder eine Körperausdünstung wahrgenommen hatte. In einer Welt, in der viele Menschen über Tage, ja über Wochen hinweg kaum ihre Kleidung wechselten, nicht gerade alltäglich.

Doch jetzt bemerkte sie sogar auf ihrem Handrücken Spuren seines Schweißes. Als sie sich den mit einem Jackenzipfel abtrocknete, war ihm das offenbar mehr als unangenehm.

„Wissen Sie, was ich mich frage?", knurrte er, „ich frage mich, ob es David allein um diesen verfluchten Schatz ging, als er mich um den Schlüssel bat, oder ob Sie beide..."

Martha stieg das Blut ins Gesicht. „Es ist nicht so, wie Sie denken!", protestierte sie heftig, doch er winkte nur ab.

„Darüber will ich nichts wissen!" Seine Stimme gewann an Heftigkeit. Es war klar, dass er davon ausging, dass sie David auch zu einem Schäferstündchen getroffen hatte, und diese Vermutung war ihr überaus peinlich. Sie beeilte sich, dem Gespräch eine neue Wendung zu geben. „Sie fragen sich, ob ich an Davids Schatzsuche beteiligt war?"

„Und? Waren Sie es?"

„Würden Sie mir glauben, wenn ich mit Nein antworte?"

Die schwarzen Augen durchbohrten sie förmlich. „Ich weiß es nicht", murmelte er schließlich, und es klang irgendwie hoffnungslos.

„Gut, Sie trauen mir nicht. Doch was soll ich sagen? Wieso sollte ich Ihnen nach der Entdeckung des Tagebuchs irgendetwas glauben? Ihre Mutter..."

„Hören Sie auf", knurrte er. „Ich weiß sehr wohl, was das Tagebuch bedeutet. Meine Mutter könnte selbst in diese Vorfälle verwickelt sein. Sie werden begreifen, dass ich das nicht einmal denken will."

„Sie könnte sogar in das Verschwinden meiner Eltern verwickelt sein. Also, sagen Sie mir, was Sie an meiner Stelle tun würden."

„Nun, ich würde meine Mutter wahrscheinlich zuerst einmal befragen. Es ist klar, dass unsere Interessen ähnlich liegen, auch wenn unsere Motive nicht deckungsgleich sein mögen. Dennoch sollten wir uns verbünden. Ich werde mich bei meiner Mutter erkundigen, das verspreche ich Ihnen. Aber dafür möchte ich auch etwas von Ihnen. Ich will sicherstellen, dass Sie mir alles, aber auch wirklich alles über diesen Schatz erzählen. Vertrauen gegen Vertrauen."

Er räusperte sich. „Als ich in Deutschland weilte, konnte man schon erkennen, dass ein Sturm bevorstand, vorausgesetzt, man ging mit offenen Augen durch die Welt. Jeder in Deutschland schien es zu ahnen, doch kaum jemand fühlte sich berufen, dagegen aufzustehen. Jede gesellschaftliche Gruppe misstraute der anderen, ihre Heimat war wie gelähmt, und die einzigen, die den kompromisslosen Willen zum Handeln an den Tag legten, waren unglücklicherweise die Nazis. Es war beklemmend, sogar für einen Barbaren aus dem Orient. Ohne Vertrauen, so versicherte man mir allerorten, ohne gegenseitiges Vertrauen ginge jede Gesellschaft zugrunde. Ich habe das anfangs gar nicht so recht begriffen, denn bei uns ist Vertrauen selbstverständlich, allerdings nur innerhalb der Familie. Dass es auch unter Fremden Vertrauen geben muss, darüber hatte ich kaum je nachgedacht. Deshalb schätze ich Ihre Hilfe für Benazir und für meine Mutter, die definitiv nicht zu Ihren Freunden zählt."

„Aber Benazir sehr wohl!"

Er lächelte flüchtig. „Sie wäre entzückt, das zu hören."

„Ich glaube, sie weiß es ohnehin."

Seine Bedingung war unmissverständlich – Vertrauen gegen Vertrauen. Schließlich überwand sie sich und ging zusammen mit ihm noch einmal alle Punkte durch.

„Unglaublich", fasste Said schließlich zusammen. „So vereint sich Politik und Weltgeschichte zu einem Zerrbild menschlicher Gier. Dieser Sturmbannführer oder auch unser gemeinsamer Freund David, sie alle werden eines Tages aus ihrem Blutrausch erwachen. Falls sie zu den Siegern gehören, wird man ihnen einige Orden anstecken und sie anschließend nach Hause schicken. Einfach so. Zurück in eine Welt des Alltags, in der sie sich kaum mehr zurechtfinden dürften." Er schob ihr das Tagebuch zu. „Mein Großvater hatte Recht, diesem Schatz zu misstrauen. Die Gier nach Gold ist wie ein Rausch, aus dem man meist zu spät erwacht. Was schauen Sie so? Fragen Sie sich, was ich als Moslem unter einem Rausch verstehe? Hier in Afghanistan gibt es etwas viel Drastischeres als Alkohol."

„Opium?", dehnte sie, und er bestätigte widerwillig.

„Ich habe es einmal versucht. Ich wollte wissen, wovon die Süchtigen träumen, und die Wahrheit ist – nach dem Rausch kommt überhaupt nichts. Ich denke, unsere Gegner träumen von goldenen Reichtümern, und das macht sie noch unberechenbarer, denn sie werden sich zerfleischen wie Hunde, die um einen Knochen kämpfen. So wie unter Umständen auch Ihre Eltern zerfleischt wurden." Abwehrend hob er die Hand. „Ich weiß, ich weiß, Sie wollen das nicht hören, aber so ist es nun einmal. Ihre Eltern stießen auf die Spur des Schatzes. Hatten sie eigentlich gar keine Angst? Auch nicht um ihre kleine Tochter?"

„Mir ist nie etwas passiert", protestierte sie.

„Tatsächlich? Nun, vielleicht hat ja ihr Dschinn seine Hand über Sie gehalten. Aber für Ihre Eltern war Iskenders Hand am Ende wohl nicht groß genug. Sie waren gierig, widersprechen Sie nicht! Sie suchten nach Schätzen, die allein uns Afghanen gehören und nicht irgendeinem Ausländer!"

Sie fühlte den Stich und hielt unwillig dagegen. „Ich dachte, Sie oder Ihr Großvater wollten derartige Schätze nur zerstören?"

Er bewegte sich ärgerlich. „Ich will jetzt nicht diskutieren, ob man heidnisches Gold bewahren sollte..."

„Ich fürchte, das ist etwas, was Ihre Kultur nicht begreifen will."

„Sie meinen, wir seien zu dumm dazu?"

„Ich frage nur, warum Sie es ablehnen. Der Oxosschatz hat nichts mit Religion zu tun und auch nur begrenzt mit der Welt des 20. Jahrhunderts. Solche Schätze wurden von Menschen geschaffen, die ein Recht darauf haben, dass man ihr Andenken nicht mit Füßen tritt. Es geht vor allem darum, diese Schätze der Menschheit zu erhalten."

„Es bleibt Diebstahl!"

„Unsinn! Der Oxosschatz wurde völlig legal in Pakistan veräußert und befindet sich heute in London. Wenn dieser General Cunningham..."

„Ich weiß genau, wer Cunningham war. Er kaufte die Reste des Oxosschatzes und schenkte sie dem British Museum."

„Ohne seine Initiative hätte man das Gold wohl eingeschmolzen. Unter Umständen war das auch das Schicksal der fehlenden Kleinodien – eingeschmolzen und vernichtet."

„Wäre das so dramatisch?"

„Kultur können Sie nicht einfach einschmelzen."

„Vielleicht nicht, aber sprechen wir über Ihre Eltern. Sie benötigten Geld und bitte, erzählen Sie mir nicht, Sie hätten diesen Schatz gesucht, um ihn der Menschheit zu erhalten. Allen Beteiligten ging und geht es nur um Gold." Er lachte bitter. „Aber das ist nur eines der Probleme. Für dieses Tagebuch benötigt man Deutschkenntnisse, und die besitzen weder meine Mutter noch David. Ich frage mich jedoch vor allem, wie David an diese Tagebuchseite kam. David ein Verbündeter meiner Mutter? Das will mir einfach nicht in den Kopf."

„Fragen wir ihn doch!"

„Darauf können Sie Gift nehmen", knurrte er. „So sagt man doch bei Ihnen in Deutschland? Und was ist mit Benazir? Falls es nur um diesen Schatz geht und nur am Rande um Politik, weshalb hat man sie dann entführt?"

„Sie hat mit mir die anderen Tagebücher meiner Mutter durchgesehen. Vielleicht gehen die Entführer davon aus, dass sie etwas wissen könnte." Martha wurde allein bei dem Gedanken ganz flau im Magen.

„Kommen Sie", grollte Said. „Zeigen Sie mir Ihre Tagebücher!" Zu einem Widerspruch ließ er ihr gar keine Zeit und eilte nach draußen.

Blut

Kabul, 10. Oktober 1941
1:00 Uhr

Als sie das Palais verließen, lag die Stadt in tiefer Dunkelheit. Sie wechselten kaum ein Wort, als sie durch die Straßen ritten. Ja, er drängte seinen Hengst mehrfach eine halbe Pferdelänge voran, als gelte es, den Abstand noch zusätzlich zu vergrößern. Als sie vor Stunden nach dem britischen Ultimatum zu seinem Garten ritten, hatte er sich noch ganz anders gegeben. Nach dem Kompromiss mit den Briten, da ging etwas Strahlendes von ihm aus, ein Hochgefühl, das ihn vieles übersehen ließ. Doch nun schien es ihm sogar unangenehm, so gut wie unsichtbaren Passanten zu begegnen, obwohl Martha in der Finsternis ohnehin kaum zu erkennen war. Sie hatte sogar ihr Haar unter einem Turban verborgen und saß wie ein Mann im Sattel.

Als sie nun an der Ecke zu ihrer Gasse den Schimmel vorwärts spornte und zu ihm aufschloss, da fühlte sie seinen unwilligen Blick beinahe körperlich. Er machte ihr zwar ein halblautes Kompliment für ihre Reitkünste, doch klang es eher wie ein versteckter Tadel für die unwillkommene Annäherung.

„Was machen wir mit den Pferden?“, fragte sie.

„Können Sie nachprüfen, ob Ihr Bruder in Ihrer Wohnung ist?“

„Natürlich, aber...“

„Ich bringe die Pferde weg, und Sie erwarten mich vor Ihrem Haus.“

Martha stand schon in der staubigen Straße, als sie ihm die Zügel reichte. Natürlich war es nicht ratsam, die Pferde vor dem Haus zu lassen. Die prachtvollen Tiere hätten schnell unwillkommene Liebhaber gefunden. Zudem war sie sich sicher, dass Said auf keinen Fall auffallen wollte.

Augenblicke später eilte sie bereits ihrem Haus entgegen und war so aufgeregt, dass sie die letzten Meter mehrfach stolperte. Die Gasse war zum Glück menschenleer, und so erreichte sie ohne weiteres Aufsehen das stockdunkle Treppenhaus. Es roch nach Staub, die Stufen knarrten unter ihren tastenden Füßen. Sie klammerte sich an das Geländer um zu lauschen. Kein Geräusch. Das Gewand klebte ihr am Körper, und es war nicht die stickige Luft, die ihren Puls in die Höhe trieb. Mit bebender Hand knipste sie ihr Feuerzeug an. Das Flackerlicht fiel auf abgewetzte Treppenstufen und erlosch, als das Feuerzeug aus ihren schweißnassen Händen glitt. Sie war wirklich ein erbärmlicher Feigling! Wütend auf sich selbst tastete sie in der Finsternis umher, ein sinnloses Unterfangen, das Feuerzeug war verloren, zumindest für diesen Moment. „Reiß dich zusammen, Fohli!“

Endlich hatte sie es nach oben geschafft. Sie zog ihren Schlüssel und tastete mit der Routine langer Jahre nach der Tür. Hier musste sie sein, doch da war nichts, keine Tür.

Ihre Wohnung war offen!

Die Pistole glitt ihr wie von selbst in die Hand. Im ersten Impuls wollte sie zurück, hinunter, um Said zu alarmieren, und ohne ihre Auseinandersetzung der letzten Stunden hätte sie wahrscheinlich keine Sekunde gezögert, doch nun verbot sich das von selbst. So stand sie bang und einsam in der Dunkelheit und hätte etwas darum gegeben, wenigstens ihren Dschinn zu spüren, doch so sehr sie auch lauschte, die Nacht blieb stumm.

Mit der Stille meldete sich wieder ihr Misstrauen. Weshalb hatte Said sie überhaupt alleine vorgeschickt? Wusste er, dass ihre Wohnung offen stand? Hatte er die Tür aufbrechen lassen? Was mochte sie erwarten, falls sie jetzt in die Wohnung trat?

Sie durfte sich nicht unterkriegen lassen, sich nicht zum Narren machen, am allerwenigsten vor sich selbst, und so schlich sie schließlich auf Zehenspitzen hinein. Dabei zielte sie in die Dunkelheit und streckte zugleich die linke Hand suchend nach allen Seiten. Augenblicke später spürte sie die alten Bretter der Tür. Unter dem Druck ihrer Hand schwang sie nahezu lautlos in den Angeln. Als ihre Finger das Schloss ertasteten, begriff sie aufatmend, dass es nicht herausgebrochen war. Es schien unbeschädigt und nicht nur das, es war auch abgeschlossen, nur war die Tür offenbar nicht eingeschnappt, als sie oder Adolf den Schlüssel umgedreht hatten. Auf jeden Fall war der vorgeschobene Riegel deutlich zu spüren.

Was war sie doch für ein Narr? Sie konnte nur hoffen, dass nicht irgendein Gelegenheitsdieb die wohlfeile Gelegenheit ausgenutzt hatte. Wo war eigentlich Ibrahim? Sonst war er doch bei jeder passenden und unpassenden Gelegenheit zur Stelle. Vielleicht war auch ihr Bruder längst zurück und hatte sich hingelegt, um etwas Schlaf nachzuholen? „Adolf?“, fragte sie vorsichtig.

Keine Antwort. „Ich bin's, Martha.“ Wieder keine Reaktion. Die Fensterläden waren geschlossen. Immerhin wusste sie genau, wo ihre Öllampe und Streichhölzer zu finden waren. Binnen Sekunden brannte das erste Hölzchen und dann die Lampe. Sie hielt ihre Pistole immer noch schussbereit, als sie die Flamme hochdrehte.

Als sie sich nun umschaute, bemerkte sie nichts Auffälliges, der Raum war leer. Auch die Tür schien in Ordnung, ihr Schlüssel funktionierte einwandfrei, als sie die Tür zumachte. Offensichtlich hatte tatsächlich nur einer von ihnen nicht richtig abgeschlossen. Ein hastiger Blick in das Zimmer ihrer Eltern – leer und auch hier kein Adolf. Also war er immer noch auf der Suche nach Benazir. Das allerdings war kein gutes Zeichen. Ihre Sorge wuchs.

Dabei schien alles unberührt, auch ihr Wandversteck hinter dem Spiegel. Auf dem Sofa lagen immer noch die Decken, in die sie Benazir gewickelt hatten, und die Tagebücher standen zwischen Sofa und Stuhl in Reih und Glied. Doch waren es die Bücher, die ihr Misstrauen weckten. Ganz sicher hatte sie sie nicht so ordentlich aufgereiht. War vielleicht Adolf zurückgekehrt, um sie erneut durchzublättern? Doch weshalb? Nein, dann hätte er wohl eine Nachricht hinterlassen. Die Bücher standen feinsäuberlich nach Jahren geordnet. Nein, das war definitiv anders als vorher. Sie konnte sich auch nicht vorstellen, dass Adolf die Bände auf dem Boden sortiert hatte.

Hier war etwas oberfaul im Staate Dänemark. Die typische Redewendung ihrer Mutter schoss ihr wie selbstverständlich durch den Sinn. Noch einmal untersuchte sie die Tür und bemerkte nun eine Verfärbung, die sich wie ein feines Rinnsal unter einem vorstehenden Nagel nach unten zog, nur einige Zentimeter. Die Verfärbung war trocken und ließ sich abkratzen. War das getrocknetes Blut? Hatte sich jemand an der Tür verletzt? Adolf bei seinem Aufbruch?

Jetzt fiel ihr Blick auf das Regal mit den Toilettensachen. Ihre tönerne Aphrodite stand auch anders als sonst, das hätte sie beschwören können. Sie wusste genau, wie sie das Figürchen normalerweise arrangierte. Sie drehte die Göttin immer leicht zur Seite, um den Schwung ihrer Gestalt möglichst verführerisch zum Ausdruck zu bringen. Doch jetzt stand die Figur gänzlich frontal. War das Adolfs Werk? Nun, zumindest nicht ausgeschlossen.

Mit wachsender Unrast sah sie sich weiter um. Die Decke, die sie über Benazir gebreitet hatte, sie war gefaltet. Wer mochte das gewesen sein? Sie nicht, und Adolf war ein echter Chaot. Zumindest hatte er seine Kleidung einfach fallen lassen, als er sich vor Tagen völlig erschöpft auf das Bett ihrer Eltern warf. Eine Decke zusammenzufalten, das passte einfach nicht zu ihm.

Und dann sah sie die Flecken auf dem hellen Gewebe. Blut?

Stammte es von dieser Spritze? In der Tat, das war zweifelsohne Blut, keine Tropfen, sondern verschmiert, als habe sich jemand Blut abgewischt. Was war hier geschehen?

Auf jeden Fall hatte man die Wohnung durchsucht und zwar höchst penibel. Mit angehaltenem Atem trat sie ins Zimmer ihrer Eltern, um die Regale zu inspizieren. Auch hier schien auf den ersten Blick alles in Ordnung, aber eben nur auf den ersten Blick. Die Truhe stand nicht an der gleichen Stelle unter dem Fenster, wie man an den Vertiefungen im schadhaften Estrich unschwer erkannte. Auch einige der Bücher hatte man bewegt, und das Arrangement auf dem Schreibtisch war verändert.

David und seine Briten? „Schuft", stieß sie lautlos hervor und meinte es auch so.

Angst und Ärger hielten sich ziemlich die Waage, schließlich war es beileibe nicht der erste Einbruch, und das Durcheinander war sonst weit größer gewesen. Doch dieses Mal war alles anders. Dieses Mal lag beinahe alles an seinem angestammten Platz, obwohl man so gut wie jeden Gegenstand bewegt hatte. Man hatte das Unterste zuoberst gekehrt und dann feinsäuberlich aufgeräumt, als flüstere ihr David fürsorglich zu: *Guten Morgen, habe deine Wohnung durchsucht, war notwendig, also reg' dich nicht auf.* Martha empfand gerade diese Rücksichtnahme als Beleidigung.

Der ganze Raum schien ihr entweiht, ein Gefühl, das sich verstärkte, je länger sie sich umsah. Sogar die Bücher über dem Naziversteck standen ganz ähnlich wie... Das Versteck! Mit fliegenden Händen überprüfte sie das Brett, unter dem sie jüngst die Nazi-Insignien entdeckt hatten. Mittlerweile lag es leicht verkantet, so dass es den Hohlraum nicht völlig verdeckte, ein winziger Spalt, aber genug, um jeden Zweifel auszuräumen.

Ein Segen, dass Adolf das Nazizeugs entfernt hatte, eine Katastrophe, wenn man es zur Unzeit entdeckt hätte. Martha wollte das Brett schon zurecht rücken, als etwas durch den Spalt schimmerte. Sie schob das Brett zurück und hatte zwei Orden vor sich, die auf einigen Urkunden lagen. Zwar handelte es sich nur um einige der Insignien, aber es waren zweifellos dieselben. Das Herz hämmerte ihr bis zum Hals. Sie war sich absolut sicher, dass das Versteck leer gewesen war, als sie mit Adolf und Benazir die Wohnung verließ. Wie kam das verräterische Zeug zurück in dieses Versteck und vor allem weshalb? Adolf hatte geschworen, dass man nichts finden würde, auch wenn ihr erst jetzt siedendheiß einfiel, dass sie völlig vergessen hatte, nach dem Verbleib der Insignien zu fragen. Hatte man ihren Bruder beobachtet, als er das Material beiseite schaffte? Und falls ja, weshalb hatte man dann einiges zurückgelegt? Wollte man Beweise manipulieren? Adolf kam da nicht in Frage und dass es David zugelassen haben könnte, dass man ihr irgendwelche Nazibeweise unterjubelte, konnte sie sich nicht vorstellen. Immerhin, zu den Worten seines großartigen Botschafters würde das vortrefflich passen.

Sie wusste nicht, wie lange sie auf dem Boden kauerte, bis sie endlich wieder halbwegs klar denken konnte. Sie musste ihre fünf Sinne beieinander haben! Sie musste das Zeug loswerden und das so schnell wie möglich. Außerdem brauchte sie einen Zeugen, der im Ernstfall für sie bürgen konnte, dass sie... einen Bürgen, das war es! Said hieß die Lösung, auch wenn es ziemlich riskant war, ihm die Orden auszuhändigen. Andererfalls stand sein Leumund hier völlig außer Frage, er war so ziemlich der Einzige, bei dem sie unter Umständen Glauben finden würde. Dabei hatte sie vorhin noch eine Waffe auf ihn gerichtet.

So gerne sie sich umgezogen hätte, dafür blieb jetzt keine Zeit, zumal Said fraglos schon höchst ungeduldig sein musste. Er war sicherlich nicht der Mann, der endlos auf eine Frau warten würde.

Hastig schob sie Orden und Unterlagen unter ihre Jacke und zog sich sicherheitshalber eine Burka über. Damit sie von dem Schleier nicht behindert wurde, warf sie den weiten Stoff allerdings wie einen Umhang über den Rücken. So konnte sie sich im Notfall blitzschnell verhüllen. Dann löschte sie nach einem letzten Rundblick die Lampe und trat ins Treppenhaus. Der Schlüssel drehte sich anstandslos im Schloss. Jetzt noch die Stufen hinunter und dann...

Martha wollte eben in die Nacht hinaus, als eine scharfe Stimme sie förmlich festnagelte, wie ein Pfeil aus der Dunkelheit.

„Sie kommen ja trefflich herum, Martha von Helm." Die Frau Professor. Martha atmete tief durch. Als sie sich umdrehte, leuchtete unvermittelt eine Öllampe auf, die man bisher mit einem Tuch verhüllt hatte. Martha konnte gerade noch ihre Jacke fester zusammenziehen.

„Sie brauchen sich wirklich nicht zu bedecken, meine Liebe!", höhnte es aus der Dunkelheit. „Sie sind doch unter Landsleuten, wenn sie überhaupt wissen, was das bedeutet." Von der Sprecherin war kaum mehr zu erkennen als ihre Hand, als sich die Lampe nun langsam auf sie zu bewegte. Dann schälte sich endlich die Gestalt aus der Dunkelheit. Indigniert fasste die Frau Professor in Marthas Schleier. „Schämen Sie sich eigentlich gar nicht?"

Zugleich näherten sich weitere Schritte, und noch ehe sie etwas erkennen konnte, erreichte sie auch schon die Stimme des Direktors. „Und wie konnten Sie mit diesem Sardhar ausreiten? Der Kerl liefert uns an die Tommies aus, und Sie traben mit ihm mitten durch Kabul." Auch aus seinen Worten klang pure Verachtung, doch anders als seine holde Gattin hatte er sich nicht so ganz unter Kontrolle, Martha registrierte deutlich einen Zwischenton, eine Schwingung latenter Unsicherheit, ja vibrierender Angst.

Seine Beklemmung war sogar für seine Frau unüberhörbar, so dass sie schnell wieder in die Offensive ging und Marthas Schleier anklagend schüttelte, „Werfen Sie sich eigentlich immer derart weg? Haben Sie keinen Stolz?"

Martha fühlte die Orden unter dem dünnen Stoff ihrer Jacke. Sie konnte nur hoffen, dass ihr das verräterische Zeug nicht einfach aus der Jacke rutschte. Martha hatte kein Problem, ihrer Stimme einen ärgerlichen Klang zu geben. „Was wollen Sie in Afghanistan, wenn Sie tatsächlich so denken?"

„Wir erfüllen hier eine Mission, für Volk und Führer!"

„Ach ja? Sie kämpfen also für Großdeutschland, am Hindukusch." Martha versuchte vergeblich, ihren Schleier aus diesen treudeutschen Händen zu zerren, doch war ihre Widersacherin nicht so leicht abzuschütteln.

„Huren Sie immer mit Orientalen herum?", blaffte Frau Professor.

„Herumhuren? Weil ich neben einem Sardhar im Sattel saß?"

Professor Seelig räusperte sich. „Ich hörte, er hat Ihnen dieses Pferd geschenkt!" Es klang so, als hätte sie am liebsten ausgespuckt. Martha hatte hingegen Mühe, ihre Überraschung zu verbergen. Unglaublich, wie schnell sich solche Nachrichten verbreiteten. Said würde das nicht gefallen, überhaupt nicht.

„Und wo haben Sie Ihre Brosche?" Die Frage kam so unerwartet, dass Martha unwillkürlich an sich hinunter sah, ehe sie sich erinnerte, dass sie die Nadel mit der Reichskriegsflagge auf dem Gatter gelassen hatte.

„Keine Ahnung", murrte Martha. Sie hatte jetzt wirklich andere Probleme.

Die Stimme der Frau gewann noch etwas an Feindseligkeit. „Die Brosche ist ein Geschenk Ihrer Landsleute, und Sie sind noch immer eine Deutsche."

Weshalb passte man sie hier ab? Das hatte doch nur einen Hintergrund – Angst. Wahrscheinlich hinterfragte man mittlerweile jede ihrer Aktionen, nachdem man sie mit Said zusammen beobachtet hatte. Diesen Leuten ging es im Grunde nicht anders als Martha selbst – sie waren einfach in Panik, fürchteten sich vor der Zukunft, hatten Angst, in einem britischen Lager zu enden, eine Furcht, die sie sogar bei Adolf gespürt hatte, als er ihr vorhielt, sie würde ihn im Ernstfall alleine zurücklassen, irgendwo am Ende der Welt. Martha konnte die misstrauischen Blicke förmlich spüren.

Wahrscheinlich war es dem Direktor nicht weniger bewusst als Martha selbst, zumindest räusperte er sich, bemüht seiner Stimme einen wenigstens gemäßigten Klang zu geben. „Ihnen ist doch klar, dass dieser Said zu unseren Feinden zählt? Er..."

„Er hat uns gerettet, uns alle!"

„Gerettet? Er liefert uns aus, an die Briten!"

„Unsinn, die Engländer gewähren uns freies Geleit."

„Die Tommies? Und das glauben Sie tatsächlich?" Frau Seeligs Stimme klang schrill in ihrer Feindseligkeit. Sie formulierte damit ziemlich punktgenau Marthas heimliche Zweifel.

„Hören Sie", Martha hustete, um ihre Unsicherheit zu überspielen. „Die Loya Dscherga hat den Briten doch ebenfalls ein Ultimatum gestellt – entweder gewährt man uns sicheres Geleit durch Britisch Indien oder Afghanistan wird uns als Gastfreunde verteidigen. Also ich finde das ziemlich heroisch. Sie nicht?"

Der Direktor lachte höhnisch, doch auch ein wenig verzweifelt. „Heroisch wäre es gewesen, wenn Afghanistan den Briten den Krieg erklärt hätte."

„Aber die Loya Dscherga hat Großbritannien die Stirn geboten!"

„Die Loya Dscherga? Sie meinen diesen Said, oder nicht?" Wieder lachte die Frau des Professors in ihrer unangenehmen Art. „Na großartig. Haben Sie etwa Ihren eigenen Vertrag ausgehandelt, meine Liebe? Werden Sie politisches Asyl erhalten?"

Also das war es, sie nahmen an, dass sie ihren Landsleuten in den Rücken fallen würde.

Der Direktor murmelte nur vielsagend, und Martha fühlte, wie ihr das Blut in den Kopf stieg. Der unverhohlene Anwurf, sie nutze ihre Bekanntschaft mit Said zu ihrem persönlichen Vorteil, traf sie zutiefst, und ihr Ärger überdeckte jede Unsicherheit. Sie war so entrüstet, dass sie Frau Seelig die Burka mit einer heftigen Drehung aus der Hand fetzte. Dabei glitt ihrer Widersacherin der Jackenärmel hoch und entblößte einen langen, blutverkrusteten Kratzer auf dem Unterarm.

Martha war so perplex, dass sie im ersten Augenblick gar nicht reagierte, doch dann zerrte ihre Kontrahentin bereits den Jackenärmel nach unten. Sie hätte sich nicht schuldbewusster verhalten können. „Wo haben Sie sich verletzt?", fragte Martha langsam.

„Verletzt?" Das Wort endete in einem schrillen Auflachen. „Ich bin nicht verletzt."

„Und der Kratzer auf Ihrem Arm?"

Frau Seelig drehte sich rasch zur Seite.

„Sie waren in meiner Wohnung." Martha erschrak jetzt beinahe selbst vor dem eisigen Klang ihrer Stimme. Ihr Zorn war so überwältigend, er fegte alle Bedenken zur Seite. Diese Kerle, diese Landsleute hier, die sie ständig mit Vorwürfen und Vorhaltungen konfrontierten, die wussten nichts Besseres, als ihre Wohnung zu durchwühlen. Sie war so außer sich, dass sie ihre Pistole herauszerrte. Sie konnte nicht verhindern, dass ihr die Burka vom Kopf rutschte, weil sie ihre andere Hand weiter gegen ihre Jacke pressen musste.

Martha hatte die Waffe kaum heraus, da verlosch auch schon die Lampe, und die Seeligs verschwanden in absoluter Finsternis. Martha wartete vergeblich auf Antwort. Alles was sie hörte waren leiser werdende Atemzüge und knirschende Schritte. Das Geräusch war unverkennbar, die beiden flohen in den Hinterhof.

„Bleiben Sie stehen!", zischte Martha wütend. „Was suchten Sie in meiner Wohnung, verdammt noch mal?"

Doch sie stand schon alleine in der Dunkelheit, die Pistole in der Hand, und die Orden gegen die Brust gepresst.

Immerhin konnte sie die Waffe wegstecken und Orden und Unterlagen besser verstauen. Dann griff sie sich ihre Burka und eilte in die nächtliche Gasse. Schon auf den ersten Metern fragte sie sich, ob sie Said überhaupt noch antreffen würde. Falls ja, würde er fraglos entrüstet reagieren. Aber wieviel sollte sie ihm berichten? Die Seeligs hatten ihre Wohnung durchwühlt. Aber hatten sie auch die Orden deponiert? Wahrscheinlich, zumindest war ihnen absolut zuzutrauen, dass sie Adolf beobachtet hatten und auf diese Weise vom Versteck der Insignien Kenntnis erhielten. Ja, so musste es sein, aber weshalb sollten ihre Landsleute ausgerechnet ihr dieses Zeug unterschieben? Weil es im Ernstfall um eine Martha von Helm nicht schade war? Martha stand wie angewurzelt in der Dunkelheit.

Wenn die Seeligs dahinter steckten, dann hatte sie David womöglich völlig zu Unrecht verdächtigt. Immerhin hatte er sie bereits vor seinem Botschafter in Schutz genommen und ihr auch noch eine Warnung hinterlassen. Wieso zweifelte sie eigentlich an ihm?

Sie hatte sich benommen wie ein Idiot, und das hätte ihr spätestens nach der Entdeckung der Orden aufgehen müssen. Weshalb sollten David und seine Leute ihr diese Nazi-Insignien unterschieben? Ihr schlechtes Gewissen schien sie geradezu niederzudrücken, als ihr klar wurde, wie sehr sie in ihrer Angst bereit war, alles und jeden unter Generalverdacht zu stellen.

„Fräulein von Helm?", fragte Said in der Dunkelheit. Die plötzliche Anrede hatte jetzt fast etwas Surreales, doch unüberhörbar war auch seine Ungeduld.

Verdacht

Kabul, 10. Oktober 1941
2:10 Uhr

Eigentlich hätten ihr Saids Schritte nicht entgehen dürfen, aber sie stand offenbar nach dem Disput mit den beiden Seeligs völlig neben sich. „Ich wollte Sie nicht warten lassen", murmelte sie. „Tut mir leid."

„Tatsächlich?" War das nun Ärger oder Ironie? Sie wurde einfach nicht klug aus ihm.

„Und weshalb stehen Sie dann so einsam in der Nacht?"

„Ich..." Sie zögerte und begriff plötzlich, dass dies ein Augenblick der Entscheidung war. Entweder weihte sie ihn ein und zwar vollständig, oder sie ließ sich schleunigst eine gute Ausrede einfallen, eine verflixt gute. Doch dazu blieb ihr einfach keine Zeit. Außerdem wollte sie es auch gar nicht. „Ich..., ich habe eine ziemlich schockierende Entdeckung gemacht."

„Eine schockierende Entdeckung?" Unwillkürlich dämpfte er seine Stimme.

„Ich zeige es Ihnen. Haben Sie Ihr Feuerzeug noch?"

„Nicht hier im Freien", intervenierte er hastig.

„Dann gehen wir ins Haus, da sieht uns niemand." Sie drehte sich um und war schon einige Schritte voraus, als ihr bewusst wurde, dass er ihr nicht folgte. Martha lebte lange genug im Orient, um abzuschätzen, was in ihrem Begleiter vorging. In seiner Welt war es schier undenkbar, dass eine Frau einen fremden Mann in ihr Haus bat. Das hätte die Frau in katastrophale Schwierigkeiten gebracht. Die Frau natürlich, nicht den Mann! Wieso auch? In der Welt eines Said ed-Din mussten sich Männer niemals rechtfertigen. Wenn jemand schuldig war, dann stets die Frau. Eine Afghanin allein mit Said in einem fremden Haus, das war in neun von zehn Fällen ihr Todesurteil, sobald die Sache ruchbar wurde. Nicht einmal Saids Wort hätte sie vor ihrer Familie reinwaschen können. In seiner Welt war eine selbständig handelnde Frau einfach nicht vorgesehen. Also war es weiß Gott kein Wunder, dass ihr Begleiter immer noch zögerte. Er tat es aus verdammt gutem Grund und letztlich dachte er dabei mehr an sie als an sich. Unter anderen Umständen hätte diese Situation für Martha durchaus ihre skurrile, ja sogar romantische Seite gehabt, aber nicht jetzt.

„Nun kommen Sie schon", fuhr sie ihn an. „Ich tue Ihnen nichts, versprochen."

„Also, das weiß man bei Ihnen nie so genau!", kam es trocken zurück. „Bei Ihrer letzten Kehrtwende blickte ich plötzlich in Ihre Pistole, die eigentlich die meine ist. Ich frage mich, was Ihnen nun in diesem Treppenhaus einfallen mag?"

Sie konnte einen hysterischen Lacher nicht unterdrücken. „Das ist vorbei, ich bin jetzt nicht in der Stimmung für Pistolen."

„Also das beruhigt mich ungemein. Nun denn, worauf warten wir noch?"

„Kommen Sie!" Martha streckte die Hand aus, um ihn zu leiten, anderenfalls hätte er den Hauseingang wohl sicher verfehlt. „Achten Sie auf Ihren Kopf", wisperte sie. „Haben Sie Ihr Feuerzeug?" Sie zog ihn hinter die Treppe und musste nun selbst die Hand vorstrecken, um nicht anzustoßen.

Dann zog sie die Orden aus der Tasche und als sein Feuerzeug aufflammte, riss das flackernde Licht die Orden mit ihren Hakenkreuzen aus der Dunkelheit. Er war so überrascht, dass sein Daumen abglitt und die Flamme erlosch.

„Woher haben Sie das?" Seine Stimme war heiser vor Überraschung.

„Ich entdeckte die Orden in meiner eigenen Wohnung, zusammen mit diesen Unterlagen." Sie zog nun auch die Urkunden heraus. Das Papier raschelte und sein Feuerzeug klickte. Einmal, zweimal, dann hatten sie wieder Licht.

„Was ist das?", murmelte er.

„Das sind Ehrenurkunden des Deutschen Reiches für diese Kriegsauszeichnungen. Es sind hohe Orden – zwei Ritterkreuze."

„Ich weiß, was ein Ritterkreuz ist. Was mich mehr interessiert: Wie kommen die Sachen in Ihren Besitz?"

„Ich wollte, ich wüsste es. Mein Bruder und ich entdeckten sie vor einigen Tagen. Sie können sich vorstellen, wie bestürzt wir waren und so..."

„Davids Warnung bezog sich auf diese Unterlagen? Er wollte verhindern, dass man dies in Ihrer Wohnung entdeckte?"

„Möglicherweise. Allerdings würde das bedeuten, dass er tatsächlich von den Orden wusste, doch habe ich keine Ahnung, wie er davon erfahren haben könnte. Auf jeden Fall hatte mein Bruder die Orden aus der Wohnung entfernt."

„Bis auf diese zwei?"

„Das ist es ja! Alle! Auch diese. Aber heute Nacht waren sie wieder in dem Versteck."

Er benötigte einige Sekunden, um ihre Information zu verarbeiten, dann legte er den Finger sofort in die tiefste Wunde. „Und wo deponierte Ihr Bruder diese Orden?"

„Das weiß ich nicht. Ich..., ich weiß es klingt albern, aber ich hatte vergessen, danach zu fragen. Aber ich weiß definitiv, dass er alles entfernte."

„Zeigen Sie mir das Versteck!"

Martha führte ihn nach oben und machte Licht. Ihre Eröffnung beschäftigte ihren Begleiter derart, dass er kaum ein Auge hatte für Marthas heruntergekommene Bleibe, was ihr mehr als lieb war. Zum Glück hüllte das flackernde Licht der Öllampe das kärgliche Ambiente in ein nahezu romantisches Licht. Nicht zum ersten Mal wurde ihr bewusst, wie ärmlich sie hier hauste, aber zum ersten Mal schämte sie sich dafür.

Wie verwirrt sie immer noch war, das erkannte sie allein schon daran, dass sie beim Aufleuchten der Flamme tatsächlich hoffte, ihren Bruder vorzufinden. Leider war alles so unberührt, wie sie es verlassen hatte. Martha erläuterte ihrem Begleiter nun all die Spuren und Hinweise, die sie vorhin entdeckt hatte. Der Afghane lauschte gebannt, war aber überaus vorsichtig und hütete sich, auch nur in die Nähe eines Fensters zu treten. Dennoch ließ er sich nicht das geringste Detail entgehen.

„Sie sind eine exzellente Beobachterin“, konstatierte er schließlich. „Ich weiß nicht, ob ich unter diesen Umständen eine Durchsuchung meiner eigenen Räume bemerkt hätte.“

„Danke“, murmelte sie.

„Das Ganze ist tatsächlich höchst verwirrend.“ Er brach ab und sprach geraume Zeit kein einziges Wort, was sie zunehmend verunsicherte, so dass sie schließlich herausplatzte: „Ich weiß ja, dass Sie mir nicht glauben, aber...“

„Die Frage ist, würden Sie mir vertrauen? Ich meine, in meiner gegenwärtigen Lage?“

Das war exakt die Frage, die sie ihm vor wenigen Stunden selbst gestellt hatte. „Wahrscheinlich nicht“, wiederholte sie seine eigene Antwort, die er ihr bereits mehrfach gegeben hatte.

Er nickte langsam, „Wir scheinen dazu verdammt, dieses Spiel wieder und wieder zu spielen. Ich will ehrlich sein, ich glaube Ihnen eigentlich nur, weil Sie mir aus freien Stücken diese Orden zeigten. Dennoch weiß ich nicht, was ich davon halten soll. Ist Ihnen eigentlich klar, dass Sie in den Augen der Briten im Verdacht stehen, der Sturmbannführer zu sein?“

Er formulierte ziemlich genau den Verdacht des britischen Botschafters. Dabei beobachtete er ihre Miene und winkte begütigend. „Ich freue mich, dass Sie das einsehen. Wenn ich also annehme, dass alles der Wahrheit entspricht, was Sie mir gerade enthüllt haben, dann...“, er brach ab, als müsse er erst seine Gedanken sammeln, „...dann will jemand genau diesen Verdacht erwecken und auf Sie lenken. Natürlich wissen wir beide, dass Sie nicht der Sturmbannführer sein können, aber das bedeutet nicht, dass Sie nicht zu seiner Organisation gehören könnten. Ich nehme an, dass David genau von dieser Vermutung ausgeht. Ihnen ist doch klar, dass unser gemeinsamer Freund eine Menge..., wie sagt man in Europa..., dass David eine Menge für Sie übrig hat?“

Martha wusste nicht, was sie darauf erwidern sollte. Zum Glück fuhr er auch schon fort. „Nun, das geht mich natürlich nichts an.“ Er sagte das beinahe heftig. „Also, zeigen Sie mir die Tagebücher.“

Augenblicke später saßen sie auf dem Sofa und blätterten in den Büchern. Als er die ersten Zeichnungen sah, war er so fasziniert, dass er sogar vergaß, auf die Fenster zu achten. „Das ergibt alles keinen Sinn“, murrte er schließlich. „Wenn man vermutete, dass Ihre Mutter in den Büchern den Schatz erwähnte, warum hat man ihre Aufzeichnungen dann nicht einfach entwendet?"

Sie hob nur hilflos die Schultern, und er schüttelte derart ungeduldig den Kopf, dass ihm das gefranste Ende seines Turbans vors Gesicht flog. Ärgerlich riss er das kostbare Tuch zur Seite und steckte das Ende wieder fest. „Sagten Sie nicht, dass man über Jahre hinweg immer wieder in Ihre Wohnung einstieg? Warum sind diese Tagebücher dann überhaupt noch hier? Nein, es ging den Dieben überhaupt nicht um die Tagebücher."

„Aber worum dann?"

„Wann genau bemerkten Sie zum ersten Mal einen Einbrecher?"

„Warten Sie!" Martha holte ihr eigenes Tagebuch und begann zu blättern. „Den ersten Vorfall bemerkte ich..., ja hier, am 11. März 1941."

„Also kurz vor dem deutschen Angriff auf die Sowjetunion."

„Sehen Sie da einen Zusammenhang?"

„Das weiß ich nicht, aber es ist doch auffällig, dass 1939 und 1940 anscheinend niemand hier einstieg."

„Vielleicht ist es mir nur entgangen?"

„Möglich. Wurde eigentlich etwas gestohlen?"

„Nein, nie." Sie zögerte, doch hatte sie jetzt ohnehin nahezu alles preisgegeben. „Aber man versuchte, eine Statuette zu entwenden."

„Welche Statuette?"

Martha brachte ihm das gesockelte Figürchen und erzählte ihm so gut wie alles, was sie selbst darüber wusste, nur die Zugehörigkeit des goldenen Ärmchens, die verschwieg sie dann doch.

Said drehte die Statuette bewundernd hin und her. „Und weshalb ist sie noch in Ihrem Besitz?"

„Ich überraschte den Dieb, und er ließ sie fallen."

Said lächelte grimmig. „Kann ich mir denken. Wahrscheinlich hielt er sie für einen Dschinn, oder wie sagen Sie in Deutschland...? Für eine Walküre."

In anderer Lage hätte sie diese Vorstellung durchaus amüsiert, doch jetzt fesselten sie ganz andere Dinge, ja sie fragte sich plötzlich... „Also wenn Sie Recht haben, wenn es nicht um die Tagebücher ging, also unter diesen Umständen könnte man tatsächlich überlegen, ob man nicht etwas in meine Wohnung schmuggeln wollte."

„Hereinschmuggeln? Wieso?"

„Zum Beispiel diese Orden und Insignien."

Er war so überrascht, dass er einige Sekunden brauchte, um ihr Argument abzuwägen. „Sie meinen, man könnte die Orden hier versteckt haben, weil man ausgerechnet bei Ihnen nichts Derartiges erwarten würde?"

„So ungefähr. Weil man bei einem verwaisten Mädchen, dessen Eltern vor den Nazis geflohen waren, solches Zeug gar nicht suchen würde."

Er nickte nachdenklich. „Aber bestand da nicht jederzeit die Gefahr einer Entdeckung?"

„Die war nicht groß. Ich hatte keine Ahnung von dem Versteck, und sobald ich mich in der Amani aufhielt, konnte man hier problemlos raus und rein."

„Falls man einen Schlüssel hatte."

„Oh, den hatte man", murmelte sie grimmig und dachte an Frau Seelig. Sie hätte ihr am liebsten den Teufel an den Hals gewünscht. „Also, ich denke, der Schlüssel war kein Problem. Falls man meine Wohnung als Versteck benutzte, dann würde sich auch problemlos erklären, weshalb nie etwas entwendet wurde."

„Sie sind ziemlich scharfsinnig."

„Oh, Kabul ist eine gute Schule, vor allem für Europäerinnen." Sie wusste nicht, warum sie das überhaupt sagte.

„Und wieso überraschten Sie den Dieb mit der Statuette?"

„Offenbar rechnete niemand mit meiner Rückkehr. Ich war bei Kollegen eingeladen und wir gerieten in Streit. Ich war so wütend, dass ich nach Hause rannte."

„Wo fand die Einladung statt?"

„Bei Direktor Seelig, er lud damals ziemlich häufig ein."

„Und Sie mögen das nicht", schloss er mit feinem Lächeln.

„So in etwa. Ich geriet an Frau Seelig, und sie polemisierte gegen die jüdische Weltverschwörung..."

„Polemisieren?"

„Oh..., das bedeutet, einen Sachverhalt zu kritisieren, ihn heftig angreifen."

„Ah ja, manchmal glaube ich, ich habe keine Ahnung von Ihrer Sprache."

„Machen Sie Witze? Wenn ich die Augen schließe, höre ich kaum, dass Sie kein Deutscher sind. Außerdem, was soll ich da von meinem Pashto sagen?"

„Oh, das ist vorzüglich, auch wenn man deutlich hört, dass Sie es im Alltag lernten."

„Sie meinen in der Gosse?"

„Sagen wir, es fehlt Ihnen ein wenig Schliff, aber im Grunde sind Sie perfekt. Ich glaube nicht, dass ich zurzeit in Kabul einen Ausländer kenne, der gleich Ihnen als Afghane durchgehen würde." Er sagte Afghane, nicht etwa Afghanin. „Kommen Sie, ich will mir im Haus meines Großvaters noch einmal diesen Pool ansehen."

„Aber sollten wir nicht zuerst nach Benazir...?"

„Und wo sollten wir sie suchen? Nein, wenn jemand eine Chance hat, Benazir zu helfen und uns zu alarmieren, dann ist es Ihr Bruder. Ich fürchte, wir müssen der anderen Seite den nächsten Zug überlassen und uns in diese Tagebücher vertiefen."

„Aber das haben wir doch schon! Mehr war einfach nicht zu finden."

Said hob abwehrend die Hand. „Langsam, Benazir hat von Afghanistan weit weniger gesehen als ich. Vielleicht fällt mir bei den Zeichnungen etwas auf, was ihr entging."

Ein unwiderlegbares Argument. Außerdem war sein Angebot höchst beruhigend, signalisierte es doch, dass er ihr vertraute. Also packten sie die Tagebücher zusammen. Dazu noch einige Utensilien, falls sie wieder außer Haus übernachten musste. Martha eilte kurz hinaus, um noch einen Schal zu holen. Als sie zurückkehrte, da stand er vor ihrem Frisierspiegel und hielt ihren Zopf in der Hand.

Martha machte einen heftigen Schritt und blieb dann stehen. Er hingegen schien irgendwie gerührt, als habe er niemals erwartet, dass dieser Zopf tatsächlich existierte. „Entschuldigen Sie, aber die Schublade stand offen. Ich verstehe nun, weshalb Sie als Kind so entsetzt waren. Und was Ihr verlorenes Haar angeht, so hat die Natur mittlerweile für großartigen Ersatz gesorgt."

Er legte den Zopf zurück. „Ich schlage vor, dass Sie jetzt schlafen. Wir treffen uns dann morgen Nacht im leeren Haus. Einverstanden?"

Martha war viel zu erledigt, um groß zu widersprechen.

Die Pyxis

Kabul, 10. Oktober 1941
21:30 Uhr

Als Martha endlich ausgeschlafen hatte und viele Stunden später zu nächtlicher Stunde endlich das Geisterhaus erreichte, da trat ihr in der dunklen Seitengasse Said entgegen. „Salam aleikum. Was macht Iskender?", begrüßte er sie.

Martha wollte schon den Kopf schütteln, was er jedoch schwerlich bemerkt hätte. „Wa aleikum salam. Ehrlich, ich weiß es nicht. Ich bin wahrscheinlich zu nervös, so dass ich Iskender mittlerweile überall und nirgends spüre."

„Verstehe", murmelte er nachdenklich. „Das bedeutet, Sie spüren ihn unter Umständen auch jetzt, sind sich aber letztlich nicht sicher?"

„So ist es. Konnten Sie eigentlich mit David sprechen?"

„Angeblich weiß sogar die Britische Botschaft nicht, wo er sich aufhält. Ich vermute jedoch, er verbirgt sich im Inneren der Botschaft. Dort ist er unantastbar, es ist exterritoriales Gebiet. Kommen Sie mit und erschrecken Sie nicht, ich lasse das Haus mittlerweile bewachen."

Sie drangen tiefer in die Gasse vor und bald trat ihnen ein Posten mit erhobenem Gewehr entgegen, der im Schein einer Öllampe neben der Seitenpforte Wache hielt. Eifrige Hände mussten die von dem Sturmbannführer aufgebrochene Küchentür in Windeseile ersetzt haben, so dass sie wieder verriegelt werden konnte. Der Mann entspannte sich sofort, als Said ganz unbefangen in den Lichtkreis trat.

„Deine Nacht sei glücklich", grüßte die Wache mit jenem Respekt, den Martha bei jedem Gesprächspartner Saids wahrnahm.

„Und die deine", nickte Said.

Der Mann öffnete die Tür und entzündete ihnen eine Lampe. Martha fragte sich, ob sie wohl auch das Schloss ausgetauscht hatten oder ob ihr eigener Schlüssel immer noch den Zugang öffnen würde. Plötzlich hörte sie weit entferntes Klavierspiel. Sogar für ihr ungeübtes Ohr war die Melodie von elegischer Melancholie, geradezu unwirklich. Wer zum Teufel war das?

Im Gegensatz zu ihr wirkte Said gar nicht irritiert. Im Gegenteil, er schien erleichtert. „Meine Mutter", kommentierte er.

Zu einer Frage kam Martha jedoch nicht mehr, denn nun vernahm man eilige Schritte von draußen und dann trat ein weiterer Soldat mit respektvollem Gruß in die Küche. Nach kurzem Zögern raunte er Said etwas ins Ohr. Offenbar legte er Wert auf absolute Vertraulichkeit. Sie erkannte trotz des Dämmerlichts, wie sich ihr Begleiter verspannte, also offenbar keine gute Nachricht. Das Klavierspiel dauerte an, es war noch immer dieselbe Melodie – langsam und erhaben.

Der Soldat flüsterte angelegentlich und empfing schließlich eine Anweisung. Augenblicke später huschte der Mann auch schon zurück in die Dunkelheit.

„Wir haben einen weiteren Toten", informierte Said. „Ein Freund meines Vaters." Seine Stimme vibrierte vor verhaltenem Grimm, ein grotesker Kontrast zum Klang des Klaviers.

Martha wurde ganz flau im Magen. Also ging die Mordserie tatsächlich weiter. „War er auch auf der Liste?", fragte sie beklommen.

Said bestätigte düster.

„Ich dachte, Sie hätten die Leute alle warnen lassen?"

„Wir konnten ihn nicht erreichen. Jetzt wissen wir auch, weshalb." Das Klavierspiel verebbte. „Sie liquidieren meine Freunde. Wenn ich das nicht beende, taumeln wir in einen Bürgerkrieg. In Afghanistan geht das blitzschnell."

„Ein Bürgerkrieg?“ Die Klaviermusik schwebte durch das dunkle Haus. Martha hatte Mühe, das alles für real zu halten. Sie klang wohl allzu ungläubig, denn Said wurde beinahe heftig. „Kommen Sie! Das wissen Sie doch ebenso gut wie ich. Wir Afghanen sind keine Nation wie die deutsche. Bei uns identifiziert man sich mit der Familie und mit Stammes- oder Klanführern und nicht mit der Frage, welche Politik sie treiben. Unter den Völkern Afghanistans sind Hass und Misstrauen oftmals übermächtig. Werden hochrangige Leute ermordet, so schießen sofort Gerüchte ins Kraut. Unter einfachen Leuten wird kaum jemand akzeptieren, dass afghanische Führer wegen Deutschland liquidiert werden. Also wird man sich gegenseitig verdächtigen und Rache nehmen.“

„Und was wollen Sie unternehmen?“

„Die Lage ist explosiv, und Benazir oder Ihre deutschen Landsleute sind nur ein geringer Teil des Problems.“

„Und das bedeutet?“

„Es könnte sein, dass der Sturmbannführer darauf aus ist, einen Bürgerkrieg zu entfesseln. Wir müssen seine Bluthunde fassen und dazu sehe ich nur zwei Wege: Entweder erfahren wir bald etwas über Benazirs Verbleib oder ich muss den Tätern eigene Aktivität vorgaukeln, muss ihnen vortäuschen, dass ich selbst einen Plan verfolge. Vielleicht kann ich sie so..., wie sagt man in Deutschland? Aus der Reserve locken. Ich...“

„Und was macht Ihre Mutter hier im Haus?“, unterbrach ihn Martha.

„Meine Leute brachten sie her. Ich dachte, hier würde sie sicherer sein. Schließlich steht das Haus seit Jahren leer. Ich habe die Strategie meiner Gegner kopiert, ich meine, die Art, wie sie Benazir versteckten. Ein offensichtliches, aber dennoch irgendwie nebensächliches Versteck.“

„Und Ihrer Mutter geht es gut?“

„Zumindest spielt sie wieder Klavier.“ Es war zu dunkel, um in seiner Miene zu lesen.

Die Vorstellung, diese allem Westlichen so abholde Frau könne solche Töne erzeugen, schien Martha schlicht absurd und so lauschte sie ungläubig.

„Beethoven, die Mondscheinsonate“, nickte Said. „Meine Mutter liebt dieses Stück.“

Martha wäre nie auf die Idee gekommen, dass sie vorhin Beethoven gehört hatte, für sie war Beethoven nichts anderes als Mozart – ein großer Name aus einer unbekannten Heimat, Musik ohne Töne.

Für einen Moment schien es, als wolle Said nach oben, doch dann betrat er die Treppe, die zum Pool führte. Offenbar verriet ihm das Klavierspiel genug über den Gesundheitszustand seiner Mutter. Said hatte Martha nachts zuvor sogar in ihre Wohnung begleitet und erst danach das Quartier seiner Mutter aufgesucht. Das war schon überaus bemerkenswert. Erstaunlich geradezu. Martha hätte gedacht, dass seine Mutter bei ihm weit höher angesiedelt war.

Martha folgte ihm die Treppe hinunter. Das Klavier war nun kaum noch zu hören. „Wo lernte Ihre Mutter Klavierspielen?"

Said blieb stehen. „Sie lernte es von einer Engländerin, schon als junges Mädchen. Ich glaube, Musik ist die einzige westliche Vorliebe, die ich je bei ihr entdeckte."

„Dann waren Grammophon und Schallplatten vor allem auch ein Geschenk an Ihre Mutter?"

„So ist es, denn sie wird nie ein westliches Opernhaus betreten."

Damit ging er auch schon weiter. Sie passierten die Tür zum Beobachtungsraum und dann schimmerte ihnen Licht entgegen. Offenbar war man unten zugange, denn nun verstärkten sich schabende Geräusche. Als sie das Bad erreichten, schob der alte Ibrahim gerade Schutt zusammen.

Doch das war bei weitem nicht alles – der Alte war gerade dabei, den Pool zu leeren. Martha hörte ein Gurgeln, im Becken stand kaum mehr Wasser. Zu einer Begrüßung kam sie nicht, stürzte doch Said an ihr vorüber und wütend auf den Alten zu. „Beim Propheten, was treibst du hier?" Sein Blick flog über die zerschlagenen Wände. Die Lüster verbreiteten mit ihren zahlreichen Kerzen nun weit besseres Licht, und Martha erkannte deutlich das Anschwellen von Saids Stirnadern. „Wie kannst du hier aufräumen, ohne mir vorher alles zu zeigen?" Heftig schüttelte er den alten Mann.

Martha zog sich zurück ins Treppenhaus. Sie kannte ihren Ibrahim und wusste genau, dass ihn die Gegenwart einer Frau noch mehr demütigen würde. Said gestikulierte heftig, dämpfte jedoch mittlerweile seine Stimme, so dass Martha nur einzelne Satzfetzen mitbekam. „Ich hatte nichts von Aufräumen gesagt! Was heißt, meine Mutter...?" Said wurde wieder leiser, doch der alte Afghane stand förmlich stramm. Eigentlich hätte nur gefehlt, dass er seine Schaufel wie ein Gewehr präsentiert hätte. Said flößte ihm offenbar einen Heidenrespekt ein. „Die Briten, Allah vernichte sie, waren wichtiger als dieser Dreck. Du durftest nicht gestört werden, Herr."

Einen Lidschlag lang glaubte Martha, Ibrahims Blick zu begegnen, dann konzentrierte er sich bereits wieder auf seinen Herrn und der wies mit entschiedener Geste in Richtung Treppe. „Ich komme nach", schloss er seine Instruktion.

Der Alte salutierte und eilte zur Treppe. Wortlos schob er sich an Martha vorüber und hastete die Stufen hinauf.

„Nun kommen Sie schon!", grollte Said von innen.

Als Martha zu ihm trat, stieß er den Fuß in den Schutt. „Ich hatte Ibrahim angewiesen, alles so zu belassen. Und was macht er? Er..."

„Wieso ist er überhaupt hier?", schob Martha schnell dazwischen und bemerkte zu spät seinen ungehaltenen Blick. „Ich wollte Sie nicht unterbrechen. Entschuldigung."

Said lachte rau. „Das machen Sie dauernd, falls Ihnen das noch nicht aufgefallen sein sollte. Nun, Ibrahim und sein Bruder stehen seit Ewigkeiten im Dienst meiner Familie."

„Er sagte mir stets, sein Bruder sei verschwunden."

„Nun, ich vermute, dass er tot ist. Er verschwand vor vielen Jahren. Ein mysteriöses Ereignis. Ich denke, Sie können Ibrahims Haltung gut nachvollziehen. Übrigens danke ich Ihnen, dass Sie sich vorhin zurückhielten. Das war überaus feinfühlig."

„Keine Ursache. Wo läuft das Wasser eigentlich hin?"

„Hier existieren tiefer gelegene Zisternen, so dass das Wasser nicht verloren geht."

„Nicht verloren? Meinen Sie, es wird wiederverwendet?"

Said musterte sie irritiert. „Natürlich. Zum Kochen oder Trinken. Es ist doch gutes Wasser."

Der Gedanke, dass jemand ihr Badewasser als Trinkwasser nutzte, schien Martha sehr befremdlich. Sie wusste im ersten Augenblick gar nicht, was sie da erwidern sollte. Dann fing sie bereits Saids amüsierten Blick. „Was wollen Sie? Die Leute könnten es schlimmer treffen als mit Ihrem Badewasser."

Martha errötete ein wenig. Zum Glück lenkte Said nun selber ab. „Kann ich noch einmal die Zeichnung Ihrer Mutter sehen?" Martha war heilfroh ob des Themenwechsels.

Said drehte das Blatt hin und her. „Und was steht hier unten?"

Sogar Martha musste genau hinsehen, um die schwache Bleistiftschrift überhaupt zu entziffern. „Nach Südwesten", las sie zögernd.

„Aha. Haben Sie je darüber nachgedacht, warum David Ihnen ausgerechnet dieses Blatt zuspielte? In dem Tagebuch fehlten doch mehrere Seiten."

„Nun, wahrscheinlich hatte er nichts anders zur Hand, ich meine in der Eile. Schließlich geschah ja alles vor den Augen seines Botschafters."

Said schüttelte unzufrieden den Kopf.

„Außerdem war das Blatt in seinen Augen mittlerweile wertlos. Schließlich hatte es sie nicht zum Schatz geführt."

„Und angenommen, es handelt sich um etwas ganz anderes? Da unten am Rand steht noch mehr. Können Sie das entziffern?"

Die Notizen waren halb verwischt, doch Martha mühte sich redlich. „Also, das könnte heißen: *...vom Großen aus nach... nach Südwesten*, aber ich bin nicht sicher." Noch während sie sprach, schien in ihrem Kopf eine ferne Glocke anzuschlagen. Längst vergessene Bilder stiegen aus ihrer Erinnerung, Bilder von einem sonnigen Tag und mit ihren Eltern, die sich eigentlich ganz liebevoll von ihr verabschiedeten und dennoch mit ihren Gedanken ganz woanders waren. Sie hatte das damals deutlich wahrgenommen. Es hatte sie gekränkt und auch geängstigt. Martha glaubte sogar ihre Stimmen zu hören, wie sie damals die Treppe hinunterstiegen. Ihre Mutter sagte etwas wie:*...der Große und der Kleine...*, sie hörte es so deutlich, als stünden sie neben ihr, und ihre Mutter hatte auf diesem Blatt notiert, *vom Kleinen aus nach Südwesten.* Sollte ihr David das Blatt am Ende in voller Absicht zugespielt haben? War diese Tagebuchseite mehr als nur eine Warnung?

Said hatte keine Ahnung, woran sie dachte. „Das Blatt sagt Ihnen gar nichts?", fasste er nach.

„Nicht das Geringste", murmelte sie zögerlich und schämte sich ein wenig für ihre Lügerei, ständig hin und her gerissen von ihren Empfindungen.

„Und was war das letzte, was Ihre Eltern sagten?", brach Said in ihre hektischen Überlegungen.

„Nun, sie meinten, ich solle mir keine Sorgen machen, selbst wenn sie einige Wochen wegblieben. Sie hätten ihren Kollegen Bescheid gesagt..."

Er nickte ungeduldig und bemerkte zum Glück nicht einmal, dass sie Mühe hatte, ihm in die Augen zu sehen. In ihrem Misstrauen kam sie sich vor wie ein Schuft. „Das sagten Ihre Eltern zu Ihnen, aber war das auch tatsächlich das letzte, was sie von ihnen hörten? Ich meine, als sie gingen, vielleicht sprachen sie da miteinander?"

„Nun..." Sie zögerte.

Er deutete auf das Blatt. „Natürlich können Sie die Tagebücher durchsehen, aber glauben Sie, dass Ihre Mutter derart wichtige Informationen ihrem Tagebuch anvertraute?"

„Sie meinen, ich könne mir die Suche sparen?", forschte sie misstrauisch.

„Aber nein. Sie müssen sie sogar ganz genau durchlesen, aber mit anderen Augen."

„Mit anderen Augen?"

„Ja, natürlich. Suchen Sie nach Orten, die sie mehrfach aufsuchten. Achten Sie auf Ungewöhnliches, aber glauben Sie nicht, sie würden die Entdeckungsgeschichte des Schatzes in den Tagebüchern finden. Niemals."

Sie konnte sich dieser Logik kaum entziehen und fragte sich, weshalb sie nicht selbst längst in diese Richtung gedacht hatte. Dann war da noch etwas anderes. War dieser Afghane tatsächlich derart scharfsinnig, dass er dauernd an Sachen dachte, die ihr nicht in den Sinn gekommen wären? Oder wusste er am Ende weitaus mehr, als er zugab? Ihr Misstrauen wollte einfach nicht weichen, so sehr sie es im Grunde auch hasste. Schließlich war dieser so unergründliche Mann der Einzige, der ihr, ihrem Bruder oder Benazir helfen konnte.

Said wanderte ruhelos auf und ab. „Sie erwähnten, dass Ihre Eltern dauernd unterwegs waren, auch in den Monaten und Jahren zuvor. Auf einer dieser Reisen müssen Sie auf den Schatz gestoßen sein, auf einen Hinweis, eine Legende oder auf ein Stück Gold, vielleicht auf eine Münze. Woran erinnern Sie sich?"

Bamiyan! Die Assoziation kam Martha ganz spontan. Immer und immer wieder waren ihre Eltern in Richtung Bamiyan aufgebrochen. Martha öffnete schon den Mund, doch hielt sie an sich.

„Was wollten Sie sagen?", drängte Said.

„Wir besuchten so viele Orte", wich Martha aus. Diese Lügerei war widerlich.

„Gut, gut, aber welche Orte? Es muss doch Hinweise geben! Ist Ihnen denn überhaupt nichts aufgefallen? Damals sprach doch der ganze Bazar von diesem Schatz…"

„Stimmt", nickte Martha. „So wie heute. Obwohl jeder vom Krieg redet, gewinnt man manchmal den Eindruck, als sei im Bazar das eigentliche Gesprächsthema nur dieser Schatz."

Er nickte unkonzentriert und schien mit seinen Gedanken weit entfernt. Dabei verglich er die Krakeleien mit den Kacheln an den zerschlagenen Wänden und musterte dann den Schutt auf dem Boden. „Die Briten haben nichts entdeckt?"

„Ich glaube nicht."

Er nickte befriedigt. „Weshalb glaubten die Briten eigentlich, dass sich die Zeichnung auf diese Wand bezieht? Sie mussten doch irgendeinen Anhaltspunkt haben?"

Martha schüttelte ratlos den Kopf und Said blickte ungeduldig um sich. „Gut, gut. Wir haben nur diese eine Seite hier. Nehmen wir also an, dass aus den fehlenden Blättern klar hervorgeht, dass man hier in diesem Raum suchen soll. Wie gut ist eigentlich Davids Deutsch?"

„Davids Deutsch? Er spricht nur ein paar Brocken."

„Sind Sie sicher?"

„Absolut."

„Und wer hat ihm dann die Tagebücher übersetzt?"

„Vielleicht haben Sie einen Übersetzer in der Botschaft?"

Said winkte ungeduldig.

„Ich muss zu meiner Mutter und Sie könnten in der Zwischenzeit den Beobachtungsraum untersuchen. Vielleicht entdecken Sie eine Übereinstimmung mit dem Kachelmuster. Was haben Sie?“

Martha war in der Tat heftig zusammengefahren und hatte alle Mühe, ihre Reaktion zu bemänteln. „Nur ein Luftzug“, murmelte sie. „Gehen wir?“

Er musterte sie etwas verwirrt, eilte aber dann zur Treppe. Es war klar, dass er seine Mutter alleine sprechen wollte. Als sie die Tür des Beobachtungszimmers erreichten, übergab er ihr die Lampe. „Falls Ibrahim auftauchen sollte, er hat strickte Anweisung, sich fernzuhalten.“ Er nickte ihr zu und verschwand in der Dunkelheit des Hauses.

Nachdem Martha den Raum betreten hatte, schloss sie die Tür nur so weit, dass sie das Treppenhaus beobachten konnte. Saids Schritte waren längst verklungen, das Gebäude lag wieder in tiefer Stille. Ihr Blick flog über den chaotischen Raum. Ziegel- und Kachelschutt bedeckte den Boden, ja selbst den Diwan. Hier hatte niemand aufgeräumt, Ibrahim hatte sich nur für den Pool interessiert. Vielleicht, weil er das Becken reinigen wollte? Aber wenn überall Schutt herumlag, weshalb hatte er ausgerechnet heute das Wasser abgelassen? Der Alte war durchaus zuverlässig, aber er war auch ein typischer Orientale nach der Definition ihres Vaters. Ein typischer Orientale, das bedeutete für ihn, man erledigte Aufgaben mit dem geringstmöglichen Aufwand. Es passte einfach nicht zu Ibrahim, bei all dem Dreck gleich auch noch die Reinigung des Pools in Angriff zu nehmen. Doch das war bei weitem nicht alles, was Martha irritierte. Da war noch die Zeichnung mit dem Kachelmuster.

Das Blatt brannte Martha förmlich in den Fingern. So schnell wie nur möglich hastete sie die Stufen hinunter. Der Kronleuchter flackerte immer noch, und gerade, als Martha den Pool erreichte, erloschen zwei der Kerzen. Die meisten Kerzen waren bereits ziemlich heruntergebrannt und das bedeutete, dass sie vor geraumer Zeit entzündet worden waren. Also war Ibrahim schon eine ganze Weile zu Gange, und dennoch war gerade mal ein einziger Schutthaufen aufgetürmt. Was hatte er in dieser ganzen Zeit getrieben? Offenbar nicht nur Schutt zusammengeschoben, sonst wäre er viel weiter damit gekommen. Das konnte nur bedeuten, dass er zuerst Licht gemacht und dann das Wasser abgelassen hatte. Entweder hatte er dann das Bad für eine Weile verlassen, oder dem Sinken des Wasserspiegels zugesehen. Auf jeden Fall hatte er sich vor allem für den Pool interessiert und nur am Rande für den Schutt. Aber weshalb?

Als Martha vorhin die Tagebuchseite studierte, da hatte sie zum ersten Mal den Boden des Pools betrachten können. Die Kacheln waren nicht sonderlich kostbar, und sie lagen auch ziemlich unregelmäßig, vor allem an einer Stelle, an der sie nach einer Reparatur offenbar höchst eilig eingefügt worden waren.

Im Grunde hätte sie keinen Gedanken darauf verschwendet, wäre da nicht diese Zeichnung mit den waagerechten Linien gewesen. Sieben waagerechte Linien übereinander und sieben Stufen in den Pool. Sie war so aufgeregt, dass ihr das Blatt beinahe entglitt, als sie die Stufen hinunterstieg.

Wenn diese Linien tatsächlich die Stufen darstellten, wo wäre dann das charakteristische Kachelmuster zu suchen? Martha zählte die Kacheln ab, zwei Reihen, drei Reihen und dann nach links ins Becken hinein. Das Restwasser stand in Pfützen, und sie tappte vorsichtig um eine herum. Nein, das Kachelmuster war nicht zu identifizieren, es konnte auch gar nicht da sein, denn es hätte sich offenbar just an der Stelle jener unsachgemäßen Reparatur befunden. Es gab keinen Zweifel, jemand hatte dort den Boden aufgebrochen und ihn dann notdürftig restauriert, wohl im Vertrauen darauf, dass die schlampige Arbeit unter Wasser nie auffallen würde. Martha fühlte, wie sich ihr Herzschlag beschleunigte.

Sie bückte sich und löste bereits mit dem ersten Griff eine der Kacheln. Darunter befand sich nichts als schlechter Zement. Jemand hatte den Boden aufgeschlagen und dabei reihenweise Kacheln zertrümmert. Also hatte auch hier jemand nach dem Schatz gesucht, und zwar vor langer Zeit.

In rasender Eile überprüfte sie Kachel um Kachel und hatte schnell sechs, nein acht weitere entfernt. Überall entdeckte sie dieses poröse Material.

Sie eilte nach oben, um Ibrahims Schaufel zu holen. Nun bildete der sandige Zement kein Hindernis mehr. Martha stellte sich breitbeinig über die schadhafte Stelle und stemmte mühelos Stück um Stück heraus. Als das erste Loch gebrochen war, kam sie noch weit schneller voran. Brocken um Brocken schob sie zur Seite, bis...

...bis sie plötzlich wie versteinert über der Öffnung verharrte.

Was sie da zuletzt herausgebrochen hatte, das war kein Zement, das waren Knochen, und zwar menschliche Knochen, eine Hand, die noch halb von ihrem sandigen Bett zusammengehalten wurden.

Ein Leichnam!

Gefunden hatte sie nur einen Unterarm zusammen mit der Hand, während der Körper anscheinend noch unter der flüchtig restaurierten Stelle eingemauert lag. Das Herz schlug ihr bis zum Hals, als sie niederkniete, um die Hand herauszubrechen. Einige Fingerknöchel waren schnell gelöst.

Die Hand war zusammengeballt, und so erschien vor Marthas geistigem Auge ganz unwillkürlich das Bild eines gewaltsamen Todes. Ein Mann, der seinem Ende noch in letzter Sekunde mit geballter Faust entgegen trat. Man hatte die Leiche hier versteckt, um die Tat zu vertuschen.

Hielt der Tote am Ende etwas in den Fingern?

Sie griff nach der Schaufel und schlug vorsichtig auf den Klumpen, der einst eine Hand gewesen war. Ein Schlag, ein zweiter..., dann rollten Trümmer zur Seite und inmitten all des Drecks und der Knochen schimmerte es golden – eine kleine zylindrische Büchse an einem Kettchen, und sie sah Marthas Büchschen derart ähnlich... Vor Entsetzen war sie keiner Bewegung fähig.

Die Pyxis ihres Vaters, die Dose, die mit ihm verschwunden war!

Wie hypnotisiert starrte sie auf das Behältnis und wagte nicht, es zu berühren. In all diesen quälenden Sekunden oder gar Minuten gab es nur einen einzigen Gedanken, der unablässig durch ihr Bewusstsein kreiste: Das ist nicht die Pyxis, sie darf es nicht sein, es musste noch eine andere geben, eine ähnliche, sicher existierten Hunderte..., Tausende, die alle ganz ähnlich aussahen, ganz genauso, absolut zum Verwechseln. Die Pyxis ihres Vaters war von der Hacke eines Ausgräbers gezeichnet. Diese Pyxis konnte keinen Kratzer haben, natürlich nicht. Es war einfach undenkbar, es war...

Doch ein Verdacht ist wie ein Dämon. Einmal seinem Gefängnis entronnen, ließ er sich nicht mehr bannen.

Sie wollte nichts mehr sehen, einfach alles ausblenden. Ihr ganzer Körper schien in Aufruhr, und es half nur wenig, dass sich wenigstens ihr Atem normalisierte. Dennoch war ihr so speiübel, dass sie Mühe hatte, einen klaren Gedanken zu fassen. Als sie endlich den Mut fand, das goldene Behältnis umzudrehen, pochte ihr das Blut in den Schläfen.

Und dann entdeckte sie ihn, den verhängnisvollen Kratzer auf dem Boden des Kleinods.

Die grässliche Gewissheit war so übermächtig, dass es ihr beinahe das Bewusstsein raubte. Es war das Döschen ihres Vaters und der..., der Tote war ihr Vater, ihr eigener Vater, der ihr aus dem Grab die Hand entgegenstreckte. Sie hatte seine Hand zerschlagen, mit einer Schaufel. Die Vorstellung war so ungeheuerlich, dass sie sich übergab.

Dann schob sie so schnell wie möglich die Gebeine zurück in das Loch. Jetzt noch die Zementbrocken darüber, nun hatte ihr Vater wenigstens seine Ruhe, wenigstens wieder... Allein die Vorstellung, jüngst über dem Leichnam ihres Vaters gebadet zu haben! Plötzlich tropfte es in eine Pfütze und auf ihre Hand. Sie weinte und hatte es nicht einmal bemerkt. Dennoch gelang es ihr, die Kacheln irgendwie über das Grab zu schieben.

Sie musste hier weg, raus aus dem Pool, raus aus dem Haus. Die Dose in der Hand taumelte sie die Stufen empor und die Treppe nach oben, vorüber an dem Beobachtungszimmer und hinein in das dunkle Erdgeschoss. Später erinnerte sie sich noch, dass sie an einer Mauer lehnte und ihren Tränen freien Lauf ließ. Als sie wieder halbwegs zu sich kam, saß sie auf dem Boden, und die Nachtluft streichelte über ihr tränennasses Gesicht.

Die Kühle verhalf ihr, die Fassung zurückzugewinnen. Es konnte sich unmöglich um ihren Vater handeln, es musste jemand anders sein, es musste!

Ein Dieb, ein Räuber, der ihm das Döschen gestohlen hatte. Natürlich, so musste es sein! Ihre Eltern hatten offenbar beobachtet, wie man den Toten verscharrte, wahrscheinlich war er ein Opfer seiner eigenen Kumpane, die hier auf Schatzsuche gewesen waren, so wie David und seine Briten oder der Sturmbannführer. Möglicherweise hatte Saids Großvater seinen ominösen Schatz tatsächlich unter dem Becken versteckt? Sie wusste nicht, ob das alles logisch war oder auch nur denkbar, sie wusste nur eines – der Tote war nicht ihr Vater, es war nicht ihr Vater!

Aber wo waren ihre Eltern? Was war mit ihrer Mutter? Lagen sie am Ende doch auf dem Grunde des Pools? Der schreckliche Verdacht ließ sich nicht mehr bannen, und mit ihm verstärkte sich auch ihre verzweifelte Gewissheit, dass es sich bei dem Toten eigentlich doch um ihren Vater handeln könnte, so sehr sie sich auch dagegen sträubte.

Aber ihre Eltern verschwanden doch auf dem Weg zum Kaiberpass! Oder hatte man dieses Gerücht gezielt gestreut, um von ihrer Ermordung abzulenken? Sie wusste einfach nicht, was sie denken sollte. Sie konnte nur noch hoffen.

Und weshalb war der alte Ibrahim auf den Gedanken verfallen, den Pool trocken zu legen? Wollte er das Grab untersuchen? Die Vorstellung, dass ausgerechnet Ibrahim etwas mit dem Verschwinden ihrer Eltern zu tun haben könnte, war nicht minder schauerlich, schien ihr der fürsorgliche Alte doch bisher über jeden Verdacht erhaben.

Sie trocknete zum x-ten Mal die Tränen. Es hatte keinen Sinn, einer möglichen Wahrheit aus dem Wege zu gehen, nur weil man ihr nicht ins Antlitz blicken wollte. Die Dose gehörte ihrem Vater, und der Tote mochte tatsächlich ihr Vater sein, selbst wenn alles in ihrem Inneren aufschrie.

Sollten Said oder seine Mutter tatsächlich in den Mord verwickelt sein, dann musste sie sich zusammenreißen und ihnen etwas vorspielen, wollte sie nicht ihrem Vater unter dem Pool Gesellschaft leisten. Durch ihre Entdeckung schwebte sie möglicherweise in größter Gefahr. Sie war immer noch wie paralysiert, als das Klavier wieder einsetzte.

Komplizen

Kabul, 10. Oktober 1941
23:22 Uhr

Die elegische Melodie von Beethovens Mondscheinsonate wehte durch das Haus. Balsam für ihre Seele, doch als sich Martha endlich aufraffte, da verebbte die Musik. Jetzt galt es zu handeln, und wollte sie kein Misstrauen erregen, dann musste sie nach oben zu Said, gute Miene zum bösen Spiel machen und vorgeben, nicht das Geringste bemerkt zu haben.

Erst als sie ins Dunkle tappte, dämmerte ihr, dass sie die ganze Zeit ihre Pistole umklammert hielt und dabei erinnerte sie sich nicht, sie überhaupt gezogen zu haben. Bereits unten am Pool? Als sie nun die Waffe wegsteckte, da fühlte sie in ihrer Tasche die Pyxis ihres Vaters und das war womöglich noch bestürzender, hätte sie doch jeden Eid geleistet, sie unten bei den Gebeinen gelassen zu haben. Es war ein Schock, als ihr klar wurde, wie wenig sie ihre Handlungen unter Kontrolle hatte. Beinahe schien es, als sei sie nichts als ein willenloser Spielball der Ereignisse. Martha ließ die Dose in die Tasche gleiten und lauschte dem Klavier, das nun von Neuem aufklang, langsam und mit Unterbrechungen, als meditiere jemand auf dem Instrument.

Vorsichtig schlich sie weiter. Bald erreichten sie ferne Stimmen – Said und seine Mutter.

Als sich Martha einem Zimmer näherte, stockte drinnen die Musik und sie hörte heftige Schritte – Saids Schritte. Martha hatte keine Chance, sich in Sicherheit zu bringen. Doch noch ehe sie reagieren konnte, fuhr er unmittelbar vor der Tür auf dem Absatz herum und blieb außer Sicht. Nur sein Schatten war zu erkennen, der bis zu ihr herausfiel.

„Und?" Seine Stimme klang scharf. „Was unternehmen wir jetzt?"

Ein heftiger Klavierakkord war die einzige Antwort und erst nach geraumer Zeit antwortete eine brüchige Frauenstimme. „Was wir tun sollen?" Das klang beinahe ein wenig amüsiert, auch wenn ein schriller Unterton die ostentative Ruhe Lügen strafte. „Wir denken erst nach, ehe wir handeln."

„Was meint meine Mutter damit?"

„Nun, wir fragen uns, ob der Botschafter seiner Britischen Majestät nicht scharfsinniger sein könnte, als mein eigener Sohn."

Said antwortete nicht und Fatima schlug wieder einige Tasten an, als wolle sie nachdrücklich demonstrieren, wie weit sie über solch schnöden Problemen stand. Vielleicht wartete sie auch auf eine Bemerkung ihres Sohnes, doch der rührte sich nicht.

Fatima ließ einen Akkord verklingen. „Was regen wir uns auf? Das Problem wird sich mit der Deportation der Deutschen von selbst erledigen."

Martha wagte sich kaum zu rühren, zumal Said kaum zwei Meter entfernt stand. Nun lachte er ärgerlich. „Aber dann werden wir auch nichts erfahren, falls wir dann noch leben."

Sie hieb wieder wütend in die Tasten. „Will mein Sohn damit andeuten, dass er uns nicht zu schützen vermag?"

„Es wurden bereits mehrere Freunde ermordet, die sämtlich auf der Liste standen; die letzten drei, obwohl ich sie ausdrücklich warnen ließ."

„Und was schließen wir daraus?"

„Das bedeutet, dass sie keine Ahnung hatten, von welcher Seite die Gefahr drohte – die Mörder schienen ihnen unverdächtig."

Fatima lachte spröde. „Und dieser Sturmbannführer? Handelt es sich um jemanden, an den wir beide denken?"

Saids Stimme wurde unmerklich lauter. „Ich kann mir nicht vorstellen, dass der britische Botschafter Recht haben könnte."

Martha wurde ganz flau im Magen. Der britische Botschafter? Fraglos diskutierte man hier den Verdacht, sie selbst könne etwas mit den Attentätern zu tun haben.

Die Alte lachte böse. „Muss ich meinem Sohn die Mentalität unserer Völker erläutern? Der eigentliche Drahtzieher lebt hier in der deutschen Kolonie, jemand, der seit langem im Lande weilt, jemand, der Vertrauen genießt, eine Person, die man mit Respekt behandelt und die sich im Hindukusch bewegt wie ein Afghane."

Martha lief es kalt über den Rücken. Die alte Hexe formulierte präzise den Verdacht des Botschafters. In der Tür bewegte sich der Schatten, als Said unruhig sein Gewicht verlagerte. Die Finger seiner Mutter glitten über die Tasten, geschmeidig und meditierend, als helfe ihr die Melodie, ihre Gedanken zu ordnen. „Es könnten natürlich auch zwei Personen sein, einer, der hier die Kontakte aufgebaut hat, sowie ein Zweiter, der das militärische Kommando führt. Zwei Geschwister, die sich ergänzen."

Zwei Geschwister – sie und Adolf!

Der alte Drachen intonierte eine sanfte Melodie. Wieder bewegte sich Saids Schatten. „Martha von Helm zeigte mir das Tagebuch, von dem meine Mutter mir damals erzählte."

Die Musik stoppte in einer Dissonanz. „Das..., das Tagebuch? Wie...?"

„Es lag in einer Truhe in den verschlossenen Räumen."

Fatima schwieg, und so fuhr er schließlich fort. „Meine Mutter betonte damals, dass sie nicht wüsste, wo das Tagebuch geblieben sei."

„So war es auch!" Das klang schon beinahe aggressiv, als wolle sie ihre Verlegenheit überspielen. Dann wurde der Hocker abrupt zur Seite gestoßen und prallte mit hässlichem Klang gegen das Klavier. Im nächsten Moment näherten sich unsichere Schritte, begleitet vom Geräusch eines Stocks. „Und wo ist sie jetzt? Mein Sohn lässt sie doch überwachen?“, versicherte sich die brüchige Stimme.

Said räusperte sich. „Sie ist unten im Baderaum, in dem kleinen Zimmer.“

„Beim Becken?“ Die alte Stimme wurde schrill und scharf. „Ist mein Sohn wahnsinnig?“

Said antwortete nicht, stand ganz still. Die Sekunden vertickten beinahe hörbar, ehe er sich zu einer Antwort verstand. „Wie kommt meine Mutter zu dieser seltsamen Frage?“

„Und der Pool, ist er noch voll?“, erkundigte sie sich, ohne auf ihn einzugehen.

„Nein. Ich dachte, meine Mutter hätte Ibrahim angewiesen, das Wasser abzulassen?“

„Das Becken ist leer?“ Es war unüberhörbar, dass sie genau wusste, was unter dem Pool zu finden war. „ Bring sie herauf!“, zischte Fatima.

Said hüstelte und wechselte ungerührt das Thema, als habe er ihre Forderung überhört. „Wenn ich mich recht erinnere, erklärte mir meine Mutter damals, dass sie weder vom Verbleib des Tagebuchs noch vom Verschwinden der Eltern wüsste.“

„Und mein Sohn wollte damals nicht mehr erfahren!“

Martha wurde beinahe schwarz vor Augen, als ihre schlimmsten Ängste so übergangslos grausige Gewissheit wurden. Also wusste Said nicht nur von dem Tagebuch, sondern auch vom Verschwinden ihrer Eltern, und seine Mutter wusste noch viel mehr. Said hatte sie die ganze Zeit belogen, die ganze Zeit! Für eine Sekunde fragte sie sich, ob sie nicht einfach in den Raum springen sollte, mit ihrer Pistole? Als sie in die Tasche griff, brannte ihr das kühle Metall förmlich in den Fingern.

„Warum sollte Ibrahim den Pool leeren?“ fragte Said

Die alte Hexe lachte unsicher. „Nun, einmal muss er doch gereinigt werden.“

„Unzweifelhaft.“ Saids Stimme klang unverwandt respektvoll. „Aber warum heute, wenn sich unser Problem doch von selber lösen würde – in wenigen Wochen.“

„So lange wollte ich nicht warten.“

„Und weshalb?“

Seine Mutter stampfte mit dem Stock. „Die Kerle, die mich überwältigten, fragten ständig nach einer kleinen goldenen Büchse.“

Eine goldene Büchse? Martha fühlte, wie sich ihre Kehle zusammenzog. Woher wussten Fatimas Kidnapper von der Pyxis ihres Vaters?

Bestürzenderweise schien Said in die gleiche Richtung zu denken, so präzise formulierte er die Frage, die ihr gerade auf der Zunge lag. „Und die Büchse ist unten im Pool versteckt?"

„Ich erinnere mich, dass meine Mutter mir damals versicherte, dass keinerlei Hinweise auf Existenz und Verbleib des Schatzes existierten." Die leichte Schärfe in seiner Stimme war eine neue Note, und Martha war sich sicher, dass dies auch einer Fatima Shasadeh nicht entging. Tatsächlich bezeugte das Tasten des Stocks, dass sie sich höchst unbehaglich bewegte. „Ich war mir damals nicht sicher."

„Ich verstehe. Und was hat der Pool mit der Büchse zu tun?"

„Als sie mich bedrängten, da erinnerte ich mich, bei Ibrahims Bruder Kadim ein goldenes Büchschen gesehen zu haben."

Unter Martha schien der Boden zu schwanken. Verstand sie das richtig? Ibrahims Bruder? Hatte Ibrahims verschwundener Bruder seinerzeit die Pyxis ihres Vaters an sich gebracht? Dann lag dort unten womöglich gar nicht..."

Die Alte räusperte sich. „Sie vergruben damals den Toten unter dem Pool."

„Wen? Ibrahims Bruder?" Saids ungehaltener Ton ließ keinen Zweifel, dass man ihn nie eingeweiht hatte.

„Es..., es ging nicht anders."

Said schien nachzudenken, zumindest dauerte es geraume Zeit, ehe sich sein Schatten erneut bewegte. Sein Schweigen hatte etwas Bedrohliches. Martha kannte ihn mittlerweile gut genug, um seine brennenden Augen förmlich vor sich zu sehen. Auch seiner Mutter war jetzt bestimmt nicht wohl in ihrer Haut.

Martha war überzeugt, dass Said bis zu diesem Moment geschworen hätte, dass seine Mutter nichts hinter seinem Rücken unternehmen würde. „Ich hätte es meinem Sohn berichtet", versicherte die Alte. Ihre Unsicherheit war nicht zu überhören und ebensowenig der Zweifel in Saids betont rücksichtsvoller Stimme. „Selbstverständlich." Jede einzelne Silbe war ein einziges Misstrauensvotum. Martha hätte beinahe aufgelacht. Offenbar waren ihre Eltern seinerzeit angegriffen und beraubt worden, wobei Ibrahims Bruder Kadim die Pyxis an sich brachte. Doch was war dann geschehen? Hatte man ihre Eltern getötet? Vielleicht gar hier in diesem Gebäude? Waren sie entkommen? Sie mussten entkommen sein, das zeigten die Gerüchte über ihre Flucht zum Kaiberpass.

„Hol sie herauf!", drängte Fatima, als Martha sich gerade hinter einem Vorhang in Sicherheit brachte. Das Gewebe war relativ fest, wohl eine Art Kelim oder Wandteppich. Doch Said ignorierte erneut das Drängen seiner Mutter. „Ich würde gerne erst erfahren, was damals geschah."

„Ich habe meinem Sohn schon alles erzählt."
„Aber nichts von dieser Büchse."
„Ich hatte keine Ahnung, dass sie wichtig sein könnte. Ich begriff es erst, als die Hunde mich ständig fragten. Mein Sohn muss..."
Martha konnte nicht widerstehen, sie zog den winzigen Deckel von dem goldenen Behältnis und fuhr mit dem Finger hinein. Die Büchse war leer, es bedurfte gar keines Lichtes.
Martha erinnerte sich genau, wo ihre Eltern die Pyxiden erworben hatten – von einem Händler in Bamiyan. Waren ihre Eltern in jenen so verhängnisvollen Tagen vielleicht auf dem Wege nach Bamiyan? Das würde erklären, weshalb Martha in Richtung Kaiberpass nie einen wirklichen Hinweis auf ihre Eltern entdeckt hatte. Von Kabul aus lag der Pass nach Indien im Osten und Bamiyan im Westen. Wenn diese Information zutraf, dann waren ihre Nachforschungen über Jahre hinweg ins Leere gegangen. Dann musste sie nach Bamiyan, dann...
Saids Stimme unterbrach ihre hektischen Spekulationen. „Nun gut, gehen wir nach unten."
„Zum Pool? Wo ist Ibrahim?"
„Den habe ich weggeschickt. Vielleicht wäre es besser gewesen, du hättest mir vorher von dem Pool berichtet, dann hätte ich auch die Hausschlüssel nicht herausgegeben."
„Die Hausschlüssel? Du hast...?"
So vorwurfsvoll das klang, Said unterbrach sie in entschiedenem Ton. „Unten sind die Wände aufgeschlagen. Hat meine Mutter das veranlasst?"
„Nein, ich dachte, das sei auf deinen Befehl geschehen. Mein Sohn muss mir glauben."
„Ja, natürlich." Er sagte es so freundlich, dass seine Gefühle unverhohlen zu Tage traten. Die beiden mochten ja früher Verbündete gewesen sein, aber von einem wirklichen Vertrauensverhältnis würde in Zukunft keine Rede mehr sein, nicht nach diesem Gespräch.
Augenblicke später erschienen sie bereits unter der Tür. Martha hörte den Stock der alten Hexe, auch wenn sie durch den Teppichvorhang nichts erkennen konnte. Nur etwas Licht schimmerte vage durch die Maschen des Kelims. Sie wagte keine Bewegung, bis das ungleiche Paar vorüber war. Nach dem Geräusch der Schritte verschwanden Said und seine Mutter in Richtung Treppe. Es würde seine Zeit brauchen, bis die Alte auf ihren unsicheren Füßen den Pool erreichte Doch dann würden sie erfahren, dass Martha die Pyxis an sich gebracht hatte. Auf alle Fälle hatte sie jetzt keine Sekunde zu verlieren, und so wählte sie den Weg durch ein Fenster im Erdgeschoss.

Sie musste ihren Vorsprung nutzen. Entschlossen schlüpfte sie in die Nacht. Erst in ihre Wohnung und dann nach Bamiyan.

Aufbruch

An der Straße nach Bamiyan, 11. Oktober 1941
13:40 Uhr

Als Martha am nächsten Tag erwachte, fuhr sie in ihrem Schlafsack empor und stellte entgeistert fest, dass es nicht etwa Morgen war, sondern bereits helllichter Tag. Ein überhängender Fels hatte sie lange vor der Sonne geschützt und hätte sie nicht ihr Schimmel mit seinem weichen Maul berührt, sie hätte womöglich den ganzen Tag verschlafen, so erschöpft wie sie war.

Sie war heilfroh, dass sie vor dem Einschlafen wenigstens noch daran gedacht hatte, ihr Pferd anzubinden und abzusatteln, ehe sie sich fröstelnd in ihrem Schlafsack verkroch.

Nun aber nahmen die Ereignisse der letzten Nacht und ihre Sorge um Benazir und Adolf wieder all ihre Gedanken gefangen. Sie hatte nicht die geringste Ahnung, was sie für die beiden tun konnte. Ihre einzige Information war Fatimas vage Andeutung, dass die Entführer möglicherweise einen Hinweis auf den Fundort des Schatzes entdeckt hatten. Waren sie mit Benazir dorthin aufgebrochen?

Nachdem sie das Badehaus verlassen hatte, galt es zunächst, sich ein Pferd zu verschaffen, um überhaupt eine Chance zu haben, Bamiyan zu erreichen. Zwar besaß sie ein eigenes Reittier in einem der königlichen Gestüte, Ibrahim hatte das einst vermittelt, doch hatte sie sich spontan entschlossen, diesen Ort zu meiden. Said hatte betont, dass man alle Ausländer beobachtete, und so musste sie davon ausgehen, dass man dort ihre Spur aufnehmen würde. Also blieb ihr nur der Schimmel, den ihr Said beim Außenministerium übergeben hatte. Diese Variante hatte den unbedingten Vorzug, dass sie behaupten konnte, das Tier sei ein Geschenk.

Außerdem stand der Schimmel im Hof ihres Hauses, wo Said ihn zusammen mit seinem Rappen in Ibrahims Obhut gegeben hatte.

Ehe sie aufbrach, hatte sie sich doch noch in ihre Wohnung gewagt, um nicht ohne Gepäck das Weite zu suchen. Ihre Satteltaschen und ein alter Schlafsack ihres Vaters lagen ohnehin bereit, und ihre paar Wertgegenstände hatte sie blitzschnell aus dem Wandversteck heraus. Schon nach wenigen Minuten war sie sie mit Gepäck, Schlafsack und frischer Kleidung nach unten geschlichen, hatte ihren Schimmel bestiegen und war alsbald im Gassengewirr untergetaucht. Sie folgte zunächst der Straße nach Masr-i-Scharif und schlug sich nach dem Verlassen der Stadt alsbald in die Büsche, um sich ein Nachtlager zu suchen. Ob der Platz tatsächlich geeignet war, konnte sie in der Dunkelheit nur hoffen.

Eingekuschelt in den Schlafsack, hatte sie endlich Ruhe gefunden, über das Geschehen nachzudenken. Bamiyan – dass sie nicht schon längst auf diese Idee gekommen war! Ihre Eltern liebten die riesigen Buddhastatuen und das grüne Tal von Bamiyan. Allein mit Martha hatten sie es wenigstens fünf- oder sechsmal aufgesucht.

Und was mochte Said in diesem Augenblick wohl planen? War er gerade dabei, ihre Strategie zu analysieren, so wie sie selbst? Könnte er vorausberechnen, was sie jetzt tun würde? Beinahe glaubte sie, seine Nähe zu spüren. Geradezu unheimlich!

Ihre Unrast trieb sie schließlich aus dem Schlafsack, und bald folgte sie der Straße zum Pass von Bamiyan, der mit seinen 2545 Metern noch weit höher lag als Kabul mit seinen 1800 Metern. Die Straße war letztlich nichts anderes als ein alter Karawanenweg, über den schon Alexander der Große Richtung Indien gezogen war.

Iskender! Bei dem Gedanken an Alexanders legendären Indienfeldzug stellte sie sich zum ersten Mal seit vielen Stunden wieder die Frage nach Iskender. Sie hielt sogar mehrfach an, um tief in sich hinein zu lauschen, doch so sehr sie sich auch mühte, ihr Dschinn schien verschwunden, auch wenn ihre überreizten Nerven ihr ständig suggerierten, verfolgt zu werden. Aber so sehr sie auch mit ihrem Feldstecher in die Runde spähte, sie vermochte niemanden zu entdecken. Natürlich beobachtete sie auch jeden, der auf der Straße in ihre Nähe kam, doch blieb sie letztlich unbehelligt.

Der Geländewagen

Auf dem Weg nach Bamiyan, 13. Oktober 1941
14:20 Uhr

Als sie gegen Mittag des dritten Tages längst von der Hauptroute abgewichen war, um sich in Richtung Bamiyan in die Berge zu schlagen, erkannte sie wohl, dass diese Strecke ganz gut per Auto befahrbar war.

Ihre Eltern hatten sich damals einen Wagen gemietet, auch wenn es Martha niemals gelungen war, das Auto oder gar den Besitzer oder Fahrer ausfindig zu machen. Aber sie hatte sich ja auf die Route nach Indien konzentriert.

Es schien noch entschieden heißer als tags zuvor, doch schien der Schimmel unermüdlich und offenbar bestens trainiert. Je weiter sie vordrang, desto einsamer wurde die Gegend. Mehrfach wich sie vom Wege ab, um einzelne Punkte aufzusuchen, die sie noch von den Reisen ihrer Eltern her kannte, doch entdeckte sie absolut nichts. Auch von Iskender nicht die geringste Spur, dabei wäre sie jetzt froh gewesen, seinen Schatten auf ihren Fersen zu wissen. Immerhin kosteten ihre Abstecher mehr an Zeit als angenommen, so dass sie bald von der Nacht eingeholt wurde, ohne dass an ein Erreichen des Felsentals zu denken war.

Ungeachtet der dicken Hülle weckte sie die nächtliche Kühle und so war sie bereits frühzeitig auf den Beinen und im Sattel. Wieder und wieder kam ihr nun das treffliche Ortsgedächtnis zustatten, das sie von ihrer Mutter geerbt hatte, während sich ihr Vater auch nach sieben Jahren Kabul immer wieder in der Altstadt verirrt hatte.

Martha hob sich in den Steigbügeln. Vor allem an diese Schlucht dort drüben erinnerte sie sich noch gut. Dort hatte sie mit ihren Eltern Halt gemacht und bei den Felsen Picknick gehalten. Unwillkürlich lenkte sie den Schimmel hinüber. Es war ein guter Ort, um sich ein Stück von dem Brot zu gönnen, das sie vor zwei Tagen auf der Hauptstraße erstanden hatte.

Der Anblick der Felsen brachte leider keine Ruhe, im Gegenteil. Die glücklichen Erinnerungen kontrastierten allzu heftig mit der beklemmenden Gegenwart. Nein, sie wollte nicht an einer Stelle lagern, an der sie als Kind neben ihren Eltern gespielt hatte.

Und so war sie auch schon drauf und dran, an der Schlucht entlang weiter zu reiten, als sie tief unten das Wrack entdeckte – offenbar ein Auto, dass vor geraumer Zeit hinuntergestürzt war. Autowracks waren auf den wenigen Straßen Afghanistans noch immer eine Seltenheit, aber dennoch bildeten zerschmetterte, ausgebrannte und völlig ausgeplünderte Wagen mittlerweile so etwas wie eine traurige Straßenmarkierung, die sich von Herat und Masr-i-Scharif im Norden bis nach Kandahar im Süden zog. Eine schweigende Karawane des Vergänglichen, die an die zerborstenen Hoffnungen erinnerte, die sich sogar in einem Land wie Afghanistan mit der Moderne verknüpften.

Ein Wrack auf dem Weg nach Bamiyan schien also gar nicht so verwunderlich, hätte es nicht ausgerechnet in der Nähe ihres alten Rastplatzes gelegen. Auch mit ihrem Fernglas konnte sie nichts Genaueres ausmachen, erkannte aber eine Bemalung. Sie wusste, dass dies nichts Besonderes war, denn hier in Afghanistan bemalte so gut wie jeder sein Auto, mal mehr, mal weniger. Dennoch konnte sie nur noch daran denken, dass jener Rover, den ihre Eltern damals bestiegen hatten, ebenfalls bemalt gewesen war. Das Auto ihrer Eltern?

Sie musste einfach dort hinunter. Sie saß ab und trat an den Rand des Felsabbruchs. Es ging steil nach unten, selbst für einen geübten Alpinisten hätte die Felswand eine Herausforderung dargestellt. Für Martha, deren Kletterkünste noch aus ihren Kindertagen stammten, war das Unterfangen schlicht lebensgefährlich, zumal sie keinerlei Hilfsmittel und auch kein Seil zur Hand hatte. Doch in ihrer Erregung schob sie alle Bedenken zur Seite.

Schon drehte sie sich herum, stemmte die Arme gegen den Fels und ließ sich langsam tiefer gleiten. Irgendwo musste doch eine Felsleiste sein! Ihre Füße tasteten über das Gestein, nichts. Sie fühlte, wie ihr Gewand am Körper klebte. Vielleicht war sie noch immer zu hoch? Sie beugte die Arme noch etwas mehr und verlor prompt den Halt. In ihrer Hast, dort hinunter zu klettern, hatte sie jede Vorsicht vergessen.

Sie versuchte sich vergeblich hochzustemmen, doch ihre Hände rutschten ab und erst jetzt kam ihr jäh zu Bewusstsein, dass sie in Lebensgefahr schwebte, dass diese Felswand womöglich das Letzte war, was sie im Leben sehen würde.

„Bleiben Sie ruhig!“

Saids präzise Stimme erreichte sie so unerwartet, dass sie beinahe den Halt verlor. Zum Glück packte er just in dieser Sekunde ihre Handgelenke und riss sie wie ein Kind über die Kante zurück in Sicherheit, ehe sie strauchelte und recht unsanft zu Boden schlug. So bestürzt sie auch war, sie rollte sich ab und stand benommen auf.

Der Afghane stand kaum zwei Schritte entfernt und wenige Meter weiter wartete sein Rappe, an dessen Sattel ein russisches Gewehr baumelte. Das Tier schnaubte zu ihrem Schimmel hinüber und blähte die Nüstern.

„Wie..., wie haben Sie mich gefunden?“, stammelte sie.

Er winkte nur nachlässig ab. „Verzeihen Sie, aber wir Orientalen sind keineswegs so beschränkt, wie man im Westen glauben will.“

„Ich war enttäuscht, Sie am Pool nicht mehr anzutreffen, aber ich wunderte mich nicht wirklich. Darf ich annehmen, dass Sie meine Mutter und mich belauschten?“

Martha war derart konsterniert, dass sie die Antwort schuldig blieb, doch nickte er nur befriedigt. „Als mir klar wurde, dass Sie uns belauscht hatten, da musste ich nur noch bei Ihrem Schimmel warten. Natürlich weiß ich, dass Sie vor den Toren Kabuls ein Pferd stehen haben, aber ich konnte mir beim besten Willen nicht vorstellen, dass Sie einen so offenkundigen Zug machen würden, und ich muss mich bedanken, dass Sie mich..., wie sagt man bei Ihnen? Mich nicht allzu lange auf die Folter spannten. Also, was haben Sie gehört, ich meine von meiner Unterhaltung mit meiner Mutter?“

„Dass Sie beide eine Menge über das Verschwinden meiner Eltern wissen.“ Nur zu gern hätte sie ihrer Stimme einen festeren Klang verliehen, vergeblich.

„Meine Mutter versicherte mir, dass sie nichts über den Verbleib Ihrer Eltern wisse, auch wenn sie zugibt, dass sie das Tagebuch stehlen ließ.“

„Oben am Klavier hat sie nichts davon erwähnt.“

Er verbeugte sich leicht. „Unten am Pool bei der Leiche. Ich fragte sie dezidiert, ob sie bezüglich der Identität des Toten sicher sei, sie ließ keinen Zweifel aufkommen, dass es sich um Ibrahims Bruder handelt.“

Martha holte tief Luft. „Und Sie glauben ihr das?“ Sie war so aufgebracht, dass ihre Stimme nicht mehr zitterte.

„Ich..., ich hoffe es.“ Das kam völlig unerwartet und ebenso überraschend grub er die Zähne tief in die Unterlippe. Plötzlich wurde ihr klar, wie schwer ihm dieser Satz gefallen sein musste.

Martha wandte kein Auge von ihm. „Und wer soll Ibrahims Bruder getötet haben?“

Er blickte zur Seite. „Angeblich war es Ihr Vater.“

„Mein Vater?“, fuhr sie auf ihn los. „Das ist eine Lüge! Mein Vater hätte niemals...“

„Auch nicht im Kampf?“

„Weshalb sollte er mit Ibrahims Bruder kämpfen? Haben Sie das von Ihrer Mutter?“

„Also, ich räume ein, dass mir diese Erklärung auch nicht gefällt, zumal sich diese Version natürlich nicht beweisen lässt, ebensowenig wie jede andere.“ Das kam einem Misstrauensvotum gegen seine Mutter so nahe wie nur irgend möglich.

„Und was wissen Sie persönlich vom Verschwinden meiner Eltern?“

„Ich weiß in der Tat, dass sie bei Kriegsanbruch ganz unversehens aufbrachen, aber ich schwöre bei meiner Ehre, dass ich keine Ahnung habe, wie und wohin sie verschwanden.“

„Ich denke, Ihre Mutter rief neulich Nacht gleich mehrfach Allah oder Mohammed an, und dennoch hat sie gelogen. Würden Sie ihr heute noch einmal Vertrauen schenken?“

Wieder zögerte der Afghane und wieder irrte sein Blick zur Seite. „Wahrscheinlich nicht“, murmelte er schließlich, „aber das ist der Preis, den jeder für eine Lüge zahlt.“

„Sie meinen, man vertraut ihm nicht mehr?“

„So ist es. Verzeihen Sie, aber das ist ein Thema, das ich gerne zurückstellen würde. Ich gebe zu, dass ich keine Ahnung habe, welche Konsequenzen ich aus dem Verhalten meiner Mutter ziehen soll. Nur eines scheint mit sicher: Bei Kriegsanbruch suchten mehrere Parteien die Spur des Schatzes – meine Mutter gehörte zweifellos dazu und ich nicht minder. Mich faszinierte dieser Schatz, doch noch mehr regte mich auf, dass es vor allem Briten und Deutsche waren, die so vehement nach Afghanistans Schätzen gierten. Und ehe ich es vergesse, von Benazir oder Ihrem Bruder haben Sie auch nichts gesehen?“

Sie schüttelte beklommen den Kopf, und er spähte schon wieder wachsam ins Gelände, ehe er urplötzlich herumfuhr. „Nun denn, weshalb wollten Sie dort hinunter?“

Und kaum hatte er einen Blick riskiert, da zog er scharf den Atem ein. Sie hatte alle möglichen Reaktionen erwartet, Spott vielleicht oder hochgezogene Augenbrauen, aber nicht diese Betroffenheit.

Vielmehr hastete er zu seinem Pferd, um seinen Feldstecher zu holen. Nun erneuerte er zunächst seinen wachsamen Rundblick, ehe er das Fernglas nach unten richtete. „Das ist lange her“, kommentierte er und reichte ihr schließlich das Glas. „Warum interessieren Sie sich für dieses Wrack?“

Martha schluckte mit trockener Kehle. „Es könnte sich um den Rover meiner Eltern handeln.“

„Dieses Wrack? Ich dachte Ihre Eltern wollten zum Kaiberpass und nach Indien? Wieso vermuten Sie jetzt, dass sie sich nach Bamiyan wandten? Augenblick..., die goldene Büchse!“

Sie erwiderte nichts.

„Meine Mutter war der Ansicht, der Tote im Pool hätte eine goldene Büchse bei sich, aber wir fanden nichts. Allerdings war seine Hand zerschlagen. Hielt er tatsächlich eine Goldbüchse in der Faust?“ Sein Scharfsinn war wie immer bestürzend. Martha nickte widerstrebend.

„Sie haben sie an sich genommen? Enthielt sie eine Information? Kann ich sie sehen?“

Sie nickte. „Das Döschen ist leer. Sie steckt in meiner Satteltasche. Allerdings erinnere ich mich, dass sie aus dem Tal von Bamiyan stammte.“

„Ah! Und nun wollten Sie überprüfen, ob Ihre Eltern damals nicht zum Kaiberpass, sondern nach Bamiyan wollten?“

„Wir haben hier mehrfach gelagert und gegessen. Da drüben, gleich bei den Felsen. Außerdem hörte ich, wie meine Mutter bei unserem Abschied zu meinem Vater etwas von dem Großen und dem Kleinen sagte.“

Er zog die Brauen hoch.

Martha hob unsicher die Hände. „Also, ich frage mich, ob damit nicht die große und die kleine Buddhastatue von Bamiyan gemeint sein könnte.“

„Allah il Allah!“

Er verlor kein Wort darüber, dass sie ihm das unten am Pool verschwiegen hatte. „Kann ich jetzt die Büchse sehen?“

Als sie das Behältnis aus der Satteltasche zog, vermochte er einen Ruf des Erstaunens nicht zurückzuhalten. Vorsichtig drehte er das Kleinod in den Fingern. Martha konnte kaum hinsehen, irgendwie hatte sie immer das Bild der Leichenfaust vor Augen, wie sie unter ihrem Schaufelschlag in Stücke flog. Wenn er das Ding doch nur baldigst wegstecken würde...

„Was ist das? Ist das ein Fingernagel?"

Martha fuhr zusammen. „Ein Fingernagel? Wo?"

„Sehen sie ihn nicht?" Er hielt ihr die Pyxis vor die Augen, und sie wich unwillkürlich zurück. Alles in ihr sträubte sich, die Dose genauer zu untersuchen, nicht umsonst hatte sie sie seit Tagen nicht aus der Satteltasche genommen. Aus diesem Grund war das Behältnis immer noch von Schmutz bedeckt, der teilweise an dem goldenen Ding klebte. Said war so fasziniert von seiner Entdeckung, dass er ihre Stimmung gar nicht bemerkte. Er kratzte vorsichtig, und tatsächlich löste sich schon nach wenigen Sekunden ein zersplitterter Fingernagel. Der Nagel eines Menschen, und er fiel Martha geradewegs in die Hand. Angeekelt ließ sie ihn fallen.

„Entschuldigung", murmelte sie und bückte sich. Sie benahm sich wie eine dumme Gans. Was musste er nur von ihr denken. Dennoch kostete es sie Überwindung, den Nagel genauer in Augenschein zu nehmen. Ein sprödes Stück und gesplittert am Rand.

„Das dürfte ein Daumennagel sein", folgerte Said. „Der gepflegte Nagel eines vornehmen Mannes. Er wurde zugefeilt, so etwas kenne ich nur aus Europa." Er blickte unwillkürlich auf seine eigenen Nägel.

Martha merkte nicht einmal, wie er ihr den Nagel aus der Hand nahm. „Gefeilt?", stammelte sie. Ihr Vater hatte seine Fingernägel gefeilt, weil sie beständig splitterten, sogar wenn er eine Schere benutzte. Sie hatte es unzählige Male beobachtet. „Sie müssen sich irren, der Nagel ist doch gesplittert, er..."

Sie riss ihm dem Nagel förmlich aus den Fingern und sah nun sofort, worauf er abzielte. Der Nagel war wohl im Kampf gesplittert, jedoch ganz fraglos zugefeilt. Sie konnte vor Entsetzen kaum sprechen, so dass Said einige Minuten brauchte, bis er alles aus ihr herausgefragt hatte. Er ging äußerst behutsam vor und wusste allem Anschein nach nicht, was er mit einer halb hysterischen Frau anfangen sollte. Hätte sie zu seiner Familie gehört, er hätte ihr wahrscheinlich einen Schlag verpasst, und viel später sagte sie sich, dass sie ihm das nicht einmal verübelt hätte. Doch er wartete geduldig, bis sie ihre Fassung wiedererlangte. „Ich muss diesen Rover untersuchen", stammelte sie schließlich. „Ich muss in die Schlucht. Vielleicht geht es dort hinten leichter." Sie deutete den Abbruch entlang und tatsächlich schien die Schlucht an dieser Stelle infolge eines hoch hinaufreichenden Geröllkegels weit weniger dramatisch.

Sie war schon unterwegs, als er sie zurückhielt. „Halt, warten Sie!" Er trat zu seinem Pferd, um ein Seil zu holen, dass er hinter dem Sattel festgeschnallt hatte. Fraglos war er weit besser für diese Expedition gerüstet als sie selbst. „Kommen Sie, wir brauchen alle Leinen, auch Ihren Sattelgurt."

Seltsamerweise schien er ihren Plan nicht wirklich in Frage zu stellen. Offenbar ging es ihm allein um die Sicherung des Abstiegs. So knoteten sie mit vereinten Kräften alle Leinen aneinander. „Wie haben Sie es geschafft, mir auf den Fersen zu bleiben?" fragte sie unvermittelt. „Ich habe mich immer wieder umgesehen."

Er nickte ruhig. „Mein Feldstecher ist besser als der Ihre – ein deutsches Produkt, aus Berliner Tagen. Ich konnte Sie beobachten, Sie mich nicht."

Er zog den letzten Knoten fest und führte dann die Pferde heran. Als sie nun erneut hinunter spähte, schien Martha die Schlucht viel tiefer als jemals zuvor. Erst Saids Räuspern ließ sie wieder aufblicken. „Wir binden die Leine an die Pferde. Ich kann Ihren Abstieg genau überwachen, Sie müssen gar nicht klettern. Sehen Sie hier? Der Felsen hängt über, ich kann Sie direkt auf dem Geröll absetzen. Beide Pferde kennen mich. Selbst wenn etwas schief gehen sollte, kann ich Sie im Notfall alleine hochziehen, während Ihnen das im umgekehrten Fall unmöglich sein dürfte."

Er hatte vollkommen Recht, auch wenn ihr beim Anblick der Schlucht doch ziemlich flau im Magen war. Aber jetzt meldete sich auch wieder ihr verrückter Stolz, der sie schon als kleines Mädchen in allerlei Abenteuer gestürzt hatte. Sie wollte einfach nicht zugeben, wie sie sich fühlte. Es war nie anders gewesen, sie spürte regelrecht Hummeln im Bauch, wie ihre Mutter sagte, und natürlich hatte die kleine Martha es schon damals heftig bestritten. Eine Martha von Helm fürchtete sich nie, sie besaß schließlich einen eigenen Dschinn! Dort drüben bei den Felsen hatte sie damals ihren Eltern eine ziemliche Szene gemacht, weil sie ihr untersagten, sich der Schlucht zu nähern. Dabei wollte sie doch nur klettern! Wenn sie heute hinunter spähte, dann konnte sie sich lebhaft vorstellen, welche Angst ihre Eltern ausgestanden hatten. Wahrscheinlich hatten sie Blut und Wasser geschwitzt. – Absurd, jetzt in Kindheitserinnerungen zu schwelgen! Sie musste sich konzentrieren, sich...

„Sie denken an Ihre Eltern?", erkundigte er sich ruhig, das Seil in der Hand.

Martha nickte verlegen, ja sie zitterte regelrecht, als sie ihm das Seil aus den Fingern zog. „Geben Sie schon her!", murmelte sie und merkte nicht einmal, wie unfreundlich sie klang.

Martha band sich die Leine unter den Armen zusammen. Ihr Begleiter ließ es sich nicht nehmen, den Knoten zu überprüfen und noch einmal nachzuziehen. Dann zog er seinen Dolch mitsamt Scheide. „Nehmen Sie!“

Sie sah ein wenig ratlos auf die Waffe. „Was soll ich damit?“

„Es könnte sein, dass Sie sich losschneiden müssen. In diesem Fall bedarf es einer massiven Klinge.“

Martha befestigte den gekrümmten Dolch am Gürtel und konnte nur hoffen, dass er nicht herausfallen würde. Unglaublich, womit Männer aus reinen Statusgründen den ganzen Tag herumrannten.

Die Schlucht

Auf dem Weg nach Bamiyan, 13. Oktober 1941
16:00 Uhr

Als sie sich an den Abbruch stellte und Said die Pferde in Position brachte, um die Leine anzuziehen, da hätte sie weiß Gott was gegeben, um den Abstieg zu vermeiden. Ausschließlich der Gedanke an die Eltern trieb sie über die Kante. Der erste Meter war noch der einfachste. Said ließ das Seil langsam nachlaufen, so sank sie zentimeterweise tiefer und tiefer. Immerhin hatte ihr Vater sie früher an kleinen Felsen hinuntergelassen, und ihr gezeigt, wie man sich mit den Beinen an einer Felswand abstützt, und diese Erfahrung kam ihr jetzt zugute.

Bald hatte sie die Oberkante der Schlucht hinter sich; Said und die Pferde verschwanden aus ihrem Blickfeld. Das Seil lief mittlerweile über ihren Sattel, den er direkt am Felsabbruch platziert hatte. Auf diese Weise wurde die Leine nicht vom Felsen in Mitleidenschaft gezogen.

Zu ihrem Leidwesen musste Martha nur allzu bald erkennen, dass sie die Schwierigkeiten beträchtlich unterschätzt hatte, da die Felswand mittlerweile rapide zurückwich, so dass sie nun frei in der Luft baumelte. Was sie ursprünglich als Vorteil begriffen hatte, entpuppte sich schnell als gravierendes Problem, begann sie sich doch hilflos zu drehen. Dabei ließ es sich nicht vermeiden, dass sie wie ein Pendel hin und her schwang. Das Resultat war absehbar, und so prallte sie höchst unsanft gegen das Gestein. Zum Glück hing sie wenigstens so, dass sie die Wand im Auge hatte und den Anprall mit Armen und Beinen lindern konnte, doch hätte sie nie gedacht, welche Wucht ihr schwingender Körper schon nach wenigen Metern entwickelte. Je mehr des Seils über die Kante glitt, desto stärker wurden die pendelnden Ausschläge. „Machen Sie schnell“, schrie sie nach oben, „Mehr Seil!“

Sie musste es mehrfach wiederholen, ehe er überhaupt reagierte. Nun sank sie rapide, doch konnte Said natürlich nicht erkennen, wie weit sie bereits unten war. Die Geröllhalde näherte sich gefährlich und so fürchtete sie schon einen üblen Aufprall auf dem scharfkantigen Gestein, als ihr Abstieg abrupt gestoppt wurde. So baumelte sie etwa zwei Meter über dem Schuttkegel und begriff erst langsam, was eigentlich geschehen war.

Da schrie er auch schon von oben herunter. „Wie weit sind Sie? Hören Sie mich? Die Pferde können nicht näher an die Schlucht. Was soll ich machen?"

„Warten Sie, einen Augenblick." Martha brüllte ihre Antwort förmlich zurück.

Wenn sie jetzt das Seil zerschnitt, dann würde sie auf das Geröll stürzen. Der Kegel war steil und der Boden der Schlucht lag noch wenigstens zehn oder mehr Meter tiefer. Sie würde heftig aufschlagen und inmitten einer kleinen Lawine nach unten schlittern. Dabei konnte mehr zerreißen als nur ihre Kleidung. Noch weit problematischer war jedoch der Rückweg. Das Seil würde dann noch kürzer sein. Wie sollte sie je wieder nach oben?

Unter normalen Umständen wäre damit alles klar gewesen – Rückzug. Doch die Bedingungen waren eben nicht normal. Sogar in dieser Lage kreisten ihre Gedanken unablässig um das Wrack und ihre Eltern. Sie würde ohne Gewissheit diesen Platz nie und nimmer verlassen. Saids Dolch glitt ihr wie von selbst in die Hand, gewissermaßen ein Wink des Schicksals.

„Was ist?", mahnte er von oben. Seine Stimme hallte von den Felswänden, sie musste seine Frage mehr erraten als verstehen.

Doch es gab keinen Weg zurück. Der rasiermesserscharfe Stahl trennte das gespannte Seil mit erschreckender Leichtigkeit, ja sie musste die Leine gar nicht vollständig durchschneiden, da zerriss sie schon unter ihrem eigenen Gewicht. Augenblicke später prallte Martha auf das Geröll und fand kaum noch Zeit, den Dolch zur Seite zu schleudern.

Der Aufprall presste ihr die Luft aus den Lungen, doch war die Halde weit stabiler als sie vermutet hatte. Zwar fand sie keinen Halt, doch schlitterte sie mit den Füßen voran den Kegel hinunter. Ihre Stiefel waren fest, sie überstanden die Tortur ohne größere Probleme und ersparten ihrer Trägerin dramatischere Blessuren. Zu ihrem Glück war die Schlucht von Humus bedeckt, der sogar ziemlich tief zu sein schien und einer recht üppigen Vegetation Halt und Nahrung bot. Über Jahre, vielleicht sogar über Jahrhunderte hatte das Wetter Erde in die Klamm gewaschen, bis die Berghänge oben weitgehend zerklüftet und vegetationslos den Unbilden der Witterung ausgesetzt waren, während hier unten eine unerwartet dichte Pflanzendecke gedieh.

Als Martha sich aufraffte, bemerkte sie Saids Dolch und steckte ihn zu sich. „Ich bin unten!", schrie sie hinauf, doch zweifelte sie sehr, dass sie oben zu verstehen war. Nun, er konnte sie problemlos mit seinem Feldstecher überwachen.

Augenblicke später hastete sie bereits dem Wrack entgegen – tatsächlich ein Rover, der allerdings völlig zertrümmert war. Er hatte sich tief in den Boden gegraben. Die meisten Fahrzeugteile waren zerborsten und verrostet, das Wrack mit Erde gefüllt, doch konnte man aus nächster Nähe unschwer erkennen, dass der Geländewagen einst mit grellbunten Farben und Koransprüchen geschmückt war.

Ihre Hände flogen über das geschundene Metall. Der Rover, in dem sie als Kind Bamiyan besucht hatte, der war doch auch bemalt gewesen!

Das zerfetzte Blech hatte sich teilweise in den Boden gebohrt und war nun besser erhalten als gedacht, die Bemalung durch das Erdreich noch leidlich konserviert. Martha wischte mit einigen Blättern den Dreck herunter und dann hatte sie tatsächlich eine Koransure vor sich. Es war die Sure mit den dahinbrausenden Rossen, die wild auf den Feind einstürmen, ein Gleichnis auf die unübertroffene Stärke des Autos, die den damals schon reichlich klapprigen Rover allerdings nicht vor dem Sturz in den Abgrund bewahrt hatte.

An diese Sure und diesen Rover erinnerte sie sich ganz genau, nicht etwa, weil sie die Bemalung so schön gefunden hätte, oh nein, sondern weil Paps sie dabei erwischte, wie sie mit seinem Taschenmesser ihren Namen und den Iskenders mitten in einen Koranspruch ritzte. Damals schnitzte die kleine Martha ihre Initialen in so gut wie jeden Gegenstand, der ihr unter die Klinge kam, was ihre Eltern schier zur Weißglut trieb. Bei diesem Wagen war ihrem Vater in Bamiyan der Geduldsfaden gerissen. Er hatte ihr das Messer abgenommen, um nicht zu sagen entrissen und ihr die einzige Ohrfeige gegeben, die sie je von ihm erhalten hatte. Noch heute wusste sie nicht, ob sie oder ihr Vater sich darüber mehr entsetzt hatte. Auf jeden Fall hatte er sie heftig umarmt, nur um sie gleich darauf vehement zu schütteln. Das sei ein Spruch des Koran, ein heiliger Text! Man könne nur beten, dass der Fahrer nichts bemerkt habe. Sonst würde er sie womöglich in der Einsamkeit zurücklassen.

Erst das Einschreiten ihrer Mutter hatte seinen Redestrom gebrochen, von dem sie ohnehin nur Bruchteile verstanden hatte. Die kindische Selbstverliebtheit in ihren Namen und in ihre Initialen war ein Angriff auf den Islam, und die Lehre Mohammeds war Gesetz im Hindukusch. Der Koran war Gottes eigenes Wort, jede Verschandelung der heiligen Verse ein Angriff auf elementare Werte, im Grunde also ein todeswürdiges Verbrechen.

Und natürlich blieb ihre Schandtat dem Fahrer nicht verborgen. Erst ein erhebliches Geldgeschenk glättete schließlich die Wogen seiner frommen Entrüstung, auch wenn er sich lange bitten ließ, den geschändeten Spruch bei erstbester Gelegenheit zu übermalen. Ob das jemals geschehen war, das hatte die kleine Martha nie erfahren, aber der Schreck über den Ausbruch ihres Vaters hatte die ganze Episode tief in ihr Bewusstsein gebrannt, und so hätte sie noch heute die Stelle, an der sie die Welt des Islam geschändet hatte, mit geschlossenen Augen finden können – vorne auf dem rechten Kotflügel.

Damals mit dreizehn Jahren konnte sie die Sure natürlich noch nicht entziffern, doch jetzt zeigte ihr der erste Blick, dass sie die *wilden Rosse* vor sich hatte. Und als ob es noch eines Beweises bedurft hätte, so entstieg nun dem Dreck nach kurzer Mühe das Wort *ALEXANDROS*, geritzt in griechischen Lettern aus Kinderhand. Es war der Rover.

Die Tatsache, dass Iskender in der 18. Sure ausdrücklich als Gesandter Allahs erschien, also im Sinne des Islam eigentlich kein Ungläubiger war, hatte damals wenigstens dazu beigetragen, den Grimm des Fahrers zu besänftigen, auch wenn er seinen Zorn sicherlich vor allem dazu nutzte, eine möglichst hohe Entschädigung rauszuschlagen. Zumindest war das die Ansicht ihres Vaters, die er ihrer Mutter zuraunte, als der entrüstete Chauffeur gerade wieder betend auf den Boden sank. Ihre Mutter glaubte da schon eher an die verletzte Religiosität ihres Fahrers. Jetzt, so viele Jahre später, war der Streit entschieden. Der Kerl hatte das Geld genommen und später nicht einmal ihre Kritzelei getilgt, die angebliche Todsünde war ihm nicht einmal etwas Farbe wert gewesen, nicht einmal eine Pinselspitze voll.

Martha konnte ein Lachen nicht unterdrücken. Sie kicherte und lachte, bis ihr die Tränen in die Augen traten. Plötzlich packte jemand ihre Arme, doch sah sie zunächst nichts hinter ihrem Tränenflor. Wenigstens gelang es ihr, das hysterische Lachen zu beenden. Vor ihr stand Said, doch erreichte sie seine Stimme wie ein Rauschen, so dass sie kein Wort verstehen konnte.

Jetzt spürte sie ein Tuch auf ihrem Gesicht, offenbar versuchte er, ihre Tränen zu trocknen. „Besser so?“, wiederholte er, und nun hörte sie auch, was er sagte. „Sie erkennen den Wagen.“ Er sagte es ganz ruhig, keine Frage, eine Feststellung. „Wie..., wie kommen Sie hier runter?“

„Von dort oben.“ Er deutete empor zum Rand der Schlucht, ein ernstes Lächeln auf den Lippen, das sofort wieder verschwand, als wisse er genau, dass es hier absolut nichts zu lächeln gab. Seine Jacke war übel zugerichtet und vielfach zerrissen, was auch für den Rest seiner Kleidung galt. Offenbar hatte er die Halde wesentlich weniger glimpflich hinter sich gebracht als Martha selbst.

„Sind Sie verletzt?“, fragte sie unwillkürlich, als er einen Fetzen seines Ärmels auf eine Schürfwunde drückte.

Wieder das ernste Lächeln. „Sagen wir, es war ein Sprung, den ich mir weniger hoch vorgestellt hatte. Also, was haben Sie entdeckt?"

Martha deutete auf die Koransure und begriff erst jetzt, dass sie die ganze Zeit auf der halb verschütteten Kühlerhaube saß. Sie erläuterte ihm die Geschichte der Sure und ihrer Kritzelei. Es lag auf der Hand, dass sich damit auch die Wahrscheinlichkeit erhöht hatte, den Rover mit dem Verschwinden ihrer Eltern in Verbindung zu bringen, auch wenn natürlich nicht ausgeschlossen war, dass sie einen anderen Fahrer engagiert hatten, doch Said verzichtete auf jeden Einspruch. Sie musste das Wrack untersuchen, es ausgraben, sehen ob... Sie zerrte seinen Dolch hervor und agierte so hektisch, dass ihr die Klinge entglitt. Said hob sie auf. „Lassen Sie mich!", doch das wollte sie nun überhaupt nicht und schob ihn einfach zur Seite.

Augenblicke später kauerte sie schon in den Trümmern des Wracks und begann wie besessen zu graben. Ihr Herz hämmerte den Takt, und so oft die Klinge in den Humus fuhr, stieß sie auf harte Gegenstände oder Steine, die das Innere füllten. Said half ihr schweigend, zerrte Steine zur Seite, auch wenn er Mühe hatte, so richtig zuzufassen, da in dem zertrümmerten Fahrzeug für zwei Personen einfach kein Platz war.

Das Fahrzeuginnere war relativ hoch verschüttet, der Rover stak in starker Schräglage im Erdreich, das Heck saß viel tiefer im Boden als die Kühlerhaube und so legte Martha ganz unerwartet den verbogenen Steuerknüppel frei. Sie war so durcheinander, dass sie versuchte, ihn mit der Klinge herauszuhebeln. Sie zerrte und schlug, bis Said ihr die Hand zur Seite drückte, um sie zur Ruhe zu zwingen. „Sie zerbrechen die Klinge." Er musste es mehrfach wiederholen, bis sie den Sinn seiner Worte realisierte und sich wieder dem Erdreich zuwandte. Bald klaffte ein beträchtliches Loch neben dem Steuerknüppel, das sich mit jedem Stoß noch vertiefte. Trümmer traten zu Tage, Trümmer und ein Stein und...

Martha kauerte reglos über dem Loch.

„Was haben Sie?", drängte er alarmiert.

„Ein..., ein Tierknochen." Sie sagte es, ohne aufzublicken und fühlte sich wie betäubt. Der paranoide Zwang, zu graben, er glitt von ihr ab wie ein leichtes Tuch. Sie spürte nicht einmal, wie er die Klinge aus ihren Fingern löste und sie vorsichtig zur Seite schob. Sie starrte wie hypnotisiert auf das Loch und wollte dennoch nur noch eines, weg, raus aus diesem Wrack. Plötzlich spürte sie das verrostete Armaturenbrett und setzte sich ohne Nachzudenken, während er schon dabei war, das Loch zu vergrößern.

Augenblicke später zog er einen Knochen heraus, an dem noch zerfetzte Kleidung hing. Vom Unterarm eines Menschen. Keiner der beiden sagte ein Wort, als er den Fund vorsichtig zur Seite legte. Dann förderte er bald weitere Knochen zu Tage, offenbar die Überreste des Fahrers, der hinter dem abgerissenen Steuerrad seine letzte Ruhe gefunden hatte. Er entdeckte nicht nur Knochen, er barg auch Kleidungsfetzen, einheimische Kleidung, wie Martha auf den ersten Blick feststellte. Natürlich hatte auch ihr Vater afghanische Tracht getragen, oft sogar, aber das wollte sie sich gar nicht vorstellen.

Said arbeitete weiter, ohne Martha auch nur einmal in die Augen zu blicken, verbissen geradezu, als versuche er, alle Fragen mit seiner Aktivität zu ersticken. Marthas Blick hing an seinen Händen, die Knochen und Steine hervor zerrten, bis er schließlich einen größeren Gegenstand entdeckte, auf den er nach erstem Zögern all seine Anstrengungen konzentrierte.

Und es war kein Knochen, den er schließlich ans Tageslicht hob, kein normaler jedenfalls – es war ein menschlicher Schädel mit einer kreisrunden Öffnung in der Schläfe, wie sie nur ein einziger Gegenstand hervorbringen konnte, ein Geschoss, eine Kugel.

Martha saß wie versteinert auf dem Armaturenbrett. War das am Ende der Kopf...

„Die Kleidung hier", Said griff nach den Fetzen, die er neben dem Loch abgelegt hatte. „Gehörte die ihren Eltern?"

Martha antwortete nicht. Alles, was sie sah, war die Schusswunde im Schädel, die mehr Licht auf das Drama warf als alles andere. Der Fahrer saß noch jetzt auf dem rechten Vordersitz, so wie bei jedem englischen Wagen. Die Kugel hatte seine linke Schläfe durchbohrt. Dabei hatte er wohl das Steuer verrissen und den Wagen direkt in die Schlucht gelenkt. Wahrscheinlich war er schon tot gewesen, als der Rover unten aufschlug.

Martha duckte sich tiefer bei dem Gedanken, als stünde das Krachen des Aufpralls in den Ohren.

„Sind das Kleidungsstücke Ihrer Eltern?", wiederholte er drängend.

Martha wandte kein Auge von dem Schädel, als sie den Kopf schüttelte. Sie schüttelte den Kopf und schüttelte, bis Said seine Hände gegen ihre Schläfen drückte und sie zwang, sich die Fetzen genauer anzusehen. „Erkennen Sie etwas?"

Sie schüttelte den Kopf. Benommen untersuchte sie die Fingerknochen des Toten. Nur weniges war erhalten, doch erkannte sie immerhin zersplitterte Fingernägel.

Gesplitterte Nägel!

Die Bilder im Schwimmbad des Harems schossen vor ihr geistiges Auge. Die sauberen Fingernägel, die Hand die sich um die goldene Dose schloss. Diese Nägel hier waren zersplittert und...

„Das ist nicht mein Vater“, stieß sie hervor. Said reagierte nicht. „Er ist es nicht“, schrie sie ihn an. „Diese Fingernägel, das sind nicht die Nägel meines Vaters, das kann ich beschwören.“

Said biss sich auf die Lippen.

„Aber falls Sie Recht haben, dann liegt Ihr Vater...“

„...im Pool“, ergänzte sie und sah starr in die Weite.

„Das ist ganz unmöglich!“, fuhr er auf.

„Wieso? Weil Ihre Mutter sonst wieder gelogen hätte? Überrascht Sie das?“

Er atmete schwer. „Es gibt keinen Menschen, den ich besser kenne als meine Mutter. Sie ist eine harte Frau und oftmals ungerecht, sobald sie ihre Interessen gefährdet sieht. Sie kann erbarmungslos sein, aber in all den Jahren hat sie mir nie einen Eid gebrochen. Sie schwor mir, dass unten im Pool Ibrahims Bruder läge und dass sie nichts mit seiner Ermordung zu tun gehabt habe.“

Martha hörte gar nicht richtig hin. „Wir müssen den Rover ausgraben“, stieß sie hervor und schauderte vor dem hohlen Klang ihrer Stimme. Sogar Said schien ein wenig zurückzuweichen.

„Das Auto ist ein Grab“, hielt er schließlich dagegen. „Wollen Sie tatsächlich...?“ Martha begriff sehr wohl, was in ihm vorging. Für einen Moslem war die Totenruhe absolut unantastbar. Mohammedaner besuchten in der Regel nicht einmal die Gräber ihrer Angehörigen.

„Das ist kein Grab!“ Martha hörte ihre eigenen Worte, als spräche ein Fremder. „Geben Sie mir den Dolch.“

Tatsächlich überließ er ihr die Klinge und ohne Widerspruch zerrte er alle Hindernisse aus dem Wagen, sobald Martha sie freigelegt hatte. „Wo kommen all die Steine her?“, keuchte Martha. „Sie können doch nicht alle herabgebrochen sein, als der Rover in die Schlucht stürzte.“

„Sind sie auch nicht.“ Said schleuderte den nächsten Brocken zur Seite. „Man hat sie erst später über dem Wrack aufgeschichtet.“

Martha brauchte einige Sekunde, ehe ihr die Bedeutung seiner These aufging. Wenn man die Steine nachträglich über dem hinteren Teil des Geländewagens aufgeschichtet hatte, dann gab es dafür nur eine einzige Begründung – man wollte die Rückseite des Rovers versiegeln. Um das Wrack selbst war es nicht gegangen, sonst hätte man das ganze Auto bedeckt. Das bedeutete jedoch, man wollte etwas schützen, was im hinteren Teil des Wagens verborgen lag. Der Fahrer war also keinesfalls allein verunglückt, und der Rover war tatsächlich ein Grab. Martha wurde abwechselnd heiß und kalt bei dem Gedanken. „Machen wir weiter“, stieß sie hervor und bemühte sich redlich, ihren Begleiter nicht anzusehen.

Said warf Stein auf Stein zur Seite. Der Humus im Wagen wurde spärlicher und die Steinpackung immer dichter. Die Steine erzählten eine erbarmungslose Geschichte. Der Rover war hier in den Abgrund gestürzt, nachdem man den Fahrer ermordet hatte. Dann waren die oder der Mörder heruntergeklettert, um das Wrack zu bedecken und damit begann auch das Rätsel. Warum sollte sich ein Mörder um die Bestattung seines Opfers kümmern? Vielleicht lag ja doch kein Toter unter den Trümmern, vielleicht diente der Steinhaufen einem ganz anderen Zweck?

So stand sie nun und beobachtete mit angehaltenem Atem, wartete jeden Moment auf ein erlösendes oder auf ein schreckliches Wort.

Gerade griff er wieder zu, als er respektvoll innehielt. „Gebeine."

Er sagte nur dieses eine Wort, dann legte er den Stein so vorsichtig zur Seite, als fürchtete er, einen Schlafenden zu stören. „Sie sollten das sehen", sagte er und trat zur Seite, um ihr Platz zu machen.

Martha rauschte das Blut in den Ohren. Was sie wirklich fühlte, das wusste sie selbst nicht. Alles schien ohne ihr Zutun abzulaufen, wie eine geheimnisvolle Geschichte, die schon längst geschrieben war und sich nun selbst erfüllte.

Als sie in die Grube blickte, bemerkte sie nichts als Kleidungsfetzen und einige Knochen, ein menschliches Becken und einiges mehr – Elle und Speiche eines menschlichen Unterarms. Sogar die Knochen einer Hand. Die Verwesung hatte nicht viel zurückgelassen und doch genug.

Martha schloss die Augen und wäre wahrscheinlich in das Loch gestürzt, hätte Said nicht blitzschnell zugegriffen. „Es tut mir leid", murmelte er.

Sie hatte keine Ahnung, was sie antworten sollte, sie fixierte nur den einfachen Armreif aus Horn, der noch jetzt die Unterarmknochen zusammenhielt, obwohl man deutlich sah, dass sie beide gebrochen waren, wahrscheinlich beim Aufprall des Wagens. Als Kind hatte sie endlose Male mit diesem Armreif gespielt.

„Das ist Ihre Mutter, nicht wahr?"

Martha fühlte, wie sie nickte, dann versagten ihr die Beine und sie musste sich setzen. Er ließ sie am Rande der Grube zu Boden gleiten. Am Ziel. Nach drei Jahren Suche ein Wiedersehen der besonderen Art.

Sogar die Jacke ihrer Mutter war noch halbwegs zu erkennen. Es war in der Tat eben diese Jacke, nach der sich Martha auf ihrer Suche so oft erkundigt hatte. Anscheinend lag ihre Mutter auf dem Rücksitz des Rovers.

„Sie sind absolut sicher?", wiederholte er.

Sie musste sich schnell abwenden, um ihre Tränen zu verbergen. „Wir müssen sie ausgraben." Sie sagte es, ohne sich ihm zuzuwenden. Die Vorstellung, dass ihre Mutter für alle Ewigkeit auf der Rückbank eines schrottreifen Autos lag, war schier unerträglich. Wenigstens bestattet musste sie werden. Als sie schon in die Grube steigen wollte, hielt Said sie zurück.

„Vielleicht sollten wir sie einfach wieder zudecken. Ich meine…"
„Nun helfen Sie schon!", keuchte sie ihn an.
Er rührte sich noch immer nicht. „Wir sollten ihre Ruhe nicht stören."
Vielleicht waren es diese Worte, die ihren so lodernden Zorn entfachten und jede Benommenheit verscheuchten. Wie eine Furie sprang sie ihm entgegen. „Ihre Ruhe stören? Sie wurde bereits gestört. Man hat sie ermordet, hier in einem fernen Land, in einem Land, in dem sie Zuflucht gesucht hatte und nun ist sie tot, tot…!"
Plötzlich spürte sie seine Jacke in den Händen und schüttelte ihn mit aller Macht, ohne ihn allerdings aus dem Gleichgewicht zu werfen. Im Gegenteil, ungeachtet ihrer Erregung bereitete es ihm keinerlei Mühe, ihre Hände zu lösen, auch wenn er sie festhalten musste, damit sie nicht auf ihn losging.
Said blickte verlegen die Felswand hinauf, während sie sich ihre Tränen trocknete. Dann hörte sie das Klicken einiger Steine und seine ruhige Stimme. „Machen Sie mir Platz?"
Als hätte er ihr nie widersprochen, so griff er jetzt zu, und auch wenn er sich fraglos alle Mühe gab, dauerte es wenigstens zwei Stunden, ehe sich die traurige Arbeit dem Ende näherte und die Rückbank des Rovers offen lag. Sie entdeckten keinerlei Anzeichen, dass eine dritte Person im Wagen gesessen hatte. Was sie fanden, waren nur weitere Gebeine ihrer Mutter und auch des Fahrers. Martha hatte darauf bestanden, auch ihn vollständig auszugraben. Ganz fraglos waren nur diese beiden Personen im Wagen, als der verhängnisvolle Sturz seinen Anfang nahm.
Neben den Überresten der beiden Leichen stapelte Martha wortlos alles, was sie in ihrer Nähe entdeckt hatte, darunter auch den halb verbrannten Zaum eines Pferdes. Said untersuchte ihn nachdenklich, als Martha ihm bereits die nächste Trense entgegenhielt „Noch ein Zaum", murmelte sie benommen.
„Zwei Zaumzeuge? Also wollte Ihre Mutter zu Pferd weiter. Die erste Frage lautet, für wen ist der zweite Zaum? Doch sicherlich nicht für ihren Chauffeur. Und die zweite Frage: Wohin wollte Ihre Mutter?"
Martha wusste, dass sie darüber nachdenken sollte, aber sie konnte einfach keinen Gedanken fassen.
„Wie gut war Ihre Mutter im Sattel?", drängte Said.
„Besser als mein Vater."
Said fragte noch irgend etwas, aber Martha hörte kaum hin. „Was ist das hier?" Sie stocherte mit einem Ast im Inneren des Wracks und förderte angekohltes Papier zu Tage.
„Tagebuchseiten?", fragte Said.

Martha nickte, ihre Kehle war wie zugeschnürt. Sie sortierte die traurigen Reste im Windschutz des Kotflügels. Die Fragmente waren klein und zerstört, doch das wenige war klar in der Handschrift ihrer Mutter – kein Zweifel, wenn sie überhaupt noch einen Zweifel gehabt hätte. Martha kämpfte jedoch mehr mit ihren Tränen als mit der kaum noch kenntlichen Schrift. „Meine…, meine Mutter schreibt, dass sie tagelang unterwegs waren. Zu Pferd und… Mehr ist nicht erhalten.“

Said nickte langsam. „Gut, gut, also wollte Ihre Mutter nach Bamiyan. Sind Sie mit Ihren Eltern von Bamiyan aus jemals zu Pferd in die Berge gezogen?“

Martha schüttelte den Kopf. Schließlich schob sie die Papierfetzen vorsichtig neben den Gebeinen ihrer Mutter zusammen und beschwerte sie mit einem Stein, während Said mit seinem Dolch im weichen Boden zwei kleine Gruben aushob. Martha konnte gar nicht hinsehen und auch die Gebeine ihrer Mutter waren ein so schrecklicher Anblick, dass sie ihre Jacke auszog, und sie über die Knochen breitete, doch war die Jacke zu klein, um alles zu bedecken. Sie versuchte es wieder und wieder, als würde die Jacke dadurch größer werden, bis Said sie schließlich zur Seite nahm und im Schatten der Felswand zu Boden drückte, was sie widerstandslos geschehen ließ. Sie wandte nicht mal den Blick und sah doch nur endlose Szenen ihrer Kindheit aus den Tagen im Hindukusch zusammen mit ihren Eltern. Mittlerweile hatte sie nicht einmal Tränen, sie konnte einfach nicht mehr. Plötzlich gewahrte sie, dass Said auf sie hinunter blickte. „Es tut mir leid“, murmelte sie, „dass ich mich so benehme. Sicher halten Sie mich für einen Idioten.“

„Ich halte Sie für einen Menschen, dem gerade klar wurde, dass er seine Wurzeln verliert, seine Familie, seinen Halt. Ich selbst habe zurzeit ebenfalls große Schwierigkeiten mit meiner Familie. Ich verlor einen Halbbruder und Benazir hasst mich. Gelegentlich habe ich sogar…“ Er brach ab.

„…Probleme mit Ihrer Mutter?“

„Auch das. Aber ich könnte den Gedanken nicht ertragen, dass sie alle nicht mehr da sind, dass ich nicht mehr mit ihnen reden oder streiten kann. Es ist mein Leben, ich will es nicht verlieren. Ruhen Sie sich aus.“

Sie sah ihm zu, wie er einige Schritte entfernt an den Gruben arbeitete. Er schien unermüdlich, doch sein Dolch war letztlich nur ein Notbehelf. Zum Glück wandte er ihr wenigstens den Rücken zu, bis er sich schließlich aufrichtete und den Dolch zurück in die Scheide schob.

Zeit, um die Gebeine zur Ruhe zu betten. Said drängte sie nicht, und Martha war froh, dass sie überhaupt vom Boden hochkam. Vorsichtig legte sie die Überreste ihrer Mutter auf der Jacke zusammen, um sie hinüber zu tragen und Said kümmerte sich um die Gebeine des Fahrers.

Die Skelette waren nicht vollständig, das ihrer Mutter weit weniger als das des Chauffeurs. Offensichtlich hatten sich Tiere ihren Anteil geholt, doch war sie mittlerweile so abgestumpft, dass der Gedanken kaum noch Emotionen hervorrief. Benommen legte sie Knochen um Knochen in das Grab, Schenkelknochen, den Schädel und die Finger, sowie das letzte Hab und Gut. Nur die Fetzen des Tagebuchs hatte Martha zu sich gesteckt. Vielleicht konnte sie ihnen ja doch ein Geheimnis entreißen.

Dann schlossen sie die Gräber, ohne ein Wort zu wechseln. Said zog sich schweigend zurück, während Martha zwischen den Gräbern betete. In ihr schien alles tot, und sie wusste kaum, was sie da eigentlich murmelte. Absurderweise dachte sie plötzlich an Alexander, nicht an ihren Dschinn, sondern an den König und Eroberer. Auch er hatte überall auf seinem Weg durch Asien Gräber und Freunde zurückgelassen, bis man ihn selbst in fremde Erde bettete.

Sie blickte erst auf, als Said zurückkehrte. Er hatte aus Trümmern und Drähten ein kleines Kreuz geformt und trieb es nun in den Boden. Martha hatte überhaupt nicht daran gedacht, das Grab ihrer Mutter zu schmücken...

Sie kam nicht mehr dazu, ihm zu danken, denn er hob bereits die Hände zum Gebet. „Im Namen Allahs, des Allbarmherzigen..."

Die Worte der Totensure hallten feierlich durch die Schlucht und Martha ertappte sich dabei, dass sie sie leise mitsprach und plötzlich wurde ihr klar, dass ihr die Suren des Koran wahrscheinlich vertrauter waren als die Verse der Bibel.

Bamiyan

Bamiyan, 15. Oktober 1941
17:00 Uhr

Said drehte sich im Sattel, als Martha etwas zurückblieb. „Was haben Sie? Ist Ihr Dschinn in der Nähe?"

Martha fühlte sich ertappt und wusste dennoch nicht, was sie antworten sollte. Sie war sich einfach nicht sicher. Verunsichert schweiften ihre Blicke über den Talgrund von Bamiyan. Dort drüben ragten die Felswände in den Himmel, Felsen, in die man vor Äonen zwei gigantische Buddhastatuen eingemeißelt hatte. Sie waren den Statuen schon ganz nahe und Martha spürte bereits die Ehrfurcht gebietende Ruhe, die von den Giganten auszugehen schien, eine Gewissheit, dass sie nicht nur ihre eigene Epoche, sondern auch alle anderen überleben würden. Schon als

Kind hatte sie hier gestanden und die Augen geschlossen, so wie es ihr Vater verlangte. Erst dann vernehme man den feinen Gesang des Kosmos, in den Buddha einst eingegangen sei.

Auch jetzt presste Martha ihre Lider fest zusammen, doch so beeindruckend die Statuen auch sein mochten, sie lauschte doch eher auf Iskenders Aura – war er tatsächlich in der Nähe? Seit ihrer Flucht aus Kabul hatte sie vergeblich versucht, diese Frage zu beantworten. In ihrer Erregung der letzten Tage war sie ohnehin kaum in der Lage, ihren Dämon aufzuspüren. Aber jetzt, da sie die felsige Hochebene verlassen und das grüne Tal von Bamiyan betreten hatten, schien sich mit dem satten Grün auch ihr Seelenfriede wieder einzufinden. Zumindest war ihr Lächeln, das erste seit Tagen, eine wahre Erlösung.

„Und?" Saids Brauen hoben sich erwartungsvoll.

Martha atmete tief durch. „Also ich weiß überhaupt nicht, was ich denken soll. Mal glaube ich, ihn zu spüren, mal nicht. Ich bin zu nervös, zu müde und zu abgespannt und misstraue meiner eigenen Wahrnehmung."

Er lachte trocken. „Eine recht gute Beschreibung meiner augenblicklichen Verfassung."

„Das ist nicht Ihr Ernst!"

Er hob die Schultern. „Nun, Sie schlagen sich jedenfalls mehr als gut."

„Danke", murmelte sie verlegen. „Meine letzte Unterrichtsstunde liegt erst wenige Tage zurück, aber es scheinen mir Jahre, alles hat sich völlig verändert. Als Kind spürte ich Iskender stets und überall. Es war wie ein Spiel, auch wenn ich ihn nie wirklich zu Gesicht bekam, so existiert in meinem Leben kein anderes Wesen, mit dem ich mich derart intensiv unterhalten habe."

Er staunte sie an. „Sie haben sich mit Ihrem Dschinn unterhalten?"

„Aber natürlich! Als Kind war das ganz einfach. Ich stellte eine Frage, und er antwortete in meinen Gedanken. Ich fand das wundervoll. Kein Mensch in ganz Afghanistan besaß einen solchen Freund."

„Wahrscheinlich niemand auf der ganzen Welt."

„Nun, meine Welt heißt Afghanistan." Sie fühlte ganz deutlich, dass ihr Tränen in die Augen stiegen und wandte schnell den Kopf zur Seite. Sie konnte es nicht verhindern, es geschah jedes Mal, wenn sie daran dachte, dass sie in wenigen Tagen das Land verlassen musste.

Said saß ganz still auf seinem Pferd und spähte zu einer buschbestandenen Anhöhe hinüber. Martha folgte seinem Blick, froh, das Thema zu wechseln. „Dort auf der Anhöhe wurde die Büchse gefunden, die ich beim Leichnam meines Vaters entdeckt habe. Dort drüben, Sie haben sie direkt im Blick."

„Tatsächlich? Reiten wir hinüber.“ Er fragte gar nicht, ob sie einverstanden sei, sondern spornte seinen Rappen. Wenig später drängte sie ihren Schimmel bereits durch das Buschwerk. Seit ihren Kindertagen hatte sich hier einiges verändert, oder lag es nur an ihrer getrübten Erinnerung? Dort..., nein, das war es auch nicht. Said war schon einige Schritte weiter und sah sich neugierig um, bis er schließlich auf einem freien Platz zwischen den Büschen inne hielt. Als Martha zu ihm aufschloss, erkannte sie sofort, dass sie am Ziel waren.

„Hier ist es!“ Sie entdeckte sogar noch Spuren jener Grube, in der sie als Kind voller Begeisterung herumgewühlt hatte.

Sie sprangen ab, um die Grube zu untersuchen. Said hob mit dem Dolch etwas Erde heraus, stieß aber nur auf Geröll und Tonscherben, an die sich Martha noch gut erinnerte. Es war beinahe so wie damals.

Plötzlich wollte sie nur noch weg. Hier an diesem Ort war die Erinnerung an ihre Eltern zu präsent. Said bemerkte ihre Unrast, ihre umherzuckenden Blicke.

„Spüren Sie etwas?“, fragte er alarmiert.

Sie lachte nervös. „Können wir hier weg?“ Sie saß auf, ohne seine Antwort abzuwarten. „Als wir die Pyxiden fanden, da war ich mir ganz sicher, dass Iskender mich beobachtete. Seine Aura war sehr intensiv. Für mich war das damals ein riesiges Abenteuer, es war, als grübe ich in seiner Zeit herum, einfach unglaublich.“

Sie drängte ihre Stute vorwärts und war froh, das Buschwerk hinter sich zu wissen. Said schloss zu ihr auf. „Aber jetzt spüren Sie nichts mehr?“

Sie konnte nicht mehr antworten, hallte doch ein Schuss durch das weite Tal. Beide fuhren sie zusammen, doch dann griff ihr Said in die Zügel und peitschte die Pferde vorwärts. „Los“, schrie er, „kein Ziel bieten!“

Wieder krachte ein Schuss. Galt das ihnen? Martha schmiegte sich tief auf die Mähne ihres Schimmels, als das Tier vorwärts brauste, einen kleinen Abhang empor und hoch auf die kleine Terrasse vor den Statuen.

Wieder ein Schuss.

Der Schütze war ein einsamer Afghane, der gerade wieder abdrückte. Die Kugel schlug in den größeren Buddha und riss eine winzige Wunde, eine von unzähligen, die unmissverständlich demonstrierten, dass die Skulptur schon oft als Zielscheibe herhalten musste. Als die Reiter so unverhofft auf die Terrasse stoben, wandte der Schütze den Kopf und nahm sein Gewehr von der Schulter. Martha hielt sich einige Schritte zur Seite, und der Afghane bemerkte sie zuerst. Der zierliche Reiter auf seinem Schimmel schien nicht sonderlich beeindruckend, doch winkte er freundlich, ehe er wieder auf die Statuen anlegte.

„Ist der verrückt?“, zischte Martha. „Halten Sie ihn auf!“

Said zögerte und der Schütze drückte wieder ab. Martha konnte nicht erkennen, wo die Kugel einschlug, aber Schaden würde sie in jedem Falle anrichten. „Worauf warten Sie? Tun Sie was!“

Said gab sich einen Ruck und ritt zu dem Schützen hinüber. Die Männer begrüßten sich und Martha konnte erkennen, wie Said ihm etwas in die Hand drückte. Offenbar ein überzeugendes Argument, denn der Mann schulterte sein Gewehr und entfernte sich mit freundlichem Gruß. Offenbar hatte er keine Ahnung, dass er in Martha eine Frau vor sich hatte, sonst hätte er sie wohl schwerlich einbezogen.

Martha beeilte sich, den Gruß zu erwidern, auch wenn sie dem Kerl am liebsten an den Kragen gegangen wäre. Zum Glück linderte die Majestät der Statuen ihren Zorn. Es war so wie in ihren Kindertagen, sie konnte sich gar nicht satt sehen.

Said schien allerdings etwas verunsichert, zumindest hob er unbehaglich die Schultern. Martha musterte ihn verblüfft. „Die Statuen gefallen Ihnen nicht?“

Er zuckte die Achseln. „Götzenbilder.“

„Götzenbilder? Aber das ist doch Buddha! Das ist die Vergangenheit Ihres Volkes, die Kultur Ihrer Heimat.“

„Eine Epoche der Finsternis, die mit des Propheten Hilfe überwunden wurde. Allah sei gepriesen.“

Martha wollte entrüstet auffahren, doch wurde ihr noch rechtzeitig bewusst, dass für Said und seine Landsleute alles was nicht islamisch war, keinen Wert hatte. Transportierte es noch dazu eine religiöse Botschaft, dann bedeutete es in afghanischen Augen schlicht Gotteslästerung. Martha wollte dennoch etwas erwidern, stockte aber abrupt. Said folgte ihrem Blick. Tatsächlich hatte der abziehende Afghane in einiger Entfernung erneut innegehalten, um nun den zweiten Buddha unter Feuer zu nehmen.

Said riss seinen Rappen herum und ritt hinüber. Seine Reaktion kam so unvermittelt, dass er Martha glatt abhängte. Als sie sich näherte, attackierte er den Schützen, der offenbar mit einem derartigen Angriff am allerwenigsten gerechnet hatte. Der Mann stürzte zu Boden und Said schien so außer sich, als würde er sich in nächster Sekunde auf den Unglücklichen hinunterstürzen. Martha legte ihm in letzter Sekunde die Hand auf den Arm. „Bitte!“

Er holte tief Luft, blickte erst auf den Mann und dann auf ihre Hand. Schließlich winkte er mit dem Kopf. Der Mann sprang auf und ergriff die Flucht. Said beachtete ihn kaum, sah immer noch auf Marthas Hand.

„Würden Sie loslassen?“

Sie löste hastig die Finger. „Entschuldigung.“

„Kein Grund dazu. Es ist nur, ich fühle mich dann immer so…" Er suchte nach einem passenden Wort und schwieg.

„Ich wollte Sie nicht beleidigen."

„Das können Sie auch gar nicht."

Sie war heilfroh, dass er sich mit seinem Pferd beschäftigte und so ihre Verlegenheit nicht bemerkte. „Danke, dass Sie sich für die Statue einsetzten."

Jetzt streifte er sie doch mit einem düsteren Blick. „Für die Statue? Ich hasse es einfach, wenn meine Anweisungen missachtet werden." Auf seiner Stirn pulsierte eine Ader. Für die majestätischen Statuen hatte er kaum einen Blick.

Als er abdrehen wollte, war Martha mit einem Sprung aus dem Sattel. „Kommen Sie, wir besteigen die Statuen, die größere da!"

Er runzelte verwirrt die Stirn. „Sie wollen da hoch? Wieso?"

„Wieso? Nun, weil es möglich ist. Das sind die größten Statuen der Welt, dreiundfünfzig und siebenunddreißig Meter hoch."

„Und man kann sie besteigen?"

„Aber ja!" Offenbar hatte er noch nie davon gehört. Während so gut wie jedes Mitglied der deutschen Kolonie, das seinen Fuß in dieses Tal gesetzt hatte, selbstverständlich auch die Statuen bezwungen hatte, schien Said diese Vorstellung völlig fremd – Europa und Asien.

„Kommen Sie", drängte Martha, „sonst überholt uns der Sonnenuntergang." Damit eilte sie den Grotten entgegen, die zu Seiten der Statuen die Felswand wie ein Labyrinth durchzogen. Über Jahrhunderte hinweg hatten Mönche wie Laien Kapellen, Gänge und Versammlungsräume aus den Felsen geschlagen, teilweise konnte man auch noch Reste alter Malereien bewundern.

Bald kletterten sie durch Kapellen, oft von Decken überwölbt oder überkuppelt. Und immer wieder öffnete sich ein pittoresker Ausblick auf die gewaltige Statue sowie hinaus in das Tal. Auch Said schien wider Willen fasziniert, zumindest war seine ostentative Abwehrhaltung längst unverhohlenem Interesse gewichen. „Wurde die ganze Figur aus dem Felsen geschlagen? Aus einem Stück?"

„Oh nein, vor allem nicht das Gewand. Die Falten des Mantels bestehen oft aus Lehm, der um dicke Taue modelliert wurde. Danach wurde das ganze noch bemalt. Die Figur muss mehr als prachtvoll gewirkt haben. Aufgrund der starken Beschädigungen weiß man heute leider nicht genau, wie alles einmal ausgesehen hat. Das gilt vor allem für Buddhas Mudra."

„Mudra? Was meinen Sie damit?"

„Nun, der Gestus seiner Hände."

„Und das ist von Bedeutung?"

„Aber ja. Ohne die Haltung der Hände sind die Statuen nicht vollständig zu erklären. Erst der Gestus zeigt, ob Buddha meditiert oder Kontakt mit der Erde aufnimmt. Hier scheint Buddha als Kosmokrator dargestellt zu sein, als Herr aller Welten und Zeiten."

Said blieb stehen. „Aller Welten und Zeiten?"

„Aber sicher. Die Buddhisten sehen die Welt als einen Kreislauf riesiger Zyklen, die alle aus den Träumen Buddhas entspringen. In jedem Weltalter erscheint auch ein Buddha als Emanation des allumfassenden Buddha, um den Menschen den rechten Weg zu ihrer Wiedergeburt zu weisen."

„Sind Sie Buddhistin? Ich dachte immer..."

„Aber nein, aber mein Vater wusste viel von der Philosophie Siddhartas."

„Siddharta?"

„Buddhas Name, als er noch unter den Lebenden weilte."

„Und ich dachte immer, Buddha sei ein Gott."

„Nur im Großen Fahrzeug."

Said war recht unbehaglich zu Mute. Das konnte sie mittlerweile recht gut erkennen. „Sie wissen kaum etwas vom Buddhismus?"

„Es ist einem Moslem verboten, sich mit heidnischen Götzen und Religionen zu befassen."

Martha klatschte in die Hände. „Nun, dann haben Sie ja kein Problem, denn der eigentliche Kern des Buddhismus ist reine Philosophie und keine Religion. Sie übertreten also keines Ihrer Gebote, wenn Sie mir nach oben folgen."

Sie eilte in den nächsten Gang und hinein in das Dämmerlicht, das sich schon nach wenigen Metern in der nächsten Kapelle aufhellte. Er begriff sehr wohl, dass sie ihn nur neckte, doch machte er gute Miene zum bösen Spiel. „Was für eine Philosophie?", fragte er, als er wieder aufschloss.

„Nun, ich hoffe, dass ich das noch halbwegs zusammenbekomme. Buddha hat seine Philosophie in den vier edlen Weisheiten niedergelegt. Die erste lautet, alle Existenz ist Leiden. Zweitens: Die Ursache des Leidens ist die Begierde, und so ist drittens die Überwindung des Leidens durch Auflösung aller Begierden möglich, und das erreicht man zum Vierten durch den achtfachen Pfad."

Said musterte sie kopfschüttelnd. „Also ich bin beeindruckt. Haben Sie das aus Ihrem Lexikon?"

Martha lachte. „Teilweise."

„Und was versteht man unter dem achtfachen Pfad?"

„Also, da bin ich nicht völlig..., warten Sie!" Sie hob die Hand, um an ihren Fingern abzuzählen. „Der achtfache Pfad, das bedeutet: Die rechte Sicht, die rechte Gesinnung, die richtige Rede und das rechte Handeln.

Was fehlt noch? Ach ja, das rechte Leben, das rechte Streben, das richtige Überdenken aller Probleme und die wahre Versenkung in der Meditation. Ja, ich glaube, das versteht man unter dem achtfachen Pfad, auch wenn ein Buddhist meine Formulierung wohl kritisieren würde. Sie sehen also, es handelt sich nicht um eine Religion."

Said nickte und sah gedankenverloren hinaus auf die mächtige Skulptur. Als er sich umdrehte, war Martha verschwunden. Für einen Augenblick zögerte er und sah sich prüfend um, doch dann glitt er hinter einige Trümmer, hinter denen sich ein schmaler Gang öffnete, der nun steil nach oben führte.

Martha lachte ihm entgegen. „Kompliment, dass Sie den Gang entdeckt haben. Als kleines Mädchen war ich ziemlich stolz, ihn zu kennen. Damals spielte ich Verstecken mit Iskender. Ich glaubte, er würde mich verfolgen und so flüchtete ich in diesen Gang. Er hat mich nicht entdeckt, und ich war mächtig stolz, auch wenn meine Eltern ziemlich nervös wurden, weil ich so lange verschwunden blieb." Said konnte ein Schmunzeln nicht unterdrücken.

„Sie lachen nie wirklich, nicht wahr?", forschte sie unvermittelt.

„Wieso?"

„Ich glaube, mehr als ein Lächeln habe ich nie bei Ihnen bemerkt."

„Tatsächlich? Ich beobachte mich nicht derart genau, aber wenn Sie es sagen."

Wortlos stiegen sie höher. Said hielt sich zwar fern von den buddhistischen Malereien, half aber Martha widerspruchslos weiter. Schließlich hielt sie auf einem Felsenbalkon inne. Unter ihnen breitete sich das Tal aus, wie eine grüne Zelle in felsige Landschaft gebettet. Schweigend nahmen beide das Panorama in sich auf, auch wenn Saids Blick immer wieder zu der Statue hinüber wanderte.

„Warum hat der Islam derartige Schwierigkeiten, andere Kulturen zu tolerieren?", fragte sie und folgte seinem Blick.

Said lachte ein wenig ärgerlich.

„Warum lachen Sie?"

„Nun, ich wundere mich, dass ausgerechnet eine Deutsche in diesen Tagen Toleranz einfordert."

Martha runzelte die Stirn. Das traf sie mehr, als sie selbst zugeben wollte.

„Entschuldigung", winkte er ab. „Ich wollte Sie nicht kränken."

„Mein Vater sagte immer, dass wir Deutschen das Fremde eigentlich bewunderten."

„Tatsächlich? Und ich dachte, die Nazis vernichteten alles Fremde." Mit einem Mal wirkte er wieder fern, ja unnahbar. Martha suchte noch nach einer Antwort, da fiel in einem der unteren Stockwerke ein Stein. Beide lauschten, doch blieb alles ruhig, so dass Said schließlich weiter sprach. „Als ich Deutschland besuchte, da war ich fasziniert von seiner Fremdartigkeit. Und wissen Sie auch weshalb? Ich konnte jederzeit zurück in den Hindukusch. Ich war nur Gast, nur ein Besucher."

„Und Sie könnten nie in Deutschland leben?"

Er sah ihr in die Augen. „Nicht eine Sekunde. Kommen Sie weiter!"

Nach kurzer Zeit öffnete sich wieder ein Blick auf die Statue, sie war übersät von den Einschlägen zahlloser Kugeln. Martha schüttelte den Kopf. „Warum schießt man auf eine steinerne Figur?"

„Warum? Die beiden Statuen zeigen die Stärke einer feindlichen Religion oder einer fremden Philosophie, wenn Ihnen das eher zusagt."

„Und da der Islam keine andere Wahrheit gelten lässt, fühlen sich Ihre Landsleute provoziert?"

Said streckte ihr die Hand entgegen und zog sie auf den nächsten Vorsprung. Bald stand Martha schwer atmend neben ihm. Der Hinterkopf der Statue lag direkt vor ihnen. „Ich denke, die Statuen stellen Ihren Landsleuten eine einfache Frage. Sie lautet: Ist mein Glaube richtig? Und da der Mensch seine Kraft im Glauben sucht, glaubt er zerstören zu müssen, was ihn verwirrt."

Ihr Begleiter schwieg und kletterte hinaus auf den gigantischen Kopf. Der Blick nach unten war so schwindelerregend, dass Martha unwillkürlich zurückblieb. Said schien hingegen völlig schwindelfrei, als er sich zu ihr umwandte. „Was zögern Sie? Sie wollten doch hier hinauf, nun kommen sie schon! Angst gilt hier nicht!"

Lachte er sie etwa aus? Immerhin saß der Stachel, Martha musste sich vollauf konzentrieren, um sicheren Fußes hinüberzuklettern. Es war wie in ihrer Kindheit, sie kletterte zwar auf jedes Minarett, doch sobald sie hinunter blickte, stellte sie zu ihrem Leidwesen fest, dass sie keineswegs schwindelfrei war. So war sie heilfroh, als sie schließlich seine Hand ergreifen konnte.

„Entschuldigung", murmelte sie etwas weich in den Knien. „Ich bin leider nicht schwindelfrei."

Sie trat unwillkürlich enger an ihn heran, als ihr lieb war, doch schien ihr in ihrem Schwindel das gewölbte Felsenhaupt noch weit abschüssiger, als es tatsächlich war.

Jetzt packte sie auch noch ein Windstoß und drängte sie noch etwas dichter an ihren Begleiter. Said musste sie festhalten, damit sie sicher stehen konnte. Martha wagte nicht, ihm in die Augen zu blicken. „Ich vermute, mein Bruder Adolf wäre jetzt strikt gegen dieses Abenteuer."

Said lachte grimmig auf. „Meine Familie nicht minder, vor allem meine Mutter. Sie meinte jüngst, dass mich eine deutsche Lehrerin unziemlich ausnutze."

Martha wusste nicht, was sie antworten sollte.

Said hustete. „Ihr Schwindelgefühl, das ist der Grund, weshalb Sie hier nach oben wollten, nicht wahr? Sie wollten feststellen, ob Sie sich überwinden könnten."

Er traf es auf den Punkt, und Martha schwieg noch immer. Jenseits des Tals türmten sich die Bergketten bis zum Horizont. Stolze Berge, so hatte ihr Vater Afghanistan genannt, und Martha hatte seine Stimme jetzt so deutlich im Ohr, als stünde er unmittelbar neben ihr. Auch Said schien ähnlich zu empfinden, denn er reckte sich stolz. „Der große Iskender meinte angeblich, man könne Afghanistan nur durchziehen, aber nicht erobern. Ich denke, deshalb lenkten auch die Briten ein."

Martha nickte abwesend. Hier oben hatte sie mit ihren Eltern gestanden und sich zwischen ihre Beine gesetzt. Natürlich hatte ihr damals auch Iskenders Nähe geholfen. Die Erinnerung war so unmittelbar, dass ihr die Nähe ihres Dschinns allgegenwärtig schien, eine Nähe, die jetzt sogar ihren Schwindel linderte. Unwillkürlich straffte sie den Rücken und trat einen Schritt zur Seite.

Said hob warnend die Hand. „Seien Sie vorsichtig!"

Doch die suggestive Nähe ihres Dschinns ließ alle Angst verstummen, so wie damals in den eiskalten Wassern dieses Sees, als sich ihr Verfolger zur Flucht wandte.

Said schien jedoch merklich besorgt. „Seien Sie vorsichtig, hier oben kann Ihnen kein Schuss helfen, wenn..."

Martha riss die Augen auf. „Was für ein Schuss?"

„Nun, ich dachte an Ihr Abenteuer im See."

Jetzt starrte sie ihn an. Mit einem Mal schien alles still zu stehen, selbst der Wind hatte alle Kraft verloren.

„Welcher See?", fragte sie langsam.

Er winkte ab. „Ach vergessen Sie's, das ist jetzt nicht..."

„Was wissen Sie von dem See?", wiederholte sie heiser.

Er mied ihren Blick. „Oh, ich habe davon gehört. Ich..."

„Haben Sie nicht!" Ihre Stimme war ganz tonlos vor Schreck. „Diese Geschichte habe ich nur einmal erzählt, nur ein einziges Mal und da waren Sie nicht zugegen. Definitiv nicht." Sie dachte an Benazir und den Tuchbazar.

Said gab keine Antwort, blickte an ihr vorbei.

„Sie..., Sie sind Iskender", stieß sie hervor und erschrak vor ihrer eigenen Erkenntnis. „Sie sind dieser Dschinn, der mich seit Jahren verfolgt!"

Sie war so außer sich, dass sie alle Vorsicht vergaß. Sie sprang auf ihn zu und verlor das Gleichgewicht, er konnte sie gerade noch packen.

„Lassen Sie mich los!" Sie wand sich in seinem Griff. „Sofort!"

„Das kann ich nicht“, seine Stimme war von bestürzender Ruhe. „Es wäre zu gefährlich.“

Sie hörte gar nicht hin, und da sie ihre Hände frei hatte, versuchte sie sich loszureißen, bis er schließlich ihre Handgelenke erwischte und sie zurückzerrte in die Mitte des Schädels. Sie hörte, dass er ihr etwas zurief, ohne den Sinn auch nur ansatzweise zu begreifen. Eigentlich sah sie nur, wie sich seine Lippen bewegten.

„Sie haben mich verfolgt“, stieß sie hervor. „mich beobachtet, mein ganzes Leben, seit ich in Kabul…“ Sogar ihre eigene Stimme klang ganz unwirklich, wie ein Echo ihrer Gedanken.

Wieder und wieder versuchte sie sich loszumachen, bis er sie schüttelte, als sei sie nichts als eine Puppe. „Hören Sie zu“, schrie er sie an. „Sie sind noch am Leben, weil ich Sie damals bewacht habe. Verstehen Sie mich?“

Es waren die ersten Sätze, die sie überhaupt erreichten. Die Worte sickerten in ihr Bewusstsein, als bahnten sie sich mühsam einen Weg durch ihren Schock.

„Verstehen Sie mich?“, wiederholte er. Seine Stimme klang jetzt weit normaler und auch das Dröhnen, das bisher jedes Wort zu begleiten schien, ebbte zusehends ab. „Ich musste Sie bewachen. Afghanistan ist nicht Europa. Sie waren in akuter Lebensgefahr und das nicht nur an diesem See.“

Sie starrte ihn an. Sie hatte ihr Leben im Hindukusch verwünscht und geliebt, doch über akute Gefahren hatte sie sich eigentlich nie Gedanken gemacht. Sie musste sich räuspern, um klar zu artikulieren. „Gefährlich? Meinen Sie, ich sei ein Kind?“

Said reagierte nicht, sah an ihr vorüber in die Weite des Tals, ohne sie loszulassen.

„Sehen Sie mir in die Augen, wenn ich mit Ihnen rede!“ Sie war so abgrundtief zornig, so aus der Bahn geworfen. Said ed-Din war Iskender, das war unvorstellbar! Er hatte kein Recht, Iskender zu sein, er hatte einfach kein Recht! „Weshalb haben Sie mich verfolgt?“

Said grub die Zähne in die Unterlippe. Sie starrte ihn an, und plötzlich war sie wieder in Kabul, in dieser staubigen Straße, war wieder das kleine Mädchen, das zum Brunnen rannte und mitten hinein in diesen jungen Afghanen, der schwer zu Boden schlug. Sie sah ihn aufspringen, Zorn im Blick und die Zähne tief in die Unterlippe gepresst. Die dunklen Augen und der zornige Blick – plötzlich war ihr alles klar. „Sie waren der junge Mann am Brunnen“, keuchte sie. „Der Mann, den ich als Kind umrannte.“

Kein Kommentar.

„Schmerzt es noch immer?“, zischte sie.

Seine Braue zuckte. „Jeden Tag. Ich versuchte, es zu vergessen, aber es ist mir nie gelungen. Nicht richtig jedenfalls."

„Mein Gott, ich fürchtete damals, Sie wollten mich umbringen."

Er nickte zustimmend, die Augen so düster wie eh und je. „Für Sie war dieses Erlebnis offenbar ein großer Schock, doch für mich nicht minder. Damals begann ich zu begreifen, dass ich beinahe ein kleines Mädchen angegriffen hätte, ein Kind, das halb so groß war wie ich selbst. Und dabei hielt ich mich für unglaublich erwachsen. Außerdem hatte ich noch niemals ein so blondes, hellhäutiges Geschöpf zu Gesicht bekommen. Ein Ehrgefühl, ein Gesetz, dass eine solche Tat einfordert, das kann nicht richtig sein. Ich brauchte lange, um das zu verinnerlichen.."

„Und der Schuss am See?"

Er atmete tief durch. „Mir blieb keine Wahl, ich musste schießen. Ich denke, es war der beste Schuss meines Lebens. Ich war viel zu weit entfernt und hatte Angst, Sie zu treffen, als ich auf seinen Rücken zielte. Die ganze Zeit, als er auf Sie zu watete, hoffte ich, er werde umkehren. Ich hatte noch nie einen Menschen in den Rücken geschossen. Ich streifte ihn an der Schulter, und er flüchtete zum Ufer."

„Als mich die Kälte ans Ufer trieb, war er verschwunden."

Wieder streifte sie ein grimmiger Blick. „Nun, nicht ganz. Er legte sich damals auf die Lauer und ich überwältigte ihn. Dann schleppte ich ihn weg, außer Hörweite."

Das klang so düster und endgültig. „Und dann?", erkundigte sie sich stockend.

„Ich warf ihm sein Messer zu und erklärte ihm, er habe drei Möglichkeiten. Er könne sich selbst umbringen, oder mich töten, oder von mir getötet werden."

Marthas Kehle war staubtrocken und Said starrte furchterregend an ihr vorbei, als blicke er in eine unsägliche Vergangenheit.

„Sie..., Sie haben ihn umgebracht?"

„Er wählte den Kampf. Ich begrub ihn und sprach über seinem Leichnam die Totengebete, obwohl er es nicht verdient hatte."

Martha lief es kalt über den Rücken. Ihr Dschinn hatte für sie getötet. So schrecklich das auch klang, in diesem verwirrenden Moment fand sie es plötzlich auf eine düstere Art romantisch. Das Herz schlug ihr hoch bis zum Hals. „Und anschließend haben Sie mich nach Hause begleitet? Aus der Ferne?"

„Mit meinem Feldstecher."

„Meine Eltern haben sich oft gefragt, weshalb mir nie etwas passierte, nichts Ernstes jedenfalls. Schließlich akzeptierten sie, dass ich wohl einen Schutzengel haben müsse."

Sie wäre ihm dankbar gewesen für ein Lächeln, doch es blieb aus. Nur seine Stimme verriet wenigstens einen Anflug von Ironie. „Wie ich Ihnen neulich bei Mozart erläuterte, benötigen Frauen manchmal besonderen Schutz. Bassa Selim hätte mir jetzt sicher zugestimmt." Lächelte er tatsächlich? Offenbar. Und verlegen war er auch nicht. Er hielt sie immer noch fest und zum ersten Mal wehrte sie sich nicht. Der Wind spielte in ihrem Haar. Offenbar hatte sie ihre afghanische Kappe verloren, ohne es überhaupt zu bemerken.

Schließlich stand sie ganz still.

„Wenn ich Sie jetzt loslasse", fragte er langsam. „Werden Sie dann ruhig stehen bleiben?"

Sie nickte heftig und fühlte deutlich, wie sie errötete.

Vorsichtig ließ er die Hände sinken. „In den letzten Jahren waren Sie mitunter sehr leichtsinnig. Auch Ihre Eltern, wenn ich mir diese Bemerkung gestatten darf. Afghanistan ist ein recht wildes Land."

Martha setzte an zu einer Antwort, doch da fuhr er auch schon fort. „Ich fürchte, Ihre Eltern zahlten einen sehr hohen Preis für ihre Unvorsichtigkeit."

„Und wann fingen Sie an, mich zu beobachten?", stieß sie schließlich hervor.

Er schmunzelte beinahe unmerklich. „Nun, bereits wenige Tage nach unserem Zusammenprall. Ich darf sagen, dass Sie mich verwirrten. Sie waren ein so zerbrechliches Geschöpf und doch so wild und ungebärdig. Ich..., also ich gebe zu, dass ich Sie beinahe für einen Dschinn gehalten hätte, für einen blonden Geist aus fernem Land, fremd und exotisch."

Martha verschluckte sich beinahe. Er hatte sie für einen Dschinn gehalten? Diese Erkenntnis war schon beinahe tragikomisch und trug wesentlich dazu bei, ihre Spannung zu lindern.

„Alles, was Sie unternahmen, war so unwirklich. Nie hätte ich geduldet, dass sich eine Frau in meiner Familie derart aufführte. Sie liefen allein durch Kabul, unverschleiert und ohne Angst. Sie sprachen mit fremden Menschen – als Mädchen! Schließlich lernten Sie reiten und zogen allein durch die Berge. Als ich Ihnen beim Schießen zusah, da hätte ich nie gedacht, dass mir Ihre Kunst einst das Leben retten würde."

„Dabei wehrte sich Ibrahim anfangs mit Händen und Füßen..."

Zum ersten Mal lachte er frei heraus. „Das stimmt, ich musste es ihm regelrecht befehlen."

„Sie haben...?" Martha fühlte schon wieder diesen Zorn, zumal er ihr jäh die Hand auf den Arm legte. Erst dann begriff sie, dass sie in ihrer Entrüstung einen Schritt zurückgewichen war, einen zu viel.

„Nur ruhig. Ich wusste, dass Sie es unbedingt lernen wollten. Vielleicht hoffte ich sogar, Sie würden mir beweisen, dass eine Frau überhaupt nicht richtig schießen kann, aber dann schossen Sie wie ein alter Hase, so sagt man doch in Deutschland, oder?"

Martha schüttelte konsterniert den Kopf. „Und Sie haben mich nie angesprochen, sich nie gezeigt!"

„Natürlich nicht! Sie waren eine Frau."

„Das bin ich noch."

„Glücklicherweise."

Plötzlich lachten sie beide, und wenn sein Gesicht nicht ohnehin so dunkel gewesen wäre, sie hätte geschworen, dass er zutiefst errötete.

„Lachen Sie über mich?", blitzte sie ihn an.

„Das würde ich niemals wagen!"

Sie musterte ihn misstrauisch von der Seite her, doch er sah stur geradeaus.

„Um Sie besser zu verstehen, reiste ich schließlich nach Europa, nach Berlin."

Er zog sie vorsichtig an sich und sie folgte wie hypnotisiert. Die Vorstellung, dass sie dieser Mann über Jahre hinweg...

„Als ich schließlich zurückkehrte und Sie erneut beobachtete, da..."

„...da waren Sie gelangweilt." Martha lachte nervös.

„Im Gegenteil. Ich war glücklich, weil mir klar wurde, dass Sie ein kleiner Teil Europas sind, eine stete Mahnung, die mich daran erinnerte, dass die Welt nicht an diesen Bergen endet, dass der Hindukusch nicht alles ist. Vorsicht...!"

Der Wind fuhr so heftig über die Statue, dass Said sie fest an sich presste. Höchste Zeit, diesen luftigen Platz zu räumen. „Lassen Sie uns aufbrechen", drängte er, doch Martha hörte gar nicht hin, starrte hinüber zu den fernen Bergen, die sich weit jenseits des Tals Bergkette für Bergkette gegen den Abendhimmel abzeichneten. Wie hatte ihre Mutter doch geschrieben? *Vom Großen aus nach Südwesten.*

Sie war so absorbiert von ihrer Beobachtung, dass sie kaum spürte, wie er sie vorsichtig schüttelte. „Ist alles in Ordnung?", forschte er beunruhigt.

„Ich..., ich weiß nicht." Noch während ihrer Antwort zerrte sie das zerknitterte Tagebuchblatt aus ihrer Jacke. Am unteren Rand hatte ihre Mutter feine Linien aufs Papier geworfen, als wolle sie ihren Bleistift erproben, doch konnte man die Linien auch als Panorama deuten, vor allem, wenn man sie mit den Bergketten verglich, die sich in der einsetzenden Dämmerung am Horizont abzeichneten.

Martha deutete auf einen feinen, senkrechten Strich, den ihre Mutter direkt über das Panorama gesetzt hatte und Said blickte ihr über die Schulter.

Martha deutete in die Weite. „Was ist das dort, dieser Pass da hinten?"
„Das ist Tepe el-Akbar."
„Ein Hügel?"
„Ein steiler Berg mit einem Schloss und einer Moschee. Es gehört meiner Familie." Martha zuckte zusammen.
„Hat sie drei Minarette?"
„Nun, die Moschee liegt in Trümmern und nur ein einziges Minarett blieb erhalten."
„Nur eine hohe Säule zeugt von verschwundner Pracht", murmelte Martha, „auch sie schon halb geborsten..."
„Wie bitte?"
„Vergessen Sie's. Hatte die Moschee ursprünglich weitere Minarette?"
Said spitzte die Lippen. „Also, um ehrlich zu sein, ich habe mich nie sonderlich für Ruinen interessiert."
Martha verdrehte die Augen. „Ist die Anlage timuridisch?"
„Ich..., ich habe keine Ahnung."
„Typisch!", fuhr sie ihn an. „Wie lange brauchen wir bis zu diesem Tepe el-Akbar?"
„Nun, etwa drei Tage." Er musterte sie prüfend. „Sie wollen tatsächlich hin, nicht wahr?"
„Natürlich! Was dachten Sie?"
„Und Sie denken auch an die von den Briten gesetzte Frist?"
„Das schaffen wir leicht. In acht Tagen sind wir wieder in Kabul."
„Aber der Ritt wird alles andere als einfach."
„Ich besitze doch den perfekten Schutz, schon vergessen?"
Er hätte jetzt lachen sollen, wenigstens lächeln, aber er lächelte nicht, nicht eine Sekunde.
„Außerdem geht es auch um Benazir", setzte sie hinzu.
Er musterte sie verblüfft. „Meinen Sie, wir finden sie, indem wir durch den Hindukusch reiten?"
„Es könnte sein, dass Benazirs Entführer uns finden", sagte sie langsam.
Er musterte sie befremdet. „Wie meinen Sie das?"
„Wenn meine Vermutung zutrifft, dann wurde Benazir verschleppt, weil sie etwas über diesen Schatz weiß, bewusst oder unbewusst. Sie hat die Tagebücher durchgesehen, und ich erinnere mich genau an Tepe el-Akbar. Meine Mutter hatte den Berg gezeichnet. Weder mein Bruder noch ich haben die Bedeutung begriffen, aber für jemanden, der bereits über eingehendere Informationen verfügt, könnten Benazirs Hinweise Gold wert sein, im wahrsten Sinne des Wortes."
„Sie meinen, die Kerle sind auf dem Weg nach Tepe el-Akbar?"

„Wenn sie Benazirs Hinweise richtig deuteten. Falls nicht, beobachten sie uns möglicherweise und hoffen, dass wir sie hinführen."

„Falls das zutrifft, reiten wir den Entführern geradewegs in die Hände."

„Benazir würde das gleiche für mich tun."

„Tatsächlich? Ich fürchte, ich kenne meine Schwester nicht so gut." Er räusperte sich. „Eigentlich gar nicht."

Martha erinnerte sich nur zu gut, wie er Benazir an den Haaren aus dem Zimmer gezerrt hatte. Nein, er kannte sie ganz sicher nicht. „Vielleicht", murmelte sie, „vielleicht ist es an der Zeit, sie kennenzulernen? Ich muss dieses Schloss erreichen. Wegen Benazir und wegen meiner Eltern. Vielleicht sind sie für Tepe el-Akbar gestorben, und ich kehre vielleicht niemals zurück."

In diesem Moment begriff sie, dass es ihr auch um einen Abschied ging. Sie wollte noch einmal durch die Berge reiten, durch die unberührte Landschaft.

„Sie lieben dieses Land", konstatierte er betroffen.

„Ich..., ja, ich glaube schon. Afghanistan ist die einzige..." Sie brach ab und musste sich schnell abwenden, um ihre Tränen zu verbergen.

„Afghanistan ist die einzige Heimat, die Sie kennen", vollendete er, und sie hörte deutlich die Bestürzung in seiner tiefen Stimme.

Sie kämpfte mit ihren Tränen. Hastig drehte sie sich um, um seinem Blick auszuweichen. Auch Said blickte schnell zur Seite und schien ein wenig aus der Fassung. Die sinkende Sonne schimmerte in seinen dunklen Augen.

„Es..., es tut mir so leid", sagte er mit rauer Stimme. „Ich habe nie wirklich begriffen, dass Sie Afghanistan als Heimat betrachten. Für mich waren Sie stets ein exotischer Gast, aber für Sie bedeutet es Heimat. Es wäre unsere Pflicht gewesen, für Sie zu kämpfen."

„Das haben Sie getan und nicht nur einmal."

„Nicht ausreichend."

„Aber..."

Er hob abwehrend die Hand. „Wenn man mich zwingen würde, Kabul den Rücken zu kehren, den Hindukusch für immer zu verlassen, dann würde ich erwarten, dass Afghanistan für mich aufsteht. Ich würde erwarten, dass man kämpft und keine Kompromisse schließt, weder mit den Briten noch mit irgend einem anderen." Er sagte es so erbittert, dass sie ihm die Hand auf den Arm legte, ohne darüber nachzudenken.

„Sie haben bei den Engländern mehr riskiert, als Sie durften. Ihr Gegenultimatum hätte Tausende das Leben kosten können."

Er schien ihr kaum zuzuhören. „Ich dachte immer, Sie sehnten sich nach Berlin, nach Deutschland, oder sonst wohin." Offenbar hatte er alle Mühe, seine Fassung zu wahren.

„Sie konnten es nicht wissen. Ich..., ich wusste es selbst nicht. Erst als mir mein Bruder von Deutschland erzählte, da sprach er nicht wirklich von meiner Heimat."

Said sagte nichts, grub die Zähne in die Unterlippe. Dann dreht er sich entschlossen um. „Kommen Sie, lassen Sie uns reiten."

Das Leid

Bamiyan, 15. Oktober 1941
20:00 Uhr

Als sie nach unten stiegen, fiel kein einziges Wort, als fürchtete jeder, den anderen aufzuschrecken.

Erst als unter ihnen in einer der Kapellen Steine polterten, schraken beide auf. Sie lauschten gespannt, doch das Poltern wiederholte sich nicht.

„Haben Sie Ihre Pistole?", flüsterte Said. Martha nickte mit angehaltenem Atem. „Gut. Halten Sie sich bereit. Ich sehe mich unten um, aber bleiben Sie nach Möglichkeit hier, damit wir uns nicht verlieren."

Martha zog ihre Waffe und lud sie durch. Es war nicht anders als in der Gasse hinter dem Geisterhaus. Augenblicke später tauchte er bereits in das Dunkel eines Treppenschachts, dann war sie allein. Vor einer Stunde hätte sich ihr Misstrauen gemeldet, aber jetzt schien alles anders. Ihre Verwirrung stieg von Minute zu Minute. Als kleines Mädchen hatte sie immer und immer wieder mit dem Gedanken gespielt, dass Iskender sich eines Tages zeigen werde, etwa beim nächsten Geburtstag, oder wenn sie eine richtige Frau geworden sei. Zerstobene Mädchenträume, von denen nun plötzlich nichts geblieben war als ein schwarzes Pferd, das sie ihrem Alexander schon vor Jahren angedichtet hatte. Im Laufe der Jahre hatte Marthas Phantasie ihren Dschinn mit vielen Gesichtern ausgestattet, doch konnte sie sich nicht erinnern, in Iskender je einen Orientalen erblickt zu haben und schon gar keinen der traditionellen Art, der nicht einmal auf die Idee kam, eine fremde Frau in der Öffentlichkeit anzusprechen, ganz gleichgültig was er auch immer für sie empfinden mochte. Und das war fraglos eine ganze Menge und lag so offen zutage, dass sie beim besten Willen nicht wusste, wie sie damit umgehen sollte.

Sie erinnerte sich an den jungen Said am Brunnen, an seine Wut und an ihren Schock.

Nun hatte sich der grimmige Moslem in Iskender verwandelt. Eigentlich war das ein wunderbares Gefühl, oder hätte es eigentlich sein sollen, wenn Said ed-Din ihrem Iskender nicht so unähnlich gewesen wäre. Ein hellhäutiger Europäer mit blondem Haar war zu einem Afghanen mutiert. Ein blondes Mädchen aus Deutschland hatte ihn zu Boden gestreckt – irgendwie symbolisch. Vielleicht hätte es jetzt geholfen, wenn sie einfach laut herausgelacht hätte, aber ihr war so gar nicht nach Lachen zumute.

Dabei war sie selbst ein Dämon, der ihren Iskender verhext hatte. Ein kleiner Dschinn aus fernem Land, der hier am Hindukusch gestrandet war.

Doch ungeachtet aller Faszination hatte das einen Said nicht davon abgehalten, einen gänzlich traditionellen Lebensweg einzuschlagen. Wie all seine Altersgenossen heiratete er, und vernachlässigte doch seine Frauen – als habe der deutsche Dschinn am Ende doch seine Macht entfaltet.

Aber Martha wollte gar keine Macht, sie wollte nur ihren eigenen Iskender zurück, ihren blonden Retter auf seinem schwarzen Pferd. Und ehe sie es verhindern konnte, fingen sich erste Tränen in ihren langen Wimpern.

Wenn sie in den langen Nächten ihrer Kindheit mit einer Kerze über ihrem Tagebuch gesessen hatte, dann hatte sie sich stets als Scheherazade verstanden und niemals als Dämon. Ja, beide hatten sie sich schon seit Jahren damit abgefunden, dass ihr Dschinn in einer unerreichbaren Sphäre lebte – in der fernen Welt von Geistern und Dämonen, unnahbar für die Schritte normaler Menschen. Martha kämpfte mit ihren Tränen.

Sie hatte keine Ahnung, was jetzt werden und wie sie sich verhalten sollte. Außerdem fragte sie sich, wie sie nur so borniert gewesen sein konnte, Saids Erscheinen nicht mit Iskender in Verbindung zu bringen. Schließlich hatte sie doch die ganze Zeit seine Aura gespürt, ohne hinter diesem so unnahbaren Mann ihren Dschinn zu vermuten. Kein Wunder, dass er ständig erriet, was sie dachte, sie im Dunklen fand oder etwa den Fundort der goldenen Büchsen auf Anhieb im Buschwerk entdeckte. Schließlich hatte er sie dort schon vor Jahren beobachtet, so wie er sie wahrscheinlich auch verfolgt hatte, als sie sich als Kind hier in den Gängen und Kapellen versteckte. Deshalb kannte er auch den geheimen Gang, auch ihn kannte er von früher, als sie in ihrer Phantasie mit Iskender Verstecken spielte.

Klar war nun auch, weshalb Iskender so lange verschwunden war – Said reiste durch Europa und Deutschland, und während Martha im Schutz ihrer Burka Kabuls Gassen durchstreifte, schlenderte ihr Iskender durch die Metropolen Europas.

Bis vor wenigen Stunden hatte sie ihn stets mit Misstrauen betrachtet, das weder von Mozart noch von seinem Kompromiss mit den Briten getilgt werden konnte. Jede Unstimmigkeit, jedes falsche Signal hatte ihren Argwohn aufs Neue entfacht. Und jetzt? Eigentlich sollte sie ihm vorbehaltlos vertrauen. War es möglich, die eigenen Vorbehalte von einer Sekunde zur nächsten ins glatte Gegenteil zu wenden?

Über Jahre hinweg hatte sie sich in Iskenders Welt hineingeträumt und nun konfrontierte sie der Zynismus des Schicksals ganz unvermittelt mit diesem Orientalen, der sie nur deshalb nicht angesprochen hatte, weil der Islam ihm jeden Kontakt zu einer fremden Frau untersagte. Des Schicksals grimmige Ironie verband sie mit einem Mann, der ihr Verhalten im Grunde als zutiefst unmoralisch ablehnte. Hätte sich Benazir solche Dinge herausgenommen, wäre sie geritten oder hätte sie geschossen, so hätte sie das möglicherweise das Leben gekostet.

Die mystische Überhöhung ihres Dschinns war auf islamische Realität reduziert. Martha fühlte sich betrogen, um ihre Hoffnungen und um ihre Träume. Der Verlust der Eltern hatte sie ihrer Wurzeln beraubt, der Verlust Iskenders zerstörte ihre Welt. Mit einem Mal fühlte sie sich einsam und leer. Plötzlich schien es kein Problem, Afghanistan auf der Stelle zu verlassen.

In diesem Augenblick war es allein der Gedanke an Benazir und an ihren Bruder, der sie halbwegs aufrecht hielt. Die Freundin bedurfte ihrer Hilfe und Adolf wohl nicht minder. Wahrscheinlich hatte er sich an Benazirs Spur geheftet und steckte mittlerweile in größten Nöten, hatte er doch kaum Ahnung von dem Land und der Kultur, in der er sich bewegte. Sie durfte sich nicht einfach gehen lassen. Doch so sehr sie auch an ihr Pflichtgefühl appellierte, sie konnte ihre Trauer nicht überwinden, die sie einhüllte wie ein erstickendes Tuch. Alle Existenz ist Leiden, hatte Buddha einst gelehrt und offenbar zurecht.

Said fand sie völlig aufgelöst, für ihn schien alles in Ordnung, denn seiner Stimme war die Erleichterung deutlich anzumerken. „Es war nichts, nur einige Felsbrocken, die sich aus der Wand gelöst hatten."

Sie wollte antworten, brachte aber nur ein Schluchzen hervor und hatte Mühe, auf die Füße zu kommen.

„Kommen Sie, ich..." Er brach ab und schien einen Augenblick nach dem rechten Wort zu suchen. „Es tut mir leid, Sie so enttäuscht zu haben." Ein kurzer Satz, der nicht treffender sein konnte.

„Wenn mir klar gewesen wäre, was Sie mit Ihrem Dschinn verbinden, hätte ich mich längst gezeigt. Ich bedauere meine Fehleinschätzung, doch war ich mir sicher, dass ich Sie nur erschrecken würde. Erst als Sie mir neulich von Iskender erzählten, Sie erinnern sich an die dunkle Gasse? Nun, erst in dieser Nacht begriff ich zum ersten Mal die ganze Tragweite meines Tuns. In meiner Welt gibt es keine Entschuldigung, wenn man über Jahre hinweg eine Frau beobachtet."

„Vielleicht sollte ich Ihnen meinen Bruder auf den Leib hetzen." Martha versuchte ein Lachen, aber es fiel doch recht kläglich aus.

Said schien überhaupt nicht amüsiert. „Sie haben vollkommen Recht. Wenn die Verhältnisse anders lägen, wenn Ihr Bruder meine Schwester in dieser Weise über Jahre hinweg beobachtet hätte, ich glaube, ich würde ihn ohne Skrupel töten." Seine Betroffenheit war unüberhörbar, und so grotesk es auch war, es half ihr, ihre Fassung zurückzugewinnen. Said wandte sich ab und starrte durch eine Öffnung hinaus in den Himmel, an dem bereits die ersten Sterne glitzerten. „Ich hätte die Gesetze meiner Welt beachten und nicht meinen Gefühlen nachgeben sollen. Ich fürchte, ich begreife erst jetzt in vollem Umfang, wie weise diese Gesetze sind."

„Weise?" fuhr sie ihn an. „Wenn Sie mich damals nicht in Kabul, sondern an einem Berliner Brunnen getroffen hätten, dann wären wir Freunde geworden."

„Ja, so einfach ist das in Europa. Dann hätte ich nicht töten müssen. Verstehen Sie mich nicht falsch, das soll keine Entschuldigung für ein Verbrechen sein."

„Sie haben doch kein Verbrechen begangen!"

„Nun, das sage ich mir schon seit Jahren, aber es überzeugt mich nicht. Ich..., verzeihen Sie, aber ich bin nicht gewöhnt, über solche Dinge zu reden. Könnten wir vielleicht nach unten gehen?"

„Und was unternehmen Sie, falls ich mich weigere?"

„Oh, das ist leicht." Er lachte dunkel. „Sie sind doch ein Dschinn. Ich beschwöre Sie einfach."

„Das schaffen Sie nicht!"

„Nein? Nun, dann spiele ich Ihnen Mozart vor. Unter Umständen wäre das ein neuer Anfang?"

Martha rückte ihre Jacke zurecht. „Also, diese Beschwörung wirkt schon eher. Ich denke, Sie dürfen mich nach unten begleiten."

Er sah sie nicht an, aber sie hätte geschworen, dass er schmunzelte.

Die Spur

Bamiyan, 15. Oktober 1941
22:00 Uhr

Said beugte sich vor, um frisches Holz ins Feuer zu legen. Zum Glück hatten sie es gerade noch geschafft, mit den letzten Strahlen der sinkenden Sonne etwas Holz zusammenzutragen, auch wenn das Gezweig nicht allzu lange vorhalten würde.

Martha hatte sich in ihrer Verlegenheit ihr Tagebuch vorgenommen und arbeitete auf den Knien an einer Zeichnung der Buddhastatue mit zwei winzigen Menschen hoch oben auf dem Haupt des Giganten. Aus der Ferne klang der Schrei eines Tieres herüber. Sie unterbrach ihre Arbeit, doch fraßen die Pferde ungerührt weiter, so dass sie sich wieder ihrer Skizze widmete. Immerhin bot ihr die Zeichnerei einen Vorwand, Said nicht ansehen zu müssen. Schweigen konnte sie allerdings auch nicht, lagen ihr doch allzuviele Fragen auf der Zunge.

„Als Sie mich aus dem Park jagten, damals in der Nacht, als Rahman ermordet wurde, da wussten Sie doch genau, wen Sie vor sich hatten!"

Er breitete entschuldigend die Hände aus. „Mir blieb keine Wahl, wenn ich Sie beschützen wollte. Sonst hätte ich Sie im Extremfall dem Sturmbannführer überlassen." Sie zuckte leicht.

„Sie machen sich Sorgen um meine Schwester?", fragte er ruhig und schob wieder Holz ins Feuer.

Sie nickte ohne aufzublicken, und er erhob sich, um nach den Pferden zu sehen. Martha war so vertieft in ihre Arbeit, dass sie nicht bemerkte, wie er von hinten herantrat. „Darf ich?", fragte er unvermittelt.

Martha fuhr zusammen, doch war es schon zu spät. Er zog ihr das Tagebuch aus der Hand, ehe sie es verhindern konnte. Zu ihrem Leidwesen blätterte er weiter und weiter.

„Das sind nur Versuche", erklärte sie hastig.

Seine Brauen hoben sich anerkennend. „Nun, Ihre Mutter zeichnete schon vorzüglich, aber Sie übertreffen sie mühelos. Ich..."

Er brach ab und ein feines Lächeln spielte um seine Lippen. Martha ahnte, welche Zeichnung dieses Lächeln hervorrief und streckte hastig die Hand aus. „Bitte, kann ich es haben?"

Er reichte ihr das Buch, aufgeschlagen bei seinem eigenen Porträt. Martha wurde feuerrot, doch enthielt er sich jeden Kommentars und wechselte höflicherweise das Thema. „Diese Nazigruppe benötigt dringend Geld, doch denke ich, die Gerüchteküche des Bazars hat den Schatz gewaltig aufgebauscht."

„Sind Sie sicher?"

„Nun, weshalb sollte jemand vor Jahrtausenden einen derartigen Schatz verstecken?"

„Warum? Das ist nicht Ihr Ernst!"

Er hob fragend die Brauen, und so stürzte sie sich eifrig auf das neue Thema. „Die politische Situation von heute entspricht in verblüffender Weise der strategischen Lage der letzten Jahrtausende, eigentlich haben nur die Namen der Parteien gewechselt. Heute stehen die Russen im Norden Afghanistans oder meinetwegen auch die Deutschen. Vorher waren es die Mongolen, davor die Kuschanen, die Hunnen und all die anderen Völker der nördlichen Steppen. Wissen Sie eigentlich, wie man Ihre Heimat in der Antike nannte? Das Land der tausend Städte. Der Reichtum des alten Baktrien war sprichwörtlich und lockte einen Eroberer nach dem anderen ins Land, eine Invasion jagte die nächste. Mein Vater vermutete schon immer, dass im Boden Afghanistans ungeheure Schätze liegen müssten, gewaltige Reichtümer, die man im Augenblick größter Not vergraben hatte."

Sie merkte deutlich, dass er dies nie von dieser Warte betrachtet hatte. Für ihn war dieser Schatz nichts als ein Haufen von Gold oder Silber. Dass dieser Reichtum einen historischen Hintergrund haben könnte, daran schien er nie gedacht zu haben.

Er nickte gedankenvoll und wechselte dann erneut das Thema. „Ich sah vorhin, dass Sie auch eine Kartenskizze gezeichnet haben?"

Martha nickte. „Die Reisen meiner Eltern." Sie hielt ihm das Tagebuch hin, so dass der Feuerschein auf die Seiten fiel. „Ich habe einige historische Begriffe eingetragen, mein Vater benutzte für viele Städte ihre antiken Namen. So sprach er oft von Baktra und nicht von Balkh, von Markanda, anstelle von Samarkand oder vom Oxos und nicht vom Amu-Darya. Er betonte stets, der Strom sei einst die östlichste Grenze Europas gewesen."

„Europas? Wie meinte er das?"

„Nun, schon Alexander der Große siedelte hier zahlreiche Griechen an und begründete Städte. Seine Nachfolger hielten es dann nicht anders."

Said runzelte die Stirn. „Und? Hat das Afghanistan verändert? Diese Berge haben die Perser überdauert, die Makedonen, die Mongolen, die Briten und Russen. Sie würden auch die Deutschen überleben und auf sie hinunterlachen."

„Nun, ich stimme Ihnen zu, aber Spuren haben diese Völker dennoch hinterlassen. Zum Beispiel heiratete Iskender el-Kebir die baktrische Prinzessin Roxane, die zweitschönste Frau Asiens."

„Die Schönste kannte er offensichtlich nicht", murmelte er und schien seine Worte schon mitten im Satz zu bedauern. Martha fühlte, wie sie errötete, er schaffte das andauernd, und sie hasste es. Immerhin half der Ärger über ihre Verlegenheit hinweg und so setzte sie ein wenig bösartig nach. „Was sagten Sie gerade?" Angriff schien ihr noch immer die beste Verteidigung.

Er räusperte sich. „Oh, ich sagte mir gerade, dass Ihre Geschichte von der zweitschönsten Frau Asiens gut zu den Märchen aus 1001 Nacht passen würde."

„Sollten Sie etwa romantisch sein?"

Er wand sich unübersehbar. „Also, ich weiß nicht einmal, was das ist. Wer war denn die schönste Frau Asiens?"

„Angeblich die Gattin des letzten Perserkönigs Dareios."

„Das haben Sie sicher wieder aus Ihrem Lexikon. Wer befragt schon ein Buch, wenn es um die Schönste Asiens geht? Ich vertraue da mehr meinen Augen."

Martha blickte errötend ins Feuer, konnte sich jedoch einen Seitenhieb nicht verkneifen. „Wie wollen Sie das erkennen, wenn sich in Afghanistan die meisten Frauen nur verschleiert auf die Straße wagen?"

Er hustete verlegen. „Schönheit ist bei uns nicht so entscheidend und Komplimente spielen in unserem Verhältnis zu Frauen kaum eine Rolle. Ich glaube, ich begriff das erst so richtig, als ich Europa bereiste."

„Das ist schon seltsam. So unterschiedlich Ost und West seine Frauen sieht, die Geschichten von der schönsten und der zweitschönsten Frau Asiens könnten tatsächlich auch aus 1001 Nacht stammen. In unseren Märchen und Legenden sind wir uns recht ähnlich, ich meine Orient und Okzident. Wie sieht das eigentlich Ihre Mutter, wenn Sie mir diese Frage gestatten?"

Er hob die Schultern. „Für meine Mutter sind die Frauen Europas nichts als würdelose Zerrbilder. Folgen wir unseren Imamen, dann sind alle Ehefrauen Gefäße männlicher Lust, Saatfelder, auf denen wir säen so oft wir wollen."

„Und so halten Sie das auch mit Ihren eigenen Frauen?", funkelte sie ihn an.

Er atmete tief durch und begriff anscheinend erst jetzt, dass sie seine drastische Formulierung auf sich selbst beziehen musste. „Entschuldigung, ich wollte Sie nicht kränken."

„Das tun Sie nicht. Und ganz im Vertrauen, ich kenne durchaus einige Europäer hier in Kabul, die Ihnen zustimmen würden. Meine Mutter meinte immer, dass es bei all diesen ganzen Vorschriften und Beschränkungen, die so gut wie jede Kultur uns Frauen aufbürdet, im Grunde nur um männliche Kontrolle geht."

„Ihre Mutter hatte offenbar eine sehr gelehrige Schülerin." Er lachte leise. „Außerdem haben Sie durchaus Recht. In Berlin traf ich zum ersten Mal auf Frauen, die ein eigenes Leben lebten. Als ich einige kennenlernen wollte, fragte ich ganz harmlos im Hotel und man dachte, ich verlangte nach Prostituierten."

„Dabei wollten Sie sich nur..., äh unterhalten?"

„Aber ja! Ich wollte verstehen..."

„...was bei Ihnen verboten ist?"

„So in etwa. Ich traf auf Schauspielerinnen, auf Schriftstellerinnen oder Malerinnen, auf Frauen, die ihren Weg alleine gingen, die behaupteten, das Recht dazu zu besitzen, selbst Persönlichkeit zu entwickeln. Ich..., also ich war zutiefst befremdet."

„Und als Sie wieder in der Heimat waren, fühlten Sie sich erleichtert. Alles war wieder wohl geordnet, jeder hatte seinen Platz."

Said antwortete nicht und stieß grübelnd mit einem Ast ins Feuer. Funken stoben in die Dunkelheit. „Sie mögen meine Schwester sehr?", fragte er unvermittelt, ohne auch nur den Kopf zu heben.

Martha nickte und wusste gar nicht, weshalb die Frage sie derart erschütterte. Schließlich war es doch nichts Negatives, einen Menschen zu mögen. Said musterte sie prüfend. „Es ist Ihnen doch bewusst, dass meine Schwester für Sie weit mehr empfindet als nur Freundschaft?"

Martha dachte an Benazirs Umarmungen, an ihre zärtlichen Finger.

„Benazir spricht nahezu ununterbrochen von Ihnen. Martha von Helm würde hier dieses tun, dieses sagen, jenes denken...

„Das ist unmöglich!" Sie fühlte, wie ihr ganz warm ums Herz wurde.

„Meine Mutter hat es mir erzählt. Deswegen waren wir auch so besorgt. Sie war wie hyp..., wie sagt man in Europa?"

„Wie hypnotisiert?"

„Ja, das ist das rechte Wort. Sie schwärmt von Ihnen, als seien Sie ein Mann. Ich fürchte, meine Schwester hat sich in Sie verliebt." Die Bilder im Bad blitzten durch ihre Erinnerung, für einen Moment spürte sie Benazirs Finger auf ihren Hüften. „Aber ich bin eine Frau!", stieß sie hervor.

„Unzweifelhaft." Sie lachten beide etwas verlegen. Was hätte er wohl gesagt, wenn sie ihm schlicht die Wahrheit berichtet hätte? Zum Glück sprach er hastig weiter. „Nun, ich weiß natürlich nicht, wie solche Gefühle entstehen..."

„Harem", unterbrach ihn Martha. Es brach aus ihr heraus und dann war es zu spät, um das Wort zurückzuhalten. Said runzelte die Stirn, ein erster Anflug von Unwillen, als ahne er eine unwillkommene Wendung.

„Es ist der Harem, der solche Gefühle fördert", präzisierte sie und wusste beim besten Willen nicht, weshalb sie auf derart dünnem Eis zu Gange war.

„Wie kommen Sie darauf?" Das klang nicht mehr abwehrend, das klang schon beinahe böse.

Sie brauchte jetzt eine halbwegs unverfängliche Antwort. „Meine Mutter hatte in unseren ersten Kabuler Jahren eine Freundin, eine Europäerin, die seit vielen Jahren mit einem Afghanen verheiratet war. Sie war seine zweite Frau..."

„Und hatte keine Probleme damit?"

„Wahrscheinlich doch, ihr Bleiben hatte einen anderen Grund."

„Tatsächlich?"

„Nun, ihre Freundin starb, als ich vierzehn war. Meine Mutter erzählte mir später, dass ihre Freundin eine intensive Beziehung mit einer Afghanin pflegte. Sie währte offenbar viele Jahre."

„Das ist ja widerlich." Das brach so heftig heraus, als sträubte sich buchstäblich jedes Haar an seinem Körper.

„Diese Europäerin, sie stammte wohl ursprünglich aus Frankreich, sie berichtete meiner Mutter, dass derartige Beziehungen im Harem gar nicht so selten seien. Die Frauen hätten kaum eine andere Möglichkeit, eine emotionale Beziehung aufzubauen, denn ihren Ehemann kennen die meisten so gut wie gar nicht. Ihn könnten sie nicht lieben."

„Aber wenn der Imam die Ehe geschlossen hat, dann..."

„...dann kommt die Liebe von selbst? Glauben Sie das wirklich?"

„Lassen Sie eigentlich andere Leute niemals ausreden?" Die Frage klang beinahe resigniert. Sie hob entschuldigend die Hände, doch er winkte nur ab. „Ich fürchte, Sie haben leider nicht ganz Unrecht."

„Sie waren allein mit Benazir im Bad, nicht wahr?" Seine Frage traf den wunden Punkt. „Was ist damals vorgefallen?"

„Äh..., Benazir kann nicht schwimmen. Ihre Mutter hatte ihr verboten, es zu lernen."

Ein spöttischer Blick huschte über sie hinweg und sie fühlte ihn wie einen heißen Lufthauch. Dann schob er auch schon neues Brennmaterial ins Feuer. Die Pause wurde länger. Würde er sie jetzt bedrängen, fragen, was sie für seine Schwester empfand?

„Haben Sie eigentlich Kinder?", fragte Martha unvermittelt.

Seine Augen zuckten hoch und dann wieder zur Seite. „Nein, noch nicht." Ehe sie fortfahren konnte, stand er auf und trat aufgewühlt zur Seite. Als er wieder Platz nahm, schürte er das Feuer und schien mit seinen Gedanken so weit entfernt, dass ihre Frage ihn völlig überraschte.

„Sie haben David Ihr Haus überlassen. Wussten Sie, wen er dort treffen wollte?"

Er reagierte nicht und zerbrach Reisig. „Ich wusste nicht, was ich tun sollte", murmelte er schließlich. „Es war seine Entscheidung und natürlich die Ihre."

Unter dem Druck seiner Hände splitterte der Ast wie ein Streichholz. Die Pause wurde immer bedrückender. Offenbar verspürte er nicht das geringste Bedürfnis, das Thema zu vertiefen.

„Ich..., also in dem Haus, da ist nichts geschehen", stieß sie schließlich hervor. „Ich meine..." Martha brach ab und wusste nicht weiter. Ihre Verlegenheit stieg mit jeder Sekunde. „Ich meine, David und ich, wir sind..., wir waren nur gute Freunde."

Wofür entschuldigte sie sich eigentlich?

Sie kam nicht weiter, sprang er doch auf und trat mit einem brennenden Ast zu den Pferden. Offenbar fand er alles in Ordnung, er lachte sogar, als er sich wieder näherte, um sich über sie zu beugen. „Wir sind nicht allein“, raunte er, und Martha brauchte einen schrecklichen Moment, ehe sie die Warnung überhaupt verinnerlichte.

Er kauerte sich unbefangen ans Feuer und wisperte weiter. „Dort hinten sind frische Spuren, mehrere Personen, eine mit sehr kleinen Füßen.“

„Eine Frau?“, raunte sie zurück.

„Ich weiß es nicht. Ich zähle jetzt bis drei, dann springen wir auf und werfen uns in die Dunkelheit. Aber halten Sie um Allahs Willen ihre Pistole fest. Schaffen Sie das?“

Sie lachte, konnte aber einen schrillen Unterton nicht verhindern.

Er stimmte in ihr Lachen ein. „Eins, zwei und drei…“

Im nächsten Moment fuhr er auch schon hoch und schleuderte sie in die Finsternis. Martha schlug unsanft auf, rollte sich aber dennoch ab, als bereits schattenhafte Gestalten ans Feuer stürmten, ein taktischer Fehler, waren sie doch bestens auszumachen. Martha hatte ihre Pistole erst halb heraus, als Said bereits das Feuer aus seinem Revolver eröffnete.

Es dauerte nur Sekunden, dann schossen die Schatten zurück. Eine Kugel zupfte an Marthas Haar und eine zweite peitschte in die Glut, dann flüchteten die Angreifer zurück in die Finsternis. Der Spuk schien vorüber, ehe er richtig begonnen hatte. Im nächsten Moment hatte sie wieder Saids Zischen im Ohr. „Bleiben Sie hier und rühren Sie sich nicht!“

Dann huschte er hinter den Fliehenden her, die sofort ihr Feuer auf ihn konzentrierten. Martha wollte schießen, doch konnte sie beim besten Willen kein Ziel ausmachen, zumal sie fürchten musste, versehentlich ihren Begleiter zu treffen.

Ihre Hilfe war auch gar nicht nötig, wurden die Angreifer doch bereits aus der Dunkelheit unter Feuer genommen. Martha presste sich fest auf den Boden und konnte nur hoffen, dass sie nicht eine verirrte Kugel fing. Irgendwo schrie jemand gellend auf und dann noch ein zweiter.

„Habt ihr sie?“, brüllte jemand. Das war Said.

Ein verneinender Ruf antwortete aus der Dunkelheit, gefolgt von weiteren Schüssen, doch dann wurde es so still, dass sie sogar das Knistern des Feuers hörte. Als sie sich jedoch etwas aufrichtete, um ihren Gesichtskreis zu vergrößern, da peitschte sofort ein Schuss in die Flammen und ließ einen Funkenregen aufstieben.

Martha ließ sich blitzschnell fallen. Ein aus dem Feuer geschleudertes Holzstück landete kaum einen Meter neben ihr. Es brannte lichterloh und warf flackerndes Licht auf ihren Arm und so kroch sie schleunigst in die Nacht hinein. Alle paar Meter lauschte sie mit angehaltenem Atem, doch blieb alles ruhig.

Beim dritten oder vierten Halt vernahm sie plötzlich ein Schnauben und Stampfen. Waren das Pferdehufe? Schon nach wenigen Schritten verstärkte sich das Schnauben. Der Wind kam von hinten und trug den Tieren ihre Witterung zu. Hier gab es nur eine Erklärung – die Pferde der Angreifer.

So behutsam wie nur möglich tastete sie sich heran. Wenn sie die Pferde zählte, würde sie erfahren, wie viele Gegner sie vor sich hatten. Drei Pferde, vier und dort drüben hörte sie wenigstens noch ein Fünftes. Hatte man sie seit Kabul verfolgt? Waren das Benazirs Entführer? Und falls es sich um Benazirs Entführer handelte, wo war dann ihr Bruder? Sie musste an sich halten, um nicht einfach in die Nacht zu rufen.

Sie kam auch gar nicht weiter, hasteten doch Schritte heran und zwar so schnell, dass sie sich gerade noch ducken konnte. Ein Mann mit einer Fackel. Dann stand der Unbekannte auch schon vor ihr.

Das Licht fiel nicht nur auf sie, sondern auch auf ihn selbst – es war Brambach.

Beide verharrten sie wie versteinert, Martha mit ihrer Pistole, Brambach mit der Fackel in der Faust. Brambach, der alte Brambach, mit dem sie als Kind Verstecken spielte, Brambach, der ihr vorgelesen hatte.

Er fasste sich zuerst. „Ah Martha, gut, dass du da bist." Das Flackerlicht verwandelte sein Lächeln in eine unheimliche Fratze. „Mein Gott, Kind, was treibst du hier draußen? Man ist hinter dir her!"

Seine freie Hand glitt unter die Jacke, er stand kaum zwei Meter entfernt. Hätte er weniger gesprochen, so hätte er sie vielleicht täuschen können, doch die Ereignisse der letzten Tage hatten sie verändert, ihre Wachsamkeit erhöht. Ihre Pistole zuckte hoch. „Die Hand aus der Tasche!"

Brambach stand wie ein Stock. „Martha, Martha wach auf! Ich bin's, der alte Brambach."

Martha wandte kein Auge von ihm. „Nimm deine Hand aus der Tasche, aber langsam."

„Aber Kind, erkennst du mich nicht?"

In der Nacht zuckte Mündungsfeuer, und beide schielten sie verstohlen in die Dunkelheit. Beide?

Bei Brambach blitzte irgendetwas. Martha bemerkte es aus den Augenwinkeln und sprang blitzschnell zur Seite, keine Sekunde zu früh. Im nächsten Moment flammte ihr Mündungsfeuer entgegen, und eine Kugel zischte haarscharf an ihr vorüber. Dann krachte auch schon ein zweiter Schuss und diesmal spürte sie den Luftzug an der Wange.

Martha drückte ab, ohne es überhaupt zu wollen, einmal, zweimal. Sie fühlte den Rückschlag in der Hand. Die Fackel fiel zu Boden und dann auch Brambachs Waffe. Der Alte starrte sie grimmig an und schien nicht minder schockiert. „Was...", keuchte er, „was...?"

Martha war wie gelähmt, sogar die Zeit schien stillzustehen, sie fühlte immer noch den Luftzug auf der Wange, den Hauch des Todes.

Der Alte taumelte mit ausgestreckten Händen auf sie zu. „Vertrau mir. Ich will doch nur..." Er hustete, als sie einen Schritt zurückstolperte. Als sie ihr Gleichgewicht wieder hatte, lag Brambach auf dem Boden, ein keuchender Schatten. „Was hast du getan?", ächzte er.

Martha riss die Fackel an sich, die Pistole schussbereit. Als sie sich über ihn beugte, fuhr seine Rechte ziellos über die Brust. Martha fasste sein Handgelenk und spürte Blut an den Fingern, Brambachs Jacke war ganz feucht.

„Ich lasse es nicht zu", stöhnte der Alte. „Du kämpfst nicht gegen Deutschland. Ich lasse es nicht zu. Ich..."

Er wollte seine Hand lösen, doch war er bereits viel zu schwach. Martha beugte sich tiefer über ihn. „Benazir, wo ist Benazir?"

Der Alte starrte mit überweiten Augen zu ihr empor und schien seine Lage noch immer nicht zu begreifen.

„Wo ist Adolf, wo ist Benazir?", wiederholte sie.

Brambachs Gesicht verzerrte sich, er lächelte so abgrundtief böse, dass Martha zurückfuhr. Vor ihr lag ein alter Freund und doch ein Fremder, ein Feind.

„Such sie!" Es war dieses höhnische Lächeln, das ihren Schock zur Seite fegte.

„Wo ist mein Bruder?", schrie sie ihn an. „Wo ist Benazir?" Drohend hob sie die Waffe. Das Feuer zeichnete tiefe Schatten in die Züge des Sterbenden und verzerrte sie zu einer teuflischen Maske. Martha schüttelte seine Hand. „Wo sind sie?"

Der Alte hustete, blutiger Schaum trat auf seine Lippen. „Such sie..." Der Satz erstickte in einem Stöhnen und der Blutschaum verstärkte sich.

„Bitte!"

„...verdienst es... nicht!" Die alten Augen erstarrten. Martha war wie gelähmt. Sie hatte Brambach erschossen, den alten Brambach...

Irgendwo fielen Schüsse, dann hasteten Schritte heran. Martha wollte hoch, aber sie schaffte es nicht. Im nächsten Moment stürzte Omar in den Lichtkreis, kaum zwei Meter entfernt. Er erkannte Martha und stand wie versteinert, sein Gewehr halb im Anschlag. Martha wollte auf ihn zielen, ihn auffordern, die Waffe wegzuwerfen, aber sie brachte keinen Ton heraus, und ihrem Gegenüber erging es nicht besser.

Erst ein Schrei aus der Finsternis brach seine Starre. Er stürzte zu einem der Pferde und galoppierte davon, der Hufschlag verhallte in der Nacht.

Martha starrte ihm noch nach, als Said bereits neben sie sprang, den Revolver in der Faust. „Sind Sie in Ordnung?"

Martha konnte kaum reagieren. Erst jetzt bemerkte er Brambach und schob blitzschnell dessen Waffe zur Seite, ehe er sich über den Toten beugte und ihn hastig untersuchte. „Allah il Allah“, murmelte er bestürzt und riss Martha an sich.

Sie reagierte nicht und fühlte seine panischen Finger in ihrem Gesicht, in ihrem Haar und auf ihrem Körper. „Es ist..., es ist alles in Ordnung“, stammelte sie.

Doch Said schien immer noch außer sich, so wie er sie anschrie. „Was tun Sie hier, um Allahs Willen? Müssen Sie immer von einer Katastrophe in die nächste stolpern?“

Seine Worte erreichten sie nur wie fernes Echo. Sie fühlte, wie er ihr die Pistole aus der Hand zog, dann sank sie neben den Toten und vergrub ihr Gesicht in den Händen. Brambachs Flüstern stand in ihren Ohren. „Ich bin's, der alte Brambach..., Brambach..., Brambach...“ Seine Stimme wisperte ohne Unterlass.

Schließlich trug sie jemand zum Feuer und legte ihr eine Decke um die Schultern, doch in ihrem Kopf geisterte immer noch Brambachs Stimme: „Aber Martha! Erkennst du mich nicht...?“ Und dann drückte sie wieder ab. Einmal, zweimal... Die Schüsse hallten überlaut in ihrer Erinnerung.

Als kleines Mädchen hatte sie mit Brambach gespielt. Er hatte ihr von Alexander vorgelesen oder Märchen aus 1001 Nacht. Brambach hatte ihr die ersten Brocken Persisch beigebracht und mit seiner Hilfe hatte sie ihre erste Koransure gelernt, es war ein reichlich brachialer Text, wie ihre Mutter damals rügte, eine reichlich düstere Botschaft für ein Mädchen von dreizehn Jahren, aber Martha hatte sich schnell für den Text begeistert. Selbst jetzt glaubte sie, Brambachs weihevolle Stimme zu hören: *Wenn sich das Auge verdunkelt und der Mond verfinstert, wenn Sonne und Mond eins werden, dann fragt sich der Mensch: Wo findet man Zuflucht? Aber vergebens, denn es gibt keinen Ort der Zuflucht.*

Martha kroch in sich zusammen, machte sich so klein wie möglich.

Das Feuer knisterte und verzehrte Brambachs Worte, bis sie irgendwann nur noch die wohlige Wärme verspürte und sich langsam entspannte. Als sie schließlich die Hände sinken ließ, saß Said ihr still gegenüber. Vielleicht war das nichts als ein schauerlicher Albtraum? Auch Brambachs Leichnam war verschwunden, sie waren wieder allein.

„Meine Leute sind weg“, beruhigte Said, und sie begriff zum ersten Mal, dass sie die ganze Zeit Hilfe gehabt hatten. „Meine Männer verfolgen Omar und einen Zweiten, der uns mit zwei Pferden entwischte. Man wird sie bei Tagesanbruch stellen.“

Sie hörte ihm zu, aber irgendwie war ihr das alles herzlich gleichgültig.

„Sie haben mich belogen", sagte sie langsam. „Sie haben mich nicht alleine verfolgt. Ihre Leute waren stets in der Nähe."

„Zumindest in Reichweite, ich räume es ein. Der Mann, der bei unserer Ankunft auf die Buddhastatuen feuerte, gehörte zu mir. Er flüsterte mir zu, dass wir den Sturmbannführer mit wenigstens sechs Mann hinter uns hatten. Entweder nahm man Ihre Fährte auf, als sie Ihre Wohnung verließen..."

„Unmöglich!"

„Oder man suchte Sie von vornherein in Bamiyan. Vielleicht hat Benazir ja doch geredet? Nun, schauen Sie nicht so zornig, ich durfte Sie nicht einweihen. Sie hätten sich womöglich verraten oder auffällig verhalten."

„Auffällig verhalten? Sie waren es doch, der dauernd in die Runde spähte."

Er runzelte die Stirn. „Tatsächlich?"

„Ich fragte mich die ganze Zeit, weshalb Sie so nervös sind. Wir waren also eine Art Lockvögel." Auch wenn sie versuchte, ihrer Stimme einen vorwurfsvollen Klang zu geben, wusste sie doch sehr wohl, dass ihr Tadel unberechtigt war.

„Haben Sie auch den Sturmbannführer erwischt?"

„Das wissen wir nicht, es sei denn es war dieser Lehrer."

Martha schüttelte heftig den Kopf. „Er wäre nie imstande gewesen, mich im Bazar zu verfolgen. Nein, Brambach ist nicht der Sturmbannführer."

Said schien unzufrieden. „Dann ist er uns entwischt, soweit wir wissen, waren seine Begleiter wohl alles Afghanen."

„Dann war der Sturmbannführer gar nicht dabei?"

„Ich fürchte bei Benazir und Ihrem Bruder."

Said strich sich den Schnurrbart glatt. „Haben Sie mit beiden über Bamiyan gesprochen?"

Martha nickte betreten. „Ich fürchte ja. Beiden war sehr wohl bewusst, dass meine Eltern diesen Ort hier liebten. Sie haben ihn oft besucht."

„Sechsmal", erklärte Said trocken und Martha lachte ein wenig hysterisch. „Dieser Brambach, hat er noch etwas gesagt?"

Martha nickte heftig. „Auf meine Frage nach Benazir und Adolf meinte er nur, ich solle sie suchen. Das klang so, als seien sie jetzt zusammen."

„Sprach er von einem Schloss?"

Sie schüttelte den Kopf. Plötzlich hörte sie wieder Brambachs Stimme, sah den blutigen Schaum auf seinen Lippen.

„Er wollte Sie töten", erinnerte Said vorsichtig. „Sie haben sich nur verteidigt."

Natürlich hatte er Recht. Sie musste einfach schießen, es gab keine

Alternative, aber dennoch blieb es furchtbar, viel schrecklicher als unten im Geisterhaus. Brambach war ein Freund, selbst jetzt sah sie ihn so. Ein Feind im Schafspelz. Nie hätte sie ihn mit dem Sturmbannführer in Verbindung gebracht.

„Wir warten auf meine Leute und reiten dann nach Tepe el-Akbar."

„Wann kehren Ihre Leute zurück?"

„Nun, das hängt davon ab, wann sie Omar und den anderen erwischen."

„Aber das kann Tage dauern!"

„Gut möglich", murmelte Said. „Leider."

„Das ist ganz unmöglich. Wenn man uns hier in Bamiyan erwartete, dann kennen die Kerle womöglich auch Tepe el-Akbar. Kennen sie das Ziel, dann können sie Benazir und Adolf einfach liquidieren. Wir können nicht warten."

„Sie wollen voranreiten?"

„Was dachten Sie?" Martha war so nervös, dass sie aufsprang. Said vermochte ein Lächeln kaum zu unterdrücken, was ihre Erregung nur noch steigerte. Wenn er jetzt nicht aufhörte, so mitleidig zu lächeln, dann würde sie ihn anschreien, ihn... Martha presste die Hände auf den Mund, doch als sie seinem Blick begegnete, blickte sie in ernste Augen.

„Bitte", gab er zu bedenken, „überlegen Sie, was Sie da planen. Wenn meine Leute erst in einigen Tagen erfolgreich sind, dann können wir auf keinerlei Hilfe bauen."

Martha hörte gar nicht hin. Sie war viel zu aufgewühlt, um ruhig taktische Erwägungen anzustellen. Sie musste etwas tun, etwas unternehmen. Ohne zu überlegen stolperte sie zu ihrem Schimmel, der verwirrt den Kopf hob, als er ihre Hand auf dem Rücken spürte. Das Tier schnaubte und schien ihre Erregung zu riechen.

„Wo ist mein Sattel?" Sie blickte sich suchend um und entdeckte ihn neben dem Feuer. „Wir müssen aufbrechen... wir..." Sie holte tief Luft. „Entschuldigen Sie, ich benehme mich albern."

„Sie benehmen sich großartig. Ihre beste Freundin wurde entführt, und Ihr Bruder ist verschwunden. Sie wissen nicht, ob beide am Leben sind. Zu allem Unglück mussten Sie gerade einen Freund erschießen. Und obwohl sie nun sicher sein können, dass es sich in Wahrheit um einen Feind handelte, kommen Sie nicht darüber hinweg. Sie hören seine Stimme und fragen sich, wie Sie seine Augen vergessen sollen."

„Sie..., Sie kennen dieses Gefühl?"

Er nickte knapp. „Der Mann, der Sie damals in den See jagte, er war einer meiner besten Freunde."

Martha setzte sich langsam. Ein Frösteln kroch über ihren Rücken, und ihre Hysterie schien wie weggeblasen. Said schien durch sie hindurch zu sehen. „Ich sehe noch heute, wie er in den See watet, und jede Nacht ziele ich auf seinen Rücken und werfe ihm das Messer hin. Damals am See wartete und wartete ich, hoffte, er würde zur Besinnung kommen. Ich wusste nicht, was ich unternehmen sollte, und so wartete ich viel zu lange. Schließlich kam er Ihnen so nahe, mein Schuss hätte nicht nur ihn, sondern auch Sie treffen können. Ich verhielt mich völlig verantwortungslos."

Martha starrte ihn an und sah doch in Brambachs Augen. „Aber als Sie ihn überwältigt hatten", stammelte sie, „ich meine, Sie waren doch Freunde! Weshalb haben Sie ihn getötet?"

„Ich sagte ihm, dass Sie unter meinem Schutz stünden, doch er schien wie von Sinnen. Er glaubte mir nicht, hörte nicht einmal zu. Ich hatte keine Wahl. Sie hatten ihn im Wasser klein und schwach gesehen, voller Angst. Das hätte er niemals verziehen. Er hätte Sie umgebracht, selbst wenn er erhalten hätte, wonach er verlangte."

Martha zog ihre Decke um die Schultern, doch die Kälte schien aus ihrem Körper selbst zu kommen, und Said ging es wohl nicht besser, so wie er die Schultern zusammenzog.

Martha verstand ihn sehr gut. Wenn er seine Tat je offengelegt hätte, hätte er fraglos Blutrache auf sich gezogen. Niemand hätte je gebilligt, dass er sich wegen einer fremden Frau gegen seinen Freund gestellt hatte. Sie schwiegen beide, bis Said sich langsam entspannte. „Ich vermute, Sie lassen mich nicht allein reiten, ich meine nach Tepe el-Akbar?"

Sie musste ihm gar nicht erst antworten.

Das Tal der Träume

Auf dem Weg nach Tepe el-Akbar, 16. Oktober 1941
14:20 Uhr

Sie konnten nur hintereinander reiten, war die Schlucht doch derart eng, dass sie teilweise Mühe hatten, zu Pferd durchzukommen. Die Klamm schnitt in die Bergflanke wie eine Wunde, und Martha hatte mittlerweile das beklemmende Gefühl, dass die Felswände immer enger zusammenrückten.

„Sind Sie sicher, dass wir hier richtig sind?", rief sie nach vorne.

Said drehte sich um ohne anzuhalten und deutete mit seiner Reitpeitsche tiefer in die Schlucht hinein. „Der Einschnitt führt uns direkt nach Tepe el-Akbar."

Sie hatte Mühe ihn zu verstehen, jeder Hufschlag erzeugte sein eigenes Echo. Sogar die Tiere spürten die bedrückende Enge und spielten ängstlich mit den Ohren. Außerdem wurde es mit jeder Sekunde kälter, eine Kühle, die durch ihre Kleidung kroch.

Martha war sich sicher, dass sie diese Schlucht noch nie gesehen hatte, und schon gar nicht mit ihren Eltern. Dabei war sie gestern noch der Meinung gewesen, dass ihr die Gegend irgendwie bekannt vorkäme.

Als Martha bang nach oben blickte, hätte sie geschworen, dass sich die Ränder der Schlucht unerbittlich gegeneinander neigten, wie die Blüte einer fleischfressenden Pflanze, die sich gierig über ihren Opfern schloss.

Doch als sie um eine scharfe Felsnase bogen, entließ sie die Schlucht ganz unvermittelt auf eine weite Felsterrasse. Licht flutete ihnen entgegen und ein strahlender Tag empfing sie mit wohliger Wärme. Noch einige Schritte, dann erreichten ihre Pferde einige Felsblöcke, die wie Findlinge die Terrasse begrenzten, als seien sie einst von Zyklopen hinterlassen worden. Zur Linken wie zur Rechten stiegen steile Hänge eine Bergflanke hinan, bedeckt von einem blauen Blütenmeer.

Jetzt passierten sie die letzten Felsen, und dann öffnete sich unter ihnen ein weites Tal.

Feiner Dunst breitete sich über die Ebene, die zur Rechten wie zur Linken von hochragenden Bergen begrenzt wurde. Und weit entfernt erhob sich auf steilem Kegel ein Kasr, eine Festung, aus der ein einsames Minarett in den blauen Himmel stieg.

„Tepe el-Akbar“, sagte Said. Es klang beinahe ein wenig ehrfurchtsvoll, und das mit vollem Recht – der Anblick des Hochtals mit den schneebekrönten Bergen war einfach atemberaubend. Der steile Kegel schien ihr wie ein gigantisches Ausrufezeichen. „Nun?“, drängte Said gespannt. „Erinnern Sie sich an das Schloss?“

„Ich weiß nicht…, auf jeden Fall sprach Rahman von drei Minaretten, und dort drüben sehe ich nur eines und deshalb…“

Er zog ihr den Feldstecher zur Seite. „Hören Sie, wir könnten hier völlig falsch sein. Das ist überaus wichtig, Sie müssen sich erinnern, Sie müssen!“

Martha hob nur hilflos die Achseln. „Es ist der einzige Ort, den man von den Buddhastatuen aus sehen kann. Mehr kann ich einfach nicht sagen. Was ist, wenn wir die beiden nicht finden, vielleicht hätte ich Kabul nicht verlassen sollen? Unter Umständen…“

„Nein!“ Sein Einspruch kam überaus heftig. „Nein, wir können uns nicht irren.“

„Und wieso?“

„Sie sind aus Kabul geflohen, und man hat Sie bis Bamiyan verfolgt.

Wenn die Hunde bereits alle Informationen besessen hätten, dann wäre niemand auf die Idee verfallen, sich an unsere Fersen zu heften. Die Informationen, die man von Benazir erhielt, reichten offenbar nicht aus."

Er hatte Recht. Je länger Martha diese majestätische Landschaft in sich aufnahm, desto vertrauter mutete sie auch an. „Hat das Tal auch einen Namen?", forschte sie.

„Meine Mutter sprach stets vom Tal der Träume."

Tal der Träume? Das klang wirklich gut, auch wenn sie Mühe hatte, Fatima Shasadeh mit einem Traum zu verbinden.

„Also hat sie den Namen erfunden?"

Er lachte ein wenig verlegen, als verbände sich mit dem Namen irgendeine Geschichte, die ihm eigentlich peinlich war.

„Was haben Sie?", drängte Martha.

„Nun, angeblich stammte der Name von mir – als ich noch ein kleiner Junge war. Zwar erinnere ich mich nicht, aber so erzählt es meine Mutter."

„Dann hatten Sie ja doch eine romantische Ader!"

Er antwortete nicht und suchte das Tal mit seinem Feldstecher ab, offenbar entdeckte er keine verdächtige Bewegung.

„Dennoch müssen wir die Dämmerung abwarten."

„Aber das geht doch nicht! Was ist, wenn Adolf und Benazir..."

Doch Said sprang ab und streckte ihr die Hand entgegen. „Kommen Sie, sitzen Sie ab." Er ließ ihr keine Wahl und zog sie herunter. Als sie auf dem Boden stand, zitterten ihr die Knie vor lauter Nervosität. Da hatte sie doch tatsächlich daran gedacht, einfach über das Tal zu galoppieren und das nicht wegen ihres Bruders. Adolf war für sie im Grunde immer noch ein Fremder, ein Gast, der irgendwann abreisen würde. Sie würde ihm zwar jederzeit helfen, doch in Wahrheit hatte sie während der letzten Tage meist an Benazir und nicht an ihren Bruder gedacht. Eigentlich hatte sie immer Benazir im Sinn, zumindest, wenn sie nicht gerade über Said und Iskender nachgrübelte.

„Nun setzen Sie sich schon!" Saids Stimme klang drängend und besorgt zugleich, als er sie sanft auf einen Steinblock drückte, den die stundenlange Sonne angenehm aufgewärmt hatte. Offenbar hatte er schon geraume Zeit auf sie eingeredet, ohne dass sie es überhaupt registriert hätte. „Erzählen Sie mir von Alexander."

War das Spott? Martha war sich nicht sicher. „Es tut mir leid", murmelte sie schließlich. „Ich benehme mich unmöglich."

Er strich sich ein wenig spöttisch den Schnurrbart glatt, vor allem wohl, um sein Lächeln zu verbergen. „Nun, wir haben einen langen Nachmittag vor uns. Mich fasziniert Ihre These, dass Alexanders Politik von Frauen beeinflusst worden sei. Wieso sind Sie sicher, dass seine Motive nicht rein politisch waren?"

Selbstverständlich begriff sie, dass er sie nur ablenken wollte, und zum Glück musste sie sich gar nicht zwingen, über Alexander zu sprechen. Schon redete sie wie ein Wasserfall, doch unterbrach sie sich bereits nach wenigen Minuten.

„Berichten Sie mir lieber von Deutschland", murmelte sie.

„Das wird Ihnen schwerlich gefallen."

Martha seufzte. „Das könnten auch Adolfs Worte sein."

„Sie sollten vielleicht auf Ihren Bruder hören und nicht nach Deutschland zurückkehren."

Sie nahm seine Worte kaum mehr wahr, sondern starrte mit ihrem Feldstecher zum Schloss hinüber.

„Ich bemerkte vorhin ein Blinken, so wie Sonnenlicht, das sich auf einer Glasfläche spiegelt."

Said schien regelrecht elektrisiert. „Wo?"

„Dort drüben unterhalb des Minaretts."

Said richtete seinen Feldstecher, doch war nichts mehr zu erkennen.

„Ich bin ganz sicher", insistierte Martha. „Es sah so aus, als habe jemand ein Fenster geschlossen. Sie erwähnten doch, dass in dem Schloss einige Ihrer Bediensteten wohnen. Da ist es doch leicht möglich..."

„Eine Familie, das ist richtig. Aber ich fürchte, dass sie jetzt unwillkommene Gäste haben. Wir nutzen die Nacht, um das Tal zu überqueren. Dann sind wir in der Morgendämmerung auf dem Berg und können in aller Ruhe..., wie sagt man in Deutschland? Die Lage peilen."

„Wird man von der Burg aus bei Tagesanbruch unsere Spur bemerken?"

„Normalerweise schon. Aber sehen Sie das Flusstal dort drüben? Wir reiten im Flussbett, und es verbirgt unsere Spur."

Das Flussbett bot tatsächlich eine perfekte Tarnung. Es trat unmittelbar unter ihnen in die Ebene hinaus, so dass das von den Fluten des Frühjahrs herausgefräste Bett leicht erreichbar war.

„Aber wir können unmöglich zu Pferd auf den Berg", hielt Martha dagegen. „Der Aufstieg zum Kasr wird doch sicher bewacht. Ich meine, falls Benazir oder Adolf tatsächlich im Schloss festgehalten werden."

„Oh, wir gehen zu Fuß und verstecken unsere Pferde. Was suchen Sie?" Er unterbrach sich, als er bemerkte, wie sie sich umblickte.

Martha lachte ein wenig verlegen. „Ich dachte gerade ans Blumen pflücken."

„Blumen?"

„Das beruhigt die Nerven, wussten Sie das nicht?"

Der Reiter

Im Tal von Tepe el-Akbar, 16. Oktober 1941
22:45 Uhr

Der Mond stand hoch über dem Tal, als sie sich schließlich nach unten wagten. Das Flussbett glich eher einem Wadi und führte kaum noch Wasser, doch bereitete das tiefe Geläuf den Pferden beträchtliche Mühe. Marthas Schimmel stolperte mehrfach, konnte sich aber jedes Mal fangen.

Der Schattenriss des Tepe ragte bald höher und höher in den Sternenhimmel. Über die Richtung gab es ohnehin keinen Zweifel, solange sie das Flussbett nicht verließen.

So drangen sie weiter und weiter, alle Sinne gespannt und stets bemüht, die Geräusche der Nacht zu deuten. Diese Überkonzentration blieb leider nicht ohne Wirkung auf Marthas Nerven. Mal glaubte sie, ein fernes Raunen zu vernehmen, mal sah sie schattenhafte Gestalten, die sich über ihr drängten. In ihrer überreizten Phantasie starrten unsichtbare Augen auf sie herunter und verfolgten ihren Weg. Als Said schließlich absaß, da zitterte sie vor Nervosität wie ein Soldat in den letzten Minuten vor der Schlacht.

„Wir führen unsere Pferde nach oben", raunte er. „Halten Sie Ihrem Schimmel die Nüstern zu, er hat gelernt, dass er dann nicht schnauben darf."

Martha konnte ihren Begleiter kaum erkennen, doch seine Stimme klang belegt, und sie hätte geschworen, dass er nicht minder angespannt war als sie selbst. Kein beruhigender Gedanke.

In der Finsternis bereitete der Aufstieg vom Flussufer größere Schwierigkeiten als ihnen lieb war, sie benötigten geraume Zeit, bis sie schwer atmend oben anlangten. Der Berg lag unmittelbar vor ihnen, und der Mond hing pittoreskerweise wie eine riesige Laterne direkt neben dem Schattenriss des Minaretts, das einsam in den Sternenhimmel ragte.

„Hier zwischen die Büsche", drängte Said, selbst sein Flüstern verriet mehr über seine seelische Verfassung, als ihm lieb sein konnte. Er übernahm wortlos die Führung, und Martha folgte schweigend mit ihrem Schimmel. Das Gesträuch wurde dichter, bis Said am Ende stehen blieb.

„Jetzt binden wir die Pferde an. Hier kann man sie von oben nicht mehr entdecken."

Bald hatten sie die Pferde angepflockt und ihnen die Vorderbeine zusammengebunden, so dass sie sich keinesfalls weit entfernen konnten.

Said verlor nun keine Zeit und drang zu Fuß tiefer in das Buschwerk.

Das Gelände stieg merklich an und Martha erkannte, wie präzise er sie an den Fuß des Berges geführt hatte. Schon bald lag die Ebene unter ihnen. Martha entdeckte sogar einen hellen Fleck in der dunklen Masse der Sträucher – offenbar ihr Schimmel. Doch das war es nicht, was ihre Aufmerksamkeit fesselte – es war das Tal selbst. Eigentlich hätte es leblos liegen sollen, eine Ebene im trügerischen Schimmer des Mondes, doch es war nicht leer, zumindest nicht für die Augen ihrer Phantasie. Im Gegenteil, sie hätte geschworen, dass dort unten alles in Bewegung war, als schöben sich endlose Menschenmassen über die Ebene.

Martha kniff die Augen zusammen. War das Nebel?

„Sehen Sie das auch?", murmelte Said ganz unvermittelt. „Die Bewegung im Tal?"

Martha fuhr zusammen. Bis zu diesem Augenblick hatte sie versucht, die Wahrnehmung ihren Nerven anzulasten. „Was erkennen Sie?", flüsterte sie zurück.

Er zögerte eine Weile, als habe er Hemmungen, sich lächerlich zu machen, doch schließlich murmelte er mit einem tiefen Atemzug. „Es sieht beinahe so aus wie ein gigantisches Heer, eine riesige Armee, die sich über die Ebene schiebt. Sobald ich die Augen schließe, habe ich sogar ein Raunen im Ohr. Ich..."

Martha war so bestürzt, dass sie seinen Arm umklammerte. „Genau! Und im Flussbett haben sie uns vorhin beobachtet, sie..."

„Ja, ja! Sie starrten auf uns herunter."

Er hatte dasselbe bemerkt wie sie. Beide schwiegen sie bestürzt, ehe sich Martha zu einer Frage verstand. „Gab es eigentlich eine Armee, die dieses Tal durchquerte?"

„Aber natürlich! Hier zogen einst die Mongolen durch, die Parther und womöglich auch die Armee Alexanders." Und noch während er sprach, schien sich die Ebene unter ihren bestürzten Blicken wieder zu leeren, bis das Mondlicht sanft über einem einsamen Talgrund schimmerte.

„Vielleicht waren es nur die Dämonen der Geschichte, die..." Jäh brach er ab und umklammerte Marthas Arm.

„Was ist?", wisperte sie alarmiert.

Said hob die Hand und schließlich gelang es ihr, seinem ausgestreckten Arm zu folgen. „Auf dem Hügel", raunte er. „Was sehen Sie?" Er drückte ihren Arm noch etwas fester.

Dort drüben auf einer Anhöhe hielt ein einsamer Reiter. Und auch wenn Martha nicht mehr erkennen konnte als eine vage Silhouette, war sie sich gänzlich sicher, in zwei glühende Augen zu blicken.

„Iskender", flüsterte sie und fühlte, wie eine heiße Welle durch ihren Körper zog. Ihr Gesicht schien zu glühen und als sie die Fingerspitzen auf die Wange presste, fühlte sie heiße Haut, als habe sie unter praller Sonne gestanden.

Beide standen sie wie gebannt, bis die Hügelkuppe plötzlich leer im Mondlicht lag, von einem Schattenreiter keine Spur. Said atmete tief durch. „Kommen Sie!", drängte er und schien regelrecht versessen, diesem Ort so schnell als möglich den Rücken zu kehren. In den Märchen des Orients wimmelte es von Geistern und Dämonen, und Martha hatte viele Afghanen kennengelernt, für die derartige Geschichten ebenso real waren wie das Menschengewimmel im Bazar von Kabul.

Said zerrte sie weiter, seine Hand schien wenigstens so heiß wie ihre Wange. Benommen ließ sie sich durch das Buschwerk zerren, als ihr Begleiter seinen Schritt schon wieder mäßigte. Er schien jetzt völlig gefasst, während Martha immer noch Mühe hatte, halbwegs ruhig zu atmen.

Das Treppenhaus

Im Tal von Tepe el-Akbar, 17. Oktober 1941
1:15 Uhr

„Wir sind da", flüsterte Said.

Martha sah sich um. Sie waren da? Wo eigentlich? Doch ehe sie noch eine Frage anbringen konnte, zog er sie auch schon den Berghang hinauf. Dann vernahm sie ein Rascheln von Zweigen und dann seine unterdrückte Aufforderung. „Kommen Sie, aber vorsichtig. Ich biege die Äste auseinander. Halten Sie die Hände vors Gesicht."

Martha folgte seiner Aufforderung und spürte, wie Buschwerk gegen ihre Arme schlug, dann war auch schon alles vorüber. „Halt", zischte er.

Augenblicke später flammte sein Feuerzeug auf, und als sich ihre überanstrengten Augen an das unstete Licht gewöhnt hatten, erkannte sie, dass sie in einer kleinen Höhle standen, deren Eingang hinter dichtem Gesträuch nahezu vollständig verborgen war. Das Feuerzeug erlosch, und alles versank wieder in tiefer Finsternis. „Wo sind wir hier?", raunte sie.

„In diese Höhle mündet eine schmale Treppe, ein Geheimgang, der uns direkt ins Schloss führen wird. Zumindest galt das in früherer Zeit."

Das klang ein wenig unsicher, so dass sie unwillkürlich nachfasste: „Wann haben Sie diese Treppe zuletzt benutzt?"

„In meiner Kindheit. Ehrlich gesagt, habe ich sie selbst entdeckt."

„Und Ihr Personal im Schloss...?"

„Niemand hat je von dieser Treppe gesprochen. Ich bin ziemlich sicher, dass keiner davon wusste. Kommen Sie!"

Das klang nicht gerade logisch, aber er ließ ihr kaum Zeit zu kritischen Fragen. Außerdem war die Aussicht, in einem Geheimgang direkt ins Herz von Kasr el-Akbar vorzudringen, einfach großartig. Marthas Herzschlag beschleunigte sich.

Wieder schnappte Saids Feuerzeug, und nachdem er mehrfach nur Funken produziert hatte, brannte eine helle Flamme. Er entzündete einiges von dem Brennmaterial, das er in einem Beutel mit sich geführt hatte. Dann übernahm er die Führung, und Martha folgte ihm durch eine kleine Höhle, deren Boden mit tiefem Sand bedeckt war. Außer dem Mist irgendwelcher Tiere und den Spuren kleiner Nager war im schwankenden Lichtkreis nichts Auffälliges zu bemerken. Nach wenigen Schritten erreichten sie einen finsteren Spalt, in dem eine schmale Treppe aufwärts führte. Die Stufen waren teils gemauert, teils aus dem Fels geschlagen und allesamt höchst uneben. Said sah sich sichernd um. „Halten Sie einen Arm über den Kopf, es kann niedrig werden."

Tatsächlich spürte sie bereits nach wenigen Schritten die Felswand unter ihren Fingern, auch wenn der Stollen nicht so niedrig wurde, um einen Aufstieg ernsthaft zu behindern. Ein Luftzug strich sachte über sie hinweg und weiter nach oben. Offenbar funktionierte das Treppenhaus wie ein gigantischer Kamin. Für Marthas überhitzten Körper war der Hauch ein unerwartetes Labsal. Ohne Saids provisorische Fackel wäre das Vordringen allerdings höchst beschwerlich gewesen. Sogar unter diesen Umständen stolperte sie immer wieder, bis sie schließlich doch einen Halt einforderte, um wieder Atem zu schöpfen. „Unglaublich, das ist ja endlos! Wer hat diese Treppe erbaut?"

„Ich habe keine Ahnung", gestand er ein. „Aber hier sind überall fremde Steine verbaut."

Said schwenkte seine Fackel und das Licht geisterte über einige Mauerquader, mit denen man einen Felsspalt geschlossen hatte. Offenbar sollten die Quader die Treppe vor herabrieselndem Steinsplitt schützen.

Die Quader waren sauber bearbeitet. Martha erkannte sofort den charakteristischen Randschlag, den ihr Vater ihr als Kind so oft an Ruinen vorislamischer Zeit gezeigt hatte. Es handelte sich um antike Spiegelquader, an deren Rändern die Steinmetze etwas mehr Material weggeschlagen hatten, so dass die Oberfläche dort etwa einen Zentimeter tiefer lag, während die Mitte einen so genannten Spiegel bildete. Zumindest hatte ihr Vater das so genannt.

Martha griff nach der Fackel. „Bitte, leuchten Sie etwas weiter rechts."

Im nächsten Moment zeichneten sich Buchstaben in den Quadern ab. Man hatte sie mit einem Meißel tief und präzise in den Stein geschlagen – unzweifelhaft griechische Buchstaben, auch wenn Martha kein zusammenhängendes Wort identifizieren konnte. „Das stammt aus den Tagen griechischer Herrschaft über Afghanistan. Wenn wir…“

„Dazu bleibt keine Zeit“, unterbrach er sie. „Die Fackel wird nicht ewig brennen.“

Es ging weiter aufwärts, und Martha rang bald aufs Neue mit ihrer Atemnot.

„Vorsicht mit Ihrem Atem“, flüsterte Said. „Keiner weiß, ob hier fremde Ohren lauschen.“

Er hatte gut reden. Martha war so nervös, dass sie schon fürchtete, ihr könnten die Zähne klappern. „Wo endet die Treppe?“, raunte sie nach längerer Pause.

„An einer Holztür, die in einen Schrank mündet.“

Romantisch. Es ging nun vorbei an Felsen, an Lehmziegelwänden und an vermauerten Steinen mit griechischen, aramäischen und islamischen Texten, allesamt aus Bruchstücken längst zerstörter Gebäude errichtet. Ein schweigendes Panoptikum vieler Epochen, die ihre Spuren auf Tepe el-Akbar hinterlassen hatten. Ihr Vater hätte das sicher alles entziffern können, Martha hingegen war schon froh, aramäische von islamischen Texten zu trennen und einzelne Buchstaben zu lesen.

Und dann kam es, wie es kommen musste, die Fackel verlor zusehends an Leuchtkraft, bis sie weit mehr an Rauch, denn an Licht produzierte. Doch schließlich mündeten die Stufen in einen kaum mannsbreiten Treppenschacht, der allseitig aus Lehmziegeln aufgemauert war. Die mittlerweile winzige Flamme ihrer Fackel verstärkte sich angefacht vom Zug der Luft und flackerte nach vorne die Stufen hinan.

„Vorsicht!“, warnte Said. „Wir sind gleich da. Wir…“

„Was war das?“ In ihrer Aufregung sprach sie fast zu laut.

Said fuhr herum und folgte der Geste ihrer Hand.

„Dort drüben“, wisperte Martha. „Da schimmerte etwas. Ich bin sicher, dass…“

Sie griff nun selbst nach der Fackel und tatsächlich, da glitzerte es wieder. Ein Reflex von einer blanken Oberfläche. Er stammte nicht von der Treppe, der schwache Schein hatte seinen Ursprung buchstäblich im Nichts. Es schien sich um eine Art Nebenhöhle zu handeln, in die Said schon nach wenigen Sekunden hinein kletterte. Martha folgte ihm auf dem Fuß, das Schimmern stets im Blick. Sie benötigten kaum eine Minute, um zur Quelle der Reflexe vorzustoßen, und dann hatten sie des Rätsels Lösung, und zwar in Gestalt gläserner Flaschen, drei an der Zahl. Man hätte sie für Weinflaschen halten können, wären ihre Verschlüsse nicht ebenfalls aus Glas gewesen. De facto fügte sich der Verschluss so präzise in die gläsernen Hälse, dass es Said anfangs nicht einmal gelang, die Flaschen zu öffnen. Vielleicht hinderte ihn auch Marthas jäher Griff. „Vorsicht! Das ist Säure!"

„Säure?"

„Meine Eltern bewahrten Säure in Flaschen mit gläsernen Stöpseln. Sie benutzten Salzsäure zum Reinigen versinterter Antiken." Noch während sie sprach wurde ihr schlagartig klar, dass diese verstaubten Flaschen unter Umständen von ihren Eltern stammen mochten. Falls das zutraf, dann konnte das nur bedeuten, dass sie irgendwelche Artefakte reinigen wollten.

Der Schatz!

Sie suchte Saids Blick und war sicher, dass er ganz ähnliche Schlüsse zog. „Die Flaschen waren einstmals gut versteckt", murmelte er, „zumindest, bis hier die Lehmziegel abrutschten."

Tatsächlich standen die Flaschen weitgehend schutzlos auf einem Felsband.

„Können Sie eine halten?" Said wollte sie unbedingt öffnen und Martha schützte ihre Hände unter der Jacke. Zwar konnte sie auf diese Weise nicht so fest zupacken, doch Sicherheit ging in diesem Falle unbedingt vor. Mit Salzsäure war auf keinen Fall zu spaßen. Auch Said ging äußerst vorsichtig zu Werke, und so benötigte er geraume Zeit, bis der Verschluss endlich aus dem Flaschenhals glitt. Der Geruch und der leichte Rauch der Säure waren unverkennbar, er beeilte sich, die gefährliche Flüssigkeit aufs Neue zu verschließen, ehe er das Behältnis vorsichtig zurückstellte.

„Ein mächtiger Flaschengeist", kommentierte er respektvoll. „Kommen Sie, der Zugang zum Schloss befindet sich gleich dort drüben."

Als sie die Stufen erreichten, löschte er sicherheitshalber die Fackel. Augenblicke später fühlte sie seine Hand, die sie sachte aufwärts zog. Seine Schritte waren nahezu unhörbar und Martha folgte ihm auf Zehenspitzen. Bald signalisierte er *Halt*, sie spürte seinen Atem, als er sich zu ihr umdrehte. „Wir sind an der Tür. Still!"

Sie standen in pechschwarzer Finsternis und lauschten beide, doch auch nach langen Minuten vernahmen sie nichts als das gelegentliche Knacken alten Holzes, das sich unter dem ständigen Luftzug spannte und entspannte. Plötzlich erreichte sie ein Knarzen und Ächzen von Holz, das Martha durch Mark und Bein fuhr. Falls sich jemand in der Nähe aufhielt, konnte man das unmöglich überhören.

„Es ist offen", wisperte es in der Dunkelheit. „Kommen Sie!"

Martha tastete sich mit vorgestreckten Händen weiter. Augenblicke später hatte sie Bretter unter den Füßen und dann einen hölzernen Rahmen. Schließlich griffen ihre Hände ins Leere, und sie hörte Saids geflüsterte Warnung. „Vorsicht, nicht stolpern."

Er hatte allen Grund dafür, denn die Unterkante einer zweiten Tür lag ein gutes Stück über dem Boden. Martha kletterte vorsichtig hinaus und stand bald auf solidem Ziegelboden. Im Zimmer war es weitgehend dunkel, nur zur Linken zeigte sich ein hellerer Bereich, ein Durchgang, den sie nach wenigen Schritten hinter sich hatten. Sie standen in einem Raum mit verschlossenen Fensterläden. Der ganze Bau lag in tiefer Stille und ihr Puls beruhigte sich zusehends.

Das Paradies

Im Schloss von Tepe el-Akbar, 17. Oktober 1941
3:00 Uhr

Martha vermochte kaum etwas zu erkennen. Als sie sich bückte, fuhren ihre Finger über einen sorgfältig gefügten Plattenboden. Das war fraglos ein vornehmes Quartier und passte gut zu einem fürstlichen Harem. Allerdings schien alles verdreckt, die Räumlichkeiten standen anscheinend leer.

Auch Said bewegte sich zunehmend sicherer und leuchtete kurz mit seinem Feuerzeug. Die ihnen noch verbliebene Fackel wagte er allerdings nicht zu benutzen, ihr weit hellerer Schein hätte sie allzu leicht verraten.

Im Flackerlicht spähte Martha aufmerksam um sich. Sie standen in einem nicht allzu großen Raum mit Schränken und Truhen, die Martha neugierig öffnete. Die meisten waren zwar leer, doch dann entdeckte sie Schuhwerk, Pantöffelchen und feine Schleierstoffe. Also tatsächlich Haremskleidung und zwar keineswegs alltagstaugliche. Im Gegenteil, das fiel weit eher in eine Kategorie, die ihre Mutter immer verächtlich als *Lustwäsche* gegeißelt hatte.

Said sprach kein Wort, er schien nicht minder verlegen, ja sie hätte schwören können, dass er ganz erleichtert war, als die Flamme erlosch.

Als kleines Mädchen hatte Martha sich unter *Lustwäsche* nichts weiter vorstellen können, doch nach Benazirs Bauchtanzauftritt und den Schleierstoffen im Bazar sah sie etwas klarer. Feine Seidenstoffe, reich bestickt und hauchdünne Schleier, nur dazu bestimmt, von der Trägerin mehr zu enthüllen, denn zu verbergen. Natürlich verließ keine Afghanin ihren Harem in solcher Kleidung oder empfing irgendwelche Besucher, so dass Martha bis zu ihrem nächtlichen Besuch bei Benazir dies alles nur vom Hörensagen kannte.

Es war, als wartete dieser Harem nur auf seine Insassinnen. Doch was

Martha so gar nicht einleuchten wollte, war die Tatsache, dass ausgerechnet ein Harem einen verborgenen Zugang besaß.

Said führte sie wortlos weiter. Der nächste Raum enthielt nun gar eine monumentale Badewanne, die direkt mit einem mächtigen Ofen in Verbindung stand, um Wasser zu erhitzen. Die Wanne war in den Fußboden eingelassen und im Inneren mit Kacheln verkleidet. Zwei Wasserhähne speisten das voluminöse Becken und waren direkt mit zwei mächtigen Bottichen verbunden. Der eine war fest auf dem Herd installiert und diente offenbar der Warmwasserversorgung, der andere der Zuleitung kalten Wassers, doch woher dieses Wasser eigentlich kommen sollte, das war mangels Beleuchtung beim besten Willen nicht zu eruieren. Alles was Martha ertastete, waren zwei Rohre, die über den Behältnissen in der Wand verschwanden. Es war die größte Badewanne, die Martha je unter die Augen gekommen war. Sie bot problemlos drei Badenden Platz. Fenster besaß der Raum allerdings keine, doch bemerkte sie einen mächtigen Luftschacht, der im Badefall für Entlüftung sorgte. Wohin er führte, war jedoch nicht auszumachen.

In dem Raum hingen auch Spiegel beachtlicher Höhe, die allerdings ziemlich blind schienen. Doch hatte man einen erst kürzlich geputzt. Auch der Kachelboden war hier bei weitem nicht so staubig wie der Ankleideraum, sogar die Wanne hatte man gesäubert, auch wenn sie jetzt wieder trocken war. Dennoch war sie benutzt worden und zwar erst in jüngster Zeit. Dazu passte auch das neben dem Herd aufgeschichtete Feuerholz.

„Hier hat jemand gebadet“, alarmierte sie Said. Said stand blitzschnell neben ihr. Hastig gab sie ihre Beobachtungen weiter. Nun war guter Rat teuer, zumal er ihr bestätigte, dass dies tatsächlich der Harem seines verstorbenen Großvaters sei. Wer hatte hier in diesem verlassenen Reich gebadet?

Da das Feuerzeug für eine genauere Inspektion absolut unzureichend war, mussten sie nun doch auf die Fackel zurückgreifen, und Martha hätte kaum verblüffter sein können, als sie neben dem Bad in einem großzügigen Raum einen mächtigen Diwan unter einem Baldachin entdeckte. Der verstaubte Baldachin ruhte nicht etwa auf Stützen, sondern war von der Decke abgehängt, eine beeindruckende Konstruktion.

Ein merkwürdiges Schlafzimmer mit Raum für ein Fest und dann diese Riesenbadewanne... Martha spürte, wie sich ihr Puls beschleunigte. Ein Diwan unter einem Baldachin in einem weiten Raum, das entsprach doch Benazirs Beschreibung von jenem Harem im *Paradies*. Die Übereinstimmung war überdeutlich, das war kein Zufall.

Der Diwan selbst war verhüllt, um die Polster vor Staub zu schützen, wahrscheinlich hatte man ihn seit Monaten nicht mehr aufgedeckt. Vor dem Himmelbett bot sich reichlich Platz, beinahe wie auf einer Tanzfläche. In der Mitte stand sogar ein kleiner Brunnen, der allerdings trocken war. Alles höchst nobel, um nicht zu sagen kostbar. Auch die wenigen Möbel machten einen gediegenen Eindruck. Um den Diwan herum hatte man den Boden gefegt, ganz so wie drüben im Baderaum. Irgend jemand hatte erst jüngst diese Räume benutzt, und er hatte Wert darauf gelegt, nicht im Dreck zu stehen. Benazirs Bild drängte sich wie von selbst in Martha Bewusstsein. Ihre Freundin hasste Schmutz. Doch falls ihre Entführer sie tatsächlich hierher geschleppt hatten, wieso ermöglichte man ihr dann ein Bad und wieso sollte sie unter diesen Umständen erst eine Putzkampagne gestartet haben? Nein, das ergab nun überhaupt keinen Sinn.

„Kommen Sie", drängte Said, „wir müssen weiter." Er fühlte sich in dieser Umgebung offenbar alles andere als wohl. Er verlöschte sogar seine Fackel und zog Martha hinein in die Dunkelheit. Allerdings fand er sich trefflich zurecht, lotste er sie doch nach einigen Räumen eine knarrende Holztreppe empor, bis sie ganz unversehens eine massive Tür erreichten, die sogar mit Metall beschlagen schien.

Said entzündete sein Feuerzeug, und nun erkannte sie, dass sich in der Tür kein Schlüsselloch befand. Dieser Harem mochte ja luxuriös sein, doch hatte eine Insassin keine Chance, dieses Luxusgefängnis zu verlassen, falls sie nicht mit dem Geheimnis der Schranktür vertraut war. Ohne Werkzeug oder den passenden Schlüssel gab es kein Entkommen.

Said tastete allerdings die Wand ab und schien genau zu wissen, wonach er suchte. Plötzlich klickte es, und dann hörte Martha, dass irgendwo ein metallener Riegel zurückwich.

Im nächsten Augenblick klaffte die Tür, und ein kühler Nachthauch fuhr über ihr vor Aufregung verschwitztes Gesicht. „Keine Frau wusste, wie man hinauskommt", murmelte Said. „Man brachte sie mit verbundenen Augen herein. Sie waren meinem Großvater hier völlig ausgeliefert. Und durch den geheimen Zugang konnte mein Großvater völlig unerwartet erscheinen oder verschwinden, ohne dass man ihn in der Burg überhaupt bemerkte."

Man hörte deutlich, wie unangenehm ihm diese Eröffnung war.

„Verrückt", murmelte Martha, und er fragte nicht nach.

Die eisenarmierte Tür entließ sie in eine Art Vorraum, der sich wiederum auf einen weiten Hof öffnete, dessen Umbauung sich als Silhouette vor einem makellosen Sternenhimmel abzeichnete. Nur die bleiche Mondsichel hatte einen Hauch von Helligkeit zu bieten. Beide lauschten sie mit angehaltenem Atem, doch hörten sie nichts als die Geräusche der Nacht. Martha spürte förmlich, wie die Anspannung aus ihren Gliedern wich. Tief sog sie die Nachtluft in ihre Lungen. Said setzte sogleich sein Fernglas an die Augen.

„Viel zu dunkel", protestierte sie leise.

„Versuchen Sie's trotzdem!" Er schob ihr den Feldstecher zu.

Als sie sein Glas hob und noch etwas in den Hof hinaus trat, da fiel ihr vor Überraschung beinahe der Feldstecher aus der Hand. Plötzlich sah sie viel mehr und noch dazu viel schärfer als mit bloßem Auge. So erkannte sie nun deutlich zur Rechten nicht nur das schlanke Minarett, sondern auch die Zwiebelkuppel einer Moschee. Sie selbst stand unter einem wahrhaft riesigen Iwan, einer jener gigantischen Spitzbogentüren, die in islamischen Palästen und Moscheen Zentralasiens so oft den Nahenden begrüßend in Empfang nehmen. Die Dimensionen dieses Iwans und vor allem seine Höhe waren nicht abzuschätzen, aber die herrschaftlichen Abmessungen des Schlosshofs waren ungeachtet der Finsternis unverkennbar. Wenigstens vierzig auf vierzig Meter lichter Raum, wenn nicht sogar noch erheblich mehr. Sie standen in einem wahren Palast, der sich mit dem Terminus *Festung* nur höchst unvollkommen umschreiben ließ.

Doch ihre eigentliche Bewunderung galt Saids Feldstecher. „Mein Gott, was ist das für ein Glas?"

„Verblüffend, nicht wahr? Das ist ein deutsches Nachtglas und wird unter anderem auf See verwendet. Etwa von den Wachposten Ihrer U-Boote. Oh, Entschuldigung, ich weiß, es sind gar nicht Ihre Boote, Sie sind ja neutral. Aber vergessen Sie bei aller Bewunderung nicht, den Feldstecher zu benutzen. Falls sich hier doch jemand verbergen sollte, dann sind wir jetzt mit diesem Nachtglas deutlich im Vorteil, allerdings nur, solange es noch dunkel ist. Diesen Vorteil sollten wir jedoch auf keinen Fall aus der Hand geben."

Martha studierte nun vor allem die Türen und die Gebäude auf den gegenüberliegenden Hofseiten, doch entdeckte sie nichts. Das Areal wirkte verlassen, und das war nun in der Tat recht irritierend. Selbst wenn Benazir nicht mehr hier sein sollte, wo waren dann die regulären Bewohner? Said hatte ihr doch berichtet, dass hier seit Generationen eine Familie ihren Dienst versah. Es schien ziemlich undenkbar, dass rein gar nichts zu hören war. Auch Said sah sich misstrauisch um.

„Vielleicht schlafen sie alle", wisperte Martha und versuchte nach Kräften das Zittern ihrer Stimme zu kaschieren. Ihr Begleiter knurrte nur, hatte er ihr doch von Pferden und anderen Haustieren berichtet, die sich nun merkwürdigerweise ebenso lautlos verhielten wie ihre Herren. Die Lage wurde immer mysteriöser.

Alles was sich bewegte, war irgendwelches Blattwerk, das vom lauen Nachtwind hin und her getrieben wurde. Als nun in einiger Entfernung eine Tür schlug, da zuckte Martha zwar herum, doch erkannte sie schnell, dass auch dies wohl nur dem Nachtwind anzulasten war. Die Tür klapperte erneut. Nein, das war tatsächlich nur der Wind.

Trotz ihrer Monumentalität wirkte die Anlage trostlos, ja abweisend. War sie tatsächlich schon einmal hier gewesen? So sehr sie auch in ihrer Erinnerung wühlte, sie fand nichts, was ihr Sicherheit gegeben hätte.

Als sie Said informierte, reagierte er sichtlich enttäuscht.

„Ruhen Sie sich aus", mahnte er. „Ich übernehme die Wache."

Das war zwar ein gut gemeinter Vorschlag, doch hatte sie sich schon den ganzen Nachmittag ausgeruht, so dass bei all der Anspannung an Schlaf kaum zu denken war. So unterhielten sie sich bald leise, und da war vor allem eines, was Martha auf der Seele brannte. „Erzählen Sie mir vom Paradies", drängte sie. „Paradies?" Saids Stimme schwankte leicht, und Martha war sich sicher, ein heikles Thema berührt zu haben.

„Nun, der Harem dort unten. Er trägt doch diesen Namen. Ich meine in Ihrer Familie."

Er knurrte in merklichem Missbehagen. „Hat Ihnen Benazir eigentlich jedes Geheimnis meiner Familie offenbart?"

„Das Schloss scheint in der Tat ein Geheimnis zu sein." Sie bemühte sich erfolgreich um einen beiläufigen Ton. „Benazir wusste nicht einmal, wo dieses Paradies zu suchen sei."

„Tatsächlich? Aber sie haben Recht mit dem Namen. Der Harem wurde von meinem Großvater eingerichtet und seither nicht mehr benutzt."

„Also stimmt es, dass Ihr Großvater hier so gut wie jede Hochzeitsnacht feierte?"

In einem Land, in dem nicht nur Sexualität, sondern auch Gefühle zwischen den Geschlechtern tabuisiert wurden, kam ihre Frage einer massiven Zudringlichkeit gleich und so wollte die Pause nicht enden.

Kein Wunder, dass sein leises Lachen schließlich so gezwungen klang. „Nicht nur die Hochzeitsnacht. Hier wurden seine Kinder und auch so mancher Enkel gezeugt."

„Auch Sie?", platzte Martha heraus und hätte sich doch am liebsten auf die Zunge gebissen. Leider gab es jetzt kein Zurück mehr, und Said empfand das wohl ähnlich. „So erzählt es meine Mutter", murrte er schließlich, und man hörte deutlich, wie peinlich ihm das Thema war. Martha ertappte sich bei einem leisen Kichern. Wer hätte das gedacht? Dieser Harem entpuppte sich als das, was ihre Mutter immer am schärfsten verurteilt hatte – ein Männerparadies, das die Frauen widerspruchslos hinzunehmen hatten.

„Wie viele Geschwister haben Sie eigentlich?" Die Frage drängte sich Martha ganz automatisch auf die Lippen. Wieder zögerte er. Schließlich räusperte er sich. „Ich vermute, mein Großvater sah in diesem Schloss einen magischen Ort und träumte wohl immer von Mohammed es-Sadok Pascha."

„Von wem?", fragte sie verblüfft.

„Mohammed es-Sadok Pascha, der Bey von Tunis. Er soll buchstäblich Hunderte von Frauen und Kindern besessen haben."

„Männer!" Martha konnte ein nervöses Lachen nicht unterdrücken. Said antwortete nicht, und so machte sie ihm schließlich ein verbales Friedensangebot. „Nun, ich glaube jeder Mann trägt solche Gefühle in sich und vielleicht auch viele Frauen."

„Tatsächlich?" Said schien nicht so ganz überzeugt.

„Oh, ich denke, dass..., dass die meisten Frauen gerne viele Kinder hätten."

„Dachte Ihre Mutter ebenso?"

Martha war sich da selbst nicht sicher. „Ich denke ja", murmelte sie schließlich.

„Und wie ist es bei Ihnen?", fragte er unerwartet.

Nun, diese Frage hatte sie sich selbst zuzuschreiben. Sie war der schwülen Magie dieses Ortes erlegen und hatte solchen Fragen Tor und Tür geöffnet. Für einige Sekunden lauschten sie in das düstere Schloss, doch war nichts zu hören, was sie als Ablenkung nutzen konnte.

„Nun?", insistierte er.

„Ich..., also ich weiß es nicht. Ich meine..." Sie unterbrach sich erneut und wusste selbst nicht, wie sie auf diese Frage antworten sollte. Schließlich hatte sie oft genug darüber nachgegrübelt, ohne je zu einem Ergebnis zu gelangen.

„Ja?"

„Ich fürchte, ich bin keine normale Frau."

„Oh, sicherlich nicht." Er lachte beinahe lautlos, doch konnte sie sein Amüsement förmlich mit Händen greifen und vielleicht war es gerade diese Erheiterung, die ihr einen Stich versetzte. Wieso schien ihm das so selbstverständlich? Das konnte er doch gar nicht wissen, schließlich...

Said ließ ihr keine Zeit. „Ich kenne keine Tochter Afghanistans, bei der ich mir auch nur vorstellen könnte, dass sie mich des Nachts und noch dazu unter vier Augen zu einer derartigen Unterhaltung überreden könnte. Nicht einmal meine Mutter."

War das nun ein Tadel oder ein Kompliment? Martha entschloss sich, es eher als Kompliment zu nehmen, und so fand sie schließlich doch die rechten Worte. „Es tut mir leid. Ich fürchte, ich habe Sie beleidigt."

„Und ich fürchte, Sie können das gar nicht." Auch wenn es eigentlich ein Kompliment war, so klang es doch eher ärgerlich. Beide schwiegen wieder. Der Wind trug Blätter über den Hof.

„Ich hätte Sie auf diesen Harem vorbereiten sollen", murrte er schließlich und schien über sich selbst weit ungehaltener als über seine Begleiterin. „Ehrlich gesagt wusste ich nicht, wie ich es erklären sollte, ohne Sie in Verlegenheit zu bringen." Offenbar hatte er gefürchtet, sie würde eine Erklärung als Anzüglichkeit verstehen. Sollte sie ihm sagen, dass sie eher fasziniert war? Sie wagte ja selbst kaum, sich dies einzugestehen. Sogar in ihrer gegenwärtigen Situation mit all ihrer Sorge um Benazir und ihren Bruder fühlte sie einen elektrisierenden Schauder, als berühre sie dieses Schloss mit seiner verruchten Atmosphäre. Empfand er das womöglich ebenso? „Und was denken Sie über diesen Harem?", forschte sie unwillkürlich.

„Ich?" Er lachte ein wenig verlegen, ehe er fortfuhr. „Als Kind benötigte ich eine ganze Weile, ehe mir aufging, wozu mein Großvater diesen Harem nutzte. Meine Phantasie war damals eine gänzlich andere."

„Tatsächlich?"

„Ich dachte immer an den Alten vom Berge und die Assasinen."

Martha richtete sich unwillkürlich auf. „Die Mördersekte?" Die Assasinen hatten einst unter ihrem geistigen Oberhaupt, dem *Alten vom Berge*, über Generationen hinweg den Vorderen Orient und Zentralasien mit ihren Selbstmordattentätern terrorisiert. Ihre Hauptfeste war im 11. und 12. Jahrhundert die geheimnisumwobene Alamut, von der man bis heute nicht wusste, wo man sie suchen sollte. Der Imam der Assasinen versprach seinen Anhängern Allahs Paradies, falls sie im Kampf gegen die Feinde seiner Sekte fallen sollten. Und so verübten seine Gefolgsleute als Märtyrer zahlreiche Anschläge gegen Moslems und Christen. Danach beugten sie ihr Haupt völlig ungerührt unter dem Schwert des Henkers, stets in der festen Überzeugung, nach ihrer Exekution unmittelbar ins Paradies einzugehen. Erst die Mongolen hatten schließlich die Bergfestungen der Sekte nach erbitterter Belagerung gestürmt und der Schreckensherrschaft ein Ende gesetzt.

Said räusperte sich. „Damals dachte ich allerdings weniger an die Mörder, als an die Geschichte der..." Er brach ab und suchte offenbar nach dem rechten Wort.

„Sie dachten an die Huris, an die Jungfrauen des Paradieses?", ergänzte Martha und konnte ein Kichern nicht unterdrücken.

„Woher wissen Sie das? Nun, in der Tat. Mein Großvater erzählte mir, dass die Assasinen ihre potenziellen Attentäter erst mit Drogen betäubten und sie dann an einen wunderbaren Ort verbrachten, eben in das Paradies. Dort erwachten sie inmitten schönster Frauen und glaubten tatsächlich, im Paradies unter den Huris zu weilen."

„Von denen jedem Rechtgläubigen im Paradies siebzig zustehen."

Er lachte verlegen. „Nun, so lehrt es der Islam. Auf jeden Fall reichte man den Auserwählten schließlich einen Schlaftrunk, und wenn sie dann erwachten, lagen sie irgendwo im Dreck. Ihr ganzes Sinnen und Trachten galt danach nur noch dem Ziel, ins Paradies zurückzukehren."

„Und dafür mussten sie im Auftrag des *Alten vom Berge* einen Mord begehen."

„Diese Morde interessierten mich weniger. Doch was mich wirklich beschäftigte, war die Vorstellung, dieses Sektenparadies sei nichts anderes als der Harem meines Großvaters."

„Und wie alt waren Sie damals?", forschte sie.

„Vierzehn, fünfzehn. Ich weiß es nicht genau."

„Und was empfinden Sie heute?"

„Nun, siebzig Huris sind ein wenig viel."

Sie schmunzelten beide. Er hatte ihr die Welt seiner Phantasie geöffnet, die offenbar nicht weniger komplex war als ihre eigene. „Was meinte denn Ihr Großvater zu dieser Interpretation seines Harems?"

„Ich hab's ihm nie erzählt. Niemandem. Aber ich stellte mir immer vor, dass der Tepe el-Akbar eine Assasinenfestung sei, eine Burg wie das ominöse Alamut."

„Auf jeden Fall ist das Schloss uralt", murmelte Martha, „weit älter als die Moschee oder der Palast."

„Tatsächlich?" Sie hörte deutlich, dass ihn dieser Themenwechsel erleichterte, und so berichtete sie ihm von den Inschriften im Treppenhaus.

Als sie redete, schoss ihr noch immer das Gespräch durch den Kopf. Nie hätte sie vermutet, dass dieser meist so düster wirkende Mann solcher Phantasien fähig sein könnte. Sah er sich in seiner Jugend gar als islamischer Selbstmordattentäter, als Gotteskrieger, dessen einziges Ziel es war, einen Feind des Islam zu töten, um möglichst schnell in sein ersehntes Paradies zu gelangen? Eine unheimliche Vorstellung, dass ein junger Mann, der in solchem Wohlstand aufgewachsen war, derartigen Albträumen zugänglich sein könnte. Andererseits kam ihr auch das Bild von Said ed-Din im Kreise von siebzig Huris in den Sinn. Eine amüsante Vorstellung.

Doch was sie auch spürte, war ein leises Gefühl von Eifersucht. Das verwirrte sie mehr als sie zugeben wollte. Als Huri hatte sie sich noch nie begriffen und sie fragte sich unwillkürlich, ob es Benazir da ähnlich ging. Vielleicht war das ja eine gängige Phantasie bei ihren Geschlechtsgenossinnen, weil die Frau im Islam das Paradies niemals erreichen konnte. Nun, Marthas Traum war das Leben als Huri keinesfalls. Siebzig an der Zahl und alle gleich, da würde man ja in der Masse völlig untergehen.

Eine schreckliche Vorstellung oder...? War es aufreizender, einen Mann zu begehren, der unter siebzig Schönheiten wählen konnte oder neunundsechzig andere Huris aus dem Feld zu schlagen?

Ein wahres Glück, dass Said ihre Gedanken nicht kannte. Oder doch? Die Vorstellung, dass er all ihre krausen Phantasien verfolgte, trieb ihr das Blut in die Stirn. In ihrer Verlegenheit sagte sie etwas völlig Sinnloses und merkte erst in dieser Sekunde, dass sie offenbar die ganze Zeit die Unterhaltung aufrechterhalten hatte, ohne ihm wirklich zuzuhören. Worüber sprachen sie eigentlich?

„Wie bitte?" Sein Erstaunen verriet allzu deutlich, dass er bei einem gänzlich anderen Thema weilte, und so fragte sie eilends, ob in der Überlieferung seiner Familie keine Informationen zur Geschichte des Schlosses existierten. Er bestätigte, dass der Riesenbau in der Tat auf weit älteren Fundamenten ruhte. Viel mehr wusste er allerdings auch nicht, obwohl er versicherte, das Gebäude und den Berg in Zukunft noch genau zu untersuchen.

„Und weshalb haben Sie das nicht schon früher gemacht?" Ihre Frage erwischte ihn gänzlich auf dem falschen Fuß, das spürte sie deutlich. „Vielleicht habe ich erst heute begriffen, wie wichtig Bergsteigen überhaupt sein kann", sagte er schließlich. „Mein Leben würde ich wahrscheinlich nicht dafür einsetzen, aber den Berg zu erkunden mit seinen Zeugnissen so vieler Epochen, das..., also ich glaube, das wäre durchaus faszinierend."

War das derselbe Mann, der sie noch vor wenigen Tagen gefragt hatte, weshalb sie auf einen Buddha klettern wollte?

Für eine Weile schwiegen sie beide, während Said den Hof mit dem Feldstecher absuchte. Dann erhob er sich unvermittelt. „Kommen Sie, durchsuchen wir den Hof und die Stallungen."

Der Stall war am Geruch unschwer zu identifizieren. Keine Frage, dass hier eigentlich Pferde stehen sollten, doch fanden sie alles leer, nicht ein einziges Tier.

„Wie viele Pferde gab es hier?", raunte Martha.

„Ich erinnere mich, dass ich gegen zehn Tiere gezählt habe. Ich würde ja gerne annehmen, dass alle auf der Jagd sind, aber ich glaube es nicht."

Noch beunruhigter als vorher pirschten sie sich weiter, doch war nirgends auch nur eine Menschenseele zu bemerken, auch nicht, als sie sich schließlich der Wohnung des Verwalters näherten. Direkt vor der Tür lag ein kleines Häufchen Steine, alles in allem vielleicht einen halben Meter hoch. Die Tür selbst war verschlossen. Said zückte schon seinen Dolch, um sie aufzusprengen, als Martha ihn zurückhielt.

„Kein Geräusch! Sehen wir uns weiter um. Was ist dort drüben?"

„Die große Moschee, sie ist ziemlich baufällig. Vielleicht sollten wir doch den Tagesanbruch abwarten und erst einmal schlafen. Gehen wir hinab zur Treppe, dann können wir uns im Notfall sofort in den Schrank zurückziehen. Kommen Sie“, flüsterte er, und dieses Mal erhob sie nicht den geringsten Einwand, war sie inzwischen doch hundemüde.

Der Schrank

Im Schloss von Tepe el-Akbar, 17. Oktober 1941
10:30 Uhr

Als Martha erwachte, stand die Sonne bereits hoch am Himmel. Sie war dick zugedeckt. Offenbar hatte Said noch zusätzlich seine eigene Decke über sie gebreitet, so dass sie nicht einmal von der morgendlichen Kühle geweckt worden war.

Said stand im Nebenraum mit dem Rücken zu ihr. Ihre Bewegung weckte sofort seine Aufmerksamkeit. „Ausgeschlafen?“, fragte er mit entspanntem Lächeln, das deutlich signalisierte, dass er ihre Lage für ungefährlich hielt. Martha entspannte sich, ein wunderbares Gefühl. Sie rieb sich die Augen, doch das half ihr kaum. Sie waren regelrecht verklebt. Schmutz, Staub und Schweiß der letzten Tage hatten ganze Arbeit geleistet. Ein Bad wäre jetzt wunderbar, nein, nicht wunderbar, sondern dringend notwendig. Sie kratzte sich ausgiebig und hielt erst inne, als sie sein Lächeln bemerkte. Ihr Juckreiz wich schlagartig ärgerlicher Verlegenheit.

„Warum haben Sie mich nicht geweckt?“, knurrte sie ihn an, und die Unsicherheit ließ ihre Stimme viel ärgerlicher klingen als ihr lieb war.

„Ich schätze, Sie hatten Ruhe verdient.“

Zum Glück ließ ihn ihr harscher Ton völlig unberührt, so dass sie schon deutlich gemäßigter fortfuhr. „Und Sie? Haben Sie gut geschlafen?“

„Ich? Ich bin doch Iskender, ich halte Wache. Schon vergessen?“ Jetzt schmunzelten sie beide, aber nur ein wenig – und sehr darauf bedacht, es nicht allzu deutlich zu zeigen.

„Ich kümmere mich um Tee, und Sie machen sich fertig.“ Er war hinaus, ehe sie antworten konnte. Auch wenn er es mit einem Lachen gesagt hatte, so hörte es sich doch irgendwie an wie ein Befehl.

Martha warf die Decken zur Seite und zerrte reichlich resigniert an ihrer Kleidung herum, die sah wirklich mitgenommen aus. Sie fühlte sich wie in Lumpen. Als sie schließlich in den Saal mit dem Himmelbett trat, empfing sie neben dem Diwan nicht nur duftender Tee, sondern auch eine überwältigende Sicht durch einen offenen Fensterladen. Sie blickte in eine tiefe Schlucht oder besser einen steilen Felsabbruch entlang, der das Hochtal in der Mitte teilte. Das Schloss erhob sich direkt an der Felskante, während sich das Tal zur Linken wenigstens hundert Meter tiefer fortsetzte, ein atemberaubendes Panorama. Tief unten wirkten Büsche und Bäume eher wie Spielzeug, während sie zur Rechten in weit normalerem Format das Wadi säumten, durch das sie sich vor Stunden dem Schlossberg genähert hatten.

Martha öffnete ohne nachzudenken weitere Fenster. Im strahlenden Sonnenschein war es kaum vorstellbar, dass sie erst vor kurzem in dieses Schloss geschlichen war, fest überzeugt, dass es einem Kampf entgegenging. Aber nun bewunderte sie die erhabene Landschaft und schlürfte ihren Tee.

Schließlich riss sie sich los und trat in das Bad hinüber. Das Licht reichte jetzt immerhin aus, um ihre Beobachtungen der letzten Nacht zu bestätigen. Hier hatte man zweifelsohne saubergemacht. Nicht den ganzen Raum, aber Teile davon. Ihre Verwirrung kehrte zurück, und zwar mit Macht. Das hier passte perfekt zu ihrer Freundin, aber nicht zu irgendwelchen Entführern.

„Fertig?", erkundigte sich Said unvermittelt, als sie die zweite Tasse intus hatte. „Kommen Sie, wir müssen das Schloss durchsuchen."

Auch draußen im Hof hatte die Sonne alle Düsterkeit vertrieben. Es war schon seltsam. Während sie nachts auf Zehenspitzen durch das Gebäude schlichen, trat sie jetzt ohne allzu große Scheu ins Sonnenlicht, zumal ihr Said mittlerweile berichtet hatte, er habe Tee und Teekessel aus seines Verwalters Wohnung entliehen. „Alle ausgeflogen", resümierte er. „Und keine Spur von Benazir. Auch nicht von Ihrem Bruder."

Sie konnte sich noch immer nicht satt sehen an der prachtvollen Umgebung. Im Licht des Tages schien ihr die Anlage irgendwie vertraut. Sie war beinahe sicher, schon einmal hier gewesen zu sein, doch der Gedanke an Benazir und Adolf lenkte sie nun wieder ab. Wenn die beiden nicht hier waren, oder nicht mehr, wo mochten sie sich dann aufhalten?

„Vielleicht kommen sie erst noch", murmelte Said. Martha musste ihn gar nicht erst ansehen, um zu wissen, dass er sich nicht weniger Sorgen machte als sie. „Gut, gut", winkte er ab. „Also gehen wir davon aus, dass sie hier waren, zumindest Benazir. Dann ist die nächste Frage, ob dieses Schloss tatsächlich der Fundort des Schatzes sein könnte. Falls ja, dann müssen wir unter Umständen nur warten, bis die Entführer mit den beiden aufs Neue hier auftauchen."

Was sie jedoch unternehmen sollten, falls sie sich für den falschen Ort entschieden hatten und falls die Entführer mit Benazir einfach auf Nimmerwiedersehen verschwunden waren, darüber verlor er tunlichst kein Wort.

„Denken Sie nach!“, forderte er. „Sehen Sie sich sorgfältig um. Kennen Sie dieses Schloss? Waren Sie als Kind schon einmal hier? Weckt dieser Bau irgendwelche Erinnerungen?“

Hier unter dem Iwan konnte sie einfach zu wenig erkennen und so trat sie weiter in den Hof hinaus. Bereits nach wenigen Schritten konnte sie ein Staunen nicht unterdrücken. Was sie des Nachts nur erahnen konnte, entfaltete sich jetzt in aller Pracht. Auf den weiten Hof öffneten sich zwei riesige Iwane, zwei für die islamische Architektur Zentralasiens so charakteristischen Torbauten. Der reiche Kachelschmuck war noch größtenteils erhalten und die Bausubstanz intakt, auch wenn der Zahn der Zeit an dem alten Gemäuer allerorts unübersehbare Spuren hinterlassen hatte. Bei einem zentralasiatischen Iwan war *Torbau* eigentlich nicht der richtige Begriff, denn die Türen, die den Besucher ins Innere der Gebäude leiteten, besaßen zwar mehrfache Mannshöhe, wurden aber von den spitzbogigen Iwanen noch um einiges überragt, so dass es sich eigentlich um monumentale Türrahmen handelte. Einer dieser Iwane führte in den Palastteil, in dem sie gerade übernachtet hatten und der zweite, der noch etwas monumentaler ausgefallen war, in die große Moschee, deren abnorme Dimensionen in dieser Bergeinsamkeit schier den Atem stocken ließen. Ein faszinierender Komplex, der selbst im zunehmenden Verfall vor religiöser Kraft geradezu strotzte.

Über diesen Iwanen schimmerten in prunkendem Blau zwei riesige Kuppeln, deren Pracht mit dem Schmuck der Torbauten unschwer mithalten konnte. Neben der Zwiebelkuppel der Moschee erhob sich direkt am Felsabbruch das Minarett, dessen Kanzel wie ein Falkenhorst in luftiger Höhe schwebte – einfach phantastisch. Die blauen Kacheln der Kuppel und des Minaretts verliehen dem Bau den Touch schier unwiderstehlicher Romantik.

Martha konnte sich nicht erinnern, jemals so beeindruckt gewesen zu sein. War sie tatsächlich schon einmal hier gewesen? Hier in diesem Hof?

„Sie erinnern sich nicht?“, drängte Said, als sie sich kopfschüttelnd umsah.

„Ich bin nicht sicher. Vielleicht...“

Der helle Schlag einer hölzernen Tür ließ sie zusammenfahren. War das der Wind?

„Amir“, brüllte Said. „Bist du das, Amir?“ Doch ihm antwortete nur sein eigenes Echo. Der Wind trieb eine Fahne feinen Staubes über den Hof. Wieder klapperte eine Tür auf der anderen Seite und man sah nun deutlich, wie sie vom Wind auf- und zugeworfen wurde. Beide entspannten sie sich und Martha lachte nervös und erkannte deutlich Saids angespannte Kiefermuskulatur. „Ich verstehe das einfach nicht", zischte er. „Amir ist verschwunden, gut oder vielmehr nicht gut. Aber wo sind all die anderen? Die Frauen und die Kinder?" Noch während seiner Worte kontrollierte er sein Schnellfeuergewehr. Martha fühlte, wie sich ihr Magen zusammenkrampfte. Die Ängste des gestrigen Tages drängten sich wieder in den Vordergrund, und es wurde nicht besser, als Said die Waffe schussbereit unter die Achsel zog und die Linke an die Pistole legte. Offenbar wollte er gegen alles gewappnet sein.

„Ich sehe mich nochmals um", entschied er. „Vielleicht sollten Sie hier Deckung nehmen."

„Deckung?" Marthas Tonfall war schon Protest genug, obwohl sie ihre aufkeimende Nervosität nach Kräften unterdrückte. Die Perspektive, allein im Hof oder unter dem Eingang zum Palast zurückzubleiben, die war noch weit beklemmender als all die Schreckensszenarien, die ihre Phantasie jetzt unablässig produzierte. Was, wenn man alle Einwohner des Schlosses massakriert hatte? Zusammen mit Benazir und Adolf? Die Vorstellung, dass sie möglicherweise auf Leichenberge stoßen würden, ließ ihr förmlich das Blut gefrieren. Sie überprüfte eilends ihre Pistole. Die kühle Waffe vermittelte ein wenn auch trügerisches Gefühl von Sicherheit.

„Dann kommen Sie", nickte er. Augenblicke später traten sie in den einfach ausgestatteten Wohntrakt des Verwalters. Er lag auf der anderen Seite des Hofes und hatte den Eingangsbau der gewaltigen Anlage zur Linken. Alles war menschenleer. Martha sah nur wenige Möbel und einige Teppiche, aber fraglos hielten sich bis vor kurzem hier noch Menschen auf. Überall lagen Gebrauchsgegenstände, und in der Küche stand ein Wasserkessel auf dem Herd, der allerdings erkaltet war.

„Sehen Sie?", fragte Said. „Nur Tee."

Martha sah sich um. In der Tat, so hastig die Insassen auch aufgebrochen sein mochten, sie hatten all ihre Vorräte mitgenommen.

Said kontrollierte einen leeren Kasten. „Sie hatten Zeit, alles einzupacken. Was ist das?" Er zog eine Glasflasche vom Regal, die mit einem fein geschliffenen Glasstöpsel verschlossen war, ganz wie bei den Flaschen, die sie bei ihrem Aufstieg entdeckt hatten. Die Glasflasche trug ein Papieretikett und war zu beinahe zwei Dritteln gefüllt. Das Etikett war zerfressen und weitgehend unleserlich. Said zog den Verschluss und schüttete einige Tropfen vorsichtig auf einen Lappen. Die Flüssigkeit zischte, als sie mit dem Gewebe in Berührung kam und löste die Fasern auf. Augenblicke später waren die Tropfen verschwunden und hinterließen große Löcher.

„Salzsäure", kommentierte Martha.

Vorsichtig stellte er die Flasche zurück. Sie sprachen es nicht aus, aber die Folgerung lag klar auf der Hand. Hatte man die Säure benutzt, um archäologisches Fundgut zu reinigen?

Abgesehen von der Säure bot die Küche nichts auffälliges, und so traten sie vorsichtig in die angrenzenden Räume. Die Einrichtung ließ keinen Zweifel am Verwendungszweck, das war der Harem des Schlossverwalters. An einigen Haken hingen noch Kleidungsstücke, in der Luft hing leichter Parfümgeruch.

„Ihr Verwalter besitzt mehrere Frauen?“

„Als ich Amir zuletzt sah, da hatte er drei Frauen, aber das ist schon eine Weile her.“ Auch wenn die Zimmer verlassen waren, so fühlte er sich sichtlich unwohl. Ein fremder Harem war für einen männlichen Besucher unbetretbar und so gestaltete sich seine Durchsuchung auch deutlich oberflächlicher. „Hier ist nichts“, murrte er mit einem flüchtigen Blick. „Gehen wir.“

Martha konnte sich ein Lächeln nicht verkneifen, auch nicht, als sie seinem Blick begegnete. Er hob unwillig die Brauen, doch ehe er noch fragen konnte, deutete sie in eine Ecke. „Dieser Schrank da, er wurde verschoben. Man erkennt noch die Spuren im Staub.“

Said war schon halb aus dem Zimmer, und im ersten Moment hatte Martha nicht den Eindruck, als würde er sich für einen Schrank begeistern, doch da fuhr ein schwacher Windstoß herein. Der Luftstrom genügte, um einige Staubflocken aufzuwirbeln, die sich einst hinter dem verschobenen Möbelstück angesammelt hatten und nun dem Zugriff des Windes frei ausgesetzt waren.

Said kniff nachdenklich die Augen zusammen und trat neben das Möbelstück. Dann drückte er mit dem ganzen Körper dagegen. Der Schrank rührte sich nicht, auch nicht beim zweiten Mal. Das Möbel ächzte, doch ein sichtbarer Erfolg ließ auf sich warten.

„Teufel“, knurrte Said. „Was mag da drin sein?“

Said fluchte nur höchst selten, doch nun rüttelte er wütend an der Schranktür. Offenbar war sie verklemmt, das einzige Ergebnis seiner Anstrengungen war ein abgebrochener Türgriff. Schließlich nahm er seinen Dolch zu Hilfe. Die Angeln quietschten erbärmlich, und das absonderliche Gewicht erklärte sich nun auf den ersten Blick – der Innenraum war gut zur Hälfte mit Steinen gefüllt. Das Möbelstück hatte sich unter dem Gewicht verzogen, deshalb auch die verklemmte Tür.

Said griff kommentarlos zu und wuchtete die ersten Brocken heraus. Martha wollte sich beteiligen, doch schob er sie entschieden zur Seite. „Bitte! Allein geht es schneller.“ Stein auf Stein flog durch den Raum und landete krachend in einer Ecke.

„Warum stapelt man Steine in einen Schrank?“, fragte Martha zwischen dem Poltern der Brocken.

„Um ihn zu beschweren", knurrte Said und griff sich den nächsten Brocken.

„Treten Sie lieber ein Stück beiseite."

Die Aufforderung war gut gemeint, wenn auch unnötig, denn als er sich nun erneut gegen das Möbelstück warf, konnte er den Schrank bewegen, auch wenn das Holz widerlich über den Steinboden kreischte. Martha griff nun ebenfalls zu.

„Und nochmal!", kommandierte er. Wieder ein Kreischen und Augenblicke später hatten sie eine Tür freigelegt, durch die man in einen weiteren Raum gelangte. Said schien Ähnliches erwartet zu haben, so triumphierend, wie er die Lippen spitzte.

Das verborgene Gelass war nur klein und zudem fensterlos. Das einzige Licht kam durch die Tür. Doch obwohl sie den Schrank entfernt hatten, war es immer noch reichlich düster, so dass Said eine der Öllampen holte, die vorne am Eingang der Wohnung herumstanden. Das Lampenlicht erleuchtete jede Ecke, doch spektakulär schien es nicht, was sie da entdeckten. Abgesehen von zwei Kisten und einer einfachen Lagerstatt war der Raum unmöbliert und ohne jeden Schmuck. Einige Nägel in den Wänden legten nahe, dass man dort früher Kleidungsstücke aufgehängt hatte. „Ein Mann." Seine Stimme war voller Erstaunen.

Martha glaubte sich verhört zu haben. „Aber der Raum ist doch nur über den Harem erreichbar."

„Stimmt, aber hier wohnte dennoch ein Mann." Said deutete auf die Mauer und auf die tiefen Kratzer im Putz unter einem der Nägel. Offenbar hatte etwas wiederholt gegen die Wand geschlagen und sie beschädigt. „Hier hing ein Dolch oder ein Säbel. Die Beschädigungen stammen von der Parierstange und der Scheide. Ich kenne solche Spuren."

Während er nun das einfache Lager inspizierte und eine alte Decke anhob, öffnete Martha die Kisten, doch waren beide zur Gänze leer. Wer auch immer hier gewohnt hatte, er hatte seine Zelte gründlich abgebrochen. Doch weshalb hatte man die Tür hinter einem Schrank versteckt, wenn hier nichts zu finden war? Das ergab alles überhaupt keinen Sinn.

Said riss schließlich das ganze Lager auseinander, erst die Decken und dann eine Lage Stroh. Nicht gerade luxuriös, aber durchaus bequem. Martha hatte so manche Nacht auf solchen Betten verbracht und gut geschlafen. Unter dem Stroh trat leider rein gar nichts zu Tage, nichts als unebener Steinbelag.

Vielleicht wäre ihnen gar nichts weiter aufgefallen, hätte Said nicht die Öllampe zur Seite gesetzt, so dass das tiefstehende Licht die Schatten an den hochstehenden Kanten der Steinplatten überzeichnete. Jetzt schien das Pflaster unter dem Lager weit unebener als im übrigen Raum. Martha wollte etwas anmerken, doch Said hatte schon die Lampe in der Hand, um die Platten genauer in Augenschein zu nehmen. Schnell hebelte er eine heraus. Sie war viel dünner als erwartet und lag auf solidem Grund, aber er ließ sich nicht entmutigen. Noch eine Platte und dann eine dritte.

Said verdeckte Marthas Sicht, doch sein Pfiff sprach Bände. Augenblicke später trat er bereits zur Seite und leuchtete in ein kleines, mit Steinen ausgelegtes Loch im Boden. Und dieses Loch war keineswegs leer. Es enthielt mehrere Ledermappen, die noch zusätzlich in Tierhäute eingeschlagen waren, um Feuchtigkeit fernzuhalten. Im Nu waren die Mappen geöffnet und nun war selbst Said so überrascht, dass er auf seinen charakteristischen Pfiff verzichtete. Was da vor ihnen lag, das waren gedruckte Unterlagen und Formulare, und alle trugen sie Hakenkreuzsymbole und andere Insignien des Dritten Reiches. Doch das war beileibe nicht alles, eine der Mappen enthielt auch eine ganze Sammlung hoher Naziorden.

„Der Sturmbannführer", murmelte Martha bestürzt. „Wie in meiner Wohnung."

Said nickte langsam.

„Auf jeden Fall passt das vortrefflich zu unserer These, dass der Sturmbannführer und seine Clique nicht erst seit einigen Monaten in Afghanistan tätig sind."

„Und Ihr Verwalter wusste davon!"

Said nickte grimmig. „Es gibt sicher nicht viele, die auf den Gedanken kommen würden, diese Räume zu durchsuchen."

Sie blätterten in den Unterlagen und fanden eine Liste mit Namen afghanischer Persönlichkeiten. Saids Name stand ziemlich weit oben. „Gut präpariert", knirschte er. „Gut, hier unterhielt der Schuft also ein Rückzugsquartier. Vielleicht verbrachte er hier sogar den Winter. Er könnte schon lange im Schloss gewohnt haben."

„Aber woher kannte ein deutscher Emissär diese einsame Festung?"

Said nagte an seinem Schnurrbart. So sehr sie auch grübelten, sie fanden keine Antwort. „Gehen wir", murmelte er rau.

Kaum eine Minute später traten sie schon in den Hof.

Das Minarett

Im Schloss von Tepe el-Akbar, 17. Oktober 1941
12:20 Uhr

Die beiden blickten sich wortlos in die Augen und Martha spürte, dass Said nicht weniger betroffen war als sie selbst. Wenn seine eigenen Leute diesem Sturmbannführer Quartier gewährt hatten, dann waren sie sicher eingeweiht, so dass man Amir und seiner Familie nur mit äußerster Vorsicht gegenübertreten durfte. Wie sich das aber mit Benazirs Verschwinden zusammenfügte, darauf konnte sie sich beim besten Willen kein Reim machen. Said deutete hoch zum Minarett.

„Verschaffen wir uns einen Überblick. Dabei können wir immer noch reden." Sie eilten über den verlassenen Hof und durch den monumentalen Iwan in das Gotteshaus, das ungeachtet seiner Dimensionen einer Ruine glich. Durch klaffende Öffnungen in der atemberaubenden Kuppel blitzte hoch oben der Himmel herein.

„Die Anlage ist uralt", kommentierte Said. „Ich weiß nicht, wann sie..."

„Timuridisch", unterbrach ihn Martha. „Zumindest erinnert sie an Buchara und Samarkand."

Said dirigierte sie zur Seite und hinein in eine kleine Kammer, die im Gegensatz zu Palast und Moschee aus behauenen Steinquadern gefügt war. Auf einigen erkannte man sogar noch Reste alter Inschriften. Martha blieb unwillkürlich stehen. „Unglaublich", murmelte sie, „wer hier alles seine Spuren hinterlassen hat."

„Wie meinen Sie das?"

Martha wies auf die scharf in die Kalksteinquader eingetieften Buchstaben. „Die Moschee selbst ist timuridisch, aber im Treppenhaus unten im Berg gab es griechische Texte und diese Inschriften hier sehen aramäisch aus. Das könnte von Parthern stammen."

„Den Parthern?"

„Ja, ein Reitervolk, das Zentralasien und den Iran um die Zeitenwende kontrollierte. Sie lösten die griechischen Herrscher ab, die in der Nachfolge Iskenders Zentralasien für einige Jahrhunderte dominiert hatten."

„Und das können Sie lesen?"

„Leider nur einige Zahlen. Mein Vater war da weit gebildeter, aber auch er konnte es nicht wirklich entziffern, was er stets bedauerte. Steigen wir hoch?"

Said nahm wortlos eine schmale Wendeltreppe in Angriff, über die sie nach kürzester Zeit aus dem Quadermauerwerk der Kammer in islamisches Lehmziegelmauerwerk gelangten. Jetzt hatten sie das eigentliche Minarett erreicht und klommen höher und höher. Hier war seit Menschengedenken nicht mehr gefegt worden, das erkannte man auf den ersten Blick.

Martha hatte seit gestern Abend außer einigen Tassen Tee kaum etwas zu sich genommen und war ziemlich außer Atem, so dass sie auf halbem Wege innehielt. „Timuridisches Mauerwerk", kommentierte sie keuchend. „Es ist schon seltsam. Meine Eltern hatten ganz Recht. Aus der Zeit der größten Schlächter stammt die majestätischste Architektur, als ob Erhabenheit und Barbarei in uns Menschen ständig Seite an Seite lebten."

„Ihre Eltern dachten an Deutschland?"

„Nicht nur. Der legendäre Mongolenkhan Timur metzelte hier in Zentralasien nicht minder barbarisch als die Nazis, und ich denke, dass bei Timur noch etwas hinzukam – Sadismus und Mordlust."

„Glauben Sie etwa, dass einem Hitler solche Emotionen fremd wären?"

„Wahrscheinlich nicht. Beiden gemeinsam ist aber sicher die Spur absoluter Vernichtung, die sich hinter ihnen herzieht wie ein düsterer Schatten. Bei den Nazis reicht er vom Atlantik bis nach Moskau, bei Timur von der Türkei über Mesopotamien bis an die Grenzen Chinas."

„Und was hat China gerettet?"

„Timurs Tod. Der Khan starb mitten in den Vorbereitungen eines Chinafeldzugs. Ich denke, Afghanistan hat keinen Bedarf an neuen Mongolen."

Said lehnte sich an die Ziegelwand. „Wissen Sie eigentlich, dass die deutsche Propaganda die Russen als Hunnen verkauft, als Feinde der Zivilisation, als moderne Teufel?"

„Tatsächlich? Nun, ich bin nicht sehr sattelfest in christlicher Religion, aber ich denke, dass der Teufel eigentlich als gefallener Engel gilt. Vielleicht liegt da mehr Wahrheit, als wir uns klarmachen."

Der zweite Teil der Treppe ließ sich nun wesentlich leichter an. Bald erreichten sie den Balkon, der sich in luftiger Höhe rund um das Minarett zog und einst dem Muezzin als Plattform gedient hatte. Said tippte mit der Fußspitze auf die ausgelaugten Planken.

„Können wir hinaus?", forschte Martha verunsichert. Said nickte langsam. „Als ich zuletzt hier war, konnte man die Kanzel gefahrlos betreten. Versuchen wir's."

Ehe sie ihn zurückhalten konnte, trat er bereits hinaus. Die Balken ächzten kaum, die Veranda schien doch noch leidlich intakt. Dennoch war Martha etwas flau im Magen, aber der Ausblick war so umwerfend, dass sie ihre Ängste völlig vergaß.

Said deutete auf die imposanten Bergketten, in denen sich Pässe öffnen. „Weit jenseits dieser Berge geht es nach Indien und dort drüben nach Russland."

Der Wind wühlte in Marthas Haar und trieb es vor ihre Augen, doch sie bemerkte es kaum. Sie war derart überwältigt, sie vermochte kaum etwas zu sagen. Atemlos zückte sie ihren Feldstecher und richtete ihn erst auf die erhabene Landschaft und dann hinab auf die weitläufige Anlage des Schlosses. Von hier oben sah man auch, dass die Zeit ihren Tribut mehr als reichlich eingefordert hatte. Zwar war der eigentliche Palastbereich noch leidlich erhalten, doch den anderen Trakten hatten Wind und Wetter weit schwerer zugesetzt. Vieles war sogar abgestürzt, als die Konstruktionen unter den uralten Mauern nachgegeben hatten. Kein Wunder, thronte das Schloss doch wie ein gigantischer Adlerhorst oben auf der Bergspitze.

Martha deutete auf die Trümmer. „Dort unten, das muss eine Medrese gewesen sein, eine Koranschule."

Said winkte bestätigend, ohne seinen Feldstecher abzusetzen. „Mein Großvater erzählte mir, er habe sein Gefolge in den Kammern einquartiert, doch ich kenne die Bauten nur als Ruine."

„Sagen Sie, diese Burg hier, der Palast, die riesige Moschee und die Koranschule, war das ehedem Sitz einer Sekte?"

„Sie meinen so etwas wie eine Sekte der Sufi, der Derwische?"

„Ich dachte eigentlich eher an die mörderischen Ismaeliten, an den *Alten vom Berge*, um Ihrer Phantasie zu folgen."

Sein kritischer Blick sagte mehr als viele Worte. „Das denken Sie doch nur, weil ich Ihnen von dem *Paradies* erzählte."

Wahrscheinlich hatte er Recht, zumal die Festungen der Ismaeliten von den Mongolen geschleift wurden.

Erneut senkte sie ihr Glas und hatte nun wieder Kuppeln und Dächer vor sich. Das schlanke Minarett war zwar als einziges erhalten, doch aus der Vogelperspektive waren zu ihrer Überraschung die Fundamente eines zweiten unschwer auszumachen. Es erhob sich einst an der Nordwestecke der Anlage und somit ebenfalls in unmittelbarer Nähe der großen Kuppelmoschee. Von dem zweiten Minarett war allerdings so gut wie gar nichts erhalten, und so hatten die Schlossbewohner den hohlen Stumpf wahrscheinlich schon vor Generationen mit Lehmziegeln verschlossen. Geblieben war nichts als ein niedriger Mauerkreis und eine Öffnung, in der wohl einst eine Wendeltreppe mündete.

Martha deutete aufgeregt hinunter. „Schauen Sie nur, dort existierte noch ein anderes Minarett und dort hinten, direkt über dem Felsabbruch..."

Sie brach ab und der Schrei eines Falken hallte hell über die majestätische Landschaft. Für Martha klang er wie eine Fanfare.

„Ja?" Said blickte fragend auf.

„Unsere Moschee, sie besaß ursprünglich drei Minarette! Sehen Sie doch, dort und da, die beiden Mauerkreise neben der Kuppel. Das...! Das ist das Schloss, von dem meine Mutter berichtete, das muss es sein!"

Said zuckte mit seinem Feldstecher hin und her, als könne er die Ruinen gar nicht schnell genug absuchen. „Allah il Allah", murmelte er schließlich. „Sie..., Sie haben Recht! Die Anlage besaß einst drei Minarette, und ich habe das niemals erkannt!"

Martha hörte kaum hin, so heftig schüttelte sie an seinem Arm. „Wir sind richtig! Der Schatz muss hier sein, wir...!"

Sie kam nicht weiter, denn Said packte sie nun selbst so heftig, dass ihr das Fernglas aus den Fingern glitt. Es wäre zu Bruch gegangen, hätte es nicht am Riemen gehangen. Im nächsten Moment drückte er sie auch schon hinter die Balustrade und in Deckung.

„Blut", zischte er.

Marthas Blick zuckte zur Seite und folgte seinem Finger zu einem dunklen Fleck auf dem Boden, der offenbar erst seit wenigen Augenblicken im Sonnenlicht lag.

„Sind Sie sicher?" Trotz aller Beklemmung fühlte sie auch wieder Erleichterung, hatte sie doch im ersten Augenblick seinen jähen Griff mit einem Angriff verwechselt und...

„Das sind Blutstropfen", wiederholte er. „Erkennen Sie's? Hier und dort." Augenblicke später kauerten sie über der Blutspur.

„Wer es auch war, hier ist er oder ist sie zusammengebrochen", kommentierte Said. Direkt über einer getrockneten Lache öffnete sich im Lehmziegelmauerwerk eine scharfe Kerbe, die aufgrund ihrer hellen Farbe jüngeren Datums sein musste. „Das stammt von einem Projektil, einer Kugel. Schauen Sie!"

Er zog seinen Dolch und bohrte binnen Sekunden ein Geschoß aus den uralten Ziegeln. „Pistolenkugel", konstatierte er. Das Geschoss war in dem weichen Lehmziegelmauerwerk nicht nennenswert deformiert.

Beide untersuchten sie nun jeden Quadratzentimeter der Planken und entdeckten tatsächlich einige Textilfasern, die sich in Holzritzen verfangen hatten. Als Said den ersten Faden durch die Finger zog, schimmerte er hell im Sonnenlicht.

Martha riss den Fund regelrecht an sich. „Ein Goldfaden!" Das Wort klang so dumpf in ihren Ohren, sie erschrak beinahe vor ihrer eigenen Stimme.

„Das sind Goldfäden von einem Schleier, wie ihn Benazir trägt." Martha war so außer sich, dass sie am Ende ihn beinahe anschrie.

„Nur ruhig, überprüfen wir erst das Treppenhaus."

Martha zitterte vor Anspannung. Im Treppenhaus bemerkten sie zunächst nichts Auffälliges, doch dann entdeckte Martha ein weiteres Einschlagloch. Mit Saids Dolch war es eine Kleinigkeit, auch dieses Geschoss herauszugraben. Sie hielten beide Kugeln nebeneinander. „Zwei verschiedene Kaliber. Hier gab es ein Feuergefecht."

Martha erkannte es selbst und hatte Mühe, ihre Beherrschung zu wahren, während er das Ganze viel sachlicher überdachte. „Jemand flüchtete sich auf die Empore", folgerte Said. „Er wurde verfolgt, verwundet und dann hinuntergeschleppt." Er entzündete sein Feuerzeug, und nun wurden sie alsbald fündig. „Hier ist noch mehr Blut und dort drüben auch."

„Benazir!"

„Nur ruhig, ruhig! Das wissen wir doch gar nicht."

Martha hörte kaum hin. „Und jetzt?"

Said zog unschlüssig den Schnurrbart durch die Finger, schien aber wenigstens erleichtert, dass Martha nicht gleich nach unten stürmte. „Ich glaube nicht, dass sich noch jemand im Schloss aufhält", murmelte er schließlich. „Man wäre längst aktiv geworden. Ich denke, wir sind tatsächlich allein. Noch. Überprüfen wir das, aber vorsichtig."

Er trat mit seinem Feldstecher an die Balustrade und spähte vorsichtig nach unten. Er peilte in alle Richtungen. Martha tat es ihm gleich, obwohl ihr das ein missbilligendes Stirnrunzeln eintrug.

„Nichts", murmelte er schließlich, aber es klang nicht allzu überzeugt. „Nicht mal draußen in der Ebene. Moment, was ist das?" Gebannt beugte er sich vor.

„Wo?", drängte Martha alarmiert.

„Dort drüben!" Er deutete dicht an der Kuppel der Moschee in Richtung Palast. „Sieht aus wie ein frisches Grab!"

Das Grab

Im Schloss von Tepe el-Akbar, 17. Oktober 1941
14:00 Uhr

Martha peilte bestürzt hinüber. Tatsächlich, mit ihrem Feldstecher erkannte sie ganz deutlich zwei im Erdreich steckende Steinplatten, wie man sie bei einer islamischen Bestattungen an Kopf- und Fußende des Leichnams setzt. Das Grab lag auf einer natürlichen Terrasse, die sich unmittelbar vor dem Palasttrakt wie eine gewaltige Veranda hoch über dem Tal erstreckte. Der steile Weg, über den man normalerweise das Schloss erreichte, mündete ganz in der Nähe.

Benazirs Grab! Ehe Said auch nur zugreifen konnte, hastete sie bereits ins Treppenhaus. Sie strauchelte auf den Stufen, fing sich an der Wand und stolperte weiter. Dabei war sie derart flink, dass Said keine Chance hatte, sie aufzuhalten und vielleicht wollte er das auch gar nicht. Beide stürmten sie hinunter und durch die Moschee, bis Said sie endlich unter dem Iwan aufhielt.

„So warten Sie doch!" Er drückte sie so fest an sich, dass sie kaum Luft bekam. „Erst umsehen!"

Er zog sie zurück in Deckung und plötzlich fühlte sie seinen hektischen Herzschlag. Also erging es ihm auch nicht besser. „Nur ruhig", besänftigte Said. „Selbst wenn es tatsächlich Benazir sein sollte, können wir ihr nicht mehr helfen. Wir müssen zu unserer Sicherheit..." Sie hörte ihn sprechen, seine Stimme hallte in ihrem Kopf. Martha wollte Gewissheit, sie musste... Irgendwo in den letzten Winkeln ihrer chaotischen Gedanken kämpfte sie einen sinnlosen Kampf mit ihrer Logik, doch hatte ihre Sorge um die Freundin längst jede Vernunft beiseite gefegt. Nie war ihr klarer gewesen, wie nahe ihr die Freundin stand, war doch Benazir während der letzten Monate so ziemlich der einzige Mensch, mit dem sie ihre Sorgen geteilt hatte. Der Gedanke, dass sie jetzt drüben in einer Grube lag, brachte sie beinahe um den Verstand. Ohne nachzudenken stürzte sie über den Hof und durch das weite Eingangstor der Festung.

Als sie sich dem Grab näherte, gewahrte sie einen kleinen Steinhaufen, den man mitten auf der Bestattung aufgeschichtet hatte. Das Häufchen war kaum fünfzig Zentimeter hoch. Die Bestattung selbst schien noch ganz frisch, und Martha begann mit bloßen Fingern die Erde aufzuwühlen.

Said wollte sie hochziehen, doch setzte sie sich heftig zu Wehr. Sie musste einfach wissen, wer hier lag, sie musste! Plötzlich stand Said mit einer Schaufel neben ihr. Er musste sie aus dem Hof geholt haben. Als sie ihm nicht Platz machen wollte, hob er sie schließlich wie ein Kind in die Höhe und trug sie trotz allen Sträubens zu einem nahen Stein.

„Bleiben Sie sitzen! Hier auf dem Stein!"

Martha starrte benommen zu ihm auf und konnte sich plötzlich kaum mehr rühren, als habe sie mit einem Mal all ihre Kraft verlassen.

Said beugte sich über sie. „Geht es wieder? Ist alles in Ordnung?"

Martha spürte, wie sie krampfhaft nickte, wieder und wieder. Dabei begriff sie gar nicht, dass er seine Frage mehrfach wiederholt hatte. Er blickte zögernd auf sie hinunter, ehe er sich dem Grab zuwandte. Als er die Schaufel vorsichtig in das Erdreich schob, da sank sie endgültig in sich zusammen. Sie wollte einfach nichts sehen, ja sie presste gar ihre Hände auf die Ohren, um die Schaufel nicht mehr zu hören. Leider hatte sie keine Abwehr gegen die Macht ihrer Phantasie, die ihr unablässig vorgaukelte, wie das Schaufelblatt tiefer und tiefer in den Boden drang bis in Benazirs Brust. So tief, dass plötzlich eine Hand aus dem Erdreich fuhr. Martha schloss die Augen und duckte sich noch etwas tiefer.

Ihre Erinnerungen machten es nur schlimmer: Das Haremsbad, die Hochzeit, der Sprachunterricht, Benazirs erste Versuche, ihr Bauchtanz beizubringen. Vielleicht lag dort ja auch Adolf? Vielleicht..., in ihrer Pein machte sie sich gar nicht klar, dass sie bereit war, den Tod ihres Bruders zu akzeptieren, wenn nur die Freundin noch am Leben war. Doch nein, es konnte gar nicht Adolf sein, es war ein islamisches Grab, nicht die Bestattung eines Fremden, ein islamisches Grab...

Die Geräusche des Spatens verstummten, sogar in Marthas Phantasie herrschte jäh gespenstische Stille, eine quälende, erwartungsvolle Ruhe. Als Said sich schließlich näherte, da dröhnte es in ihren Ohren wie die Schritte eines Riesen. Sie duckte sich tiefer, dann fiel sein Schatten über sie. „Allah-uh-akbar, es ist nicht Benazir."

Martha versuchte, auf die Füße zu kommen, und er musste sie stützen, damit sie sicher stehen konnte. „Adolf?", keuchte sie. Nur dieses eine Wort.

„Es ist nicht Ihr Bruder, und es ist nicht Benazir", wiederholte er. „Verstehen Sie mich?"

Sie fühlte, dass er sie vorsichtig schüttelte. „Nicht Benazir?", wiederholte sie benommen und so zog er sie wie ein kleines Mädchen zu dem Grab hinüber. Es waren nur wenige Schritte und Martha schauderte beim Anblick eines grauen Gesichts, das aus Schmutz und Erde zu ihr auf starrte. Ein fremdes Männerantlitz, das er notdürftig gereinigt hatte. Ihre Erleichterung war so groß, dass nicht einmal ein schlechtes Gewissen wegen der Grabschändung aufkam.

Schließlich räusperte sich Said. „Es ist Amir, mein Verwalter."

Martha zuckte nicht einmal, als Said ihr vorsichtig eröffnete, dass der Schlossverwalter ein gewaltsames Ende gefunden hatte. „Erschossen", kommentierte er finster und schob noch etwas Erde von der Brust des Toten. Das Gewand war ganz steif von getrocknetem Blut. „Wahrscheinlich geschah es oben auf dem Minarett."

„Wie lange ist er schon tot?", ächzte sie.

„Zwei Tage, würde ich sagen, in etwa."

„Mein Gott", stöhnte sie. „Könnten Sie mich mal schütteln?"

„Schütteln?" Er klang ein wenig hilflos.

Sie war nicht in der Verfassung für lange Debatten. Sie begriff nicht mal, dass sie laut und immer lauter sprach. „Nun machen Sie schon! Sie sollen mich schütteln, damit ich aufwache, damit es vorbei ist... Wohin ich auch komme, überall Tote, erst Rahman, dann meine Eltern und nun...!"

Sie lauschte ihren Worten, als spräche eine Fremde, eine Stimme, die schrill und schriller wurde, bis sie urplötzlich in Tränen ausbrach. Sie fühlte gar nicht, wie er sie in die Arme schloss, so haltlos, wie sie an seiner Schulter schluchzte.

„Nur ruhig, kleiner Dschinn", flüsterte er. „Alles wird gut, ganz bestimmt."

Sie wusste später nicht, wie lange er so auf sie einredete und ihr sanft übers Haar fuhr. Es waren verwirrende, aber auch wundervolle Augenblicke. Sie drückte den Kopf immer fester gegen seine Schulter, bis sie spürte, dass ihre Tränen versiegten.

„Geht es dir besser?“, fragte er sanft.

Als sie sich schließlich losmachte, stieg ihr das Blut in die Schläfen. Wahrscheinlich war sie jetzt feuerrot. Hatte er sie tatsächlich geduzt? „Das war wundervoll“, murmelte sie verlegen.

Wieder huschte dieses ernste Lächeln über sein Gesicht. „Wann immer es nötig ist.“

„Wahrscheinlich halten Sie mich..., hältst du mich für ziemlich kindisch.“ Sie musste sich richtig zusammennehmen, um sein Du zu erwidern. Zu allem Überfluss schien er auch noch genau zu wissen, was in ihr vorging, zumindest lächelte er nicht, nicht ein bisschen.

„Kindisch? Du bist die mutigste Frau, die ich je getroffen habe.“ Er sagte es so ruhig, dass sie Sekunden benötigte, um diesen Satz zu verarbeiten. „Ich wünschte“, fuhr er langsam fort, „ich wäre so stark wie du.“

„Stark? Aber du bist doch viel stärker als ich!“

„Das ist es ja. Nur bei den Schwachen ist Mut wahrhaft bewundernswert. Bei einem starken, mächtigen Menschen sollte Mut eigentlich völlig normal sein.“

„Also manchmal bin ich ein ziemlicher Angsthase.“

„Und du fürchtest dich immer noch vor mir.“ Ein leichter Vorwurf schwang in der dunklen Stimme.

„Ein bisschen“, stotterte sie und versuchte vergeblich ein Lächeln.

„Und weshalb?“

„Wegen Benazir“, sagte sie langsam und erst jetzt, in dieser Sekunde, wurde ihr überhaupt bewusst, dass dies die volle Wahrheit war.

„Du sorgst dich sehr um sie?“, fragte er langsam.

Martha nickte heftig. „Sie ist der einzige Freund, den ich habe.“

Er sah sie lange an. „Das ist nicht wahr!“ Jedes Wort fiel wie ein Stein.

Sie rang nach Worten, nach einer passenden Antwort, als er plötzlich auflachte, ein grimmiges Lachen. „Allah ist groß, also lass es gut sein! Ich kann nichts dafür, dass ich nicht blond bin und nicht in Europa geboren wurde. Alles was ich bieten kann, ist ein schwarzes Pferd.“

Das klang so bitter, Martha spürte sehr wohl, wie sehr sie ihn gekränkt haben musste. Das Schlimmste war jedoch, dass er jetzt zurücktrat, sie konnte ihn kaum noch mit der Hand erreichen. „Bitte! Ich wollte dich nicht beleidigen, aber es ist so schwierig für mich.“

Er antwortete nicht, sah sie nur an. Sie nahm ihren ganzen Mut zusammen. „Ich habe immer noch Probleme, Sie..., ich meine dich und Iskender als Einheit zu begreifen. Ich kann nichts dafür. Iskender, das ist meine Kinderphantasie, geboren aus Einsamkeit und Hoffnung. Doch mit Said ed-Din verbindet sich Benazirs Furcht." Sie war wohl am meisten bestürzt, dass sie das so ruhig über die Lippen brachte.

Er sah hinunter auf ihre Finger, die sich um sein Handgelenk schlossen. Martha verstärkte ihren Druck. „Benazir hatte jedes Recht, dich zu fürchten, und das weißt du auch."

Said atmete tief. „Ich wollte ihr doch nur helfen!"

„Helfen? Du hast sie terrorisiert!"

Sein Blick wanderte unstet zur Seite. Er schien um Worte zu ringen, und als er schließlich sprach, da stieß er alles so hastig hervor, dass sich die Worte schier überstürzten. „Du verstehst das nicht, absolut gar nicht. Jahrelang habe ich dich beobachtet, habe deine Sprache gelernt, versuchte, deine Gedanken zu lesen. Ich reiste gar in deine Heimat, um dir ein wenig näher zu kommen und mit jedem Tag lernte ich nur, dich noch mehr zu fürchten."

„Zu..., zu fürchten?"

„Aber ja! Ich fürchtete mich vor der Veränderung, die du in mir bewirktest und in meiner Schwester. Ich erlebte, wie sie sich ihrer Familie entfremdete, ihrer Welt, selbst von Sahir, ihrem leiblichen Bruder, der bereit gewesen wäre, sein Leben für Benazir hinzugeben. Sahir fürchtete dich nicht weniger als ich, und er wusste auch nicht, was er tun sollte, als er sich an mich wandte."

„Er kam zu dir?"

Sie konnte ihre Bestürzung nicht verhehlen, und Said lachte rau und bitter. „Unglaublich, nicht wahr? Die Sorge um Benazir vereinte, was sich vormals hasste. Sahir fürchtete um seine Schwester und ich um meine eigene Seele. Sahir erzählte mir von Benazirs Träumen, von ihrem Verlangen nach Freiheit und Glück. Er war sich sicher, dass sie auf dem besten Wege war, sich abzuwenden von Allah, gepriesen sei sein Name, dass sie Christin werden wollte."

Said musste sich gar nicht näher erklären. Wenn sich ein Moslem abwandte von Allah, dann war dies hier am Hindukusch ein todeswürdiges Verbrechen, und auch wenn Martha sich selbst nie als Christin begriff, so hatte sie doch ihre Freundin mit ihrem Geplauder über Christentum und Abendland in große Gefahr gestürzt. „Benazir will nicht konvertieren", protestierte sie. „Ich wüsste das!"

Sein Blick wanderte ziellos in die Weite. „Sahir war so voller Angst. Er fürchtete, dass meine Mutter dahinter kommen würde, dass unsere Familie ihn am Ende zwingen würde, einzuschreiten. Bei uns ist es die Aufgabe des Bruders, die Ehre der Schwester zu wahren."

„Ein Ehrenmord?“ Martha war so schockiert, dass sie das Wort kaum über die Lippen brachte. Sie fühlte deutlich, wie Saids Hand unter ihren Fingern bebte.

„Sahir wusste nicht, was er tun sollte, falls die Familie ihn auswählen würde, seine Schwester...“

„...Benazir zu töten?“

Said grub die Zähne tief in seine Unterlippe. „Wir mussten einschreiten, ich musste einfach etwas unternehmen. Schließlich wusste ich genau, wie verführerisch das Abendland sein konnte. Ich erfuhr es doch selbst, am eigenen Leib, jeden Tag. Ich musste verhindern, dass Benazir dir weiter lauschte. Sie hing an deinen Lippen so wie all die anderen Mädchen. Das durfte nicht sein, es war zu gefährlich. Leider fürchte ich, dass bereits mein Kontakt zu Sahir seine Ermordung auslöste.“

„Mein Gott...“

Said nickte schwer. „Ich denke, seine Freunde argwöhnten, dass er sie verraten könnte. Schließlich war ich für sie die Inkarnation ihrer Feinde, der Afghane, der auf keinen Fall gegen die Briten kämpfen wollte. Sahir wagte nicht, seinen Freunden von Benazir zu erzählen, und das machte ihn nur umso verdächtiger.“

„Und so brachten sie ihn um.“

„Sie hielten ihn für einen Abtrünnigen, dabei hatte er seine Freunde stets gedeckt. Es war zum Verzweifeln. Was ich auch unternahm, ich hinterließ nur Angst, Hass und Tod, und ich hasste mich dafür. Sahir wollte seine Freunde nicht verraten, aber er musste auch seine Schwester beschützen. Es war ein Spiel ohne Ausweg, und ich hatte keine Ahnung davon, bis es zu spät war. Allah ist groß, er möge mir verzeihen.“

„Du..., du konntest nichts dafür“, stieß sie hervor. „Es war Schicksal.“

Er starrte sie an mit einem dunklen, verzweifelten Blick, bis eine Träne über seine Wange sickerte, hinab in den Bart.

„Ich frage mich, was diese Steine hier bedeuten.“ Seine Stimme klang rau, und er deutete heftig auf den kleinen Steinhaufen in der Mitte des Grabes. Martha glaubte im ersten Moment, er wolle nur seine Betroffenheit überspielen, doch dann kauerte er sich zu Boden und begann den Haufen zu verteilen.

Martha beugte sich über Said, die Hand auf seiner Schulter. Die Steine flogen nach links und rechts, bis er urplötzlich innehielt „Ein Brief.“ Seine Verblüffung war unüberhörbar.

Er zog die kleine, mit einer Schnur zusammengebundene Rolle auseinander. „Allah, ein Brief an dich!“

So unglaublich es auch klang, sie las ihren Namen in großen Buchstaben. Martha faltete das Blatt auseinander. Es war nicht groß und der Text darauf nicht lang. Die Handschrift sagte ihr nichts, der Text dafür umso mehr.

Liebe Martha,

dies kommt von Deinem Bruder. Entschuldige, wenn wir Dich erschreckt haben sollten, aber wir wussten keinen besseren Ort, den du mit Sicherheit überprüfen würdest. Das Wichtigste zuerst, Benazir ist in Sicherheit und unverletzt und ich ebenso, na, nicht ganz, damit meine ich, dass ich eine kleine Schmarre abbekommen habe, als ich die Entführer stellte. Und ehe Du Dir wegen dieses Toten Sorgen machst, wir haben nichts mit seinem Ende zu tun und konnten seinen Tod auch nicht verhindern. Offenbar war es ein Streit der Entführer mit dem Verwalter des Schlosses. Als die Schufte Fersengeld gaben, da haben wir den armen Kerl vom Minarett geschafft und am Ende begraben. Benazir wollte es so. Wir konnten nicht länger warten, schließlich wissen wir nicht, ob Du tatsächlich aufkreuzen wirst. Ich gebe zu, dass Benazir da weit optimistischer ist. Ist schon komisch, sie kennt mein Fohli viel besser als ich. Na ja, auf jeden Fall konnten wir die Kerle belauschen und wissen deshalb, dass sie nach Kabul zurück wollten. Wir folgen ihnen, um sie zu unserer Sicherheit im Auge zu behalten. Keine Sorge, sie haben keine Ahnung von unserer Anwesenheit. Wir erwarten Dich in Kabul. Also, komm gut zurück, Schwesterherz und sei vorsichtig. Kann nie schaden.

Dein Adolf.

PS: Hast Du eigentlich den Schatz gefunden? Benazir war absolut sicher, dass Du Dich im rechten Augenblick erinnern würdest.

Darunter hatte Benazir in deutscher Sprache einen Gruß gesetzt. *Ich hoffe, es geht Ihnen ebensogut wie mir. In Liebe, Benazir.*

Benazirs ungelenke deutsche Schrift hätte Martha unter Hunderten herausgefunden und natürlich verstand sie auch die kurze Notiz in arabischer Schrift, die sie am Ende hinzugefügt hatte, wohl um zu verhindern, dass Adolf mitbekam, wovon die Rede war. *Ihr Bruder tut alles für mich, es ist etwas verwirrend. Ich hoffe es geht Ihnen gut. Was immer auch geschieht, Allah möge seine Hände über Sie halten. Er beschirme und behüte Sie.* Benazirs Sorge galt nicht etwa sich selbst, sondern ihrer Freundin. Ihre Handschrift wurde zittriger gegen Ende und den Rest des Satzes musste sie beinahe erraten.

Martha war so erleichtert, dass sie Said einfach um den Hals fiel. Er drückte sie leicht, bis sie verlegen zurücktrat. Zum Glück kam er gleich auf den Punkt. „Das ist tatsächlich die Handschrift Ihres..., ich meine deines Bruders? Bist du absolut sicher?"

„Der Inhalt ist eindeutig, und die beiden Nachsätze sind definitiv von Benazirs Hand."

Said spähte über das menschenleere Tal. „Nun, das ist eine ziemlich weise Entscheidung, den Kerlen bis Kabul auf den Fersen zu bleiben, auch wenn ich mir wünschte, dass Benazir..."

„Adolf wird sie beschützen."

Said sagte nichts, doch seine Sorge stand ihm ins Gesicht geschrieben.

„Benazir ist bei Adolf völlig sicher." Zu Marthas eigener Erleichterung klang ihre Stimme ganz fest und zuversichtlich, auch wenn sie über Adolfs Schwärmerei wohlweislich kein Wort verlor. Sie konnte nur hoffen, dass ihr Bruder die Lage richtig einschätzte. Wenn es um Männerbekanntschaften ging, dann war Benazir so ahnungslos wie ein Kind. „Mein Bruder weiß genau, was zu tun ist."

Said nickte langsam und schien tief in Gedanken, doch dann trat er zur Seite, um zum Nachmittagsgebet niederzuknien. Martha beobachtete ihn schweigend. Als er sich schließlich erhob, schien er regelrecht entspannt. „Du hast nie gebetet?", konstatierte er langsam. Keine Frage, eine Feststellung.

„Ich bin keine Muslima."

„Christen beten doch auch!"

„In meinem Leben gab es nur wenig Grund, einem Gott zu danken." Sie konnte ihm ja nicht gut verraten, dass ihr Gott über Jahre hinweg einen ganz anderen Namen getragen hatte – Iskender.

„Haben auch deine Eltern niemals gebetet?"

„Mein Vater schon, meine Mutter nie."

Er schüttelte sachte den Kopf, als wollte er sagen: *Wie traurig.* „Dabei ist es die Aufgabe der Eltern, die Kinder im Glauben zu erziehen."

„Wenn Gott real ist, dann wird sich auch der Glaube einstellen. Falls nicht, ist religiöse Unterweisung nichts als Zwang, um den Geist eines Kindes zu knechten."

Sie sah deutlich, wie er zusammenzuckte. „Das hört sich ganz nach deiner Mutter an. Also ist es wahr, du glaubst an keinen Gott?"

„Ich..., ich weiß es nicht."

„Nun, dann muss ich für uns beide glauben."

Der Brunnen

Im Schloss von Tepe el-Akbar, 17. Oktober 1941
16:00 Uhr

Said deutete auf Adolfs Brief. „Dein Bruder fragt hier nach dem Schatz. Erinnerst du dich an etwas?"

Martha war heilfroh ob des Themenwechsels, und es war auch genau der richtige Moment für die Frage, denn jetzt, da sie hier draußen vor dem Festungsportal standen, da war sie sich plötzlich sicher, die Anlage schon einmal besucht zu haben. „Ich war schon hier, als Kind, und ich bin sicher, dass dies das Schloss mit den drei Minaretten ist, aber ich erinnere mich an keinen Schatz. Ich kann's mir selbst nicht erklären. Ich..." Sie sprudelte alles so schnell hervor, dass sie sich verhaspelte.

„Nur ruhig, kleiner Dschinn." Said ergriff ihre Hand, und dann lachten sie beide. Es war das erste herzliche Lachen, das sie je von ihm hörte. Mit einem Mal schien er gänzlich verändert, als habe das Lachen all diese Düsterkeit verscheucht.

„Und was hast du damals gemacht? Wer hat euch empfangen? Erinnerst du dich an Amir?"

Martha war unsicher, es lag alles so weit zurück. „Irgendwie glaube ich, dass das Schloss damals verlassen war."

„Verlassen?" Said runzelte die Stirn. „Amirs Familie hatte seit Generationen das Verwalteramt inne."

„Auf jeden Fall erinnere ich mich nicht an Menschen. Ich weiß, dass meine Eltern im Schloss umherstreiften und dass mir schon bald langweilig wurde. Also büxte ich aus und..."

„Du büxtest aus?" Er sprach das Wort ganz vorsichtig aus.

„Na ja, ich entwischte und streunte auf eigene Faust in der Anlage umher!" Ihre Erinnerung wurde beinahe mit jedem Wort konkreter und ihre Augen blitzten so triumphierend, dass Said sie unwillkürlich fester griff. „Und wo warst du, in der Moschee oder in...?"

„Im Brunnen", stieß sie hervor. Augenblicke später eilten sie schon durch den Torbau und zurück in den Hof. „Dort drüben." Martha deutete auf einen niedrigen, kaum hüfthohen Mauerring. Sie hatten vorhin den Brunnen links liegen lassen. Sie beugten sich über die Schutzmauer und spähten hinunter. Der Schacht war ziemlich weit, gegen sechs Meter im Durchmesser. Aufgrund der Berglage des Schlosses musste er in beträchtliche Tiefen hinabreichen.

Über der Brunnenmündung war an einem Querbalken ein Seil verknotet und hinabgelassen. Es verschwand bereits nach einigen Metern in der Dunkelheit. Marthas Gewissheit verflog schon wieder. Sie war sicher, dass sie damals in einen Brunnen geklettert war, aber hier konnte man doch überhaupt nicht hinunter, als kleines Mädchen schon gar nicht. Aber der Schacht entsprach genau ihrer Erinnerung. Verwirrt beugte sie sich tiefer, bis Said sie zurückzog. Es war merkwürdig, wie vertraut seine Hand sich plötzlich anfühlte. „Dort unten, ist das nicht eine Leiter?"

Tatsächlich erkannte man eine Leiter, die allerdings erst einige Meter unterhalb des Brunnenrandes begann und dann ins Dunkel hinabreichte. Als sie hinunter spähten, schien es für einen Moment als bewegte sich etwas. Ehe sie noch reagieren konnte, rief Said auch schon hinunter. „Hallo? Ist da jemand?"

Keine Antwort. Schließlich ergriff er einen Stein und schleuderte ihn hinunter. Im nächsten Moment stieg ein Vogel mit protestierendem Zwitschern an ihnen vorüber und hoch in den Äther. Said lachte erleichtert, doch Martha beachtete ihn gar nicht. „Die Höhle der Götter", flüsterte sie, und dann war sie plötzlich wieder ganz präsent, die längst verschüttete Erinnerung.

„Die Höhle der Götter? Ist das ein Märchen?"

„Nun, nicht direkt. Kennen Sie nicht..., ich meine kennst du nicht die Geschichte von Alexander und der Höhle der Götter? Die Legende berichtet, dass der König auf seinen Feldzügen eine rätselhafte Höhle erreichte. Als er hineinkletterte, da entdeckte er einige liegende Männer, aus deren Augen Feuer blitzte. Einer sprach ihn an und erkundigte sich, ob Alexander denn wisse, wen er vor sich habe. Alexander verneinte, und der Unheimliche antwortete ihm, er sei Sesonchosis, der ägyptische Weltherrscher, der nun ein Gefährte der Götter geworden sei. Alexander begehrte zu wissen, wie viele Jahre er noch leben werde, doch der vergöttlichte Sesonchosis verweigerte ihm die Erklärung mit dem Hinweis, es fromme dem Menschen nicht, seinen Todeszeitpunkt zu kennen, denn sobald er es erführe, sei er in der Erwartung dieser Stunde auch schon gestorben."

„Weise Worte für einen Ägypter", knurrte Said.

„Für einen Ägypter?"

„Nun, die Ägypter genießen in der arabischen Welt nicht immer den besten Ruf."

„In den Tagen Alexanders sah man das ganz anders. Die Ägypter zählten damals zu den Weisesten der Weisen."

„Die Zeiten ändern sich. Also, was ist nun mit deiner Höhle der Götter?"

Martha lachte ein wenig verunsichert. „Nun, ich kletterte damals hinunter. Ich erinnere mich allerdings an eine Leiter, die bis zum Schachtrand reichte. Außerdem erinnere ich mich, dass ich nichts von Iskender spürte. Warst du...?"

„Stimmt, ich war damals nicht dabei. Wahrscheinlich sind mir deine Eltern auf dem Weg nach Bamiyan entwischt."

„Auf jeden Fall kletterte ich nach unten..."

„...und entdecktest die Höhle der Götter?"

„Nun, zumindest ihre feurigen Augen."

Seine Augen weiteten sich. „Das ist nicht dein Ernst!"

„Oh doch, ich erschrak ganz fürchterlich und flüchtete so schnell ich nur konnte. Ich erinnere mich an lange Leitern und an meine Angst. Ich weiß, dass ich nach Iskender rief und…“ Jetzt errötete sie doch ein wenig und sprach hastig weiter. „Auf jeden Fall war ich völlig verstört, als ich schließlich aus dem Schacht kletterte. Meine Mutter erzählte mir später, dass ich in ihren Armen umkippte und dass mich dies wahrscheinlich in letzter Sekunde vor einer Ohrfeige meines Vaters bewahrte.“

„Ich schätze, du hättest sie verdient!“

„Verdient? Unsinn, mein Vater hätte mich nicht geschlagen. Meine Eltern hielten überhaupt nichts von körperlicher Züchtigung, wahrscheinlich weil alle Kinder in der Nachbarschaft so ausgiebig verprügelt wurden. Vor allem die Mädchen.“

„Das ist bei uns so üblich. Es ist zu ihrem Besten.“

„Na wunderbar!“, fuhr sie ihn an, obwohl ihr nicht entging, wie peinlich ihm seine Entgleisung war. Wahrscheinlich dachte er überhaupt zum ersten Mal darüber nach, ob es sinnvoll sei, Kinder zu schlagen.

„Offenbar hatte deine Mutter immer und überall eine eigene Meinung!“

„In der Tat. Meine Mutter war toll. Sie…“ Plötzlich stiegen ihr Tränen in die Augen „Es tut mir leid.“ Sie war beinahe ein wenig ärgerlich über sich.

„Es ist keine Schande, um seine Mutter zu trauern. Also, was meinte deine Mutter?“

„Nun, sie war der Ansicht, das Verprügeln von Mädchen sei nur ein islamischer Weg, Frauen zur Unterwürfigkeit zu zwingen.“ Noch während sie sprach, erschien Benazirs entsetztes Gesicht vor ihrem geistigen Auge, damals, als Said sie an den Haaren aus dem Raum zerrte. Er enthielt sich jeden Kommentars, und sie hatte auch kein Bedürfnis, das Thema zu vertiefen. „Auf jeden Fall kletterte mein Vater damals selbst in den Brunnen und… Moment!“

Er musterte sie fragend.

„Später nannte er mich öfter sein Schatzmädchen. Ich dachte damals, es sei nur ein Kosename, aber jetzt frage ich mich, ob er damit auf den Schatz anspielte.“

„Er rief dich vorher niemals Schatzmädchen?“

„Nein. Übrigens hat meine Mutter in einem Tagebuch genau diese Episode beschrieben und auch eine Skizze gefertigt. Ich entdeckte sie erst neulich, als ich mit Benazir und meinem Bruder in den Tagebüchern blätterte. Ich habe dem Ereignis keine große Aufmerksamkeit geschenkt, vielleicht weil es so lange zurücklag. Wir konzentrierten uns vor allem auf die letzten Jahre und nicht auf die Zeit kurz nach unserer Ankunft in Kabul.

Das Offensichtlichste ist meist das Verborgenste."

„Gut gesagt. Also, wie kommen wir da hinunter?"

Sie beugten sich erneut über den Brunnenrand, und Martha trat vor lauter Ungeduld von einem Bein aufs andere, doch ließ er sich nicht treiben.

„Vielleicht könnten wir uns an dem Tau abseilen?"

Said schüttelte entschieden den Kopf. „Nur im Notfall, das Seil ist zu weit weg von der Schachtwand." Er sprach nicht weiter und zog Augenblicke später eine dünne Schnur aus dem Brunnen. Sie war nach einigen Metern an eine dickere und schließlich an ein Seil geknüpft und unten mit der Leiter verknotet. Damit konnten sie die Leiter bis zur Brunnenmündung heraufziehen.

Wenig später stieg er als erster in den Schacht und kletterte zügig ins Dunkle, wobei er eine Öllampe mit sich trug. Schon bald erreichte er einen Felsabsatz und konnte nun die Leiter stabilisieren, so dass Martha wenig Mühe hatte, ihm zu folgen. Der Absatz schien auf den ersten Blick eine Art Endstation zu sein. Allein das Seil für den Wassereimer schwang von oben ins Lampenlicht und tauchte als heller Strich nach einigen Metern wieder in die Finsternis.

„Hier geht es nicht weiter", knurrte er ärgerlich.

Martha zögerte, als sie empor blickte, schimmerte hoch über ihr die Sonne in den Schacht, der leuchtende Kreis der Brunnenmündung glich einem riesigen Mond, der geisterhaft in der Dunkelheit schwebte. Kein Zweifel, das war ihre Höhle, die Höhle der Götter! Also musste es irgendwie weitergehen.

Im Grunde war alles ganz so wie damals, als sie als kleines Mädchen mit vor Aufregung keuchendem Atem in die Dunkelheit kletterte. Ihre Erinnerung war mittlerweile so intensiv, dass sie sogar die alten Ängste wachrief. Für einen Moment klammerte sie sich mit weichen Knien an die vibrierende Leiter.

„Ist alles in Ordnung?", drängte Said beunruhigt.

Seine Stimme holte sie zurück in die Gegenwart. „Wir sind hier richtig! Es geht noch weiter nach unten. Ich erinnere mich an eine andere Leiter." Sie kauerte sich zu Boden und tastete am Rand des Absatzes in die Dunkelheit – nichts. Schließlich stand sie auf und rüttelte an der Leiter, bis Said sie zurückhielt. „Das ist sinnlos, die Leiter ist angebunden. Wir können sie nicht nach unten lassen."

„Und was ist mit dem Brunnenseil? Hältst du mich fest?" Noch während ihrer Frage streckte sie auch schon ihre Hand aus.

„Was tust du?" Said packte sie am Gürtel, doch das verlieh ihr nur ein trügerisches Gefühl von Sicherheit.

„Noch etwas weiter“, keuchte sie.

„Vorsicht! Das ist zu gefährlich. Wir...“

„Augenblick!“ Ihre Fingerspitzen berührten das Seil, doch als sie es umklammerte, verlor sie endgültig das Gleichgewicht. Said riss sie gerade noch zurück. Er schien nicht minder erschrocken und schüttelte sie wild, noch weit heftiger als damals ihr Vater. „Um Allahs Willen, was machst du?“

Sie hatte Mühe, zu verbergen, wie mulmig ihr tatsächlich war. „Ich dachte nicht, dass das Seil so weit draußen hing“, stammelte sie.

„Na großartig. Offenbar glaubst du, ich wäre dir nachgesprungen.“

„Irgendwie schon.“ Ein wenig bestürzt lauschte sie ihren eigenen Worten, und er lachte ärgerlich. Ungeachtet ihres Schrecks fühlte sie sich dennoch geborgen, wie in ihrer Kindheit, als sie Iskenders Nähe gespürt hatte. Dennoch raste ihr Herz, und das konnte ihm nicht entgehen, so fest, wie er sie an sich drückte.

„Das machst du nicht noch mal!“ Offenbar saß ihm der Schreck nicht minder in den Knochen. Martha nickte hastig. Als er sie nun vorsichtig auf eine Leitersprosse setzte, war sie beinahe enttäuscht und zugleich so verlegen, dass sie schleunigst das Thema wechselte. „Ich stieg damals weiter hinab, in eine Brunnenhöhle. Sie muss direkt unter uns liegen. Und dort bemerkte ich auch die leuchtenden Götteraugen. Sie glommen im Lampenlicht wie Edelsteine.“

„Wie Edelsteine?“

„Nun ja, irgendwie so. Kannst du mich nach unten abseilen? Schau mich nicht so an, ich wette, du kannst mich mit einer Hand halten.“

Er lachte trocken. „Das hoffe ich doch sehr. Die Frage ist nur, ob ich das auch will.“

„Wenn wir es nicht wagen, erfahren wir es nie.“

„Wieso denke ich eigentlich, dass du es im Notfall auch allein versuchst?“

„Vielleicht, weil du mich schon so lange beobachtest?“

„Falsch“, knurrte er. „Allah weiß, dass ich es liebe, blonde Frauen zu retten. Für uns Orientalen ist es das Höchste der Gefühle, absolut paradiesisch.“

Gemeinsam zogen sie das Seil mitsamt einem Schöpfeimer nach oben, lösten den Kübel und verknoteten das Seil unter Marthas Achseln. Es war ziemlich lang, wenigstens zehn Meter. Der Gedanke, alleine in der Dunkelheit zu schweben, war nicht gerade anheimelnd. „Fertig?“, drängte er. „Dann nimm die Lampe mit.“

Martha griff sich die Lampe, setzte sich an die Kante des Absatzes und glitt dann mit den Füßen voran nach unten. Das Seil pendelte langsam hin und her, und drehte sich auch. So sank sie tiefer und tiefer, während ihre Phantasie ihr allerlei Ungemach vorgaukelte. Es währte schier endlos, bis ihre Füße unversehens in ein Wasserloch tauchten. Im ersten Moment schien das Nass viel kälter, als es tatsächlich war. Offenbar handelte es sich um ein natürliches Becken von einigen Metern Durchmesser und wurde etwa zur Hälfte von der Felswand begrenzt, während das andere Ufer im Schein ihrer Lampe recht gut begehbar schien. Der Durchmesser der Wasserstelle war allerdings zu groß, um einen Fuß ans Ufer zu setzen.

„Ich muss etwas schwingen", schrie sie nach oben. „Hältst du mich?"

Said bejahte, und so stieß sie sich mit den Füßen von der Felswand ab. Sie pendelte weiter und weiter und hatte bereits nach einigen Sekunden keine Mühe mehr, am Beckenrand Fuß zu fassen. Aufatmend stellte sie ihre Lampe ab, um sich loszubinden. Dabei glitten ihre Blicke unablässig in die Runde. Ja, das war sie, ihre Höhle der Götter, so, wie sie seit Jahren durch ihre Träume spukte.

„Ist das Seil frei?", brüllte Said von oben. Martha hatte aufgrund des Echos einige Mühe, seine Frage zu verstehen, doch gab sie schließlich eine positive Antwort. Dann dauerte es nur kurze Zeit, bis er aus der Dunkelheit zu ihr herunterglitt.

„Wir sind richtig", empfing sie ihn enthusiastisch.

Said griff nun die Lampe und leuchtete umher. Die Höhle schien in der Tat gewaltig und die Wasserstelle buchstäblich nur ein winziger Teil davon. „Und jetzt? Wo bist du damals hin?"

Martha deutete etwa zögerlich in die Finsternis. „Dorthin, glaube ich, nein, eher da hinein. Also, ich bin mir nicht sicher, versuchen wir's einfach."

Sie drangen langsam vor, stets bemüht, sowohl die Höhlendecke als auch den Boden im Auge zu behalten. Die Höhlendecke erwies sich als zwingenderes Problem, senkte sich doch der Fels und sie tat gut daran, ständig einen Arm hochzuhalten. Dennoch mussten sie sich tiefer und tiefer bücken.

„Erinnerst du dich an diese niedrige Decke?", versicherte er sich.

„Leider nein. Aber ich war damals viel kleiner, für mich schien die Höhle riesig."

Als sie buchstäblich auf die Knie mussten, hielt Said schließlich inne, doch Martha drängte unaufhaltsam vorwärts. „Der sandige Boden hier, ich erinnere mich an Sand."

Tatsächlich ging der felsige Grund zunehmend in Sand über, und Martha wartete auch gar keine Antwort ab. Auf Händen und Knien arbeiteten sie sich unter der Felsendecke weiter. Said folgte ihr wortlos. Zum Glück hob sich die Decke nach einigen Metern wenigstens so weit, dass sie in dem lockeren Sand stehen konnten. Das Licht ihrer Lampe geisterte über unberührtes Terrain. Martha erkannte sogar die zierliche Fährte einer Maus. Hier hatte sich seit langem kein Mensch aufgehalten.

Sie drehte sich schon um, als ihr Fuß auf ein Hindernis stieß. Das kam so unerwartet, dass sie schmerzhaft umknickte und sich mit einem Aufschrei im Sande wiederfand. Said kniete sofort neben ihr und untersuchte ihren Knöchel, doch klang der Schmerz glücklicherweise schon wieder ab. Nach dem ersten Schreck interessierte sich ihr Begleiter nun weit mehr für den Boden und stieß gar seinen Dolch in den Sand. Im nächsten Augenblick ließ er die Waffe fahren und riss gleich darauf eine Schaufel hervor, die dicht unter der Oberfläche verborgen gelegen hatte. Nach der Schaufel zerrte er nun auch eine Hacke ins Licht. Martha war anscheinend auf einem Werkzeug umgeknickt.

Aber wieso sollte man hier Werkzeuge verstecken? Es gab nur eine einzige Antwort: Um jederzeit graben zu können, auch wenn die letzte Aktion fraglos schon eine Weile zurücklag. Saids Augen leuchteten trotz des trüben Lichts. „Erkennst du diese Schaufel? Gehörte sie deinen Eltern?"

Martha hob ratlos die Achseln. „Vielleicht entdecken wir noch mehr." Mit zunehmendem Eifer suchten sie weiter und erreichten ganz unvermittelt eine Mauer. Das Licht geisterte über roh geschichtete Steinquader, die an die Mauer im Treppenhaus erinnerten.

Fasziniert untersuchte Said die Wand. „Wenn dahinter die Treppen nach oben führen", teilte er seine Folgerungen mit, „dann hatte man früher Zugang in unsere Brunnenhöhle, ohne das Schloss zu betreten."

„Und wer hat diesen Hintereingang vermauert. Dein Verwalter?"

Said kniff unschlüssig die Augen zusammen und leuchtete nochmals die Mauer entlang. Als der Lichtkreis dabei auch über den Sand glitt, blinkte es vage, zwar nur für einen Augenblick, aber dennoch deutlich genug, um seine Aufmerksamkeit zu wecken. „Was war das?"

Martha fuhr herum. Said schwenkte die Lampe sacht hin und her und tatsächlich, da schimmerte es wieder in der Dunkelheit. Hier, und dort! Martha stockte der Atem. Die Augen der Götter!

Sinter

Im Schloss von Tepe el-Akbar, 17. Oktober 1941
17:10 Uhr

„Das ist nur der Sand", kommentierte Martha. „Wahrscheinlich ein Mineral. Quarz oder Feldspat." Instinktiv wiederholte sie die Erklärung ihres

Vaters, mit der er damals versucht hatte, seiner Tochter die Angst zu nehmen.

„Halte die Lampe!" Said ging vorsichtig auf das Schimmern zu. „Allah, eine Münze."

Martha stand blitzschnell neben ihm. Die Münze war golden und dicker Sinter verhüllte gut die Hälfte des Kleinods. Die andere Hälfte lag weitgehend frei, auch wenn sie alles andere als blank war. Sie fühlte sich kühl an, als er sie in Marthas Finger gleiten ließ.

Die Münze trug auf der einen Seite ein Bild des nackten griechischen Göttervaters Zeus, der mit weit ausholender Geste in den Kampf zog. Auf der Gegenseite erkannte sie ungeachtet der Versinterung den Kopf eines glatt rasierten Mannes. Die wenigen Buchstaben ließen keinen Zweifel, dass es sich um eine griechische Prägung handelte. „DIOT...", buchstabierte Martha die griechischen Lettern. „Diotimos, ein König aus dem Hause der Diotiden."

Said antwortete nicht und begann mit fliegenden Händen und seinem Dolch im Sand zu wühlen, während Martha eilig die Schaufel herbeiholte. Sie entdeckten binnen weniger Minuten vier weitere Münzen, und das war noch nicht alles. Sie stießen auch auf Scherben eines irdenen Topfes, der teilweise mit dem gleichen Sinter überzogen war wie die Münzen.

Wenn ihre Eltern damals einen Schatz entdeckt hatten, vielleicht sogar erst aufgrund von Marthas schimmernden *Götteraugen*, wieso lagen die Münzen noch immer hier im Sand? Außerdem hatte jemand erst später diese Quadermauer aufgetürmt, war sich Martha doch absolut sicher, dass sie damals keine Mauer bemerkt hatte. Doch wieso hatte niemand die Münzen eingesammelt? Immerhin ließen sie sich auf den Bazaren von Kandahar oder Kabul unschwer zu Geld machen. Weshalb hatte man sie nicht einfach eingeschmolzen?

„Es handelt sich unmöglich um meine *Götteraugen*!" Die Schlussfolgerung drängte sich ihr wie von selbst auf die Lippen. „Man hätte sie längst entfernt."

An Saids Schatten erkannte sie deutlich, dass er nickte. In den letzten Tagen hatten sie sich nach etlichen Missverständnissen auf die europäische Gestik eingelassen. Ohne viel Umschweife nahm er ihr die Schaufel aus der Hand „Halte bitte die Lampe."

Augenblicke später trug er mit weiten, sensenartigen Schwüngen die sandige Oberfläche ab, nur wenige Zentimeter, doch entdeckte er nur noch eine weitere Münze. Said knurrte unzufrieden. „Der Topf misst wenigstens zwei Handspannen im Durchmesser. Er könnte Hunderte von Münzen enthalten haben. Offenbar sind sie alle weg."

„Und wieso ist der Topf versintert?"

„Unter Umständen stand der Sand früher unter Wasser."

„Unmöglich. Dann wäre der Sand im Laufe der Generationen längst weggespült worden."

Said stieß das Schaufelblatt in den Boden und stützte sich nachdenklich auf den Stiel. „Dann wurde das Gefäß hier nur versteckt?"

„Ursprünglich wurde es an einer sehr feuchten Stelle oder gar in einem Brunnen verwahrt. Vorne in der Brunnenhöhle?"

Said antwortete nicht und überprüfte die Scherben aufs Neue. „Die Brüche sind ziemlich jung. Ich wette, dass der Topf noch vor kurzem unter der Oberfläche lag. Das morsche Ding ging wahrscheinlich erst bei der Bergung zu Bruch und..."

„...und der Fund war offenbar so üppig, dass man den Sand nur höchst flüchtig untersuchte."

„Bei Allah, so muss es sein. Also gibt es nur eine einzige logische Erklärung. Der Topf wurde hier in der Felsenkammer gefunden und zerbrach, als man ihn ausgrub."

Er hatte Recht. Anderenfalls hätte man das Gefäß erst aus der vorderen Höhle hier herein schleppen müssen, ein ziemlicher Aufwand. „Aber was ist mit dem Sinter?", insistierte Martha. „Hier drinnen gibt es keinen Brunnen."

„Keinen sichtbaren. Geh' bitte etwas zur Seite." Said schwang erneut seine Schaufel, tiefer diesmal und immer nahe an der Fundstelle. Martha beobachtete ihn voller Spannung, und es dauerte tatsächlich nur wenige Minuten, dann stieß das Schaufelblatt hell gegen einen Stein und blieb mitten im Sand stecken. Said bückte sich und hatte mit Marthas eifriger Hilfe alsbald eine Kalksteinplatte freigelegt, die kaum fünf Zentimeter dick war. Zusammen mit einigen Balken und weiteren Kalkplatten bildete sie einen stabilen Verschluss über einem Mauerring von etwa zwei Metern Durchmesser.

Die Steinplatten waren allerdings schwerer als gedacht, und so benötigten sie geraume Zeit, um einen Brunnen freizulegen. Der Steinkreis bestand aus sorgfältig behauenen Quadern. Ehe Said auch nur hineinblicken konnte, stak Martha bereits mit Kopf und Schultern in der kaum einen Meter messenden Öffnung. Zu erkennen war natürlich nichts, doch ertastete sie schon bald durch puren Zufall eine tiefe Höhlung kaum einen halben Meter unterhalb der Mündung. Sie war sorgfältig in einen Quader getrieben und weit genug, um die Hand hineinzustecken. „Was siehst du?", drängte Said ungeduldig.

Martha zog widerstrebend den Kopf aus der Brunnenöffnung. Ehe sie etwas sagen konnte, warf er bereits ein Steinchen in den Schacht. Beide lauschten sie und hörten nach wenigen Sekunden einen leisen Aufschlag, wenn auch kein Plätschern.

Said schüttelte verwundert den Kopf. „Warum deckt jemand einen Brunnen ab, der kein Wasser mehr führt?"

Er leuchtete in den Schacht hinein. „Hast du die Löcher bemerkt? Ich werde hinuntersteigen und..."

Er wollte bereits in den Brunnen, doch war er zu groß, um in der engen Öffnung klettern zu können.

„Lass mich", unterbrach Martha das Manöver, „ich bin schmaler. Falls die Löcher ganz nach unten reichen, kann ich sie wie eine Leiter benutzen."

Glücklich schien er über ihren Vorschlag nicht. „Falls dir doch etwas zustößt, kann ich dir nicht einmal helfen, weil der Schacht zu schmal ist. Also holen wir erst das Seil. Komm!"

„Aber ich könnte doch in der Zwischenzeit..."

„Nein, du kommst mit, kleiner Dschinn. Ich will sicher gehen, dass du mir nicht in der Zwischenzeit in diesem Loch verschwindest." Er lachte zwar, doch ließ er keinen Zweifel aufkommen, dass er meinte, was er sagte. Martha konnte nicht umhin, in sein Lachen einzustimmen. Es dauerte auch nicht lange, bis sie einen Teil des Seiles abgeschnitten hatten. Martha knotete es sich unter den Armen hindurch und stieg in den Brunnen. Sie war zierlich genug und ertastete ohne Schwierigkeiten die Löcher in der Brunnenwandung. Sie waren links und rechts versetzt, so dass sie ohne große Mühe nach unten gelangte und sogar noch ihre Lampe halten konnte.

„Antikes Mauerwerk", rief sie nach oben. „Eine griechische Mauer, so wie im Treppenhaus."

Er antwortete irgend etwas, doch klang seine Stimme so dumpf, dass sie kein Wort verstand und weiter und weiter kletterte. In ihrer Aufregung hatte sie ohnehin nur einen einzigen Gedanken. Ein griechischer Brunnen! Die goldene Figur ihrer Eltern war verdreckt gewesen. Sie konnte gut aus einem Brunnen stammen.

Unglücklicherweise verschlechterte sich die Luft rapide und dann löschte sie mit einer unvorsichtigen Bewegung auch noch ihre Lampe. Alles versank in absoluter Finsternis, in die Saids besorgter Ruf herunterschallte.

Von einem Augenblick zum nächsten war alles wie verwandelt. Eben schien der Abstieg noch unproblematisch, doch jetzt nur noch bedrohlich. Sie schalt sich selbst einen Feigling und spürte dennoch das Zittern ihrer Knie, als sie bang nach dem nächsten Kletterloch tastete. Hier musste es sein, hier irgendwo!

Aufatmend schob sie den Fuß in die Öffnung und ließ den Körper hinuntersinken, während sie bereits auf der gegenüberliegenden Seite nach dem nächsten Steigloch tastete. Gefunden! Also wieder einen halben Meter tiefer und dann erneut einen halben Meter.

Hatte sie vorher die Löcher noch als dunkle Schattenrisse wahrgenommen, so stellte sie nun jedes Loch vor große Probleme.

Es ging tiefer und tiefer, und der Abstieg schien ihr schon bald wie eine Ewigkeit. Ihre Muskulatur sandte Wellen des Protestes durch ihren Körper, da sie ständig mit nach außen gedrehten Füßen das ganze Körpergewicht zu tragen hatte. Sie konnte nur hoffen, dass...

Wasser!

Es sickerte in ihren Schuh, doch nein, das war eigentlich kein Wasser, das war eher dünner Schlamm, in den ihr Fuß mühelos eintauchte. Deshalb hatten sie auch kein Plätschern wahrgenommen. Sie versuchte, ihre Stiefel abzustreifen. Die Schnürsenkel boten noch das geringste Problem, doch bis sie ihr Schuhwerk schließlich in den Händen hielt, standen ihr vor Anstrengung beinahe Tränen in den Augen. Zu allem Überfluss schrie Said beständig nach unten. Auch wenn sie ihn nicht richtig verstand, so war doch klar, dass er sie drängte, schleunigst zurückzukehren. Schließlich verknotete sie die Schnürsenkel, hängte sich die Stiefel um den Hals, und konnte sich noch etwas tiefer wagen. Der dünne Schlamm schien ihr ekelhaft kalt oder glaubte sie das nur? Nun, mit dem Erreichen des Schlamms war ihre Expedition ohnehin zu Ende, denn sie konnte allenfalls bis zum Hals in den Schlamm hinein, und auch das war reine Theorie, würde sie doch ihre Kleidung komplett ruinieren. Nun, wenigstens konnte sie mit dem Fuß...

Tatsächlich entdeckte sie das nächste Kletterloch unter der Oberfläche des Schlamms, so dass sie bald bis zu den Knien im Dreck stak. Offenbar war der Brunnen gänzlich verfüllt. Nach kurzem Zögern beugte sie das Knie, um noch ein letztes Loch in Angriff zu nehmen, als ihre Zehen ein Hindernis berührten. Da war irgendwas im Schlamm, und es bewegte sich!

Mit einem Schrei riss sie ihr Bein nach oben, doch war es schlicht unmöglich, sich schnell aus der zähflüssigen Brühe zu lösen. Schließlich schaffte sie es mit fliegendem Atem, und auch wenn ihr die Zeit endlos vorkam, so waren es wahrscheinlich nur wenige Sekunden. In ihrer Phantasie krochen allerlei Schlangen und Monster durch den Schlamm. Doch der Schacht stand wahrscheinlich seit Jahren voller Schlamm, wie also sollten hier lebende Tiere existieren?

Aber wenn es keine Monster gab, was hatte sie dann berührt? Das Hindernis hatte sich bewegt, da war sie sich absolut sicher. Die Erinnerung an ihre goldene Statuette wurde schier übermächtig. War es denkbar, dass sie hier aus diesem Loch stammte, dass am Ende der ganze Schacht voller Figuren war? Ihre Phantasie gaukelte ihr gewaltige Schätze vor, die meterhoch den Brunnenschacht füllten.

Augenblicke später tauchte ihr Bein erneut in den Dreck und wieder ertastete sie das Loch in den Quadern, so dass sie nun den anderen Fuß absenken konnte. Und dann fühlte sie es wieder – kleine Hindernisse, die sich unter dem Druck ihrer Zehen sachte bewegten. Martha zitterte vor Anspannung.

Schließlich gelang es ihr, mit der Hand im Schlamm zu wühlen. Sie musste sich zwar regelrecht überwinden und zuckte auch zurück, als sie den ersten Gegenstand unter den Fingern hatte, doch zwang sie sich eisern zur Ruhe. Das Ding fühlte sich an wie ein Stein, aber seine schlanke Form passte nicht dazu. War das eine Figur? Das Ding klebte förmlich im Schlick, und es bedurfte eines kräftigen Rucks, um es aus seinem feuchten Bett zu reißen. Aber dann hatte sie es doch heraus und tastete mit fliegenden Fingern über die glitschige Oberfläche. Unter dem Schlick vieler Generationen fühlte sie eine raue, körnige Oberfläche. Also doch ein Stein? Oder eine kleine Statuette aus Stein? Es musste sich einfach um eine Figur handeln.

Was hätte sie jetzt für ein Streichholz gegeben, für das Licht ihrer Lampe, die ihr nutzlos am Halse baumelte.

Sie war so aufgeregt, dass ihr der glitschige Fund beinahe entglitten wäre. In ihrer Not verwahrte sie das rätselhafte Stück in einem ihrer Stiefel, um die Hände frei zu haben. Dann griff sie schon wieder in den Schlamm. Nun, da sie ihre irrationale Scheu abgestreift hatte, fiel es ihr nicht schwer, weitere Gegenstände zu bergen. Martha achtete nicht mehr auf ihre ramponierte Kleidung. Sie wollte den zweiten Fund im anderen Stiefel verstauen, doch brachte sie ihn in der Finsternis nicht hinein, so dass sie ihre Beute schließlich ohne Rücksicht auf Dreck und Feuchtigkeit in die Bluse schob. Das Zeug hing ihr wie ein Mühlstein am Hals, doch kam ihr nicht einen Moment der Gedanke, den Ballast abzuwerfen.

Jetzt musste sie erst einmal hoch. Sie hatte größte Mühe, barfuß auf den Steinen Halt zu finden.

Ihre Zehen waren alsbald zerkratzt und ihre Hände blutig, doch blieb ihr keine Wahl. Loch um Loch kämpfte sie sich höher und begriff erst jetzt, dass Said die ganze Zeit nach unten rief.

„Ich komme!“, schrie sie nach oben. „Alles in Ordnung, ich komme schon.“

Von *in Ordnung* war allerdings keine Rede. Sie konnte von Glück sagen, wenn ihr die vor Anstrengung zitternden Beine nicht am Ende den Dienst versagten. Es war weniger das Klettern selbst, es war die Schwierigkeit, in dem Gemäuer Halt zu finden. Wieder ein Loch und wieder eines...

Da fuhr plötzlich eine mächtige Hand aus der Dunkelheit und unter ihre Achsel. Im nächsten Augenblick zerrte Said sie reichlich unsanft aus der Brunnenmündung und in Sicherheit. Martha sackte in den Sand und konnte in der Finsternis nicht das Geringste erkennen.

„Um Allahs Willen, was treibst du da unten?“ Er schrie sie beinahe an. Dann flammte sein Feuerzeug und Augenblicke später brannte auch der Lampendocht und wischte alle Dunkelheit zur Seite. Said beugte sich über sie und musterte sie in höchster Besorgnis. „Bist du verletzt?“

Martha war so erledigt, dass sie nur wortlos zu ihm aufblickte. Sie saß immer noch im Sand, und er drehte sie hin und her, als müsse er sie von allen Seiten begutachten.

„Was hast du da?“ Er deutete auf ihre Bluse, die sich unter dem Gewicht ihrer Beute wölbte, wagte aber nicht, nach dem Kleidungsstück zu greifen. Immerhin brachte ihr seine Frage den Dreck und die Kälte zum ersten Mal so richtig zu Bewusstsein. Jetzt, da der Rausch der Begeisterung verflogen war, konnte sie ihre Schätze nicht schnell genug loswerden, auch wenn das die Feuchtigkeit nur unwesentlich reduzierte. Said nahm die Funde entgegen, die auch im Lampenlicht eher schlanken Steinbrocken glichen, doch begriff er schnell, was er da vor sich hatte. Er kratzte vorsichtig in der Sinterschicht – und bald schimmerte es golden hervor.

„Der Brunnen ist voll davon“, vor lauter Frösteln konnte sie kaum mehr sprechen.

Said riss die Augen auf. „Allah il Allah.“

Jetzt, da sie Gewissheit hatten, kehrten auch ihre Kräfte wieder. Ja, sie war froh, sich durch Bewegung etwas Wärme zu verschaffen. „Ich muss noch mal runter!“ Sie war selbst am meisten überrascht von ihren Worten.

„Ausgeschlossen“, protestierte er. „Du kannst unmöglich in diesem Zustand...“

„Diesmal mache ich es besser. Ich knote meine Jacke zusammen, so dass ich sie als Sack benutzen kann.“ Schon war sie dabei, ihre Worte in die Tat umzusetzen, hütete sich aber, ihre wahren Motive preiszugeben. Wenn sie jetzt mit diesen drei Figuren die Brunnenkammer verließen, schien höchst fraglich, ob sie je hierher zurückkehren würde. Hatte sie jedoch tatsächlich Gold entdeckt, dann würde ihr der Schatz die Chance bieten, sich nach der Deportation ein neues Leben aufzubauen.

Sie machte sich gar nicht klar, dass sie eigentlich keinen Anspruch auf diesen Schatz erheben konnte, schließlich befand sich ja alles auf Saids Grund und Boden, und das seit Jahrhunderten. Nein, daran verschwendete sie keinen Gedanken. Sie war entschlossen, in den Schacht zurückzukehren. Sie trocknete ihre Füße im feinen Sand und schlüpfte in ihre Stiefel, feucht oder nicht, mit Schuhen würde sie weit sicherer klettern.

Augenblicke später hatten sie die Jacke zu einem Sack zusammengeknöpft und das Seil durch die verknoteten Ärmel gezogen. „Zuerst die Jacke nach unten. Falls dir etwas zustößt, kann ich dich hochziehen." Der zweite Abstieg ließ sich viel leichter an als befürchtet. Die Lampe brannte diesmal zuverlässig, und so gelangte sie ohne allzu große Anstrengung bis zu dem schlammigen Pfropfen. Der Jackensack hing direkt darüber und Martha wühlte nun unter allerlei Verrenkungen in der zähen Brühe. Tatsächlich ertastete sie schon nach wenigen Sekunden die kreisrunde Mündung eines größeren Gefäßes, das sie unwillkürlich an die Scherben und die Münzen erinnerte. Daneben entdeckte sie kleinere und größere Gegenstände, die sie Stück für Stück im Jackensack verstaute.

So zählte sie nicht weniger als acht Statuetten oder was immer das auch sein mochte. Nur der Topf widersetzte sich allen Bemühungen. So übermittelte sie Said mit dem Seil das verabredete Zeichen und folgte dem über ihr schwebenden Jackensack. Die Lampe flackerte immer noch unverdrossen und erleichterte ihr den Aufstieg kolossal.

Als Said sie schließlich aus dem Brunnenschacht zog, da war sie nicht halb so erschöpft wie nach ihrer ersten Expedition. Im Gegenteil, sie konnte es kaum erwarten, ihre Funde im Tageslicht in Augenschein zu nehmen. Vor allem hoffte sie oben auf trockene Kleidung. Zudem legte ihr Said seine Jacke um die Schultern und machte sich dann ohne Debatte auf den Rückweg. Wahrscheinlich war er nicht minder erleichtert als sie selbst.

Während sie mit ihrer Beute den Hauptschacht erreichten, hatte sie alle Mühe, das Bild ihrer Eltern zu verdrängen. Dieser Brunnen war höchstwahrscheinlich für ihren Tod verantwortlich, und sie hatten ihr Geheimnis mit ins Grab genommen, sonst hätte man den Schacht wohl längst geplündert. Mittlerweile war ihr auch klar, weshalb ihre Eltern nie von einem Schatz gesprochen hatten – sie fürchteten wohl, dass sich ihre kleine Martha verplappern könnte.

Als sie schließlich ins abendliche Sonnenlicht kletterten, war sie völlig erschöpft. Die Kletterei auf den Leitern hatte ihr den Rest gegeben, und es war kein Trost, dass auch Said ein wenig angeschlagen wirkte. Er deutete zu Amirs Wohnung hinüber und eilte wortlos mit ihren Schätzen voran.

Aphrodite

Im Schloss von Tepe el-Akbar, 17. Oktober 1941
19:00 Uhr

Als sie in die Küche traten, hielt Martha sich gar nicht lange auf, sie hatte nur noch eines im Sinn – trockene Kleidung, und sie erinnerte sich genau, im Raum neben der Küche an einem Haken alles Nötige gesehen zu haben.

Die Kleidung war zwar frisch, aber auch überaus schadhaft, das war wohl auch der Grund, weshalb man sie zurückgelassen hatte. Arbeit und ewiges Waschen hatten große Löcher hinterlassen. Said blickte nur kurz herein, doch als sie die Kleidung vom Haken riss, zog er sich eilig zurück. Erst als sie in einem der hinteren Räume ihre ramponierte Hose zur Seite warf, wurde ihr klar, dass trockene Kleidung ihr Wohlbefinden nicht wesentlich bessern würde. Sie war derart verdreckt, dass sie sich sogar in einen winterlichen Gebirgsbach gestürzt hätte.

Sie musste sich waschen, und sie wusste auch schon wo – die Wanne unten im Harem. Das dort reichlich aufgeschichtete Feuerholz übte eine beinahe magische Anziehung auf sie aus. Waschen und warmes Wasser. Unwiderstehlich, diese Vorstellung! Als sie in die Küche zurückkehrte, hatte Said sich ebenfalls mit frischer Kleidung versorgt, sauber aber zerlumpt. Sie wirkten beide wie Wegelagerer – Martha konnte ein nervöses Schmunzeln nicht unterdrücken, das er geflissentlich übersah.

„Erinnerst du dich, wie man mit Säure reinigt?“, empfing er sie und schob ihre Funde hin und her, als wären sie auf diese Weise besser erkennbar. In seiner Verlegenheit sah er schon beinahe anrührend aus.

„Ja, natürlich.“

„Los, wagen wir einen Versuch.“

Der Vorschlag war verführerisch, befreite sie aber nicht von ihrem Dreck.

„Also, ich..., ich muss mich erst waschen“, stieß sie hervor.

Said hob die Brauen und Martha errötete unwillkürlich, doch dann war seine Antwort ganz sachlich, als hätte sie sich nach dem Wetter erkundigt. „Wir könnten Schwierigkeiten haben, Wasser zu erwärmen.“

Martha gestikulierte heftig. „Nicht unten im Harem. Ich könnte Wasser hinuntertragen...“

Der Gedanke gefiel ihm nicht, das sah sie deutlich, doch schließlich stimmte er zu. „Mein Großvater ließ eine Wasserleitung installieren, die vom Hof aus in das Bad hinunterführt.“

„Draußen im Hof? Und wo?“ Allein die Vorstellung war so anziehend, dass sie schon unter der Tür stand. Für einen Moment begegnete er ihrem Blick, ehe er schnell die Augen senkte. Ein nachsichtiges Lächeln spielte um seine Mundwinkel, als er nach einem Kübel griff.

Martha wollte ihm zur Hand gehen, doch schob er sie resolut zu Seite. „Nun lass nur. Bring' du die Figuren hinunter in den Harem und träum' einstweilen von deinem Bad." Er drückte ihr sein Feuerzeug in die Hand, dann eilte er bereits zum Brunnen, um Seil und Bottich hinabzulassen. Was würde seine Mutter wohl denken, wenn sie wüsste, dass er für eine Deutsche Waschwasser holte.

Um die Wartezeit zu überbrücken, griff sie sich einen hölzernen Bottich und füllte ihn mit Wasser, um die Figuren grob zu säubern. Es handelte sich offenbar um zwei Typen von Kriegern oder Kämpfern, die anscheinend aus Silber und im anderen Fall aus Gold gefertigt waren.

Am Ende blieb nur eine Figur übrig, die zu keiner Gruppe zu gehören schien. Die Statuette erinnerte Martha trotz ihrer massiven Verkrustung an ihre kleine Aphrodite. Zumindest stützte sie sich mit dem Ellenbogen ebenfalls auf einen Pfeiler oder einen Baumstamm und schob die Hüfte vor, so wie Martha es unzählige Mal vor dem Spiegel probiert hatte. Ihr Puls beschleunigte sich. Das war eine baktrische Aphrodite, deren Gold hier und da unter dem Kalkpanzer hervorschimmerte. Sobald man sie gereinigt hatte, war sie wahrscheinlich weit beeindruckender als ihre Terrakotte.

Der Gedanke an die Göttin beflügelte sie ungemein. Martha packte alle Statuetten zusammen und trug sie hinunter in das Haremsparadies.

Der große Raum mit dem Diwan lag bereits wieder in schummrigem Dämmerlicht. Martha legte die Figuren zur Seite und stieß alle Fenster auf. Trotz der auch hier unvermeidlichen Haremsgitter war der Ausblick auch in der Dämmerung unvergleichlich, ja das Panorama gewann jetzt noch einen Hauch sanfter Romantik, den Martha am Hindukusch so liebte. Bergkette um Bergkette stieg in den zusehends violetter werdenden Himmel. Dann hörte sie, wie Wasser in einen Bottich rann und eilte hinüber in den Baderaum, um das Feuer zu schüren. Da Brennmaterial in Fülle vorhanden war, dauerte es nicht lange, bis in dem Herd das Feuer flackerte, und zwar direkt unter dem Wasserreservoir.

Wieder schoss ein Schwall kalten Wassers in den Bottich. Wenn das so weiterging, dann würde es nicht mehr allzu lange dauern bis sie baden konnte. Sie schob noch ausreichend Scheite nach und eilte zurück, um aus der Küche des ermordeten Verwalters einige Tonschüsseln zu holen, in denen sie Säure für die Figuren ansetzen konnte.

Schließlich war im Baderaum alles bereit, nur die Säure fehlte noch. So entzündete sie den Rest ihrer Fackel und kletterte durch den Schrank in das Treppenhaus. Unglaublich, dass sie hier erst vor kurzem so bangend hochgeschlichen waren.

Zurück im Bad schöpfte sie Wasser in die Tonschüsseln und setzte in einem der Tröge schwache Salzsäure an. Schließlich prüfte sie die Wirkung in aller Vorsicht an einem Stückchen Kalk, so wie sie es von ihrem Vater gelernt hatte. Die Brühe zischte leise. Das Geräusch erinnerte an eine glückliche Zeit und an ihre kindliche Faszination, als sie mit ihrem Vater kleinere Tonfiguren oder Kacheln in Salzsäure gleiten ließ, um sie Minuten später in anderer Gestalt hervorzuziehen. Die Brühe schien ihr etwas schwach und so fügte sie weitere Säure hinzu. Der Kalk sprudelte stärker – es war angerichtet.

Martha konnte es kaum mehr erwarten und schob ihre Göttin hinein in die Flüssigkeit. Bald schäumte es in dichter Gischt nach oben, und sie entsann sich unwillkürlich der antiken Legende, dass die Göttin der Liebe einst aus dem Schaum der Brandung geboren worden sei. Das hatte der alte Brambach erzählt, der alte Brambach...

Martha schauderte und war froh, dass Said just in diesem Augenblick die nächsten Wasserladungen nach unten schickte.

Nun schob sie weitere Figuren in den Sud und trat dann an den Herd, um das Frösteln aus den Gliedern zu scheuchen. Sie breitete die Arme aus und ließ sich von der Wärme umfangen – wunderbar.

Saids Frage schreckte sie unversehens auf. „Ist deine Säure nicht zu schwach?“ Er trat kurz an den Herd, um den Wasserstand zu prüfen und begutachtete beifällig das Feuer. Das Wasser erwärmte sich zusehends, und so wiederholte er seine Frage, doch Martha hielt dagegen. „Zu starke Säure zerfrisst das Metall. Beschädigte Gegenstände verlieren zudem bedeutend an Wert.“

„Dann kann man die Figuren in ihrem Bad nicht unbeaufsichtigt lassen?“

„Oh nein, manchmal reichen einige Minuten, manchmal währt es eine ganze Nacht und man ist gut beraten, immer wieder nachzuprüfen, ob die Säure nicht doch zu stark ist. Mein Vater hatte eine eiserne Regel: Je schwächer, desto besser.“ Sie lachte nervös. „Aber ich bin einfach zu ungeduldig.“

„Kann man in die Säure greifen?“

„Gewiss, sie ist nur schwach. Nur sollte man sich hinterher die Hände waschen.“ Sie zog ihm eine silberne Statuette heraus und fühlte sofort ein leises Prickeln. Der Kalkmantel der Figur war mittlerweile beträchtlich reduziert und die Säure wohl immer noch zu konzentriert. Zur Sicherheit schwenkte sie die Figur in blankem Wasser.

Said Augen leuchteten ihr entgegen, kein Zweifel, das Schatzfieber hatte ihn gepackt. „Ist sie wirklich antik? Sie sieht doch aus wie ein

Afghane!" Tatsächlich trug die Statuette die afghanische Stoffkappe, den Chitrali, ganz wie ein moderner Afghane.

Sie lachte unwillkürlich auf und hoffte im nächsten Augenblick, dass es nicht zu herablassend klang. „Oh nein, das ist eine antike Kausia", korrigierte sie und konnte den Stolz über ihre Kenntnisse nicht ganz verbergen. „Sie wurde bereits in den Tagen Alexanders in Afghanistan getragen und sogar von seinen Makedonen übernommen."

Said drehte die Statuette hin und her. „Dann ist dies ein Afghane aus den Tagen Iskenders?"

„Siehst du Bogen und Köcher auf der Schulter, das ist ein antiker Krieger."

Der silberne Krieger schien ihn über alle Maßen zu elektrisieren. „Wie sehen die anderen aus? Der goldene da, ist das auch ein Orientale?"

„Das scheint mir ein Grieche zu sein. Er trägt Helm und Brustpanzer. Aber sie sind gleich groß, Orient und Okzident, Seite an Seite."

Für einen Moment streifte sie ein durchdringender Blick. „Gleich groß? Das ist nur eine Traumwelt, nur eine Illusion!"

„Aber eine schöne."

„Tatsächlich?" Er klang beinahe schroff. „Wir Afghanen wissen sehr genau, was es bedeutet, wenn zwei Kulturen aufeinandertreffen – Krieg. Und wie war das in den Tagen Alexanders? Ebenfalls Krieg. Was ist schön daran?"

„Aber es bleibt eine große Vision!"

„Nur ein Traum." Brütend starrte er auf die Figuren in seiner Hand. *East and West, never shall they meet – Ost und West, niemals werden sie sich treffen*, das Zitat von Rudyard Kipling spukte in Marthas Kopf. Sie hätte jeden Eid darauf geleistet, dass ihm solche Gedanken nicht fremd waren, aber dann nahm er sich zusammen, auch wenn sein Lächeln durchaus gezwungen wirkte. „Dein Wasser wird kalt."

Er stellte die Figuren zur Seite und wandte sich ab. Das Miteinander von Ost und West war nicht sein Thema. Martha war betroffen. Wie konnte er sie so einfach stehen lassen? Als sie ihm unter die Tür folgte, war er auf dem besten Weg, den Harem zu verlassen. Mittlerweile war die sinkende Sonne allerdings ein Stück herumgewandert und schickte nun warme Strahlen durch ein anderes Fenster. Die helle Bahn schimmerte auf einer kostbaren Truhe, die bisher unbemerkt in einer dunklen Ecke gestanden hatte. Doch es war nicht das Möbelstück, es war das Grammophon auf der reich geschnitzten Truhe, das Martha zusammenzucken ließ. „Das ist doch dein Grammophon!"

Das klang so bestürzt, dass er mitten im Schritt innehielt. Zu ihrer Verblüffung schien er nicht minder überrascht, ja geradezu betroffen. Mit wenigen Schritten stand er vor der Truhe.

„Bei Allah“, kommentierte er nach einem kurzen Blick. „Es ist das meine. Ich kaufte mehrere in Berlin und...“ Er brach ab. Man konnte förmlich spüren, wie seine Gedanken flogen. Und dann sprach er aus, was Martha auf der Zunge brannte. „Wie kommt das Ding hierher?“ Ihre Blicke begegneten sich. „Ich... ich habe keine Ahnung“, beantwortete er seine eigene Frage. Jetzt senkte er den Blick, als schmerze ihn das aufkeimende Misstrauen in Marthas Augen.

„Und für wen war dieses Grammophon?“, fasste Martha nach. „Oder besser, wo sollte es sein?“

„Ich schenkte es meiner Mutter. Ich ließ sogar orientalische Musik aufnehmen.“

Noch während dieser Erklärung zog er das Grammophon herunter und öffnete die Truhe. Sie war leer bis auf einen Stapel Schellackplatten, etwa zehn Stück. Martha las Namen wie Mozart und Wagner, aber auch die orientalischer Kompositionen. Gehörten die Platten Saids Mutter? Aber weshalb sollte sie das Grammophon und einige ihrer Schellackplatten hier in der Einsamkeit des Hindukusch in diesem längst stillgelegten Paradies deponieren?

Martha wischte prüfend über das Grammophon. Kein Staub. „Weilte deine Mutter jüngst in diesem Schloss?“

Ob ihr Begleiter wohl den gleichen Verdacht hegte? Wenn Fatima Shasadeh erst vor relativ kurzer Zeit Tepe el-Akbar besucht haben sollte, dann könnte sie auch den Sturmbannführer getroffen haben, oder sie war auf der Suche nach dem Schatz oder beides. Hatte man sie am Ende nur hierher gelockt, um mit Hilfe ihrer Erinnerungen dem Schatz auf die Spur zu kommen? Martha wich zurück, um möglichst viel Distanz zwischen sich und ihren Begleiter zu bringen. In ihr meldeten sich all die schmerzlichen Stunden der Angst und des Misstrauens.

Seine Augen verrieten, wie sehr sie ihn mit ihrer Angst verletzte. In seiner Bestürzung griff er so hart zu, dass sich seine Finger tief in ihren Oberarm gruben.

„Ich weiß nicht, wieso meine Mutter ihr Grammophon herbrachte“, flüsterte er eindringlich, „Ich weiß es wirklich nicht! Du musst mir glauben, du musst!“

Sie starrte ihm in die Augen und erkannte die aufkeimende Verzweiflung darüber, dass sie sich gegen ihn wenden könnte. Sie hätte nie gedacht, dass diese sonst so unerschütterlichen Augen...

Martha holte tief Luft. „Ich glaube dir doch, ich...“

„Ich habe dich nie belogen, hörst du?“

Sie nickte heftig, als sich seine Finger noch etwas tiefer in ihren Oberarm gruben. „Könntest du mich vielleicht loslassen?“

Bestürzt löste er seinen Griff. Entschuldigend fuhr er ihr durchs Haar, und Martha schloss unwillkürlich die Augen. Etwas berührte ihre Lippen, und sie begriff erst nach Sekunden, dass es ein Kuss war. Es war so ganz anders, als sie es sich vorgestellt hatte, so anders als Benazirs sanfte Verlegenheit. Es war viel überwältigender, ein wunderbar warmes Gefühl, dass sie unbedingt festhalten musste, unbedingt...

Sie stand ganz still, als er sie längst wieder losgelassen hatte.

„Ist alles in Ordnung, kleiner Dschinn?“, fragte er sanft und strich ihr eine Strähne aus der Stirn. „Geht es dir gut?“

Sie nickte mit geschlossenen Augen und hatte keine Ahnung, was jetzt geschehen sollte. „Ich bin ganz schmutzig“, murmelte sie hilflos.

Er trat vorsichtig zurück und hatte offenbar den unterschwelligen Hilferuf ganz richtig gedeutet. In seiner tiefen Stimme schwang sogar der Hauch eines Lachens. „Vergiss mir nicht dein Bad.“

Augenblicke später war er schon halb aus der Tür und rief ihr gerade noch zu, sie solle sich Zeit nehmen, er wolle jetzt die Umgebung des Schlosses kontrollieren, sicherheitshalber. Dann war sie allein und alles, was sie in diesem Augenblick empfand, war bestürzte Erleichterung. Mein Gott, was hatte er getan? Noch immer spürte sie die Wärme seiner Lippen, die sanften Schauer, die die Erinnerung durch ihren Körper sandte. Er..., er hatte sie begehrt, nicht minder wie sie ihn. Es war wie ein Schock.

Sie war so dumm gewesen, so abgrundtief ahnungslos.

Und jetzt? Wie sollte sie sich bei seiner Rückkehr verhalten? Sie ahnte, dass sie vor einer Entscheidung stand. Je mehr sie grübelte, desto sicherer wurde sie, dass Said mit ganz ähnlichen Fragen kämpfte. Sein Problem war wohl weniger, dass er sich aus der Sicht seiner orientalischen Welt schier ungeheuerlich benahm, das tat er schließlich schon seit Jahren. Nein, sein Dilemma war wohl eher, dass er einer Frau seine Gefühle offenbart hatte. Für den sonst so beherrschten Mann kam dies einer Kapitulation ziemlich nahe. Doch Martha fühlte sich mit einem Mal nicht nur beschützt, sie fühlte sich begehrt und genoss dieses Hochgefühl mit leisem Schauder. Würde dieser Kuss eine Episode bleiben?

Das Bad

Im Schloss von Tepe el-Akbar, 17. Oktober 1941
20:19 Uhr

Erst als das Badewasser blubberte, schrak sie auf. Ein Geräusch aus einer vertrauten Wirklichkeit.

Aufatmend eilte sie hinüber. Wasserdampf drang aus der Tür und begrüßte sie mit wohliger Wärme. Sie öffnete den Warmwasserhahn und schon schoss ein dicker Strahl in die riesige Wanne. Das Wasser war eigentlich zu heiß und so ließ sie etwas kaltes aus dem Kaltwasserbehälter nachlaufen.

Das Bad schien nun genau richtig, und sie konnte die Lumpen gar nicht schnell genug loswerden. Dabei fiel ihr erst in letzter Sekunde ein, ihre verschmutzte Kleidung in einem der Waschbecken einzuweichen. Seife hatte sie leider keine gefunden. Für einen Augenblick erwog sie gar, sich noch einmal in ihre Lumpen zu werfen und oben in der Küche zu suchen, doch verwarf sie diese Idee mit dem Gedanken an Said. Nein, sie wollte ihm nicht begegnen, zumindest nicht gleich.

Es gab es natürlich auch keine Handtücher. Woher auch? Eine Alternative boten vielleicht die alten Kleidervorräte des Harem. Nackt wie sie war zog sie einiges aus den Truhen – Hosen, Jacken und einen riesigen Schleier, der zwar kaum einen Meter breit dafür wenigstens sechs oder sieben Meter in der Länge maß. Das kostbare Stück war derart transparent, dass es beinahe ungehinderten Durchblick gewährte. Noch feiner als das Gespinst, dass ihr Benazir geschenkt hatte.

Als Handtuch war das filigrane Stück allerdings völlig ungeeignet. Leider wurde sie auch sonst nicht übermäßig fündig. Die Hosen waren meist aus Seide, einige hauchdünn und andere aus schwerem, glänzenden Material, dessen Saugfähigkeit gleich null sein dürfte.

Martha wühlte weiter. Vielleicht ging es ja mit diesem Stück? Sie zerrte eine hellblaue Jacke hervor, die auf den ersten Blick zu einer Uniform gehörte, dafür jedoch viel zu klein wirkte – das war ein Frauenkleidungsstück! Das Jäckchen erinnerte an die Uniform eines Baschj-Bosuk, eines wilden türkischen Soldaten aus den Tagen der Sultane. Martha entdeckte auch ein Janitscharenkostüm und auch dieses war für eine Frau gefertigt. Ziemlich kurios, Frauen in Phantasieuniformen zu stecken.

Martha hielt sich das Jäckchen an, es schien ihr auf lächerliche Weise knapp. Ehe sie noch richtig nachdachte, hatte sie es auch schon übergestreift. Nun, eine Uniformjacke war das wahrlich nicht. Sie war so kurz, das der Bauch völlig frei blieb und so knapp geschnitten, dass es nicht einmal ihren Busen bedeckte, nicht einmal ihre Knospen. Von ihrem Vater wusste Martha noch einiges über diese Baschj-Bosuks. Eine berüchtigte Truppe, die sich besonders im Kampf gegen die Russen hervorgetan hatte. Eine Braut als wilder Soldat? Waren das die Phantasien von Saids Großvater? Martha war, als hörte sie Benazirs melodisches Kichern, mit dem sie solcherlei Zweideutigkeiten zu begleiten pflegte.

Was Said wohl denken würde, wenn er sie so... Bestürzt sah sie sich um, doch war der Harem nach wie vor verwaist. Nein, dieses Zeug war als

Kleidung wie als Handtuch nur allerletzter Notbehelf. Vielleicht sollte sie doch die Lumpen aus der Wohnung des Verwalters vorziehen.

In ihrem nackten Zustand wurde ihr langsam kalt und so inspizierte sie eilends auch die letzten Truhen. Kleidung und Schleier, verspielte Haremsschuhe und Pseudouniformen und wieder Schleier.

Fröstelnd klappte sie die letzte Truhe auf, kostbare Bettwäsche und Handtücher. Ja, Handtücher und zwar frische! Mit einem Aufatmen griff sie zu, während ihr die ganze Absonderlichkeit erst jetzt so recht zu Bewusstsein kam. Gut, dass man die Haremsräume halbwegs in Stand hielt, das mochte ja noch angehen, aber frische Handtücher und Bettwäsche..., das sah beinahe so aus, als sei man bestens auf eine Besucherin vorbereitet. Das Grammophon fiel ihr ein. Hatte Said sie doch belogen? Nein, Unsinn, schließlich hatte er in Kabul nicht ahnen können, wohin sie sich wenden würde.

Aber für wen war der Harem vorbereitet worden? Das machte alles keinen Sinn und trug nicht gerade dazu bei, ihre Verunsicherung zu mindern.

Hatte er ihre Gefühle schon seit langem durchschaut, länger als sie selbst? War er deshalb in ihr Leben zurückgekehrt? Hatte er nur abgewartet, bis aus dem Kind eine Frau geworden war und dann schlicht auf sein Charisma vertraut? War ihm tatsächlich nicht klar gewesen, wie sehr sie sich vor Benazirs Stiefbruder gefürchtet hatte? Wie konnte es dazu kommen, dass Martha ausgerechnet für einen Said ed-Din so bestürzend tiefe Gefühle entwickelte? Vielleicht war das ja alles nur ein Irrtum, eine Verirrung ihrer Einsamkeit?

Wie in Trance kontrollierte sie ein letztes Mal das Säurebad und die Figuren. Der größte Teil des Sinters war bereits gewichen. Und so schob sie Bottiche und Wassertrog neben den Pool, so dass sie auch im Bad ein Auge auf die Figuren hatte.

Die ganze Zeit hatte sie den irritierenden Eindruck, neben sich zu stehen und sich selbst zu beobachten. Dabei kehrten all ihre Gedanken in stetem Reigen zurück zu Said und seinen dunklen Augen. Er würde sie nicht belügen. Sie war letztlich viel zu aufgewühlt, um sich einzugestehen, dass sie im Grunde gar nicht Said, sondern Iskender vertraute.

Das heiße Badewasser schien ein verlockender Hort der Geborgenheit, und Augenblicke später glitt sie bereits ins wohlige Nass. Sie hielt sich die Nase zu und tauchte erst einmal unter. Erst jetzt nahm sie wahr, wie sorgfältig man die Kacheln verfugt hatte. Offenbar hatte dem Auftraggeber die heile Haut seiner Badegäste sehr am Herzen gelegen. Selbstverständlich, schließlich hatte Saids Großvater die Wanne eigens für seine Odalisken anlegen lassen. Jetzt, in dem schmeichelnd warmen Wasser gewann der Gedanke für Martha auf prickelnde Weise an erotischer Faszination. Dabei bekam sie leider Wasser in die Lunge und tauchte prustend auf.

Zwei oder gar drei Personen fanden sicherlich Platz in der Wanne. War sie so groß ausgelegt, damit sich hier mehrere Frauen vergnügen konnten? Said hatte ausdrücklich von Hochzeitsnächten gesprochen, das sprach klar für einzelne Frauen, die sicherlich nicht mit ihrem Personal gebadet hatten. Nein, die Wanne war für das Hochzeitspaar bestimmt, denn von einem Liebespaar konnte sie beim besten Willen nicht ausgehen. Was mochte sich hier in der Wanne wohl alles abgespielt haben? Tragödien oder Orgien? Wenn es sich tatsächlich um Orgien gehandelt hatte, wer kam da mehr auf seine Rechnung ? Doch sicher nur der Bräutigam. Diese Frauen hatten sich ihren Ehemann bestimmt nicht ausgewählt. Gefragt wurden sie nicht, und Tränen interessierten niemanden. Vielleicht hatten sie auch gar nicht geweint, vielleicht hatten sie alles nur ergeben akzeptiert, so wie es ihnen von klein auf anerzogen wurde. Abscheulich. Und wie in einem Refrain beglückwünschte sie sich zum x-ten Mal, dass sie in Europa und nicht am Hindukusch zur Welt gekommen war. Nazis hin oder her.

Hatte der Bräutigam hier in der Wanne die Ehe vollzogen? Martha lehnte am Beckenrand und fragte sich, wie sie wohl in dieser Situation empfinden würde, falls Said sie... die Wanne wurde ihr immer unheimlicher und während sie reglos im heißen Wasser lag, schien das dampfende Nass all ihre Ängste und geheimen Wünsche ans Licht zu spülen. Phantasien und Träume tauchten aus dem feuchten Element wie Ungeheuer der See, denen sie sich hilflos ausgeliefert sah. So sehr sie mit den Frauen fühlte, es tat der zweideutigen Faszination dieses Ortes keinen Abbruch.

Es war dieses Ausgeliefertsein, das sie auf morbide Weise in seinen Bann schlug, so wie in ihrem Geisterhaus. Sie hatte sich das nie wirklich eingestanden, nur Benazir hatte es sofort gespürt, schließlich hatte sie in ihrer islamischen Welt ganz Anderes durchlitten. Was Martha als gruseliges Abenteuer erlebte, war für die Freundin grausame Realität.

Zudem dachte Martha weit weniger an Saids Großvater als an Said. Er war zweimal verheiratet; hatte er seine Hochzeitsnächte hier gefeiert? War das der Grund für das Grammophon? Nein, er hatte darauf bestanden, dass er nichts mit dem Grammophon zu tun hatte. Sobald sie sich Said und nicht seinen Großvater vorstellte, verlor die Wanne beträchtlich an Schrecken. Bei dem Gedanken an seine Hochzeitsnächte empfand sie sogar so etwas wie... Eifersucht. Nein, das war ja lächerlich. Oder doch nicht?

Was hätte sie getan, wenn sich Said vorhin mehr gestattet hätte als diesen Kuss? Die Frage spukte ihr durch den Sinn. Und zum ersten Mal empfand sie keine Furcht.

Unglaublich, dass Benazirs böser Stiefbruder sie noch vor wenigen Tagen beinahe zu Tode geängstigt hatte. Es hatte sich so viel geändert, viel mehr, als sie sich eingestehen wollte.

Wie sollte sie das alles ihrer Freundin beibringen?

Hoffnung und Angst hielten sich ziemlich die Waage, die über einem Mittelpunkt auf und nieder pendelte, ein Mittelpunkt, den Martha nur mit einem Wort beschreiben konnte – Begierde.

Das Wasser kühlte langsam ab, und Martha richtete sich auf, um heißes Wasser nachlaufen zu lassen. Dann aalte sie sich in dem heißen Strom, der sich langsam im Becken verteilte. Der Pool in Kabul war schon großartig, aber diese Wanne war einfach paradiesisch, ja das war das rechte Wort.

Wieder hielt sie sich die Nase zu und tauchte unter, um möglichst viel an Wärme in sich aufzunehmen. Als sie wieder hochkam, da berührten ihre Zehen irgend etwas im Wasser, das beim ersten Kontakt spurlos verschwand. Martha lag stocksteif. War das ein Tier? Sie war nicht zimperlich, doch der Gedanke, dass hier etwas im Becken herumschwamm, war ihr alles andere als sympathisch.

Sie benötigte bange Sekunden, ehe sie sich zusammenriss, um der Sache auf den Grund zu gehen, doch war im Wasser absolut nichts zu erkennen. Als sie schließlich wild im Wasser umherruderte, da fühlte sie es erneut oder besser, sie stieß etwas zur Seite. Nein, das war kein Tier, eher ein Stück Holz oder Stein. Auf jeden Fall hob sich ihr Mut, und Augenblicke später hatte sie ihren Fund aus dem Wasser gefischt. Es handelte sich um ein Stück Seife – Benazirs Seife.

Der Geruch war ganz unverkennbar. Also hatte sie recht vermutet, Benazir hatte hier gebadet und in dem schummrigen Becken ihre Seife vergessen. Unwillkürlich erinnerte sie sich an den Brief und Benazirs Worte: *Ich hoffe es geht Ihnen gut. Was immer auch geschehen ist, möge Allah seine Hände über Sie halten.* Die Sorge der Freundin galt nicht etwa sich selbst, sondern Martha. Offenbar sah sich Benazir überhaupt nicht in Gefahr, hatte sie doch sogar Zeit und Muße gefunden, hier zu baden. Hatten am Ende auch die Schallplatten etwas mit Benazir zu tun? Der Gedanke ließ sich nicht verdrängen. Vielleicht lohnte es sich, Grammophon und Schallplatten genauer in Augenschein zu nehmen.

Der Schleier

Im Schloss von Tepe el-Akbar, 17. Oktober 1941
21:10 Uhr

Als sie aus dem Becken stieg, fühlte sie sich nach Tagen zum ersten Mal sauber – ein absolutes Hochgefühl. Zudem war sie so überhitzt, dass sie jetzt förmlich nach Abkühlung gierte.

Das Handtuch in der Hand huschte sie zu dem Grammophon. So kalt es hier auch war, sie musste die Schallplatten untersuchen.

Sechs enthielten Arien berühmter Opern, die Martha alle nur dem Namen nach kannte, auf den Hüllen der restlichen drei las sie nur Zeilen orientalischer Lyrik. Sie konnte der Versuchung nicht widerstehen und zog das Grammophon auf – orientalische Musik, ganz ähnlich der, zu der sie mit Benazir getanzt hatte.

Der Rhythmus war so suggestiv, Martha begann unwillkürlich zu tanzen, obwohl sie bereits fröstelte. Sie musste etwas anziehen und viel Auswahl gab es nicht. Sie eilte hinüber in die Kleiderkammer und schlüpfte in eine Seidenhose und das Baschj-Bosuk-Jäckchen. Dann griff sie sich den riesigen Schleierschal, um erneut umherzuwirbeln. Es war einfach herrlich, so durch den Raum zu kreisen.

Der Schleier flog hinter ihr her, als sie sich mit jeder Drehung mehr und mehr in die kostbare Hülle verstrickte. Wie im Rausch wirbelte sie weiter und weiter und mit jeder Pirouette wurde das seidige Gespinst fester und dichter, wie ein Insekt, das sich zu kostbarer Wandlung verpuppt. So schwebte sie durch den Raum, bis ihr die Seide jede Sicht verstellte, selbst die Musik schien nun als ferner Rhythmus einer anderen Welt. Nie hatte sie sich weiblicher gefühlt, nie auch nur annähernd so erotisch, und so flog sie weiter und direkt hinein in starke Arme...

Sie schrie hell auf vor Schreck. Die Seide machte sie fast blind und fesselte sie so unnachsichtig, sie vermochte keinen Arm zu rühren. Nun zog man ihr den Schleier vom Gesicht und dann begegnete sie Saids vorwurfsvollen Augen. Marthas Erleichterung war wenigstens so groß wie ihre Verlegenheit.

„Und?“, stieß sie hervor, „ist draußen alles sicher?“

„Ich habe keine Ahnung.“ Seine Augen weiteten sich einen Lidschlag lang, als sei er selbst von seiner Antwort am meisten überrascht.

Das Platte lief aus, und die Musik verebbte. Die Stille war beinahe körperlich, bis er plötzlich lächelte. „Ich weiß es wirklich nicht. Ich habe mich gewaschen und dachte die ganze Zeit an unseren Kuss.“

„An den deinen!“ Sie wollte noch etwas hinzufügen, doch er zog unvermittelt an ihrem Schleier, um sie aus ihrer Verpuppung zu befreien. Dabei drehte er sie wie eine hilflose Spindel, bis ihr ganz schwindelig wurde und sie schließlich vom Stoff befreit in seine Arme taumelte. Der feine Stoff sank wie feiner Schnee zu Boden. Martha fühlte sich nackt in ihrer Seidenhose und dem Miniaturjäckchen, das mehr enthüllte, denn verbarg. Offenbar hatte er etwas ganz anderes erwartet, denn sie bemerkte deutlich, wie tief er Luft holte.

„Allah!“ Das klang so erschüttert, dass sie bestürzt ihr Jäckchen zusammenzog. Ein rührender Versuch, der unweigerlich scheitern musste, schließlich war es nicht dafür geschneidert. Sie wäre am liebsten unter dem Diwan verschwunden und spürte mit schmerzlicher Deutlichkeit, wie ihr das Blut ins Gesicht schoss.

Said starrte sie immer noch an mit einer grotesken Mischung aus Entrüstung und Schock. Es war einfach entsetzlich. Diese Kleidung, es war alles ihre Schuld. „Ich…, es tut mir leid“, stotterte sie. „Ich wusste nicht, dass du…“

Er ließ sie los und hatte den Blick schon wieder in seiner dezenten Art zur Seite gewendet. Normalerweise war das sicher ein Zeichen von Respekt, doch jetzt wohl pure Verlegenheit. Nein, das war kein Respekt mehr, das war Tadel. Begriff er eigentlich wie sehr er sie verletzte? Doch das Schlimmste war, dass er sie demütigte, dass er nur bestätigte, was sie sich selbst jeden Morgen bei jedem Blick in den Spiegel eingestand. Sie war vielleicht nicht hässlich, aber eben auch alles andere als schön.

„Ich ziehe mich um“, murmelte sie und war derart am Boden zerstört, dass sie nur noch in ihre Lumpen wollte, in denen sie sich wenigstens sicher fühlte. Doch als sie davonsprang, da verhedderte sie sich in den verwünschten Schleier und schlug zu Boden, ehe er noch zufassen konnte. Es tat verflixt weh und hoch konnte sie auch nicht, zumindest nicht schnell, hatte sich doch das dünne Gespinst wie eine kostbare Fessel um ihre Knöchel geschlungen.

Hilflos nestelte sie an dem Schleier herum und wagte kaum aufzublicken. „Ich weiß, dass ich nicht schön bin“, murmelte sie und hatte keine Ahnung, weshalb sie das eigentlich sagte. „War ich noch nie, ich…“

Eine warme Hand verschloss ihr die Lippen und zwang sie, aufzusehen. „Bitte! Warum machst du dich so klein?“

Sie saß ganz stumm.

„Du bist zauberhaft, weißt du das nicht?“

Sie wusste genau, dass sie ihn mit großen Augen anstarrte und brachte kein Wort hervor, als er seine Hand zurückzog. Wieder huschte dieser Anflug eines Lächelns über seine dunklen Züge. „Nur Mut, kleiner Dschinn. Kannst du mich hören?“

Sie vernahm seine Frage nur höchst undeutlich, war das ihr Blut, das ihr in den Ohren rauschte? Er kauerte sich neben sie, um ihre Füße zu befreien, während sie verzweifelt versuchte, ihr Jäckchen zusammenzuhalten.

Die Fältchen in seinen Augenwinkeln vertieften sich und spielerisch zog er an ihrem Schleiertuch. „Wie schön du bist, weit schöner als deine Aphrodite."

Er meinte es nur gut und hatte wahrscheinlich erkannt, was er angerichtet hatte, doch Martha wäre dennoch am liebsten gestorben. Zumindest wünschte sie sich weit, weit weg. Doch dann fuhr er ihr sanft durchs Haar, über ihre Stirn und schließlich über ihre Lippen. Das Herz hämmerte ihr schmerzhaft hoch bis zum Hals. Jetzt fühlte sie seine Hand im Haar, fest und fester, bis sie den Kopf nicht mehr abwenden konnte. Dann küsste er sie vorsichtig, erst ganz sanft, dann wild und heftiger. Ihr wurde ganz schwindlig, zumal sie kaum noch Luft bekam. Als er sie schließlich los ließ, rang sie nach Luft, und da lachte er plötzlich ganz frei und jungenhaft. „Wahrscheinlich bist du der erste Dschinn, der je außer Atem kam."

Das kam so unerwartet, dass sie wenigstens ihre Sprache wiederfand. „Wie viele Geister kennst du denn?", stieß sie hervor und war geradezu dankbar über den Klang ihrer Stimme.

„Oh, ein Dschinn genügt mir völlig." Er zog mit spitzen Fingern den Kragen ihrer Jacke zurecht. „Ich hätte nie gedacht, dass die Türken derart schöne Soldaten haben. Immerhin, in letzter Zeit fürchtete ich schon, du würdest dich in einen Mann verwandeln. Wie kommst du auf die Idee, hässlich zu sein?" Sein Lächeln verflog so schnell, wie gekommen.

Sie kämpfte gegen einen Kloß in ihrem Hals. „Ich weiß nicht, es..."

Sein Finger fuhr ihr wieder sacht über Stirn, Nase und Mund, und sie hielt ganz still, schloss nur die Augen.

„Es ist diese Aphrodite, die du in deinem Zimmer bewahrst, nicht wahr? Sie vergiftet deine Phantasie, dieser Dämon aus Ton." Er zog den Schleier endgültig zur Seite und streckte ihr die Hand entgegen, um ihr aufzuhelfen. „Na, komm hoch, kleiner Dschinn." Er ließ ihr keine Chance, nahm sie einfach auf die Arme und trug sie in das warme Bad.

Tatsächlich war es in dem Bad immer noch warm, um nicht zu sagen heiß. Das Herdfeuer flackerte unverdrossen, auch wenn es mittlerweile etwas heruntergebrannt war. Nun stellte er sie wie ein Kind vor die beschlagenen Spiegel und öffnete mit einem Handtuch einen Blick auf eine sich verlegen duckende Martha.

Dann zog er die goldene Aphrodite aus dem Wasserbad und schob ihr das Figürchen in die Finger. Säurereste kribbelten auf Marthas Haut oder war das nur Einbildung? Auf jeden Fall trat er dicht hinter sie, legte ihr die Linke auf den Bauch und zog sie sanft an sich, zwang sie, gerade zu stehen und sich nicht wegzuducken.

Ehe sie noch begriff, was er vorhatte, zog er ihr auch schon das Jäckchen auseinander und sie konnte es nicht verhindern. Trotz der Seidenhose fühlte sie sich schrecklich nackt.

„Nun sieh hin!“ Er wischte über das beschlagene Glas, bis sie sowohl sich selbst, wie auch das Figürchen vor sich hatte. „Nur Mut, du bist wunderschön. Erkennst du das nicht?“ Sie brachte kein Wort heraus, was ihm allerdings nur ein Lächeln entlockte. „Na, komm, sprich mir nach: Ich bin zauberhaft, ich bin zauberhaft.“

Martha schüttelte heftig den Kopf. „Unsinn! Ich weiß doch, was ihr Männer im Orient liebt.“

„Im Orient vielleicht, aber ich fürchte, mich hat ein europäischer Dschinn schon vor langer Zeit verzaubert.“

Martha musste seinem Blick im Spiegel standhalten und konnte nicht ausweichen. Sie war wie paralysiert, als er sie fester an sich drückte. Sie spürte ihn, ganz deutlich, ein..., ein verwirrender Moment. Sie hatte sich oft gefragt, wie sich das wohl anfühlte, wenn man sich gegen einen Mann schmiegte, aber es war viel erregender, als sie sich je erträumte.

„Du bist viel schöner, als dieses goldene Ding da!“ Er flüsterte es an ihrem Ohr, und sie spürte einen tiefen Atemzug an ihrem Hals.

„Aber sie ist perfekt“, murmelte sie ungläubig und fühlte doch den wohligen Schauder in ihren Gliedern. Ein Glück, dass sie sich so fest an ihn schmiegen konnte.

Auf ihrem Bauch verstärkte sich der Druck seiner Finger. „Die Göttin ist schön, aber meinem Ideal entspricht sie nicht, und ich denke, andere hätten ebenso gedacht. Außerdem hätte sie mein Großvater sofort vernichtet, wenn er...“

„Trotz seiner Vorliebe für schöne Frauen?“ Martha versuchte ein Lachen.

„Nun, Allah weiß, dass dieses Ding gefährlich ist.“

„Gefährlich?“

„Sie sieht genauso aus wie deine Tonfigur, nicht wahr?“

Martha nickte. Wenn er die Figur so genau kannte, dann musste er ihre Wohnung durchsucht haben. Vor Tagen, ja noch vor Stunden hätte sie dieser Gedanke zutiefst entrüstet, doch jetzt schien alles wie verwandelt. Außerdem blieb ihr gar keine Zeit für Aufruhr und Entrüstung, denn er fuhr schon fort. „Die Göttin hat dir vorgespiegelt, dass sie schön sei, und weil sie anders aussieht als du, hegst du die Überzeugung, hässlich zu sein. Es ist unheimlich, welche Macht solch ein heidnisches Idol entfalten kann.“

„Das sagt du nur, weil..." In letzter Sekunde brach sie ab und er vollendete ihren Satz. „Du glaubst, ich lehne diese Göttin ab, weil sie nicht islamisch ist, nicht wahr? Beim Barte des Propheten, das trifft es nicht, auf Ehre! Schau sie nur an, deine goldene Aphrodite." Sein Wispern war wie ein wunderbarer Hauch, so überwältigend suggestiv.

„Deine Göttin da, sie besitzt kaum eine Taille, und viel Busen sehe ich schon gar nicht."

„Aber meiner ist zu groß und..."

„Er ist perfekt. Siehst du das nicht?" Martha starrte wie hypnotisiert in den Spiegel und auf seine große Hand, die so unglaublich sanft mit ihren Brüsten spielte. Sie hörte, wie etwas zu Boden polterte und begriff erst Sekunden später, dass es die Statuette war.

Sie konnte ihm nicht widerstehen und schon gar nicht seiner Hand, als sie ihr das Seidenhöschen abstreifte. Für einen verwirrten Augenblick dachte sie an Flucht, doch reichte es nur zu einem schwachen Spiel ihrer Hüften, die beider Erregung nur vergrößerte.

Sie dachte nicht eine Sekunde an ihre Nacktheit, so fasziniert beobachtete sie ihr Spiegelbild und das überwältigende Spiel seiner Finger, die so fordernd über Schoss und Brüste glitten. Es war beinahe wie bei Benazir und doch auch ganz anders, eindringlicher, suggestiver, bis sie die Erregung seiner Hüften teilte.

Der Spiegel begann schon wieder zu beschlagen, und das lustvolle Bild verschwand zunehmend hinter einem feuchten Schleier.

„Was..., was machst du mit mir?", flüsterte sie.

„Oh", raunte er zurück, „wir sprechen nur über Aphrodite, schon vergessen?" Damit hob er ihre Brüste und zwang sie auf die Zehenspitzen, ganz dicht an ihn heran. Sie hörte ihr ersticktes Keuchen, doch dann verloren sie beide das Gleichgewicht und prallten gegen ihr Spiegelbild. Die glatte Oberfläche bot keinerlei Halt und so taumelten sie in den warmen Pool, dessen Wasser über ihnen zusammenschlug.

Said zog sie sofort nach oben, ehe sie noch richtig aufschreien konnte. Augenblicke später wurde sie wunderbar hilflos gegen die Kacheln gedrückt und spürte wie in Trance, dass er sich zwischen ihre Beine drängte. Sie nahm nicht einmal wahr, wie er sich seiner Kleidung entledigte, sie war so überwältigt von seinem Geruch, seiner Stimme, ja selbst von seinem Gewicht, dass sie kaum spürte, wie er in sie eindrang. Erst als ein stechender Schmerz durch ihre Hüften zuckte, bäumte sie sich auf wie eine Feder, ohne dass sie ihm entrinnen konnte.

Der Schmerz versiegte und Said presste sie noch immer gegen den Beckenrand. Er war plötzlich ganz bleich unter seiner dunklen Haut und keines Wortes mächtig, als er ihre Handgelenke fahren ließ und ganz vorsichtig zwischen ihre Beine griff. Sie zuckte leicht und er starrte benommen auf das Blut an seinen Fingern, ehe er die Augen schloss.

Hatte sie etwas falsch gemacht, ihn enttäuscht? Ihre Gier schien wie weggefegt, getilgt von dieser verwünschten Unsicherheit. Said atmete immer noch schwer und hielt die Augen fest geschlossen, so als gelte es, die Gegenwart mit aller Macht zur Seite zuschieben, ja er benötigte geraume Zeit, um seine Sprache wiederzugewinnen. „Allah", ächzte er schließlich. „Ich..., ich dachte, dass du mit David..." Seiner Stimme fehlte jede Lebendigkeit, ein schockierender Klang, der alles nur noch schlimmer machte.

„Er hat mich nur geküsst. Wir haben nie miteinander..."

„Es tut mir so leid", murmelte er in tiefer Bestürzung. „Ich..., ich hatte keine Ahnung, dass ich dein erster Mann bin. Irgendwie dachte ich, weil du Europäerin bist..."

„Es ist alles in Ordnung", besänftigte sie.

„Nichts ist in Ordnung!" Das klang so verzweifelt, dass sie sich dichter an ihn schmiegte. „In meiner Welt gehört dieses Blut allein dem Bräutigam. Es ist ein heiliger Moment, der mit Blut besiegelt wird. Ein Afghane würde ein Mädchen, das schon einem anderen Mann gehörte, ihren Eltern zurückschicken, mit Schimpf und Schande. Und sie würden die Tochter töten, um die Familienehre wiederherzustellen."

Sie drückte ihn inniger. „Aber ich bin kein afghanisches Mädchen. Ich..." Sie kam nicht weiter, versiegelte ihr doch ein Kuss die Lippen. Als er sich schließlich von ihr löste, wirkte er derart schuldbewusst, dass sie ihn fester in die Arme schloss.

„Worauf wartest du noch?", drängte sie.

„Es könnte noch einmal wehtun, nicht mehr so sehr..."

„Das macht nichts, es kommt von dir. Was...?"

Doch er war schon aus dem Wasser und zog sie ins Trockene. Ehe sie noch fragen konnte, wickelte er sie in eines der Tücher, doch als er sie abtrocknete, weckte er ihre Gier aufs Neue und sie zitterte schließlich vor Ungeduld und bog sich unter seiner Hand. Als er sie schließlich zum Diwan hinüber trug, da konnte sie ihre Ungeduld kaum mehr zügeln, und er war schon in ihr, kaum dass sie die Polster berührte. Sie begriff nicht einmal, dass er den Überzug zur Seite fegte, ehe er sie in die Polster drückte.

Seine Gier raubte ihr den Atem, so mächtig füllte er sie aus. Sie konnte sich nur seinem überwältigenden Rhythmus unterwerfen, ja sie verlor jedes Zeitgefühl und tauchte ein in eine fremde Welt aus Lust und Unterwerfung, die ihr nahezu den Verstand raubte. Später wusste sie nicht einmal zu sagen, ob sie Schmerzen empfunden hatte, sie erinnerte sich nur, auf einer Woge zu fliegen, die sie höher und höher trug, und am Ende nahm er sie mit solch animalischer Macht, die sie völlig hilflos zurückließ, ehe er sich aus ihr zurückzog und neben ihr in die Polster glitt.

Sein tiefer, keuchender Atemzug war der erste Laut, den sie mit normalen Sinnen in sich aufnahm. „Zufrieden mit Aphrodite?", raunte sie.

Er wandte sich zu ihr. „Verzeih!" Nun liebkoste er sanft ihr Ohr, den Nacken und schließlich ihren Hals. Martha schloss die Augen und kostete jede Sekunde aus. Es hätte noch Stunden dauern können, nein müssen! Das Spiel seiner Hand hatte etwas Magisches, und sie ertappte sich dabei, dass sie nach kurzer Zeit nur noch dem Lauf seiner Finger folgte, gespannt, wohin er sich wohl wenden würde und stets nur allzu bereit, sich noch etwas williger auszustrecken.

„Allah, was machst du mit mir?", wisperte es an ihrem Ohr.

„Gruß zurück", kicherte sie, ohne die Lider zu öffnen.

Er nahm ihr Lachen auf. „Glaubst du mir jetzt, dass du schön bist?"

„Du meinst das im Ernst", forschte sie mit bezaubernder Ungläubigkeit. „Das ist nicht nur ein Kompliment?"

„Hat dir Benazir nicht gesagt, wie du auf andere wirkst?"

„Ich..., also ich habe es nicht geglaubt."

„Allah, und all das nur wegen dieser Tonfigur?"

Martha konnte ein Lachen nicht zurückhalten, ein begeistertes, ja ein triumphierendes Lachen. Dann sprang sie plötzlich aus den Polstern und hinüber ins Bad, um Augenblicke später mit der goldenen Göttin zurückzukehren. Sie nahm sie mit ins Bett und platzierte sie mitten auf Saids behaarte Brust. „Gib zu, dass sie schön ist!", forderte sie.

Sein Schmunzeln wandelte sich zu leisem Lachen. „Wenn du das Wörtchen *auch* einfügst, will ich's angehen lassen, aber dennoch, deine Göttin sieht etwas seltsam aus, nun, eben nicht so wie du. Wie ich schon sagte, zu füllig, zu untersetzt, zu wenig Taille und bei weitem zu wenig Busen."

Martha sah an sich hinunter und verspürte ein nie gekanntes Gefühl körperlicher Erfüllung. Es war so intensiv, es ähnelte schon beinahe diesem berauschenden Moment, als Said in sie eingedrungen war, nein, natürlich nicht ganz, aber dennoch war es befreiend nach all den Jahren, in denen sie stets das unstillbare Bedürfnis hatte, sich vor ihrem Spiegelbild zu verstecken, um einer Tonfigur zu entsprechen.

Erst als sie seinem Blick begegnete, wurde ihr ganz schmerzlich bewusst, dass er ihre Gefühle noch immer so leicht lesen konnte wie ein offenes Buch, und so drückte sie schnell ihr Gesicht in die Polster, um ihr Erröten zu verbergen. Das passierte ihr stets, sogar in Benazirs Gegenwart und sie hasste diesen Augenblick offensichtlicher Hilflosigkeit.

Doch anscheinend nützte es nicht viel, denn er lachte nur liebevoll und streichelte sie neckend mit ihrer kleinen Göttin, bis sie sich schließlich auf den Rücken warf. Das goldene Figürchen blickte auf sie hinunter und zum ersten Mal fühlte sie so etwas wie befriedigte Eitelkeit.

Said schüttelte in leichter Fassungslosigkeit den Kopf. „Allah, ich glaube, es ist erst das zweite Mal, dass ich so etwas wie Schönheit mit einer Frau diskutiere."

„Tatsächlich? Und wo war das erste Mal?"

„In Berlin. Bei einer Künstlerin, ich erzählte dir davon. Sie erkundigte sich nach dem orientalischen Ideal weiblicher Schönheit, und ich gestehe, dass sie mich ziemlich in Verlegenheit stürzte. Es interessierte sie einfach nicht, ob diese Frage unschicklich klang. Konventionen und Traditionen, für sie existierte alles nur, um gebrochen zu werden. Wenn ich es mir recht überlege, würdet ihr euch gut verstehen."

„Tatsächlich? Und was hast du ihr geantwortet?"

„Nun, ich hatte Schwierigkeiten, mich verständlich zu machen. Ich bin kein Künstler und der Orient ist ganz anders, als man sich das in Europa vorstellt. Orient ist nicht gleich Orient, in Persien empfindet man nicht so wie in Kabul und in Kairo womöglich anders als in Marokko."

„Aber das afghanische Ideal einer schönen Frau kommt doch dieser Aphrodite durchaus nahe, oder nicht?"

Said wiegte unentschlossen den Kopf. „Also, ich kann unmöglich für alle Afghanen sprechen, ich weiß nur, was ich selbst empfinde."

„Aber wenn du mich so anziehend fandest, weshalb hast du dich während der letzten Jahre nicht mehr gezeigt? Ich meine, nach deiner Rückkehr aus Berlin?"

Er senkte den Blick, und sie hätte geschworen, dass ihm das Blut in den Kopf stieg, so linkisch, wie er sich bewegte. „Nun", murmelte er schließlich. „Ich kam zurück und sah, wie du dich verändert hattest. Ich..., ich konnte dich einfach nicht mehr beobachten. Es..., es tat zu weh. Und so beauftragte ich Ibrahim, von dir zu berichten."

„Ein schnöder Ersatz!"

Er spreizte hilflos die Finger, und zum ersten Mal begriff sie, welche Macht sie über ihn besaß. „Aber warum hast du mich nicht einfach angesprochen? Ich meine, immerhin warst du doch mittlerweile in Europa."

Er zögerte lange mit der Antwort, als fragte er sich, inwieweit er seine Gedanken preisgeben könne. „Ich..., nun, dich zu beobachten und gelegentlich zu behüten, das war anfangs nur ein Spaß, ein Abenteuer, doch wurde es bald zur Besessenheit. Ich verlor jedes Interesse für andere Frauen, selbst als ich verheiratet wurde, musste mir meine Mutter ins Gewissen reden. Ich glaube, sie fürchtete schon ich wäre..., wie sagt man bei euch? Homosexuell."

Martha lachte unwillkürlich auf, doch sah er darin offenbar überhaupt nichts Komisches. Für einen Augenblick wirkte er sogar verzweifelt, nein, geradezu gedemütigt. Martha hielt betreten inne und legte ihm vorsichtig die Hand aufs Knie. Said sah auf ihre Hand und dann zur Seite, ehe er den Faden wieder aufnahm. „Du machst dir keine Vorstellung, welche Ausmaße das annahm. Wohin ich mich auch wandte, stets sah ich meinen blonden Dschinn. Und je mehr du heranwuchst, desto schlimmer wurde es. Ich hatte Mühe, eine andere Frau auch nur wahrzunehmen. Solange ich mich zurückerinnere, hatte eine schöne Frau für mich immer schlank zu sein, ich kann nichts dafür, es ist einfach so."

„Ich habe dich verhext!" Sie kicherte triumphierend und er lachte resigniert.

„Mein Glück!" Das Funkeln ihrer Augen verstärkte sich.

„Schon vor Berlin träumte ich davon, dass du runde Hüften und volle Brüste hättest. Und jetzt siehst du genauso aus, unglaublich. Es ist wahrhaftig eine Schande, dass der Prophet uns Zauberei verbietet."

Jetzt lachte er befreit und wirkte plötzlich wie ein Junge, den man bei einem Streich ertappt. Martha hielt sich rasch die Finger vor den Mund, um ihr Amüsement zu verbergen, doch es funktionierte nicht so richtig. „Und jetzt bist du enttäuscht?", forschte sie, als sie sich wieder unter Kontrolle hatte.

„Enttäuscht?" Wieder schwang so etwas wie Verzweiflung im Hintergrund mit. „Du siehst doch genauso aus, wie ich es mir immer..."

„...erhoffte?"

Er schmunzelte verschmitzt. „So ungefähr."

„Dann sag, dass du begeistert bist!"

Er liebkoste sie sanft. „Du bist ein Traum, kleiner Dschinn." Das Lächeln verschwand aus seinem Gesicht und zuletzt aus seinen Augen. „Oder ein Albtraum, nun, eben ein Dämon." Das klang ein wenig resigniert, ja hilflos, doch war sie viel zu ausgelassen, um es wahrzunehmen. Im Gegenteil, nie hatte sie sich je befreiter gefühlt und niemals sinnlicher.

Sie sprang auf und tanzte ausgelassen zwischen seinen Beinen. „Träume muss man auskosten." Sie drehte sich ekstatisch, bis er schließlich ihre Knöchel packte. Martha fiel kopfüber in die Kissen, und ehe sie sich auf den Rücken werfen konnte, war er schon über ihr und zwischen ihren Beinen. Augenblicke später war sie herrlich ausgefüllt. Es..., es war einfach unglaublich, als sei sie ihr ganzes Leben irgendwie unvollständig gewesen, leblos... Und so stieg sie höher und höher mit jeder Bewegung, bis er schließlich nicht mehr warten konnte. Als seine Gier in sie hineinschoss, taumelte sie mit einem kleinen Schrei über eine letzte Kuppe und tauchte hinein in ein tiefes Tal absoluter Befriedigung.

Als er sich zurückzog, fühlte sie sich leer und irgendwie verlassen.

„Tut mir leid“, tröstete er und streichelte ihren Schoss. „Tut mir leid, ich war zu schnell.“

„Du warst großartig.“ Spielerisch umschloss sie die kosende Hand mit ihren Schenkeln. „Machen wir es nochmal? Au!“ Sie schrie leise unter einem Klaps auf ihre Kehrseite. „In Afghanistan haben wir Männer das Sagen.“

„Aber verantwortlich seid ihr dann für nichts, oder? Außer für das Unglück der Frauen?“

„Das ist eine unzulässige europäische Vereinfachung“, knurrte er, als sie sich rittlings auf ihn setzte und nach seinen Händen haschte. Er wehrte sich einen Augenblick, bis er sie gewähren ließ.

Triumphierend beugte sie sich tiefer, ihr Haar fiel ihm ins Gesicht. „Wie fühlst du dich, großer Iskender?“

Said schmunzelte zu ihr empor. „Und was macht mein Dschinn, wenn Iskender nicht mehr will?“

„Nicht mehr will oder nicht mehr kann?“ Sie ließ ihn los, richtete sich auf und begann in ihrem Haar zu wühlen, so wie Benazir es getan hatte, als sie in dem Haremsbad auf ihr ritt. Ihre Brüste tanzten vor seinen Augen und es dauerte nur Sekunden, bis sie ihn zwischen ihren Beinen spürte, unnachgiebig und begierig, sie musste sich nur noch tiefer setzen. Sie lachte hell, als er in sie vordrang und mit jedem Schwung ihres Körpers vibrierende Wellen durch ihre Hüften sandte. Er wurde immer mächtiger, bis sie nach einer steilen Woge wonnig über im zusammensank.

„Kleiner Dämon“, stöhnte er, als sie sich auf ihn kuschelte. „Was machst du mit mir?“

„Aber du hast doch bereits zwei Frauen“, spottete sie. „Da bist du doch gut trainiert.“

„Im Gegenteil“, knurrte er und errötete ein wenig. „Ich sage ihnen immer, dass ich mich für eine andere aufheben müsse.“

Sie drückte den Kopf gegen seine Brust. „Das glaube ich sofort!“

„Wieso? Was ist so falsch daran?“

Sie antwortete nicht, und so lagen sie geraume Zeit, bis er sich schließlich doch aus ihr zurückzog. Ein wahrhaft trauriger Moment.

„Mein Gott, ich hätte nie gedacht, dass es so überwältigend sein würde“, seufzte sie konsterniert. Seine Hand glitt über ihre schweißnasse Haut.

„Frierst du nicht?“

Sie zitterte leise. „Nicht, wenn du eine Decke holst. Dort drüben in der Truhe. Neben dem Grammophon. Außerdem, wie wäre es mit etwas Musik?“

Der Gedanke schien ihm durchaus nicht unangenehm und so brachte er die Decke, zog das Grammophon auf und platzierte es neben dem Diwan, ehe er die erste Platte auflegte – orientalische Musik.

„Keine Opern heute?"

Er winkte in die Runde. „Orientalische Musik scheint mir hier weit passender."

Martha konnte nicht mehr liegen. Sie erhob sich auf den Polstern und wiegte sich leise im Rhythmus unbekannter Klänge. Wer hätte je gedacht, dass sie Benazirs Bauchtanzschule vor Said auf einem Diwan...

Said bewunderte sie mit großen Augen, was sie nur noch mehr animierte.

„Unglaublich", lachte sie. „Hört man solche Musik auch in Europa?"

Said räusperte sich. „Keine Ahnung, ich ließ sie eigens aufnehmen. In London."

„In London? Und woher stammten die Musiker?"

„Aus Indien und Persien. Es dauerte ein halbes Jahr, bis sie zusammen waren, und es kostete ein Vermögen."

Martha ließ ihre Hüften kreisen, sanft und fordernd, und Said hatte alle Mühe, beim Thema zu bleiben. Er ächzte leise, und Martha tanzte tiefer zwischen seine Beine hinein, Zentimeter um Zentimeter, bis ihre Knöchel über seine Schenkel strichen.

Das Grammophon lief aus, die Musik erstarb und mit ihr versiegte Marthas Rhythmus. Beide schöpften sie tief, tief Atem. „Wahrscheinlich bin ich ungerecht", lachte sie, „dieser Harem ist gar nicht so schauerlich, wie ich anfangs dachte." Sie schüttelte den Kopf und schien regelrecht bestürzt ob dieser verwirrenden Erkenntnis.

„Wieso schauerlich?", forschte er nach einer Weile.

„Wegen der Frauen deines Großvaters. Ich..., ich kannte sie gar nicht, aber... Nun, für mich wird dieser Raum immer unvergesslich bleiben, fabelhaft, ein paradiesisches Märchen. Ich schließe nur die Augen, schon höre ich Musik und tauche in das Wasser." Sie wiegte sich mit geschlossenen Augen.

„Aber du glaubst, die Frauen meines Großvaters hätten ein schreckliches Schicksal gehabt? Wieso? Sie lebten doch sorglos und im Luxus, viel besser, als die meisten Frauen im Orient und in Europa."

Sie antwortete nicht, bis er sich räusperte. „Aber du meinst, dass sie im Grunde nichts anderes waren als Sklavinnen, die mein Großvater vergewaltigte?"

Martha setzte sich langsam zwischen seine Beine.

„Das denkst du doch, nicht wahr?", insistierte er.

„Du hast uns belauscht, Benazir und mich, oder?" Er sah sie nur an, mit seinem unergründlichen Blick. „Das sind Benazirs eigene Worte. Wir kamen neulich darauf, als ich sie heimlich unterrichtete. Sie war selbst erschrocken, vor ihren eigenen Worten und vor ihrer Zukunft. Du musst uns damals zugehört haben." Sie war beinahe entsetzt, dass ihre Stimme so wenig vorwurfsvoll klang. Noch vor wenigen Stunden hätte sie ihm den nächstbesten Gegenstand an den Kopf geworfen, am besten gleich ihre Aphrodite.

Er nickte widerstrebend. „Du verurteilst meine Familie, weil wir die Heirat für unsere Töchter und Schwestern arrangieren? Ist das in Europa etwa anders?"

„Unsinn", fuhr sie ihn an. „Meine Mutter wurde nicht verschachert und unzählige Europäerinnen werden es auch nicht."

„Aber ihr kennt doch arrangierte Ehen!"

Sie nickte zögernd. „Zumindest riskiert eine Frau nicht gleich ihr Leben, falls sie eine Affäre haben sollte. Wenn ein Bruder aus diesem Grunde seine Schwester töten würde, würde er im Gefängnis landen. Für lange Zeit."

„Wie heißt es doch bei euch? Andere Länder, andere Sitten."

„Eine Erklärung ist keine Entschuldigung. Aber wenn du immer noch so denkst, weshalb hast du Benazir nicht bestraft, ich meine, als du uns belauschtest? So wie später in der Unterrichtsstunde mit den anderen Mädchen?"

„Ich hatte gehofft, dass sich alles ändern würde, aber es wurde nur noch schlimmer."

Martha rückte enger an ihn heran, doch er mied ihren Blick, sah auf ihre Hände, die sich so vertraut mit ihm beschäftigten.

„Ich hörte kaum, was Benazir da von sich gab. Ich hatte nur Augen für meinen Dschinn, zumal du dich bei Benazir nicht wie ein Mann benahmst."

Seine Finger huschten über ihre Brust und hinterließen ein feines Kribbeln. Martha beugte sich instinktiv nach vorn, doch war er allzu abgelenkt, um dieser stummen Aufforderung nachzugeben. Er fuhr langsam fort, stockend, als wolle er selbst nicht wahrhaben, was er ihr anvertraute. „Berliner Künstler hatten mir Museen eurer Hauptstadt anempfohlen, Statuen aus der Zeit der Griechen und Römer, auf der Museumsinsel. Nackte Männer und Frauen, präsentiert in aller Öffentlichkeit, für Männer, Frauen und Kinder, die zwischen den Kunstwerken umherschlenderten, ohne sich auch nur im Geringsten dieser Ungeheuerlichkeit bewusst zu werden. Später beobachtete ich dich zum ersten Mal so völlig nackt. Ich..."

„Du hast mich in diesem Anzug beobachtet?" unterbrach sie ihn entgeistert. „Nach meiner Flucht aus dem Garten? Als ich diesen Anzug Marlene Dietrichs anprobierte?"

„Es war mein Anzug", knurrte er ungehalten und sah drein wie ein ertappter Junge. „Ich erwarb ihn in Berlin, doch sah ich später das Photo dieser seltsamen Schauspielerin und..., na ja, ich warf ihn schließlich weg."

Der Gedanke, seine Kleidung anprobiert zu haben, sandte einen prickelnden Schauer über ihren Rücken.

„So ungefähr. Ihr benahmt euch ganz unmöglich, selbst für einen Harem. Deine Haut schimmerte im Kerzenlicht und deine Brüste erinnerten mich schmerzhaft an diese Berliner Statuen. Es war beinahe quälend."

„Also ging es im Grunde nie um Benazir, sondern stets um mich? Und später hast du eigentlich eher mich bestrafen wollen?"

Seine Augen weiteten sich in jäher Erkenntnis. „So habe ich das nie betrachtet", murmelte er betroffen. Die unerwartete Einsicht schien ihm ziemlich zuzusetzen, denn er verstummte abrupt. Seine Hand huschte über ihre Brust, und wieder antwortete ihr Körper mit einer gierigen Woge. Instinktiv beugte sie sich näher und diesmal koste er gedankenverloren weiter und weiter, bis sie sich jäh zurücksetzte.

Seine Brauen hoben sich in stummer Frage.

Martha atmete tief durch. „Also, wenn du so weiter machst, musst du..., musst du mich gleich wieder lieben." Sie stieß es hastig hervor, als traue sie ihren Ohren nicht. Auf jeden Fall war sie regelrecht erleichtert, als sie ein Lächeln erntete.

„Kleiner Dschinn, könnten wir damit einige Minuten warten?"

„Sag nicht, dass du nicht mehr kannst!"

„Also, ich hab keine Ahnung."

„Aber ich!" Als sie ihn berührte, war sie aufs Neue fasziniert, wie fest er werden konnte, beinahe von einer Sekunde auf die nächste. Sie spielte unablässig weiter und empfand beileibe nicht allein Begierde oder Lust, was sie fühlte, war Triumph. Er war so voller Gier, nicht minder als sie selbst. Es war schier unglaublich, sie musste einfach...

Said griff sich ihre Hand. „Bitte, nicht sofort. In Ordnung?"

Martha hielt inne, doch ein wenig beschämt. Nie hätte sie gedacht, dass sie einem Mann so unverblümt... Sie fühlte, wie ihr der Puls in den Schläfen tickte. Zum Glück lächelte er sie an. „Wenn du rot wirst, bist du noch schöner und man sollte kaum glauben, dass dies noch möglich ist. Ich..., halt, wo willst du hin?"

Doch Martha glitt schon von dem Diwan und hinüber zu ihrer Tasche, in der sie ihr Skizzenbuch verwahrte. Augenblicke später kuschelte sie sich mit Buch und Bleistift zwischen seine Beine.

Said furchte die Stirn. „Willst du mich zeichnen?"

Ohne aufzublicken schüttelte sie den Kopf.

„Und was schreibst du dann?"

Sie antwortete nicht, und er zog das Buch von ihrem Knie. Sie wollte es festhalten, doch war er zu schnell und las nun seine eigenen Worte. „Du schreibst nieder, was ich gesagt habe!" Seine Verblüffung hätte kaum größer ausfallen können.

Martha wusste nicht, wo sie hinsehen sollte. „Na ja..."

„Machst du das immer?"

Sie nickte ihr kleines erschrecktes Nicken und fühlte plötzlich seine Arme. Hastig wandte sie sich ab, doch griff er ihre Hüften, als sie auf den Polstern kniete. Sie wusste ihn hinter sich, spürte wie er in sie eindrang und wieder zurückwich, vorstieß und sich erneut zurückzog. Es erinnerte sie an Hengste, wenn sie ihre Stuten decken, es..., es war irgendwie schrecklich, absolut schrecklich. Jetzt drückte er ihren Kopf nach unten und sie biss in letzter Sekunde in die Polster, um ihre Gier nicht herauszuschreien. Er gab ihr alle Zeit, die sie benötigte.

„Schön", flüsterte sie nach gemeinsamer Erschöpfung. „Ich dachte, du wolltest nicht so schnell?"

Er streichelte sie wortlos und sie schmiegte sich fester in seine Hand.

„Du hättest nicht so nicken sollen", murmelte er.

„Nicken?" Sie machte große Augen. „Wer hätte gedacht, dass mein Nicken so erotisch sein könnte?"

„Ich kann's nicht erklären. Es ist so bestürzend weiblich. Es ist, als nicke ein hilfloses Kind im Körper einer Frau." Er lachte verlegen. „Was rede ich da? Es muss diese Umgebung sein, dieser Harem hier."

Martha gab sich seinem Streicheln hin. Nie hätte sie gedacht, dass er so sanft zugreifen könnte und nie würde Benazir ihr auch nur das Geringste davon glauben. Der ganze Raum schien ihr wie verwandelt – ein Paradies. „Ein Hoch auf deinen Großvater. Ich hoffe, seine Frauen waren nicht minder überwältigt."

Said schmunzelte verschmitzt. „Der Harem und Europa! Es hat dich gepackt, mein schöner Dschinn, oder nicht? Nun, so viel zur Selbständigkeit westlicher Frauen und ihrer Ablehnung orientalischer Sitten."

Martha dachte an ihre Spiele mit Benazir. „Für eine Europäerin ist solch ein Harem ein gefährlicher Ort."

„Aber Gefahren sind aufregend", ergänzte er langsam.

„Ich..., ich weiß nicht. Ein Harem ist für mich eher ein Symbol der Hilflosigkeit."

„Und das fürchtest du?"

„Ich denke ja."

„Und bist du jetzt hilflos?" Er spielte mit ihrem Haar und sie schloss die Augen. Wie gebannt wartete sie auf die nächste Berührung.

„Ja, ja", kommentierte er in leisem Spott. „Meine kleine, selbständige Europäerin! Im Westen redet ihr Frauen ständig von euren Rechten und doch bist du bei weitem nicht die erste Europäerin, die der Atmosphäre eines Harem verfällt." Seine Hand fuhr liebkosend zwischen ihre Schenkel. Sicher spürte er jetzt ihr Zittern. „Es könnte immer so sein", flüsterte er. „So wie jetzt, jede Nacht und jeden Morgen. Bleib in Afghanistan, beantrage Asyl."

Jetzt war er da, der Augenblick der Entscheidung. Unverhofft und unerwartet. Es war ihm ernst, das fühlte sie mit jeder Faser, und sie hatte alle Mühe, ihre Fassung zu wahren.

Schließlich räusperte sie sich. „Und falls wir jetzt verheiratet wären, und dies hier wäre dein eigener Harem, was würdest du dann tun? Morgen die nächste Frau beglücken?"

„Ich rühre keine mehr an."

Das kam so unerwartet, so spontan, es ließ sie völlig fassungslos. „Das... das könnte ich nicht annehmen", murmelte sie schließlich. „Ich meine, deine Frauen haben ein Anrecht auf Glück und Familie, so wurden sie erzogen..."

„Und das fordert eine Martha von Helm?"

„Sie sind Frauen wie ich."

Da flog ein warmer Schimmer über sein Gesicht. „Dem Propheten sei Dank, ich habe mich geirrt. Du bist ja gar kein Dschinn, du bist ein Engel. Aber mache dir keine Sorgen um andere Frauen. Es waren politische Heiraten, um Familienbande zu knüpfen, so wie zwischen Omar und Benazir. Mit der ersten Frau wurde ich vermählt, als ich noch keine achtzehn war. Sie zählte gerade mal vierzehn Jahre und fürchtete sich vor mir. Es war ziemlich schauerlich."

Achtzehn? Das war doch das Jahr, als sie nach ihrer Ankunft in Kabul in ihn hineinrannte. Kein Wunder, dass sich das Mädchen gefürchtet hatte. „Und heute?"

„Oh, wir sehen uns kaum, so, wie bei meiner zweiten Frau. Es ist mehr Politik, denn Ehe." Sein Finger fuhr über die letzten Spuren von Marthas Hennabemalung, die mittlerweile stark gelitten hatte.

„Und was wird dann später? Ich meine, was sagen ihre Familien? Kommt diese Nichtbeachtung nicht einer Beleidigung gleich? Und womit haben sie das verdient?" Martha zwang sich zu einem heiteren Lachen. „Aber unter Umständen willst du uns auch alle? Vielleicht machst du mir ein Kind und schließlich ihnen? Wie sagt der Mullah, ein Mann benötigt mehrere Frauen, weil sie Teile des Monats nicht brauchbar sind." Jetzt klang sie schärfer als beabsichtigt, und er fühlte den Stich.

„Aber ich möchte Kinder von dir, davon habe ich immer geträumt. Kinder mit blondem Haar und hellen Augen."

Mein Gott, sie konnte doch nicht...! „Weißt du, dass Benazir mich fragte, ob ich mir vorstellen könne, mit ihr zusammen einen Harem und einen Mann zu teilen?"

„Das ist ein Scherz!"

„Aber nein!"

„Allah il Allah! Meine kleine Schwester ist viel weiser als ich dachte."

Martha lachte ein wenig hysterisch. „Sie hat mir angeboten, sich um meine Kinder zu kümmern."

Er antwortete nicht, musterte sie lang und eindringlich. „Aber du magst keine Kinder?" Er fragte es ganz langsam.

Martha wand sich verlegen. „Also, ich habe nie über Kinder nachgedacht. Nicht ernsthaft. Ich wollte hier überleben, ich meine, hier am Hindukusch."

„Überleben? Sobald du meine Frau wärest, hättest du keine Probleme mehr, nicht die geringsten, dafür bürge ich."

„Und während ich schwanger bin, gehst du hinaus ins Leben und ich in einen Harem."

„Vor wenigen Minuten erschien dir mein Harem noch durchaus romantisch!", grollte er.

Paradiesisch hätte es präziser getroffen. Martha holte tief Luft, sie wusste beim besten Willen nicht, was sie noch sagen sollte. „Aber ich muss Afghanistan verlassen, schon vergessen?"

„Das ist Vergangenheit, schon vergessen? Wirst du meine Frau, so vertreibt dich nichts und niemand."

Sie antwortete nicht, und die Stille wurde tief, ja schmerzlich, bis seine Hand zur Ruhe kam. Er streichelte sie nicht mehr. „Du willst den Hindukusch verlassen." Seine Enttäuschung klang so elementar, dass sie unwillkürlich zusammenfuhr.

„Ihr Europäer träumt vom Orient und nennt das Romantik. Aber tief in euren westlichen Seelen verachtet ihr uns, den Islam und den Osten."

„Ich wäre nicht hier, wenn ich den Orient..."

„Du bist hier am Hindukusch, weil du Schutz suchst, Schutz vor deiner eigenen Welt." Sein düsterer Blick ließ sie verstummen, und sie hatte alle Mühe, ihre Fassung wiederzugewinnen. Die ganze wundervolle Stimmung, alles schien zerschlagen. „Es ist der Orient, der mich vertreibt."

Er sagte nichts, und so nahm sie allen Mut zusammen. „Sprechen wir nicht von mir, reden wir von dir. Wenn du damals am Brunnen ein Mädchen deines Volkes getroffen hättest, hättest du sie dann ebenfalls in dieses Schloss geführt? Eine Jungfrau?"

Er schwieg noch immer.

„Bei einer Afghanin hättest du das nie gewagt. Wäre ich Mohammedanerin, meine Familie würde mich töten, um ihre Familienehre zu retten."

Er räusperte sich beinahe drohend. „Also, dein Bruder würde auch nicht begeistert sein, hätte er den heutigen Tag beobachtet."

„Dieser Vergleich hinkt! In Europa wäre das keine Frage von Leben und Tod. Du wusstest das genau und du dachtest, dass dir bei einer Europäerin erlaubt sei, was deine Kultur dir eigentlich verbietet."

Seine Miene war so düster, dass sie unwillkürlich ein wenig zurückwich, doch ehe sie sich noch aus seinen Beinen befreien konnte, griff er in ihr Haar. „Bitte, sag nicht, dass du Angst hast!"

Er traf den Nagel auf den Kopf, und es beschämte sie.

„Du träumst von großer Liebe", folgerte er vorwurfsvoll, „aber du glaubst nicht daran."

Sie hatte Mühe, überhaupt zu antworten. „Meine Mutter misstraute der Liebe."

„Deine Mutter? Dann hat sie deinen Vater nicht geliebt?"

„Vielleicht nicht mehr. Aber ich wusste stets, dass sie mich liebten, aber füreinander..., nun ich bin sicher, dass sie immer Freunde blieben. Vielleicht waren sie manchmal nur noch Verbündete, zusammengeschweißt durch die Macht der Verhältnisse, aber sicher nicht durch die Kraft ihrer Emotionen."

„Und deshalb misstraut ein Dschinn seiner Liebe?"

Sie senkte den Blick.

„Ist das nicht sehr... uneuropäisch?"

„Ich weiß nicht. Ich habe keine Ahnung von Europa. Aber die Liebe ist eine Blume, die oft genug verwelkt, doch Freundschaft ist ein Parfüm, das auch am Morgen noch duftet."

„Shakespeare oder Hafis?"

Sie deutete eine Verbeugung an. „Leider nur von mir."

„Im Ernst? Na komm, werd' noch etwas röter, du bist dann so zauberhaft."

„Wenn du mich versehentlich mit dem persischen Dichter Hafis vergleichst, dann besteht ja vielleicht noch Hoffnung für mich als Schriftstellerin."

Er deutete auf ihr Skizzenbuch. „Dann wird das mehr als nur ein Tagebuch?"

„Ich..., ich habe daran gedacht, einen Roman zu verfassen."

„Einen Roman? Und hast du schon einen Titel?"

„Ich dachte an *Hindukusch*. Ein Schloss tief in den Bergen und ein Prinz, der es bewohnt. Ein verlassener Ort mit geheimnisvollen Gängen und einem Harem."

„Und doch wirst du mich verlassen." Das klang so resigniert, dass sie seine Hand ergriff und gegen ihre Brust drückte. „Du wirst immer bei mir sein." Er antwortete nicht, spürte das Hämmern ihres Herzens. „Ich könnte zurückkommen", sagte sie leise. „Nach dem Krieg."

Er sagte nichts, sah sie nur an.

„Ich meine, es wäre dann freiwillig."

„Ist das dein Ernst?", fragte er schließlich. „Und dann wirst du bleiben?"

„Ich kann nichts versprechen. Aber ich werde kommen."

Er sah ihr fest in die Augen und dann zur Seite. Er glaubte ihr nicht, sie spürte es mit jeder Faser ihres Körpers. Er blickte nicht einmal auf, als sie seine Hand berührte. „Bitte, nicht böse sein! Du schenktest mir ein Märchen und ich dir meine Ehre. Es ist ein großartiger Tausch." Er antwortete nicht, und sie geriet ins Stammeln, bis er sie sacht in seine Arme zog. „Wann immer du kommst, du bist willkommen."

Martha spürte Tränen in den Augen und barg ihr Gesicht an seiner Schulter. Er ließ sie weinen, lange Zeit, aber schließlich schüttelte er sie vorsichtig, als halte er etwas unendlich Kostbares. „Erzähle mir von deinem Roman. Hast du schon einen Anfang?"

Der Themenwechsel tilgte immerhin den Tränenstrom. Sie zog ihr Buch heran und schlug es auf, auch wenn ihre Stimme noch den Dienst verweigerte, und so las er schließlich selbst. „... *Zwei Welten – gleich an Würde wie an Wert, Euch nun in Asien unser Spiel entdeckt. Wie altem Hader neuer Hass entloht, sich Freundeshand mit Freundesblut befleckt. Wie aus des Hasses unheilschwangrem Schoß ein Liebespaar entspringt, verfolgt von einem bösen Stern...*" Er blickte auf. „Das klingt großartig."

Martha trocknete eine Träne ab. „Es ist nicht von mir. Ich meine, das Original ist aus Shakespeares Romeo und Julia. Das Drama beginnt mit den Worten: *Zwei Häuser, gleich an Würde wie an Wert, Euch in Verona unser Spiel entdeckt.* Es schildert den Kampf eines jungen Paares um ihre Liebe und gegen ihre eigenen Familien, die sich hassen seit langer Zeit."

Ein Lächeln huschte über sein Gesicht, und er beugte sich tiefer. „Und wie geht es aus?"

„Schlimm", flüsterte sie und kämpfte mit den Tränen.

Auch Said schien merklich betroffen, vielleicht mehr ob ihrer Tränen, denn ob ihrer Worte. Er zog sie näher und küsste ihr die Tränen von der Wange. Es war wunderbar tröstend, obwohl es ihn ziemlich mitnahm.

Martha hörte deutlich ein Stöhnen in der weiten Halle. Das war so niederdrückend, dass es ihr beinahe das Herz abdrückte.

Eifersucht

Im Schloss von Tepe el-Akbar, 18. Oktober 1941
2:30 Uhr

Wieder schwang ein Seufzer durch den Raum, aber er stammte weder von ihr noch von Said. Martha saß ganz still und hielt den Atem an, dann fühlte sie Saids Kuss an der Wange. „Wir werden beobachtet“, hauchte sie. „Vorsicht.“

Seine Lippen erstarrten, ehe sie ihr kosendes Spiel wieder aufnahmen. „Wer?“, wisperte es an ihrem Ohr.

„Ich hörte ein Stöhnen. Ich...“

Das Krachen eines Schusses riss ihr förmlich den Satz vom Mund. Die Kugel strich so scharf über ihren Kopf, dass sie den Luftzug spürte. Im nächsten Moment riss Said sie auch schon von den Polstern und begrub sie schützend unter sich.

„Bleib liegen“, zischte er, „Mein Gewehr liegt im Vorraum.“

Und Marthas Pistole lag bei ihrer Kleidung im Bad. Im Überschwang hatten sie beide jede Sicherheit vernachlässigt.

Wieder krachte ein Schuss und peitschte in die Polster. Der Einschlag war deutlich zu spüren. Said ließ sie fahren und schnellte mit einem weiten Sprung zum Eingang hinüber, doch kam er nicht sehr weit, schlug doch unmittelbar neben ihm ein weiteres Geschoss in den Boden, er konnte sich gerade noch hinter dem Diwan in Sicherheit werfen.

Der Schütze kam aus dem Palast und hatte nicht etwa die geheimen Treppen benutzt. Nun hatte er sich am Eingang postiert und Said von seiner Waffe abgeschnitten. Martha sah nur einen einzigen Ausweg, ihre eigene Pistole. Im nächsten Augenblick warf sie sich bereits nach vorne und rollte gewandt wie eine Katze in Richtung Bad. Dabei steckte ihr der Schock noch immer in den Gliedern, so dass ihr die immense Gefahr glücklicherweise erst zu Bewusstsein kam, als sie sich in den Baderaum warf. Unmittelbar hinter ihr schlug eine Kugel in die alten Mauern, sie wusste nicht einmal, ob man mehrmals auf sie gefeuert hatte.

Mit einem Sprung war sie bei ihrer zerlumpten Kleidung und riss die Pistole an sich, doch nun war guter Rat teuer. Von der Badezimmertür aus konnte sie den Eingang nur schlecht anpeilen.

Als sie nach draußen lugte, begegnete sie Saids Blick, der ihr heftig zuwinkte. Said, natürlich, das war die Lösung! Martha überprüfte ihre Waffe – jetzt war sie gesichert.

Said gestikulierte schon wieder und nun schleuderte sie die Pistole flach über den Boden zu ihm hinüber. Sie hatte Glück, denn trotz aller Aufregung hatte sie gut gezielt. Die Waffe schlitterte bis zum Diwan. Er zögerte keine Sekunde und sandte eine erste Kugel zum Eingang.

Das Feuer wurde umgehend erwidert, Said hielt mit einem Schuss dagegen. Seine Kugel kerbte unmittelbar neben dem Angreifer die Mauerkante, Martha hörte einen leisen Aufschrei. Said hatte offenbar noch weit besseren Einblick, denn er sprang hoch wie von der Tarantel gestochen und erreichte mit wenigen Schritten den Eingang.

Jetzt hielt Martha nichts mehr im Bad. Sie hastete zu ihm und er drückte sie gegen die Mauer. „Der Kerl feuert mit meinem Gewehr", zischte er in Marthas Ohr. „Und das nicht mehr lange. Nur noch ein Schuss im Magazin, dann können wir..."

Wieder krachte ein Schuss. Wohin die Kugel flog, war nicht auszumachen, doch dann klickte es metallisch. Das Magazin war leer! Ehe sie reagieren konnten, hasteten schon leise Schritte in die Dunkelheit in Richtung Ausgang, und Martha war sich sicher, ein Schluchzen zu vernehmen. Zum Nachdenken blieb allerdings keine Zeit, denn Said drang bereits mit erhobener Waffe durch die Tür.

Die vorderen Räume waren nahezu lichtlos, Martha war ausschließlich auf ihr Gehör angewiesen. Irgendwo ertönte ein leiser Aufschrei und ein scharfes Geräusch, als zerrisse jemand seine Kleidung. Dann knallte die schwere Eingangstür. Es wurde still.

Said pirschte vorwärts und Martha folgte mit angehaltenem Atem. Als sie den Ausgang erreichten, war die metallbeschlagene Pforte verschlossen und reagierte auch nicht auf Saids Öffnungskünste. Martha hörte, wie er in der Dunkelheit über die Wände tastete. Der Unbekannte musste von außen den Riegel blockiert haben. Sie waren eingeschlossen. Said fluchte beinahe lautlos, sein Scheitan war mehr zu ahnen, denn zu hören. Vor Aufregung zitterte er am ganzen Körper und Martha erging es nicht viel besser. Schließlich waren sie beide gänzlich nackt, was sie bisher in ihrer Aufregung kaum registriert hatten. Unwillkürlich drängte sie sich näher an ihren Begleiter und spürte seinen Ärger mit dem ganzen Körper.

„Die Kerle sind zurück, und ich bin ein Narr!" Mit jeder Silbe zeigte er, wie groß seine Selbstvorwürfe waren.

„Das bringt jetzt nichts", wiegelte sie ab. „Lass uns nachdenken. Wer sind unsere Gegner? Der Sturmbannführer und seine Meute?"

„Es gibt keine andere Möglichkeit."

„Aber wo sind Benazir und Adolf?"

„Irgendwo dort draußen, hoffentlich." Er musste seine Sorge gar nicht erst in Worte fassen, sie spürte sie auch so.

„Und weshalb hat man auf uns gefeuert?"

Er zuckte nur die Achseln. „Ich frage mich vielmehr, warum wir nicht getroffen wurden? Mit einem Gewehr und freier Schussbahn auf so kurze Distanz, wir sollten tot auf dem Diwan liegen."

Er hatte Recht. „Außerdem feuerte nur eine Person."

„So ist es", knirschte er. „Bei Allah, wir müssen hier raus, und das so schnell wie möglich. Mein Gewehr ist weg. Wie viel Munition hast du noch?"

„Etwa zehn Schuss."

„Zu wenig, um uns hier zu verteidigen. Wir müssen nach unten zu den Pferden und vor allem brauchen wir Kleidung!"

Mit diesen Worten zog er sie bereits zurück in Richtung Diwan. So tappten sie durch die Dunkelheit, als Martha plötzlich ein schwacher Duft um die Nase wehte, ein Duft, den sie überall erkannt hätte.

„Benazir ist hier", raunte sie.

Said stand wie eine Salzsäule, und auch seine Stimme war kaum mehr als ein Hauch. „Hier? Woher weißt du das?"

„Riechst du nichts? Das ist ihr Parfüm. Benazir war hier, da bin ich ganz sicher." Das Herz schlug ihr bis zum Hals. Die Freundin war hier, hier in diesen Räumen! Hatte man sie gefesselt und geknebelt? War sie verwundet, bewusstlos?

„Benazir? Wo bist du?" Martha hob die Stimme, doch er bremste sie umgehend.

„Leise!", zischte er.

Schließlich wussten sie noch immer nicht, was hier gespielt wurde. Jetzt hörte Martha, wie er prüfend die Luft einsog, dann knurrte er zweifelnd. Wahrscheinlich hatte er kaum eine Vorstellung von Benazirs Parfüm. Martha tastete sich vorsichtig weiter, doch bewegte sie sich nur auf gut Glück. Schon nach wenigen Schritten wehte ihr etwas entgegen. Ein Stück Tuch! Im ersten Schreck zuckte sie zurück. Es handelte sich jedoch nur um einen Fetzen, und der hing offenbar am Türpfosten oder besser, er hatte sich dort an einem Splitter verhakt.

„Ein Stück Stoff", informierte sie Said. Sie führte seine Hand, und er löste das Tuch mit heftigem Ruck.

„Komm ins Licht!", drängte er.

Als sie den Diwan erreichten und in den Schein der Lampen traten, konnten sie ihren Fund untersuchen. Ein blaues Stück Stoff, fraglos Frauenkleidung, von einer Burka. Und der Duft haftete eindeutig an diesem Fetzen. Martha fröstelte vor Anspannung. „Das gehört Benazir, sie muss hier sein."

„Sie war hier", korrigierte er, und sie hörte das Knirschen seiner Zähne.

„Aber..."

„Ich fürchte, sie hat auf uns geschossen."

„Was? Das ist unmöglich, das...!"

„Siehst du eine andere Möglichkeit? Als wir den Schützen verfolgten, hörten wir, dass er irgendwo hängen blieb. Dieser Fetzen ist die Erklärung."

„Dann hat ihr jemand den Schleier weggerissen!"

„Wir hörten nur eine Person. Doch komm, wir müssen uns anziehen."

Seine Kleidung lag neben dem Diwan, und Martha schlüpfte im Bad notgedrungen in ihre Lumpen, während ihre Gedanken hektisch kreisten. Weshalb sollte Benazir auf sie schießen? Das klang doch aberwitzig. Nein, es musste jemand anderes sein, es...

Said trat über die Schwelle, und er sprach nur ein einziges Wort. „Eifersucht! Sie hat uns beobachtet und den Anblick nicht ertragen. Mich hasst sie ohnehin und in dich ist sie verliebt bis über beide Ohren."

„Verliebt?", protestierte Martha, doch er winkte nur ab. „Komm, komm kleiner Dschinn, ich bin zwar nur ein Mann, aber dennoch nicht blind. Meine Schwester liebt dich. Hast du vorhin das Schluchzen gehört? Das kam von ihr. Sie weinte, als sie auf dich schoss, auf die Freundin, die sie mit dem Menschen betrog, den sie neben meiner Mutter am meisten verabscheut. Für Benazir brach ein Welt zusammen. Deshalb feuerte sie auch mit meinem Gewehr, ich vermute, sie besaß keine eigene Waffe."

„Aber wie kommt sie dann...?"

„Warte! Wie alt ist dieses Parfüm? Selbst für meine ungeübte Nase scheint dieser Duft noch relativ frisch. Glaubst du, dass Benazirs Entführer ihr erst noch Parfüm besorgten, ehe sie mit meiner Schwester im Hindukusch verschwanden?"

Seine Worte bestürzten sie, auch wenn sie im ersten Moment ihre Tragweite noch gar nicht richtig einschätzte. „Worauf willst du hinaus?", stammelte sie.

„Man hat uns reingelegt." Said lachte grimmig und doch auch voller Befriedigung, ein Rätsel gelöst zu haben. „Es passt alles zusammen, einfach alles! Meine Schwester wurde gar nicht entführt, und es gab auch keine Kidnapper."

Martha brachte kein Wort heraus, als ihr die Konsequenzen dämmerten.

Said lud die Pistole durch. „Der Sturmbannführer und seine Truppe benötigen den Schatz, weil ihr Bargeld konfisziert wurde. Ohne Geld keine Verschwörung. So beliebt sind die Nazis nun auch wieder nicht, als dass sie hier am Hindukusch ohne Bestechungsgelder auskämen. Vielleicht bei einigen Wirrköpfen aus der Amani, aber nicht bei all ihren kleinen Handlangern, auf die sie unmöglich verzichten können."

„Aber warum dann Benazir? Was hat sie damit zu tun?"

Sie kam nicht weiter, denn Said schüttelte sie mit jäher Kraft. „Komm zu dir, Dschinn! Es ging die ganze Zeit um Gold, und sie benutzten Benazir, um sich dein Wissen zu erschließen. Vielleicht wollte man dich erpressen, unter Umständen ging es auch nur darum, dein Verhalten zu beobachten. Wahrscheinlich hoffte man, dass du dich beim Anblick von Tepe el-Akbar an alles erinnern würdest. Deshalb war das Kasr auch verlassen und niemand zeigte sich, als wir endlich auftauchten. Die Kerle wollten dich nicht stören. Sie mussten nur warten, und du hast sie nicht enttäuscht, du entdecktest den Schatz. Vielleicht graben sie bereits in dieser Sekunde unten in der Höhle."

„Und Benazir?"

„Sie steckt mit den Schuften unter einer Decke, irgendwie. Sie hasst mich, und das macht sie zur idealen Verbündeten des Sturmbannführers. Als sie uns dann auch noch im Bett beobachtete, konnte sie sich nicht mehr zurückhalten. Hass, Eifersucht, nenne es, wie du willst."

Es war ein Glück, dass er sie immer noch festhielt, denn für Martha schien sich alles zu drehen. Benazir hatte sie hintergangen, Benazir... die Bilder gemeinsamer Stunden irrlichterten durch ihre hektische Gedankenflut, der Sprachunterricht, das Lesen verbotener Bücher, der Pool, die Tanzstunden... und jetzt sollte ausgerechnet Benazir...

Sie kam erst zu sich, als Said sie heftig küsste, geradezu verzweifelt. „Um Allahs Willen, fasse dich!" Er klang so besorgt, unter Umständen redete er schon länger auf sie ein. Sie musste sich zusammenreißen, sie musste! Said strich ihr behutsam das Haar aus dem Gesicht. „Ganz ruhig. Geht es wieder?"

Martha nickte krampfhaft, ihr kleines erschrecktes Nicken. Said drückte seine Stirn in ihr immer noch feuchtes Haar. „Bitte! Ich weiß, was du empfindest, aber wir dürfen uns nicht belügen. Vielleicht geht Benazir von anderen Voraussetzungen aus, vielleicht wurde sie benutzt und belogen. Hoffen wir das Beste, aber lassen wir Vorsicht walten, bis wir mit absoluter Sicherheit wissen, auf welcher Seite sie steht. Du musst jetzt stark sein, hörst du? Ein starker Dschinn. Versuchst du das?" Er drückte sie sanft, und Martha nickte heftig.

„Gut, wir benötigen Informationen, und die finden wir nur oben im Schlosshof." Er deutete auf den Lüftungsschacht.

„Bist du sicher, dass man wirklich hochklettern kann?"

„Was glaubst du, wie ich als Junge den Harem meines Großvaters erkundete? Meinst du, er hätte mich freiwillig hereingelassen? Nie im Leben. Ich nahm den Lüftungsschacht."

Martha staunte ihn an. „Sag nicht, dass du deinen Großvater belauscht hast!"

„Na ja.“ Er hustete. „Sagen wir, es war ganz lehrreich. Der Schacht verläuft schräg nach oben, man kann ihn gut benutzen, zumindest du. Ich passte schon mit vierzehn Jahren kaum mehr durch. Traust du dir das zu? Ja? Sieh dich oben um. Falls die Luft rein sein sollte, öffne mir die Haremstüre. In Ordnung? Dann los, und nimm deine Pistole mit.“

Martha fühlte sich alles andere als wohl, als er sie in den Luftschacht schob. Das Klettern nahm sie derart in Anspruch, dass sie Mühe hatte, richtig nachzudenken: War es denkbar, dass die Freundin sie derart hinters Licht geführt hatte?

Als sie sich hochgekämpft hatte, musste sie erkennen, dass die Öffnung nicht ebenerdig, sondern wenigstens drei Meter über dem Pflaster lag. Außerdem war sie gut getarnt und von unten kaum einzusehen.

Draußen war es stockdunkel, das Mondlicht reichte kaum aus, um den Hof zu überblicken. Keine Spur von Benazir. Doch während sie noch lauschte, wieherte irgendwo ein Pferd und sofort antwortete ein zweites. Die Kerle waren tatsächlich zurück. Da sich nichts bewegte, konnte es gut sein, dass man sich unten im Brunnenschacht über den Schatz hergemacht hatte. Das Gold war ihnen wahrscheinlich viel wichtiger als Martha oder Said. Vielleicht war das der Grund, weshalb Benazir allein in den Harem vorgedrungen war? Möglicherweise hatten die Schufte von Benazirs Expedition gar nichts mitbekommen, oder sie war ihnen gar entwischt? Auf jeden Fall hatte Martha jetzt freie Bahn, zumindest konnte sie es wagen, in den Hof zu klettern.

Martha stemmte sich vorsichtig aus dem Stollen und kauerte bald auf einem Mauervorsprung, der die Öffnung vor neugierigen Blicken schützte. Immer noch keine verdächtige Bewegung, und so nahm sie ihren ganzen Mut zusammen und sprang hinunter. Beinahe drei Meter, sie schlug recht unsanft auf und hatte Mühe, ihre Benommenheit abzuschütteln. Zum Glück rührte sich noch immer nichts und so pirschte sie sich zum Eingang des Harems. Tatsächlich klemmte ein Holzkeil hinter dem Riegel, doch war dieses Hindernis schnell beseitigt. Augenblicke später kuschelte sie sich fest in Saids Arme, während sie ihn hastig ins Bild setzte.

Geschwister

Im Schloß von Tepe el-Akbar, 18. Oktober 1941
4:45 Uhr

„Aber wo ist Benazir?“, raunte er, als sie in den Hof hinaus schlichen. Ehe er fortfahren konnte, knirschte ein Ziegel, und als sie herumfuhren, verschwand ein vager Schatten in der nächtlichen Moschee.

Martha war schon unterwegs, und Said blieb nichts anderes übrig, als ihr zu folgen. Die Moschee war zugig und leer. Zudem verstärkte der weite Kuppelraum das Geräusch auch leichtester Schritte. Dort links, war das ein Mensch? Martha erkannte nicht mehr als einen Schatten, der sich in Richtung Minarett absetzte.

„Benazir?" Der Name war kaum heraus, als Said ihr schon den Mund verschloss.

„Still!", beschwor er sie. Er versuchte, sie festzuhalten, aber sie riss sich los. Benazir hatte ja keine Munition mehr. Martha musste sie einfach finden. Im nächsten Augenblick stürzte sie bereits ins Treppenhaus. Nach einigen Stufen hielt sie inne und hörte nun flüchtige Schritte. Auf Zehenspitzen schlich sie weiter. So vergingen Ewigkeiten, bis sie endlich die Kanzel erreichte und auf den Umgang hinaus spähte. Nichts.

Said drängte sich dicht hinter sie. „Sie muss hier sein. Halte die Stellung und blockiere die Treppe."

Mit diesen Worten trat er schon hinaus in die Dunkelheit, um die Balustrade zu umrunden. Martha lauschte ihm nach. Jetzt musste er die gegenüberliegende Seite erreicht haben, Martha zitterte vor Aufregung. Er hatte sich rechts gehalten und nun schob sich aus entgegengesetzter Richtung ein lautloser Schatten Richtung Treppe. Das war nicht Said...

„Bleib stehen!", wisperte Benazirs bebende Stimme. „Bleib stehen oder ich schieße!"

Martha stand wie versteinert, bis sie begriff, dass sich die Drohung nicht gegen sie richtete. Da krachte auch schon ein Schuss, und dieser Schuss änderte alles, auch wenn er nicht auf Martha zielte. Also war die Freundin doch bewaffnet. Jetzt ging es nicht allein um Benazir, jetzt ging es um Leben und Tod.

Martha hatte kaum Zeit zu reagieren, da flog ihr Benazir förmlich in die Arme, und es war ihr Glück, dass die Freundin mindestens so schockiert schien wie sie selbst. Der Anprall war so heftig, dass sie ihre Pistole verlor, doch war sie immerhin so geistesgegenwärtig, Benazir mit aller Macht an sich zu reißen. Doch kaum fühlte das Mädchen Marthas Arme, da wandte sie sich mit einem Aufschrei gegen sie. Martha spürte deutlich, wie sie alles daran setzte, um ihre Arme frei zu bekommen, fühlte das kalte Metall eines Revolvers. Sie packte die Waffe.

„Ich bin's", keuchte sie. „Martha! Um Himmels Willen, was tust du?"

Offenbar war das nun gerade das falsche Stichwort, verdoppelte doch die Freundin ihre Anstrengungen, ja sie begann sogar um Hilfe zu rufen. Allerdings brachte sie nur einige Worte heraus, da tauchte Said bereits aus dem Dunkel und packte sie mit überlegener Kraft. Er brauchte nur Sekunden, um die Waffe zu ertasten und sie aus ihren Fingern zu winden. Benazir kreischte wütend auf und er fasste blitzschnell zu. Auch wenn er Martha nur streifte, so zeigte doch die kleine Berührung, dass er beträchtliche Kraft einsetzte. Ein Griff, und er umklammerte Benazirs Kehle. Das Schreien versiegte in grässlichem Gurgeln, und Martha kam ächzend frei.

„Steck ihr etwas in den Mund", zischte Said. „Schnell."

Martha zitterte am ganzen Körper, riss sich aber irgendwie Fetzen aus ihren Lumpen. Auch wenn sie nur tasten konnte, so hatte sie doch wenig Mühe, dem Mädchen mit dem Tuch den Mund zu stopfen. Augenblicke später verstummte das Gurgeln, Benazir sackte zusammen. Offenbar hatte sie das Bewusstsein verloren.

Said verlor keine Zeit und band der reglosen Gegnerin seine Gürtelschnur über die Lippen, so dass sie den Knebel nicht mit der Zunge herauswürgen konnte. „Wir müssen hier weg, schnell. Such die Pistolen!"

„Geht es dir gut? Bist du verletzt?"

„Ja, ja, mach schnell!"

Er ließ ihr keine Zeit, riss Benazir hoch und trug sie wie ein Kind die Wendeltreppe hinunter. Martha tastete über die Bohlen der Kanzel, bange Fragen auf den Lippen. Said hatte ihr mit *Ja* geantwortet. Hieß das nun, dass es ihm gut ging, oder dass er tatsächlich verletzt war? Moment, hier lag ihre Pistole und dort Benazirs Revolver. Said war schon weit unten und Martha hastete hinter ihm drein, doch erreichte sie ihn erst, als er schon in den dunklen Hof hinaus spähte. Dort hatte sich die Situation grundlegend geändert oder besser, sie war gerade dabei, sich zu ändern, schimmerte doch drüben am Schacht des Brunnens schwankendes Lampenlicht. Offenbar war man aufmerksam geworden und schickte sich an, nachzuprüfen, was da eigentlich vor sich ging.

„In den Harem!", kommandierte Said und flog förmlich zum Eingang, Benazir immer noch im Arm. Augenblicke später stürzten sie bereits durch die schwere Tür und zogen sie zu.

„Kann man sie verriegeln?", fragte Martha. Said lachte nur. Was für eine Idee, natürlich nicht. Sonst hätten sich ja die Frauen leicht verbarrikadieren können.

„Wir müssen runter zu den Pferden."

„Und Benazir?"

„Der geht es gut. Los, los, sie kommen!"

Sie kamen in der Tat, Martha hörte die Verfolger jenseits der Pforte. Said hastete voran und Martha folgte. „Nimm den Revolver, hier!"

„Später, erst in den Schrank."

Said stürmte in den Ankleideraum und schob seine völlig apathische Schwester durch den Schrank und in das Treppenhaus, als oben die Metalltür aufkrachte und schwere Schritte den Harem füllten. Jetzt ging es um Sekunden, die Frage war nur, ob die Verfolger die geheime Treppe kannten oder nicht.

Martha drängte sich als Letzte durch den Schrank.

„Um Allahs Willen, zieh die Türen zu", mahnte Said. Im nächsten Moment war der Schrank verschlossen, auch die rückwärtige Tür. Dann lauschten beide. Drüben näherten sich Schritte und Licht schimmerte kurz durch einige Ritzen des alten Schrankes, dann wurde es wieder still, die Geräusche entfernten sich.

„Vielleicht wissen sie nichts von dem Treppenhaus", hauchte Martha voller Hoffnung, aber Said antwortete nur mit einem zweifelnden Knurren. Im nächsten Moment flammte ein Feuerzeug auf und Martha hätte beinahe aufgeschrien, doch war es nur Said, der einen Blick auf seine Schwester werfen wollte. Benazir atmete schwach, aber regelmäßig. Sie hatte die Augen geschlossen und schien ohne Besinnung. Bei weitem das Beste, was jetzt passieren konnte. Martha atmete auf und steckte Said den Revolver zu, den er sorgfältig untersuchte. Vor seinen Füßen lag ihre alte Fackel.

Als Said das Feuerzeug hob, erkannte sie zu ihrer Bestürzung seinen blutigen Ärmel. „Nur ein Streifschuss", beruhigte er. Also hatte Benazir ihn doch getroffen.

Said lauschte erneut, sein Feuerzeug erlosch. „Komm, wir müssen zu den Pferden."

Martha hörte, wie er seine Schwester wieder auf die Arme wuchtete. „Wenn sie erwacht, müssen wir außer Hörweite sein. Nimm die Fackel, hast du sie?"

Sie stiegen nach unten, Schritt für Schritt tastend in der Dunkelheit, bis sie es schließlich wagte, die Fackel zu entzünden. Jetzt ging es zügiger, auch wenn Benazir mittlerweile zusammenhanglos vor sich hin murmelte.

„Vielleicht entdecken sie uns nicht", keuchte Martha hoffnungsvoll.

„Sie finden uns. Die Kleidungsstücke draußen vor dem Schrank – deine Anprobe, schon vergessen? Sie werden die Schränke durchsuchen und zwei und zwei zusammenzählen."

„Dann verdanken wir es nur ihrer Gier nach dem Schatz, dass wir solange unbehelligt blieben?"

„Ich vermute eher, sie wussten gar nicht, dass wir uns überhaupt noch im Schloss aufhielten. Schließlich waren keine Pferde zu sehen. Ich denke, sogar Benazir entdeckte uns nur durch Zufall. Vielleicht wollte sie einfach nur baden."

Sie hasteten weiter und weiter. Immerhin war nun klar, dass Said zum

Glück nicht ernstlich verletzt war, sonst hätte er unmöglich dieses Tempo anschlagen können. Auf diese Weise hatten sie schon eine erhebliche Strecke zurückgelegt, als weit oben im Treppenschacht Stimmen aufklangen. Marthas Puls beschleunigte sich – man hatte sie entdeckt. Sie eilten weiter, um nach einigen Minuten keuchend zu lauschen. Stille.

War das ein Irrtum, trog sie ihr Gehör?

Martha fing Saids fragendem Blick. Er hob ratlos die Schultern. Entweder drangen die Kerle ungeheuer leise vor, oder sie hatten die Verfolgung abgebrochen, was Martha kaum zu hoffen wagte. So strebten sie weiter und weiter, und von ihren Verfolgern war weit und breit nichts mehr zu vernehmen. Marthas Zuversicht stieg mit jeder Sekunde und selbst Saids Schritte schienen irgendwie beflügelt. Zumindest lächelte er ihr jedesmal zu, sobald sie sich umdrehte. Es war ein so warmes Lächeln; und das war nicht dem Fackellicht geschuldet. Obwohl sie ziemlich erledigt war, tanzte sie förmlich die letzten Stufen hinab, der Höhle und ihren Pferden entgegen.

Jetzt erreichten sie die Felsleiste, die über viele Generationen hinweg den geheimen Aufgang beschützt hatte, und dann sprang sie voller Erleichterung in die nächtliche Höhle. Said schob ihr die immer noch apathische Freundin über die Kante. Dann vernahm sie das leise Schnauben eines Pferdes und nun sprang Said hinunter. Kein Zweifel, sie waren gerettet.

Martha war so erleichtert, dass sie ihm um den Hals fiel und sich geradezu gierig kosen ließ.

In dieser Sekunde fuhr Benazir hoch wie ein Blitz. Martha bemerkte es aus den Augenwinkeln und konnte die Freundin gerade noch fassen und zu Boden reißen, sonst wäre sie schon aus der Höhle gewesen. Augenblicke später griff auch Said mit zu. Benazir schlug auf ihn ein und nun zeigte sich, dass ihre Bewusstlosigkeit seit geraumer Zeit nur gespielt gewesen war. Sie stieß sogar ihren Knebel aus dem Mund und schrie gellend um Hilfe. Ihre Rufe hallten weit in die Nacht hinaus, zumal sowohl Said wie Martha Hemmungen hatten, das Mädchen härter anzufassen, bis Martha schließlich ihre nahezu hysterische Gefangene ingrimmig schüttelte. „Falls du mich wirklich liebst, dann schweig! Sei still!"

Offenbar hatte sie die rechten Worte gefunden, denn das Kreischen verstummte, und Benazir stierte mit überweiten Augen zu ihr auf, Blicke in denen Panik, ja Verzweiflung schimmerte.

Martha fuhr ihr übers Haar und die großen Augen füllten sich mit Tränen. Said stand hilflos daneben und war klug genug, sich im Hintergrund zu halten.

Martha beachtete ihn gar nicht, nicht mit einem Blick, streichelte nur Benazirs Wange. Das Mädchen schloss die Augen und dann huschte wieder dieses schier überirdische Lächeln über ihr Gesicht. Doch als sie endlich die Lider hob, flackerten die Augen aufs Neue, selbst im Fackellicht war nicht zu übersehen, wie schwer sie unter Schock stand. Martha fragte sich beklommen, ob sie tatsächlich dafür verantwortlich war, oder ob man der Freundin am Ende gar etwas angetan hatte?

„Kannst du reiten?", erkundigte sie sich vorsichtig, doch Benazir schien die Frage kaum zu begreifen, zumindest irrte ihr Blick jäh zur Seite.

„Klar kann sie reiten", schnarrte eine englische Stimme. „For sure."

Martha zuckte herum, vernahm einen dumpfen Schlag, und dann stürzten Said und David buchstäblich gegen ihre Füße. Die Wucht der Männer war so gewaltig, dass sie Martha regelrecht von den Beinen fegten, während Benazir mit wirrem Blick daneben stand, als ginge sie das alles gar nichts an. Martha prallte heftig gegen die Höhlenwand und hatte Mühe, überhaupt wieder auf die Füße zu kommen, während Said und David unter grimmigem Keuchen vor ihr durch den Sand rollten. Beide umklammerten sie Davids Pistole und jeder versuchte, den Lauf von sich wegzudrücken.

Vielleicht hatte David angenommen, sein überraschender Angriff werde ihm Vorteile bringen, doch Said gelang es, ihn über seinen Kopf zu schleudern und aufzuspringen, ehe David sein Gleichgewicht wiedergefunden hatte. Davids Pistole flog durch die Höhle, und er tauchte blitzschnell nach seiner Waffe.

Said griff in den Gürtel, doch hatte er seinen Revolver im Handgemenge verloren. Mit einem wahren Panthersatz erreichte er seinen Gegner, und als dieser seine Waffe packte, trat er ihn so gewaltig in die Seite, dass der Engländer mit gellendem Aufschrei gegen die Felsen flog. Als er sich auf den Rücken warf und einen Dolch herausriss, blickte er in die Mündung seiner eigenen Waffe, die Said aus kaum zwei Metern Distanz auf seinen Kopf richtete.

„Weg mit dem Dolch!" Said sagte es ganz ruhig, obwohl ihm Blut über die Stirn sickerte. Offenbar hatte David ihm im ersten Ansprung einen üblen Hieb versetzt. David zögerte und senkte erst die Klinge, als er Marthas Blick begegnete.

„Great", zischte er verächtlich. „Da habe ich versucht, dich zu retten und jetzt bist du nichts als eine Hure dieses..., dieses..." Offenbar fand er kein Schimpfwort, das seine Gefühle angemessen umschrieben hätte.

Saids Stimme klang noch immer absolut gelassen. „Sprich dich nur aus. Wir wollen doch wissen, mit wem wir es zu tun haben."

David musterte ihn verächtlich. „So sieht also ein Freund aus. Na los, Said ed-Din, erschieß' mich doch. Dann sind wir quitt. Du hast mir ein Haus geliehen und ich dir meine Freundin."

Es waren diese Worte, die Marthas Zorn erst richtig entflammten. Wie war das? David hatte seine Freundin verliehen? Sie sprang wie eine Furie vor ihn hin und zischte in sein hochrotes Gesicht. „Bist du verrückt? Seit wann bin ich eine Freundin, die du verleihen kannst? Wie kannst du es wagen..."

Said legte ihr begütigend die Hand auf den Arm, und Benazir stand wie gelähmt daneben, ohne etwas zu begreifen. Said blickte fragend auf Martha. „Kannst du ihn fesseln?"

Martha nickte finster und David lachte nur zynisch. „Sieh an, das deutsche Fräulein und der Afghane. Wusste ich's doch, der Sturmbannführer ist immer noch aktiv!"

Said wischte sich Blut aus dem Gesicht. „Der Sturmbannführer? Aber nicht mehr lange, mein alter Freund! Ich werde dafür sorgen, dass du niemandem mehr schaden kannst."

„Ich?" David sah mit stieren Augen zu ihm auf. Seine Überraschung hätte gar nicht größer sein können.

„Du und deine Helfershelfer von der Amani. Die Mitgliedschaft in der Britischen Gesandtschaft ist eine ziemlich gute Tarnung für einen Agenten der Nazis."

David lachte lauter. „Ich? Ein Emissär der Nazis? Really great. Und was ist mit ihr?" Er nickte in Marthas Richtung, die gerade eine Leine vom Sattel ihres Pferdes zog.

„Was sollte mit ihr sein?", forschte Said nachlässig.

„Nun, deine Martha ist der Sturmbannführer, mein mutiger Prinz! Nur sie allein, begreifst du das nicht? Ein geheimnisvoller Attentäter, den keiner kennt, ein Mensch, den der Erdboden verschluckt, wann immer man ihn fassen will. Immerhin, wir hatten sie schon länger in Verdacht, spätestens als wir die Nazi-Insignien bei ihr entdeckten. Ja, ja, meine Liebe, das wissen wir schon lange, oder glaubst du, wir hätten deine Wohnung nicht durchsucht? Mehrfach, sage ich dir, mehrfach."

Martha war so konsterniert, dass sie keinen Ton hervorbrachte. Für einen Augenblick herrschte lähmende Stille. Said musterte ihn spöttisch. „Martha zeigte mir die Orden. Nein, du täuschst mich nicht, außerdem hat sie einen Helfer des Sturmbannführers erschossen."

„Ah tatsächlich? Wen denn?"

„Ein Mitglied der Deutschen Schule."

David lachte schrill. „Na Glückwunsch. Ein alter Gestapotrick. Man erschießt einen eigenen Mann, um sich als Antifaschist auszuweisen. Außerdem kann er dann nichts mehr ausplaudern. Was soll ich sagen? Beste deutsche Schule."

Martha konnte kaum glauben, was sie da hörte. Der Gedanke, dass sie diesen Mann noch vor Tagen als Freund betrachtet hatte, raubte ihr fast den Atem.

Said legte ihr die Hand auf die Schulter. „Das ist nur ein Bluff. Er will dich nur irritieren. Nein, nein, mein guter David war von Anfang an vor allem auf der Spur des Schatzes, während seine Vorgesetzen meinten, er verfolge den Sturmbannführer." Said lachte zynisch auf. „Deshalb hat er sich auch nach seiner Rückkehr an dich rangemacht. Er wollte dich aushorchen. Ich habe mich stets gewundert, weshalb er den Kontakt mit einer Deutschen riskierte, nun, jetzt wissen wir es, nicht wahr? Als du mit Benazir im Haremshaus meines Großvaters Zuflucht suchtest, wer tauchte da auf? Unser guter David. Und wofür interessierte er sich?"

Martha ging ein Licht auf. „Für den Schatz!"

„Genau das."

„Aber du willst doch nicht behaupten, dass David wirklich der Sturmbannführer sei? Aber dann hättest du ihn doch damals in deinem Park oder bei Habib Shah erkennen müssen!"

„Konnte ich nicht, weil er stets darauf bestand, sein Gesicht zu verhüllen. Er kam mir irgendwie bekannt vor, aber ich konnte meine Eindrücke nicht zuordnen. Nun, wir suchen den Sturmbannführer seit wenigstens einem Jahr und hatten lange nicht die leiste Ahnung, um wen es sich handeln könnte. Kein Wunder, ich hätte ihn nie in der britischen Botschaft vermutet."

Martha hatte Mühe, seiner Argumentation zu folgen. David ein Doppelagent?

Sogar Said schien einigermaßen fassungslos. „Und ich Idiot habe ihn sogar in meine Ermittlungen eingeweiht, weil ich David für einen genuinen Verbündeten hielt." Ein lautloses Lachen erschütterte seinen Körper, doch so, wie Martha ihn einschätze, vibrierte er jetzt förmlich vor Erbitterung, als er die Waffe auf ihn richtete. „Was hast du mit Marthas Bruder gemacht?"

David taxierte ihn grimmig. Said beugte sich tiefer.

„Was ist mit Adolf? Ich nehme an, er war für dich eine willkommene Hilfe, ein willfähriges Werkzeug. Er ist noch neu in Afghanistan und konnte die Zusammenhänge schwerlich durchschauen. Ich fürchte, er wollte nur Marthas Freundin helfen, nicht wahr?"

„Zumal er sich in Benazir verguckt hat", giftete David.

Saids Augen verkniffen sich, und Martha fasste seinen Arm. „Adolf hat Benazir nichts getan, da bin ich ganz sicher. Deine Schwester ist für ihn nur ein Sinnbild des Orients. Große dunkle Augen, schwarzes Haar..."

„Europäer!" Said sagte es abfällig, wenn auch halbwegs besänftigt.

Martha drängte ihn zur Seite. „David, wo ist Adolf?" Sie sagte es ganz ruhig, aber die Drohung in ihrer Stimme erreichte jeden in der Höhle.

David musterte sie verächtlich. „Ihr seid ja alle verrückt, crazy. Naturlich suche ich den Schatz, wir suchen ihn alle, so wie wir hier stehen und vor allem unsere Martha, auch wenn du mir nicht glauben willst, dass sie der Sturmbannführer ist."

Said nahm Martha die Leine aus der Hand und trat auf David zu. „Der Sturmbannführer ist keine Frau, da bin ich ganz sicher."

„Genau", sagte eine eisige Stimme. Ehe jemand reagieren konnte, krachte ein Schuss und schleuderte Said so heftig gegen Martha, dass beide zu Boden stürzten. Der Revolver fiel ihm aus der Hand und Martha stürzte direkt auf seine Waffe, Benazirs Angstschrei noch im Ohr. Ehe sie reagieren konnte, packte sie jemand im Nacken und riss sie herum. Dann starrte sie in das grinsende Gesicht ihres Bruders.

„Sieg Heil, Fohli. Alles in Ordnung. Bestens, geradezu."

Er stand direkt über ihr, die rauchende Pistole in der Hand.

„Adolf? Was...?"

Er schenkte ihr nur einen flüchtigen Blick, sein Blick flog zur Seite, hin zu David, der sich gerade aufraffen wollte.

„Gut, dass du kommst", lachte der Brite. „Genau richtig."

Adolf lachte kalt, mit einer Stimme, die Martha bis ins Mark erschütterte. „Finde ich auch, mein Bester." Ohne auch nur im Geringsten zu zögern, schoss er David in die Brust. Der Engländer fiel gegen die Felsen, und Adolf feuerte erneut. David starb mit einem stieren Blick, ohne wirklich zu begreifen, was geschehen war.

Martha lag wie versteinert.

Adolf trat näher und stieß David verächtlich die Fußspitze in die Seite, doch der zuckte nicht mehr. „Schätze, unser Waffenstillstand ist zu Ende, kleiner Brite. Ja, ja, die Dummen sterben niemals aus. Ehe ich's vergesse, Fohli, ich bin der Sturmbannführer. Ich!" Er lachte gellend auf.

Martha war wie paralysiert, und Benazir starrte ins Nichts, Said lag reglos neben ihr. Seine Jacke war blutdurchtränkt. Der Anblick war so schauerlich, dass Martha kein Wort hervorbrachte.

Adolf kicherte hämisch. „Warst die perfekte Tarnung für mich, Fohli, muss dich loben. Kein Mensch hat mich verdächtigt, wirklich kein Mensch. Auf Ehre." Mitleidslos blickte er auf Said hinunter, der gerade zu sich kam. Martha umklammerte seinen Kopf und fühlte ihre Hilflosigkeit wie eine große endlose Leere.

Saids Lider zuckten im Schmerz. Selbst Benazir sank neben ihm zu Boden. Adolfs Stimme war schier unerträglich. „Hätte deinen Kavalier bereits vor Bamiyan abgeknallt", schnarrte er. „Wollte aber die Beisetzung unserer Eltern nicht weiter stören."

Adolf steckte seine Waffe weg und deutete auf Said, der erneut das Bewusstsein verlor. „Was flennst du, Fohli? War doch nur ein Kanake!"

Martha bemerkte nicht, wie ihr die Tränen aus den Augen strömten. Sie konnte sie nicht mehr hören, seine widerliche, deutsche Stimme. Ohne nachzudenken, zog sie ihre Pistole.

Adolf begann zu grinsen. „Was soll das, Fohli? Na los, gib mir die Pistole. Oder willst du ihm selbst den Gnadenschuss geben?"

Er nickte zu Said hinunter und trat langsam auf sie zu, ein amüsiertes Funkeln in den Augen. Benazir zuckte zurück, als er sich näherte. Martha spürte die zitternde Hand der Freundin. Ihr Blick zuckte zu Benazirs bleichem Antlitz und zurück zu Adolfs kalten Augen. Ihr Bruder war fast heran, und Benazir drängte sich noch etwas näher.

„Was hast du mit ihr gemacht?", fragte Martha ahnungsvoll. „Was...?"

Adolf winkte großartig. „Na was wohl? Ich habe das Mädchen eingemeindet, sozusagen germanisiert!" Er lachte zynisch. „Na ja, unsere lieben Landsleute würden es Rassenschande nennen, aber vielleicht hat sie ja einen Vorfahren in der Armee Alexanders." Sein Lachen wurde geradezu dämonisch.

Rassenschande? Das ungeheuerliche Wort hallte in Marthas Kopf. Rassenschande, der sexuelle Kontakt eines Deutschen mit einer Nichtarierin. Hatte er Benazir...?

Ihr Bruder nickte ihr grinsend zu. „Ganz recht, Fohli. Ich hab mir die Kleine zugeritten. War mir eine Ehre und eine Freude. Was willst du, schließlich hattest du doch auch deinen Spaß mit dem Kanaken da." Er nickte zu dem reglosen Said hinunter.

„Du hast sie vergewaltigt?", fragte Martha erstickt.

„Also wer wird es denn gleich eine Vergewaltigung nennen! Habt ihr die blutigen Betttücher nicht gesehen? Oben in der Truhe neben dem Grammophon?"

Martha wollte ihm antworten, doch brachte sie keinen Laut heraus. Sie hob nur die Pistole und richtete sie auf ihren Bruder. Noch nie im Leben hatte sie solche Wut verspürt, die ihre Waffe schwanken ließ wie einen Zweig im Wind.

Adolf schüttelte vorwurfsvoll den Kopf. „Lass den Quatsch, Fohli!"

Im ersten Moment grinste er noch zynisch, doch dann erlosch das hämische Funkeln seiner Augen. Seine Hand näherte sich unmerklich der eigenen Waffe, zentimeterweise.

„Großdeutschland kämpft um die Weltherrschaft. Und wo stehst du?"

„Nicht neben dir." Sie sagte es fest und sicher.

„Wir erobern den Hindukusch, Indien!"

„Du nicht." Zwei Worte, ein Urteil. Seine Augen flackerten. Noch einmal zeigte sich sein jungenhaftes Lächeln, verkrampft und nur einen Lidschlag lang, dann griff er zur Pistole.

Martha drückte ab, einmal, zweimal. Der zweite Schuss traf ihn im Unterleib und fegte ihn von den Beinen. Adolf wälzte sich stöhnend herum und hob seine Waffe. Martha schoss ohne zu zögern, leerte das ganze Magazin und hielt erst inne, als ihre Waffe klickte und klickte.

Ihr Bruder lag reglos zu ihren Füßen.

Endlich nahm sie seine Waffe auf und sank neben Said zu Boden. Benazir kniete schluchzend neben ihr. Martha verstand nicht viel von Medizin, erkannte aber selbst im kargen Fackellicht, wie das Blut unverwandt strömte. Er lebte und tastete über seine blutverschmierte Jacke.

Es drückte ihr schier das Herz ab, als er sie anlächelte, ein schwaches, qualvolles Lächeln. „Guter Schuss", ächzte er. „Und gute Lösung. Jetzt kannst du Afghanistan verlassen, kleiner Dschinn." Um seine Lippen spielte wieder dieses Lächeln, das der Schmerz so schnell zur Seite fegte.

Er suchte nach Benazirs Hand und nach ihrem Blick. Sie wich vor ihm zurück, schmiegte sich an die Freundin.

„Tut mir leid", stöhnte er, „ich wünschte, wir hätten uns besser gekannt." Dann schob er ihre bebenden Finger in Marthas Hand. „Bring sie raus..., raus aus Afghanistan." Blut trat ihm auf die Lippen, und er quälte sich mit jedem Wort. „Sie kann hier nicht mehr leben, nicht am Hindukusch. Versprich... es." Seine Hand glitt ziellos hin und her, als könne er nichts mehr sehen.

Martha drückte ihm die Hand und nickte wieder und wieder.

„Du musst jetzt stark sein, kleiner Dschinn." Seine Finger zitterten in ihrer Hand und wurden langsam schlaff. Seine Lider schlossen sich und das Blut sickerte unaufhörlich. Martha hatte keine Tränen, alles schien ihr leer und tot. Dann wurde es still, selbst Benazirs Schluchzen schien verebbt.

Martha drückte die Freundin an sich und blickte in ihre flackernden Augen. Verstand sie überhaupt, was hier vor sich ging? Über ihren Köpfen fuhr der Nachtwind herein und ließ die Fackel lodern, ein letztes Mal, ehe sie qualmend verlosch.

Benazirs Stimme erreichte Martha aus der Finsternis, und sie war voller Erstaunen. „Wer ist das? Er sieht aus wie mein Bruder, aber er spricht so anders, das ist nicht Said, er kann es nicht sein."

Martha drückte sie fester. „Das ist Iskender", flüsterte sie. „Sein Name ist Iskender."

Das Medaillon

Kabul, im Palais von Fatima Shasadeh, 29. Oktober 1941
12:45 Uhr

Martha setzte die Tasse zurück und verschüttete ihren Kaffee, als Fatima den Raum betrat. Die alte Dame wirkte so unbeugsam wie eh und je und schien sogar von ihrer Verwundung in erstaunlicher Weise genesen zu sein. „Wie geht es Said? Ist er wach, was sagen die Ärzte?“, fragte Martha, ehe die Gastgeberin auch nur eine Silbe hervorbringen konnte.

„Meinem Sohn geht es gut, Allah sei Dank in seiner Güte. Said schläft jetzt, ein Arzt weilt bei ihm.“ Die Betonung lag dabei auf *meinem Sohn*. Offenbar bereitete der alten Frau Marthas Beziehung zu Said immer noch größte Probleme, auch wenn sie sich jetzt ein schmales Lächeln erlaubte, das jedoch so schnell verschwand wie erschienen. „Said bestätigte mir, dass Sie ihn von Tepe el-Akbar nach Kabul brachten.“

Natürlich hatte der alte Drachen Martha anfangs kein einziges Wort geglaubt, als Martha vor drei Stunden mit Said und Benazir hier im Palais aufkreuzte, doch hatte Saids bedenklicher Zustand und Benazirs kaum verheilte Wunde alles andere in den Hintergrund gedrängt, auch wenn man Martha mit größtem Misstrauen behandelte und förmlich in einem Nebenzimmer interniert hatte. So saß sie nun schon seit Stunden und hatte weder ihre beiden Patienten noch Fatima zu Gesicht bekommen.

Jetzt trat eine Dienerin herein und brachte frischen Kaffee und eine frische Tasse für Fatima selbst. Keiner verlor auch nur ein einziges Wort, bis sie wieder allein waren. Erst dann hob die Alte ihre Tasse und musterte Martha über den Rand aus erbarmungslosen Augen. „Sie haben tatsächlich Ihren Bruder erschossen? Um Said zu retten?“

Sie trank einen Schluck. „Was ist geschehen?“, drängte sie. „Wie wurde Said verwundet? Er war zu schwach, um viel zu reden.“

Kein Wunder, schließlich hatte Martha beinahe eine Woche um sein Leben gerungen, ohne dass ihr die immer noch schwer traumatisierte Benazir eine große Hilfe war.

Martha berichtete ihr von ihrer gemeinsamen Suche nach Benazir, dem Ritt zum Tepe el-Akbar und dem Kampf mit David und dem Sturmbannführer, wobei sie Benazirs Rolle so vage wie möglich hielt und nur erwähnte, dass sie von den beiden Männern entführt worden sei. „Wir entkamen in der Nacht und versteckten uns, bis es Said nach Tagen wenigstens etwas besser ging und wir ihn transportieren konnten.“

Die alte Dame musterte sie aus großen Augen. „Die Ärzte sagen, dass er leben wird, auch wenn sie nicht begreifen können, wie Said eine solche Schussverletzung überlebte."

„Allah war mit ihm, und Ihr Sohn ist sehr stark."

Ein Funke ungebrochenen Stolzes flog über das faltige Antlitz. „Er murmelte dauernd etwas von Iskender, diesem griechischen Dämon." Die Alte ließ den Satz verklingen wie eine Frage.

„Der Schatz stammt aus den Tagen von Iskender."

Fatima fuhr zusammen. „Der Schatz?", dehnte sie vorsichtig.

Martha nickte ungerührt. „Wenn sich Said wieder erholt hat, wird er Ihnen berichten." Oder auch nicht, setzte Martha in Gedanken hinzu. „Wie lange hatten sie meinen Bruder auf Tepe el-Akbar einquartiert?"

Die Alte rührte in ihrem Kaffee. Die Pause dehnte sich. Offenbar suchte sie nach einem passenden Anfang oder nach einer guten Ausrede. „Im letzten Herbst erschien ein Deutscher und erklärte mir, dass er wisse, wonach ich schon seit Jahren suchte."

„Den Schatz!"

Die Alte zuckte unbehaglich die Schultern. „Ich hatte keine Ahnung, dass es sich um Ihren Bruder handelte. Er nannte mir einen falschen Namen und besaß auch passende Papiere."

„Und Sie hatten keine Ahnung, dass es sich um einen deutschen Agenten handelte?"

„Nicht die geringste, Allah sei mein Zeuge. Ich ließ sogar seine Papiere überprüfen und fand heraus, dass er in seiner Heimat verfolgt wurde."

„Eine gefälschte Legende", murmelte Martha, und die Alte hob verständnislos die Brauen.

„Offenbar hatte der deutsche Geheimdienst für meinen Bruder eine falsche Vergangenheit erfunden."

Fatima nickte. „Auf jeden Fall zeigte er mir einen Brief, in dem der Fundort des Schatzes beschrieben wurde. Zumindest der Ort, aber nicht das Versteck. Als ich seine Beschreibung hörte, erkannte ich, dass es sich um Tepe el-Akbar handeln müsse."

„Und so gestatteten Sie ihm, im Schloss Quartier zu nehmen?", erkundigte sich Martha ungläubig. Der alte Drache bewegte sich unbehaglich, und wieder spürte Martha diesen Anflug unterschwelliger Unsicherheit. Schließlich räusperte sich die alte Dame. „Beim Barte des Propheten, ich hatte keine Ahnung, wer er war. Ich gestattete ihm sogar, dieses Grammophon mitzunehmen. Said hatte es mir aus Europa geschickt. Ich hasste es, war froh, es aus den Augen zu haben. Es erinnerte mich an eine Frau, die..." Sie schüttelte sich ärgerlich und Martha konnte sich denken, auf welche Frau sie anspielte, an die Engländerin, die sie einst auf dem Klavier unterrichtet hatte. Martha suchte ihren Blick, doch die alte Dame furchte nur grimmig die Stirn. „Nun, den Deutschen und mich, uns einte die Abneigung gegen die Briten und…"

Und die Gier nach Gold, setzte Martha stillschweigend hinzu. „Und weshalb ließen Sie vor Jahren meine Eltern umbringen?" Martha stellte die Frage ganz beiläufig, dennoch fiel sie wie ein Stein. Fatima zuckte zusammen wie unter einem Schlag. Martha erkannte deutlich, wie es in ihr arbeitete, doch brachte sie kein Wort heraus.

„Warum?", wiederholte Martha und erschrak selbst bei dem metallischen Klang ihrer Stimme.

„Ich wusste nichts vom Tod Ihrer Eltern!", stieß Fatima schließlich hervor. „Ich schwöre es!"

Martha taxierte sie schweigend. Fatima war totenbleich, doch dann erhob sie sich mühsam und Martha bot ihr keine Hand. Augenblicke später schleppte sie sich schon durch die Tür, schwer gestützt auf ihren Stock.

Martha war selbst schon auf den Beinen, als die Alte wieder umkehrte. Martha hörte deutlich, wie sich das Geräusch des Stockes näherte. Als Fatima eintrat, hatte sie Saids kostbaren Koran in der Hand, den dieser seinerzeit im Gartenpavillon benutzt hatte. Ihre Gastgeberin kam mühsam auf sie zu, und es war nicht nur ihre kaum verheilte Wunde, die ihren Schritt so hemmte. Man spürte, wie schwer ihr diese Geste fiel, als sie Martha den Koran entgegenstreckte. Martha griff instinktiv zu und die alte Dame legte ihre Hände auf das heilige Buch.

„Ich schwöre bei Allah und dem Propheten, dass ich den Tod ihrer Eltern in keiner Weise verursacht habe. Ibrahim und sein Bruder handelten nicht in meinem Auftrag, Allah sei mein Zeuge."

„Aber Ibrahim suchte in Ihrem Auftrag nach dem Schatz?"

„Er und sein Bruder. Sie standen im Dienst unserer Familie. Sie beobachteten in meinem Auftrag Ihre Eltern, und ich bedauere zutiefst, welche Folgen das hatte, aber ich hatte keine Ahnung, dass sie Ihre Eltern ermorden würden. Ich glaubte stets, dass es sich bei dem Toten im Pool um Ibrahims Bruder handelte, der ja tatsächlich verschwunden war. Ibrahim berichtete mir, Ihre Eltern hätten seinen Bruder bemerkt und erschossen. Dann seien sie geflohen, um sich seiner Rache und jeder Strafverfolgung zu entziehen."

Zum ersten Mal sahen sich die Frauen klar in die Augen.

„So war es, bei Allah und dem Leben meines Sohnes."

Martha atmete tief durch. So groß ihr Misstrauen auch war, sie konnte sich nicht vorstellen, dass eine Frau wie Fatima solch einen Meineid leisten würde.

„Wissen Sie, was mit Ibrahims Bruder geschah?"

„Er war mit meiner Mutter auf dem Weg nach Tepe el-Akbar und wurde mit ihr zusammen ermordet."

„Allah il Allah!“

„Ich weiß nicht von wem, vielleicht sogar von Ibrahim selbst. Vielleicht war es auch ein Versehen, als Ibrahim meine Mutter angriff.“

Die Alte schwieg eine lange Zeit, und Martha spürte, wie der Koran unter ihren Händen zitterte. „Ich werde Ihnen erzählen, woran ich mich erinnere.“

Sie setzten sich, und es dauerte lange, ehe Martha alles aus ihr herausgefragt hatte, eine unselige Geschichte von Misstrauen und Gier. „Ich ließ Ihre Eltern beobachten, doch lag es gar nicht in meinem Interesse, ihnen Schaden zuzufügen“, schloss die alte Frau. „Sie müssen mir glauben.“

Martha lauschte in sich hinein und wusste beim besten Willen nicht, was sie antworten sollte. Ibrahim war tot und sein Bruder ebenso. Der Schatz hatte so viel Unheil gestiftet und am Ende in gewissem Sinn auch ihren Bruder das Leben gekostet. Sie war sich sicher, dass Said seiner Mutter geglaubt hätte, und so entschloss sie sich ganz instinktiv, seinem Beispiel zu folgen. Ihr fiel einfach nichts Besseres ein. Morgen mussten ohnehin alle Deutschen Afghanistan verlassen.

Aber da war noch Benazir, die sie eigentlich hier zurücklassen musste, und das durfte auf keinen Fall geschehen, auf keinen Fall. „Wenn ich Afghanistan verlasse, werde ich Benazir mitnehmen! Ich habe das bereits mit Said besprochen.“ Martha sagte es so fest, als könne keinerlei Zweifel daran aufkommen.

Fatima zog den Kopf zwischen die hageren Schultern. Alles in ihr schien sich aufzulehnen gegen diese ungeheuerliche Zumutung, doch Martha fixierte sie nur in finsterer Entschlossenheit. Der alte Drache schien in ihrer Miene zu lesen, zumindest fröstelte sie. „Mein Sohn erklärte mir, Sie seien eine Kriegerin. Aber wie kann eine Frau sich an Schlachten und Kampf begeistern? Ich finde das widerwärtig, aber ich danke Ihnen, dass Sie den Mut fanden, auf Ihren Bruder zu feuern.“

Martha schwieg noch immer, bis die Alte tief und rasselnd Luft holte. „Said erklärte mir, Sie würden mich töten, falls ich Benazir nicht freigäbe.“ Plötzlich lächelte sie schmal und grimmig. „Ich habe mich nie gefürchtet und mein Sohn weiß das sehr wohl. Ich bin ganz anders als Benazir. Said meinte jedoch, es sei vielleicht an der Zeit, die Grenzen unserer Welt neu abzustecken. Er bedeutete mir auch, dass im Grunde nicht dieses lästerliche Deutschland, sondern der Hindukusch Ihre wahre Heimat sei. Wenn Sie morgen diese Berge hinter sich lassen, dann wird Benazir Sie stets an Ihre eigentliche Heimat erinnern.“

Martha hielt den Atem an, und die Alte schien ihr mitten in die Seele zu blicken, als sie kopfnickend fortfuhr. „Benazir ist den Traditionen des Hindukusch viel näher als Sie ahnen. Wenn Sie sie tatsächlich mit sich nehmen, in eine Welt, die Sie Zukunft nennen, dann müssen Sie sie auch beschützen. Nicht nur lieben, beschützen."

Die alte Dame erhob sich. Martha atmete tief durch und fühlte wie eine große Last von ihren Schultern wich. Dann streckte sie Saids Mutter die Hand entgegen. „In Deutschland gibt man sich die Hand, um einen Pakt zu besiegeln."

„Nicht anders als am Hindukusch." Die alte Dame legte ihre kalten Finger in Marthas Hand und Martha beeilte sich, sie wieder loszulassen. Suchend sah sie sich um. „Und wo ist Benazir?"

„Sie ist bereits in Ihrer Wohnung. Ich ließ sie hinüberbringen, nachdem ich mit Said gesprochen hatte. Wir haben sie als jungen Mann gekleidet und so und nur so wird sie auch Afghanistan verlassen."

Noch während dieser Worte zückte sie eine reich bestickte Börse und gab sie ihr hinüber. Martha trat unwillkürlich zurück, doch die alte Dame winkte nur tadelnd. „Das Geld ist für Benazir, und es kommt von Said. Er ist ein Mann und Sie sollten tun, was er Ihnen sagt. Hat man Ihnen das nicht beigebracht?"

Martha musterte sie entrüstet und wusste doch, dass sie kaum eine Wahl hatte. Die alte Frau schien in ihren Gedanken zu lesen wie in einem Buch. Zumindest lächelte sie wissend. „Ich bin nicht sicher, ob ich Ihnen das Geld und Benazir überantworten will, aber Said ist das Haupt der Familie, der Herr des Hauses. Er meinte vorhin, er werde nie wieder mit mir sprechen, wenn ich mich seinen Anordnungen widersetze."

Sie winkte mit der Börse und Martha griff widerstrebend zu. Fatima beobachtete sie ein wenig spöttisch wenn auch mit unübersehbarer Neugier. „Und wohin werden Sie sich wenden, sobald Sie Afghanistan verlassen?"

„Nach Südamerika. Das ist der einzige Teil der Welt, der sich nicht im Krieg befindet."

Die Alte nickte verabschiedend. „Dann haben Sie jetzt eine Tochter!"

„Ich habe eine Freundin und das ist wunderbar."

Zum ersten Mal spielte ein warmes Lächeln um den faltigen Mund und milderte die eisige Kälte in den alten Augen. „Said sagte mir, er würde Konten in Montevideo und Buenos Aires eröffnen lassen."

Martha furchte die Stirn. „Ich kam stets alleine klar."

Wieder huschte ein leises Lächeln über die verwitterten Züge. „Nun, nicht so ganz." Fatima winkte verabschiedend und Martha wollte nur noch weg. Sie musste zu Benazir. Ohne große Worte verließ sie den Raum und das Haus, vor dem noch immer ihre Pferde warteten.

Erleichtert setzte sie den Fuß in den Steigbügel, als sie wieder den Krückstock hörte, diesen hinkenden und doch so unerbittlichen Schritt. Sie wollte nichts mehr sagen und saß auf. Als sie sich zurechtsetzte, streckte ihr die alte Dame ein goldenes Medaillon entgegen. Es maß etwa fünf Zentimeter und hing an goldener Kette. „Würden Sie das aufheben, für uns beide?“

Sie öffnete das Kleinod, ehe Martha eine Frage anbringen konnte. Das Medaillon barg Saids winziges Jugendporträt, das Martha nun mit düsterem Blick zu mustern schien, beinahe so finster wie an jenem Tag am Brunnen.

Die Alte drückte ihr das Medaillon in die Hand. „Der Koran verbietet Bilder lebendiger Wesen, aber dieses Bildnis wüsste ich gern in guten Händen.“

Martha wusste nicht, was sie erwidern sollte. Die alte Dame taxierte sie reglos, bis sie sich das Medaillon umlegte. Kein Lächeln, nur ein Nicken, und die brüchige Stimme klang so unbeugsam wie eh und je. „Auch dieser Krieg wird enden, irgendwann. Sollten Sie dann an Ihre alte Heimat denken, an Kabul oder an den Hindukusch, Sie sind willkommen.“

Die alte Dame verstummte und beugte sich demütig, hallte doch der Ruf eines Muezzins weit über Kabuls Dächer.

„Allah-uh-akbar..., Allaaaah-uh-akbar...“

ENDE

Nachwort des Autors

Am 30. und 31. Oktober 1941 verließen 180 Deutsche Afghanistan in Richtung Heimat, gleichsam die gesamte deutsche Kolonie, die damals in Afghanistan lebte.

Mitten im Zweiten Weltkrieg wusste Großbritannien sehr wohl um die traditionelle Deutschfreundlichkeit der afghanischen Oberschicht, die zu großen Teilen die legendäre *Amani* durchlaufen hatte, die Deutsche Schule von Kabul, die lange Zeit als Kaderschmiede der afghanischen Elite galt. Unter Kriegsdrohung forderte Großbritannien damals die Auslieferung aller Deutschen. Doch Afghanistan widersetzte sich dem Ultimatum einer Großmacht, um das Wohl der deutschen Gastfreunde zu schützen, ein wohl einzigartiger Akt der Freundschaft inmitten des barbarischsten Krieges, den die Menschheitsgeschichte bisher kannte.

Die afghanische Seite erreichte durch schwierige Verhandlungen, dass die Deutschen das Land über den Kaiber-Paß nach Britisch Indien verlassen konnten und zwar ohne interniert zu werden. Auf diese Weise reisten sie beinahe um die halbe Welt in die Heimat, über Peshawar, Karachi in Britisch Indien und danach über Basra und Bagdad im Irak, um am 23. November Ankara zu erreichen, sozusagen durch die feindlichen Linien hindurch, wie ein Chronist zutreffend anmerkte. Einigen wurde sogar in Afghanistan politisches Asyl gewährt, auch dies sicherlich nicht im Sinne des britischen Ultimatums

In einer Zeit, in der die Welt nahezu global dem Wahnsinn des Krieges erlag, sprach man am Hindukusch von der Unverletzlichkeit des Gastrechts, der Ehre des Landes und den Gesetzen des Islam. Am Ende war man sogar bereit bereit, um solcher Werte willen in einen Krieg zu ziehen. Die Deutschen waren hochwillkommene Gäste, und solche Freunde schützt man, unter Umständen auch unter Einsatz des eigenen Lebens. Eine Geste beinahe epischen Charakters.

Der Roman Hindukusch spielt mit diesem historischen Hintergrund in den Tagen vor der erzwungenen Ausreise, er benützt dieses Drama als Bühne, doch ist die Handlung ungeachtet des historischen Rahmens gänzlich fiktional, und fiktiv sind auch alle handelnden Personen. Dies gilt vor allem auch für die Lehrer der Deutschen Schule. Auch hier sind Ähnlichkeiten mit realen Personen nicht beabsichtigt.

Das Gastrecht ist im Orient heilig, auch wenn die Auswirkungen dieses Gesetzes der Welt und dem Westen nicht immer angenehm sein können. Als sich nach den Anschlägen des 11. September herauskristallisierte, dass die Drahtzieher am Hindukusch saßen, gleichsam als Gastfreunde der Talibanregierung, da manifestierte sich aufs Neue diese kompromisslose Verbundenheit mit einem Verbündeten, selbst wenn dieser als Terrorist von den Vereinten Nationen und der ganzen Welt geächtet wird. Man konnte durchaus den Eindruck gewinnen, dass sich die Ereignisse von 1941 auf diesmal höchst beklemmende Weise wiederholten. Wieder bot Afghanistan an, seine Gäste allenfalls in ein neutrales Land zu überstellen und nahm sogar den Krieg mit einer Supermacht in Kauf, um sein Gastrecht und eine durchaus mittelalterliche Weltanschauung nicht zu verletzen, auch wenn diesmal die Moral sicherlich auf der anderen Seite zu finden war. Dass sich die Moderne mit einer solchen Haltung schwer tut, wen wird das wundern?

Als Afghanistan danach aus der Talibanzeit erwachte und daran ging, auf neutralem Boden einen neuen nationalen Dialog zu eröffnen, da erinnerte man sich ganz zwangsläufig an die alten Freunde in Europa, an Deutschland, auch wenn diese Verbindungen bei weitem nicht mehr den Stellenwert der Vorkriegszeit besaßen. Und so versammelte man sich unter dem Banner der Bundesrepublik Deutschland auf der Petersberger Konferenz. Ein Freund hilft dem anderen, so wie es zu sein hat, selbst dann, wenn diese beiden Freunde kaum etwas teilen außer ihrer Freundschaft.

Diese Verbundenheit mit einem fremden Volk unterschiedlicher Religion ist im Orient durchaus erstaunlich. Zudem hat Afghanistan ein höchst gespaltenes Verhältnis zu Fremden und der Freiheitsdrang der Afghanen ist legendär über Jahrtausende hinweg. Briten, Russen und Amerikaner haben ihre Armeen an den Hindukusch entsandt, und alle scheinen und schienen sie ein Wort Alexanders des Großen zu ignorieren, der schon vor Epochen lapidar feststellte, man könne Afghanistan zwar durchziehen, aber nicht erobern. Und in der Tat, alle Fremden, die je afghanischen Boden betraten, haben diese Erfahrung gemacht oder werden sie noch machen. Fremde sind stets nur geduldet, gleichgültig, ob sie als Feinde oder Freunde auftreten. Die Ablehnung fremder Einmischung und die Werte des Islam scheinen manchmal das einzige zu sein, was die oftmals zerstrittenen Völker Afghanistans wirklich eint.

Gerade in den rauen Höhen des Hindukusch überkam den Reisenden schon vor Jahrzehnten so manches Mal die beklemmende Ahnung, dass sich Ost und West wohl noch auf lange Zeit niemals wirklich begegnen werden, was jedoch Freundschaft und Respekt nicht verhindern sollte. Gerade uns Deutschen wird in vielen orientalischen Ländern auch heute noch eine außerordentliche Wertschätzung entgegengebracht, zumal wir in der Regel keine kolonial belastete Vergangenheit besitzen. Dies eröffnet uns Deutschen manchmal ganz unerwartete Möglichkeiten der Diplomatie, ein Privileg, das wir hoch schätzen und erhalten sollten.

Und so beschreibt dieser Roman, vor der Kulisse eines Weltkriegs, vor allem die Geschichte einer deutsch-afghanischen Freundschaft, die sich nicht immer entscheiden kann zwischen distanzierter Ferne, zwischen Misstrauen und vertrauter Nähe – im Grunde ein Spiegelbild ost-westlicher Konflikte. Doch ungeachtet aller Gegensätze ist diese Freundschaft tief verwurzelt in den Seelen zweier Menschen und zweier Kulturen, die unterschiedlicher kaum sein könnten.

Glossar

Aman Ullah
Der afghanische König Aman Ullah führte Afghanistan 1919 in die Unabhängigkeit und versuchte in den zwanziger Jahren gegen den erklärten Widerstand konservativer Kreise und des islamischen Klerus im Sinne des türkischen Reformers Kemal Atatürk westliche Reformen durchzusetzen, die jedoch scheiterten. 1929 mußte er nach einer Revolte abdanken und am Ende das Land verlassen.

Alexander der Große und die 18. Sure
Makedonischer König aus dem Norden Griechenlands (356–323 v. Chr.). Als legendärer Eroberer unterwarf er in einem Feldzug, der ihn von Griechenland bis nach Ägypten und danach an die Grenzen Indiens führte, zwischen 334 und 323 v. Chr. das Weltreich der persischen Achämeniden und beendete damit einen über 200jährigen Krieg zwischen Griechenland und dem Orient. Mit ihm und seinen Nachfolgern erlangte die griechische Kultur größten Einfluss auf den Vorderen Orient. In der 18. Sure des Koran erscheint Alexander als gottgefälliger Herrscher unter dem Namen „der Zweigehörnte" *(Dhu'l Qarnain)*, eine Anspielung auf die Widderhörner des ägyptischen Gottes Amun (griechisch: Ammon), mit denen der König als Zeichen seiner göttlichen Abstammung oftmals dargestellt wurde.

Amani, Deutsche Schule in Kabul
Im Jahre 1922 schlug man dem afghanischen König Aman Ullah die Gründung einer deutschen Oberrealschule vor, und am 15. April 1924 konnte Walther Iven den Unterricht als erster Schulleiter eröffnen. Nach ihrem Gründer und Förderer erhielt die Schule den Namen „Amani". Der Unterricht erfolgte zum größten Teil in Deutsch. Das Ausbildungsziel war die *„Vorbereitung der Zöglinge auf das Studium an deutschen Hochschulen mit dem Zweck, Seiner Majestät tüchtige höhere Beamte, Ingenieure, Ärzte und Lehrer zu beschaffen und die Schüler zu selbständigen, verantwortungsvoll handelnden und charakterfesten Menschen zu erziehen"*. Seit 1928 berechtigte die Reifeprüfung an der Amani zum Studium an allen preußischen Universitäten und Hochschulen. Als König Aman Ullah 1929 fliehen musste, schlossen die fanatisch-religiösen Aufrührer alle Schulen und die Amani diente eine Zeit lang als Kaserne und Stall. Als der Lehrbetrieb schließlich wieder aufgenommen werden konnte, wurde die Schule 1933 in Nedjat-Oberrealschule umbenannt, um das Andenken an Aman Ullah zu tilgen. Deutsch wurde jetzt nur noch von afghanischen Lehrern als Fremdsprache unterrichtet. 1936 entstand jedoch aufs Neue eine deutsche Schule in Kabul, doch wurden 1941 alle deutschen und italienischen Staatsbürger aus Afghanistan ausgewiesen. Nach dem Zweiten Weltkrieg erteilte 1954 der erste deutsche Lehrer wieder Unterricht in Kabul und 1971/72 wurde in der Nähe der deutschen Botschaft ein Neubau erstellt, in dem die Schule noch heute untergebracht ist, doch gab es an der Schule, die mittlerweile wieder den Namen „Amani" führte, nach 1985 keine deutschen Lehrkräfte mehr. Erst seit 2002 begann man, die Schäden der Bürgerkriegs- und Talibanzeit zu beseitigen. Mittlerweile konnte der Unterricht wieder aufgenommen werden, so dass nun eine große Tradition ihre Fortsetzung nehmen kann.

Bamiyan
Die beiden Buddhastatuen von Bamiyan waren einst die größten erhaltenen Bildnisse Buddhas und maßen ca. 37 m bzw. über 50 m (Höhenangaben variieren). Die kleinere der Statuen stellt wahrscheinlich den Buddha unseres Weltzeitalters dar, die größere den des vorangegangenen. Geschaffen wurden sie wohl nach 500 v.Chr. und waren einst mit Gold und in prunkenden Farben verziert. Die zahlreichen Höhlen in der unmittelbaren Nachbarschaft dienten buddhistischen Mönchen als Wohnort und Kloster. Die Statuen, die

zu den größten Kulturschätzen Afghanistans zählten, fielen schließlich als heidnische Altertümer am 12. März 2001 der Bilderstürmerei der Taliban zum Opfer und wurden trotz internationaler Proteste gesprengt. Ob die Skulpturen je rekonstruiert werden, lässt sich heute nicht abschätzen.

Britisch-afghanische Kriege
Von Britisch-Indien aus versuchte das britische Weltreich über Generationen hinweg, Afghanistan zu kontrollieren, im steten Konflikt mit Russland. Die Briten marschierten von Indien aus mehrfach in Afghanistan ein und drangen bis Kabul vor (1839–42 und 1878–80), wurden jedoch blutig zurückgewiesen.

Griechen in Baktrien und Indien
Nach dem Tode Alexanders des Großen (323 v. Chr.) etablierten sich in Afghanistan und den nördlich angrenzenden Gebieten, dem antiken Baktrien, griechische Könige, die das Land über anderthalb Jahrhunderte hinweg regierten.

Kabul
Die Hauptstadt Afghanistans liegt an der alten Karawanenstraße zwischen der früheren UdSSR und Pakistan in 1800 Metern Höhe. In den Tagen des Zweiten Weltkriegs betrug die Einwohnerzahl etwa 150.000 Menschen.

Oxosschatz
Der legendare Oxosschatz befindet sich heute in London im Britischen Museum. Der Schatz wurde nach Ausweis der Münzen im Laufe des 2. Jhs. v. Chr. vergraben, wird jedoch in der wissenschaftlichen Literatur weit älter datiert und dem späteren 4. Jh. v. Chr. zugewiesen. Entdeckt wurde er 1877 an den Ufern des Amu-Darja (dem antiken Oxos oder Oxus), möglicherweise in mehreren Suchoperationen. Große Teile des Schatzes gingen verloren. Der Rest wurde vor allem von General Alexander Cunningham im heutigen Pakistan erworben und fand später seinen Weg in das Britische Museum. Zu einer Geschichte des Schatzes vgl. man J. Curtis, Franks and the Oxus Treasure, in: M. Caygill / J. Cherry (Herausgeber), A. W. Franks, Nineteenth-Century Collecting and the British Museum (London 1997) 230–249.

Russlandfeldzug, Unternehmen Barbarossa
Im Zweiten Weltkrieg begann Nazideutschland am 22. Juni 1941 mit dem Überfall auf die Sowjetunion (Unternehmen Barbarossa). Am 26. September endete die Kesselschlacht von Kiew, und danach befahl Hitler den Angriff auf Moskau.

Timur und Timuriden
In Europa bekannt als Timur der Lahme (1336–1405). Ein Eroberer aus einem türkisierten mongolischen Geschlecht, setzte sich seit 1360 in Mittelasien, dem Vorderen Orient, Iran und Indien in grausamsten Feldzügen durch. Er starb während der Vorbereitungen eines Feldzuges gegen China. Seine Nachfolger, die Timuriden, vollbrachten bedeutende Kultur- und Bauleistungen, doch ging ihre Herrschaft in Mittelasien bereits 1506 zu Ende.